# Solange wir zu träumen wagen

Subina Giuletti

AF288833

Roman

©Subina Giuletti/ Dast-Verlag
Erste Auflage Mai 2023
ISBN 9783945098226

Coverbild: adobe stock: Coverbild: adobe stock: 205516867 Cristina Conti,
136691973, Lilya
Korrektorat: Sonja Mühlbacher info@die-druidin.de
Isabel Bertram Polenco

**License Notes**

Alle Rechte vorbehalten, insbesondere das Recht der mechanischen, elektronischen oder
fotografischen Vervielfältigung, der Einspeicherung und Verarbeitung in elektronischen
Systemen, des Nachdrucks in Zeitungen oder Zeitschriften, des öffentlichen Vortrages, der
Verfilmung oder Dramatisierung, der Übertragung durch Rundfunk, Fernsehen oder
Video, auch einzelner Text- oder Bildteile. Auszüge sind nur mit Genehmigung der
Autorin möglich.

Subina Giuletti/Dast-Verlag
Kirschäckerstraße 25
96052 Bamberg
info@dast-verlag.de
Internet: www.subina-giuletti.de
E-Mail: info@subina-giuletti.de

Der Inhalt des Buches basiert auf einer erfundenen Geschichte. Jede Ähnlichkeit mit
lebenden oder verstorbenen Personen wäre rein zufällig.
Alle Handlungen, Geschehnisse und Charaktere sind frei erfunden.

Druck: www.druckterminal.de
KDD Kompetenzzentrum Digital-Druck GmbH
Leopoldstraße 68 * D-90439 Nürnberg

»Träume sind Sterne, die uns den Weg weisen.

Der Mut, ihnen zu folgen, ist unser Kompass.

Die Welt liegt in deiner Hand,

wenn du wahrhaft träumen kannst.«

– Subina Giuletti

# ♫ Theme Music for a Dream ♫

Riopy

Elenas Augen glitten durch den Raum. Kerzenschein spiegelte sich in Wasser- und Weingläsern auf den Tischen, tauchte die Gesichter der Menschen in sanftes Licht. An den Fensterscheiben perlte Regen in Linien herunter, magisch beleuchtet von unterschiedlichen Lichtquellen. Schemenhaft zeichneten sich draußen die Schatten der Bäume ab, deren Zweige sich vor den Scheiben bewegten, als winkten sie, als sagten sie: »Komm raus! Komm zu uns! Komm in unsere Welt!«

Elenas Herz zog sich zusammen. Ihr Blick verschwamm, ihr Geist ging auf Wanderschaft. Der prasselnde Regen klang wie ferner Applaus, ließ sie noch tiefer in Traumwelten gleiten, bis sie sich darin verlor. Versunken stand sie neben der Kasse des Restaurants, in dem sie bediente.

Cooler Jazz setzte ein, zu kühl für die regnerische Romantik. Das Saxophon quakte in ihren Ohren, verursachte ihr Kopfweh, und Unmut begann sich in ihr zu regen.

In letzter Zeit erschien ihr die meiste Musik wie Lärm, das Gerede der Menschen wie eine eigenartige Sprache ohne jeden Sinn und ihre Artgenossen wie eine Spezies, der sie sich wenig zugehörig fühlte.

*Schreib das auf!*, tönte es in ihrem Kopf. *Könnte ein guter Romananfang werden! Du weißt, in dieser Form bekommst du diese Sätze nie mehr hin!*

O ja, das wusste sie nur zu gut! Und doch gab sie dem Drang nicht nach. Schlicht, weil sie es müde geworden war, irgendwelchen Drängen nachzugeben. Weil sie sich von der ganzen Welt getrieben und gehetzt fühlte. Von einem ständigen »Ich muss, ich sollte, ich müsste, ich hätte« bis hin zu »Ich darf nicht«.

Ja, sie war müde von gesellschaftlichen Ansichten und Meinungen. Aber das war keine gute Einstellung, wenn man einen Job innehatte, der von der Bewertung anderer abhängig war. Sie musste den Geschmack der Menschen treffen, um Geld zu verdienen, als Autorin war Anerkennung gleichbedeutend mit Existenz.

Noch bevor sich dieser Satz in ihrem Kopf vollständig formiert hatte, wehrte sie sich dagegen. Abhängig sein – das hatte sie nie gewollt! Sie wollte frei sein!

Erneut glitt ihr Blick über die Gäste des Edelrestaurants, die sich einen schönen Abend gönnten. Ein Stich durchfuhr sie. Eigentlich sollte *sie* doch hier sitzen, Wein trinken, sich das Essen bringen und verwöhnen lassen! Ihr

Körper zuckte, wollte fort, aber die Flucht aus dem Raum war keine Lösung. Was sie belastete, würde ihr folgen wie ein Schatten. Verzweiflung ergriff sie. Sie wollte weg aus dem Leben, das sie gerade führte, raus aus der Zwangsjacke, die sie um sich fühlte ... ja, sie wollte frei sein! Eine immense Sehnsucht flammte auf.

Wieder zog ihr Geist sie fort, malte zauberhafte Bilder auf die Leinwand ihrer Vorstellung. Sie sah sich mit ausgebreiteten Armen auf einer Blumenwiese tanzen, in einem luftigen Sommerkleid, sich um sich selbst drehend, Sonne auf der Haut, den Wind im Gesicht. Ihre Kinder, die auf sie zu rannten, sie umarmten ... ein Lagerfeuer, das vor sich hin knisterte, Funken, die in die Nacht stoben, ein stiller Ort voller Frieden, an dem die Ruhe sich zu Hause fühlte ... kein Druck, kein Muss, keine Sorgen. Zwei Arme, die sie von hinten umschlangen ... ein Körper, der ihr Wärme gab ... ihr Mund lächelte. Finger streiften ihren Arm, eine Stimme flüsterte in ihr Ohr.

»Elena! Du träumst schon wieder!«

Erschrocken riss sie die Augen auf.

»Die Leute da drüben wollen schon die ganze Zeit was von dir!«, raunte ihr ihre Kollegin zu.

Elenas Augen folgten denen von Freya, trafen auf ein missmutig dreinschauendes älteres Ehepaar, das wilde Bewegungen machte, als endlich ein Augenkontakt möglich war. Automatisch huschte Elenas Blick zum Chefkellner, der mit Gästen in ein Beratungsgespräch über Weine verwickelt war.

»Er hat's nicht bemerkt«, beruhigte Freya sie. Elena atmete auf.

»Danke, Freya«, sagte sie erleichtert. »Bin heute ziemlich verpeilt.«

»Nicht nur heute! Gastronomie ist nicht dein Ding, was?«

Freya lächelte sie an und war schon wieder weg. Elena begab sich zu dem Ehepaar, das sie mit einem knautschigen Gesichtsausdruck empfing.

»Na, endlich!«, nörgelte der Mann. »Seit einer Viertelstunde warten wir darauf, dass jemand kommt. Der Service hier war auch schon mal besser. Ich habe Sie beobachtet! Sie waren die ganze Zeit nur herumgestanden! Ihren Job möchte ich mal haben.«

»Tut mir sehr leid. Ich ... manchmal hat man einfach den Tunnelblick.« Elena lächelte versöhnlich und hoffte auf menschliches Verständnis. Sie wurde enttäuscht.

»Dafür werden Sie nicht bezahlt«, lehrmeisterte der Gast, »sondern dafür, dass Sie aufmerksam sind. Wenn ich meine Arbeit so machen würde

6

wie Sie, käme nicht viel dabei rum, das kann ich Ihnen sagen! Kein Wunder, dass unser Land vor die Hunde geht!«

»Otto!«, zischte seine Frau, der das peinlich war. »Bestell den Rotwein und lass gut sein.«

»Was denn?«, moserte er weiter. »Wir geben hier Geld aus, das sollte doch gewürdigt werden! Immerhin zahlen wir den Service mit. Da darf man doch was erwarten.«

Er war laut, was Elena einen weiteren nervösen Seitenblick auf den Chefkellner werfen ließ, der hellhörig geworden war, aber gottlob von seinen Gästen in Beschlag genommen wurde. Otto hatte ja recht, was die Aufmerksamkeit anging, aber in ihrem Herzen zog und zerrte es. Gerade eilte Freya an ihr vorbei, Freya, die ihren Job liebte und ihn mit Passion ausübte. Elena wünschte, sie könnte das ebenso. Denn Freya bekam das zurück, was sie so freizügig gab: Herzlichkeit, freundliche Worte, lächelnde Gesichter. Elena lächelte auch, aber nur mit dem Mund, Freya mit dem Herzen. Das spürten die Leute, das war Elena klar. So gesehen konnte sie ihrem Gast noch nicht mal böse sein, trotzdem gewann der Groll in ihr Oberhand.

Sie wollte nicht hier sein! Das war doch nicht ihre Bestimmung! Nicht ihr Leben! Es half ihr auch nicht, dass diese Arbeit nur vorübergehend war, denn die Angst, es könnte nicht so sein, überwog.

»Komische Bedienung«, sagte die Frau halblaut. »Die sagt ja gar nichts.«

»Ja, wirklich« bestätigte ihr Mann. »Seltsamer Laden ist das geworden«.

Er tauschte einen vielsagenden Blick mit seiner Frau und widmete sich griesgrämig der Karte. In penetranter Langsamkeit checkte er das Angebot und ließ Elena gefühlte zehn Minuten auf seine Entscheidung warten. Ungehalten klappte er schließlich die Mappe zu und warf sie auf den Tisch, statt sie Elena zu reichen.

»Bringen Sie uns eine Flasche vom Pinot Noir.«

Nur mit Mühe nickte sie dem Herrn und seiner Gattin halbwegs freundlich zu, aber in ihren Augen und in ihrem Herzen war es dunkel. Da konnte ihr Mund lächeln, wie er wollte, sie wusste, es war das, was rüberkam. Um keinen weiteren Anlass für Beschwerden zu geben, beeilte sie sich, Flasche und Gläser zu bringen, schenkte den Probierschluck ein und wartete brav daneben, ob der Wein auch genehm war. Mit heftigen Bewegungen schwenkte der Gast das Glas hin und her und fixierte sie ungnädig.

»Sie kommen mir irgendwie bekannt vor.«

Elena begann zu schwitzen. »Also, ich sehe Sie zum ersten Mal«, erwiderte sie wahrheitsgemäß und lachte gekünstelt. Der Mann beachtete sie gar nicht.

»Ilse, die haben wir doch irgendwo schon mal gesehen, oder nicht?«

»Ja, mir kommt die auch bekannt vor«, überlegte Ilse und musterte Elena ungeniert. »Ich weiß bloß nicht, wo ich die hinstecken soll.«

Elena war pikiert. Die! Als ob sie ein Gegenstand wäre! Doch schon lugten beide auf das Namensschild an ihrer Bluse, das dem Herrn augenscheinlich einen Gedankenblitz eingab. Mit Verve stellte er das Weinglas ab und wandte sich mit leuchtenden Augen an seine Frau.

»Ilse! Ich glaube, ich weiß, wo ich die schon mal gesehen habe! Elena! Das ist doch die, die hinten auf deinen Büchern abgebildet ist, die Autorin!«

»Was? Ja! Stimmt!«, rief Ilse sensationsgierig und betrachtete Elena wie ein krabbelndes Insekt. »Sie sind Elena Carter! Ach, du je!«

»Nein, ich heiße nicht Carter, Sie verwechseln mich«, behauptete Elena schwach, konnte aber nicht verhindern, dass sie rot wurde. »Wie schmeckt Ihnen der Wein? Darf ich einschenken?«

»Nee, also, kommen Sie, was soll das?«, bellte der Mann. »Sie sehen so aus wie die und heißen wie die … Wir sind doch nicht blöd, Carter ist bestimmt Ihr Pseudonym!« Mit der Faust stieß er leicht gegen den Oberarm seiner Frau und lachte selbstgefällig. »Und wir haben's geknackt!«

»Läuft wohl nicht so gut mit den Büchern, was?«, ließ Ilse sich mitleidig vernehmen. »Ich muss auch zugeben, dass ich Ihr letztes …«

»Sie entschuldigen mich«, verabschiedete sich Elena rigoros und machte sich vom Acker.

Ein Kloß saß ihr im Hals. Aber so oft sie auch schluckte, er wollte nicht weichen.

Eintönig trommelte der Regen auf die Scheibe, als sie zwei Stunden später nach Hause fuhr. Während der Fahrt versuchte sie krampfhaft, sich den potenziellen Romananfang in Erinnerung zu rufen, den sie hatte aufschreiben wollen. Sie ging zu dem Moment zurück, bevor Freya sie aus ihren Träumereien gerissen hatte. Die menschliche Spezies, die ihr so fremd erschien, die Musik, die ihr zu laut war … nein, nicht zu laut … sie hatte es doch anders ausgedrückt …?

Resigniert verfolgte sie die hektischen Bewegungen der Scheibenwischer, die dem massiven Regen kaum etwas entgegensetzen konnten. Wie überdimensionale Radiergummis wischten sie quietschend jeden Gedanken in ihrem Kopf aus. Aber einmal Gedachtes konnte doch nicht einfach verschwinden ... es musste doch noch irgendwo sein!

*Kein Gedanke ist je verloren im Universum!,* hörte sie ihren Mann Florian in ihrem Kopf sagen. Das mochte stimmen. Aber niemand redete davon, wie schwer es war, kostbare Gedanken festzuhalten. Wie schnell sie sich im Unendlichen verloren. Unerreichbar für den Verstand, der nicht in der Lage war, mit der Weite des Kosmos zu kommunizieren. Aber wie so viele andere Menschen fand Elena keine andere Möglichkeit, als den Kopf zu bemühen. Und so blieb die Leitung zum Kosmos tot.

# ♫ Wonder ♫

Kyle Warr

»Er kommt, er kommt!«

»Ich hab's gewusst!«

»Mann, du Nerd! Deswegen sitzen wir hier! Ist doch Neumond!«

»Pst, seid leise! Der hört uns sonst noch!«

Aufgeregt duckten sich die Kinder hinter die Büsche und lugten durch die Zweige.

Eine seltsame Gestalt mit blassem Gesicht, das Haar zu einem Zopf nach hinten gebunden, betrat die Wiese und ging mit langsamen, bedächtigen Schritten auf einen mächtigen Stein zu.

»Na, mein Bester«, sagte er zu dem Felsen. »Wie geht es denn heute?«

Die Kinder kicherten verhalten hinter ihrem Busch und eines zückte sein Handy, um ein Video zu drehen.

Das Licht des Neumondes beleuchtete schwach die ungewöhnliche Kleidung des Mannes. Ein delikates Rüschenbombardement ergoss sich aus den Ärmeln seines Gehrocks, über beringte, helle Hände. Die gleichen Rüschen plusterten sich am Hals, gebändigt von einer fein ziselierten Brosche. Silberner, in aufwändigen Mustern verarbeiteter Brokat leuchtete an den Aufschlägen des hellblauen Fracks, der ihm bis zu den Knien reichte. An den Beinen trug er weiße Strümpfe und Schnallenschuhe. Hätten die Kinder es nicht besser gewusst, hätten sie geglaubt, er wäre ein Geist, der aus einer anderen Zeitepoche hier aufgetaucht war.

Aber er war ein Mensch aus Fleisch und Blut, daher machte er ihnen keine Angst. Doch eindeutig veränderte seine Ausstrahlung die Atmosphäre der Neumondnacht, gab ihr etwas Getragenes, Feierliches. Den Kindern fiel es nicht mehr schwer, leise zu sein. Gebannt starrten sie den Mann an, harrten der Dinge, die da kommen mochten.

Das Land war still. Der Mond war still. Alles war still.

Eine feine Energie schien sich herabzusenken und auf sie zu legen. Sanft strich der Mann mit seiner Hand über einen weiteren der Felsbrocken, die über die Wiese verteilt standen. Seine Augen schweiften über die Landschaft, als ahnte er, dass er nicht alleine war. Bange, er hätte sie entdeckt, hielten die Kinder den Atem an.

Bedächtig begab sich der sonderbare Mann in die Mitte der Wiese und blieb dort stehen. Er breitete seine Arme aus, drehte sich einmal um sich selbst, den Blick zu den Sternen erhoben. Dann schloss er die Augen, stand unbeweglich wie eine Antenne, die sendete und empfing.

»Was macht er denn da?«, flüsterte einer der Jungen. »Sucht der was?«

»Keine Ahnung«, wisperte sein Freund zurück.

»Pst!«, zischte der nächste. »Der hört uns noch!«

Der Mann auf der Wiese ließ die Arme sinken, sah um sich.

»Ich weiß, dass ihr hier seid!«, rief er plötzlich laut. Die Kinder schraken zusammen.

»Ihr seid hier! Genau hier! Zeigt euch!«

Erschrocken tauschten die drei Buben einen Blick miteinander.

»Scheiße, Mann, der hat uns entdeckt!«

»Lösch das Video, bevor der Ärger macht!«

Mit klopfendem Herzen drückte der Junge auf das Papierkorbsymbol, während sie erstarrt beobachteten, wie der Mann ein paar Schritte in ihre Richtung machte.

»Ich kann euch spüren!«, rief er. »Ich will euch sehen! Zeigt euch!«

Die Jungs machten sich fast in die Hosen. Es war kurz vor Mitternacht, sie waren heimlich aus dem Fenster geklettert, weil es hieß, dass sich dieser Mann an Neu- und Vollmondnächten immer hier aufhielt und sie hatten wissen wollen, ob etwas dran war. Wenn er sie erwischte, wäre daheim die Hölle los! Doch dann registrierte der eine, dass die Gestalt nicht in ihre Richtung, sondern nach oben blickte.

»Der meint gar nicht uns!«, flüsterte er aufgeregt den anderen zu. »Der heult den Mond an!«

Tatsächlich starrte der Mann in den Sternenhimmel hinauf, schien zu lauschen. Was hörte er? Seine Augen lösten sich vom Firmament, schweiften über die Landschaft, blieben an einem Punkt in der Ferne haften.

»Oh«, hörten sie ihn murmeln. »Dort also!«

Eilig setzte er sich in Bewegung. Die Kinder verhielten sich mucksmäuschenstill, wagten sich erst enttäuscht hinter ihrem Busch hervor, bis er ein Stück entfernt war.

Mann! Das war der totale Reinfall gewesen! Und obendrein hatten sie das Video gelöscht, nun hatten sie für ihre Klassenkameraden gar nichts in der Hand. Missmutig wollten sie die Wiese in der anderen Richtung verlassen. Sie waren gerade mal zwanzig Meter gegangen, als etwas passierte, was sie ihrer Lebtage nicht mehr vergessen sollten.

# ♫ Portrait of a Writer ♫

The Riverman

Es war Mitternacht, als Elena nach Hause kam. Im Zimmer ihrer Tochter brannte noch Licht und sie steckte den Kopf durch deren Tür.

»Hey, Mia, bist ja noch wach. Alles gut?«

»Yep.«

»Wie war dein Tag?«

»Soweit okay.«

Mia ließ den Blick fest auf den Computerbildschirm gerichtet. Elena wäre gern ins Zimmer gegangen und hätte ihre Tochter umarmt, aber zum einen gab es kaum einen Quadratzentimeter, der nicht mit Klamotten, Schachteln, Tüten und was nicht alles bedeckt gewesen wäre, und zum anderen befand sich Mia seit geraumer Zeit in Dauerabwehr. Ihre Tochter hatte kein Lächeln für sie übrig, freute sich nicht, sie zu sehen. An diesem Abend tat das besonders weh. Wie schön wäre gewesen, wenn Mia mal gefragt hätte, wie *ihr,* Elenas Tag gewesen war. Kleinigkeiten, die das Leben so wertvoll machten. Heute hätte sie das besonders gebrauchen können.

Obwohl Mia mit ihrer abweisenden Körperhaltung zu verstehen gab, dass sie allein sein wollte, mochte Elena nicht mit diesem gleichgültigen Dialog ins Bett gehen. Sie blieb im Rahmen stehen, überlegte fieberhaft, was sie sagen könnte, ohne dass ihre Tochter gleich wieder an die Decke sprang. Aber das einzige Thema, das Elena in den Sinn kam, war das falscheste, das sie wählen konnte.

»Meine Güte, was für ein Chaos!«, bemerkte sie und versuchte ein Lächeln. »Wird langsam Zeit, Ordnung zu schaffen, Mia, meinst du nicht? In so einem Durcheinander fühlt man sich doch nicht wohl.«

Mia stieß ein genervtes Schnaufen aus.

»Lass gut sein, Mam. Ist mein Zimmer.«

»Ja, aber unser Haus«, rutschte es Elena heftiger heraus als gewollt. »Du hast seit Wochen nicht saubergemacht. Keiner will Filzläuse im Haus haben.«

»Hey, geht's noch? Was soll die Ansage? Ich dusche jeden Tag!«

Die Augenbrauen böse zusammengezogen, schaute Mia endlich auf. »Ich habe zu tun, okay? Gute Nacht, Mam.«

»Was hast du denn um Mitternacht noch zu tun? Du musst ins Bett und schlafen! Morgen ist Schule!«

»Oder auch nicht.«

»Mia«, entgegnete Elena ungehalten. »Falls du vorhast, die Nummer von neulich wieder durchzuziehen, bist du schief …«

»Tür zu!«, zischte Mia. »Von außen!«

»Sag mal, was bildest du dir eigentlich ein?«

Elena war ohnehin sehr dünnhäutig an diesem Abend. Musste sie sich wie ein Knecht von ihrer fünfzehnjährigen Tochter wegschicken lassen? Die unfreundliche Unterhaltung ließ alle unterdrückten Aggressionen nach oben schießen. Noch bevor die nächste Frage ihren Mund verließ, wusste sie, dass diese ein weiterer Fehler war:

»Hast du eigentlich deine Hausaufgaben gemacht?«

Ein unbeherrschter Ton kam aus Mias Mund, gefolgt von:

»Mam, du nervst voll! Lass mich in Ruhe!«

Abrupt stieß Mia ihren Stuhl zurück und watete durch das Utensilienmeer zur Tür. Ihr grimmiger Blick traf kurz auf den ihrer Mutter, dann drückte Mia die Tür ohne ein weiteres Wort vor Elenas Nase zu.

Das Gefühl in Elenas Bauch war nicht zu beschreiben. Sie kochte, war schwer versucht, die Tür wieder aufzureißen, als sie auch schon den Schlüssel im Schloss knirschen und ein schnippisches »Vergiss es, Mom!« durch das Holz hörte.

Ein empörtes Schnaufen kam aus Elenas Mund, die Tränen schossen hoch und am liebsten hätte sie geschrien. Doch der ihr allzu bekannte Kloß im Hals verhinderte das.

»Darüber reden wir noch!«, rief sie mit gequetschter Stimme durch die verschlossene Tür, ahnend, dass Mia sich längst die Kopfhörer in die Ohren gestöpselt und sie damit komplett ausgeschlossen hatte. Elenas Herz tat weh. Ihre Augen brannten.

Mann, genau das hatte sie nach diesem langen Arbeitstag gebraucht! Musste sie sich von einer Fünfzehnjährigen so behandeln lassen? Ihr Frust hatte ein Höchstmaß erreicht, zumal sie sich auf den letzten Kilometern im Auto vorgenommen hatte, die regnerische Romantik des Abends zu nutzen und trotz der späten Stunde noch ein bisschen was zu schreiben. Die Musik hatte ihr ein paar hübsche Liebesszenen in den Kopf gesetzt, aber nun war jede Kreativität beim Teufel, von Inspiration ganz zu schweigen.

Dampfend stand sie im Flur, als sich die Tür daneben öffnete und ihr fünfjähriger Sohn verschlafen im Rahmen stand.

»Mama? Was ist denn los?«

Elenas Herz schmolz in der gleichen Sekunde. Sie sank auf die Knie.

»Ach, Bennie, mein Kleiner, haben wir dich geweckt? Tut mir so leid!«

Das tat ihr wirklich sehr leid. Bennie war total harmoniebedürftig, vertrug noch nicht mal eine kleine Meinungsverschiedenheit. Und das, was zwischen Elena und ihrer Tochter Mia seit deren Pubertät ablief, hatte längst nicht mehr den Charakter von nur einer Meinungsverschiedenheit, sondern eher von handfesten Streitereien. Das setzte Bennie immens unter Stress und oft hielt er sich die Ohren zu, wenn die Auseinandersetzung zwischen den beiden losging.

»Habt ihr wieder gestritten?«, erkundigte er sich auch gleich besorgt.

»Nein, mein Schatz.« Elena strich ihrem Sohn eine blonde Strähne aus der Stirn. »Streit kann man das nicht nennen. Ich habe Mia nur gesagt, sie soll ihr Zimmer aufräumen. Du kennst sie doch. Das mag sie gar nicht.«

»Warum machst du's dann, wenn du weißt, dass sie es nicht mag?«

»Weil ich Unordnung auch nicht mag.«

»Aber sie hat doch die Tür zu. Dann siehst du sie doch nicht.«

»Schon, aber ich weiß, dass es da drin schmutzig und unaufgeräumt ist. Und ich finde, Mia muss lernen, Ordnung zu halten und auch auf andere Ansichten Rücksicht zu nehmen.«

*O verflixt*, stöhnte Elena innerlich. *Ich höre mich wie meine Mutter an!*

Bennie kratzte sich am Kopf. Seine blonden, dicken Haare waren verstrubbelt, seine kindlich gerundeten Wangen vom Schlaf leicht gerötet. Er sah zuckersüß aus und eine Welle von Zärtlichkeit stieg in Elena hoch.

»Na, komm, mein Süßer, du musst ins Bett. Es ist schon nach Mitternacht«, sagte sie sanft. »Ich bleibe noch ein bisschen bei dir.«

Bennie nickte glücklich, trottete ins Bett und rückte bis ganz an die Wand, um für seine Mama Platz zu machen. Kaum lag Elena neben ihm, schlang er sein Ärmchen um ihre Taille. Selig drückte Elena den bettwarmen Kinderkörper an sich. Oh, wie liebte sie solche kuscheligen Momente! Das tat so gut!

»Ach, mein Kleiner«, flüsterte sie in Bennies weizenblondes Haar. »Ich liebe dich so sehr.«

»Ich dich auch, Mama«, murmelte Bennie zufrieden an ihrer Brust. Elena atmete tief ein und aus. Für sie war das schönste Gefühl der Welt: ihr Kind, das sich glücklich an sie schmiegte. Immer wieder drückte sie ihm einen Kuss auf den Scheitel und strich über die weichen Wangen. Sie dachte, Bennie wäre schon eingeschlafen, als er murmelte:

»Ich freue mich so aufs Kino am Samstag. Papa hat gesagt, wir gehen hinterher noch Eis essen.«

»Ja, das wird bestimmt schön. Du musst mir unbedingt erzählen, wie der Film war.«

Bennie versteifte sich und wurde wieder wacher.

»Gehst du nicht mit?«, fragte er alarmiert.

»Ich kann leider nicht, mein Kleiner. Aber wir sind den Rest des Tages zusammen. Ich bin bloß beim Kino und beim Eisessen nicht dabei.«

»Aber warum denn nicht?« Bennie klang total enttäuscht.

»Weißt du, ich muss ein paar wichtige Dinge erledigen. Ich habe sonst keine Zeit dafür und da dachte ich, ich nutze die zwei Stunden, in denen ihr im Kino seid.«

Bennie erwiderte nichts darauf. Er war traurig und Elena tat das in der Seele weh. Hilflos umarmte sie ihren Sohn ein wenig fester. Der Kloß im Hals wuchs schon wieder.

»Ich weiß nicht, wie ich es sonst schaffen soll«, verteidigte sie sich schwach. »Ich wünschte ja auch, es wäre anders.«

Bennie drehte sich ein wenig zu ihr.

»Mama? Wo geht eigentlich die Zeit hin, wenn sie vergangen ist?«

»Wow, was für eine geniale Frage, Bennie.« Elena lachte leise. »Ich weiß es nicht. Viele sagen, Zeit sei eine Illusion. Damit meinen sie, es gäbe sie nicht wirklich. Also, dass sie so etwas wie eine Täuschung ist.«

»Das glaube ich auch«, antwortete Bennie zu ihrer Überraschung. »Dass die Zeit nicht echt ist.«

»Wie meinst du das denn?« Ehrlich interessiert stützte sich Elena auf ihren Ellbogen und sah auf ihren kleinen Jungen hinunter.

»Weil sich die Zeiger auf der Uhr im Wohnzimmer immer im Kreis drehen«, erklärte Bennie ernst. »Und auf meinem Wecker ist auch immer Zeit. Sie geht nie weg. Egal, wie oft ich draufschaue.«

»Aber … es ist immer eine andere Zeit.«

»Ja, schon, aber es kommt doch immer neue. Wieso hast du nie Zeit, Mama, wenn doch immer wieder neue nachkommt?«

Elena war fasziniert. »Das sind sehr tiefgründige Gedanken, Bennie. Ich glaube, ich muss darüber nachdenken, bevor ich dir eine Antwort geben kann.«

Bennie nickte zufrieden. »Das ist okay. Vielleicht gehst du ja am Samstag dann doch mit ins Kino, wenn du weißt, dass immer wieder neue Zeit kommt. Sie geht nie aus, weißt du. Sie ist immer da.«

Stumm drückte Elena ihren Sohn an sich.

»Gott, wie ich dich liebe, du süßer Kerl«, flüsterte sie.

»Ich liebe dich auch, Mama.«

Bennie schlief ein. Noch einige Zeit hielt ihn Elena in ihrem Arm, dann stand sie leise auf, stopfte behutsam die Decke um seinen Körper und ging in die Wohnküche, in der sie einen kleinen Sekretär stehen hatte.

Sie suchte sich Papier und Stift und hielt das Gespräch mit ihrem Sohn fest. Doch noch während sie die Zeilen in ihr Impuls-Büchlein schrieb, überfiel sie tiefe Melancholie. Es bedrückte sie, dass ihr Kleiner so etwas sagte. Er war es gewohnt, dass sie Zeit für ihn hatte, es hatte schon bessere Tage gegeben. Nicht nur sie litt unter der momentanen Situation, auch er. Florian und sie hatten ihm gesagt, dass es nur vorübergehend wäre, aber nun ging sie schon seit einem halben Jahr abends zum Bedienen aus dem Haus. Plötzlich befiel Elena eine tiefe Angst, dass diese Situation eine dauerhafte werden würde, dass die guten Zeiten nicht wiederkamen und ihr nur eine kurze Zeit des Glücks vergönnt gewesen war. Verzweifelt rieb sie sich das Gesicht.

»Du darfst nicht so denken«, flüsterte sie sich selbst zu. »Du sollst nicht so denken! Lass es nicht wahr werden!«

Aber gerade war vieles wahr geworden, was sie nicht gewollt hatte, lief so vieles aus dem Ruder. Der Schwung der ersten Jahre, als Ideen nur so geströmt waren, war abgeflaut. Nach jedem Titel fiel es ihr schwerer, eine Geschichte zu erdenken, die noch nicht erfunden worden war. Sie war ja nicht die einzige Autorin in ihrem Genre! Im Gegenteil! Lockere, leichte Liebesgeschichten mit einer Portion Erotik, wie sie sie verfasste, gab es wie Sand am Meer und lockte viele auf die Bühne der Schriftstellerei. Mit jedem Jahr wuchs die Konkurrenz und damit die Anstrengung, auf dem Buchmarkt zu bestehen. Auch hatten sich mit den Jahren die Konditionen für Autoren verschlechtert. Werbung brachte nicht viel. Die paar zusätzlich verkauften Exemplare standen in keinem Verhältnis zu den hohen Kosten, die eine flächendeckende Werbung verursachte. Und so rutschten die Verkaufszahlen unaufhaltsam nach unten und Elena wusste nicht, was sie dagegen tun konnte.

Entmutigt sah sie sich um, wünschte sich, ihr Mann Florian würde auf magische Weise ihrer Stimmung gewahr werden und sie tröstend in den Arm nehmen.

Aber Florian lag längst im Bett. Er ging nie später als 22:00 Uhr schlafen, weil der Schlaf vor Mitternacht der beste war. Wie stets hatte er den Tisch für das Frühstück gedeckt und alles für den morgigen Tag vorbereitet. Behälter für Pausenbrote, Messer und Schneidebrett für den Obstsalat lagen griffbereit auf der Anrichte, der Kaffeevollautomat war mit gefiltertem Wasser aufgefüllt … Florian war supergewissenhaft und organisierte den Tagesablauf wie ein Uhrwerk. Er war nicht nur der Leim, der alles zusammen hielt, sondern auch ihre feste Stütze.

Ein leichtes Lächeln glitt über Elenas Gesicht, als sie an ihren Mann dachte. Sie war sechzehn gewesen, als sie sich kennengelernt hatten, er achtzehn. Seit fünfundzwanzig Jahren waren sie nun zusammen, hatten beide BWL studiert, ihre ersten Schritte im Berufsleben gemeinsam gemacht.

Florian war ihre große Liebe und beide hatten sich unglaublich gefreut, als Elena mit Mia schwanger wurde. Sie hatten geheiratet, Florian war seinem Beruf nachgegangen und Elena ganz klassisch zu Hause bei ihrem Kind geblieben. Bücher schreiben war ihr nie in den Sinn gekommen. Doch als Mia drei Jahre alt gewesen war, hatte eine Studienkollegin einen Groschenroman im Selfpublishing veröffentlicht – und damit gewaltig Furore gemacht.

»Mann, mit so einem Schmu kann man Geld verdienen?«, hatte Elena in ihrer Freundesrunde gestaunt. »Das Ding hat sie in höchstens einer Woche hingeschmiert! Mehr Klischee geht nicht! «

»Sie hat wirklich keine Schublade ausgelassen«, hatte Phil, ihr bester Freund, zugestimmt. »Aber scheint zu funktionieren. Auf jeder zweiten Seite Liebesszenen, ein Milliardär, eine hübsche Braut … Sex sells!«

»Dass die Leute das lesen wollen!«, hatte sich Susann, die Intellektuelle, ereifert. »Du weißt auf der ersten Seite, wie es ausgeht! Das ist im Grunde gar keine Story! Das ist Softporno!«

»Na ja, die Leute wollen eben Leichtes, das Leben ist schwer genug. Und diesen Erfolg muss man trotzdem erstmal hinkriegen. Irgendwas hat sie richtig gemacht.«

Es war reichlich Alkohol geflossen, die Blödeleien waren immer freimütiger geworden und schließlich hatte Elena, gehörig angesäuselt, im Eifer des Gefechtes gerufen:

»Das Buch hat zweihundert Normseiten, das entspricht siebzig- bis achtzigtausend Wörtern. Das kriegt doch jeder hin!«

»Sehe ich genauso!«, hatte Marion weinselig beigestimmt.

»Dann mach es doch nach!«, hatte Susann vorgeschlagen. »Geht ja nicht nur ums Schreiben, du musst es ja auch vermarkten!«

Es kam, was kommen musste. Sie schlossen eine Wette ab. Nachdem Elena und Marion so vollmundig behauptet hatten, einen Zweihundert-Seiten-Roman in einem Monat zu produzieren, nahmen ihre Freunde sie beim Wort. Da Elena ein Kleinkind hatte, gestanden sie ihr acht Wochen fürs Schreiben, Coverentwurf und Werbemöglichkeiten zu. Phil, der Literaturstudent, erklärte sich für Lektorat und Korrektorat zuständig, Florian nahm zwei Wochen Urlaub, um Elena den Rücken freihalten zu können – und los ging es!

Elena schrieb drauflos, holte aus ihrem Kopf alle anrüchigen Fantasien hervor und brachte sie zu Papier. Es machte ihr Spaß, eine Liebesgeschichte zu verfassen und hie und da ein bisschen Geist einfließen zu lassen. Tatsächlich vollendete sie innerhalb von vier Wochen ihren Roman, während Marion schon in den ersten zweien die Segel gestrichen hatte.

Elena hingegen hatte schiere Freude daran, die einzelnen Szenen nochmals aufzuplustern, in der Meinung, so eine Schmonzette würde sowieso niemand lesen wollen. Danach las sie sich in die Regeln des Selfpublishings ein, ließ sich von einer günstigen Designer-Plattform ein Cover mit Sixpack, vollbusiger Frau und ein bisschen Landschaft im Hintergrund erstellen und brachte das Buch nach exakt acht Wochen unter dem Pseudonym Elena Carter als E-Book heraus. Freudestrahlend strich sie unter den Glückwünschen ihres Freundeskreises die Kiste Champagner und das Abendessen ein, das sie gewonnen hatte. Danach entspannte sie erstmal, genoss die Zeit mit ihrem Töchterchen und ihr intaktes Familienleben.

Zu ihrer maßlosen Überraschung schlug ihr Titel fast ebenso ein wie der ihrer Kollegin. Elena würde nie den Moment vergessen, als sie sich plötzlich in den Top 100 der E-Book-Charts wiedergefunden hatte. Dieses Gefühl im Bauch! Das war einfach nur wow!

Aufgeregt hatten Florian und sie den in die Höhe geschossenen Verkaufsbalken bestaunt. In den folgenden Tagen schob sich ihr Titel in die Top 50, 20, und schließlich in die Top Ten, blieb dort hängen und hielt sich satte zehn Wochen auf den vorderen Rängen. Elena war schier sprachlos gewesen, als die erste Monatsabrechnung mit einem fünfstelligen Betrag auf ihrem Konto gelandet war. Ob das wiederholbar war? Sie startete einen weiteren Versuch. Gleiches Konzept – gleicher Erfolg. Sogar noch mehr! Denn durch den Verkauf des zweiten Buches wurde der Umsatz des ersten angeregt. Ach, was waren das für herrliche Zeiten gewesen! Florian und sie hatten damals die ersten Erfolge gehörig gefeiert, sich geliebt und hemmungslos herumgesponnen.

Mia war vier Jahre alt gewesen, als Florian den Vorschlag machte, sich um Haushalt und Kinder zu kümmern. Sie planten ein zweites Baby und mit dieser Lösung könnte sich Elena vollzeitlich als Autorin verdingen. Sie verdiente mit ihren Romanzen, die sie im Selfpublishing und manchmal auch über einen Verlag herausbrachte, so gut, dass sie damit locker die kleine Familie ernähren konnte. Mit Florian im Rücken wurde ein Leben möglich, das sie zutiefst liebte. Sie war zu Hause, wenn Mia vom Kindergarten und später von der Schule kam. Jahre später kam Bennie zur Welt und hielt Florian und sie in ihrer jeweiligen Rolle. Florian machte es rein gar nichts aus, Hausmann zu sein. Er kümmerte sich um alles: Einkaufen, Waschen, Bügeln, die Chauffeurdienste für die Kinder … die tausend Kleinigkeiten eben, die zwar für sich gesehen nichts Großartiges waren, in ihrer Gesamtheit aber fünfundzwanzig Stunden am Tag verschlangen. Bei dieser Regelung wollten sie es belassen, bis Bennie die Grundschule hinter sich hatte.

Für Elena war Florian noch heute, nach einem Vierteljahrhundert Zusammensein, ein Volltreffer. Sie liebte ihn über alles. Er sah noch immer jung aus, fast noch so, wie sie ihn kennengelernt hatte. Sein hellbraunes Haar war so dick wie der weizenblonde Schopf von Bennie, sein Gesicht feingeschnitten, seine Figur selbst mit seinen dreiundvierzig Jahren noch immer jungenhaft.

In den Jahren, die er zu Hause verbrachte, hatte er sich intensiv der Spiritualität gewidmet und ging voll darin auf. Er fand einen Guru – und ein echtes Ziel im Leben: Erleuchtung! Das zu sein, was man in Indien einen *Jivanmukta* nennt – eine noch zu Lebzeiten im Körper befreite Seele.

Zu seiner täglichen Meditation hatte sich eine Vielzahl spiritueller Praktiken dazugesellt. Er aß und kochte ayurvedisch und nahm regelmäßig an Satsangs teil, also Treffen mit Menschen, die das gleiche Ziel verfolgten. Er las Elena aus Büchern vor, die ihn begeisterten, und färbte damit auch ihr Weltbild enorm. Sie mochte seine Weisheiten, wenn sie ihr auch manchmal etwas weltfremd vorkamen.

Elena hatte es als prickelnd empfunden, Alleinverdienerin zu sein und für die Existenz der Familie zu sorgen, die Urlaube zu bezahlen, den Wagen und das Reihenhaus, das sie sich im Vorort einer Großstadt gekauft hatten, als alles noch gut gelaufen war. Aber jetzt …

Ihr Blick glitt über den gedeckten Tisch, blieb an ihrem Platz haften.

Fein säuberlich aufgeschichtet lag neben ihrem Teller ein Stapel Briefe. Mit einem flauen Gefühl im Magen nahm sie sie in die Hand, scheute sich, die Kuverts zu öffnen. Es war spät, sie war müde, sie hätte gut bis zum Frühstück warten können, aber es war, als ob jemand ihr zuflüsterte: »Ich muss dir etwas total Unangenehmes sagen. Willst du es morgen oder gleich erfahren?«

Wer mochte schon mit einem so ungewissen Gefühl ins Bett gehen? Entschlossen schlitzte Elena die Umschläge auf – und bereute es in der nächsten Sekunde.

Strom- und Gasrechnungen, eine Mahnung vom Finanzamt wegen der überfälligen Umsatzsteuervorauszahlung, Reparaturkosten für die Waschmaschine und eine satte Forderung vom Heilpraktiker.

Sie schluckte.

Aber es war auch die Abrechnung ihres Verlages darunter, der diese noch immer per Post verschickte. Diesen Brief hatten sie und Florian sehnlichst erwartet. Trotzdem wollte Elena sich keiner allzu großen Hoffnung hingeben. Wenn sie eines nicht mochte, dann Enttäuschung. O ja, dieses sinkende Gefühl im Bauch hasste sie mehr als alles andere auf der Welt!

Sie visualisierte eine Summe unterhalb ihrer Wunschvorstellung, die dennoch Grund zur Erleichterung geben würde. Mit klopfendem Herzen riss sie den letzten Umschlag auf.

Die Ernüchterung folgte auf dem Fuße, im Sturzflug sauste ihr ein Stein in den Magen. Die Auszahlung betrug noch nicht mal ein Fünftel von dem, was sie erwartet hatte! Mit blutleerem Gesicht starrte sie auf das Schreiben. Verkauften sich ihre Bücher so schlecht? Dieser Betrag konnte unmöglich stimmen! Das würde ja bedeuten, dass so gut wie gar kein Buch über den Ladentisch gegangen war!

Trotz der vorgerückten Stunde öffnete sie ihren Laptop und checkte weitere Dashboards. Die Zahlen waren niederschmetternd, vertrieben auf unangenehme Art ihre Müdigkeit, veranlassten sie zu weiteren Aktivitäten: dem Überprüfen der Ranglisten bei Großhändlern und sonstigen Plattformen, aber nichts davon gab Anlass zur Freude.

»Ihr Titel ist seit gestern um 6578 Plätze niedriger rangiert.«

Elena traf fast der Schlag. Nicht nur dieses Buch, nein, alle ihre bis dato produzierten Werke befanden sich im freien Fall, waren mit roten Pfeilen versehen, die nach unten statt nach oben zeigten.

Der Kloß im Hals wurde immer fetter. Sie presste die Lippen zusammen.

Es ging nicht nur ums Geld, sondern darum, dass die Leser nicht mehr mochten, was sie schrieb. Dass ihre Geschichten nicht mehr ankamen, *sie* nicht mehr ankam. Hatte Phil recht? Phil, der ihr schon so lange ins Gewissen redete?

Am Boden zerstört blickte sie aus dem Fenster in die tiefschwarze Nacht. Wie sollte das weitergehen? Wie oft hatte sie schon auf die Abrechnungen gefiebert, nur um wieder und wieder enttäuscht zu werden? Nun war eine Grenze erreicht, das fühlte sie deutlich. Bitter starrte sie auf die Zahlen. Wieso klappte das nicht mehr?

Florian versuchte stets, ihr auf seine Weise zu helfen. Er redete von Loslassen, von Fließenlassen, vom Fluch des Habenwollens und dem Binden an Materie.

»Aber wir müssen von etwas leben, Florian«, hielt sie oft dagegen. »Wir sind nun mal in der dreidimensionalen Welt, wie du sie bezeichnest. Das Haus kostet Geld, die Kinder, das Auto … *das* ist die Realität.«

»Ja, schon, Liebling, aber es geht doch auch um eine tiefere Erkenntnis. Ich habe jüngstens einen Satz gelesen, der genau auf dich passt: ›Begehre nicht die Frucht deiner Arbeit, tue einfach deine Pflicht. Wünsche führen zu Groll, denn wenn der Mensch nicht bekommt, was er möchte, verdunkelt Zorn sein Herz‹.«

»Ja, aber …«

»Schatz, merkst du nicht, das ist genau das, was mit dir passiert?«

Damit hatte er recht. Elena verspürte einen immensen Groll auf das Leben. Groll auf alle Supererfolgreichen, bei denen es so glatt und easy zu laufen schien. Und doch wehrte sie sich gegen Florians Worte, weil sie ihr ein schlechtes Gewissen machten – das konnte sie erst recht nicht brauchen!

»Ich will es doch für uns, damit wir ein schönes Leben führen können«, trotzte sie in solchen Fällen.

»Ja, schon, aber du machst dich so fertig wegen deiner Wünsche. Es ist nicht gut, Wünsche zu haben, Elena. Du solltest dich bemühen, in einen wunschlosen Zustand zu kommen. Meditiere doch mal darüber.«

Elena hatte darüber meditiert. Sie hatte die Bücher gelesen, die Florian ihr empfahl und die in das gleiche Horn tuteten: dass die vielen Wünsche der Menschen alles Übel der Welt heraufbeschworen und daher ein wunschloser Zustand der erstrebenswerteste war. Immer wieder versuchte Florian, ihr das näherzubringen:

»Ist doch schön, wenn du hast und bekommst, was du willst, dann kannst du dich auch darüber freuen. Aber du solltest auch glücklich sein ohne das.«

Elena war zwiegespalten. Es klang schön, wunschlos zu sein. Es klang nach Freiheit. Sie spürte die Wahrheit darin und doch fühlte sich etwas nicht richtig an. Was sie nicht verstand, war, wie man etwas erreichen sollte, ohne einen Wunsch haben und ihn verfolgen zu dürfen. Oder verstand nur sie es nicht? Was blieb, war Frust. Ihre Wünsche wurden nicht erfüllt und außerdem sollte sie sie gar nicht erst haben dürfen.

Sie hielt sich an Florians Ratschlag: glücklich zu sein ohne das. In den Jahren nach den ersten großen Erfolgen ihrer Schreibkarriere war das nicht schwer gewesen. Der Verdienst war einigermaßen stabil und hielt sich in Höhen, die sie nie erwartet hatte. Aber gerade, als sie sich ein Gefühl der Sicherheit zugestehen wollte, war es unaufhaltsam abwärtsgegangen, als gönnte ihr das Schicksal diese Sicherheit nicht.

»Das Leben ist wie das Laufen auf dünnem Eis«, beklagte sie sich bei Florian. »Es kann jederzeit brechen. Es ist nicht sicher. Und ich mag das Gefühl nicht.«

»Das einzig Sichere im Leben ist die Unsicherheit«, tröstete er sie sanft. »Wenn du mental gefestigt bist, macht dir weder ein Hoch noch ein Tief etwas aus. Das ist der Geisteszustand, den wir erreichen sollten. Bleib im Vertrauen.«

Elena fand die Umsetzung schwierig. Vor allem deswegen, weil ihr gemeinsamer Lebensstil davon abhängig war, dass es gut lief. Sie schrieb weiter in dem Genre, das ihr jahrelang Erfolg verschafft hatte: anspruchslose Geschichten mit Schlagwörtern, die die Masse abholten: Milliardäre, Cowboys, CEOs, Aschenputtelgeschichten. Mit jedem Buch hoffte sie erneut, die alten Zahlen wieder zu erreichen – und wurde jedes Mal enttäuscht.

Schließlich war das eingetreten, was sie sich niemals hätte vorstellen wollen: Ihre letzten drei Bücher waren vom Start weg abgesoffen. Sie waren noch nicht mal in einen fünfstelligen Rankingbereich gekommen! Das hatte ihr einen gewaltigen Stich versetzt. Jene Tage begannen, an denen sie morgens mit einem flauen Gefühl im Magen aufwachte und sie sich mit einem ebensolchen wieder schlafen legte.

Aber aufgeben war keine Option, zumal sie eine Familie ernähren musste. So hatte sie die Zähne zusammengebissen und unter großer Anstrengung einen weiteren Roman herausgepresst, in den sie alles hineingelegt hatte, von dem sie glaubte, dass es ihre Leserschaft ansprach. Doch auch dieser Titel scheiterte vollständig. Die negativen Rezensionen waren Fausthiebe in ihren Magen, jede einzelne schmerzte, und sie kassierte mit diesem Buch einen Bewertungsschnitt von unter drei Sternen. Elena war in ihrem Selbstbewusstsein tief getroffen und am Boden zerstört.

Florian beschwor sie, ihren Selbstwert nicht an solche Dinge zu hängen, aber das schaffte sie nicht. Sie erstickte in Zweifeln.

Ihre Kreativität schwamm irgendwo in Abrahams Wurstkessel, nicht abrufbar für sie. Aber war sie denn je wirklich kreativ gewesen? Sie hatte ein Konzept verfolgt, Marktanalysen betrieben, was die Masse las, und sich danach gerichtet. Das war weit weg von wahrer Kreativität. Dieser Gedanke entmutigte sie vollends. War es nur das Geld gewesen, das sie gereizt und weitergetrieben hatte? Der Fluch des Habenwollens, wie Florian immer betonte?

Die letzte Veröffentlichung lag nun fast ein dreiviertel Jahr zurück. Längst hätte sie einen Nachfolger parat haben müssen, aber bisher nicht einen Buchstaben zu Papier gebracht. Sie hatte noch nicht mal den Ansatz einer Idee! In ihr war totale Leere. Nada. Nichts ... und das Schlimmste war: Sie konnte sich nicht aufraffen.

Aber Geld musste her und so hatte sie begonnen, im Service eines gehobenen Restaurants zu arbeiten. Erst war sie nur für eine Freundin eingesprungen, aber nun schien es sich immer mehr zu einem festen Arrangement zu wandeln. Es war eine Notlösung, denn auch dieses Geld reichte nicht, um die Fixkosten zu decken.

Beklommen blickte Elena auf die Zahlen auf ihrem Monitor.

Irgendwie wollte sie die Schreiberei nicht aufgeben. Warum, darüber wollte sie nicht nachdenken, weil sie ahnte, dass der Grund ein unschöner war: Sie hatte keine Alternative. Ihr BWL-Studium lag mehr als zehn Jahre zurück, darauf konnte sie nicht mehr bauen. Und Florian steckte in der gleichen Situation! Nun stellte sich der Weg, der sich einst so hochtrabend angelassen hatte, als Sackgasse heraus. Verflixt, warum hätte es nicht einfach laufen können?

Schrieb sie zu brav? Sollte sie auf mehr Sex setzen? Der alte Spruch »Sex sells« zählte doch immer noch, oder?

Sie studierte die Klappentexte der derzeitigen Bestseller. Alles wie gehabt: Ganz oben standen Haters-to-Lovers-Storys, Horror, Krimis, Badboys, Milliardäre, CEOs und Cowboys. Nach wie vor zierten Sixpacks, Blutstreifen, Leuchttürme oder Tassen mit cremigem Cappuccinoschaum die Cover ... genau ihr Konzept! Ihre Titel wie Cover passten voll ins Raster. Warum klappte es bei ihr nicht? Sie verstand die Welt nicht mehr. War ihre Zeit als Autorin vorbei? Ja, vielleicht war es einfach Zeit, die Rollen wieder zu tauschen!

Der Gedanke leuchtete auf wie ein Lichtstrahl in der Finsternis. Er wirkte so erlösend, dass sie sich in derselben Sekunde bewusst wurde, wie sehr sie sich diesen Rollentausch wünschte, sie sich von der Verantwortung, eine Familie zu ernähren, erschlagen fühlte. Zuhause bei den Kindern bleiben! Sich um ihr angeknackstes Verhältnis mit Mia kümmern können! Für Bennie da sein ... entspannt Zeit für ihn zu haben ... oh, das fühlte sich herrlich an! Das war wie die Aussicht auf Schlaf und ein weiches Bett nach Monaten durchwachter Nächte. Ein Seufzen entfuhr ihrem Mund, Tränen füllten ihre Augen. Auf einmal sehnte sich Elena ganz schrecklich danach, loslassen zu dürfen und nicht ständig diesem Druck ausgesetzt zu sein. Sie klappte den Rechner zu, Hoffnung im Herzen. Gleich morgen würde sie mit Florian reden.

Sich etwas leichter fühlend schob sie den Stuhl zurück, ging ins Bad, blickte in den Spiegel. Ihre braunen Augen waren schmal vor Müdigkeit, die Augäpfel nicht weiß, sondern leicht rötlich. Ihr blondes Haar hatte sie entgegen ihrer sonstigen Gewohnheit straff aus dem Gesicht gekämmt und zu einem Knoten gebunden, um nicht sofort erkannt zu werden, wenn sie bediente. Bedrückt betrachtete sie sich. Das war nicht ihre Frisur. Das waren nicht ihre Augen, das war nicht ihr Leben. Es war Zeit für eine Veränderung.

Versonnen zog sie die Haarklammern und das Gummiband heraus, schüttelte ihre blonden Locken. Befreit glitten sie über ihre Schultern. Der Druck wich von der Kopfhaut, alles wurde weich. Ja, so wollte sie sich fühlen – gelöst und frei.

# ♫ Moonlight and Gold ♫

Gerry Rafferty

Der Abend war lau, der Himmel von einzelnen dunkelgrauen Wolken durchsetzt. Das Licht der Wand- und Deckenleuchten ließ die Holzvertäfelung des Raumes schimmern. Eine Schreibtischlampe mit grünem Glasschirm beleuchtete die Seiten des Buches, das in seinen Händen ruhte. Seine Augen starrten darauf, ohne die Buchstaben zu entziffern. Gedankenverloren sah er aus dem Fenster. Zweige eines Baumes wehten in einer leichten Sommerbrise und von grauen Wolken umflort blitzte zwischen den filigranen Ästen der weiße Umriss eines vollen Mondes hervor. Noch erstrahlte er nicht im herrlichen Silber, das ihm die Nacht verleihen würde, sondern hing als blasser Kreis am Himmel.

Draußen zwitscherten die Vögel um die Wette. Ein Rotkehlchen flog ganz nah an die Scheibe, setzte sich auf den Sims und fing an, sich zu putzen. Ray lächelte. Das rote Bäuchlein leuchtete und immer wieder ruckte der Vogel mit dem Schnabel in Richtung Fenster, als wollte es ihn mahnen, sich wieder dem Buch zuzuwenden. Ray hatte längst gelernt, auf solche Zeichen zu achten und sie ernst zu nehmen. So senkte er den Blick auf das cremefarbene Papier in seinen Händen und die kunstvoll gestalteten Buchstaben.

*Willst du Neues in deiner Welt erschaffen, musst du darüber hinwegblicken, was bisher war und über das, was du nicht willst. Beachte es einfach nicht mehr. Du kannst das Alte nicht in das Neue mitnehmen.*

Er hatte diese Sätze schon oft gelesen, aber wusste nicht, wie er sie auf sein Leben transferieren sollte. Was war alt, was neu? Woran sollte er festhalten und was loslassen?

In einer spontanen Regung stand er auf. Die Nacht war zu schön, zu magisch, und wie so oft verspürte er den Drang, seinen Lieblingsplatz aufzusuchen, in dem unerklärlichen Gefühl, das dort etwas auf ihn wartete, ohne zu wissen, was das sein sollte. Tief atmete er durch, als die dicke Holztür ins Schloss fiel und er sich zu seinem Auto begab.

Es war neun Uhr abends, der Tag ungewöhnlich heiß gewesen. Das Blech seines Wagens war aufgeheizt, auch der Stoffsitz hatte die Wärme der Sonne gespeichert, die sich nun mit einem farbenprächtigen Schauspiel verabschiedete. Letzte Strahlen färbten den Horizont purpur und rot, Licht brach durch dunkelgraue Wolken, ummantelte sie mit Glanz. Abendgrüße, bis zu einem neuen Morgen.

Während der dreißigminütigen Fahrt zog eine samtblaue Nacht herauf. Sterne blinkten am Himmel. Ein geheimnisvoller Himmel, der Ray, seit er das Buch das erste Mal in Händen gehalten hatte, mehr und mehr Rätsel aufgab.

Denn dieses Buch sprach von Dingen, die er nirgendwo sonst gelesen hatte. Auf eine Art, wie er sie nirgendwo sonst gelesen hatte. Es wäre ein Leichtes gewesen, es als Fantasterei abzutun, aber in dieser Gegend war das schlicht unmöglich.

# ♫ Life We've Built ♫

Portair and Emily James

Freitagmorgen. Licht fiel durch das Fenster, Elena wollte nicht aufwachen. Das flaue Gefühl, dass etwas nicht in Ordnung war, war allgegenwärtig. Verschlafen blinzelte sie zum Wecker: Es war zwanzig nach sechs.

Von unten drangen Geräusche herauf, Kaffeeduft zog in ihre Nase, Florian stand stets um fünf Uhr morgens auf, um eine Stunde zu meditieren und Yogaübungen zu absolvieren. Zehn Minuten nach sechs bereitete er das Frühstück vor und Punkt 6:30 Uhr stand alles auf dem Tisch.

Verglichen mit Florian fühlte sich Elena oft undiszipliniert. Gerade jetzt zum Beispiel würde sie gern weiterschlafen, faul sein, den Tag vertrödeln, ohne Pflichten und Sorgen. Aber daran war nicht zu denken. Der Ablauf war getaktet, sie hatte abends wieder Dienst im Restaurant, die Kinder mussten in die Schule, außerdem wollten sie noch fürs Wochenende einkaufen, da sie für Sonntag Freunde eingeladen hatten.

Doch die sonnige Aussicht, Florian ihren Vorschlag zu unterbreiten, half ihr aufzustehen. Wer weiß, welche Lösung sich schon am Nachmittag abzeichnen würde?

»Mia!«, tönte Florians Stimme durch die Räume. »Komm endlich runter! Du bist schön genug!«

Elena sah auf die Uhr. Ihre Tochter war verdammt spät dran. Erneut rief Florian:

»Mia! Hast du mich gehört? Frühstück ist fertig! Und der Bus wartet nicht!«

Elena warf sich ein Negligé über, ging ins Bad und hörte, wie Florian, zwei Stufen auf einmal nehmend, nach oben rannte und Mias Zimmertür aufriss.

»Hey, was soll das? Du liegst noch im Bett? Raus mit dir! Aber dalli!«

»Nein!«, maulte Mia laut. »Ich will nicht in die Schule! Mir geht es nicht gut!«

»Oh, no!«, stöhnte Elena im Bad. »Nicht schon wieder!«

In der letzten Zeit weigerte sich ihre Tochter immer häufiger, in die Schule zu gehen, und schob Kopf- oder Menstruationsschmerzen vor, so auch heute.

Florian hatte Mia die Bettdecke weggerissen, wie Elena an deren Gekreische feststellen konnte.

»Lass das! Mir tut der Bauch weh! Ich kann nicht in die Schule!«

»Ach, komm, mach mir doch nichts weis! Wir wissen beide, was Sache ist!«

»Gar nichts weißt du!«

Mit Sorge dachte Elena an Bennie, der unten allein am Frühstückstisch saß. Sie beeilte sich, ins Zimmer ihrer Tochter zu kommen.

Das Bild war wie erwartet. Mia hatte sich in der letzten Ecke auf der Matratze zusammengekauert und weigerte sich, sie zu verlassen. Einigermaßen hilflos stand Florian mit der Bettdecke in der Hand vor ihr. Wie bekam man eine Fünfzehnjährige dazu, sich anzuziehen und in den Bus zu steigen, wenn sie nicht wollte? Gar nicht! Sie wussten ja noch nicht mal, ob sie überhaupt in der Schule ankommen würde, wenn Mia das Haus verließ!

»Mia, sei doch vernünftig«, versuchte es Florian. »Du wirst es irgendwann bitter bereuen, so oft geschwänzt zu haben. Spätestens wenn du Abitur machen willst, fehlen dir wichtige Grundlagen! Dann musst du alles nachlernen, und glaube mir, das ist nicht lustig.«

»Schule ist auch nicht lustig. Außerdem will ich kein Abitur machen!«

»Doch, das willst du. Du willst doch mal studieren. Wovon willst du denn leben?«

»Lass das mal meine Sorge sein.«

»Du bist fünfzehn und daher ist das auch unsere Sorge. Du bist ein gutes Leben gewohnt – das will bezahlt sein und dafür brauchst du einen Job.«

»Wer sagt denn, dass ich keinen Job bekomme? Ich werde mir mein Geld auf meine Weise verdienen. Jetzt gib mir endlich die Decke wieder!«

»Ohne Abitur geht heutzutage gar nichts, Mia!«

»Ach, Quatsch! Niemand braucht so einen Lappen, um Geld zu verdienen! Ich baue mir meine eigene Karriere auf!«

»Womit denn? Mensch, Mia, du bist hochintelligent! Du könntest die Schule mit einem Klacks meistern! Du wirst doch wohl noch diese drei Jahre durchhalten.«

»Es geht nicht um drei Jahre«, fauchte Mia. »Denn wenn ich das Abi habe, wollt ihr, dass ich studiere. Aber ich will in keine Uni! Ich will nicht indoktriniert werden und lernen, was irgendwelche Hirnis mir vorschreiben!«

»Niemand will dich indoktrinieren, Mia, woher hast du denn solche radikalen Gedanken?«

Besorgt blickte Florian auf das Handy seiner Tochter, als sei das der Übeltäter, und wandte sich seiner Frau zu.

»Sag doch auch mal was, Elena!«

»Mia«, begann Elena und machte zögerlich einen Schritt auf ihre Tochter zu. Augenblicklich verkrampfte sich Mia, drehte ihren Kopf weg und machte erst recht dicht.

Elena war tief verletzt. Doch dann fielen ihr die Gedanken von letzter Nacht ein, ihr Wunsch, ihrer Tochter wieder näher zu kommen ... warum nicht jetzt gleich hier einen Anfang machen?

Sie setzte sich auf die Bettkante und legte ihre Hand auf die Schulter ihrer Tochter.

»Mia, ich kann deine Gründe nicht verstehen, aber wir haben auch noch nie wirklich darüber geredet«, begann sie.

Auch wenn sich am äußeren Bild nichts änderte, war die Stimmung plötzlich eine andere. Mia drehte sich nicht um, aber war hellhörig geworden.

»Wir könnten den Tag heute für ein Gespräch nutzen, was meinst du?«, fuhr Elena fort und wandte sich an ihren Mann: »Flo, ich rufe in der Schule an und entschuldige Mia. Lass sie hierbleiben.«

Mit offenem Mund starrte Florian seine Frau an.

»Was? Was soll das denn jetzt? Das ist das dritte Mal, dass Mia innerhalb von vierzehn Tagen fehlt! Sie schreibt noch Schularbeiten und verpasst den Stoff!«

»Die Schularbeiten verbockt sie so oder so, ob sie nun heute im Unterricht sitzt oder nicht.«

Florians Unterkiefer fiel noch weiter nach unten. »Wie bist du denn heute drauf?«

»Ja, wie bist du denn drauf, Mama?«, ließ sich auch Mia mit großen Augen vernehmen, deren Körperhaltung sich gelockert hatte.

Elena nahm Florian die Bettdecke aus den Händen, schüttelte sie auf und breitete sie über ihre Tochter. »Heute kannst du hierbleiben, Mia, aber wir sprechen nachher, okay?«

Mias Augen begannen zu funkeln.

»Super Idee, Mama. Ich wollte ohnehin mit euch über meine Zukunft reden. Auch wenn ich davon ausgehe, dass ihr mich nicht verstehen werdet.«

»Gib uns eine Chance.« Elena lächelte Mia versöhnlich an.

»Ähm, ja, gut«, erwiderte Mia verblüfft, dann aber stieg Hoffnung in ihre Augen. »Wann wollt ihr denn reden?«

»Nach dem Mittagessen? Vorher muss ich noch etwas mit Papa besprechen.«

»Das trifft sich gut. Ich muss auch dringend etwas mit dir besprechen, Elena«, warf Florian ein.

»Ja, du lieber Himmel! Das wird aber ein redseliger Tag heute!«

Elena lachte leicht, um die Spannung zu vertreiben, die plötzlich im Zimmer hing und das mulmige Gefühl von gestern Abend zurückbrachte.

»Mama! Papa!«, schallte es von unten herauf. »Wo bleibt ihr denn alle?«

»Wir kommen!«, rief Florian.

»Mia, magst du mit uns frühstücken?«, fragte Elena. »Bennie freut sich bestimmt, wenn wir alle zusammen am Tisch sitzen.«

»Klar doch! Für Bennie immer!«

Mia sprang aus dem Bett, zog sich eine Jogginghose über und lief mit Elena nach unten, wo Bennie ihnen mit großen Augen entgegensah. Als die drei in trauter Einigkeit an den Tisch kamen, strahlte sein Gesichtchen vor Wonne auf. Glücklich ließ er sich ein Marmeladebrot nach dem anderen schmecken, bekam mit, dass Mia zu Hause blieb, und forderte das Gleiche für sich.

»Da hast du den Salat«, grummelte Florian verärgert. Sein Gesicht sprach Bände. Solange die Kinder am Tisch saßen, sagte er nichts mehr dazu, aber kaum waren sie in ihren Zimmern, meinte er:

»Elena, das darfst du nicht einreißen lassen!«

»Habe ich nicht vor. Aber weißt du, warum Mia nicht in die Schule will?«

»Das sagt sie uns doch andauernd: weil sie nicht indoktriniert werden will.«

»Ja, aber woher hat sie das? Und was genau meint sie damit?«

»Keine Ahnung. Für mich sind das Flausen einer Fünfzehnjährigen, die keinen Bock auf Schule hat.«

Elena schwieg daraufhin. Sie wunderte sich ein bisschen. Florian war doch so feinfühlig, hatte immer darauf bestanden, über Ungereimtheiten zu reden. Warum nicht hier? Mia war hochbegabt. Sie war alles andere als dumm. Elena war sicher, dass ihre Tochter sich vernünftigen Argumenten gegenüber nicht verschließen würde.

# ♫ Not Holding back ♫

HAEVN

Was für ein Morgen! Elena bereitete sich innerlich auf das Gespräch mit ihrem Mann vor und konnte es kaum erwarten, ihm endlich ihr Herz auszuschütten. Die Aussicht auf eine anders geartete Zukunft beflügelte sie … darauf, nach langen Monaten endlich wieder beruhigt schlafen zu können. Sie war sicher, dass Florian vollstes Verständnis haben würde, wenn sie ihm alles genau darlegte. Er wusste bislang lediglich, dass es nicht gerade rosig stand, aber Elena hatte nie konkret verlauten lassen, wie ernst die finanzielle Lage eigentlich war. Die Finanzen waren ausschließlich in ihrem Verantwortungsbereich gelegen.

Während sie sich und Florian jeweils eine große Tasse Cappuccino zubereitete, stellte sie sich vor, wie es sein würde, wenn Florian zum Hauptverdiener wurde. Vielleicht ging dann auch wieder was mit dem Schreiben, wenn kein solcher Druck mehr herrschte?

Liebevoll verzierte sie den Milchschaum mit einem Kakao-Smiley, stellte die beiden Tassen auf den Tisch und setzte sich. Florians graue Augen lagen auf ihr, sanft nahm er ihre Hand und drückte einen Kuss darauf. Elena schmolz. Oh, wie sie diesen Mann liebte!

»Fang du an, Elena«, forderte er sie auf.

Sie atmete tief durch und legte los. Doch schon mit ihren ersten Worten merkte sie, wie Florian sich zu verfärben begann. Kein Wunder, immerhin brachte sie ihm schonungslos bei, wie es um ihre finanzielle Lage stand. Sicher war er nun offen für ihren Vorschlag!

»Ich denke, die Autorenphase ist vorbei und eine neue beginnt. Daher würde ich gerne unsere Rollen tauschen. Du könntest in deinen Beruf zurück oder etwas anderes finden …« Sie brach ab, weil Florian so entsetzt dreinschaute, als hätte sie von ihm die Scheidung verlangt.

»Elena!«, rief er fassungslos. »Ich bin wie du zehn Jahre raus aus der Berufswelt! Das schockt mich jetzt zutiefst! Außerdem ist das der denkbar ungünstigste Zeitpunkt!«

»Warum denn? Du hättest dir doch früher oder später sowieso wieder einen Job gesucht!«

»Aber nicht jetzt!«

Florian fuhr sich mit der Hand durch sein hellbraunes Haar und sah seine Frau verstört an. »Jetzt, wo die Kinder aus dem Gröbsten raus sind und die Hauptarbeit sozusagen getan ist, willst du zu Hause bleiben und gar nichts arbeiten?«

»Was heißt hier ›gar nichts arbeiten‹?«, erwiderte Elena irritiert von seiner Reaktion. »Ich mache das, was du bisher getan hast. Das ist auch Arbeit. Und keine leichte. Außerdem sind die Kinder nicht aus dem Gröbsten raus. Bennie ist fünf und Mia macht uns gerade große Schwierigkeiten. Bestimmt auch deswegen, weil ich zu wenig Zeit für sie hatte. Vielleicht vermisst sie ihre Mutter.«

»Sie hat dich bisher nicht vermisst. Wieso sollte sie es jetzt tun?«

»Woher weißt du das?«, schlug Elena gekränkt zurück. »Überhaupt, ich verstehe deine Reaktion nicht. Seit über zehn Jahren ernähre ich die Familie, habe alle Urlaube gezahlt, die Raten für das Haus und finanziere das Auto. Solange ich genügend verdiente, war das okay. Aber nun ist das nicht mehr so. Wir müssen umdenken!«

»Hey, das wird schon wieder mit dem Schreiben! Jeder Autor hat mal eine schwache Phase. Und du schreibst doch so toll. Schatz, ich glaube an dich!«

»Das ist lieb von dir, Florian, aber Tatsache bleibt, dass wir finanziell an der Grenze sind und du sowieso über kurz oder lang einen Job brauchst. Warum nicht gleich?«

Sie spürte seine Abwehr und die verdammte, wohlbekannte Enttäuschung kroch in ihr hoch. Wieder zerschlug sich etwas, was sie sich so schön ausgemalt hatte! Und so schnell noch dazu! Ihr Hals schnürte sich zu.

»Nicht nur unsere Finanzen sind am Limit, Flo. Auch ich kann nicht mehr. Ich bin ausgebrannt.«

Tränen füllten ihre Augen, aber Florian sah es nicht. Oder wollte es nicht sehen. Elena war bestürzt, wie anders das Gespräch verlief, als sie sich das vorgestellt hatte. Warum nahm Florian sie nicht wie sonst in den Arm? Das sollte sie in den nächsten Sekunden erfahren.

»Ich kann auch nicht mehr, Elena«, hörte sie ihn sagen. »Seit zehn Jahren kümmere ich mich 24/7 um Haushalt und Kinder. Ich muss dringend mal raus! Ich bin ausgebrannt. Ich brauche Urlaub.«

»Du brauchst Urlaub!« Wenn Elena alles erwartet hätte, aber nicht das. »Du brauchst Urlaub!«, wiederholte sie verdattert und starrte ihren Mann an. »Aber … aber wir hatten doch Urlaube. Jedes Jahr haben wir zwei Reisen unternommen.«

»Mit den Kindern! Das ist kein echter Urlaub. Ich muss mal für mich alleine sein, Elena, verstehst du? Es war auch so geplant, schon immer. Und das weißt du.«

»Aber damals war unsere Lage eine andere. Wir dachten, es geht so weiter mit den Büchern.«

»Elena, ich bin davon ausgegangen, dass unsere Vereinbarungen stehen, und jetzt habe ich …« Er brach ab, blickte zu Boden.

Dieses ekelhafte Gefühl im Magen, das sie so sehr hasste, kroch hoch zu ihrer Kehle und verstopfte sie. Elena schwante nichts Gutes.

»Was hast du?«

»Ich habe eine Tour gebucht. Ich wollte die ganze Zeit schon mit dir sprechen, aber es hat sich keine passende Gelegenheit ergeben. Vor ein paar Tagen erreichte mich eine Mail, dass nur noch ein Platz frei sei. Ich musste mich also schnell entscheiden.«

»Okay, du hast also eine Reise gebucht. Wohin denn? Wie lange? Und vor allem: wann?«

Florian nahm ihre Hand.

»Liebling, ich weiß, das ist jetzt total blöd, aber ich kann es nicht mehr stornieren. Es geht in zwei Wochen schon los. Es ist eine Tour in den Himalaya – ich denke, ich werde mindestens acht Wochen fort sein.«

Elena war wie vor den Kopf gestoßen. »Acht Wochen!«, hechelte sie. »Wir waren noch nie so lange voneinander getrennt! Und in zwei Wochen willst du schon weg?« Sie bekam Panik.

»Hey, hey, hey«, beruhigte er sie und nahm sie in die Arme. »Bleib ruhig, Elena, acht Wochen sind eine absehbare Zeit.«

»Ja, ich weiß«, flüsterte sie. »Aber gerade jetzt, Florian, ich …« Am liebsten wäre sie in Tränen ausgebrochen, aber sie beherrschte sich. »Ach, ich vermisse dich jetzt schon!«

»Ich dich auch, Elena«, gab er zärtlich zurück. »Und die Kinder. Aber ich fühle mich in letzter Zeit so gefangen.«

Erschreckt hob Elena den Kopf. »Gefangen? Wie meinst du das denn?«

»Gefangen im Trott, du weißt schon. Immer dasselbe. Ich muss mich endlich selbst finden. Und das mit dem Job … drüber reden wir, wenn ich zurück bin, okay?«

Elena war noch dabei, die Konsequenzen des Gesagten zu verarbeiten.

»Aber Flo, das bedeutet, dass du die Sommerferien nicht mit uns verbringen wirst! Wissen es die Kinder schon?«

»Nein, natürlich nicht. Ich wollte das erst mit dir besprechen.«

Ein weiterer Gedanke schoss in ihr hoch.

»Aber was ist mit unserem Jubiläum Mitte August? Unser fünfundzwanzigjähriges Beisammensein und unser zwanzigjähriger Hochzeitstag! Das wollten wir ganz groß feiern! Wann genau kommst du zurück?«

»Bis dahin werde ich sicher wieder hier sein. Ich bin nur Juni und Juli weg.«

Elena blieb still. Sie war kaum fähig zu denken, aber unerbittlich schob sich die bedrohlichste Frage in den Vordergrund:

»Was ... was kostet denn der Spaß?«

»Zehntausend Euro«, antwortete Florian zerknirscht. »Ich hab's von unserem Sparkonto genommen. Du weißt, ich habe mir nie groß was gegönnt, und du warst immer einverstanden, wenn ich davon gesprochen habe, diese Tour zu machen.« Ein wenig trotzig schob er hinterher: »Also, ich finde, ich habe mir das mit Fug und Recht verdient.«

Sprachlos starrte sie ihn an. Das Sparkonto war ihre eiserne Reserve gewesen! Nach Ansicht der gestrigen Abrechnung hatte sie vorgehabt, genau von diesem Sparkonto zu leben, bis Florian einen Job gefunden hatte. Es war nicht viel mehr drauf gewesen als diese zehntausend Euro, das hieß, das Ding war jetzt blank! Das Girokonto war heillos überzogen, der Automat würde das nächste Mal ihre Karte fressen, wenn sie etwas abheben oder bezahlen wollte. Essen zum Beispiel! In ihr drehte sich alles.

»Florian, es tut mir wirklich leid. Ich gönne dir deine Auszeit von Herzen, aber bitte nicht jetzt. Nicht jetzt!«, beschwor sie ihn. »Du musst diese Reise rückgängig machen! Dieses Geld ist genau das, das wir zum Leben brauchen!«

»Aber das geht nicht! Und wann soll ich denn die Reise machen, wenn nicht jetzt? Wenn ich erstmal wieder im Job stehe, kann ich keine zwei Monate am Stück weg. Das weißt du selbst.«

»Aber du suchst dir einen, wenn du zurück bist?«

»Ich gehe nicht mehr in die Wirtschaft, wenn es das ist, was du meinst. Ich hoffe, dass ich auf der Reise die nötigen Impulse bekomme, was ich tun kann.«

Das klang vage und unsicher. Elenas Gesichtsausdruck sprach Bände und Florian streichelte ihre Hand.

»Hey, Spatz, das wird schon. Lass es fließen. Es wird sich alles ergeben und genau das passieren, was wir brauchen, um zu wachsen.«

»Das sagst du so leicht. Und wovon soll ich die Darlehensrate bezahlen?«

»Deine Abrechnung ist doch gekommen. Ich habe den Umschlag neben deinen Teller gelegt.«

Elena fischte das Schreiben von ihrem Sekretär und hielt es Florian vor die Nase:

»Das reicht nicht ganz, Florian.« Langsam wurde sie sauer. »Du kannst mich doch nicht einfach so hängen lassen!«

»Ich lasse dich nicht hängen, ich habe lediglich eine Reise für mich gebucht! Herrgott, mach mir doch nicht immer so einen Druck!«

Elena war fassungslos.

»Ich mache dir Druck?«

»Ja! Weil du alles, was Familie angeht, mir überlässt!«

»Aber … das stimmt nicht! Ich habe meine Schreiberei immer um die Familie herumgeplant! Wenn ich weniger Zeit als du habe, dann deswegen, weil ich für unseren Unterhalt sorge! Nicht nur als Autorin, sondern inzwischen auch als Servicekraft!«

»Schon klar. Aber ich habe genauso meinen Anteil geleistet.«

Das war wahr, aber es half ihr nicht viel. Elena schluckte, ihre Augen brannten, sie wusste nicht, was sie denken sollte. Irgendwas war plötzlich anders. Aber was nur? *Ich muss mal raus, Elena*, tönte es in ihrem Kopf. *Ich fühle mich gefangen.*

Florian rückte an sie heran, legte den Arm um sie. »Zwei Monate, Elena«, flüsterte er. »Nach diesen zwei Monaten haben wir beide mehr Klarheit.«

»Wie meinst du das?«, fragte sie aufgescheucht. Das klang komisch! Oder wurde sie paranoid?

»Ganz einfach: Nach dieser Zeit wirst du wissen, ob du wirklich bei den Kindern bleiben willst – und ich werde darüber nachdenken, welche Richtung ich einschlagen möchte.«

Elena nickte. Das hörte sich vernünftig an und doch schwang etwas mit, was sie nicht definieren konnte. Auch Florian war nicht glücklich über den Verlauf des Gespräches. Elena erahnte seine Gedanken: Er hatte wie sie mal ausspannen wollen, wollte die Tour ohne Belastung genießen – nun war sie überschattet mit existenziellen Problemen und einer Neuausrichtung, die er so nicht gewollt hatte.

Beide saßen sie maßlos enttäuscht nebeneinander. Florian streichelte die nackte Haut an Elenas Oberarm, aber Elena spürte, wie er mit seinen Gedanken weg driftete, gar nicht bei ihr war. Und plötzlich befiel sie Angst, dass diese Reise Florian verändern würde. Dass er als ein anderer zurückkam.

Sie schlang die Arme um ihn. »Ich liebe dich!«, flüsterte sie an seiner Brust. »Ich kann nicht glauben, dass du in zwei Wochen weg sein wirst. Dass du den Sommer nicht mit uns verbringst. Ich freue mich jetzt schon darauf, dich wiederzusehen, obwohl du noch gar nicht aufgebrochen bist.«

»Wirst sehen, die Zeit ist schneller vorbei, als du meinst.«

Er wandte sich ihr zu, nahm ihr Gesicht in seine Hände, sah ihr in die Augen, küsste sie zärtlich auf die Stirn. Elena atmete auf. Das tat so gut! Nach Trost suchend schmiegte sie sich an ihn.

Bald würde er nicht mehr neben ihr liegen. Bald musste sie auf seine Küsse, auf seine Berührungen verzichten. Ein Sommer ohne Florian! Er war so sehr ein Teil von ihr! Was würden die Kinder sagen, wenn sie erfuhren, dass er für Wochen weg sein würde? Drohend türmten sich weitere Gedanken in ihrem Kopf: Wie sollte sie die nächsten Monate finanziell überleben? Sie musste mit der Bank sprechen, um eine Stundung bitten, eventuell auch das Finanzamt. Wer wusste schon, wann Florian das erste Geld verdienen würde und wie viel? Sie biss sich auf die Lippen. Die Crux war: Mit diesen Belastungen und dem geringeren Zeitpotenzial war es noch schwieriger, ein Buch zu schreiben. Und dann musste sie den Kindern irgendwie beibringen, dass der Urlaub dieses Jahr ausfiel.

Aufmunternd lächelte Florian ihr zu, aber sein Trost erreichte sie nicht. Sie stand auf, ging ins Badezimmer und hatte kaum die Tür hinter sich geschlossen, als auch schon die Tränen zu fließen begannen. Weinend rutschte sie an der Tür nach unten, einen Tumult an Gefühlen in sich. Sie hatte sich so sehr Erleichterung gewünscht. Stattdessen hatte sie nun einen noch dickeren Sack auf den Schultern.

Elena hatte das Gespräch noch lange nicht verarbeitet, als Mia nach dem Mittagessen im Türrahmen der Küche stand. Sie war sorgfältig, aber dezent geschminkt und sah unglaublich gut aus. Inzwischen war sie genauso groß wie Elena, sie hatten sogar die gleiche Figur. Beide waren schmal, hatten Grübchen, wenn sie lachten, einen vollen Mund und langes, welliges Haar. Elenas Blond ging mehr ins Honigfarbene, während Mia noch weizenblond wie Bennie war. Als Kontrast dazu hatte sie Florians dunkelgraue Augen geerbt, die von dichten Wimpern umrahmt waren. Ja, Mia war ein Hingucker, aber nie hatten Florian und Elena das Gefühl gehabt, sie bilde sich etwas darauf ein. Als ihr Mädchen sieben gewesen war, hatte ihre Grundschullehrerin darauf gedrängt, es auf Hochintelligenz testen zu lassen, und der IQ-Wert war sehr hoch ausgefallen. Umso mehr schlugen Mias nächsten Worte bei ihren Eltern ein.

»Also, ihr zwei, ich möchte euch hiermit offiziell mitteilen, dass ich von der Schule abgehe. Und bevor ihr zu kreischen anfangt, sollt ihr wissen: Ich habe einen Plan. Ich werde mir eine Karriere aufbauen und eine Menge Geld verdienen. Ihr müsst euch um mich keine Sorgen machen.«

Elena und Florian tauschten einen Blick.

»Okay. Und wie sieht dieser Plan aus?«, erkundigte sich Elena entgeistert.

»Ich werde Influencerin. Ich habe mich in alles Erforderliche eingelesen und mir alles gekauft, was ich brauche. Die Investition ist zum Aufwand vergleichsweise gering. Zeit mal nicht mitgerechnet. Morgen klappere ich die Läden in der Stadt ab und biete ihnen an, ihre Mode zu posten. Das läuft, ihr werdet sehen!«

»Auf keinen Fall machst du das!«, rief Florian empört. Elena stimmte ihm zu:

»Mia, wir möchten nicht, dass du als Pin-up in Facebook und Instagram endest! Damit verbaust du dir jeden seriösen Beruf!«

»Ach, und was ist eurer Meinung nach seriös?«, fauchte Mia zurück. »Cowboy- und Milliardärsromane?«

Elena wurde dunkelrot. So dachte ihre Tochter über ihre Tätigkeit?

»Immerhin haben dir diese Romane tolle Urlaube und Klamotten ermöglicht!«

»Fein! Und was ist falsch daran, wenn ich das künftig mit meinen Fotos selbst tue? Kann euch doch nur recht sein!«

Elena warf Florian einen hilfesuchenden Blick zu. Aber zu ihrer Überraschung erhob er sich unvermittelt auf und sagte:

»Beste Gelegenheit, dich um deine Tochter zu kümmern, Elena, so wie du es wolltest. Ich bin sowieso die nächsten Wochen nicht hier. Regelt das unter euch.«

Damit verschwand er im Flur, sie hörten, wie er sich seine Schlüssel schnappte und das Haus verließ. Elena drehte sich der Kopf – was war denn mit Florian los? Die Szene hatte selbst Mia aus dem Konzept gebracht. Verdattert blickte sie auf ihre Mutter.

»Was heißt das, er ist die nächsten Wochen nicht hier?«, fragte sie beunruhigt. »Fahren wir nicht gemeinsam ans Meer? Wir wollten doch nach Ägypten!«

Elenas Augen verdunkelten sich.

»Ich fürchte, daraus wird nichts, Schätzchen«, erwiderte sie heiser. »Dein Papa will acht Wochen lang im Himalaya wandern.«

Mia stutzte kurz.

»Okay … dann fliegen wir alleine?«

»Wir fliegen gar nicht, Mia. Seine Tour verschlingt einen fünfstelligen Betrag und im Moment läuft es finanziell alles andere als rund. Um es klar zu sagen: Wir haben kein Geld, um irgendwohin zu reisen.«

Mia klappte der Unterkiefer nach unten.

»Nein!«, kreischte sie so laut, dass Elena instinktiv die Schultern hochzog. »Das kannst du mir nicht antun! Ich habe die Fotos aus Ägypten schon fest eingeplant! Und was soll das heißen, wir haben kein Geld?«

»Das, was es heißt, meine Kleine. Urlaub fällt heuer leider aus.«

»Aber was ist mit Papa? Wieso geht er alleine weg? Er leistet sich eine Tour in den Himalaya – und wir bleiben zu Hause?«

»So sieht's aus, Mia. Es tut mir wirklich leid.«

»Aber … aber ich brauche Fotos von mir am Meer! Und am Pool! Unter Palmen! Im Sand! Ich habe extra schon Bikinis gekauft!«

»Mia! Alles, was recht ist, aber du wirst nicht als Lustobjekt in Instagram auftreten! Das unterstütze ich nicht!«

»Was heißt hier Lustobjekt? Wenn ich im Schwimmbad wäre, würden mich die Leute auch im Bikini sehen! So habe ich wenigstens was davon! Das gibt einen Haufen Follower!«

Elena wollte nicht wissen, was für Follower das waren.

»Das kommt gar nicht in Frage! Du bist fünfzehn!«

»Bald sechzehn! Und dann kann ich sowieso allein entscheiden!«

»Dass du dich damit mal nicht täuschst! Da werden wir ein Wörtchen mitreden, meine Gute! Und am Montag gehst du wie gewohnt zur Schule, nur, damit das klar ist!«

»Ja, wunderbar! Ist das hier das Gespräch, das du angekündigt hast? Und ich dachte …«

Mias Augen blitzten so enttäuscht und frustriert, dass es Elena einen Stich gab. Verflixt, ja! Sie hatte doch Verständnis zeigen wollen! Sie öffnete den Mund, wollte ihr in die Augen schauen, aber Mia drehte sich mit einem Wutschrei um, stürmte in ihr Zimmer und schlug laut die Tür hinter sich zu.

Elena sank in sich zusammen und schlug die Hände vors Gesicht. Wie hatte sie so schnell vergessen können, dass sie ihr Verhältnis mit Mia hatte verbessern wollen! Stattdessen war genau das Gegenteil passiert!

Gott sei Dank kam jetzt erst mal das Wochenende – das ergab eine kleine Verschnaufpause bis Montag. Aber ihr graute schon davor, ahnte sie doch, dass Mia im Bett liegenbleiben würde, statt in den Bus zu steigen.

Was für ein mieser Tag! Alles war anders gekommen, als sie sich das vorgestellt hatte! Die Tränen brannten in ihren Augen, die Enttäuschung riss an ihr. Der fette Kloß von gestern Abend saß wieder in ihrer Kehle, und die Sorgen und Nöte überwältigten sie. Sie flüchtete in Aktivitäten, begab sich in ihr kleines Office und schloss die Tür hinter sich. Sie musste unbedingt ihre Konten checken, einen Finanzplan aufstellen, sich irgendetwas einfallen lassen!

Das innere Chaos weckte das Bedürfnis, wenigstens außen Ordnung zu schaffen. Sie loggte sich in ihre Bankaccounts ein. Die Zahlen waren nicht schön, aber auch nicht ganz so schlimm, wie sie befürchtet hatte. Das Limit war noch nicht erreicht.

Sie biss sich auf die Lippen. Es musste doch möglich sein, die Buchverkäufe anzukurbeln! Ob sie nochmal in Werbung investieren sollte? Irgendwo hatte sie doch mal notiert, was am effektivsten gelaufen war ... wo war das nur? Elena durchstöberte ihre Ablagen und Akten, geriet in einen Aufräumrausch, warf an Papieren weg, was veraltet war, und hielt plötzlich einen zwei Jahre alten Vertragsentwurf von einem nicht allzu großen Verlag in der Hand. Damals hatte sie das nicht weiter verfolgt, weil solche Verlage nicht das Geld für entsprechende Werbung hatten und überdies schlecht zahlten. Die Zusammenarbeit mit ihnen war zwar meist persönlicher und freundlicher, aber das nützte ja nichts, wenn das Buch letztlich in der Masse unterging. Nachdenklich betrachtete Elena das Logo des Verlages. Zu dieser Zeit waren ihre Verkaufszahlen noch attraktiv genug gewesen, um einen Verlag wie diesen pushen zu können. Der Verlagsinhaber hatte ihr einen Vorschuss geboten, den sie dankend abgelehnt hatte. Obwohl schon leicht im Abwärtstrend begriffen, hatte sie als Selfpublisherin immer noch mehr verdient, als der Verlag ihr hätte bieten können. Doch jetzt sah die Situation anders aus. Ihr Herz begann zu klopfen, als sie auf die Summe starrte. Ob sie darauf zurückgreifen konnte? Was hatte sie auf diesen Vorschlag geantwortet?

Fieberhaft durchsuchte sie ihre Mails nach dem alten Schriftverkehr und fand tatsächlich ihre Absage:

»Vielen Dank für Ihren großzügigen Vorschlag, den ich sehr schätze. Da ich aber inmitten eines Veröffentlichungsprozesses stecke, würde ich gern, falls gewünscht, mit einem anderen Titel zu einem späteren Zeitpunkt auf Sie zurückkommen.«

Sie hatte sich eine Tür offengehalten! Ihr Herz schlug noch ein wenig heftiger. Hatte der Verlag etwas zurückgeschrieben? Ja, hier war es:

»Sehr geehrte Frau Gerner, Sie können jederzeit auf uns zukommen, wenn Ihnen ein Zeitpunkt passend erscheint. Wir freuen uns auf ein Exposé.«

Elena starrte die Zeilen an. Zehntausend Euro Vorschuss. Ob das noch galt? Ob sie sie anschreiben konnte? Aber das konnte sie nur mit einer brauchbaren Geschichte! Und in ihr war totale Leere! Ihr Mut sank bereits wieder. Ganz sicher war der Verlag nicht an Cowboy- und Milliardärsgeschichten interessiert, das hatten sie klar kommuniziert. Sie mochten Elenas Stil und hatten gefragt, ob sie sich vorstellen könnte, in Zusammenarbeit mit ihnen in eine etwas andere Richtung zu gehen.

Was damals absurd geklungen hatte, hörte sich nun verheißungsvoll an. Aber bisher hatte sie nur Schmonzetten verfasst, ob sie anderes konnte, wusste sie gar nicht.

Unten klappte die Haustür – Florian war zurück. Er hatte eingekauft und war dabei, die Lebensmittel zu verstauen. Elena rannte nach unten in die Küche und half ihm dabei, die Frage auf der Zunge, warum er vorhin einfach gegangen war. Die Stimmung war merkwürdig.

»Wie war es mit Mia?«, fragte er schließlich.

»Leider wie immer. Ich komme nicht an sie ran.«

Florian antwortete nicht.

»Sie scheint mir etwas grundsätzlich übelzunehmen«, sinnierte Elena. »Aber ich dachte, euer Verhältnis ist besser. Daher meinte ich, sie vertraut sich wenigstens dir an.«

»Glaube ich nicht. Mia ist in einem Alter, wo sie alles stört. Egal was. Bei mir ist es die Spiritualität. Sie hasst es, wenn ich Mantras singe. Oder ihr was vorlese.«

»Das glaube ich wiederum nicht.« Elena lächelte. »Ich habe sie schon deine Mantras summen hören. Das würde sie nicht tun, wenn sie sie hassen würde.«

Florian gab keinen Kommentar mehr, das war so seine Art, er verstummte oft mitten im Gespräch. Elena hatte sich daran gewöhnt, aber heute störte es sie gewaltig.

»Bist du eigentlich mit einer Gruppe unterwegs?«, erkundigte sie sich spitz. »Da du ja erwähnt hast, es sei nur noch ein Platz frei gewesen.«

»Ja, es ist eine geführte Tour.« Wieder Schweigen.

»Okay.« Elena räusperte sich. »Und … wo werdet ihr sein? Es gibt doch sicher eine feste Route?«

»Natürlich. Wir werden viel wandern. Viele heilige Orte aufsuchen. Viel meditieren. All so was. Erst Indien, dann Nepal.«

Wieder stoppte das Gespräch. Florian widmete sich der Zubereitung des Abendessens. Normalerweise rezitierte er Mantras dabei, damit gute Energie ins Essen kam. Elena wusste, dass er jetzt lieber gesungen hätte, als mit ihr zu reden. Aber in ihr war so viel Unordnung und sie hätte diese gern mit Hilfe von Reden sortiert. Ungewollt verwandelten sich ihre unterdrückten Gefühle in Angst, die mit dem nächsten Satz herausschoss:

»Ich mag gar nicht daran denken, dass du so weit weggehst! Und so lange!«

Florian legte den Kochlöffel weg, drehte sich um und lehnte sich gegen den Herd.

»Ja, es fühlt sich seltsam an. Auch für mich«, gab er zu. »Aber ich muss das tun. Es ist ein Ruf, Elena. Und dem muss ich folgen. Es ist eine einmalige Gelegenheit, das zu erreichen, was ich schon immer wollte. In acht Wochen tiefster Einkehr muss doch was passieren.«

Sie sah ihn an. »Und dann? Was ist dann, Florian?«

»Keine Ahnung. Ich bin ja noch nicht in dem Zustand. Wir begeben uns einfach in die Strömung, Elena. Dann läuft alles ohne Anstrengung. Das tut es doch jetzt schon.«

Elena konnte nicht umhin, sich über diesen Satz zu ärgern. Es lief ohne jede Anstrengung? Das konnte sie beileibe nicht behaupten! Ihr gesamtes Leben bestand aus Anstrengung! Einfach mal zehntausend Euro vom Konto zu nehmen und in den Himalaya abzuhauen, war auf jeden Fall weniger anstrengend, als die Raten fürs Haus zu zahlen.

Sie wusste, es war nicht ganz fair, so zu denken. Die Reise war lange im Raum gestanden, das stimmte. Es war nur so, dass Florian sie zum ungünstigsten Zeitpunkt in Angriff nahm. Sie atmete tief durch. Fokussierte sich darauf, dass er in ein paar Wochen wieder hier sein würde, bereit, das Leben gemeinsam mit ihr zu stemmen.

Florian hob mit einem Finger ihr Kinn an. Seine wundervollen grauen Augen senkten sich in die ihren, seine warme Hand glitt an ihrem Ohr vorbei in ihr blondes Haar. Dem Weinen nah schloss Elena die Augen und genoss seine Berührung.

»Es hat alles seinen Sinn, Elena«, flüsterte er. »Du musst auf Zeichen achten. Vielleicht magst du ja doch mal einen Kurs von meinem Guru mitmachen. Er kann dir vermitteln, worauf es im Leben wirklich ankommt. Nicht auf Erfolg und Ränge und all das.«

»Florian, ich weiß, dass Erfolg nicht alles ist«, erwiderte sie verschnupft und löste sich von ihm. »Das ist nicht mein Problem! Aber wenn ich wochenlang zehn Stunden am Tag am Rechner sitze für gar nichts, ist das nun mal nicht das beste Gefühl. Wie würde es dir denn damit ergehen?«

»Ich würde mich in Gelassenheit üben«, antwortete er. »Du kannst es ja sowieso nicht ändern. Es ist, wie es ist. Wieso sich aufregen? Nützt dir das was?«

Elena war sauer. Er hatte leicht reden! Zudem gab er ihr das Gefühl, etwas nicht verstanden zu haben. Ging es ihr denn um Erfolg? Im Moment ging es eher ums nackte Überleben, und ja, natürlich auch um die Anerkennung, die sie für ihre Arbeit wollte. Was war falsch daran?

Florian hatte sich wieder dem Herd zugewandt. Elena würde nicht mitessen – sie hatte Dienst im Restaurant.

Das Wochenende verbrachten sie mit den Kindern und ihren Freunden, die Florian aufgeregt über die Stationen seiner bevorstehenden Reise befragten. Aber in Elena rumorte es.

Die Tatsache, dass in sechs Wochen die Sommerferien anfingen und sie mit beiden Kindern zu Hause sein würde, verursachte ihr Bauchschmerzen. Bennie würde beschäftigt werden wollen, sie selbst musste etliche Abende in der Woche im Restaurant arbeiten, was hieß, dass Mia auf ihren kleinen Bruder aufpassen musste. Wie weit konnte sie mit ihrer Hilfe rechnen? Ganz sicher war sie wegen des ausgefallenen Urlaubs stinksauer.

## ♫ Half a World Away ♫

remme & Clara Mae

Florian befand sich im Reisefieber. Es schien, als hätte er sich von den Familienpflichten innerlich bereits abgemeldet. Er fing an zu packen, kaufte Ausrüstung für die Bergwanderungen, kümmerte sich um Reiseformulare und überließ es Elena, mit ihrer Tochter klarzukommen.

Wie erwartet hatte sich Mia geweigert, am Montag zur Schule zu gehen. Zur Überraschung ihrer Eltern hatte sie ihr Zimmer inzwischen penibel aufgeräumt und sauber gemacht. Als Elena hereinkam, saß sie voll gestylt am Schreibtisch vor ihrem Rechner und checkte den Wetterbericht.

»Was für eine Kacke!«, schimpfte sie selbstvergessen vor sich hin. »Nix als Regen in diesem blöden Land! Was mache ich jetzt mit den Bikinis?«

Elena räusperte sich.

»Hey, Mia, wir müssen reden.«

»Vergiss es, Mam, du stimmst mich nicht um.«

Elena setzte sich auf das Bett ihrer Tochter und sah auf deren Rücken.

»Schätzchen, warum willst du nicht in die Schule? Geht es dir dort nicht gut? Wirst du gemobbt?«

Mia starrte auf ihren Monitor, dann wandte sie sich langsam zu ihrer Mutter um.

»Nein, ich werde nicht gemobbt.«

»Was ist es dann?«

»Willst du es wirklich wissen?«

»Ja, natürlich, sonst würde ich doch nicht fragen.«

»Weil viele Lehrer totale Hohlköpfe sind!«, erklärte Mia und beobachtete ihre Mutter mit jedem Wort, das sie sagte. »Die guten Lehrer kündigen und von denen, die bleiben, sind die achtzig Prozent Staatsknechte, die blind gehorchen und weder für ihren Beruf noch für Kinder was übrig haben. Wir lernen in der Schule Dinge, die keiner braucht und die nicht lebenstüchtig machen. Vieles, was wir in unsere Köpfe hauen sollen, ist nicht wahr, oder zumindest nicht bewiesen. Wir dürfen nichts in Frage stellen, wir sollen bloß auswendig lernen und alles schlucken, was sie uns vorsetzen. Das System ist so krank! Wenn du brav bist und alles machst, was sie sagen, kriegst du gute Noten. Ist echt nicht mein Ding, Mam.«

»Aber was ist schlecht daran, wenn der Lohn für Wissen eine gute Note ist? Mit guten Noten bekommt man später die Berufe und Positionen, die man möchte.«

»Aber das ist es doch!«, regte sich Mia auf. »Das ist pure Erpressung! Du bekommst die guten Noten und Jobs, wenn du runterleierst, was sie hören wollen! Also, wenn du beweist, dass du alles glaubst, was sie sagen! Warum bekommt man keine guten Stellen, weil man kreativ, neugierig und enthusiastisch ist?«

»Weil man eine Grund- und Allgemeinbildung voraussetzen möchte, Mia. Wer keine Bildung hat, dem kann man alles erzählen – er könnte einer Behauptung doch gar nichts entgegensetzen.«

»Aber wenn du falsch gebildet wirst, verteidigst du Dinge, von denen du nicht weißt, ob sie wirklich stimmen«, gab Mia zurück. »Du bist fest überzeugt von etwas, nur, weil sie es dir in der Schule eingetrichtert haben. Hast du das jemals hinterfragt?«

»Aber Mia, das ist doch absurd. Warum sollten sie euch denn Falsches beibringen?«

»Weil sie es selbst nicht besser wissen! Weil sie nur ihre eigene Meinung bestätigt haben wollen! In diesem System befinden sind Ja-Sager und Beamte, die selber durch diese Mühle gelaufen und daher unfähig sind, über den Tellerrand zu sehen.«

»Jetzt übertreibst du aber. Wie kommst du denn auf solche Ideen?«

»Ich übertreibe? Wann hast du dich denn das letzte Mal mit dem Schulstoff befasst, Mama? Nimm die Evolutionstheorie! Sie ist falsch! Aber wir sollen sie trotzdem lernen.«

»Selbst wenn es so wäre, was ist dann mit Mathematik, Physik und anderen Fächern? Mit den Fremdsprachen? Da kannst du doch nicht sagen, das sei falsch!«

»Nein, natürlich nicht in jedem Fall, aber die Schule erstickt mich. Die Art, wie sie einem Dinge beibringen. Ich weiß nicht, ob du das verstehst. Wir haben inzwischen sechsunddreißig Stunden Schule in der Woche. Wenn ich nach Hause komme, muss ich Hausaufgaben machen, auf Schularbeiten lernen, auch am Wochenende. Ich kann noch nicht mal ein Hobby ausüben, weil die Schule einen auffrisst! Sie macht Automaten aus uns!«

Elena spürte die Dringlichkeit in Mias Worten. Aber nie zuvor war es ihr in den Sinn gekommen, die Schule anzuzweifeln, und so öffnete sie den Mund für weitere Gegenargumente. Mia kam ihr zuvor.

»Wusstest du«, fuhr sie hitzig fort, »dass in unseren Schulbüchern steht, wie toll es ist, sich einen Chip unter die Haut implantieren zu lassen?«

»Wie bitte?«

»Du hörst schon richtig! Und wusstest du, dass in Kika-Sendungen den Kleinsten schon verkauft wird, dass es so viel cooler ist, ein Cyborg zu sein als ein Mensch?«

»Aber Mia, das ist doch Unsinn!«

»Hey!«, rief Mia wütend. »Das ist kein Unsinn! Und die Tatsache, dass du all das nicht weißt, zeigt mir, dass du keine Ahnung hast von gar nichts! Warum schreibst du nicht mal über so was?«

»Warum ich nicht über …« Elena stand der Mund offen und sie bemühte sich, zu ihrer Linie zurückzukehren. »Mia, selbst wenn das stimmt, was du sagst, es gibt in Deutschland eine Schulpflicht und der müssen wir nachkommen. Wenn du schon so viele Dinge weißt, dann bestimmt auch, dass sie dich uns wegnehmen, wenn wir dieser Pflicht nicht nachkommen!«

Mia hatte bei Elenas ersten Worten den Mund zum Protest geöffnet und schloss ihn abrupt wieder mit ihren letzten Worten.

»Mag sein«, gab sie zu. »Aber ich gehe trotzdem nicht rein. Bald werde ich sechzehn, danach kann mich keiner mehr zwingen. Außer für zwei Tage in der Woche in eine olle Berufsschule. Und für die letzten paar Tage im Jahr kannst du mich krankmelden.«

»Oh, Mia!«, stöhnte Elena. »Was soll das? Ich will nicht von dir erpresst werden! Selbst unser Hausarzt wäre nicht bereit, dir ein Attest für sechs Wochen auszustellen! Überhaupt, du kritisierst das System so heftig, aber schwingst dich munter ein, indem du Influencerin werden willst? Wie passt das zusammen?«

»Weil ich eben schlau bin, Mama«, erwiderte Mia verdrossen. »Weil ich weiß, dass es manchmal nötig ist, mit den Wölfen zu heulen. Und weil ich einen Plan habe.«

»Wäre es nicht sinnvoller, auf andere Weise mit den Wölfen zu heulen? Indem du das Abitur machst, dir eine Position erarbeitest, in der du als jemand wahrgenommen wirst, dessen Worte Gewicht haben? Wem würdest du mehr Glauben schenken? Jemandem, der mit fünfzehn von der Schule abgegangen ist, oder jemandem, der ein Masterstudium vorweisen kann?«

Elenas Argumente waren nicht unschlüssig, aber Mia hatte offensichtlich auch diese bedacht.

»Ich persönlich würde mir den Menschen ansehen und was er aus seinem Leben gemacht hat, nicht seine schulische Laufbahn.«

»Das ist deine Meinung, aber nicht die eines Arbeitgeb…«

»Ich werde Influencer«, funkte Mia rigoros dazwischen. Ihre Augen glühten vor Enttäuschung, weil ihre Mutter sie nicht verstand. »Wie das Wort schon sagt, hat ein Influencer Einfluss. In diesen Zeiten sogar mehr als ein Professor. Vor allem schneller. Ich habe mir das genau überlegt. Hätte ich eine anerkannte Position in diesem korrupten System, würden sie mich mit genau dieser erpressen. Geht doch vielen schon so! Jeder, der bestehende Konzepte in Frage stellt, wird diffamiert. Also haben alle in sogenannten anerkannten Positionen Angst, ihren Job zu verlieren, wenn sie nicht sagen und tun, was die Politmafia von ihnen will. Die sind voll vom System abhängig und bereit, ihre Seele zu verkaufen. Wie gesagt, nicht mein Ding.«

»Und als Influencerin bist du nicht abhängig? Von der Gnade deiner Follower zum Beispiel?«

»Alles ist besser, als von der Wirtschaft abhängig zu sein.« Mia drehte sich wieder zum Computer um. »Und das mit dem Urlaub ist endgültig gestorben?«, fragte sie in den Monitor hinein.

»Noch nicht vollständig. Mit viel Glück bekomme ich vielleicht einen Verlagsvertrag mit Vorschuss. Dann könnten wir doch noch unternehmen.«

Mia sog die Luft ein und sauste mit ihrem Drehstuhl wieder Richtung Elena. Ihre Augen begannen zu leuchten. »Mama, das wäre super! Wann entscheidet sich das?«

»Schwer zu sagen. Erst brauche ich ein Exposé, das dem Verlagsteam zusagt. Ist alles noch sehr unsicher, Mia, leider.«

»Schreib doch über unser kaputtes Schulsystem!«, schlug Mia vor. »Ich habe jede Menge Stoff dafür!«

Elena lachte leicht. »Ich glaube, die wollen eher etwas Romantisches. Aber nachdem du kein Problem hast, mich zu erpressen, mache ich das jetzt auch«, kündigte sie an. »Wir fliegen nur in Urlaub, wenn du in die Schule gehst.«

Mia verfärbte sich.

»Was? Nein! Mama, was soll das? Das ist oberfies!«

»Das ist nicht oberfies. Es ist ein Deal. Und der beginnt morgen.«

Mia gab einen kleinen Wutschrei von sich.

»Ich hätte wissen müssen, dass du nicht auf meiner Seite stehst!«, fauchte sie, schwang sich wieder Richtung Laptop und stierte beleidigt hinein.

»Hey, Mia, bitte, mach es mir doch nicht so schwer!«

»Das Gleiche könnte ich zu dir sagen!« In Mias Augen schwammen Tränen und sie taten Elena in der Seele weh. So gut konnte sie nachfühlen, dass sich Mia vergewaltigt fühlte. Aber im Moment fand Elena keine andere Lösung. Mia würde morgen in die Schule gehen und sie, Elena, während des Vormittags ein erstes Brainstorming machen.

*Achte auf die Zeichen!*, tönte Florians Stimme in ihrem Kopf. Aber es ließ sich keines blicken. Und noch weniger eine Idee für eine gute Story.

Wenn es nach Elena gegangen wäre, hätte sie am liebsten jede freie Minute mit Florian verbracht, aber sie musste im Restaurant arbeiten und ertrug es fast nicht, weil sie wusste, dass er bald abreisen würde.

Florian hingegen war im siebten Himmel. Wer konnte das besser verstehen als Elena? Acht Wochen in totaler Freiheit zu wandern und nur das zu tun, wonach einem war … das hörte sich traumhaft an.

Seine Vorfreude auf die Reise war so groß, dass sie sich eines mulmigen Gefühls nicht erwehren konnte. Er konnte es ja kaum erwarten, wegzugehen! Bedeutete das mehr als das, was er vorgab, was es bedeuten sollte?

Sie und Florian führten eine Traumehe. Alle ihre Freunde beneideten sie um diese stete Harmonie. Mit den Jahren war er eine Art spiritueller Berater für sie geworden. So oft empfahl er ihr, ihre weltlichen Wünsche loszulassen und sich der Strömung hinzugeben.

*Du musst innen glücklich sein, damit es sich im Außen manifestiert*, hörte sie Florian sagen. *Du kannst der Instanz in dir vertrauen. Sie weiß, was dich wirklich glücklich macht.*

Damit malte er ihr ein Ideal auf, dem sie sich insgeheim nicht gewachsen fühlte, Sie wagte nicht zuzugeben, dass sie mit Freuden die Ranglisten gestürmt und eine Menge Geld verdient hätte, damit sie alle sorgenfrei leben könnten. Aber anscheinend passte das dieser Instanz nicht, weswegen Elena einen gewissen Groll auf diese zu hegen begann.

Sie wünschte sich auch oft eine Welt ohne Profitdenken, ohne Wettbewerb und ohne Geltungsbedürfnis. Damit erging es ihr im Prinzip wie Mia. Auch Elena wäre gern aus dem System ausgebrochen. Aber im Moment gab es eben nur dieses und man musste mitschwimmen, die Rechnungen und die Steuern bezahlen und all das. Oder eben in die Schule gehen. Gab es denn eine Alternative?

Mit wehen Gefühlen beobachtete Elena ihren Mann, wie er platzend vor Vorfreude T-Shirts und Pullover im Schlafzimmer aufschichtete. Mit Bennie betrachtete er Bilder von dem riesigen Bergmassiv und den Stationen seiner Tour.

»Warum nimmst du uns nicht mit?«, fragte Bennie.

»Weil das für Kinder zu gefährlich ist, Bennie.«

»Aber wieso freust du dich so, von uns wegzugehen?«

»Aber Bennie, ich freue mich auf die Reise. Nicht darauf, von euch getrennt zu sein. Das sind wir doch auch nicht wirklich. Du weißt, wir sind immer verbunden.«

Bennie nickte. Beide Kinder nahmen Florians Abreise gelassen, Mia sowieso, sie befand sich ohnehin in einer Abnabelungsphase.

Ja, Florian schien es kaum erwarten zu können, in das Flugzeug zu steigen. Er wollte sich selbst entdecken und Elena hatte Angst, dass er entdecken könnte, dass ihm das Leben ohne sie besser gefiel. Sie versuchte, sich zusammenzunehmen, wollte ihm ein gutes Gefühl geben und machte die finanziellen Sorgen mit sich selbst aus. Sie genoss jede Sekunde, kuschelte sich nachts an ihn, streichelte, liebkoste ihn. In den letzten Tagen vor seiner Abreise konnte sie nicht die Finger von ihm lassen – und Florian schien es zu ihrer Erleichterung ähnlich zu gehen. Das war ein echter Trost.

# ♫ Change The World ♫

Eric Clapton

Ray war am Ziel angekommen. Er stellte den Wagen am Wegesrand ab und stieg aus.

Die Magie des Ortes packte ihn augenblicklich, hievte ihn auf eine andere Ebene. Jedes Mal empfand er diese Mischung aus Faszination und Vertrautheit, hochschwingend und rätselhaft. Tausend Geheimnisse schienen an diesem Ort auf ihre Offenbarung zu warten und stets überkam ihn das untergründige Gefühl, er betrete seine wahre Heimat. Dieses Stück Erde war für ihn wie der Eintritt in eine andere Wirklichkeit, eine Dimension, die zu groß für den Verstand war. Nirgendwo sonst hatte er je so etwas verspürt. Nur hier. Die Mystik hing nahezu greifbar über dem gesamten Gebiet. Niemand hatte sie bisher vollständig entschlüsseln können – im Gegenteil. In den letzten Jahrzehnten waren noch mehr Geheimnisse und Rätsel hinzugekommen.

Ray betrat die Wiese. Felsbrocken standen dort in einem großen Kreis, alten Riesen gleich, bizarr und in jeder erdenklichen Form. Kolosse waren sie allesamt, Ehrfurcht einflößend und voller Leben. Jeden Tag wurden die Felsen von Besuchern angefasst, fotografiert und bewundert, aber kaum jemand spürte die Lebendigkeit in ihnen.

Für Ray war jeder Einzelne eine Wesenheit, sie waren Kumpane. Jeder trug ein versteinertes Geheimnis, das darauf wartete, decodiert zu werden. In ihrer unmittelbaren Nähe empfing er diesen Ruf so klar, als bemühten sich die Steine beharrlich, mit ihm zu kommunizieren und ihre Botschaften zu verstehen.

Genauso klar hing das Empfinden in der Luft, dass die Dechiffrierung einfach war. So einfach, dass er auf das Naheliegende nicht kam. Es war wie die Brille, die man nicht fand, weil man vergessen hatte, dass man sie auf dem Kopf trug. Das trieb Ray manchmal an den Rand seines Verstandes. Er wusste, dass hier Geheimnisse verborgen lagen, die die Welt auf ein anderes Niveau heben konnten.

Sanft strich er mit seiner Hand über die raue, verwitterte Oberfläche eines Felsens, den er Calum getauft hatte.

»Hey, Calum«, murmelte er. »Alles fein? Wie geht es dir heute?«

Er blickte sich um, sog die Luft und die geheimnisumwitterte Atmosphäre in seine Lungen, verband sich mit der von Magie erfüllten Natur um ihn herum. Er war Teil der Steine und der Erde, des Himmels, des Mondes, der Sterne. Sein Herz begann zu tanzen, wie immer, wenn er hier war.

Das Gras duftete nach Sommer, die Gänseblümchen dazwischen feixten ihn an, als lachten sie ihn gutmütig aus, weil er zu dumm war, ein so einfaches Rätsel zu lösen. Leicht wiegten sich die roten Köpfe von Mohnblumen, die zartrosa Blüten der Lichtnelken im Wind. Aromen von wildem Lavendel und Rosmarin stiegen in seine Nase, während er Kurs auf einen Baum auf dem nahe gelegenen Hügel nahm. Es waren etwa zweihundert Meter dorthin zu gehen und Ray berührte jeden Felsen, der seinen Weg kreuzte: Scottie, Graham, Ashley …

*Gott im Himmel,* fuhr es ihm durch den Kopf, *ich fühle mich inmitten dieser Steine wirklich zu Hause!* Er blieb stehen, schaute zum Himmel hoch. Ein Sternenmeer antwortete ihm.

Er liebte diese Gegend, jeden Stein, jede Blume, jeden Baum darauf. Sein Ziel war die alte Buche, die etwas exponiert auf einem kleinen Hügel stand. Ihr reich verzweigtes Wurzelwerk hatte sich klar sichtbar über die Erdoberfläche geschoben. Tausend Verästelungen deuteten auf ein mächtiges, unterirdisches Netzwerk hin – Äonen älter als die Datenautobahnen der Menschen und viel genialer, weil es verbunden war mit dem Oben und dem Unten, mit allem Lebenden, mit dem Universum und Kräften, von denen so viele Menschen keinen Schimmer mehr hatten.

Aber hier, in diesem Schwingungsfeld konnte eine Verbindung geknüpft werden. Hier strömte etwas, das die Feinsinne aktivierte. Ganz besonders spürte Ray das unter den Zweigen der alten Buche. Egal, wie oft er schon auf ihrem Wurzelwerk gesessen war, immer hatte er auftanken und Impulse empfangen können, so klar, als spräche der Baum direkt mit ihm. Ray liebte die Buche und hatte ihr den Namen Adamea gegeben, denn eindeutig strahlte sie eine feminine Entität aus.

Dass der Baum überirdische Kräfte hatte, spürte nicht nur Ray. Es gab kaum einen Touristen, der unachtsam an der alten Buche vorbeiging. Adamea war weise, fürsorglich und mit einer unendlichen Geduld gesegnet. Nein, mehr noch: Sie strahlte eine tiefe Gelassenheit aus, die einem unerschütterlichen Vertrauen entsprang. So bedrückt er auch manchmal war, so oft versicherte ihm Adamea, dass alles zur richtigen Zeit geschah und jeder Tag einem göttlichen, allwissenden Plan folgte.

War das der Grund, warum die Menschen ihr ihre Träume und Wünsche anvertrauten? Es standen ja auch andere große Bäume hier – aber es war die weise Buche, die zum Anziehungspunkt vieler Menschen geworden war.

Wer hatte als Erster erkannt, dass sie ein Wunschbaum war? Wer als Erster eine bunte Schnur an einen ihrer Äste geknüpft? Über und über war die Buche mit Bändern, Amuletten und Botschaften behangen. Eine Million Wünsche. Eine Million Sehnsüchte. Der alte Baum trug sie alle. Ray war überzeugt, dass Adamea nicht einen dieser Wünsche im Stich ließ, eher waren es die Menschen, die irgendwann ihre Träume aufgaben.

Er war angekommen. Die Bänder flatterten im Wind, kleine Windspiele ließen silberhelle Töne erklingen, als sich aus dem Schatten des Stammes eine seltsame Gestalt löste.

»Schockschwerenot, Grayson, was tut Ihr denn schon wieder hier?«

Die alte Sprache passte zum Outfit des Sprechers. Er war in einen langen, dunkelgrünen Frack aus dem achtzehnten Jahrhundert gekleidet, die Aufschläge mit goldenen Stickereien verziert. Weiße Spitzen umschmeichelten Hals und Handgelenke, Kniebundhosen und Schnallenschuhe vervollständigten das Bild. Der ganze Kerl war pure Noblesse. Ray wusste, dass er um die fünfzig Jahre alt war, aber das sah man ihm nicht an. Seine Haltung war so gerade, als hätte er einen Stock verschluckt. Sein dunkelbraunes, halblanges Haar, nach alter Mode zu einem Zopf geflochten, wurde von einer schwarzen Schleife zusammengehalten. Auf dem sorgfältig rasierten, blassen Gesicht lag ein kaum wahrnehmbares Lächeln, in den blauen Augen der pure Schalk. Der Mann war Faszination pur, man konnte nicht wegschauen und das Merkwürdigste war, dass die Aufmachung nicht lächerlich wirkte, sondern eher passend.

Theatralisch seufzte er:

»Eine Ahnung ließ mich wissen, dass ich heute hier nicht alleinig verweilen würde.«

»Same here. Earl Exely«, erwiderte Ray. »Hätte mir ebenso denken können, dass Sie meine traute Stunde stören.«

»Tja. Hättet Ihr mal in den Himmel geschaut, mein Bester. Es ist Vollmond. Übrigens, was macht unser Projekt?«

»Die Frage könnte von mir kommen. Wir könnten in die Produktion gehen, der Ball liegt bei Euch! Wie weit seid Ihr? Hattet Ihr mir nicht einen Marketingplan versprochen?«

»Ja, Mann! Den hatte ich längst!« Urplötzlich wechselte der Earl in einen alltäglichen Jargon, was seltsam anmutete aufgrund seiner Erscheinung. »Man stößt auf tausend Hindernisse. Immer wenn ich meine, den Schlüssel zu einer Lösung gefunden zu haben, wechselt jemand das Schloss.«

Ray lachte leise. »Ja, das kenne ich nur zu gut!«

»Wir bekommen das schon hin, Ray. Keine Ahnung, wie, aber irgendetwas wird passieren. Mach dir nicht in die Hosen.«

Erheitert beobachtete Ray, wie der Earl einen edlen Picknick-Korb hinter dem Baum hervorzog und diesem eine Flasche Rotwein und zwei Gläser entnahm.

Einladend hielt er Ray eines davon hin.

»Stoßen wir wenigstens auf dich an! Ich habe zwar im Moment keinen Plan B, aber das …«

»Mit Verlaub, Robert, du hattest bisher noch nicht mal einen Plan A.«

»Aber immerhin gute Rotweine, die uns bei Laune halten.«

»Alkohol löst das Problem auch nicht.«

»Milch ebenso wenig«, gab der Earl trocken zurück und stieß mit dem Glas fast an Rays Nase. »Lass uns einen Schluck auf diese kuriose Welt trinken, wenn wir sonst schon nichts tun können.«

Diesmal war der Earl schneller informell geworden als sonst. Es dauerte gewöhnlich ein Weilchen, bis er von seiner altertümlichen Sprache abließ.

Ray mochte den Earl. Er war die verrückteste Person, die ihm je untergekommen war und witzig obendrein. Geschickt entkorkte der Earl die Flasche, schenkte die Gläser voll und reichte Ray eines davon. Eine dicke Decke lag bereits über dem Wurzelwerk der Buche. Exely schlug die Rockschöße zurück, setzte sich darauf und klopfte einladend auf den freien Platz neben sich.

Ray ließ sich neben ihm nieder und hob sein Glas.

»Dann hoffe ich, dass wir bald auf unseren Erfolg anstoßen können.«

»Von mir aus wäre es längst schon so weit«, knurrte der Earl. »Aber immer, wenn du denkst, es geht nicht mehr, kommt von irgendwo ein Vollidiot daher.«

Ray erwiderte nichts darauf. Eine Weile starrten sie in den sternenklaren Himmel.

»Scheint eine ruhige Nacht zu bleiben«, äußerte Ray.

»Das kann man weiß Gott vorher nicht wissen. Könnte auch in den Morgenstunden losgehen.«

»Hast du vor, solange hierzubleiben?«

»Weiß ich nicht. Sag mal, Ray, hast du jemals wegen unserer Sache ein Band an diesen Baum geknüpft?«

Ray war perplex. »Nein«, gab er zu. »Ist mir tatsächlich bislang nicht eingefallen. Ich dachte, das gilt nur für Liebesgeschichten. Aber ich habe Adamea selbstredend über unser Vorhaben informiert.«

»Und mehr hast du nicht getan?«

»Das ist mehr, als du getan hast.«

»Verurteile mich nicht. Ich wurde geboren, um fantastisch zu sein, nicht perfekt!«

»Mylord, ich will nicht unhöflich sein«, gab Ray sarkastisch zurück. »Mein Part des Vertrages ist erfüllt. Ihr seid dran, Mr Fantastic! Es genügt durchaus *eine* fantastische Idee – und entsprechende Taten selbstredend.«

»Schon klar, Grayson. Das weiß ich selbst.«

Mehr sagte der Earl nicht und Rays Laune sank. Er hatte so gehofft, anderes zu hören. Langsam kristallisierte sich heraus, dass es ein gewaltiger Fehler gewesen war, mit Exely zu kooperieren. Das tat ihm in der Seele weh. Was sollte nun aus seinem Projekt werden? Warum hatte er sich nur nicht vorher genauer erkundigt? Stattdessen hatte er sich vom Titel und vom Rang Lord Exelys blenden lassen. Hatte geglaubt, jemand in dieser Position hätte die entsprechenden Kontakte, ein breites Netzwerk, Einfluss, Geld … eben alles, um ein diffiziles Projekt wie das seine ins Laufen zu bringen. Inzwischen wusste Ray, dass diese Voraussetzungen vielleicht mal gegeben gewesen waren – aber längst nicht mehr bestanden. Oh, er hasste Enttäuschungen! Warum hätte es nicht einfach mal laufen können?

»Noch ist nicht aller Tage Abend«, sagte der Earl, als hätte er Rays schwarze Gedanken erraten. »Wunder geschehen nicht auf Kommando. Man muss ihnen die Zeit geben, die sie brauchen. Merkt Euch das.«

»Ich brauche kein Wunder«, gab Ray verstimmt zurück. »Sondern lediglich das, was du mir bei Vertragsabschluss zugesagt hast. Einen praktikablen Businessplan.«

»Das ist, was ich meinte: Ein Wunder. Du weißt selbst, dass das Ding, das du gebaut hast, nicht erwünscht ist.«

»Dessen warst du dir noch mehr bewusst als ich. Aber hast mir den Eindruck vermittelt, eine Lösung zu haben.«

»Die habe ich auch. Bloß jetzt noch nicht. Sei doch nicht so ungeduldig! Wunder kommen nicht aus dem Kopf, mein Junge, sie kommen von woanders her.«

»Ist bedenklich, dass du nicht weißt, wo das Wunder herkommen soll. Aber noch bedenklicher ist, dass ich meine Existenz auf Wunder bauen soll. Es gibt eine Art von Wunder, die ich nicht gebrauchen kann. Zum Beispiel, dass ich mich wundern muss, wie ich überlebe. Oder darüber, dass du deine Zusagen nicht einhältst. Oder was mit meiner Zukunft passiert.«

»Kerl, Ihr habt noch nicht mal eine Ahnung, was ein Wunder ist!«, gab der Earl mit einem feinen Lächeln zurück und wandte sich Ray zu. »Das ganze Leben ist ein Wunder! *Du* bist ein Wunder. Ich bin ein Wunder. Dein

Maschinchen ist ein Wunder. Die Ereignisse hier sind Wunder. Jeden Sommer präsentieren sich hier Wunder in einem Ausmaß, dass die ganze Welt darüber staunt, und du sitzt mittendrin und hast die Stirn, an Wundern zu zweifeln? Ja, Herrgott nochmal, was muss das Universum eigentlich noch tun, Ray, um dich zu bekehren?«

»Ich hätte nichts gegen ein persönliches Wunder. Und wenn das ganze Leben ein Wunder sein soll, kann es ziemlich unattraktiv sein. Denn dann wären auch Misserfolge und Katastrophen ein Wunder.«

»Ja, so gesehen sind sie das auch.«

»Das wertet deine Wunder ziemlich ab. Ich wusste, du würdest mich wieder desillusionieren.«

Der Earl seufzte pathetisch und schüttelte die Rüschen an seinen Handgelenken auf.

»Das ist das Problem mit Wissenschaftlern«, gab er grätig von sich. »Sie sind so gescheit, dass sie schon wieder dumm sind. An Katastrophen und Ähnlichem kann man nämlich ersehen, dass die Menschheit rein gar nichts kapiert.«

»Wie meinst du das denn?«

»Meine Güte, Ray, eine Katastrophe ist der heftigste Wink, ein Wunder zu erkennen! Krisen sind nicht nur Intelligenztests, sie sind vor allem Charaktertests. Warum lebst du nicht in Erwartung von genau jenen Wundern, die du dir erhoffst?«

»Weil bisher so gut wie keines eingetreten ist.«

»Was für eine Logik! Du willst ein Wunder, erwartest aber keines. Es wäre so viel einfacher, wenn du ein bisschen mithelfen würdest.«

»Ach, jetzt bin ich die Bremse! Sehr geschickt!«

Der Earl lachte, aber Ray wurde langsam ungehalten.

»Mal ne andere Frage: Wieso erschaffst *du* nicht einfach ein Wunder, in Form eines durchschlagenden Businessplans? Das wäre ganz *wunderbar!*«

»Was glaubt Ihr, was ich die ganze Zeit tue? Unser Wunder ist bloß noch nicht geboren, es muss reifen! Versteht Ihr das nicht?«

»Nein, nicht wirklich.«

Der Earl seufzte wieder und nahm einen weiteren Schluck aus seinem Glas.

»Hab ein wenig Geduld, Ray«, fuhr er versöhnlicher fort. »Ich habe ja auch keine Ahnung, in welcher Form sich unser Wunder präsentiert. Und kann verstehen, dass dich das nervös macht. Aber wie gesagt: es wäre einfacher, wenn du auch daran glauben würdest. Dann wären wir nämlich schon zwei. Das ist doppelt so viel wie einer.«

»Woran genau soll ich denn glauben?«

»Dass Art und Größe der Wunder von dir abhängen. Man sollte nicht mit dem arbeiten, was man vorfindet, sondern mit dem, was sein soll.«

In den Worten schwang viel Wahres mit, aber Ray war bockig.

»Hört sich trotzdem reichlich wirr an«, erwiderte er. »Vor allem für einen Biophysiker. Wir müssen immer von dem ausgehen, was wir vorfinden.«

»Ach, papperlapapp!« Verärgert sah ihn der Earl an. »Wie zum Teufel konntest du dann etwas erfinden, was es vorher noch nicht gab? Weißt du was, Ray? Ich verstehe auch so einiges nicht. Seit etwa zwei Jahren lebst du in einer der mystischsten Gegenden Englands, wenn nicht der Welt. Du hast kein Problem damit, Steinen und Bäumen Namen zu geben, aber du glaubst nicht an Wunder. Hört sich ebenso reichlich wirr an.«

Ray blieb stumm. Auch vom Earl kam kein Wort mehr, er nippte kurz am Wein. Dann betrachtete er sein Glas, kippte den Rest des Inhalts auf die Erde und stand auf. Sorgsam schüttelte er seine Rüschen zurecht, klopfte sich den Staub von den Rockschößen und richtete die kunstvoll ziselierte Brosche, die das Spitzengebilde unter seinem Hals zusammenhielt. Ray beobachtete ihn.

Es gab in seinem Leben niemanden, der rätselhafter war als der Earl, niemanden, der widersprüchlicher war. Es gab auch niemanden, der lauter auf die Meinung der Gesellschaft pfiff. Ray bewunderte ihn dafür, dass er lebte, wie er es für richtig hielt und sich für nichts und niemanden verbog. So knorrig der Kerl auch war, so wenig er sich bisher an seine Vereinbarungen gehalten hatte – Ray mochte ihn. Er wusste, dass die Schwierigkeiten bei der Umsetzung des Projektes dem Earl die Luft nahmen, aber nie gab er auf. Amüsiert beobachtete er nun, wie Exely ein Smartphone aus seinen Rockschößen zog und seinen Chauffeur anrief, der ihn nach Hause bringen sollte. Nach dem Anruf hielt er die Hände hinter dem Rücken verschränkt und fixierte den Sternenhimmel. Es war eine Szene aus einem Film.

Just in dem Moment, als die Scheinwerfer einer Limousine am Straßenrand auftauchten, fragte Ray:

»Robert, hast du eigentlich schon immer an Wunder geglaubt?«

Langsam wandte der Earl Ray sein blasses Gesicht zu, ein kleines Funkeln im Auge.

»Hey, mein Freund«, erwiderte er. »Mein ganzes Leben war bisher ein Wunder. Ich hoffe, du erkennst, dass das für jeden gilt.«

# ♫ Letters ♫

Ever so blue

Ein letzter Tag mit Florian. Das Ziehen im Bauch war unerträglich, ließ die Stunden manchmal rasend schnell, dann wieder elend langsam verstreichen. Elena war unfähig, sich auf etwas zu konzentrieren.

Abends stand Florians großer Wanderrucksack im Flur, die Jacke war schon sauber darübergelegt, die Reisepapiere griffbereit auf der Kommode. Elenas Magen verkrampfte sich.

Doch als sie ins Schlafzimmer kam, gingen ihr die Augen über. Florian hatte Kerzen aufgestellt, Rosenblätter auf dem Fußboden und dem Bett verteilt, die Vorhänge waren zugezogen und leise Musik spielte. Er kam auf sie zu, zog den Träger ihres Tops von ihrer Schulter, küsste ihre weiche Haut. Seine Lippen wanderten ihre Halsschlagader hinauf, seine Hände spielten mit ihren Brüsten. Ein kleines Stöhnen entfuhr ihr und das Blut schoss in ihren Unterleib. Seine Hände schoben den zweiten Träger über die Schulter, das Top nach unten, sein Mund wanderte zu ihrer Brust. Elena wurde weich. Florians Arm schlang sich um ihre Taille, er drehte sie Richtung Bett, legte sie darauf. Stumm ließ Elena alles mit sich geschehen im Bewusstsein, dass es die letzte Nacht für lange Zeit sein würde. Florian entkleidete sie, entledigte sich auch seiner Sachen, zelebrierte jede Sekunde. Sie spürte seinen Körper an dem ihrem, seinen Mund, der sie überall küsste, seine Hände, die die ihren festhielten, wenn sie versuchte, ihm Lust zu verschaffen, gab ihr zu verstehen: Nur sie war jetzt wichtig. Elena ließ sich fallen, ließ sich verwöhnen. Er reizte sie, peitschte sie auf, bis sie sich unter ihm wand und ein lautes Stöhnen wegen der Kinder unterdrückte. Auch Florian konnte sich kaum noch beherrschen, stand kurz vor dem Höhepunkt. Elena wusste: Wenn sie ihn an der entsprechenden Stelle berührte, würde er explodieren. Genau das ersehnte sie. Sie wollte ihn hemmungslos sehen, wollte ihn ganz und gar spüren.

Er gab einen süßen Laut von sich, als sie ihn rigoros auf den Rücken drehte und sich auf ihn setzte und ihren Tanz begann. Ihr feuchtes, warmes Fleisch brachte ihn innerhalb von Sekunden zur Explosion. Elena sah auf sein verklärtes Gesicht, als es passierte und die Liebe brach mit einer Gewalt in ihr aus, dass sie nicht wusste, wohin damit. Überwältigt davon beugte sie sich über ihn, küsste ihn wieder und wieder, flüsterte: »Ich liebe dich, ich liebe, liebe, liebe dich!«

Eng umschlungen lagen sie schließlich beieinander.

»Ich werde dich so vermissen«, flüsterte sie.

»Ich schreibe dir«, wisperte er zurück, »wann immer ich Verbindung habe. Aber es wird Phasen geben, wo du nichts von mir hörst.«

»Ja, ich weiß. So perfekt, dass unser Jubiläum kurz danach stattfindet. Das wird eine doppelte Feier!«

Florian drückte sie fest an sich und küsste sie.

»Ja, mein Engel«, flüsterte er. »Fünfundzwanzig wunderbare Jahre mit dir … ein wahrer Meilenstein!«

Elena fühlte seine Arme um sich und wieder spürte sie, dass er mit seinen Gedanken nicht bei ihr war. War er schon auf der Reise? Und wieso beunruhigten seine Worte sie, obwohl sie keinen Anlass dazu gaben?

Erst als er flüsterte: »Ich liebe dich, Elena«, und ihr einen Kuss an ihren warmen Hals hauchte, atmete sie auf.

Sie war nur überspannt. Eigentlich war sie es, die Urlaub brauchte. Genau den würde sie sich gönnen, wenn sie sich aus diesem Chaos herausgearbeitet hatte! Einen langen, schönen, erholsamen Urlaub!

Sie schlief unruhig. So sehr sie Florian die Reise gönnte, so gern hätte sie den Tag seiner Abreise aus dem Kalender gestrichen. Die letzten Stunden waren angebrochen.

Die Stimmung auf dem Weg zum Flughafen war bedrückt.

Bennie und Mia saßen auf dem Rücksitz, die Fahrt verlief fast schweigend. Fast wünschte sich Elena, sie wäre mit Florian allein gewesen, hätte mit ihm in Ruhe noch eine Tasse Kaffee am Flughafen trinken können, sich nicht beherrschen müssen. Aber vor den Kindern wollte sie sich nicht gehen lassen.

Parkhaus. Der Gang zur Abflughalle. Florian war nervös und wollte gleich einchecken. Elena wartete mit den Kindern, bis er sein Gepäck aufgegeben hatte. Es war noch reichlich Zeit, auch für einen letzten gemeinsamen Kaffee, aber Florian drängte vorwärts.

»Am Check-in haben sie gesagt, es könnte bei der Handgepäckkontrolle länger dauern und ich sollte lieber eher durch.«

Elena nickte. Abschied war etwas Schreckliches. Florian wollte ihn hinter sich haben, während sie ihn so lange wie möglich hinauszögern wollte. Sie machten sich auf den Weg zur Handgepäckkontrolle, aber nach etwa dreißig Metern blieb Florian stehen und sah auf die Nummern der Gates. Seines lag ziemlich weit hinten.

»Ihr müsst nicht den langen Weg bis dahin mitlaufen«, sagte er. »Am besten verabschieden wir uns hier.«

Elena schossen die Tränen in die Augen. Florian stellte den kleinen Rucksack ab und kniete sich vor seinen Sohn.

»Hey, Bennie, pass auf Mama auf, während ich weg bin, okay?«

Bennie nickte. »Mach ich, Papa. Bringst du mir was mit?«

»Na, klar, mein Kleiner! Und ich schicke ganz viele Fotos und Videos, versprochen!«

Bennie strahlte, schlang seine Ärmchen um ihn. »Tschüss, Papa!«

Florian stand auf. Machte einen zögerlichen Schritt auf Mia zu, da sie ja Zärtlichkeiten gerade uncool fand, aber sie öffnete ihre Arme und umarmte ihren Vater.

»Hey, Großer«, sagte sie. »Fall nicht in irgendwelche Schluchten. Und verdirb dir nicht den Magen mit dem asiatischen Essen. Hast du Durchfalltabletten dabei? Könnte sonst peinlich werden.«

Florian lachte und verwuschelte Mia das Haar. »Ich komme klar, Tochter. Ich hoffe, du auch.«

»Immer doch, Vadder. Wenn du mich nur machen lässt. Also, gute Reise!«

»Danke, Mia. Bis bald!«

Sie nickte, trat zurück. Elena war dran. Der gefürchtete Moment war gekommen. Elenas und Florians Blicke trafen sich. Seine Augen waren voller Glanz, voller Liebe. Sie flog in seine Arme, fühlte seine Wärme, seinen geliebten Körper an ihrem, seine Lippen an ihrer Wange, auf ihrem Mund, als er sie küsste – ein letztes Mal für lange Zeit.

»Alles Gute«, flüsterte sie in sein Haar. »Alles, alles Gute, mein Schatz, ich liebe dich und wünsche dir die allerschönsten Erlebnisse. Ich …«

Sie brach ab. Florian drückte sie noch einmal fest, schob sie dann von sich weg, weil sie sich nicht von ihm lösen wollte, schwang seinen Rucksack über die Schulter. Ein letzter Blick, ein letztes Winken, dann ging er schnellen Schrittes davon, ohne sich noch einmal umzudrehen.

Elena liefen die Tränen über die Wangen. Sie starrte ihm nach, bis er in einen anderen Gang abbog und vermisste ihn, sowie er aus ihrer Sicht verschwunden war. Die Sehnsucht tobte in ihr und sie hätte am liebsten laut losgeheult. Aber warum nur hatte sie das Gefühl, dass Florian die Arme nach oben riss, sobald er sich unbeobachtet fühlte? Drehte sie jetzt völlig durch? Sie wurde das Gefühl nicht los, dass er unendlich froh war, die Abschiedszeremonie hinter sich zu haben.

Sie verstand sich selbst nicht. Acht Wochen waren doch keine große Sache! War es der Druck, der auf ihr lastete? Ihr tränenumflorter Blick traf auf den ihrer Tochter und Elena wusste plötzlich: Mia hatte dasselbe Empfinden wie sie: dass Florian froh war, diese Szene hinter sich zu haben. Ein kurzer Moment der Einigkeit, der ebenso schnell wieder verging, wie er gekommen war.

»Er kommt wieder, Mam«, sagte Mia. »Krieg dich wieder ein. Mal sehen, wie du ohne ihn bist. Und er ohne dich.«

Sobald er sicher sein konnte, dass seine kleine Familie ihn nicht mehr sah, atmete Florian auf und streckte langsam die Arme nach oben. Ein breites Lächeln erschien auf seinem Gesicht und seine Augen begannen zu strahlen. Endlich! Endlich war er mal für sich! Er konnte kaum glauben, dass es wahr geworden war, dass er tatsächlich hier stand, im Trubel der Menschen, im Zentrum von Aktivität. Raus aus dem kleinen, festgefahrenen Vorstadtleben, rein in die große, weite Welt! Endlich konnte er tun und lassen, was ihm gefiel, ohne auf jemanden Rücksicht nehmen zu müssen. Ohne an die tausend Dinge zu denken, die der Alltag erforderte. Oh, wie gut das tat! Mit glänzenden Augen sah er sich in der Flugzeughalle um. Jedes kleine Ding schien zu leuchten, jeder Mensch, an dem er vorbeiging, zu lächeln, jedes Plakat berichtete ihm von der Buntheit der Welt.

Er fühlte sich frei, so unendlich frei! Wie hatte er diesen Tag herbeigesehnt! Über zehn Jahre Kinderbetreuung und Haushalt, durchwachte Nächte, wenn die Kinder krank gewesen waren, über zehn Jahre in der Küche, an der Spülmaschine, am Herd, an der Waschmaschine, im Supermarkt, auf Elternabenden, in den Wartezimmern der Ärzte, als Chauffeur im Auto. Der allgegenwärtigen Frage *Was koche ich heute?* entronnen, kannte das Glücksgefühl in seinem Herzen keine Grenzen. Es war so stark, dass er feuchte Augen bekam. Er hatte Zeit für sich, Zeit, das Leben in vollen Zügen zu genießen!

Wer wollte ihm das übelnehmen?! Florian empfand eben wie eine Mama, die nach einem jahrelangen 24/7-Job endlich mal Urlaub hatte und sich wieder selbst entdecken durfte.

# ♫ From the Outside ♫

Fiona Joy Hawkins

Wie vereinbart besuchte Mia auch an diesem Tag die Schule, zumindest hatte Elena sie vor dem Eingang abgeliefert und Bennie danach zum Kindergarten gebracht. Nun befand sie sich alleine zu Hause. Einmal mehr saß sie an ihrem Schreibtisch und kaute am Bleistift. Es wollte und wollte ihr nichts einfallen.

Völlig verzweifelt rief sie am späten Nachmittag ihren besten Freund Phil an und verabredete sich mit ihm für ein Glas Wein am Abend. Phil, Dozent an der Uni, fungierte für Elena seit ihrem ersten Roman als Lektor und Korrektor.

Wie sie war er Anfang vierzig, sein Haar schon leicht schütter, die Geheimratsecken gut sichtbar, aber er war dennoch attraktiv durch seine sympathische, herzliche Art. Er war bewusst solo und kinderlos, weil er gerne reiste.

»Mann, Mann, Mann«, kommentierte er mitfühlend, als ihm Elena ihr Leid klagte. »Da ist ja echt die Kacke am Dampfen. Und was ist, wenn du einfach drauflos schreibst? Setz die Finger auf die Tasten und lass laufen!«

»Genau das geht ja gerade nicht. Alles in mir wehrt sich dagegen.«

»Wogegen denn genau? Gegen das Schreiben oder die Storys, die du bisher verfasst hast?«

Elena schwieg. »Irgendwie beides. Ich krieg das gerade nicht auseinander.«

»Das ist doch ein Zeichen, Elena. Deine Storys sind superflach, aber dein Stil klasse. Schreib doch mal was Ernsteres.«

»Der Verlag will aber etwas Leichtes. Und trotzdem was außerhalb des Üblichen. Wenn ich wenigstens ein Exposé hätte! Aber mir fällt partout nichts ein.«

»Was du brauchst, ist Tapetenwechsel«, diagnostizierte Phil. »Du musst mal raus hier! Was anderes erleben, damit du auf neue Gedanken kommst. Eigentlich müsstest *du* in den Himalaya.«

»Tja, das kann ich vergessen. Ach, Phil«, mit einer verzweifelten Geste wandte sie sich an ihren Freund. »Permanent habe ich das Gefühl, den Dingen hinterherzurennen. Mein Leben ist nie so, wie ich mir das vorstelle.«

»Wie stellst du es dir denn vor?«

Elena zögerte, die Stirn gerunzelt. »Anders!«, brach es aus ihr heraus. »Einfach anders, verstehst du?«

»Nein, verstehe ich nicht. *Anders* ist doch keine Definition! Du hast keine Vorstellungen. Du solltest mal in dich gehen.«

»Jetzt redest du schon wie Florian.«

»Wenn er so redet, hätte er recht. Weshalb hast du keine genauen Vorstellungen vom Leben?«

»Weil sie sowieso nie wahr werden! Ich will mir keine Vorstellungen mehr machen, weil ohnehin alles anders kommt, als ich mir das wünsche. Siehst du doch an der jetzigen Situation. Immer, wenn ich mich halbwegs sicher fühle, wischt mir das Schicksal dazwischen und macht alles zunichte.«

»Wow, heftige Worte, Elena. Aber Freiheit kann im Außen nicht entstehen, wenn du sie innen nicht fühlst.«

»Wie soll ich Freiheit von innen fühlen, wenn ich von außen lauter Zwangsjacken übergestülpt bekomme?«

»Tja, was war zuerst da? Die Henne oder das Ei? Schaffst du es, dich frei zu fühlen, damit dir von außen keine Zwangsjacken auferlegt werden müssen?«

Missmutig wandte Elena den Blick aus dem Fenster. »Das sind Floskeln!«,

»Wirklich? Vielleicht bist du einfach nicht bereit, den Preis für deine Freiheit zu zahlen.«

»Was kostet sie denn?«

»Mut.«

»Mut wozu?«

»Neues zu erkunden. Herausfinden, was du willst. Und dazu zu stehen, egal, was die Welt um dich herum sagt.«

Gequält drehte sie ihr Weinglas in den Händen.

»Und was ist, wenn ich banale, materielle Wünsche habe?«, entgegnete sie leise.

»Wir leben in einer materiellen Welt. Was ist an materiellen Wünschen schlecht?«

Wieder schwieg sie. Tausend spirituelle Ansichten erschlugen ihre Antwort, bevor sie überhaupt ihren Mund verlassen konnte.

»Was willst du denn gerade am meisten, Elena?«, half ihr Phil gefühlvoll.

»Eigentlich will ich lediglich ein Leben ohne Druck. Ich will nicht diese Existenzängste und all das. Eigentlich … weißt du … eigentlich will ich Spaß am Leben. Freude am Leben.«

Mitfühlend legte Phil seinen Arm um ihre Schultern. »Das ist doch ein guter Ansatz«, sagte er aufmunternd, »deine Lebensfreude wiederzuentdecken.«

Der Satz traf sie. Dankbar drückte sie seine Hand, die an ihrer Schulter lag, nahm einen Schluck aus dem Weinglas und stellte es rigoros auf den Tisch.

»So, genug gejammert!« Sie lachte und seufzte in einem. »Ich kann mich selbst nicht mehr hören! Jetzt muss ich mich erstmal freischwimmen. Das Wichtigste ist die Story für den Verlag. Und ich muss mir was für die Sommerferien einfallen lassen … vor allem für Mia. Die spinnt nur noch rum.«

»Du, warte mal, da fällt mir was ein.« Phil stand auf. »Vielleicht habe ich was für dich.«

Er begann, in der Ablage seines Schreibtisches zu wühlen. »Ein Projekt, das vor etwa einem halben Jahr an mich herangetragen wurde und für das sie Freiwillige suchten … das wäre auch was für Mia.«

Das bezweifelte Elena. Wie Mia auf ein Projekt statt auf Sommerurlaub am Strand reagieren würde, konnte sie sich lebhaft vorstellen.

»Ah! Hier habe ich's!« Phil setzte sich neben Elena auf die Couch, ein mehrseitiges Schreiben in Händen.

»Eine Schauspiel-Therapie in England, in der sich Menschen zusammenfinden, die …«

»Oje, Phil, sei mir nicht böse«, unterbrach ihn Elena. »Du hast das Wort Therapie bei Mia noch nicht ausgesprochen, da ist sie dir schon an die Gurgel gesprungen!«

»Tu's nicht gleich ab, das könnte spannend werden. Es ist ein interessantes Konzept, sogar mit Ansätzen von Spiritualität und …«

»O mein Gott, Phil!« Elena lachte. »Ein Reizwort nach dem anderen! Und was ist mit Bennie? Er kann kein Englisch!«

»Das ist für Kinder kein Hindernis. Die lernen das schnell. Und vielleicht kannst du ja daraus eine Story stricken? Noch dazu findet das Ganze in den Cotswolds statt, der schönsten Gegend Englands! Das wird dich begeistern! Der Ort, Castle Combe, hat zwar nur etwa dreihundert Einwohner, aber …«

Phil schwärmte weiter, aber Elena hörte nur noch mit halbem Ohr zu. Sie hatte vom vielen Grübeln und dem Rotwein leichte Kopfschmerzen bekommen. Ihre Gedanken kreisten um das mögliche Exposé, das sie brauchte, um eine Anfrage an den Verlag senden zu können. Da half ein Theaterprojekt in den Cotswolds wenig.

»Du steckst Mia und Bennie in die Theatertruppe und hast wenigstens ein paar Stunden für dich«, ließ sich Phil nicht abbringen. »Also für mich hört sich das nach einer perfekten Lösung an.«

»Ich kann es mir nicht leisten zu verreisen, Phil«, erinnerte ihn Elena. »Ich müsste doch dort ein Hotel buchen, das kostet Geld, das ich nicht habe. Aber ist wirklich lieb von dir.«

»Aber Elena, ich sagte doch, Logis ist frei! Da es ein Studienprojekt ist, wird es von der Uni in Bath finanziert. Außerdem hat der Südwesten Englands viel zu bieten. Du bist in der Nähe von Glastonbury, wo die mystische Insel Avalon in den Nebeln verschwunden ist. Josef von Arimathäa hat dort seinen heiligen Stock in den Boden gerammt, der heute noch als Dornbusch dort steht. Der Heilige Gral soll unter am Fuße des Glastonbury Tors vergraben sein und im Tal befindet sich das Grab des legendären King Arthurs ... Megastoff für eine Fantasy-Geschichte!«

Elena staunte, was Phil alles wusste, aber Fantasy war nicht ihr Ding. Phil allerdings schwärmte weiter. Sie wollte ihn nicht unterbrechen, wieder glitten ihre Gedanken ab, während er an seinen Computer ging, auf der Tastatur herumtippte und rief:

»Ach, nee! Wer hätte das gedacht! Sogar direkt im Ort!«

»Was? Wovon redest du?«

»Von der Bibliothek der unveröffentlichten Bücher! Da wollte ich auch schon immer mal hin! Vielleicht ... hey, alles in Ordnung, Elena?«

Elena saß wie vom Blitz getroffen.

»Was hast du gerade gesagt?«, ächzte sie. »Die Bibliothek der unveröffentlichten Bücher? Was heißt das? Es gibt dort eine Bücherei mit unveröffentlichten Manuskripten?«

»Exakt. Die berühmte Brautigan-Library, eine Sammlung von Texten, die kein Verlag haben wollte. Man kann die Titel online aufrufen, bis auf ein paar wenige hundert. Und die sind physisch in genau dieser Bibliothek verstaut. Irre Idee, oder?«

»Allerdings! Wieso wusste ich davon nichts? Und du sagst, sie befindet sich in dem Ort, in dem auch die Schauspieltruppe arbeitet?«

»So ist es. Die Natur in den Cotswolds muss übrigens atemberaubend sein, ideal für Picknicks und Wanderungen. Da kommen auch Bennie und Mia auf ihre Kosten. Soll ich mal anfragen, ob sie für das Schauspielprojekt noch Freiwillige brauchen?«

»Ja, kann nicht schaden«, erwiderte Elena geistesabwesend. Gänsehaut überzog ihren Körper. Hunderte von unveröffentlichten Manuskripten lagerten in einem Raum! Das packte sie und auch das dringende Bedürfnis, allein sein zu müssen. Sie stand auf und umarmte Phil.

»Ich habe zwar keine Ahnung, wie du das gemacht hast, aber irgendwie hast du mich wieder zum Leben erweckt«, flüsterte sie ihm zum Abschied ins Ohr.

»Das ist schön, meine Liebe«, Phil lächelte sie an. »Steht dir besser als halbtot. Das warst du nämlich in der letzten Zeit. Was genau macht dich denn so lebendig?«

»Ich weiß es nicht. Deswegen muss ich jetzt nach Hause und nach innen gehen. So wie du es mir geraten hast.«

»Dann toi, toi, toi! Möge etwas Gutes dabei herauskommen! Ich gebe Bescheid, sobald die Schauspielgruppe geantwortet hat!«

»Vielen lieben Dank, Phil! Du bist der Beste!«

Phil lachte, winkte ihr nach, während Elena ins Auto sprang und angeregt nach Hause fuhr.

Das Haus war still, als sie ankam. Es war nach 23:00 Uhr. Bennie hatte schon geschlafen, als sie gegangen war, in Mias Zimmer brannte noch Licht, aber ganz gegen ihre Gewohnheit spitzte Elena diesmal nicht in deren Zimmer, sondern verschwand schnurstracks in ihrem kleinen Büro.

Sie zündete eine Kerze an, stellte sie auf den Sims und schaute durchs Fenster. Sie lebten in einer ruhigen Vorstadtgegend mit gleichgebauten Häusern und einem exakt zugemessenen Streifen Rasen davor. Ein schmaler Sichelmond leuchtete herein, betonte die Monotonie der gleichförmigen Schachteln, in denen die Menschen wohnten.

Das Licht der Straßenlaternen verbreitete unnatürliches Licht, verschleierte das Samt des Nachthimmels. Elena kannte diese Stimmung. Die Pseudo-Romantik ihrer Vorstadtgegend war oft Inspiration für ihre Geschichten gewesen, die dem Wunsch nach Ausbruch aus dieser Konformität entsprangen, hinein in eine zauberhafte, bunte Welt. Sie fühlte sich voller Elan und verfasste endlich die Anfrage an den Verlag, ob das Angebot noch Bestand hatte. Mit etwas schlechtem Gewissen behauptete sie, einen neuen Plot zu haben, der dem Portfolio des Hauses besser entsprechen würde als ihr damaliges Projekt.

In der Hoffnung, ihre melancholische Stimmung für eine hübsche Szene nutzen zu können, ließ sie die Finger auf den Tasten – aber nichts kam. Etwas in ihr wühlte und rumorte und machte das Schreiben unmöglich. Heute Nacht erahnte sie, dass sie lediglich konforme Geschichten innerhalb der Konformität geschrieben hatte. War es das, was sie blockierte?

Sie stand auf, stellte sich wieder ans Fenster, lehnte ihre Stirn gegen das kühle Glas.

»Bitte, Universum«, flüsterte sie. »Es heißt doch immer, du bist da. Gib mir ein Zeichen! Lass es wieder fließen! Lass mich nicht hängen!«

Sie starrte zum Himmel, aber kein Meteor sauste übers Firmament, stattdessen kam ihr das Gespräch mit Phil in den Sinn.

Die Cotswolds. Das Vereinigte Königreich. Sie wollte gar nicht daran denken, wie Mia reagieren würde, wenn sie erführe, dass sie statt ans Rote Meer nach England fahren würden und sie noch dazu in eine Schauspiel-Therapie sollte. Nein, das ging gar nicht, auf diesen Stress hatte sie keine Lust.

Im Nachhinein kam Elena die Idee so idiotisch vor, dass sie kurz davor war, Phil eine Nachricht zu schreiben, er solle das mit der Anfrage lieber sein lassen. Sollte sie den Vorschuss bekommen, würde sie mit ihren Kindern nach Ägypten fliegen. Mia wäre glücklich, Bennie könnte stundenweise in einen Kinderclub und sie, Elena, könnte nachts, wenn die Kinder im Bett lagen, arbeiten. Anregungen gab es sicher im Land der Pyramiden mehr als genug. Das war kein schlechter Ansatz. War das der Fingerzeig, auf den sie gewartet hatte?

Mit der Absicht, Kosten für Flüge nach Ägypten zu googeln, setzte sie sich an den Rechner, aber die Bibliothek der unveröffentlichten Bücher tanzte in ihrem Kopf herum und so gab sie den Begriff »Cotswolds« ein, statt Pauschalreisen ans Rote Meer zu vergleichen.

Ein Ausruf entfuhr ihr, als sie die ersten Fotos erblickte. Eine unfassbare Idylle eröffnete sich ihr, sie konnte kaum glauben, dass das real war. So etwas Schönes hatte sie schon lange nicht mehr gesehen! Jedes Bild, das sie anklickte, zeigte ihr eine Landschaft wie aus einem Märchen. Schafweiden, knorrige Apfelbäume, tiefe Täler, sanfte, grüne Hügel, dichte Wälder und von Brombeerhecken umsäumte Sträßchen. Die Bilder vermittelten Weite und gleichzeitig Geborgenheit, die tief ihr Herz berührten. Unwillkürlich glitt ihr Blick auf ihren Mini-Vorstadtgarten und wieder zurück zu den Fotos. Was für eine andere Welt! Könnte sich dafür sogar Mia begeistern? Obwohl – auf Schafweiden konnte man schlecht im Bikini posieren.

Dennoch begann Elena, sich über den Landschaftsstrich zu informieren. Die Cotswolds, so las sie, waren das Herz Englands, eine Gegend, die englischer nicht sein konnte und die sich hundertsechzig Kilometer lang über sechs Grafschaften erstreckte.

Angeregt klickte sie sich durch die malerischen Bilder und gab schließlich »Castle Combe« in die Suchleiste ein. Ein weiterer Laut entfuhr ihr.

Waren die Landschaftsbilder der Cotswolds schon an Idylle kaum zu überbieten, schaffte es der kleine, von dreihundertfünfzig Einwohnern bewohnte Ort noch eins obendraufzusetzen. Kein Wunder, dass in diesem Dörfchen die Schauspielerei großgeschrieben wurde! Eine perfektere Kulisse für Filme und Theaterstücke konnte man sich kaum denken! Tatsächlich waren in diesem Dörfchen auch berühmte Filme gedreht worden: *Doktor Dolittle, Die Sternwanderer, Gefährten* von Steven Spielberg, selbst für *Harry Potter* waren die alten Mauern genutzt worden.

Schließlich stieß Elena auf ein Foto von der Bibliothek der unveröffentlichten Manuskripte und vergrößerte es.

Ein kleines graues Steinhaus, von Rosen umrankt, eine uralte, dunkelbraune Eichenholztür, auf der ein goldenes Messingschild angebracht worden war mit dem Namen *The Brautigan-Library*. Ein Hauch Wehmut flog ihr mit dem Foto entgegen, ein Gefühl der Verbundenheit. Wieso klopfte nur immer ihr Herz so stark, wenn von dieser Bibliothek die Rede war? Weil sie mit den vielen abgelehnten Autoren mitfühlen konnte?

Wie war diese Bibliothek überhaupt entstanden? Elena grub sich tiefer in die Materie ein, erfuhr, dass der Autor, Richard Brautigan, lediglich der Namensgeber der Büchersammlung war. Er hatte die Idee in seinem Roman »Die Abtreibung« skizziert. Erst nach Brautigans Tod war die physische Bibliothek vom Amerikaner Todd Lockwood ins Leben gerufen worden. Sie war eine Hommage an die ersten dreihundert Autoren, die ihre Manuskripte dort abgeliefert hatten. Laut dem Ideengeber Richard Brautigan waren die Bücher nie kategorisiert worden. In seinem Roman hatte er geschrieben:

»Es macht keinen Unterschied, wo ein Buch platziert wird, weil niemand sie jemals ausleiht und niemand jemals hierher kommt, um sie zu lesen.«

»Ist das so?«, murmelte Elena. »Kommt wirklich niemand, um sie zu lesen?« Wieder durchlief ein Schauer ihren Körper.

Sie besah sich die Manuskripte, musste schmunzeln bei Titeln wie »Anleitung zum Blumenzüchten bei Kerzenlicht in Hotelzimmern« und stieß einen verblüfften Laut aus, als sie erfuhr, dass der Roman »Immer schön ist die Liebe« den Weltrekord in Ablehnungen innehielt. Der Autor hatte ihn ohne Erfolg bei sage und schreibe 459 Verlagen eingereicht.

Dreihundert analoge Manuskripte beherbergte die Bibliothek, hinter jedem stand ein Mensch, der mit Herzblut geschrieben und sich Hoffnungen gemacht hatte. In dieser Bibliothek befanden sich faszinierende und außergewöhnliche Storys.

Aufgewühlt saß Elena vor ihrem Rechner. Was, wenn sie sich von diesen Manuskripten inspirieren lassen würde? Es wären sicher völlig anders gelagerte Ansätze, es wäre ... ja, wie wäre das eigentlich? *Eigentlich*, sagte ihr Kopf, *ist das totaler Blödsinn. Willst du dich ausgerechnet von erfolglosen Autoren inspirieren lassen?* Das klang nicht sehr schlau.

Und doch ... sie biss sich auf die Lippen. Diese Manuskripte waren nicht digitalisiert und tauchten nirgendwo im Netz auf. Vielleicht könnte sie die Inhalte von zwei, drei Romanen zu einem vereinen? Damit hätte sie etwas Neues geschaffen und niemand könnte behaupten, sie hätte etwas geklaut. Sie würde sich lediglich Impulse holen, um ihre Kreativität anzufeuern.

»Hör auf, damit, Elena«, rügte sie sich selbst. »Das ist die totale Schnapsidee!«

Müde rieb sie ihr Gesicht, spähte auf die Uhr.

Es war kurz vor Mitternacht, und um sich zu bestätigen, dass der Ägyptenurlaub auf jeden Fall die bessere Entscheidung war, erstellte sie einen Preisvergleich. Die Hotel- und Reisekosten sprachen eindeutig für das Land am Roten Meer. Was boten denn die Cotswolds außer ihrer schönen Landschaft? Sie rief die Sehenswürdigkeiten rund um Castle Combe und Glastonbury auf – und fiel fast vom Stuhl.

Avebury, der größte Steinkreis der Welt, erstreckte sich vor ihren Augen. Sein Umfang war so gewaltig, dass man seine Form nur mit Luftaufnahmen erkennen konnte. Sein Durchmesser betrug über vierhundert, sein Umfang 1200 Meter. Aber nicht nur das war ungewöhnlich. Innerhalb dieses riesigen, von Steinen umfassten Areals befanden sich zwei weitere, kleinere Steinkreise. Auch diese so großflächig, dass man ihre Anordnung am ehesten von oben erfassen konnte.

Der Zauber der gewaltigen Felsbrocken nahm sie innerhalb von Sekunden gefangen. Sprachlos starrte Elena die lebendig wirkenden Monumente an. Wie waren Steine dieser Größe dorthin hingekommen? Wer hatte sie in dieser Formation aufgestellt, und wofür? Eine unerklärliche Aufregung erfasste sie, als sie von Silbury Hill las, einem mystischen Hügel, der den Wissenschaftlern heute noch Rätsel aufgab. Genau wie das 4500 Jahre alte *The Sanctuary*, ein kreisrundes Heiligtum, das ursprünglich aus Holzpfosten und stehenden Steinen bestanden hatte, die inzwischen durch Blöcke aus Beton ersetzt worden waren. Davon hatte Phil gar nichts erwähnt!

Unwillkürlich musste sie an *Der Herr der Ringe* denken. Hier strotzte es von Ringen und Kreisen! War der riesige Hügel, Silbury Hill, eine Art Schicksalsberg? Wie konnte es sein, dass so etwas Monumentales auf der

Erde existierte, noch dazu nicht allzu weit entfernt von ihr, und sie hatte nichts davon gewusst?

Ihre Augen schweiften über die vielen Bilder, die Felskolosse, die Landschaft und blieben an einem Buchenhain hängen. Speziell eine Buche, geschmückt wie ein Festtagsbaum, war aus allen denkbaren Perspektiven von unzähligen Touristen fotografiert worden.

Aus irgendeinem Grund kam ihr der Baum wie eine gutmütige, weise alte Frau vor. Über und über waren ihre knorrigen Äste mit Bändern und allem möglichen Krimskrams behangen. Wieder überzog Elena ein Prickeln und das eigenartige Gefühl, der Baum verbände sich mit ihr. Sie klickte ein kleines Video an, das jemand hochgestellt hatte.

Epische Musik ertönte, eine Brise bewegte die leicht verdrehten Zweige der alten Buche, ließ die farbenfrohen Bänder flattern und tanzen. Hunderte, Tausende von Wünschen wehten im Wind, flehten nach Erfüllung. Kleine Traumfänger mit Botschaften, Windspiele, Spiralen und sogar Engelsfiguren zierten die Zweige. Just in dem Moment, in dem Elena das Video abbrechen wollte, schob sich plötzlich ein Gegenstand vor die Kameralinse. Ein großes, aus Weidenästen geformtes Herz, baumelte ins Bild und wieder heraus, als winkte es ihr, als wüsste es, es hatte nur wenige Sekunden, um auf sich aufmerksam zu machen. Noch einmal tauchte es auf, ein letzter Tanz, dann war es verschwunden und der Film endete.

Abrupt schloss Elena ihren Rechner, als hätte sie etwas Verbotenes geschaut. Ein Keuchen entfuhr ihrem Mund – und sie wusste noch nicht einmal, warum.

# ♫ Unwritten ♫

Natasha Bedingfield

Zu Elenas Überraschung antwortete der Verlag umgehend. Interesse wäre vorhanden, vorausgesetzt, das Exposé sagte ihnen zu. Wann sie es denn schicken könne? Mit der Freude stieg allerdings auch der Druck – ihr Kreativloch hielt an. Elena kam sich vor wie der letzte Versager. Wenn sie nur eine Idee hätte! Am besten eine, die es ihr erlaubte, das Buch in vier Wochen runterzureißen, so, wie es ihr beim ersten Mal gelungen war. Der Verlag würde mindestens vier bis sechs Wochen für das erste Lektorat brauchen und sie wäre erstmal frei! Sie könnte guten Gewissens den Vorschuss kassieren, mit ihren Kindern ans Rote Meer fahren – in die Sonne! – und sich endlich auch mal ausruhen. Ach, das hörte sich herrlich an! Und wer weiß, vielleicht begann damit wieder eine Glückssträhne? Sie hatte dringend eine nötig.

Mia weigerte sich erneut, in die Schule zu gehen, und erpresste ihre Mutter damit, dass diese ja auch noch nicht sicher sagen könnte, ob der Urlaub klappen würde. Ohne jedes Problem saß sie in ihrem Zimmer, erstellte Instagram-Reels, YouTube-Shorts, präsentierte den Gebrauch von Lippenstiften auf TikTok und hatte tatsächlich von einem Kaufhaus eine Tüte mit Klamotten erhalten. Sie ließ sich von ihrer besten Freundin Leonie ablichten und präsentierte sich auf ihren Kanälen. Ihre Followeranzahl begann zu wachsen und Mia jubelte über jeden einzelnen Abonnenten.

Auch Florian schickte etliche Fotos mit kurzen Bildunterschriften, die den Eindruck vermittelten, er segelte von einem wunderbaren Moment zum nächsten. Er war mit seiner Gruppe erst nach Indien gereist, wo sie sich nicht allzu lange aufhalten würden, danach ging es weiter nach Kathmandu. Elena lächelte wehmütig.

Fiebrig versuchte sie sich weiterhin an der Erstellung eines Exposés. Die Anfrage von Phil hatte sie fast schon vergessen und war daher nicht wirklich erfreut, als er anrief und ihr mitteilte, dass die Schauspieltruppe in Castle Combe sehr begeistert wäre, mit einer Familie aus Deutschland zu arbeiten. Elena hörte, wie in Bennies Zimmer etwas zu Boden krachte und war nicht ganz mit der Aufmerksamkeit bei Phil.

»Moment mal, was heißt, eine deutsche Familie?«, fragte sie nervös. »Ich dachte, es geht nur um Mia und Bennie?«

»So habe ich es auch dargestellt. Der Leiter des Projektes fand es zwar schade, dass du nicht dabei bist, aber er hat mir einen wirklich guten …«

»Phil, nimm es mir nicht übel«, unterbrach ihn Elena, die nur mit halbem Ohr zuhörte, »aber ich habe noch mal nachgedacht und …«

»Warte, bevor du Nein sagst! Den Teilnehmern des Kurses wird eine Unterkunft zur Verfügung gestellt – für die volle Dauer, also ein Minimum von vier und ein Maximum von acht Wochen. Aber das geht nur, wenn du mitmachst.«

»Vier bis acht Wochen? Aber wir wären dort wohl nicht alleine, oder?«

Elena graute vor einem Schlafsaal oder einer WG. Das hatte sie schon zu Studentenzeiten nicht gemocht.

»Sicher weiß ich das nicht«, antwortete Phil. »Aber im Moment hapert's wohl an Interessenten und wenn ich Marvin richtig verstanden habe, wird das Projekt diesen Sommer beendet. Was sehr, sehr schade ist, wenn ich mir seine Ergebnisse so anschaue.«

»Ergebnisse? Worum geht es bei diesem Theaterzeugs überhaupt? Um den Erwerb von schauspielerischen Fähigkeiten? Wird dann am Ende ein Stück aufgeführt?«

»Oh, nein, gar nicht! Elena, das ist hochspannend! Die Broschüre kann gar nicht ausdrücken, was der Kurs alles beinhaltet und bewirkt. Aber ich habe von Marvin ein sehr aufschlussreiches Handout bekommen.«

»Mamaaa!«, tönte Bennies Stimme von unten herauf. »Mama! Wo bist du?«

»Phil«, unterbrach ihn Elena. »Es ist gerade etwas ungünstig, ich muss Schluss machen.«

»Ja, kein Ding, ich schicke dir das Handout. Unbedingt lesen!«

»Nein, warte, ich denke, das macht wenig Sinn. Wenn der Verlag mir den Vorschuss zahlt, fahre ich mit den Kindern ans Meer. Tut mir so leid, dass du dir so eine Mühe gemacht hast, aber bitte sag dort ab.«

»Ach, das wäre so schade, Elena! Marvin wird megaenttäuscht sein. Ich habe ihm verraten, dass du Autorin bist, und wie alt deine Kinder sind, auch, dass es mit Mia gerade nicht rund läuft, damit er sich schon mal drauf einstellen kann. Das hat ihn total begeistert.«

»Wieso begeistert ihn das? Ich verstehe gar nichts mehr!«

»Lies das Handout! Und denk dran! Unterkunft frei! Für vier Wochen! Du wärst in einer der schönsten Gegenden Englands, das dient deiner Kreativität mehr als Sonne, Strand und Meer.«

»Maaamaaa!«

»Ich komme!«, rief sie nach unten und in Hast zu Phil: »Großen Dank, Phil, lass uns später nochmal reden.«

Aber ihre innerliche Entscheidung war gefallen. Wenn sie den Vorschuss bekam, würde sie nach Ägypten fliegen.

Nach dem Abendessen zog sie sich in ihr Arbeitszimmer zurück und nahm sich vor, nicht eher ins Bett zu gehen, bis sie ein vernünftiges Exposé zustande gebracht hatte. Den Ägyptenurlaub im Sinn betrieb sie ein paar oberflächliche Recherchen über die Pyramiden und Hotels, die sich als Schauplatz eigneten. Es gelang ihr tatsächlich, innerhalb der nächsten zwei Stunden eine Liebesgeschichte aus Rifftauchen, Quallenunfällen, rotem Sand, teuren Hotels und einem halbwegs interessanten Handlungsablauf zusammenzuschustern, das sich rund um die Pyramiden abspielte. Ein attraktiver Scheich, eine geheimnisvolle, unwiderstehliche Frau, lautes Knistern zwischen den beiden, ein paar Missverständnisse und Eifersuchtsszenen, jede Menge Sex – fertig!

Befriedigt las sie alles nochmal durch und schickte es an den Verlag. Sicherheitshalber setzte sie dazu, dass sie auch noch einen anderen Plot parat hätte, sollte dieser nicht zusagen.

Zu ihrer eigenen Beruhigung überprüfte sie einmal mehr die momentanen Bestsellertitel und stellte fest: Mit dieser Story lag sie voll im Raster! Auch Verlage betrieben ja Marktanalysen und orientierten sich nach dem Massengeschmack – sie *mussten* das Exposé gut finden! Sie jedenfalls war hochzufrieden damit.

Zwei Tage später erhielt sie die Antwort: Die Story wäre zu sehr Mainstream, sie hätten sich etwas anderes vorgestellt und würden gerne von ihrem alternativen Plot erfahren. Ob sie diesen so schnell wie möglich schicken könnte? Unvorhergesehen sei ihnen ein Autor wegen Krankheit ausgefallen, was bedeutete, dass Kapazitäten bezüglich Korrektorats und Lektorats frei wären. Ihr Titel könnte damit in das Weihnachtsgeschäft aufgenommen werden, sofern sie sich diesen Sprint zutraue.

Elena bekam Schnappatmung. Herrgott noch mal! Sie hatte keinen alternativen Plot! Aber dieses Riesenangebot konnte und durfte sie nicht sausen lassen! Verzweifelt und völlig unter Druck brachte sie Bennie zu Bett und legte sich wie immer mit ihm noch ein paar Minuten hin.

Geistesabwesend streichelte sie seinen Arm und küsste ihn hin und wieder auf den weizenblonden Schopf.

»Mama?«, fragte Bennie. »Bist du so traurig, weil Papa weg ist?«

»Das auch, mein Schatz. Aber nicht nur deswegen.«

»Warum denn dann?«, wollte Bennie wissen. Es war seltsam, aber ihrem Sohn mit Ausflüchten zu kommen, verbot sich von selbst.

»Ach, mein Herz, ich brauche eine Idee für ein neues Buch, und mir fällt nichts ein.«

»Ach so«, sagte Bennie. »Aber du sagst doch immer, dass das Leben die besten Geschichten schreibt. Wieso schreibst du nicht einfach deine?«

Elena lachte. »Ich glaube, mein Leben ist zu langweilig für einen Roman. Da gibt es keine richtigen Abenteuer, weißt du.«

Bennie schwieg eine Weile. Elena versank in ihre Gedankenwelt, als sein Stimmchen wieder an ihr Ohr drang.

»Eigentlich wünschte ich mir, es wäre langweilig, Mama.«

»Du wünschst dir, es wäre … aber warum denn, mein Kleiner? Abenteuer sind doch etwas Wunderbares! Das ganze Leben ist ein Abenteuer! Es ist immer spannend!« Elena lachte unecht und drückte ihr Söhnchen ein wenig fester an sich.

Bennie bewegte sich unbehaglich. »Aber du magst keine Abenteuer, Mama. Du willst doch auch, dass es langweilig ist, damit du keine Angst mehr haben musst.«

»Ich habe doch keine …« Elena verstummte. Schluckte.

»Wenn dir Abenteuer Angst machen, dann will ich auch keine haben«, fuhr Bennie ernsthaft fort. »Dann wünsche ich mir, dass alles so läuft wie immer und nie anders, damit uns nichts passiert.«

In Elena stürzte eine Welt zusammen. Bennies Sätze beschämten und schmerzten sie gleichzeitig. Sie konnte die vielen subtilen Botschaften, die darin steckten, gar nicht auf einmal erfassen. Die Güte ihres Kindes, das sich wünschte, es möge ihr gut gehen, rührte sie zutiefst. Aber was brachte sie ihrem Sohn eigentlich bei? Angst vor dem Leben? Angst vor Herausforderungen? Die Überzeugung, dass nichts rechts oder links, nichts Auf und Ab laufen durfte, weil das Gefahr bedeutete? Den falschen Glauben, Sicherheit in einer rigiden Routine zu finden, und man daher Abenteuer tunlichst vermeiden sollte? Himmel, sie nahm ihrem Kind die Neugier am Leben! Betroffen stützte sie sich auf ihren Ellbogen und sah ihrem kleinen Sohn in die Augen.

»Hör zu, mein Liebling«, sagte sie mit erstickter Stimme. »Ich bin im Moment nicht so gut drauf, das stimmt. Aber das ist nur eine Phase, in der ich etwas erkennen soll, verstehst du? Und vielleicht soll ich ja gerade wieder verstehen, dass das Leben schön ist, dass Abenteuer schön sind. Manchmal machen einem die Dinge erstmal Angst, weil man nicht weiß, wo sie hinführen, aber wenn man immer alles im Voraus wüsste, wäre das Leben schrecklich langweilig. Ich möchte, dass du nie vergisst, dass Abenteuer etwas Herrliches sind und dass du nie, nie, nie vor dem Leben Angst haben musst, okay? Es wird immer alles gut. Es ist nur so, dass ich das manchmal vergesse.«

Tränen stiegen ihr hoch, umso mehr, als sie Bennies Augen, dankbar das bisschen Hoffnung, das ihre Worte ihm gaben, aufleuchten sah. Aber vollständig beruhigt war er nicht, zumal ein Ton mitgeschwungen war, der ihre Sätze Lügen strafte. Denn sie, Elena, hatte gerade mächtig Muffensausen vor all dem Unbekannten, das vor ihr lag. In Bennie arbeitete es, aber er sagte nichts mehr. Sie dachte schon, er wäre eingeschlafen, als er in den Schlaf hinüberdämmernd nuschelte:

»Wenn ich groß bin, mache ich mir ein Leben, das mich freut.«

Elenas Kehle wurde eng. Sie atmete tief ein und umarmte Bennie noch fester. Ihre Augen waren dunkel.

»Oh, mein kleiner Engel«, flüsterte sie.

*Ich mache mir ein Leben, das mich freut.* Darin schwang eine so tiefe Wahrheit. Es war, als hätte Bennie sie auf einen eklatanten Rechenfehler in der Gleichung ihres Lebens aufmerksam gemacht. Auf eine falsche Grundannahme, die zu falschen Ergebnissen führen musste.

Aufgewühlt suchte sie, nachdem er eingeschlafen war, ihr Büro auf und saß regungslos auf ihrem Stuhl. Nach ein paar Minuten klappte sie den Deckel des Laptops hoch. Das Licht des Monitors flammte auf.

Die Finger setzten sich auf die Tasten, tippten eine E-Mail an den Verlag. Sie musste diesen dazu zu bringen, sie den Ägyptenroman schreiben zu lassen, weil sie den Vorschuss brauchte. Vielleicht ließen sie sich darauf ein, wenn sie einen zweiten Plot und eine weitere Zusammenarbeit in Aussicht stellte?

Grübelnd starrte sie auf die wenigen Zeilen. Nein, das würde nicht funktionieren. Ohne etwas Handfestes würden sie sich nicht darauf einlassen. Ihr Kopf war wieder mal total leer und wie in einer Übersprunghandlung checkte sie den Wetterbericht in Ägypten. Die Suchverläufe der letzten Tage erschienen in sauberen Quadraten auf dem Bildschirm.

Statt Ägypten breiteten sich die malerischen Cotswolds vor ihr aus. Glastonbury, King Arthurs Garten, das vom Wind durchströmte Tor auf dem Hügel. Und Avebury: Die drei Steinkreise, die gewaltigen, seltsam lebendig wirkenden Felskolosse, die wie Kameraden zusammenstanden. Wächter, die etwas zu behüten schienen. Plötzlich schien etwas zu ihr herüberzuwehen, sie spürte den Lufthauch physisch und meinte zugleich, sich das eingebildet zu haben.

Im selben Moment flossen Worte in ihren Geist, übertrugen ihre Bedeutung auf ihre Finger, die die entsprechenden Tasten drückten. Ein Brainstorming entstand, getragen von der Magie, die von dem imposanten Steinkreis, dem rätselhaften Silbury Hill und dem Sanctuary ausging. Von Avalon, der im Nebel entschwundenen heiligen Insel und dem Feenland der Cotswolds, seinen Hügeln und Tälern.

Dann veränderte sie den Text ihrer Mail, doch noch während sie schrieb, mischten sich Zweifel hinzu. Ihr Angebot bestand nur aus Stichpunkten und war weit, weit weg von einem Exposé. Aber was hatte sie schon zu verlieren?

»Einen leichten Sommerroman in zwei Monaten zu schreiben, traue ich mir zu«, schrieb sie den Verlagsleuten. »Um den grob skizzierten Roman zu schreiben, muss ich allerdings vor Ort recherchieren. Das kostet Zeit und Geld. Mein Sommerurlaub ans Rote Meer ist schon gebucht und der dortige Aufenthalt macht den Ägyptenroman sicher noch lebendiger. Er geht zwar mehr in Richtung Mainstream, das bedeutet aber auch, dass er Absatz findet. Erst danach könnte ich mich ausführlich mit dem anderen Werk auseinandersetzen. Sollte Ihnen die zweite Idee zusagen, würde ich mich verpflichten, sie in Ihrem Verlag zu veröffentlichen.«

Sie schickte die Mail ab, ohne sie noch einmal durchzulesen, ahnend, dass sie am nächsten Morgen den Mut nicht mehr haben würde, einem Verlag ein Brainstorming als Exposé zu verkaufen.

»Hast du Antwort vom Verlag?«, waren Mias Worte, als Elena am nächsten Tag einen weiteren Versuch startete, sie zur Schule zu bewegen.

»Noch nicht wirklich«, erwiderte Elena. »Mia, es geht nicht, dass du mich auf diese Weise erpresst. Du stehst jetzt bitte auf und gehst zur Schule.«

»Nö, sehe ich nicht ein. Da habe ich Besseres zu tun.« Demonstrativ drehte sich Mia zur Wand und zog die Bettdecke hoch.

Elena redete mit Engelszungen auf sie ein, aber Tatsache blieb, dass Mia nur mit Hilfe der Polizei zur Schule gebracht hätte werden können – und das hätte Elena niemals in die Wege geleitet.

Entnervt saß sie einmal mehr vor ihrem Rechner. Sie musste sich um ihre Leser kümmern, um Social Media, sich wieder ins Spiel bringen, das hatte sie alles total vernachlässigt.

Mit einer Antwort auf ihre nächtliche E-Mail rechnete sie erst in ein paar Tagen, aber zu ihrer Überraschung fand sie ein erfreutes Schreiben von ihrem Ansprechpartner vor.

»Ich bin extrem begeistert über Ihren alternativen Plot«, schrieb er. »Das wäre genau das, was uns vorschwebt! Wenn Sie sich den Sprint zutrauen, wären wir bereit, unsere finanziellen Grenzen weiterzustecken.«

Danach folgte ein Angebot, das Elena schier den Atem verschlug: Sie boten ihr an, den Aufenthalt in den Cotswolds mit allem Drum und Dran zu zahlen. Hotel-, Verpflegungs-, Reise- und eventuelle Eintrittskosten für Gärten, Museen und was nicht alles unter Recherchearbeit fiel.

»Kein klassischer Vorschuss, aber mindestens genauso viel wert«, hatte der Agent dazugeschrieben. »Sollte es Ihnen gelingen, innerhalb von zwei Monaten die Story in einer Form zu liefern, mit der wir arbeiten können, setzen wir den Tantiemen einen Bonus obendrauf. Der Plot ist genau das, was wir suchen! Bitte teilen Sie uns baldmöglichst Ihre Entscheidung mit.«

Die Höhe der Bonifikation ließ Elena aufkeuchen. O Gott, das konnte sie unmöglich ausschlagen! Jetzt musste erst recht eine Geschichte her! Existierte vielleicht eine romantische Sage rund um Glastonbury, Avebury und den Steinkreis? Sie gab verschiedene Suchanfragen ein, erhielt wieder dieselben Bilder wie letzte Nacht. Verflixt und zugenäht, das verfolgte sie ja geradezu! Wieder leuchtete sie das Messingschild der Bibliothek an – sollte das bedeuten, dass sie dort die Geschichte finden würde, nach der sie suchte? *Achte auf die Zeichen!*, hörte sie Florian sagen.

In Elena war nur noch Chaos. Ihr Herz klopfte unrhythmisch. Sie forschte weiter nach Schlagzeilen aus der Gegend um Bath und Avebury. Es war das Übliche: ein Unfall ohne große Folgen auf der Rennstrecke, die es dort wohl gab ... eine kleine, unbedeutende Explosion in einer Chemiefabrik, nichts, was etwas hergab. Sie speicherte die Suchanfragen, traf auf ein Video mit dem vielversprechenden Titel: »Liebe in mystischen Zeiten«, klickte es an und merkte: Es war das bereits bekannte Filmchen eines Touristen entlang der Felsgiganten bis hin zur alten Buche.

Die Bänder wehten im Wind. Wie beim ersten Mal schwenkte in Großaufnahme das aus Ästen geflochtene Herz ins Bild. »Komm!«, schien es zu flüstern. »Ich warte.«

## ♫ Call it dreaming ♫

Iron &Wine

Elena rief Phil an und teilte ihm mit, dass die Reise nach England nun doch aktuell für sie wäre. Phil war Feuer und Flamme, und noch während sie Bennie vom Kindergarten abholte, hatte er eine Vielzahl von Nachrichten hinterlassen.

»Marvin freut sich total, dass ihr kommt!«, berichtete er freudestrahlend. »Sie schreiben dich direkt an. Sie sagen, es ist überhaupt kein Problem, wenn Bennie kein Englisch spricht und wenn du nicht dabei sein kannst.«

Da die Unterbringung vom Verlag bezahlt wurde, hatte Elena sich von dieser Verpflichtung abgemeldet und fühlte sich viel besser damit. Bennie und Mia waren nun zumindest stundenweise untergebracht, was ihr Zeit zum Schreiben gab. Die Recherchereisen konnten sie gemeinsam unternehmen, damit hätte sie viel Zeit für ihre Kinder! Das hörte sich gar nicht mal schlecht an und erweckte die Lebensgeister in ihr. Aber das Erste, was sie tun würde, war, in der Bibliothek zu stöbern, um Anregungen zu finden.

Der Verlag hatte ihr ein Budget zur Verfügung gestellt, das für mehr als vier Wochen reichen würde. Elena parkte das Geld auf dem Sparkonto. Wenn sie davon Geld abhob, musste sie die Ausgabe nachweisen, sie konnte also davon keine Rechnungen bezahlen. Aber eine Erleichterung war es allemal – es schien wieder aufwärtszugehen!

In dieser Stimmung klopfte sie, den Laptop mit dem geöffneten Schriftverkehr in der Hand, an die Zimmertür ihrer Tochter und setzte sich neben sie an den Schreibtisch.

»Okay, Mia, inzwischen hat mir der Verlag geantwortet. Willst du es selber lesen?«

Mia warf einen Blick auf die vielen Mails.

»Nein, spuck's einfach aus, Mam.« In ihrer Stimme schwang Hoffnung.

»Die gute Nachricht ist: Wir fahren in Urlaub.« Geflissentlich überhörte sie Mias erfreuten Schnaufer und setzte schnell hinterdrein: »Aber nicht nach Ägypten, sondern nach England, in eine der schönsten ...«

»Nein!«, kreischte Mia so laut, dass Bennie, der hereingekommen war, sich die Ohren zuhielt. »Auf keinen Fall gehe ich da mit! Das kannst du vergessen!«

»Mia, das ist keine Diskussion. Wir haben keine Wahl!« Elena deutete auf den Laptop. »Lies selbst! Damit du weißt, dass ich wirklich alles versucht habe!«

Aber Mia war zu entsetzt über das Zielland. »England!«, fauchte sie. »Das ist kein Urlaub! Das ist Folter! England ist sturzlangweilig und außerdem regnet es dort andauernd!«

»Das ist ein Vorurteil.«

Elena wollte ihr Fotos zeigen, aber Mia schmollte und bockte in feinster Teenagermanier, verschränkte die Arme und drehte sich weg. Alle Versuche, ihr die Schönheit der Cotswolds näher zu bringen, scheiterten. Beim Anblick eines blühenden Rosenbusches bekam sie fast einen Schreikrampf und als Elena herausrutschte, dass ihr Aufenthaltsort ein Dorf mit etwa dreihundert Einwohnern war, war es ganz aus.

»Wenn es wenigstens London gewesen wäre!«, regte sich Mia auf. »Oder Cornwall! Das liegt wenigstens am Meer!«

Elena hatte keine Ahnung, wie sie ihrer Tochter die Theatergruppe verkaufen sollte, und entschloss sich, da die Stimmung ohnehin schon im Eimer war, für brutale Ehrlichkeit. Die Reaktion war wie erwartet. Mia rastete völlig aus.

»Ohne mich zu fragen!«, gellte sie wutentbrannt. »Kannst du knicken, dass ich in einen öden Schauspielkurs mit langweiligen Engländern gehe!«

»Mia, ich bin froh, dass wir überhaupt irgendwohin fahren können. Es ist gerade keine leichte Zeit und wir müssen zusammen helfen.«

Mia kochte. Sie wusste, sie konnte nicht allein in Deutschland bleiben, das war keine Option.

»Wenn ich schon nach England muss, dann mache ich mein Ding!«, fauchte sie, den Tränen nah.

»Kannst du doch. Mensch, Mia, gib uns eine Chance«, sagte Elena ebenso gestresst. »Die Gegend ist schön. Wir können viel gemeinsam unternehmen. Ich muss sowieso recherchieren und ...«

Mia schob die Unterlippe vor. Ihre Augen blitzten zornig.

»Nur, um deine blöden Sex-Romane schreiben zu können!«, geiferte sie erbost. »Meine Interessen werden überhaupt nicht berücksichtigt!«

»Das reicht jetzt!«, rief Elena aufgebracht. »Florian und ich haben uns, solange du lebst, nach dir und Bennie gerichtet! Wir haben euch alles ermöglicht, was ihr euch gewünscht habt! Und jetzt stecken wir in einer Situation, in der wir es mal nicht so dolle läuft, und du hast nicht das geringste Verständnis!«

»Genau das Gegenteil ist der Fall«, erwiderte Mia zornig. »Du hast nicht das geringste Verständnis für meine Vorhaben!«

»Du weißt, dass das nicht wahr ist!«

»Ach! Und wer will nicht, dass ich mir eine Influencerkarriere aufbaue? Du weißt ja nicht mal, warum!«

»Hast du uns das nicht selbst verkündet? Um ohne Ausbildung Geld zu verdienen?«

Es war ein Elend. Ein Wort gab das nächste. Mia warf ihrer Mutter vor, sie nicht zu verstehen, und nicht mal den Versuch dafür zu unternehmen. Elena verlor die Nerven und ließ auch ihrem Frust freien Lauf, Bennie stand daneben, hielt sich die Ohren zu und weinte: »Ihr sollt nicht streiten! Ihr sollt nicht streiten!«, und alles endete damit, dass Elena mit Bennie im Wohnzimmer saß, ihn zu beruhigen versuchte und sich wie die Rabenmutter par excellence vorkam.

Inzwischen graute ihr ebenso vor England wie Mia. Worauf hatte sie sich da nur eingelassen? Es würde die Totalkatastrophe werden! Wie sollte sie eine Liebesgeschichte entwickeln inmitten dieses emotionalen Krieges mit ihrer Tochter?

Der Groll auf Florian, der traumhafte Bilder von farbenfrohen Dörfern, dem Ozean, fröhlichen Gruppenmitgliedern und bunten Märkten in die Familiengruppe sandte, machte die Sache weder für Mia noch für Elena besser. Mia registrierte, dass ihr Vater dort war, wo sie hätte sein wollen: am Meer! Und Elena stellte fest, dass er sie kein Stück zu vermissen schien und total glücklich war. Glücklicher als mit ihr! Auf einem der Fotos hatte er den Arm um eine rassige Schwarzhaarige gelegt, Inez aus Spanien, wie er dazu schrieb. Die Frau sah dermaßen lebenslustig und temperamentvoll aus, dass sich Elena daneben wie eine ausgelutschte Schlaftablette vorkam. Frust schoss hoch. Florian hatte Spaß, während sie im allergrößten Stress versank und das Geld für ihrer aller Lebensunterhalt herkriegen musste!

Das freundliche Schreiben der Leiter der Schauspielgruppe, Hazel und Marvin Parker, änderte daran auch nicht mehr viel.

»Wir können es kaum erwarten, euch bei uns zu begrüßen! Alles ist vorbereitet, die ganze Community freut sich auf euch! Aber natürlich habt ihr auch jede Menge Freiraum für innere Einkehr.«

Elena wurde ein wenig mulmig zumute. Was meinten sie damit? War das etwa eine religiöse Gemeinde, die sich auf Besucher stürzte, um sie zu bekehren? Sie zwang sich, weiterzulesen.

»Wir sind schon supergespannt, wie das wird mit euch und was bei all dem herauskommt!«

Was wobei herauskam? Das wurde ja immer schleierhafter! Oder war das eine englische Redewendung, die sie nicht verstand?

»Unterkünfte sind gerichtet. Sie sind nicht luxuriös, aber ausreichend. Wenn etwas fehlen sollte, lasst es uns wissen.«

Elena las den Kindern die Mail nach dem Mittagessen vor.

»Unterkünfte! Klingt nach Jugendherberge mit Stockbett«, maulte Mia. »Haben sie Fotos mitgeschickt?«

»Nein, leider nicht.«

»Die werden schon wissen, warum.«

Elena hoffte, dass der letzte Satz der Mail Mia etwas besänftigen würde. Hazel hatte geschrieben:

»Und noch etwas: Ihr könnt an Kostümen mitbringen, was ihr wollt! Je bunter, desto besser!«

Mia war jedoch fest in ihrem Abwehrmodus verankert.

»Geht's noch, Mama?«, beschwerte sie sich. »Ich hab's dir schon mal gesagt: Ich gehe in keine Theatergruppe! Ich habe die Nase gestrichen voll von Leuten, die mir vorschreiben, was ich tun soll.«

Ihre ständige Aggressivität ermüdete Elena. Sie war schwer versucht, eine entsprechende Antwort zu geben, als sie den Ausdruck in Mias Augen erhaschte: Tiefe Enttäuschung stand darin. Tiefer Frust. Oh, wie gut konnte sie das verstehen! Mitgefühl erhob sich in Elenas Herz, drang nach außen, füllte das Zimmer. Spontan wollte sie die Hand ihrer Tochter ergreifen, aber sie entzog sich ihr und verschränkte die Arme.

»Hey, Mia«, versuchte es Elena noch einmal, »du wolltest doch einen Rahmen für coole Fotos. Neben dem Dorf gibt es ein Schloss, das ist im wahrsten Sinne des Wortes eine Traumkulisse. Außerdem besuchen wir magische Orte rund um Avebury und Glastonbury. Dort werden noch alte keltische Bräuche gefeiert, es gibt sogar eine Konferenz der Göttinnen, die die alten Riten von Avalon erhalten. Das ist viel außergewöhnlicher als ein Hotelpool und ein paar Palmen. Du hast dort Motive wie nirgendwo sonst auf der Welt.«

Ein klein wenig tat sich was in Mia. Aber sie sprach kein Wort mehr und das gefühlt bis zur Abreise.

Elena war jede Tätigkeit lieber, als am Schreibtisch zu sitzen. Sowie sie auf ihrem Stuhl Platz genommen hatte, schien ihr Gehirn zu Brei zu werden. Das war ein so lähmendes Gefühl, dass sie sich in die Hausarbeit stürzte. Sie bügelte, putzte das Haus blitzeblank, spielte mit Bennie, ging noch ein paar letzte Abende zum Kellnern ins Restaurant, regelte Details mit dem Verlag und telefonierte mit Florian. Der war nach wie vor im siebten Himmel, schwärmte ihr von ausgedehnten Meditationserfahrungen vor, dem Leben in totaler Freiheit, unter einem Himmel, wie er ihn, so wie er sagte, schon lange nicht mehr gesehen hatte. Er erzählte ihr von Yogaübungen in der freien Natur, heiligen Tempeln, die sie aufgesucht hatten, und der inneren Stille, die ihn mehr und mehr ergriff, je näher sie sich dem gewaltigen Massiv näherten.

»Es ist mit Worten nicht auszudrücken, Elena«, berichtete er begeistert. »Wenn du das einmal erlebt hast, möchtest du nie mehr weg von hier!«

Mit gemischten Gefühlen hörte sie ihm zu, wartete auf ein: »Das müssen wir unbedingt mal zusammen machen!«, aber da kam nichts.

»Wir reisen bald weiter nach Nepal, dort soll es extrem starke Kraftorte geben.«

Er redete wie ein Wasserfall, bis er von jemandem aus seiner Crew unterbrochen wurde.

»Ich muss los, Elena«, sagte er mit leuchtenden Augen. »Wir wollen ein Lagerfeuer am Strand machen.«

Elena schluckte. Sie hatte so gehofft, mit ihm ein paar Dinge bereden zu können, aber Florian hatte mit nicht einem Wort nach ihr und den Kindern gefragt.

»Hab noch eine schöne Zeit, Florian«, sagte sie heiser. »Ich liebe dich!«

»Bis bald, Elena! Grüß die Kinder von mir!«

Hatte er sie nicht gehört? Die Verbindung war nicht die beste und schon schob er hinterher: »Weiß nicht, wann ich mich das nächste Mal wieder melden kann … wird schwierig in den Bergen … kaum Netz …«

Ratsch. Die Verbindung war abgerissen. Obwohl Florian so geschwärmt hatte, war Elena nach dem Gespräch frustriert. Ihre Kehle war eng und Tränen brannten in ihren Augen. Regungslos stand sie in der Küche, das Handy noch in der Hand, als Bennie hereinkam.

»Bennie, mein Engelchen!«, rief sie und schluckte den Kloß in der Kehle hinunter. »Gerade habe ich mit Papa telefoniert. Ganz liebe Grüße von ihm!«

Bennie nickte und schaute sie an.

»Wieso tust du so, als ob du dich freust, wenn du doch weinen willst?«, erkundigte er sich.

Elena seufzte. »Ach, Bennie. Weil … so viele gemischte Gefühle in mir sind, weißt du. Einerseits freue ich mich, dass es Papa so gut geht, und andererseits vermisse ich ihn. Da weiß ich manchmal nicht, ob ich weinen oder lachen soll.«

»Ach so.« Bennie kratzte sich an der Nase. Dann hellte sich sein Gesichtchen auf.

»Mama, wenn du dich freust und weinst gleichzeitig, dann ist das wie Schokoladeneis mit sauren Gummibärchen. Erst schmeckt es süß, dann sauer, aber am Ende ist es immer noch lecker!«

Elena musste lachen, ging auf die Knie und umarmte ihn.

Den wichtigsten Grund für ihre Tränen hatte sie Bennie nicht genannt, weil sie ihn sich selbst nicht zugestehen wollte – und dieser Grund hieß Angst. Angst, Florian zu verlieren. Umso heißer flammten Liebe und Sehnsucht für ihn auf. Sie drückte ihrem Sohn ein Küsschen auf die Wange, bemüht, sich und ihn auf andere Gedanken zu bringen.

»Was hältst du davon, wenn wir uns was Leckeres zu essen machen?«, schlug sie vor.

»Au ja! Pfannkuchen!«, rief Bennie begeistert. »Mit Apfelmus und Nutella! Ich frage Mia!«

Und schon sauste er in Richtung Mias Zimmer davon, die ihre Freundin Leonie bei sich hatte, mit der sie Fotos für ihren Insta-Kanal schoss.

Elena stand auf. Eigentlich hatte sie einen weiteren Versuch am Schreibtisch wagen wollen. Aber Pfannkuchen backen hörte sich so viel herrlicher an.

Mia drehte den lieben langen Tag dämliche Videos, in denen sie Lippenstifte anpries oder in Klamotten vom hiesigen Kaufhaus posierte. Sie studierte erfolgreiche Influencerinnen, reckte mit jedem Follower, den sie dazugewann, die Faust siegreich nach oben und ärgerte sich gleichzeitig, dass ihr Kanal noch nicht explodiert war. Es lief nicht ganz so, wie sie sich das ausgemalt hatte.

Elena ließ es sich nicht nehmen, Mias Accounts zu checken. Bisher waren ihre Fotos okay gewesen, ihre Follower bestanden hauptsächlich aus Schulkameraden, dennoch gab es schon den einen oder anderen negativen Kommentar unter ihren Posts, was Mia ziemlich verstörte.

»Das sind Neider«, erklärte ihr Elena. »Damit musst du leben, wenn du in der Öffentlichkeit stehst. Übrigens, fang an zu packen, Mia, wir fahren morgen.«

Elena machte sich über ihren eigenen Kleiderschrank her. Wehmütig strich sie über ihre Abendkleider. Ach, wie gern würde sie mal wieder mit Florian ausgehen! Aber der hatte sich nun drei Tage lang nicht gemeldet und je weniger sie von ihm hörte, desto stärker brannte die Liebe für ihn.

# ♫ The Arrival ♫

Matthew Mayer

Der Start lief schon mal bescheuert.

Morgens um sechs Uhr stiegen sie in den Wagen, um nachmittags in Calais zu sein. Die Überfahrt mit dem Autozug dauerte nur etwa dreißig Minuten, danach würden sie in Ashford übernachten und am nächsten Tag die restlichen vier Stunden Fahrt in die Grafschaft Wiltshire angehen.

Mia wurde nicht müde, ihre Ablehnung zum Ausdruck zu bringen. Wo es möglich war, gab sie säuerliche Bemerkungen von sich, packte erst in der Nacht und stellte am Morgen Kaugummi kauend zwei dicke Koffer, eine komplette Fotoausrüstung und eine Sporttasche voller Schuhe vor das Auto. Elena hatte nicht die geringste Lust auf Streit. Wortlos wuchtete sie, was ging, in den Kofferraum, aber der war schnell an seiner Grenze und so landeten die Sporttasche und zwei kleinere Koffer auf dem Rücksitz, der nun ziemlich eng wurde.

»Du sitzt hinten«, informierte Elena ihre Tochter kühl. »Ich will nicht, dass dein Gepäck auf Bennie rutscht, wenn wir mal heftiger bremsen müssten.«

Mia maulte, bockte und sprach kein Wort mehr. Bennie war bedrückt, Elena war angepisst und versuchte trotzdem, auf gute Laune zu machen.

»Also«, sagte sie aufmunternd, als sie den Motor anließ. »Dann wollen wir mal! Wird bestimmt ein wunderschöner Urlaub!«

»Ey, Mama, lass es einfach«, hielt ihr Mia entgegen. »Wir wissen alle, dass du scheiße drauf bist.«

Das war's. Elenas Kehle war mal wieder zu. Die Fahrt verlief mehr oder weniger schweigsam. Bennie schlief die ersten Stunden, und als er wach war, streichelte Elena ab und zu sein Bein. Wenn sie das tat, packte er ihre Finger und hielt sie fest. Sie war so dankbar für diese Kinderhand!

Die Hoffnung, dass die Überfahrt Mia doch noch in Urlaubsstimmung bringen würde, scheiterte mit den langen Schlangen am Eurotunnel und der sich ewig hinziehenden Abfertigung an den Grenzkontrollen. Elena war froh, als sie endlich den Zug verlassen konnten. Gott sei Dank dauerte die Fahrt nach Ashford und zum B&B nur etwa zwanzig Minuten, doch vom Charme England war nichts zu spüren. Ashford erwies sich als wenig attraktive Industriestadt und das B&B lag in einem seiner unansehnlichsten Randgebiete. Die Unterkunft entpuppte sich als Katastrophe, perfekt, um

Mias schlimmste Befürchtungen zu zementieren. Mr Harlow, der Betreiber des B&B verfrachtete sie in kleine, modrige Zimmer, mit unsauberen Toiletten und Duschen auf dem Gang und tat so ziemlich alles, um sich unsympathisch zu machen.

Statt sie freundlich zu begrüßen, überschüttete er sie mit einer Liste von Dingen, die in seinem Haus verboten waren, und verstärkte jedes Vorurteil über Engländer, das Mia je gehabt hatte. Elena hatte für sich ein Doppelzimmer gebucht, weil Bennie bei ihr schlafen sollte, aber Mr Harlow hatte eigene Vorstellungen von der Größe eines Doppelbettes. Für ihn zählte alles über neunzig Zentimeter Breite zu dieser Kategorie. Ohne mit der Wimper zu zucken, offerierte er Elena und Bennie eine schmale Matratze auf einem angerosteten Eisengestell. Auch Elena war angefressen von Mr Harlows Verhalten. Auf die Frage, wo man etwas essen könne, verwies er unfreundlich auf das Internet.

Ein fantastischer Anfang! Krampfhaft versuchte Elena, die Stimmung hochzuhalten.

»Mr Harlow steht nicht für England«, versicherte sie ihrer Tochter. »Ganz sicher nicht!«

Mia schwieg. Mochte sein, dass das Zittern in der Stimme ihrer Mutter sie ein wenig sanfter gestimmt hatte. Es war mehr als deutlich, dass Elena nach der langen Fahrt und dem Dauerstress mit den Nerven am Ende war. Gott sei Dank wurde ihre Aussage mit der nächsten Aktion bestätigt. Die Bedienungen in dem gemütlichen Pub, den sie sich für ihr Dinner ausgesucht hatten, waren ausgesprochen herzlich, das Essen war superlecker, die Gäste heiter, aber Mias Laune hob sich nicht. Ihre Lippen waren zu einem dünnen Strich zusammengepresst.

Die Nacht in diesen schmuddeligen Betten wurde für alle zum Horror. Selbst Bennie roch vorsichtshalber an der Bettwäsche, weil er mutmaßte, dass die nicht frisch war. Mia ekelte sich und schlief in ihren Klamotten. Das konnte ihr Elena noch nicht mal verdenken. Der Supergau kam, als Mia im abgestoßenen Emaille-Waschbecken eine Kakerlake entdeckte und daraufhin die gesamte Pension zusammenschrie. Zutiefst erbost polterte Mr Harlow die Stufen hoch und zeterte etwas, was keiner von ihnen verstand bis auf die Worte: »Damn bloody Germans!«

Das Ende vom Lied war, dass Mia und Elena die Zimmer tauschten. Mia schlief bei Bennie auf der Hundertzehn-Zentimeter-Matratze und Elena verbrachte die Nacht in Gesellschaft der Kakerlaken und einiger Mäuse, die in den Ecken scharrten. Sie fühlte sich schuldbeladen und mies. Mias Augen hatten Blitze auf sie geschossen und jeder einzelne sprach aus, was ihr Mund nicht sagte.

»Du bist schuld, dass wir jetzt nicht in der Sonne am Pool liegen!«

Elena tat die Nacht über kein Auge zu. Nicht wegen des Geziefers im Zimmer, das machte ihr wenig aus, nein, ihr Kopf war es, der keine Ruhe gab. Der verzweifelt nach einem Plot suchte, der Schuld fühlte, weil sie den Kindern nicht das bieten konnte, was ihnen Freude machte. Was mochte sie erst in Castle Combe erwarten?

Schließlich gab Elena es auf, in den Schlaf zu finden. Sie setzte sich aufs Bett und suchte nach einer besonders schönen Location zum Frühstücken, um den Fehlgriff mit dem B&B wieder gutzumachen. Sie fand ein altes Schloss, Eastwell Manor, das nur zehn Minuten entfernt lag. Um nur ja nichts wieder anbrennen zu lassen, rief sie dort an und regelte alles.

In der Nacht hatte es geregnet, der Morgen war kühl und nieselig. In Deutschland war strahlender Sonnenschein gemeldet, und die Temperaturen in Ägypten wollte Elena gar nicht erst wissen.

Mia stand am nächsten Morgen in der schäbigen Lobby wie ein Pulverfass, das beim kleinsten Anlass hochgehen würde. Bennie sah ziemlich zerknautscht aus und Elena hatte wieder ihren Kloß im Hals, aber brachte ein Lächeln zustande.

»Guten Morgen, meine Lieben. Ich frage euch lieber mal nicht, wie die Nacht war. Wir frühstücken woanders.«

Mia atmete unhörbar auf, Elena zahlte die Rechnung, stopfte die Kinder ins Auto und gab die Adresse ein. Der Regen wurde heftiger, die Temperatur sank um ein weiteres Grad.

Doch als sie aus Ashford raus waren, umfing sie wohltuendes Grün und tat seine Wirkung. Zehn Minuten später fuhren sie durch ein großes Steintor und eine lange Allee zum Schloss hinauf. Der Parkplatz befand sich direkt davor, ein imposantes Portal leitete in einen Innenhof und zum Eingang des Schlosshotels. Der Putz blätterte an der Fassade ab, so manches war renovierungsbedürftig, was Mia schon wieder misstrauisch machte. Elena betete, dass dies nicht schon wieder ein Reinfall werden würde. Sie konnte keinen mehr gebrauchen!

Der erste Eindruck nach dem Eintreten ließ Hoffnung aufkommen. Die Hotellobby war freundlich und mit Blumen geschmückt, aber die Dame am Empfang erklärte ihnen, dass das Hotel gerade voll ausgebucht und daher kein Platz im Frühstücksraum mehr frei wäre. Elena wollte schon das Herz nach unten sinken, als die Rezeptionistin weiter erklärte, dass sie stattdessen in der Bar einen Platz für sie gerichtet hätten. Ob das so in Ordnung wäre?

Elena atmete auf, sie folgten der jungen Frau, die sich drei Frühstückskarten schnappte und sie zur Bar lotste, während sie sich freundlich erkundigte, wo sie denn herkämen und was sie im United Kingdom vorhätten.

Diesmal war das Schicksal mit ihnen. Die Bar war dunkel getäfelt, hatte bodenlange Fenster zum Garten hin und wirkte urgemütlich. Im riesigen Kamin brannte ein Feuer, davor standen zwei kuschelige Ohrensessel und eine kleine Zweiercouch, alles mit dicken Kissen verziert. Der Couchtisch war mit Blumen und Kerzen hübsch eingedeckt. Die Dame ließ sie Platz nehmen und reichte ihnen die Karten. Elenas Erleichterung kannte keine Grenzen. Allein dieses prasselnde Feuer war Wohltat pur!

Etwa eine Viertelstunde später dampften Tee und Kaffee vor ihnen, genossen sie Rührei, Toast, Bohnen, verschiedene Honigsorten und Obst, brachte man knusprige Croissants und Nussschnecken, und für Mia einen grünen Smoothie. Bennie bekam dicke Pfannkuchen mit Ahornsirup, die Scheite knisterten, das Feuer wärmte und ließ den grauen Morgen und die Nacht im B&B vergessen.

Es war, als hieße dieses Land sie endlich willkommen. Elena sah auf ihre Kinder, die selig das opulente Frühstück genossen, merkte, wie ihnen außen und innen wieder warm wurde, wie sich Mias Gemüt beruhigte. Voller Freude fotografierte Elena den gedeckten Tisch, die Kinder, deren Wangen vom Feuer gerötet waren, ein Bild der Harmonie, das ihr viel bedeutete und das sie Florian schicken wollte.

Dann kuschelte sie sich in ihren Ohrensessel, eine heiße Tasse Kaffee in der Hand und entspannte endlich. Oh, warum konnte es nicht immer so sein?

*Wenn du dein Glück im Außen suchst, wirst du immer enttäuscht werden*, raunte Florians Stimme in ihr Ohr. Das bekannte Gefühl stieg in ihr hoch: schlechtes Gewissen, weil sie dieses Ambiente so sehr genoss und davon abhängig schien, aber entschlossen schob sie das weg.

Das Feuer wärmte herrlich, die Scheite knackten laut, die Funken stoben nach oben. Elena schloss die Augen. Sie war so müde und kaputt, dass sie kurz weg nickte.

Mia beobachtete ihre Mutter. Ihre Augen waren dunkel und ihr Gesichtsausdruck undefinierbar.

Bevor sie aufbrachen, sendete Elena das Bild des opulent gedeckten Frühstückstisches sowie Eindrücke der gemütlich-luxuriösen Bar und des Schlosses an Florian mit der Bemerkung: »Mit dir wäre es noch perfekter gewesen! Wir sind inzwischen in England. Miss you!«

Viele Herzchen, Kussmünder und Umarmungen folgten. Er antwortete innerhalb der nächsten halben Stunde. Jedes Mal gab es ihr einen Sehnsuchtsstich ins Herz, wenn eine Nachricht von ihm auf ihrem Handy landete. Vier Wochen war er nun schon weg! Diesmal hatte er nur zwei Fotos geschickt. Auf dem einen stand er mit ausgebreiteten Armen auf einem hohen Felsen, das Gesicht zum Himmel gerichtet. Sein Mund lächelte selig, seine Augen waren geschlossen, sie konnte förmlich die frische Bergluft riechen, die er in seine Lungen sog. Das zweite Bild zeigte eine Pfanne auf einer kleinen Feuerstelle aus Felsbrocken, mit einem Linsengericht und einem Stück Naanbrot darauf.

Bildunterschrift: »Ich bin glücklich«.

Elena wusste nicht, was sie davon halten sollte. Ihr Frühstückstisch wirkte dagegen auf einmal schrecklich dekadent. Die Message bohrte in ihr, ließ eine Vermutung nach der anderen aufkommen und drängte sie, eine weitere Nachricht an Florian zu verfassen, um zu wissen, was er mit seinen Fotos sagen wollte. Aber von ihm kam nichts mehr. Die Nachricht blieb ohne Häkchen, es gab keine Verbindung.

# ♫ England Skies ♫

Shake Shake Go

Auf der Fahrt unterhielt sich Elena mit Bennie, während Mia im Fond auf ihrem Handy herumtippte, die Stöpsel im Ohr. Missmutig stellte sie einmal mehr fest, dass in Ägypten satte vierzig Grad herrschten – sie wäre innerhalb von drei Tagen knackig braun geworden!

Doch auch hier riss das Grau auf. Der Wind scheuchte gewaltige Wolken über den Himmel und die Sonne brach durch. Weitere zwei Stunden später befanden sie sich in einer anderen Welt. Elena konnte den Unterschied kaum greifen, aber mit jedem Kilometer hatte sie das Gefühl, in etwas anderes, Höheres, hineinzugleiten.

Als sie sich der Grafschaft Wiltshire näherten, tippte sie ihrer Tochter, die inzwischen vorne saß, aufs Bein. Widerwillig nahm Mia die Ohrstöpsel raus und öffnete die Augen.

»Hey Schatz, wir sind bald da. Schau doch nur! Du verpasst was!«

Mia gab einen genervten Laut von sich, blickte aber dennoch aus dem Fenster. Das Schauspiel war gigantisch. Die Sonne leuchtete durch die Wolken, umrandete sie mit Gold, tauchte Himmel und Erde in einen sanften Schimmer. Und was für eine Erde! Die Landschaft war an Schönheit kaum zu überbieten. Sie berührte die Seele, nahm gefangen, niemand konnte sich dagegen wehren. Es war, als hätten sie die Schwelle in ein Zauberland übertreten.

Mias Gesichtsausdruck und ihre Körperhaltung änderten sich. Mit großen Augen versuchte sie, die Magie zu erfassen. Die Straßen waren oft so schmal, dass sie in Ausweichbuchten halten mussten, um den spärlichen Gegenverkehr vorbeizulassen. Rechts und links befanden sich dichte, hohe Hecken, oder es erhoben sich, wenn der Weg durch einen Wald führte, mächtige Stämme unmittelbar zu ihren Seiten. Wundersame Sekunden waren das, wenn sie durch einen solchen Wald fuhren, dessen Boden von dickem Moos und Felsbrocken bedeckt war, durchbrochen von wildem Rhododendron und immergrünem Efeu, durchleuchtet von Sonnenstrahlen, die das Smaragdgrün des Mooses in Szene setzten. Die Äste der mächtigen Bäume schlossen sich über ihnen zusammen, bildeten grüne, sonnendurchlässige Dächer. Diese märchenhaften Baumtunnel waren typisch für England, aber neu für die kleine Gesellschaft im Auto, die sich vor Entzücken nicht fassen konnte. Staunend rollten sie durch diese wunderbare Mystik, die in ihre Zellen zu sickern schien. Stille breitete sich in Elena aus. Ein Sehnen, das sie kaum nachvollziehen konnte.

Der Zauber dieser Tunnel wurde abgelöst von einem Gefühl der Offenbarung, das sie jedes Mal ergriff, wenn sie aus einem solchen herausfuhr. Dann wurde die Landschaft weit und groß und mit ihr das Herz. Grüne Auen, Täler und sanfte Hügel ergossen sich in einer Pracht vor ihnen, die tief zu Herzen ging.

Elena war hingerissen, hatte Mühe, sich auf den Verkehr zu konzentrieren. Auf jedem Meter ergab sich eine Postkartenansicht, erhob sich das Bedürfnis, das Bild festhalten zu müssen, weil etwas Schöneres nicht nachfolgen könnte.

In Kent war alles klein und schnuckelig gewesen. Aber hier, in den Cotswolds kam Grandeur hinzu, als wäre man von einem kuscheligen Heim in einen wunderbaren Palast gekommen. Grüne, tief eingeschnittene Täler erstreckten sich scheinbar endlos. Schafweiden, malerisch versetzt mit uralten, moosbewachsenen Trockensteinmauern, erfreuten das Auge, Sträucher und Hecken, bewaldete Hügel, fliederfarbene Blütenmeere aus Wildrosen und Rhododendron, der hier wie Unkraut wuchs – und Land, Land, Land, soweit sie schauen konnten.

Am Firmament schufen graue, dicke Wolken im Wechselspiel mit der Sonne ein Licht, das überirdisch wirkte, weil es die Farben derart intensivierte, dass der Eindruck, in eine andere Welt gekommen zu sein, sich umso mehr verstärkte. Der Himmel schien ein anderer zu sein als in Deutschland, ebenso das Licht. Es war Feenlicht. Es war Zauberlicht. Es war magisch. Es verlieh der Natur eine Märchenhaftigkeit, der sich nicht einmal Mia entziehen konnte. Die Energie fing sie ein, machte alles weich.

»Schau doch nur, dieser Riesenbaum!«, hauchte Mia ab und an. »Und diese Dörfer! Die stammen doch noch aus dem Mittelalter! Oder aus der Hobbit-Welt!«

Damit drückte sie aus, was alle dachten. Die drei fühlten sich nach Mittelerde versetzt. Die Häuser waren meist aus grauem Stein gebaut und schienen unzerstörbar. Rosen kletterten an den Außenmauern empor und die blumenreichen kleinen Gärten waren von Holzzäunen oder verziertem Schmiedeeisen umgeben. Immer wieder entdeckten sie majestätische Tore an den Straßenseiten, Hinweise auf herrschaftliche Anwesen, von denen sie in seltenen Fällen einen Anblick von der Straße aus erhaschen konnten. Durch die Gitterstäbe der Tore waren lediglich beeindruckende Alleen zu sehen, die sich durch riesige Gärten zogen.

Elena war tief bewegt von der Majestät und Schönheit dieser Landschaft. Hatten sie sich anfangs noch auf dies und das aufmerksam gemacht, waren sie mit der Zeit verstummt, denn jede Sekunde präsentierte einen atemberaubenden Blick auf die Herrlichkeit der Natur. Kein Foto konnte transportieren, welch energetisch große Auswirkung diese Landschaft auf die Seele des Menschen hatte, wenn man sich auf ihre Frequenz einließ.

Ein heißes Gefühl stieg in Elena auf. Eine Lieblichkeit, die sie lange nicht gefühlt hatte. War das die Schwingung von Mutter Natur? Sie wusste es nicht, aber zum ersten Mal seit langem strömte tiefe Zuversicht durch ihr Herz, ja sogar ein kleines Glücksgefühl, eine Freude, die nach oben perlte, sich im Gesicht, im Glanz der Augen widerspiegelte.

Schweigend fuhr sie mit ihren Kindern auf von Hecken umsäumten Straßen, wie man sie in Deutschland kaum noch sah, nicht müde werdend, die weitläufigen, grünen Hügel und Täler mit den gigantischen Bäumen zu bewundern. Es war eine absichtslose Schönheit und ihr Herz ging in tiefe Resonanz mit dieser Großartigkeit.

Die Straßen wurden etwas breiter, der Verkehr stärker, sie näherten sich der Kurstadt Bath, die zwei Weltkulturerbestätten beherbergte und berühmt für ihre Römischen Bäder und einem 2005 eröffneten, riesigen Bäder- und Wellnesskomplex war. Bath war eine wunderschöne alte Stadt mit vielen eindrucksvollen, historischen Gebäuden sowie einem durch den Tourismus und die Universität gut ausgebautem Stadtleben mit Geschäften und Lokalen. Elena versprach Mia, hier auf jeden Fall einen Shoppingtag einzulegen.

Die tippte wieder auf ihrem Handy herum und informierte sich über Bath.

»Wow, da ist richtig viel Historie«, sagte sie und klang zum ersten Mal seit langem angeregt.

»Dort gibt es bestimmt auch super Motive für deine Fotos.« Elena lächelte.

»Ich dachte, du magst nicht, dass ich das mache.«

»Ich mag nicht, dass du nicht in die Schule gehst. Wenn du das nebenbei machst, hätte ich kein Problem. Du könntest doch hier in Bath studieren! Aber ohne Abitur geht das halt nicht.«

Mia machte wieder ein klein wenig dicht, trotzdem war sie erheblich offener als noch vor Stunden und kümmerte sich außerdem rührend um ihren kleinen Bruder. Die Natur schaffte das, was viele Worte nie vermocht hatten: Sie verband Elena und ihre Tochter miteinander.

Kaum hatten sie das Stadtgebiet hinter sich gelassen, wurden die Straßen wieder zu Sträßchen. Sonnendurchflutete Waldwege, Täler und kleine Dörfchen mit Schafweiden bestimmten weitgehend das Bild. Elena fühlte sich beschützt von den Baumwipfeln, die sich über ihnen zusammenschlossen, und am liebsten hätte sie angehalten und das weiche Moos des Waldes berührt.

»Und Castle Combe soll eines der schönsten Dörfer Englands sein?«, fragte Mia gerade ungläubig. »Ich meine, wie soll man das hier überbieten?«

»Da hast du recht«, erwiderte Elena, glücklich über Mias Reaktion. »Kann ich mir auch kaum vorstellen. Aber in etwa fünf Minuten werden wir es wissen. Wir sind gleich da!«

Kurz danach bog Elena in eine schmale Waldschlucht ein, die in ein kleines Tal mündete. Rechts und links erhoben sich an den Böschungen die Stämme alter Bäume. Efeu kletterte an ihnen hoch, Grün schimmerte am Boden, Moose und Flechten zierten wuchtige Felsbrocken. Sogar vereinzelte wilde Rosen waren im Wald zu sehen.

Dann tauchten die ersten Häuser an den Seiten auf. Die meisten waren wie so viele Gebäude in den Cotswolds aus massivem Stein erbaut und es gab kaum eines, an dem sich nicht eine Fülle an Rosen, Jasmin oder Clematis rankte. Die Blütenpracht erstreckte sich über Haustüren, umwand bleigefasste Fenster und hübsche, schmiedeeiserne Laternen.

Als sie in den Ort hineinfuhren, entfuhr ihnen unisono ein verblüffter Ausruf. Sie waren in einer anderen Zeit gelandet! In einer anderen Welt! Sprachlos sahen sie um sich.

Ein auf vier Säulen gestützter, alter Marktbrunnen begrüßte sie, versehen mit einem Schindeldach und umgeben von breiten Steinstufen, auf die man sich setzen konnte. Kübel aus ebensolchem Stein mit überbordenden Blumen umstanden ihn, selbst das alte Marktkreuz war noch vorhanden. Der Dorfplatz war eingerahmt von jahrhundertealten, entzückenden Häusern in makellosem Zustand. Vor fast jedem hing an verschnörkelten schmiedeeisernen Halterungen ein Schild, vor jedem standen große Blumenpötte und Rosenbüsche.

Noch nie hatten sie so etwas dermaßen Pittoreskes gesehen! Das war ein Märchendorf, eingebettet in Wald und Wiesen. Ein Flüsschen, der Bybrook, plätscherte munter durch es hindurch, schlängelte sich durch die grünen Auen. Der Zauber hatte alle drei so vollständig erfasst, dass ihnen in den ersten Sekunden die Worte fehlten. Dann aber überschlugen sie sich darin, sich gegenseitig auf tausend liebevolle Details aufmerksam zu machen.

Auf der Suche nach einem Parkplatz entdeckten sie am Ortsausgang die Einfahrt zum Schloss, dem Manor House. Spontan lenkte Elena den Wagen auf die lange Auffahrt zu diesem wunderschönen Landsitz und stand schließlich vor dem mit Efeu berankten Gemäuer.

»Da gehen wir unbedingt mal essen«, versprach Elena ihren Kindern mit leuchtenden Augen. Gott sei Dank hatte sie ein paar hübsche Kleider eingepackt! Im Überschwang der Begeisterung wandte sie sich an Mia:

»Was das für tolle Fotos gibt! Und schau mal! Da oben am Hang scheint es einen Garten zu geben! Siehst du die Skulpturen? Viel besser als Meer!«

»Meine Güte, Mutter«, wunderte sich Mia. »Du klingst, als ob du meine Influencerkarriere befeuern wolltest.«

»Gott, Kind, mir tut es doch auch leid, dass wir nicht ans Meer gefahren sind, so wie du es dir gewünscht hast«, entfuhr es Elena mit Inbrunst. Mia wollte etwas antworten, aber hinter ihnen hupte jemand, da sie mit ihren Wagen den Weg zu den Hotelparkplätzen blockierten. Ein Ministräßchen führte an entzückenden Appartements, die alle im Stil des vierzehnten Jahrhunderts gebaut waren, wieder hinaus auf den Marktplatz.

Da es im Ort keine Parkmöglichkeit gab, stellte Elena den Wagen am Ortsausgang an einer kleinen Einbuchtung ab und lief mit Bennie und Mia die Straße zurück zum Brunnen, die Schilder an den Häuschen studierend. So klein der Ort auch war, an kulinarischen Möglichkeiten fehlte es nicht. Elena sah auf die Uhr.

»Wir haben noch eine halbe Stunde Zeit, bis wir Marvin und Hazel treffen«, sagte sie. »Wie wäre es mit Tee und Kuchen? Und abends gehen wir gemütlich was essen.«

Gegenüber dem Marktbrunnen gab es ein Café, den Old Stables Coffee Shop. Ein schwarzgoldenes Schild baumelte über dem Eingang. Neben der Haustür befanden sich zwei mit rotkarierten Decken bestückte Tische, auf denen Vitrinen mit einer Auswahl selbstgebackener Kuchen ausgestellt waren. Davor waren einige wenige bunt angemalte Holzgartentische aufgestellt.

Nachdem sie sich mit Kaffee, Kakao und Kuchen eingedeckt hatten, spähte Elena wieder auf die Uhr.

»Und?«, fragte Mia. »Wie geht das jetzt weiter? Wo sind wir untergebracht?«

»Im alten Schulhaus.« Sie blickte um sich. »Keine Ahnung, wo das sein soll.«

Mia zog eine Schnute. Es war klar, sie befürchtete eine Jugendherberge und Elena vermutete, dass Mia damit nicht falschlag.

»Oh, nee«, stöhnte sie auch schon in alter Manier. »Ich hab's geahnt! Und wer sind Marvin und Hazel?«

»Das sind die Leiter der Schauspieltruppe, die sind auch gleichzeitig ...«

»Was?«, empörte sich Mia. »Bin ich etwa immer noch in diesem Kurs angemeldet?«

»Bis jetzt ja. Bitte, Mia, schau es dir doch erst mal an.«

»Vergiss es! Das hast du hinter meinem Rücken gemacht, ohne mich zu fragen!«

Elena konnte Mia ja verstehen. Aber gleich würden Marvin und Hazel hier auftauchen und sie wollte die Angelegenheit vorher geregelt haben.

»Mia«, begann sie. »Ich brauche deine Hilfe. Bitte. Ich will Bennie nicht allein in die Gruppe schicken. Mir ist wohler, wenn du dabei bist.« Sie sah sie an, aber Mia weigerte sich, ihr in die Augen zu sehen. Elena legte ihre Hand auf Mias Arm.

»Mia, bitte, schau mich an.« Widerstrebend wandte Mia sich Elena zu, die, dankbar über diese kleine Geste, mit ihren Fingern über den Handrücken ihrer Tochter strich.

»Mir wäre es auch lieber, wenn ich hier mit euch Urlaub machen könnte, aber ich habe einen Vertrag unterschrieben. Lass uns einen Deal machen für diesen Sommer.«

Mia schob die Unterlippe noch weiter vor und ihre Augen verengten sich. Ihr ganzer Ausdruck sagte: Du verstehst mich nicht! Etwas rumorte in ihr und war kurz davor auszubrechen. Ihr Gesicht war ein einziges Dilemma, ein Ausdruck an Qual, dass Elena alles dafür gegeben hätte, zu erfahren, was ihr Kind wirklich belastete. Berührt davon neigte sie sich ihrem Mädchen ein wenig zu. Mias Augen sprühten Funken und sie öffnete den Mund, um etwas zu sagen, als ein lauter Ruf ertönte:

»Da seid ihr ja! Juhu!!! Hallo!!! Marvin, schau mal! Sie sitzen im Old Stables! Das müssen sie sein, ganz sicher! Hallo, ihr Lieben!«

Eine ältere, quirlige Frau in einem lockeren Leinenkleid mit kurzem, weißem Haar eilte freudestrahlend auf sie zu, gefolgt von einem Mann mit kariertem Hemd und Stoffhose, dessen Haar und Bart ebenso wie das seiner Frau silbern glänzte. Sein Lächeln war so breit, dass sich die Mundwinkel von einem Ohr zum nächsten zu ziehen schienen. Er wirkte wie ein gütiger Großvater.

»Marvin, sehen sie nicht entzückend aus?«, rief Hazel überschwänglich. »Die Mädels sind ja wie zwei blonde Elfen! Und der Kleine erst! Ach, was ist das nur für ein Herzchen!«

Winkend stürmte sie auf die Gruppe zu.

»Herzlich willkommen, ihr lieben, wunderbaren Wesen!«, rief sie und breitete ihre Arme aus. Überrumpelt von dieser unerwarteten Offenheit, erwiderte Elena die Umarmung der beiden. Hazel redete ohne Unterlass, lediglich unterbrochen von bestätigenden Brummtönen oder kleinen Einwürfen ihres Mannes. Keine Frage, er war der ruhende Pol.

»Wir freuen uns so, dass ihr hier seid! Ihr ahnt ja nicht, wie!«, sprudelte Hazel und umarmte auch Mia, die sich dagegen gar nicht wehren konnte. »Wir haben alles für euch so schön wie möglich gemacht und hoffen, dass es euch gefällt!«

Marvin gab Mia und Elena die Hand und beugte sich danach mit einem warmen Lächeln zu Bennie hinunter, sodass er mit ihm auf Augenhöhe war.

»Und du musst Bennie sein!«

Auch Hazel stützte ihre Hände auf die Knie und beugte sich vor.

»Herzlich willkommen, Bennie! Ich bin Hazel, ich bin ein wenig durchgeknallt, das sagt zumindest mein Mann immer zu mir, aber ich hoffe, das macht dir nichts aus.«

»Interessierst du dich für Autos?«, schob Marvin hinterher.

»Ähm, warte«, unterbrach ihn Elena. »Bennie kann leider nur ganz wenig Englisch.«

»Ach ja, das hattest du ja geschrieben. Das macht nichts. Sag ihm, wir bringen ihm die Sprache ruckzuck bei!«

Elena übersetzte und Bennie erfuhr, dass es auf dem ehemaligen Flughafen eine Rennstrecke gab, auf der heute noch Rennen gefahren wurden. Er strahlte Marvin und Hazel an und rüttelte an Elenas Hand.

»Mama! Frag Marvin, ob er mich mal mitnimmt!«

Er hatte sofort Vertrauen zu ihm gefasst.

»Aber immer doch!«, antwortete Hazel an Marvins Stelle. »Ihr müsst euch sowieso erstmal akklimatisieren und wir wollen euch alles hier im Dorf zeigen, und euch mit ein paar Leuten bekannt machen, also macht euch keine Sorgen, das geht alles geruhsam seinen Gang und wir …«

Es war nicht leicht, den Redefluss von Hazel zu unterbrechen. Marvin schaffte es, immer wieder Bemerkungen einzuwerfen, die Hazel aber nie unterbrachen, sondern ihre Worte ergänzten. Es war ein perfektes und amüsantes Zusammenspiel. Was aber Elena am meisten bewegte, war die Freude, die die beiden ungeniert zum Ausdruck brachten und die ihnen galt. Hazel auf ihre überschäumende und quirlige Art, Marvin still und zentriert. Das tat so gut! Von wegen steife Engländer! Ermutigt von dieser Begrüßung drehte sich Elena zu ihrer Tochter um, aber die stierte gerade mit heruntergeklapptem Unterkiefer die Straße hinunter.

»Wer ist das denn?«, ächzte Mia fassungslos.

Elena folgte ihrem Blick. Ein dunkelhaariger Mann kam die Straße herauf, gekleidet in Rüschenhemd, Kniebundhose und einem langen dunkelgrünen offenen Mantel mit aufgesticktem Gold. Die Rockschöße schlugen um seine Knie, in seiner Hand hielt er einen Stock mit silbernem Knauf, den er beim Gehen munter auf und ab schwenkte.

»Ist das ein Mitglied der Schauspieltruppe?«, fragte Elena.

»Oder wird hier gerade ein Film gedreht?«, setzte Mia hinzu.

Auch Bennie machte große Augen.

»Äh… nein«, beeilte sich Hazel zu erklären. »Das ist unser Earl! Er wirkt auf den ersten Blick etwas sonderbar, aber wenn man ihn näher kennt, merkt man, dass er …«

Sie verstummte. Der Earl hatte die kleine Gruppe erreicht, hackte den Stock mit einer harschen Bewegung etwa zwanzig Zentimeter vor sich auf den Boden, als wollte er sagen: »Bis hierhin und nicht weiter!«, während er die beiden Frauen und Bennie schweigend von oben herab musterte. Sein Gesichtsausdruck war an Hochmut nicht zu überbieten.

Elena war verdutzt. Das war ja mal eine Type! Bestimmt war das ein Schauspieler! Während ihrer Recherchen hatte sie zwar gelesen, dass es hier einen Earl gab, aber hielten die sich nicht meist in London auf, um ihren Sitz im House of Lords einzunehmen? Was wäre, wenn sie eine solche Figur in ihren Roman einbauen würde? In ihr begann sich etwas zu regen. Wie alt mochte der angebliche Earl sein? Sie schätzte ihn auf zwischen vierzig und fünfzig.

Auch Mia fixierte die Gestalt, die gleiche Vermutung hegend wie ihre Mutter. Der war doch nicht echt! Misstrauisch taxierte sie den Mann da vor sich mit seinen dunklen Augenbrauen, dem snobistischen Gesichtsausdruck, dem sorgsam zurückgebundenen Haar, das mit einer schwarzen Schleife zusammengehalten wurde.

Gespielt oder nicht: Das hochnäsig erhobene Kinn erweckte die Rebellin in Elena. Unwillkürlich reckte sie auch das ihre. Die blauen Augen des Earls blitzten auf, begutachteten sie, schwenkten über zu Mia und Bennie. Er räusperte sich und wandte sich an Marvin und Hazel.

»Die Neuzugänge?«

Das hörte sich an, als inspizierte er neu eingetroffene Menschenware. Unwillkürlich zog Elena die Augenbrauen zusammen und tauschte einen Blick mit Mia.

»So ist es, Sir.« Der belustigte Ton Marvins milderte die Situation etwas ab. »Das sind Elena, ihre Tochter Mia und ihr Sohn Bennie. Sie sind soeben angekommen.«

»So denn!« Der Earl hüstelte. »Willkommen in Castle Combe. Möge Euer Aufenthalt Euch und allen zum Wohle gereichen.«

»Vielen Dank, Sir, die Freude ist ganz unsererseits«, gab Elena zurück, in deren Augen sich ein amüsiertes Lächeln stahl.

Der Earl nickte knapp zu Elenas Worten, arrogant, wie sie fand, sah sich um und heftete seinen Blick, die Stirn runzelnd, wieder auf Mia.

»Wo bleibt der Anstand?! Bringe man mir einen Stuhl!«, forderte er, obwohl er nur zwei Meter von einem entfernt stand. Elena spürte, wie die Entrüstung in Mia in einer heftigen Stichflamme empor loderte. Und schon platzte sie heraus:

»Da steht doch einer! Wieso holen Sie ihn sich nicht selbst? So altersschwach sehen Sie nicht aus. Wir feuern Sie dabei auch gerne an.«

Elena musste sich das Lachen verbeißen. Ihre sozialkritische Mia! Hazel und Marvin tauschten einen Blick, während Mia den Earl anfunkelte. Der funkelte zurück.

»Es ist eine Frage des Standes, mein Fräulein«, konterte er kühl. »Und des Respektes. Allerdings ist mir die Vergeblichkeit meiner Erwartung, die Jugend von heute wäre in der Lage, eine solche Haltung zu begreifen, durchaus bewusst.«

Solche Pauschalaussagen wie »die Jugend von heute« hatte Elena gefressen, außerdem missfiel es ihr, wie er ihre Tochter behandelte..

»Tatsächlich ist uns eine solche Haltung fremd«, blaffte sie und stellte sich vor Mia. »Bei allem Respekt möchte ich doch klarstellen, dass wir nicht als Ihre Stuhlträger hierhergekommen sind.«

»Und wenn es schon um Respekt geht, wie wär's, wenn Sie mir oder meiner Mutter oder Hazel einen Stuhl bringen?«, giftete Mia und blitzte den Earl an. »Oder sind Sie neben Ihrem Dünkel auch noch sexistisch?«

Elena prustete los und bewunderte ihre Tochter für ihren Mut. Fehlte nur noch, dass ihre Kleine die Hände in die Hüften stemmte! Ja, sie war stolz auf sie! Die kroch vor niemandem! Munter stieg sie in den Vorschlag Mias ein.

»Ein Vorschlag zur Güte: Lasst euch aus Eurem Schloss einen Plüschsessel bringen«, empfahl sie. »So ein Holzstuhl dürfte doch weit unter Eurem Stande sein. Welch Alptraum, wenn ein Spreißel sich an Stellen verirrt, wo er nicht hingehört!«

Im Gesicht des Earls zuckte es mächtig. Mit hochgezogenen Augenbrauen stierte er auf Mia und Elena hinunter, wandte sich mit vorwurfsvollem Blick an Hazel und Marvin, als wären sie schuld am despektierlichen Benehmen der beiden.

Die Stimmung war gespannt, die Sekunden dehnten sich – aber in der nächsten schon prusteten Marvin, Hazel und der Earl wie auf Kommando los und brachen in lautes Gelächter aus.

»Coole Gruppe«, japste der Earl. »Hatten wir schon lange nicht mehr, was? Also, ihr lasst euch schon mal nicht ins Bockshorn jagen! Und Ihre Sprache, Mylady, ist wunderbar, wenn ich das anmerken darf.«

»Ich wusste es!«, rief Mia. »Sie sind kein Earl! Sie sind Schauspieler! Ihr habt uns reingelegt!«

»Aber nicht doch, holde Mistress«, antwortete der Earl mit einer leichten Verbeugung. »Ich bin echt. Ihr könnt das gerne nachprüfen. Leider ist mein Gesicht im Internet zu ersehen.«

Er lächelte auf feine, charmante Weise, seine Augen funkelten nur so vor Schalk.

»Ja, Earl Exely ist ein echter Earl«, bestätigte Marvin und lachte noch immer. »Er schätzt nur modetechnisch die Vergangenheit oft mehr als die Gegenwart.«

»Parker«, bellte der Earl in gespielter Empörung. »Behandle Er mich nicht wie ein unmündiges Kind! Mir obliegt durchaus die Fähigkeit, für mich selbst zu sprechen. Des Weiteren sehe ich keine Notwendigkeit, mich für meine Kleidung rechtfertigen, noch mich dafür entschuldigen zu müssen. Ihr habt mal wieder gar nichts begriffen und das, obwohl Ihr mich schon Urzeiten kennt.«

Elena schüttelte den Kopf und lachte leicht. Das war alles so verrückt hier! Der Earl schien sich über ihre Verblüffung diebisch zu freuen. Ein weiteres Mal musterte er Elena von oben bis unten. Kein Muskel bewegte sich in seinem Gesicht, seine blauen Augen ließen nicht die geringste Deutung über seine Gedanken zu.

»Kann ich Euch helfen?«, fragte Elena schließlich. »Ihr seht aus, als hättet Ihr eine Frage.«

Das Lächeln in den blauen Augen des Earls vertiefte sich. Mit den nächsten Sätzen erschien er nicht als der kühle Adlige, den er gemimt hatte, sondern als der charismatische Mann, der er war.

»Mitnichten«, antwortete er und neigte sich ihr ganz leicht zu. »Ich dachte nur darüber nach, dass Sie in einem Abendkleid bezaubernd aussehen müssen. Sollten Sie Lust verspüren, eines zu tragen, würde ich mich freuen, Sie in meiner bescheidenen Bleibe begrüßen zu dürfen, in der Hoffnung, dass der Koch an diesem Abend sein Bestes gibt und mich nicht blamiert. Das Abendkleid ist allerdings keine Verpflichtung, die Einladung gilt auch ohne.«

»Oh, das ist sehr freundlich von Ihnen. Haben Sie vielen Dank«, stotterte Elena errötend. »Ich …«

Er wedelte mit der Hand, als wäre jedes weitere Wort überflüssig. »Ich werde Ihnen eine Nachricht zukommen lassen. Bis dahin: Leben Sie wohl, edle Dame.«

Danach richtete er sich an Mia, wobei sich seine Mundwinkel noch mehr nach oben bogen.

»Auf ein Wiedersehen, kleiner Irrwisch. Behaltet Eure Courage bei. Ich mag es, dass Ihr Euch kein X für ein U vormachen lasst. Ist selten zu finden heutzutage, noch weniger in der Jugend. Leben wir doch in Zeiten, in denen die Menschheit vor Smartphones und TV-Geräten verblödet.«

In Mias Augen blitzte es gehörig auf und auch ihre Mundwinkel wölbten sich nach oben. Sie wollte etwas erwidern, aber der Earl tippte Bennie mit dem durchbrochenen Silberknauf seines Stockes leicht auf die Schulter.

»Gehabt Euch wohl, kleiner Ritter! Scheuet Euch nicht, Euer Leben in Gesellschaft dieser anmutigen Damen in vollen Zügen zu genießen. Wohlan, auf dass Eure Abenteuer fortwähren mögen!«

Damit drehte er sich um und wandelte die Straße hinunter, den Stock, den er lediglich als Dekor mit sich führte, munter hin und herschwingend. Inmitten der Kulisse der Jahrhunderte alten Häuser und der ursprünglichen Natur sah das noch nicht mal komisch aus.

Der Eindruck, in einer anderen Dimension gelandet zu sein, verdichtete sich in Elena immer mehr. Aber es war ein prickelndes Gefühl, es öffnete etwas, von dem sie noch nicht mal sagen konnte, was es war. Alles, vor allem aber der unkonventionelle Earl, hatte eine enorme Wirkung auf sie. Lächelnd sah sie ihm hinterher. Auch Mia hatte einen fast verträumten Ausdruck auf dem Gesicht und es tat so gut, das zu sehen. Bennie rüttelte an Elenas Hand und wollte wissen, was das gerade gewesen war, und Elena erklärte es ihm auf die Schnelle.

»Ja, das ist unser Earl«, schmunzelte Hazel. »Er ist total verrückt, aber hat das Herz am rechten Fleck. Wir lieben ihn alle. Er ist … na, ich will mal nichts sagen. Ist besser, ihr macht euch euer eigenes Bild.«

»Guter Rat, Hazel«, stimmte Marvin zu. »Nur so viel: Sein Faible für alte Kleidung ist nicht seine einzige Marotte.«

»Läuft er immer so herum?«, erkundigte sich Mia.

»Nein, ihm ist schon klar, dass seine Brokatgewänder nicht immer angebracht sind. Er trägt auch moderne Kleidung. Auch die Art zu sprechen wechselt ständig. Aber er mag die alte Sprache und will sie aufrechterhalten. Vor allem das Höfliche und Manierliche, daran liegt ihm viel.«

»Manchmal denke ich, er ist aus Versehen in der falschen Zeit inkarniert«, fügte Hazel hinzu. »Er liebt die alte Welt. Er sagt, die wäre so viel schöner gewesen als die moderne. Aber am meisten liebt er es, Leute zu schockieren. Das habt ihr ja gemerkt.«

»Ich glaube nicht, dass er sie schockieren will«, wandte Elena ein. »Ich glaube, er will herausfinden, mit wem er es zu tun hat.«

»Du hast es erfasst.« Marvin lächelte breit – ein Lächeln, das so lieb war, das man einfach mitlächeln musste.

»Ist er verheiratet?«, fragte Mia.

»Er war es. Seine Frau, Mylady … sie ist leider bei einem Unfall ums Leben gekommen. Traurige Sache. Er redet nicht drüber. Das ist ein Reizthema.«

»Also, jedenfalls hat seine Frau diesen ganzen Zirkus mit Freuden mitgemacht«, informierte Hazel sie. »Jeder, der den Earl und seine Frau erlebt haben, dachten, die beiden wären eine Attraktion, die sich der Bürgermeister zu Tourismuszwecken hat einfallen lassen.«

»Das waren sie ja auch!«, warf Marvin ein. »Eine Attraktion! Das ist unser Earl immer noch. Er ist der Ausbund einer Attraktion! Und er hat nicht unrecht mit seinen Ansichten, Hazel.«

»Ach, Marvin, jetzt redest du auch schon so! Hat er dich schon angesteckt mit seinen Theorien! Ich weiß nicht, was ich von all dem halten soll.«

Das ging Elena allerdings genauso. Herr des Himmels, wo waren sie da nur hingeraten! Das war alles so kurios und so anders! Wahrlich ein echter Tapetenwechsel! Sie fühlte sich wie aufgeladen und von neuen Impulsen durchströmt. Marvin und Hazel hatten sich mit ihnen in Bewegung gesetzt, Richtung Ortseingang. Elenas Blick glitt über das Dörfchen. Einige Touristen schlenderten über den Marktplatz, aber es war ruhig hier. Keine Autos rasten hier durch, es gab keine Geschäfte im üblichen Stil, keinen Ramsch, keine Souvenirs, nur die alten Häuser und die Natur.

»Jedenfalls vermisst er seine Lady schrecklich«, hörte sie Marvin sagen.

»Ja, das tut er«, bestätigte Hazel. »Wenn er auch nicht mit allem einverstanden war, was sie tat. Gerade am Schluss nicht. Aber er hatte so recht! Hätte sie nur auf ihn gehört! Dann wäre sie …«

»Hazel, lass.« Marvins Gesichtsausdruck setzte ein sanftes, aber unerbittliches Stoppschild.

»Wie lange ist der Unfall her?«, erkundigte sich Elena.

»Erst drei Jahre.«

»Ach! Das ist …«

»Mama, wo gehen wir hin?«, unterbrach Bennie laut, der sich bei dem englischen Gerede ausgeklammert fühlte.

»Marvin und Hazel zeigen uns, wo wir schlafen werden«, erklärte Elena.

»Ich hoffe, es ist euch nicht zu einfach«, sorgte sich Hazel. »Normalerweise stehen die Unterkünfte Studenten und Freiwilligen zur Verfügung, die den Kurs buchen. Für die waren sie ausreichend, aber ihr seid bestimmt anderes gewohnt. Du bist ja eine erfolgreiche Autorin, Elena.«

Mia zog eine kleine Grimasse. So lieb Marvin und Hazel waren, aber der Schauspielkurs war ihr ein fieser Dorn im Auge. Außerdem hatte sie keine Lust, ihren Urlaub in einer Jugendherberge zu verbringen. Elena spürte, wie Mia sich wieder verkrampfte, legte beruhigend den Arm um die schmalen Schultern ihrer Tochter und streichelte ihren Oberarm, während Marvin und Hazel sie an den idyllischen, Häusern des Dorfkerns vorbei lotsten.

»Wo befindet sich eigentlich die Bibliothek der unveröffentlichten Manuskripte?«, fragte Elena.

»Am anderen Ende von Castle Combe, leicht abseits. Aber sie wird demnächst geschlossen.«

Abrupt blieb Elena stehen. »Sie wird geschlossen? Warum denn? Und wann?«

»Vermutlich nach diesem Sommer. Die Kosten für Miete und Instandhaltung rechnen sich nicht. Kaum jemand interessiert sich dafür, sie wird so gut wie nie frequentiert.«

»Ich war ein paar Mal drin«, Hazel schüttelte den Kopf. »Ist nichts für meinen Geschmack.«

»Aber es gibt durchaus Interessantes in der Bibliothek«, widersprach Marvin. »Wer Augen hat, der sehe.«

Die Bemerkung machte Elena Mut.

»Wird die Bibliothek komplett aufgelöst oder woandershin verlegt?«

»Ich denke, sie wird aufgelöst und die Manuskripte werden eingelagert«, vermutete Marvin. »Nun ist die Bibliothek schon zweimal umgezogen, ein drittes Mal wird es nicht geben.«

Elena schwieg. Nur noch ein Sommer! Sie würde jedes einzelne Buch durchgehen! Und wer weiß, wenn etwas Brauchbares dabei wäre, könnte sie doch mit dem Autor Kontakt aufnehmen und ihm eine Kooperation vorschlagen … meine Güte, das waren ganz neue Ideen! Elena fühlte sich so lebendig wie schon lange nicht mehr und konnte es kaum erwarten, die Bibliothek zu besichtigen.

Mit Bennies Händchen in der ihren versank sie in Gedanken, folgte Marvin und Hazel, die unter vielen Vorab-Entschuldigungen nach links abbogen und mit ihnen eine kleine Einfahrt hinauf liefen.

»Es ist das alte Schulhaus«, erklärte Hazel, oben angekommen, etwas kurzatmig. »Einfach, aber gemütlich.«

Einmal mehr fehlten Elena an diesem Tag die Worte. Sie standen vor einem Häuschen wie aus einem Bilderbuch herauskopiert.

Das Gebäude war mindestens zweihundert Jahre alt. Zwei blau angestrichene Haustüren, flankiert von alten, schmiedeeisernen Laternen hießen sie willkommen. Auf die linke davon steuerten Hazel und Marvin zu, einen langen Schlüssel in der Hand. Die gesamte Hauswand war überwuchert von einer Blütenpracht, die ihresgleichen suchte. Rosen und Jasmin wuchsen die Hausmauer nach oben, bildeten Hauben über den Laternen, umrankten die Dachrinnen. Der Duft war betörend und hüllte sie ein wie eine Umarmung. Marvin schloss auf und ließ sie in einen kleinen Flur mit dunklem Parkett eintreten. Dicke, alte Balken zogen sich durch Wände und an den Decken entlang, verströmten die Bedachtsamkeit alter Tage.

Das Parkett zog sich durch alle Zimmer, bis auf die Küche, die mit uralt scheinenden, dicken Natursteinen verlegt war. Links vom Flur führten zwei Stufen nach unten in ein urgemütliches, kleines Wohnzimmer mit einem offenen Kamin. Die Nische daneben war mit gut abgelagertem Holz gefüllt. Davor standen ein Ohrensessel und eine Couch, bestückt mit bunten Kissen und weichen Decken. Rechts ging es in einen Essraum und eine Küche, die überraschend modern gestaltet war. Von dort führte eine alte Holzstiege, die gehörig knarrte, nach oben zu den Schlafräumen.

Bennie und Mia hatten jeweils ein eigenes Zimmer. Alle Schlafräume verfügten über einen Kamin, aber nur der in Elenas Schlafzimmer war funktionstüchtig. In einer großen Filztasche befanden sich Holzscheite, lange Zündhölzer lagen daneben und ein hübscher Funkenschutz verhinderte, dass die Glut ins Zimmer stob.

Jeder Raum war mit Weichholzschränken und Kommoden möbliert und mit dekorativen Accessoires aus alter Zeit versehen. Eine Waschschüssel aus Porzellan, ein Wasserkrug, ein uraltes Bügeleisen, kleine, mit Blumenmustern bemalte Väschen. Flauschige Teppiche bedeckten das

Parkett, selbst in den zwei Mini-Badezimmern, deren sanitäre Anlagen restauriert worden waren.

Ja, es war klein, ja, es war einfach, aber es war so liebevoll und gemütlich eingerichtet, dass sich die drei in das kleine Haus auf den ersten Blick verliebten.

Mia war außer sich vor Freude, ein eigenes Zimmer zu haben. In ihrem wuchsen die Rosen zum Fenster herein, während Elena auf weite Wiesen, Felder und Wälder blickte. Unwillkürlich musste sie an die armseligen Quadratmeter Rasen vor ihrem Reihenhaus in der Stadt denken. Die gesamte Wohnatmosphäre war eine so völlig andere, weil sie in die Großartigkeit der Natur eingebunden waren.

Leicht beunruhigt, weil kaum einer der drei etwas sagte, führten die Parkers sie schließlich wieder nach unten.

»Im Kühlschrank sind Grundnahrungsmittel für ein Frühstück«, erklärte Hazel. »Eier, Milch, Marmelade, abgepacktes Brot, Cornflakes, es ist nicht viel. Ihr könnt aber auch im Old Stables frühstücken und euch morgen im Supermarkt eindecken.«

Und Marvin setzte fast entschuldigend hinzu: »Das Haus und die Zimmer sind zwar klein, aber dafür habt ihr einen Garten.«

Er öffnete die Terrassentüren.

Elena traf fast der Schlag. Mit ihren Kindern betrat sie eine Terrasse mit einem Holztisch und sechs Stühlen darum herum, sogar ein Außenkamin war vorhanden. Der Garten war groß! Ein Garten mit Obstbäumen, einer Schaukel an einer großen Eiche, Rosen an den Wänden des Hauses und als Büsche im Rasen. Und überall blühte es! Überall luden kleinere Garnituren zum Verweilen ein. Duftender Lavendel, dunkelblaue Katzenminze, Schmetterlingsflieder, Salbei in allen Farben und prächtige Fetthennen mit ihren rosafarbenen Büscheln schufen ein solches Märchenbild, dass Elena das Herz wehtat von so viel Schönheit. Instinktiv suchte sie nach Mias Hand und das nächste Wunder geschah: ihre Tochter ergriff sie.

Ihre Blicke trafen sich, nach langer Zeit endlich wieder in gemeinsamem Empfinden. Das war eine solche Offenbarung, dass Elena vor Freude fast einen Infarkt erlitt. Wann hatte sie das letzte Mal diese Einigkeit und solch tiefe Gefühle erlebt? Sie war zum Leben erwacht! Durch die Natur, die ihr Schönheit vorlebte und ihr zuzuflüstern schien: Diese Schönheit und noch viel mehr steckt in dir! In dir ist Vollkommenheit! Du musst nur wagen, endlich wagen zu erblühen! Die Eindrücke waren so gewaltig, dass sie unfähig war, etwas zu äußern.

Endgültig verunsichert von ihrer Wortkargheit taxierten Marvin und Hazel die Gesichtsausdrücke der drei. Bennie brach den Bann, als er die Schaukel entdeckte. Er juchzte, stürmte auf sie zu und setzte sich selig darauf.

»Mama!«, rief er glücklich. »Schubs mich an!«

Mia lief los, um ihrem Bruder den Gefallen zu tun. Elena wusste, dass sie etwas zu Hazel und Marvin sagen musste, aber sie war von der gesamten Atmosphäre so überwältigt, dass sie am liebsten in diesen Minuten allein gewesen wäre. Ihr Herz spielte total verrückt.

»Also, wir hoffen, dass ihr zurechtkommt«, sagte Hazel unsicher.

»Zurechtkommen?«, brachte Elena endlich hervor. »Hazel, Marvin, es ist wunderschön. So wunderschön! Mir fehlen die Worte!«

»Wirklich? Du kannst uns sagen, wenn es nicht so wäre.«

»Aber nein! Wo denkt ihr denn hin! Wir haben ein gesamtes Haus für uns – und das für diesen Preis! Ich weiß gar nicht, wie ich euch danken soll.«

Die beiden seufzten erleichtert und Hazels Redefluss nahm wieder Fahrt auf. Sie erklärte, wo sich der nächste Supermarkt befand, wo man gut essen konnte, und dass sie sich morgen für eine erste Besprechung wieder hier einfinden würden. Schließlich verabschiedeten sie sich. Mia und Bennie kamen zurück zur Terrasse.

»Wir sehen uns morgen!«, rief Hazel. »Ich freue mich schon darauf! Wir kommen so gegen neun Uhr, passt das?«

»Ähm … meint ihr zum Schauspielkurs?«, fragte Mia argwöhnisch. »Da wollte ich noch etwas richtigstellen. Ich …«

»Mia, bevor du etwas sagst«, unterbrach Elena sie, »lass uns das beim Dinner klären.«

Marvin zog ganz leicht eine Augenbraue hoch und beobachtete Mia, wie sie die Unterlippe vorschob. Elena warf ihm einen verlegenen Blick zu.

»Wir … ich meine, Mia hat sich den Urlaub etwas anders vorgestellt. Eigentlich war es geplant, ans Meer zu fahren, aber dann hat es sich anders ergeben.«

»Darüber reden wir tatsächlich am besten morgen«, erwiderte Marvin friedfertig und ohne auch nur ein Stück aus der Ruhe zu kommen. Er sah Mia in die Augen und blinzelte ihr unmerklich zu. »Keine Sorge, Mia, wir werden nichts tun, was du nicht befürwortest.«

»Na, hoffentlich«, brummelte Mia.

Elena wollte etwas erwidern, ließ es aber. Mia war vorerst beruhigt, außerdem war sie von der Umgebung total angetan.

Gutgelaunt ging Elena mit Hazel und Marvin nach draußen, umarmte sie herzlich zum Abschied. Die beiden wohnten im oberen Teil von Castle Combe und schlugen einen steilen Waldweg ein, während sich Elena anschickte, ihren Wagen und das Gepäck zu holen. Mit einem sonnigen Gefühl im Herzen lief sie den von Bäumen überschatteten Weg entlang. Oh, sie fühlte sich so wohl! In diesem Empfinden breitete sie ihre Arme aus und drehte sich einmal um sich selbst. Lächelnd durchquerte sie das Dorf, inspizierte neugierig die Schilder an den Häuschen, an denen sie vorbeikam. Es war so süß hier! Jedes Haus hatte einen Namen. Roseparadise stand an dem einen, Sunrise-Cottage am nächsten, God's Blessing oder schlicht Jason's Cottage ... der Fantasie waren hier keine Grenzen gesetzt.

Statt mit Fastfood, Boutiquen oder Souvenirläden hatten sich die Bewohner von Castle Combe viel stilvoller auf den Tourismus eingestellt. An einigen der Cottages waren außen Terminkalender angebracht. Dort konnte man sich zum Beispiel für eine Massage eintragen, im nächsten Häuschen wurden gesunde, hausgemachte Lunchpakete für Wanderungen angeboten. Man konnte ankreuzen, was man alles wollte und brauchte und warf die Bestellung einfach in den Postkasten. Fotografien zeigten, dass die Betreiber das Gemüse und viele Zutaten selbst herstellten. Oder man konnte eine geführte Tour buchen, in der Wildkräuter und Vogelstimmen erklärt wurden.

Elena atmete ein weiteres Mal durch. Das war ein Paradies hier! Aber wo war die Bibliothek? Sie war bereits am Ortsschild vorbei, als das Dach eines einzelnen, nach hinten versetzten Hauses aufblitzte. Es war aus dem gleichen honigfarbenen Stein gebaut wie jene in der Dorfmitte. Ein Torbogen aus immergrünem Jasmin, in dessen zierlich weiße Blüten sich wilde Rosen gemischt hatten, bildete den Eintritt zum Grundstück.

Fasziniert blieb Elena darunter stehen. Das Messingschild leuchtete ihr im Licht der Nachmittagssonne entgegen. Langsam ging sie auf die massive, alte Holztür zu und stand endlich vor der Bibliothek der unveröffentlichten Bücher. Ein Schauer durchlief sie. Die Ahnung, dass das Schicksal sie rief.

Sanft legte sie ihre Hand auf das Schild und senkte den Kopf, bis ihre Stirn die Tür berührte.

»Oh, bitte«, flüsterte sie. »Hilf mir, damit alles gut ausgeht!«

Seit Ray sich in der Nähe von Castle Combe niedergelassen und das Dorf erkundet hatte, war es zu seinem Ritual geworden, nach der Arbeit die letzten Minuten in der Bibliothek zu verbringen. Oft begann auch sein Morgen mit einem Aufenthalt in den holzvertäfelten Räumen, umgeben von Manuskripten, die niemand lesen wollte.

Die Bibliothek war kaum bekannt und da sie ein wenig abseits lag, verirrten sich nur wenige Touristen dorthin. Wenn, dann trampelten sie durch die kleinen Zimmer, zogen das eine oder andere Manuskript heraus, machten sich über Titel und Texte lustig und verließen desinteressiert nach bereits wenigen Minuten wieder das Haus. Nix los hier! Kaum jemand nahm die feine Atmosphäre wahr, die subtile Ausstrahlung der abgelehnten Autoren und ihrer Bücher. So originell die Idee der Bibliothek auch war, sie lief nicht und fand kein Interesse.

Ray jedenfalls war froh, wenn die Leute wieder gingen. Oft wartete er sogar, bis sie draußen waren, bevor er die Räume betrat. Am Morgen blieb er für die Dauer, die er brauchte, um einen Becher Kaffee zu leeren, danach ging er zur Arbeit. Am Abend nutzte er den Aufenthalt, um abzuschalten, für einen bewussten Break zwischen Beruf und Privatem. Diese Zeit liebte er am meisten. Offiziell schloss die Bibliothek um fünf und die Wahrscheinlichkeit, dass sich am frühen Abend ein Tourist dorthin verirrte, war so gut wie nicht gegeben.

Doch als er sich diesmal dem Häuschen näherte, sah er, wie eine Frau den Vorgarten betrat. Ray wollte niemandem begegnen, so blieb er am Straßenrand stehen und wartete. Es würde nicht lange dauern, bis sie wieder rauskam.

Aber zu seiner Überraschung ging sie gar nicht erst rein. Sie legte nur die Hand auf das Schild und lehnte ihre Stirn gegen die Tür. Die Geste sah so ergeben und anmutig zugleich aus, dass sein Herz unvermutet einen Satz tat. Ihr blondes, welliges Haar schimmerte im Abendlicht, verdeckte ihr Gesicht. Ein Gesicht, das er gerne aus der Nähe gesehen hätte.

Nach ein paar Sekunden drehte sie sich um und lief zum Parkplatz, der sich schräg gegenüber Rays Beobachtungsposten befand. Dabei suchte sie die Wagenschlüssel in ihrer großen Umhängetasche, wobei ihr das Haar wie ein Vorhang vor das Gesicht fiel.

Wie gebannt verfolgte Ray, wie sie das Fahrzeug aufschloss, und schließlich an ihm vorbeifuhr. Reflexartig drückte er sich gegen den Stamm des Baumes und starrte ihr nach. Ein deutsches Kennzeichen. Eine Touristin. Er würde sie nie wiedersehen.

Aus irgendeinem Grund verursachte diese Tatsache ein wehes Ziehen in seinem Herzen. Und nicht nur das: Melancholie ergriff ihn – und er hatte keine Ahnung, warum.

## ♫ First Light ♫

Dustin Tebbutt

Beschwingt brachte Elena ein paar Minuten später mit Mias Hilfe Koffer und Taschen ins Haus. Die Kinder bezogen ihre Zimmer und packten aus. Elena reservierte einen Tisch fürs Dinner im Pub und tat es ihnen dann nach.

Während sie ihre Wäsche in den Schrank legte, glitt ihr Blick immer wieder durch das Fenster, auf den Garten, den nahegelegenen Wald, die Wiesen und Felder, ergriffen davon, welch wohltuende Wirkung allein der Anblick der Natur entfaltete. Zum ersten Mal seit langem fühlte sie sich ruhiger, aber auch überwältigt von den Eindrücken, die seit dem Frühstück auf sie eingestürmt waren.

Ihre Gedanken schweiften zum Earl, seiner kuriosen und doch so attraktiven Erscheinung, seiner Bemerkung mit dem Abendkleid. Ob er das ernst gemeint hatte?

Spontan legte sie die Jogginghose weg und sprach Phil eine Nachricht auf Band.

»Hey Phil, wenn du die Blumen gießt, könntest du mir mein grünblaues Abendkleid einpacken und nachschicken?«

Kurz darauf gab ihr Handy einen Piepton von sich. Florian! Hastig ergriff sie das Gerät, aber es war Phil, der noch eine Frage hatte. Nachdenklich sprang Elena zum letzten Chat mit ihrem Mann. Ihre gegenseitig geschickten Bilder standen noch im Display. Die kleine Pfanne zwischen den Steinen – und der opulente Frühstückstisch im Schlosshotel.

»Ich bin glücklich.«

Es klang wie ein Vorwurf.

Ray zog ein Buch aus dem Regal und setzte sich an den Platz, an dem er immer saß. Er konnte nicht aufhören, an die blonde Touristin zu denken. Warum nur? Er hatte lediglich ihr Haar, ihre schlanke Figur und die meiste

Zeit ihren Rücken gesehen. War es die Haltung, mit der sie ihre Stirn an die Tür der Bibliothek gelehnt hatte? Oder war sie – Ray setzte sich unwillkürlich aufrechter hin – war sie etwa eine jener Autorinnen, deren Manuskript hier eingelagert war? Das würde die Geste erklären. Das würde erklären, warum sie die Tür nicht geöffnet hatte: weil es zu schmerzlich für sie war.

Unwillkürlich ließ er seinen Blick über die Regale schweifen. So viele Titel – aber im Grunde gab es nur ein Buch, das ihn interessierte. Eines, das er immer und immer wieder las und in dem er wie durch Magie stets Neues entdeckte. Sein Herz schlug heftig. Könnte es sein, dass die blonde Frau die Autorin jenes Buches war, das er in seinen Händen hielt? Das Buch war voll von Inspirationen und seiner Gewohnheit gemäß schlug er es an einer x-beliebigen Seite auf.

»Wenn keine Wunder in deinem Leben geschehen, dann nicht, weil es sie nicht gibt, sondern weil du dich ihnen verschlossen hast. Warum bist du hier? Wozu bist du aufgebrochen?«

Das war nicht das, was er hatte lesen wollen. Er wusste, wofür er aufgebrochen war. Nur schienen seine Ziele immer wieder verhindert zu werden. Seine Augen senkten sich weiter auf den Text.

»Menschen sind Magier. Aber sie kennen nur einen winzigen Teil ihres Potenzials. Das weißt du. Menschen sind Götter, die vergessen haben, wie man träumt. Sie haben vergessen, wie Wunder geschehen. Warum bist du hier? Wozu bist du aufgebrochen?«

»Du lässt mir einfach keine Ruhe, was?«, murmelte er. Seine Gedanken glitten zu der letzten Unterhaltung mit dem Earl zurück. Der hatte auch von Wundern gesprochen. Ray wusste längst, dass das Buch in genau jene Kerben schlug, die ihn beschäftigten.

»Das, was wir Wunder nennen«, sagte es ihm, »ist nichts anderes als das Zulassen der göttlichen Quelle, das Hereinfließen der Wahrheit, die sich manifestiert.«

In seinen Ohren setzte ein Sirren ein, füllte seinen Kopf, verlieh ihm ein schwereloses Gefühl. Das passierte ihm oft in diesen Räumen. Ein Zustand, der nicht unangenehm, aber anfangs so ungewohnt gewesen war, dass er sich erschrocken dagegen gewehrt hatte. Inzwischen ließ er es geschehen, denn es zog ihn in höhere Sphären, dorthin, wo sein Verstand nicht mitkam. Der stand still und Ray sank in etwas hinein, das bar jeder Beschreibung war. Wenn, dann hätte er es tiefe, friedvolle Glückseligkeit genannt. Leicht öffnete er die Augen, die Buchstaben tanzten vor seinen Augen.

»Du bist nicht allein. Du hast die ganze Welt in dir.«

O ja, das war genau das, was er gerade fühlte.

»Spüre sie«, flüsterte ihm das Buch. »Lass sie sich in dir ausdehnen. Mach sie dir bewusst.«

Wieder schloss Ray die Augen. Doch das Bild der blonden Frau ließ ihn nicht los. Er ahnte, sie hatte ein zauberhaftes Lächeln, obwohl er es noch nie gesehen hatte. Seine Mundwinkel bogen sich nach oben und als ihm das gewahr wurde, öffnete er über sich selbst verärgert die Augen.

Was war das jetzt eben gewesen? Unwillig schlug er das Buch zu, starrte darauf. Der lederne Einband war mit einem grün-goldenen Paisley-Muster umrandet, in der Mitte stand in goldenen Lettern der Titel des Buches und im Randmuster, fast nicht sichtbar, befand sich der Autorenname: »Maya Subaru«.

Längst hatte er sie gegoogelt, neugierig, wer solche Sätze geschrieben hatte, wer es schaffte, solch einen Zauber in Buchstaben und Worte zu legen. Seine Internetrecherchen hatten nichts ergeben. Bei Subaru war er auf die Automarke gestoßen und der Vorname allein hatte auch nicht viel weitergeholfen. Das Pseudonym war nicht zu knacken. Wie es die Impressumspflicht vorschrieb, gab es eine Post- und E-Mail-Adresse, aber eine Kontaktaufnahme war allein daran gescheitert, dass Ray nicht recht gewusst hatte, was er hätte schreiben sollen.

Das sah nun anders aus. Maya. Ein Frauenname. Eine Frau an der Tür. Ein Zauber, den er direkt in seinem Herzen spürte.

»Fuck, Ray«, fluchte er eine Sekunde später. »Du hast sie doch nicht mehr alle!«

Die Einrichtung des Pubs war rustikal und originell. Generell bestachen die Lokale in England dadurch, die Zimmereinteilungen der alten Häuser zu belassen, so dass es keine großen Speiseräume gab, sondern viele kleine, die alle unterschiedlich eingerichtet waren. Da ging es hier mal ein, zwei Stufen nach unten in eine kleine Wohnnische hinein, dann mal eine Stiege hinauf, wo Platz für weitere zwei Tische war, oder man stieß beim Durchtritt in das nächste Zimmer auf eine Couchgarnitur, wo man einen Aperitif vor dem Kamin einnehmen konnte. Elena fand das charmant und individuell, zumal die Stühle und Sessel oft unterschiedliche Formen und Farben hatten und irgendwie trotzdem zueinander passten.

Obwohl es Sommer war, brannte ein Feuer in den zwei Kaminen und auf der Speisekarte waren auch vegetarische Gerichte vertreten.

Die Stimmung war heiter, selbst Mia war gut gelaunt. Bennie wurde von den Bedienungen liebevoll begrüßt und bekam von der Wirtin als Appetitanreger gleich ein Eis spendiert. Seine Augen leuchteten und Elena ging das Herz auf, weil alle so freundlich waren und es ihren Kinder gutging.

Sie machte einen Schnappschuss von Mia und Bennie, wie sie mit ihrem Apfelsaft anstießen, und schickte es Florian. Oh, sie vermisste ihn so sehr! Wie schön wäre es, wenn er jetzt mit dabei wäre! Ihre letzte Nachricht an ihn hatte inzwischen zwei Häkchen, aber er hatte noch nicht geantwortet.

»Hat Papa sich gemeldet?«, fragte Mia.

»Ja, heute Morgen. Es geht ihm prima.«

Sie hielt ihren Kindern das Smartphone hin und zeigte ihnen ihren Daddy, das Bild mit der Pfanne und wie er auf dem Felsen stand.

»Da ist ja der Papa!«, rief Bennie, schnappte sich das Handy und brabbelte eine Sprachnachricht hinein. »Papa, ich habe ein Eis bekommen, obwohl ich keines bestellt habe! Und ich habe ein Zimmer, wo Lianen reinwachsen ...«

»Efeu«, verbesserte Mia. Unbeeindruckt machte Bennie weiter. Er erzählte ihm von dem Haus, in dem er jetzt wohnte, und der großen Schaukel im Garten. »Wann kommst du wieder?«, endete er und hielt dann Mia das Gerät hin.

»Hi Paps«, sagte sie. »Ziemlich steinige Gegend, wo du gerade bist. Schürf dir nicht die Knie auf und lass dir dein Pfannengericht schmecken. Bis bald!«

Elena nahm das Smartphone wieder an sich und verstaute es in ihrer Tasche.

»Du vermisst ihn«, stellte Mia fest.

»Ja, sehr. Du nicht?«

»Geht. Er kommt ja bald wieder. In vier Wochen schon.«

Die Antwort verwunderte Elena und sie merkte, wie wenig sie vom Gefühlsleben ihrer Tochter wusste. Sanft legte sie ihre Hand auf Mias Unterarm.

»Mia, nochmal, es tut mir wirklich leid, dass wir nicht nach Ägypten geflogen ...«

»Mam, hör auf damit, bitte!«, sagte Mia genervt. »Reden wir lieber drüber, wie es weitergehen soll. Marvin und Hazel sind zwar total nett, aber ich habe trotzdem keine Lust auf einen Schauspielkurs.«

»Kann ich verstehen, aber vielleicht ist es einen Versuch wert?«

Mia schwieg, zerschnitt die Ravioli in saubere Vierecke und steckte sich eines in den Mund.

»Wie ist dein Plan?«, fragte sie schließlich.

»Kein Plan. Ein Vorschlag. Ein Deal. Wir frühstücken am Morgen zusammen oder ich mit Bennie, so kannst du länger schlafen. Den Vormittag brauche ich für Recherchen, da seid ihr bei Hazel und Marvin. Danach unternehmen wir entweder etwas zusammen oder du machst, was du möchtest. Ich kann dich unterstützen, dich fotografieren oder so. Und nachts versuche ich, was auf Papier zu bringen.«

Mia zog die Augenbrauen zusammen und versank in Gedanken.

»Wenn dir der Kurs absolut nicht zusagt, musst du nicht teilnehmen, Mia. Dann zahle ich eben die volle Miete, irgendwie bekomme ich das schon hin.«

»Moment, ich dachte, der Verlag zahlt das.«

»Er hat mir ein Budget zur Verfügung gestellt, damit muss ich haushalten. Also, was denkst du. Ich helfe dir und du mir?«

»Klingt fair«, erwiderte Mia zögerlich. »Also gut, Mam. Machen wir es so. Unter der Bedingung, dass ich aus dem Kurs raus kann, wenn er mir zu blöd wird.«

»Ja, klar, das verspreche ich. Danke, Mia. Es bedeutet mir viel, dass du mir hilfst.«

Mia erwiderte nichts darauf, aber hinter ihrer hübschen Stirn arbeitete es. Elena hätte zu gern gewusst, was sie umtrieb, aber für heute reichte es ihr. Sie nahm Bennie, der müde geworden war, auf den Schoß, und verlangte die Rechnung.

Als sie aufstanden, sah sich Mia im gemütlichen Gastraum um, bewunderte die dicken Rosenköpfe, die vor den bleigefassten Fenstern hingen.

»Es ist schön hier«, sagte sie mehr zu sich als zu Elena.

Ihr Satz war wie ein Schlusspunkt unter einem hoffnungsvollen Tag.

Elena hatte Hazel und Marvin für die Besprechung zum Frühstück eingeladen. Das sparte Zeit und sie konnte früher in die Bibliothek abdampfen.

»So schade, dass du nicht dabei sein willst. Es geht doch um euch alle«, sagte Marvin.

»Wie meinst du das denn?«, fragte Elena und bereute es, die Unterlagen nur flüchtig gelesen zu haben.

Marvin war emeritierter Professor der Psychologie, arbeitete aber zu Studienzwecken weiter mit der Universität Bath zusammen. Er hatte viele Papers geschrieben und war sehr anerkannt – ebenso seine Studienprojekte, von denen eines davon der Schauspielkurs war. Aber welchen Sinn und Zweck dieses Projekt hatte, war Elena nicht klar. Sie erinnerte sich an Schlagworte wie ›psychologische und menschliche Interaktion‹, hatte aber tunlichst vermieden, das bei Mia anzusprechen, in der Hoffnung, Marvin und Hazel würden es besser erklären können.

»Daraus besteht unser Konzept«, erklärte Hazel. »Dass ihr zusammenspielt und euch dabei näher kennenlernt. Beziehungsweise anders. Das Leben und euch anders versteht und wahrnehmt.«

Mia und Elena wechselten einen Blick.

»Ja, aber wer ist denn noch dabei? Und um welches Stück handelt es sich dabei?«

»Um keines. Wie gesagt, es geht um euch.«

»Ich verstehe kein Wort, Hazel. Es muss doch ein Skript geben, feste Rollen, eine Art Drehbuch oder so was.«

Nun waren es Marvin und Hazel, die einen Blick tauschten. Elena errötete.

»Ich habe die Unterlagen nicht so genau durchgelesen«, gab sie verlegen zu und spürte, wie Mia die Augenbrauen hochzog. »Weil ich mich ja sowieso nicht einklinken wollte.«

»Aber Elena, das macht gar nichts.« Marvins ruhige, sanfte Stimme drang in den Raum wie Balsam. Nicht ein Hauch an Vorwurf war zu spüren. Friedfertig lächelte er sie an.

»Oft ist es sogar besser, wenn man weniger weiß, dann ist man unbelasteter«, setzte Hazel hinzu. Auch sie hatte ihr Strahlen nicht verloren.

»Wie wäre es, wenn wir das einfach mal praktisch durchziehen?«, schlug Marvin vor. »Das erklärt so viel mehr, als wir mit Worten erreichen können. Am besten, wir gehen nach drüben in die Übungsräume. Dann seht ihr, was wir meinen.«

»Warte, Marvin, das ist das, was ich versuche zu erklären«, wandte Elena ein. »Ich bin aus beruflichen Gründen hier. Ich muss ein Buch schreiben und …«

Marvins und Hazels Augen leuchteten auf.

»Das ist ja fantastisch!«, riefen sie. »Du schreibst ein Buch! Worum geht es denn?«

»Das weiß ich eben noch nicht genau!«, stieß Elena nervös hervor. »Deswegen bin ich ja so unter Druck. Ich muss recherchieren, Ideen entwickeln. Ich habe eine Deadline, versteht ihr?«

»Dann wäre der Kurs erst recht was für dich! Das ergibt eine Menge Stoff, das kann ich dir garantieren!« Hazel klatschte in die Hände.

Elena konnte ihre Begeisterung nicht nachvollziehen und geriet noch mehr unter Stress.

»Ich … nein, bitte seid nicht böse, aber der Verlag möchte einen Liebesroman. Ich würde vorschlagen, ihr fangt mit den Kindern an und ich komme dazu, wenn es sich ergibt.«

»Gar kein Problem, Elena«, sagte Marvin, »wenn du dich wohler damit fühlst, machen wir das so. Wir sind am Vormittag mit deinen Kindern zusammen, bis du wiederkommst. Du wolltest doch die Rennstrecke sehen, Bennie, oder?«

Mia übersetzte. Bennie nickte strahlend und riss die Arme nach oben. »Ja!«, rief er laut. »Gleich heute!«

»Und du, Mia?«, wandte sich Marvin an sie. »Bist du denn mit dem Kurs einverstanden?«

Mia nickte. »Ja. Ist so abgesprochen.«

Elena war das peinlich. Es hörte sich wirklich an, als ob sie ihre Kinder abschob!

»Wann immer es möglich ist, bin ich dabei. Versprochen« warf sie ein. Es klang ein wenig kläglich.

»Mam, schreib du dein Buch, wir kommen schon zurecht«, erwiderte Mia. »Wir haben unseren Deal.«

»Ja, dann« Elenas Stimme klang gepresst. »Danke an euch alle. Ihr ahnt nicht, wie mich das erleichtert.«

»Wenn es das tut, ist doch schon mal viel gewonnen.«

Marvin stand auf und lockerte die gespannte Stimmung, die im Raum hing. Er schenkte Elena ein nichts forderndes und alles verstehendes Lächeln, das sie in seiner Größe gar nicht annehmen konnte.

Dafür fühlte sie sich zu klein.

Hätte sie geahnt, dass sich dieses Gefühl noch verschärfen würde, wäre sie lieber nicht mit in die angrenzenden Räume gegangen. Aber sie wollte es sich nicht nehmen lassen, sich den Aufenthaltsort ihrer Kinder für die nächsten Stunden anzuschauen, bevor sie loszog. Der rechte Eingang des Schulhauses führte in das frühere, einzige Klassenzimmer, das, komplett restauriert, nun eher einer kleinen Turnhalle glich.

Der Boden war aus hellem Parkett, an den Wänden standen Stühle und zwei kleine Tische. Hinten befand sich eine Bühne mit einem grauen, dicken Vorhang, daneben eine Wendeltreppe ins Dachgeschoss, in dem Requisiten lagerten.

Marvin hatte Bennie an der Hand, der totales Zutrauen zu dem gütigen, älteren Herrn gefasst hatte. Der Kleine fühlte sich wohl und auch Mia schien nicht so widerspenstig wie sonst, wenn sie auch keine Freudensprünge machte.

»Dann wollen wir mal«, sagte Hazel und klatschte in die Hände. »Bereit?«

»Jaaa!«, schrie Bennie. Er breitete die Arme aus und sauste wie ein Segelflieger durch den Raum.

Beruhigt, dass ihre Kinder in so guten Händen waren, bedankte sich Elena noch einmal und machte sich auf den Weg zur Bibliothek.

# ♫ Bookmarks ♫

Jakob Ahlbom

Der Geruch von Papier, Leder und ein Hauch von Vanille empfing sie, als sie die schwere, niedrige Tür aufdrückte und in einen kleinen Flur trat. Ein schmales Sideboard zierte zur Rechten die Wand, bestückt mit einer hübschen Vase, in der Wiesenblumen arrangiert waren.

Die Bibliothek war nur an drei Tagen in der Woche und sonntags für Touristen geöffnet, für jeweils zwei Stunden am Vormittag und zwei am Nachmittag. Das war wenig Zeit für das, was sie vorhatte. Fotografieren war verboten, auch konnte man keine Bücher ausleihen. Man konnte sie nur hier an diesem Ort lesen.

Elena betrat einen geschmackvollen holzvertäfelten Raum, der mit schmalen, hohen Regalen und den in Mappen gebundenen Manuskripten bestückt war. Zwischen diesen standen Sessel und jeweils ein Tischchen, auf denen Lampen mit grünen Glasschirmen standen.

Eine junge Frau, namens Haylee, saß an einem Schreibtisch neben der Tür und klärte sie freundlich darüber auf, dass Elena die Bücher, die sie lesen wollte, erst bei ihr registrieren lassen und sie später wieder bei ihr abgeben musste.

»Eine Tür weiter gibt es noch mehr Sitzgelegenheiten«, informierte sie sie. Elena spähte in den nächsten Raum, der wie ein kleines Wohnzimmer eingerichtet war und sogar über einen Sekretär und eine Tischgruppe verfügte.

Insgesamt herrschte eine ruhige, getragene Atmosphäre. Das Häuschen war umgeben von Grün, Zweige wippten vor den Fenstern, die Vögel zwitscherten um die Wette und die Sonne verlieh der Holzvertäfelung einen sanften Glanz.

Beschwingt davon begann Elena die Buchrücken und Klappentexte zu studieren, zog fünf Titel heraus und legte sie der jungen Frau auf den Schreibtisch.

»Ja, du meine Güte, haben Sie vor, die alle zu lesen?«, ächzte die erstaunt.

»Oh, nein, ich will nur mal wissen, was die abgelehnten Autoren geschrieben haben«, erklärte Elena.

Ein paar Minuten später saß sie im Nebenzimmer an einem kleinen Tisch und blätterte den ersten Band auf. Die Bücher waren in englischer Sprache verfasst, durchsetzt von Jargon, Redewendungen und

Neologismen. Es war nicht leicht, sie zu lesen. Vieles war sozialkritisch und auf das jeweilige Land, aus dem es stammte, zugeschnitten. Manches war schlicht albern und plump, einiges zwar durchaus interessant, aber letztlich waren alle fünf Bücher für ihre Zwecke nicht brauchbar.

Elena war weit davon entfernt aufzugeben und studierte die nächste Regalreihe. Politisches, Kriege, Klimakatastrophen, Dystopisches, Horror … verflixt! Wenn das so weiterging, war sie schneller durch als gedacht! Sie nahm weitere fünf Titel heraus, deren Klappentext Hoffnung auf eine schöne Geschichte machte und nahm sich vor, Charaktere und mögliche Szenerien festzuhalten.

Doch nach zwei Stunden Recherche befanden sich so gut wie keine Notizen auf ihrem Block. Nicht eine verwertbare Idee war dabei gewesen. Frustriert brachte sie den zweiten Stoß Bücher zurück und verharrte unschlüssig vor dem Regal, von dem sie gemeint hatte, es beschäftigte sie mindestens eine Woche. Nun musste sie feststellen, dass es keine zwei Stunden gewesen waren! Wenn das so weiterging, wäre sie innerhalb der nächsten drei Tage mit allem durch, stünde wieder bei null, und würde wieder diese Leere in ihrem Kopf haben, die sie so fürchtete.

Das flaue Gefühl im Magen meldete sich wieder. Instinktiv griff sie nach ihrem Handy, fühlte den Drang, Florian anzurufen – und widerstand ihm. Stattdessen machte sie sich selbst Mut. Es war ihr erster Tag hier, in der Bibliothek gab es noch einiges zu entdecken und auch von den Sightseeing-Touren erhoffte sie sich Inspirationen.

Trotzdem war das mulmige Gefühl wieder zum Leben erwacht und wollte nicht weichen. Unruhig spähte sie auf die Uhr. Die zwei Stunden waren um, sie musste zurück.

Hazel war mit Bennie nach draußen gegangen, die Kräuterbeete erkunden, und so fand sich Mia mit Marvin allein in dem sonnendurchfluteten Raum wieder. Er schnappte sich einen Stuhl und setzte sich ihr schräg gegenüber.

»Erzähl mir«, forderte er sie auf. »Was wolltest du schon immer mal sein?«

Mit großen Augen sah Mia zurück. »Was ich sein möchte?«

»Ja, oder *wie* wolltest du sein? Stell dir vor, du planst deine Geburt mit vollem Bewusstsein. Du schaust dir die Welt von oben an und überlegst dir, welche Rolle du spielen willst. Welche wäre das? Wie soll dein Leben aussehen?«

Mia schwieg, bevor sie etwas barsch antwortete: »Jetzt möchtest du bestimmt hören, dass ich die Karriereleiter nach oben klettern will, um etwas vorweisen zu können. So wie du deinen Professorentitel und Hazel ihr Diplom und so. Oder all die Sachen zu tun, um akzeptiert zu werden. Will ich aber nicht. Ich habe den banalen Wunsch, Influencerin zu werden.«

»Das ist doch fein. Was gefällt dir daran?«

»Ähm … dass man damit Geld verdienen kann?«

»Okay, das ist dir also wichtig.«

»Yep. Weil ich keine Lust habe, Gedanken mit Miete und Energiekosten und so einem Mist zu verplempern. Wenn auf dieser Ebene Ruhe ist, habe ich Zeit für Wichtigeres. Maslow'sche Bedürfnispyramide. Sagt dir sicherlich was. Du bist ja Professor.«

»O ja, die kenne ich. Toll, dass du sie auch kennst.« Marvin war schwer interessiert, was Mia wunderte, denn normalerweise wollten Erwachsene einem nur die eigene Meinung aufdrücken.

»Darf ich dich fragen, was dieses ›Wichtigere‹ ist, das du erwähnt hast?«

Mia presste die Lippen zusammen.

»Nein«, erwiderte sie schließlich. »Ich glaube nicht, dass du das verstehen würdest. Das behalte ich lieber für mich.«

»Das ist in Ordnung, Mia. Okay, dann lass uns mal Influencer spielen!«

»Bitte? Wie meinst du das?«

»Du sagtest doch, es ist das, was du sein möchtest. Dann spiele die Rolle! So bereitest du dich am besten darauf vor. Also, was brauchen wir dafür?«

»Ähm … ich kapiere immer noch nicht, was das werden soll.«

Marvin machte eine weite Bewegung mit dem Arm. »Ist nicht schwer zu verstehen. Wir sind eine Schauspieltruppe. Alle Menschen sind Schauspieler. Jeder spielt eine Rolle, die er sich ausgesucht hat, und die Welt ist unsere Bühne. Stell dir vor, dieser Raum wäre die Welt. Du hast dich gerade bewusst für die Rolle des Influencers entschieden. Also spiele sie. Damit du weißt, wie sich das anfühlt und wie das ist, wenn man viel Geld verdient oder was dir sonst erstrebenswert scheint. Was braucht ein Influencer dafür?«

Mia antwortete nicht. Sie war unsicher – und misstrauisch. Marvin beugte sich zu ihr vor.

»Du musst das nicht machen, Mia.«

»Doch. Ich hab's Mama versprochen.«

»Das ist keine Grundlage. Du musst gar nichts. Das weiß auch deine Mama. Wir können spazieren gehen, wenn dir das lieber ist.«

Verwirrung spiegelte sich in Mias Augen. Marvin hatte sich wieder zurückgelehnt, erwiderte ruhig ihren unschlüssigen Blick.

»Was versprichst du dir von dem Kurs?«, fragte sie.

»Ich? Um mich geht es hier überhaupt nicht. Generell geht es darum, sich selbst besser kennenzulernen. Das kostet allerdings Mut und Bereitschaft.«

»Mut habe ich.«

»Das weiß ich.« Marvin lächelte. »Nun brauchen wir noch deine Bereitschaft. Aber die muss von dir kommen. Nicht von einem Deal.«

»Okay«, sagte Mia unsicher. »Dann … versuche ich das mal.«

»Fein! Also nochmal: Was brauchst du als Influencer?«

»Kleine Videos und so einen Kram. Irgendetwas, was auffällt. Sexy Fotos. Aber das will Mama nicht.«

»Hm. Da kann ich sie als Mutter verstehen. Willst *du* das denn? Ich meine sexy Fotos?«

»Ich will nicht billig rüberkommen«, brummte Mia. »Es muss schön sein. Und wertig.«

»Hast du Ideen? Oder Motive?«

»Zu Hause habe ich für Kaufhäuser Klamotten angezogen. Das war okay, aber das geht hier nicht. Außerdem hat das nicht gezündet und es ist nicht das, was ich will.«

In diesem Moment kamen Bennie und Hazel vom Garten herein. Bennies Augen leuchteten.

»Wir spielen Theater!«, schrie er und hüpfte auf beiden Beinen wie ein Gummiball durch die Halle. »Hazel hat gesagt, ich darf sein, was ich will!«

Marvin lächelte. Wenn er das tat, sah er aus wie ein gütiger Wichtel mit seinem weißen Bart und der nach oben gebogenen Linie seiner Lippen. Mia konnte sich nicht helfen, aber dieses Lächeln war so herzensgut, dass es ihr nahezu unmöglich war, ihre Abwehrhaltung aufrechtzuerhalten. Eine Sonne schien aus Marvin heraus zu strahlen, seine leise, dunkle Stimme tat das Übrige dazu. Eine Stimme, von der sie sich nicht vorstellen konnte, dass sie jemals laut wurde, eine Stimme, die sagte:

»Weißt du was? Ich glaube, wir haben genau das Richtige für dich. Oben im Dachgeschoss sind jede Menge Kostüme. Die könntest du dir mal anschauen. Danach zeigen Hazel und ich dir ein paar schöne Plätze, wo wir dich fotografieren könnten. Was hältst du davon?«

Mia fiel die Kinnlade runter. Mit großen Augen starrte sie Marvin an.

»Das klingt mega! Was für Kostüme sind das?«

»Querbeet! Kleider aus der Göttinnenzeit, als Avalon noch nicht in den Nebeln verschwunden war. Oder Kostüme aus der Zeit des legendären King Arthur, seiner Königin Gwenhwyfar, den Rittern der Tafelrunde. Immerhin bist du in einer sehr mystischen Ecke gelandet.«

Mia bekam Gänsehaut. »Marvin!«, rief sie aufgeregt. »Das klingt ja Hammer!«

»Barockes und Rokoko ist auch dabei.«, setzte Hazel hinzu. »Hat uns der Earl gestiftet. Ach, was reden wir herum. Am besten, du schaust es dir mal an!«

Mia war total aus dem Häuschen. Damit hätte sie nun gar nicht gerechnet! Das gab dem Aufenthalt einen echten Sinn!

»Das ist ja wunderbar!«, rief sie und hopste wie Bennie auf und ab. »Eine geniale Idee! Danke, ihr beiden!«

»Keine Ursache! Komm mit!«

Gemeinsam stiegen sie die schmale Wendeltreppe in das Dachgeschoss. Kaum oben angekommen, blieb Mia wie angewurzelt am Eingang stehen. Ihr gingen die Augen über.

»Wow«, hauchte sie. Auch Bennie entschlüpfte ein »Voll krass!«, während sie beide die Szenerie erfassten.

Die Atmosphäre war wie aus einem Märchenfilm. Der von steilen Dachschrägen begrenzte Raum hatte vier kleine Fenster, durch die Lichtsäulen hereinbrachen und in denen still der Staub tanzte. Getrocknete, dicke Lavendelsträuße hingen von der Decke und zwischen den Kommoden. An den Wänden standen große Truhen mit gewölbtem Deckel und in der Mitte des Raumes waren im Zickzack Kleiderständer aufgereiht, an denen eine Unzahl in Schutzfolie verpackte Kostüme hingen. Regale mit Hüten, Schals und einer Unzahl an Accessoires wie Tiaras, Stirnreife, Gürteln, Dolchen und Schwertern befanden sich an Stirn- und Rückseite des Speichers. Der Raum war eine einzige, zauberhafte Schatztruhe! Mia stand der Mund offen.

Hazel brach den Bann, indem sie ein Kleidungsstück von einem Gestell nahm.

»Da solltest du als erstes reinschlüpfen«, empfahl sie und hielt ihr einen bodenlangen, dunkelvioletten Umhang mit großer Kapuze hin.

»Das sind die Roben der Göttinnen«, erklärte Marvin. »In Glastonbury gibt es ganze Gemeinschaften, die die Frau ehren und feiern, das heilige Weibliche, das so lange unterdrückt wurde. Daher huldigen sie der Göttin in jedem Menschen, dem weiblichen Prinzip, um es wieder erstrahlen zu lassen.«

»Der Umhang muss toll aussehen zu deinem blonden Haar«, schwärmte Hazel. »Und deine Mama würde auch super darin aussehen.« Sie überschlug sich mit Ideen für Orte, wo man schöne Fotos schießen konnte, und sah sich im Raum um. »Irgendwo muss doch noch ein Bogen und ein Köcher mit Pfeilen zu finden sein.«

Auch Marvin war voll im Geschehen, machte sich auf die Suche nach allerlei Utensilien und steuerte eine Idee nach der anderen hinzu.

Mia bekam sich vor Begeisterung fast nicht mehr ein. Zusammen mit Hazel ging sie die Ständer durch, probierte das eine oder andere an, während Marvin die ersten Fotos mit ihrem Handy aufnahm. Mia, in den geheimnisvollen Umhang gewandet … umgeben von Truhen … der im Lichtstrahl tanzende Staub … das Ergebnis war spektakulär und brachte alle erst recht in Fahrt. Mit Feuereifer probierte Mia weitere Kostüme, zu denen Hazel die passenden Accessoires aus Schubladen zog und bald herrschte eine überbordende Laune auf dem Dachboden.

Auch Bennie kam auf seine Kosten. Er nahm Hüte und Bärte aus der Truhe und hängte sie sich in sein kleines Gesicht. Das sah so drollig aus, dass sie sich vor Lachen kugelten. Mia hielt alles auf ihrem Smartphone fest. Die Stimmung war an der Decke und die Freude schlug Purzelbäume.

Gegen Mittag legten sie eine kleine Pause ein, gingen nach unten, und schauten sich aufgeregt die bisher erstellten Aufnahmen an. Hazel und Mia quiekend vor Begeisterung, weil die Fotos so sensationell geworden waren, aber auch Marvin war beeindruckt. Mit glänzenden Augen wandte sich Mia nach dem letzten Foto Hazel und Marvin zu.

»Ach, ihr seid so süß!«, rief sie freudestrahlend. »Danke! Danke euch so sehr!«

Instinktiv wollte sie sie vor Freude umarmen, aber hielt unsicher inne. Doch Marvin breitete einfach seine Arme aus und Mia warf sich ohne zu zögern hinein.

Das war das Bild, das sich Elena präsentierte, als sie von der Bibliothek zurückkam: Ihre sonst so widerspenstige Tochter, die einen Mann, den sie erst seit gestern kannte, mit strahlenden Augen innig umarmte. Ihre Tochter, die lachte und glücklich auf und ab hopste. Wann hatte sie, Elena, Mia das letzte Mal so ausgelassen und fröhlich gesehen?

Etwas plumpste in Elenas Magen. Was in aller Welt war hier in diesen zwei Stunden geschehen? Auch Bennie war aufgedreht wie nur was und überschüttete sie mit den ersten englischen Vokabeln, die er gelernt hatte.

»Oben im Speicher habe ich einen hät aufgehabt! Und einen bierd im Gesicht!« Er griff sich an die Nase. »Das ist meine nous! Und im Garten wächst passlie, Mama! Den kann man essen!« Er rüttelte an ihrer Hand und wollte sie nach draußen ziehen. »Und bäisil! Für die Spaghetti!«

Elena ließ sich mitziehen, ein halbes Lächeln auf dem Gesicht. Die Empfindung, etwas elementar Wichtiges an diesem Vormittag verpasst zu haben rumorte in ihr und auf einmal hatte sie das dringende Bedürfnis, bei den nächsten Schauspielsitzungen unbedingt dabei sein zu müssen.

Was hatten Marvin und Hazel mit ihren Kindern angestellt?

Sie brauchte eine gute Weile, um das zu fassen. Da hatte sie sich extra beeilt, mittags wieder pünktlich bei den Kindern zu sein, um sie aus dem Schauspielkurs zu erlösen, nun war sie eine unliebsame Unterbrechung! Die Kinder hatten überhaupt keine Lust, irgendwohin zu fahren. Sie wollten auf den Speicher und in den Truhen wühlen.

»Was ist denn mit Mittagessen?«, fragte Elena, um sich wenigstens mit etwas einzubringen. »Hat denn keiner Hunger?«

»Doch! Ich habe riiiesig Hunger!«, schrie Bennie und sauste wie ein Wirbelwind in der kleinen Halle herum. »Aber ich will bei Marvin bleiben!«

Es endete damit, dass Elena zum Old Stables lief, für alle Sandwiches und Kuchen holte, eine Kanne Tee kochte und zusammen mit ein paar Flaschen Wasser in den Garten brachte. Hazel hatte mit Mia zwei Decken und Kissen auf dem Rasen ausgebreitet. Kurz danach saßen sie unter den Zweigen der Bäume und aßen ihren Lunch. Es hätte friedlicher nicht sein können und doch wurde Elena dieses blöde Gefühl nicht los.

»Wie war es in der Bibliothek?«, fragte Marvin sie. »Hast du vor, darüber zu schreiben?«

»Ja, vielleicht. Daraus könnte man was stricken. Bin aber noch in der Inspirationsphase.«

»Was hast du bisher geschrieben?«

»Trivialliteratur. Nichts Nennenswertes.«

Sie errötete leicht, wollte nicht mit Marvin über ihre Bücher reden. Als Psychologieprofessor war er andere Kost gewohnt. So lenkte sie das Gespräch auf sein Leben und begann, Fragen über den Schauspielkurs zu stellen. Aber Marvin blockte zu ihrer Überraschung.

»Eigentlich wäre es mir lieber, du stürzt dich einfach hinein. So wie Mia heute. Hast du denn vor mitzumachen?«

Elenas Blick schwenkte kurz zu Mia.

»Ja«, antwortete sie zögernd. »Ich denke schon.«

»Das ist ja wunderbar! Du kannst einsteigen, wann immer du willst.«

Marvin schenkte ihr sein warmherziges Lächeln. Elena lächelte unsicher zurück, froh, dass Hazel sich einmischte und die Kostüme zur Sprache brachte. Mia konnte es kaum erwarten, bis alle mit dem Essen fertig waren, damit sie endlich weitermachen konnten. In Windeseile räumte sie die Decken und Tassen mit ab und stürmte wieder nach drüben.

Elena ging diesmal mit, aber die vier waren ein so eingespieltes Team, dass sie sich vorkam wie das fünfte Rad am Wagen. Schließlich spähte sie auf die Uhr.

»Nachdem ihr mich hier nicht braucht, gehe ich einkaufen«, verkündete sie. »Bennie, willst du mit?«

Bennie wollte nicht. Er war glücklich, ohne dass ihn jemand beschäftigen musste.

So zog Elena alleine los, brachte eine Wagenladung an Lebensmitteln ins Haus, füllte den Kühlschrank und ging wieder nach drüben. Die Kostümprobe war noch immer in vollem Gange.

Sie hätte sich freuen können, aber sie freute sich nicht. Instinktiv sah sie auf das Display ihres Smartphones. Keine Nachricht von Florian. Sie versuchte, ihn anzurufen, er ging nicht ran. Elena wusste, dass Handys bei den Meditationen nicht erlaubt waren. Er hatte ja auch angekündigt, dass er immer wieder mal ein paar Tage ohne Netz sein könnte. Ihr Herz tat schrecklich weh. Oh, sie vermisste ihn so! Sie wollte mit ihm über diesen Tumult in ihr reden! Wollte ihn wissen lassen, was sie gerade erlebten ... wollte, dass er den Arm um sie legte, seinen Mund an ihrer Haut spüren und abends unter diesen wundervollen Bäumen mit ihm ein Glas Wein trinken! Sie starrte auf das Display. Die Ziffern der Digitalanzeige starrten zurück. 14:30 Uhr.

Zeit, Ideen zu entwickeln, zu brainstormen und zu schreiben! Aber etwas in ihr scheute mächtig davor zurück. Stattdessen kochte sie für das Abendessen eine Linsenbolognese vor und deckte den Tisch auf der Terrasse.

Der Wind rauschte in den Blättern der Bäume, die Blütenköpfe bewegten sich sanft in seiner Brise. Das Land dahinter war weit und fruchtbar. Elena spürte ein schmerzhaftes Ziehen in ihrer Brust. Eine

Sehnsucht, die nichts damit zu tun hatte, dass Florian eine halbe Welt von ihr entfernt war.

Zart berührte sie mit ihrer Hand die raue Rinde der Eiche im Garten und lehnte sich mit dem Rücken dagegen. Sie fühlte sich verloren, plötzlich ahnend: Dieses Gefühl in ihr war alt. Dieses sich isoliert, sich getrennt fühlen. Inmitten der Natur, in der alles mühelos miteinander kooperierte, war es besonders deutlich zu spüren. Jede Blüte, jeder Grashalm, jedes Blatt legte Zeugnis einer tiefen Verbundenheit ab. Kein Vogel, keine Ameise käme auf die Idee, sich so zu fühlen, wie sie es tat.

Ein winziger Shift passierte in ihr. Die Ahnung, die Welt bisher auf falsche Weise wahrgenommen zu haben. Doch wie war es richtig? Letztlich halfen ihr diese Gedanken nicht weiter – im Gegenteil, sie stifteten nur noch mehr Durcheinander.

15:30 Uhr. Spontan ergriff sie ihre Tasche und machte sich auf den Weg zur Bibliothek. Sie musste sich mit etwas beschäftigen, sonst wurde sie noch wahnsinnig.

Während sie die kleine Straße hinunterlief, mahlte die Mühle in ihrem Kopf weiter: Ach, wenn doch endlich mal ihre Wünsche in Erfüllung gehen würden! Wenn das Leben endlich leicht laufen würde! Wenn doch Florian bei ihr wäre! Und sie endlich eine Idee für ein Buch hätte! Den Kopf gefüllt mit diesem Wust, stapfte sie frustriert voran, als ihr unversehens ein Ast mitten auf die Stirn knallte. Wo war der denn hergekommen? Elena kam sich wie geohrfeigt vor. Und im selben Moment schoss ihr in den Kopf, dass sich doch eben einer ihrer Wünsche erfüllt hatte: Die Kinder waren aufgehoben. Sie fühlten sich wohl und sie, Elena, hatte Zeit!

Sie rieb sich die schmerzende Stirn, setzte sich langsam wieder in Bewegung, den Eindruck nicht loswerdend, dass in dieser Gegend unsichtbare Kräfte mit ihr sprachen.

Langsam wurde ihr das unheimlich.

# ♫ Library Magic ♫

The Head and the Heart

Die Bibliothek schloss um fünf. Sie hatte noch eine Stunde Zeit und nahm daher nur ein Manuskript aus einem der Regale. Diesmal saß eine ältere Dame namens Carol am Schreibtisch, die die Mappe, die Elena ihr vorlegte, langsam und mit Schönschrift in ihrer Kartei vermerkte.

Mit Stift und Notizblock bewaffnet setzte sich Elena an den Tisch im Nebenraum. Der Titel lautete: »Das Universum in mir«. Klang vielversprechend! Hoffnungsvoll begann sie zu lesen und runzelte recht bald die Stirn. Der Autor beschrieb in aller Ausführlichkeit den Drogenrausch eines Junkies – Elena vermutete, seinen eigenen. In unangenehmer Detailgenauigkeit offenbarte er seine Wahrnehmungsstörungen, seinen Horror und seine Wahnvorstellungen. Ganze fünfzehn Seiten lang hielt sie das aus. Als der Autor dazu überging, satanische Blutrituale zu beschreiben, stoppte sie angewidert, blätterte nach hinten und stellte fest, dass die Beschreibung des Rauschzustandes auch auf Seite zweihundertzehn noch nicht zu Ende war. Entschlossen schlug sie die Mappe zu. Wer immer diese schrecklichen Szenen als sein Universum bezeichnete – ihres war es nicht.

Sie brachte das Manuskript zurück, eine halbe Stunde hatte sie noch. Sie verschmähte das bisherige Regal und wählte diesmal das am Fenster. Ein grüngoldener Rücken stach aus den einfarbigen Manuskripten hervor, und ehe sie sich's versah, hatte sie es auch schon herausgezogen.

»Sind Sie Verlegerin, weil Sie sich so viele Manuskripte anschauen?«, wollte Carol wissen, als sie es ihr auf den Schreibtisch legte.

»Nein«, erwiderte Elena. »Trotzdem … falls etwas Interessantes dabei wäre, käme man denn an die Autoren heran?«

»Die Namen sind alle gelistet. Aber die Manuskripte sind zwischen 1990 und 1996 eingereicht worden, da könnte es sein, dass der eine oder andere Autor schon verstorben ist.«

»Dann müsste aber jemand angegeben sein, der die Rechte verwaltet.«

»Das ist richtig. Ich kann gerne nachfragen, wie das generell ist.«

»Danke, das wäre nett.«

Elena rechnete damit, dass Carol sie im nächsten Moment daran erinnern würde, dass die Bibliothek um fünf schloss, aber sie ließ keinen Ton verlauten.

Diesmal setzte sich Elena in einen der großen Ohrensessel. Erst jetzt fiel ihr das hübsche Cover des Buches auf und erst jetzt las sie den Titel auf der Vorderseite: »Das *Buch der lebendigen Antworten*«.

Eine Gänsehaut überkam sie. Obwohl sich das ganz und gar nicht nach einem klassischen Roman anhörte, war sie vom Titel wie von der angenehmen Haptik des Buches angetan. In weiches Leder gebunden, war es wie dafür gemacht, in Händen gehalten zu werden. Auch das Cover war wunderschön. Ein goldfarbenes Paisley-Muster umsäumte den in alter Schrift verfassten Titel. Sanft strich Elena mit ihrer Hand über die sich abhebenden Lettern.

Als sie es aufschlug, entfuhr ihr ein überraschter Laut. Das Buch war handschriftlich verfasst – Kalligrafie auf cremefarbenen Papierbogen, die lose und ohne Seitenzahlangabe in der Lederhülle lagen. Unwillkürlich sah Elena in Gedanken ein altmodisches Tintenfass vor sich, einen Gänsekiel mit Feder, einen Sandstreuer, um die Tinte zu löschen. Ihre Wirbelsäule prickelte, in ihren Ohren setzte ein fein sirrender Ton ein und sie sah kurz auf, weil sie glaubte, er käme von draußen.

Mit klopfendem Herzen wandte sie sich dem Buch zu und begann zu lesen.

»Dies ist das Buch der lebendigen Antworten.

Du hast es nicht zufällig in der Hand, daher lies es nicht unbedacht. Viel Magie wirkt in den Buchstaben, denn Sprache ist Vermittlerin zwischen dem Geistigen und dem Physischen, dem Immateriellen und Materiellen, deiner Seele und dem Universum. Sprache ist ein Weg, das Herz mit dem Kopf zu verbinden.

Wer Antworten will, hat Fragen. Welche sind die deinen? Wenn du dein Inneres beschaust, wird das Buch zu dir sprechen. Wenn du die Antwort nicht gefunden oder nicht verstanden hast, komm wieder.

Lösungen zeigen sich. Sie sind hier. Gib dir die Zeit, die es braucht, um die Antwort sich in deinem Leben entfalten zu lassen.«

Ein heftiges Kribbeln lief über Elenas Körper, besonders ihre Kopfhaut fühlte sich elektrisiert an.

*Was sind deine Fragen?* O mein Gott, sie hatte tausende! Welche sollte sie zuerst stellen? Sie war dermaßen gefesselt vom Zauber dieses Buches, dass sie alles um sich herum vergaß. Die Zeit, den Raum, Carol, die doch Dienstschluss hatte und sicher gehen wollte. Elena schloss die Augen, das aufgeschlagene Buch auf dem Schoß. Das Sirren in ihren Ohren wurde stärker.

*Warum werde ich vom Leben immer enttäuscht?*, funkte die stereotype Klage durch ihre Gehirnwindungen. *Warum klappt es immer bei anderen, nur nicht bei mir? Und wenn, dann nie für lange! Warum erfüllen sich meine Wünsche nicht?*

Aus Angst vor Ernüchterung wagte sie kaum, umzublättern. Was, wenn sie nur eine jener Phrasen fand, die zwar wahr waren, aber ihr bisher noch nie wirklich weitergeholfen hatten? Dinge wie: »Du musst es dir wert sein!« Oder »*Du* bist der Schöpfer deiner Realität!« Oder das ewige: »Du musst deine Wünsche loslassen, damit sie wahr werden!«

Das hatte sie so oft von Florian gehört, und wenn sie ehrlich war, nervte sie das unsäglich! Was nützte es, wenn sie ständig anderes erfuhr? Nur, um gesagt zu bekommen: Du hast es nicht richtig gemacht, den Wunsch nicht wirklich losgelassen oder irgendein sonstiges Gesetz im Universum nicht bedacht oder nicht kapiert! Oh, sie konnte das nicht mehr hören! Gab es denn überhaupt echte Antworten? Das war die letzte Frage, die sie im Kopf hatte, als sie die nächste Seite umschlug, gespannt, ob das Buch zu diesem Wirrwarr etwas sagen konnte. Ein Zitat von Dschalāl ad-Dīn Muhammad Rūmī erwartete sie:

> »Jeder Moment
> enthält Hunderte von Botschaften von Gott.
> Auf jeden Ruf
> ›Wo bist du?‹,
> antwortet er hundert Mal:
> ›Ich bin hier‹.« [1]


»Ich bin hier.«

Das war ein Versprechen.

Eines, das keinen Raum für Zweifel ließ. Es war die tröstende Versicherung, dass etwas da war, was sie nie im Stich ließ. Obwohl es ein Zitat war, nicht mehr und nicht weniger, war Elena berührt. Dreimal las sie den Satz »Ich bin hier«.

Die Buchstaben brannten sich in ihr Herz, entfachten eine tiefe Sehnsucht. Mit geschlossenen Augen ließ sie die Blätter durch ihre Finger gleiten, stoppte irgendwo im ersten Drittel, die Frage im Kopf haltend: *Warum erfüllen sich meine Wünsche nicht?*

Die Antwort verblüffte sie.

»Hör auf zu betteln!«, stand da. »Betteln ist eines Menschengeschöpfes nicht würdig. Zu erschaffen ist sein Metier! Wenn der Mensch das endlich erkennen wollte! Er glaubt zu beten, aber was er tatsächlich tut, ist betteln. Ja, er bettelt: Herr, warum gibst du mir nicht dies? Warum gibst du mir nicht jenes?! Welch eine Herabwürdigung des edlen Menschengeschlechtes! Wenn du flehst, betest du einen Gott außerhalb von dir an. Du betest einen Gott an, den es nicht gibt.«

Elena kam sich wie geohrfeigt vor. Bettelte sie? O ja! Auch wenn das nicht sehr schmeichelhaft war, aber es war so! Sie bettelte jemanden an, den sie gar nicht kannte und an den sie im Grunde nicht glaubte! Einen Gott außerhalb von ihr, den es nicht gab. Wenn er nicht außerhalb war, musste er innen sein. Florian hatte immer von einem »Selbst« gesprochen, aber sie hatte mit dem Begriff nie viel anfangen können. Doch hier, mit dem Buch in den Händen, begann er plötzlich Farbe und Bedeutung zu gewinnen. Schon jetzt hatte das *Buch der lebendigen Antworten* einen Erdrutsch in ihr verursacht. Gespannt las sie weiter.

»Flehst du Gott oder wen auch immer um die Erfüllung deiner Wünsche an, dann wisse, dass du stets mit dem belohnt wirst, worüber du dir bewusst bist.«

Ein Ächzen entfuhr ihr. Worüber war sie sich denn bewusst? Woran dachte sie unentwegt? An ihr Kreativitätsloch. An ihre Geldprobleme. Ihre Zweifel, ihre Probleme mit Mia. An Mangel an diesem und jenem. An die Befürchtung, keinen Plot zu finden. Mein Gott, dann konnte das Ergebnis nicht anders sein, als es gerade war! *Ja, gut*, meldete sich ihr Kopf, *das kennst du doch längst! Nur keine negativen Gedanken aufkommen lassen! Was daran ist neu? Sagt dir doch Florian auch immer! Das Gegengift ist, positiv zu denken. Hast du auch schon versucht. Hat genauso wenig geklappt!*

Ja, daran war nicht wirklich etwas Neues – und doch war es anders. Auf der Suche danach senkte sie ihre Augen Richtung Buch.

»Kann der Mensch etwas fordern und es geschehen lassen? Ja! Denn das tust du tagtäglich. Glaubst du daran? Nein! Dein Leben entfaltet sich gemäß deines Bewusstseins. Du bist dir deines Körpers bewusst, der materiellen Welt bewusst – und daraus möchtest du Neues erschaffen. Das, was du vorfindest, ist aber das Ergebnis von Vergangenem. Das ist der große Trugschluss der Menschen. Sie negieren das, was die Dinge ins Entstehen bringt. Sie negieren ihren eigenen Ursprung.

Wenn dir deine Umstände nicht gefallen, erkenne, dass du größer bist als das, was du von dir siehst. Das ist der erste Schritt. Die Welt will dich klein fühlen lassen, du aber gibst dem nicht nach. Lasse den alten Zustand absterben und belebe den gewünschten. Du kannst nichts Altes in das Neue hineinnehmen. Deine Aufgabe ist es, dich von den so real erscheinenden Umständen fest entschlossen abzuwenden. Lass dich nicht von ihnen gefangen nehmen. Wende dich dem zu, was dir erstrebenswert erscheint.«

In diesen Sekunden klang das so einleuchtend, dass Elena nicht wusste, warum sie das nicht vorher auch schon so gesehen hatte. Bedingt durch Florians Interesse, hatte sie einiges an spiritueller Literatur konsumiert, doch das hier war ein anderes Level. Ihr Herz flatterte wie ein Vogel, der die Freiheit roch. Die Buchstaben waren tatsächlich mit Leben aufgeladen! Und auch der Titel könnte passender nicht sein, sie fühlte sich im wahrsten Sinne des Wortes belebt!

»Der Mensch hat eines nicht begriffen«, las sie weiter. »Er möchte aus Kleinem Großes machen. Er vergisst, sich dem Großen zuzuwenden, verneint es sogar. Was ist dieses Große? Es ist eine Kraft, die du nicht siehst. Es ist eine Kraft, zu der du daher nicht sprichst. Aber Beten bedeutet beanspruchen, nicht betteln. Es bedeutet Eigenmacht, nicht Unmündigkeit. Bedenke:

Du bist aus der höchsten Kraft geboren.

Du bist ein Kind Gottes. Und Gott will nicht, dass seine Kinder betteln. Er will nicht, dass sie sich derart erniedrigen. Er will, dass sie Fülle, Glück und Liebe für sich beanspruchen und leben.«

Zutiefst bewegt starrte Elena auf die Zeilen. Es schwang etwas Unerklärliches mit, das direkt ihre Seele erreichte und die Worte lebendig werden ließ. Noch einmal blätterte sie zum Anfang zurück, an die Stelle, die darauf hinwies, dass die Buchstaben aufgeladen waren. Oh ja, das waren sie! Sie spürte deren Vibration in jeder ihrer Zellen. Und nicht nur das: Auch der Inhalt war direkt auf sie zugeschnitten. Wie war das möglich?

Die Kinder schossen in ihren Kopf. Sie warteten auf sie, sie hätte längst gehen müssen, aber konnte sich nicht losreißen und schlug eine weitere Seite auf.

»Darf der Mensch von sich sagen, er sei ein Abkömmling Gottes? Alle Wesen im Universum stimmen dem zu. Sie warten darauf, dass auch der Mensch es endlich erkennt. Aber es wird euch anderes gelehrt und ihr glaubt, was ihr denkt. Du hast dich so in dem Glauben verfestigt, nur Mensch zu sein, dass du dein eigentliches, wundervolles Wesen nicht mehr siehst. Nun magst du einwenden, dass der Gedanke, wie Gott zu sein, gar lästerlich sei und großes Unheil heraufbeschwöre. Ich aber sage dir, dass das Gegenteil der Fall ist. Das Unheil wird heraufbeschworen, weil der Mensch seine wahre Größe vergessen hat und sein Erbe nicht antritt. Er wehrt sich gegen die Aussage, Gottes unvorstellbare Energie in sich zu tragen. Er hat die Macht des Träumens vergessen, und die Macht der Liebe, die Welten und Universen gebiert.

Es ist lächerlich, die Außenwelt als etwas Festes und Reales zu betrachten. Wenn du das tust, verneinst du, dass für die heilige Energie, die du Gott nennst und die in dir ist, alles möglich ist. Bedenke, dass es viele Wege gibt. Aber jedes Mal, wenn sich ein Wunsch erfüllt, weißt du, dass du mit dir vereint warst.«

Elena verstand sich selbst nicht mehr, aber mit diesem Abschnitt stiegen ihr die Tränen in die Augen. Sie ahnte, dass es ihr genau daran mangelte: nicht mit sich vereint zu sein. War das die Sehnsucht, die so schmerzlich in ihr brannte? Ihre Augen schweiften über den Text ... du verneinst, dass für diese Energie alles möglich ist ... bedenke, dass es viele Wege gibt ... war sie zu fixiert auf einen bestimmten?

Sie sank in den Sessel. Das Buch war die pure Energiequelle. Das Sirren in ihren Ohren intensivierte sich, als ob die hohe Frequenz des Textes sich in Ton umsetzte. Zwischen ihren Augenbrauen pulste es wie verrückt, sie fühlte sich schwebend, ihr Kopf war herrlich leicht und erhaben – und mit einem Mal riss es sie weg. Ihr Geist flog in höhere Sphären, in eine Leichtigkeit, die sie nie zuvor gefühlt hatte. Elena ergab sich in diesen Zustand, segelte wie eine Wolke am Himmel, löste sich auf in Glückseligkeit.

Völlig weggetreten verlor sie jedes Zeitgefühl, schwebte in einer ewigen Dimension und wäre am liebsten für immer dort geblieben. Doch langsam kam sie zurück, nahmen die schemenhaften Gegenstände im Raum wieder feste Gestalt an, wurde ihr Blick wieder klar – und traf auf den eines Mannes, der sie unverwandt anstarrte. Ihr Herz schlug einen Salto.

Er saß auf einem der Sessel, senkte verlegen die Augen, als ihr Blick auf seinen traf, nur um Elena kurz danach wieder anzuschauen. Der Glanz seiner graublauen Augen ließ Hitze in ihr aufsteigen, ein feiner Schweißfilm bildete sich auf ihrer Haut. Verwirrt klappte sie das Buch zu. Ihr Herz klopfte, als wäre sie abrupt aus dem Schlaf gerissen worden; sie hatte Mühe von der so intensiv erlebten hohen Dimension zurück in die bekannte Realität zu finden.

Wie spät war es? Du liebe Zeit, Viertel vor sechs! Sie musste nach Hause! Warum hatte Carol sie nicht zum Gehen aufgefordert? Wieso war dieser Mann hier, wenn doch die Bibliothek um fünf schloss? Und was war das für ein Buch in ihrer Hand? Sie musste das, was sie gelesen hatte, unbedingt abschreiben!

Völlig durcheinander erhob sich Elena, strich den Stoff ihres Maxikleides nach unten und hängte sich die Tasche über die Schulter. Im Augenwinkel bemerkte sie, dass die Empfangsdame gegangen war. Unschlüssig sah sie zu dem Mann hinüber.

»Tut mir leid, ich habe die Zeit vergessen«, sagte sie heiser und räusperte sich. »Sie sind sicher hier, um abzuschließen. Sie hätten mich ruhig stören können.«

»Nein, ich bin nicht hier, um abzuschließen.«

Er errötete leicht, was sie mit Rührung zur Kenntnis nahm. Es war sehr lange her, dass sie einen Mann hatte erröten sehen. Er bemerkte ihr leichtes Lächeln und wurde noch verlegener. Hatte er etwas Dummes gesagt?

»Ich meine, doch, natürlich schließe ich ab«, stotterte er. »Allerdings später, wenn ich gehe.«

»Ich dachte, die Bibliothek schließt um fünf?«

Er fuhr sich durchs Haar, mindestens ebenso durcheinander wie sie.

»Tut sie auch. Aber ich lese am Abend immer noch ein bisschen. Und da ich erst nach der Arbeit kommen kann, hat man mir einen Schlüssel überlassen. Um diese Zeit kommt sowieso kein Tourist mehr.«

»Oh, ach so.«

»Normalerweise«, setzte er hinzu.

Elena betrachtete ihn. Er sah ungewöhnlich aus. Sein stylisch verwuscheltes Haar war nicht grau, nicht silbern, nicht weiß. Irgendwie elfenbeinfarben. War das seine Originalfarbe? Oder von grauen Strähnen durchsetztes Blond? Sein Gesicht wirkte jung, aber der Ausdruck in seinen Augen war erfahren. Augen, die direkt in die ihren sahen. Stumm starrten sie einander an.

»Woher kommen Sie?«, fragte er, obwohl er es wusste.

»Aus Deutschland«, erwiderte sie, während ihr Geist wieder vollständig in der Realität angekommen war und tausend Gedanken über sie herfielen. Sie musste unbedingt dieses Buch weiterlesen! Und dringend nach Hause! Hazel und Marvin wunderten sich bestimmt schon, wo sie abblieb. Aber wenn sie den Kurs mitmachte, konnte sie morgens nicht hierherkommen. Am Nachmittag wollte sie etwas mit den Kindern unternehmen … aber hatte der Mann nicht gerade gesagt, er hätte einen Schlüssel? Ihre Gedanken rotierten.

»Sind Sie jeden Abend hier?«, fragte sie unvermittelt.

»Meistens«, antwortete er vorsichtig. »Nicht immer.«

Sie biss sich auf die Lippen. Ob sie ihn einfach fragen sollte, ob sie dazustoßen durfte? Aber sie vermutete, dass er es schätzte, allein hier zu sein.

Sein Blick richtete sich auf das Buch, dann wieder auf sie und endlich brachte er ein Lächeln zustande und streckte ihr die Hand hin.

»Hi, ich bin Ray.«

»Elena.« Sie schüttelte seine Hand, lächelte ebenfalls. »Soll ich das Buch einfach ins Regal zurückstellen?«

»Sie können es gerne hierlassen. Ich bringe es später zurück«, antwortete Ray. Die Überlegungen von gestern Abend kamen in ihm hoch und spontan fragte er:

»Sie … Sie haben nicht zufällig einen zweiten Vornamen? Maya zum Beispiel?«

»Nein«, antwortete sie erstaunt. »Wie kommen Sie denn darauf?« Doch dann verstand sie und besah sich das Buch. Sie lachte leicht.

»Nein, ich bin nicht die Autorin. Wenn ich solche Botschaften schreiben könnte, wäre wohl einiges leichter in meinem Leben. Es ist unglaublich! Ich habe erst zwei Seiten gelesen, aber die hatten es in sich.«

»Das ganze Buch hat es in sich. Ich habe noch nie ein spannenderes gelesen.«

»Das heißt, Sie haben es schon durch?«

»Dieses Buch kann man nicht durch haben. Ich habe es versucht, aber es ist unmöglich. Keine Ahnung, wie das alles vonstattengeht. Ein echtes Rätsel.«

Mit dem letzten Satz konnte Elena rein gar nichts anfangen, aber dachte, sie hätte seine Worte vielleicht falsch verstanden, so reagierte sie nicht darauf.

»Unfassbar, dass so ein Buch nicht veröffentlicht wurde«, sinnierte sie.

»Ja, das wundert mich auch. Was hat Sie nach Castle Combe verschlagen?«

»Ich mache hier Urlaub mit meinen Kindern. Zu denen muss ich jetzt auch schleunigst zurück.« Sie lächelte ihn an. »Und Sie? Sie sind von hier?«

»Nein, eigentlich aus London, aber ich habe vor etwa zwei Jahren einen Job hier angenommen. Wie lange bleiben Sie?«

»Vier Wochen. Ist aber nicht ganz Urlaub. Ich muss auch was arbeiten«, erwiderte sie und wandte sich zum Gehen.

Galant öffnete er ihr die Tür und trat mit ihr ins Freie. »Sie wohnen sicher im Hotel von Lord Exely.«

»Nein. Im alten Schulhaus im Ort, meine Kinder sind gerade bei …«

»... Marvin und Hazel! Sie besuchen den Schauspielkurs!«

»Ja, das ist richtig.« Sie schenkte ihm ein bezauberndes Lächeln und hob die Hand. »Dann ... alles Gute, Ray! War sehr nett, Sie kennenzulernen.«

Er erwiderte ihren Gruß, sah, wie der Ehering an ihrer Hand in der Sonne aufblitzte.

Sie war verheiratet.

Das war er allerdings auch.

Sie musste ihre Zeitpläne neu überdenken! In Elenas Kopf rumorte es wieder mal, als sie nach Hause hastete und auf Hazel und Marvin traf, die gerade am Gehen waren.

»Oh, wartet, wartet!«, rief sie, während sie die Einfahrt hinaufflief. »Ich wollte euch doch zum Abendessen einladen! Habt ihr Lust? Spaghetti und Rotwein?«

»Das klingt verlockend.« Marvin wandte sich an seine Frau. »Was meinst du, Hazel?«

»Ganz wunderbar! Das erspart uns das Kochen und ich gestehe, ich könnte gut was vertragen. «

»Wie schön! Ich muss nur noch die Nudeln ins Wasser werfen! Tisch ist schon gedeckt, und die Soße auch schon fertig.«

»Nur die Ruhe.« Marvin und Hazel begleiteten Elena in die Küche. »Können wir was helfen?«

»Ich bitte euch! Ihr habt den Tag auf meine Kinder aufgepasst. Ich bin froh, mich wenigstens ein bisschen revanchieren zu können.«

»Aber Elena, auf deine Kinder muss man nicht aufpassen. Sie sind herrlich! Also, sag uns, was wir tun können.«

Elena drückte Marvin den Rotwein zum Öffnen in die Hand. Hazel rieb Parmesan, Bennie holte frisches Basilikum aus dem Garten, Mia zündete fünf Stumpenkerzen an und stellte sie auf den Boden der Terrasse. Eine Viertelstunde später saßen sie vor einer großen, dampfenden Schüssel Spaghetti und ließen es sich schmecken.

Die Sonne stand schräg am Himmel, schickte ihre Strahlen quer durch das untere Blattwerk der Bäume, Grillen zirpten, Vögel sangen, es duftete nach Kräutern und Tomatensoße. Frieden umgab die Szenerie, aber Elena war dennoch aufgeregt.

»Hat dich die Bibliothek inspirieren können?«, wollte Marvin wissen.

»O ja! Ich habe ein tolles Buch gefunden. Leider konnte ich nur wenig lesen, um fünf wird ja abgeschlossen.«

»Wenn es dir hilft, kann ich dir einen Schlüssel verschaffen. Dann kannst du kommen und gehen, wann du willst«, sagte Marvin.

Elena sog die Luft ein.

»Marvin, das wäre traumhaft! Das würde vieles erleichtern! Ich könnte morgens vor dem Frühstück arbeiten und auch nachts, wenn die Kinder schlafen!«

Mit leuchtenden Augen sah sie in die Runde und blieb an Mia hängen, deren Miene sich mit ihren Worten schlagartig verdüstert hatte. Elena verstand das nicht. Was hatte sie denn jetzt schon wieder falsch gemacht?

»So kann ich auch problemlos am Kurs teilnehmen«, setzte sie unsicher hinzu, eher an Mia als an Marvin gerichtet. »Und am Nachmittag ziehen wir los und erkunden die Gegend.«

Mia schien das kein bisschen aufzumuntern, im Gegenteil. Ihre Lippen pressten sich zusammen, sie wirkte plötzlich wütend. Was hatte sie denn? Elena fühlte sich zurückgewiesen, was sich noch verstärkte, als Mia fragte:

»Was gibt es Neues von Papa? Wo ist er eigentlich gerade?«

Okay, Mia vermisste also Florian. Immerhin war er es, der sich in den letzten Jahren in der Hauptsache um sie gekümmert hatte. Der nach der Schule mit dem Mittagessen aufgewartet und mit ihr Hausaufgaben gemacht hatte.

»Er müsste auf dem Weg zum Annapurna Basislager sein«, erwiderte Elena.

Mia schwieg. Die Stimmung war merklich abgekühlt. Fieberhaft suchte Elena nach etwas, was Mia aufheitern könnte. Aber ihr fiel nichts Rechtes ein, so wollte sie ihre Hand auf die ihrer Tochter legen, aber Mia entzog die ihre abrupt. Eine dicke Wolke aus Schuld und Versagensgefühl qualmte in Elena hoch. Die Nudeln in ihrem Mund gerieten zu einem fahlen Brei, den sie mit einem Schluck Rotwein nach unten würgte. Der Stimmungsabsturz von der friedlich-heiteren Stimmung war derart stark, dass die Luft wie erstarrt wirkte.

»Dein Mann ist im Himalaya unterwegs?«, fragte Marvin interessiert, als hätte er nichts davon mitbekommen.

»Ja, noch vier Wochen. Wenn er zurückkommt, feiern wir mit Freunden unser zwanzigjähriges Jubiläum. Darauf freue ich mich sehr.«

»Warum feierst du nicht im Schlosshotel? Unser Lord würde sich freuen!«

»Ja, das wäre wirklich ein wunderschöner Rahmen, aber ich weiß nicht, ob Florian das möchte. Wir müssen ja auch wieder zurück wegen der Schule.«

Ein kleiner Laut kam aus Mias Mund. Sie legte das Besteck auf dem Teller ab und lehnte sich missmutig zurück. Elena drängte es, mit ihrer Tochter zu reden, aber wollte das nicht in Anwesenheit von Marvin und Hazel tun.

Die beiden verwickelten Elena in ein Gespräch über Florian und Elena schwärmte ihnen von ihrem Mann vor.

»Ihr seid ja richtig glücklich verheiratet!«, stellte Hazel fest. »Das hört man selten.«

»Ja, ich habe den besten, liebsten Mann der Welt!«, bestätigte Elena warm und vermisste ihren Mann umso mehr. »Er hätte alles tun können in seinem Leben, aber er hat beruflich zurückgesteckt und mir den Rücken freigehalten.«

»Mam, kann ich aufstehen?« Mia klang feindselig. »Ich muss noch ein paar Leute anrufen.«

»Ja, klar, geh nur«, antwortete Elena.

»Take care, Mia, wir sehen uns morgen!«, verabschiedete sich Marvin von ihr mit seiner durch nichts zu erschütternden Friedfertigkeit. »Wird sicher spannend!«

Mia zögerte, offensichtlich wollte sie fragen, wie das morgen ablaufen würde, aber ihr Handy klingelte und nahm ihr die Entscheidung ab.

Mit einem gezwungenen Lächeln wandte sich Elena wieder ihren Gästen zu. Die Frage, die Mia auf der Zunge gehabt hatte, sprach nun sie aus:

»Was genau habt ihr für morgen geplant?«

»Nichts«, erwiderte Marvin und Hazel setzte hinzu: »Außer, dass wir morgens hier sein werden für den Kurs.«

»Exakt«, bestätigte ihr Mann. »Wir schauen mal, wie ihr alle drauf seid.«

»Okay.« Elena war verwundert. »Und … das Wochenende ist frei?«

»Sowieso, wir kommen ohnehin nicht jeden Tag.«

»Nicht?«

»Nein, manchmal werdet ihr eine Pause brauchen.«

»Bleib locker, Elena«, fügte Hazel hinzu. »Wir haben schon die tollsten Dinge erlebt.«

Neugierig geworden wollte Elena mehr wissen, aber Marvin und Hazel rückten nichts raus, bedankten sich für das Essen und verabschiedeten sich.

»Das war so lieb von euch, dass ihr so lange für meine Kinder da wart. Ich hoffe, sie haben euch nicht von etwas Wichtigem abgehalten.«

»Da möchte ich doch den Schriftsteller C.S. Lewis zitieren«, schmunzelte Marvin. »Der hat gesagt: ›Kinder halten uns nicht von Wichtigerem ab. Sie *sind* das Wichtigste‹«. Er lächelte. »Gute Nacht, Elena, wir sehen uns um neun! Ich bringe den Schlüssel für die Bibliothek mit.«

Elena umarmte die beiden, brachte Bennie ins Bett, legte sich wie stets noch eine Weile zu ihm und unterhielt sich mit ihm über seine Erlebnisse.

»Was hat dir heute besonders gefallen, mein Kleiner?«

Bennie zog das Näschen kraus und überlegte. »Heute habe ich mein Leben regiert«, sagte er schließlich. »Ganz allein.«

Die Frage: »Wer regiert es denn sonst?«, erstarb Elena auf der Zunge, während Bennie fortfuhr:

»Und ich durfte alles sein, was ich wollte. Morgen darf ich das auch, hat Marvin gesagt.«

Der Kleine war müde und schlief schnell ein, aber seine Worte wirkten in Elena nach. Sie deckte ihn zu, steckte nochmal den Kopf durch Mias Zimmertür, die aber noch immer in rege Unterhaltung mit ihrer Freundin vertieft war. Wie so oft schaute Mia nicht einmal hoch, so schloss Elena unverrichteter Dinge wieder die Tür und ging nach draußen.

Es war dunkel geworden. Die Stumpenkerzen brannten noch, ihr Weinglas, von dem sie kaum etwas getrunken hatte, stand auf dem Tisch. Sie zog die Schuhe aus, schnappte sich das Glas und nahm Kurs auf die Schaukel an der großen Eiche. Das Gras war herrlich sanft unter ihren Füßen, die Erde von der Sonne noch leicht warm. Sterne funkelten am Himmel, ein Sichelmond stand in grauweißen Schleierwolken. Elena setzte sich auf das Schaukelbrett, starrte zum Himmel hinauf. Dachte an das *Buch der lebendigen Antworten*, an den imperativen, fast zornig wirkenden Ausruf:

*»Hör auf zu betteln!«*

Sie sah zu den Sternen hoch, das Gedicht Rumis im Herzen:

*»Jeder Moment*
*enthält Hunderte von Botschaften von Gott.*
*Auf jeden Ruf*
*›Wo bist du?‹,*
*antwortet er hundert Mal:*
*›Ich bin hier‹«.*

Und plötzlich wusste sie, dass sie zur richtigen Zeit am richtigen Ort war.

# ♫ Didn´t I say so ♫

Donskoy

Der Earl war die widersprüchlichste Person, die Ray je untergekommen war. Nie würde er den Tag vergessen, an dem seine Frau Brittany ihm einen Umschlag aus edlem Büttenpapier mit fett aufgedrucktem Wappen neben seine Kaffeetasse gelegt hatte mit den Worten:
»Sieht wichtig aus. Von einem Lord Exely aus Wiltshire.«
Gespannt war sie neben ihm stehengeblieben, während Ray den Brief öffnete und ihnen das Wappentier der Exelys, ein feuriger Drache, vom oberen Rand des Briefbogens entgegen fauchte. Rays Augen waren über den Text geflogen.
»Was steht drin?«, hatte Brittany neugierig gefragt.
»Meine Güte, Britt! Lies selbst! Das ist der Hammer!«
Da war jemand, der sich für seine Erfindungen interessierte! Ein Earl! Das war nicht irgendjemand! Das war jemand mit Einfluss, Geld, einem Netzwerk und allem, was man brauchte, um ein Ding groß aufzuziehen! Auf so eine Chance hatte Ray sein Leben lang gewartet!
Der Earl hatte ihm ein handfestes, attraktives Angebot in Aussicht gestellt. Für die Besprechung desselben lag eine Einladung in sein Schlosshotel, inklusive einer Woche Kost und Logis, Touren durch die Gegend und was nicht allem, bei. Kein Wunder, dass Rays Herz mächtig geklopft hatte. Kein Wunder, dass ihm Brittany um den Hals gefallen war.
Voller Enthusiasmus waren sie in die Grafschaft Wiltshire in den Cotswolds gefahren, um mit dem Earl zu sprechen. Ray, der in den letzten zwanzig Jahren in der Stadt gelebt hatte, war hingerissen von der Schönheit der Landschaft.
»Britt«, hatte er gestaunt. »Ich habe ganz vergessen, wie wunderschön unser Land ist. Warum fliegen wir eigentlich jedes Jahr weg?«
»Weil Palmen und Strand allein schon beim Ansehen entspannen. Aber du hast recht«, hatte Britt mit leuchtenden Augen erwidert und seine Hand ergriffen. »Es ist gewaltig.«
Das war genau das, was Ray empfand. Es war gewaltig und paradiesisch zugleich, ein Märchen, das nach der Ankunft in Castle Combe nahtlos weitergegangen war.
Der Earl, in Anzug und Krawatte hatte sie überaus herzlich begrüßt, sie fürstlich in seinem Hotel bewirtet und sogar zu einem Abendessen in seine

luxuriösen Privaträume eingeladen. Eine andere Welt eröffnete sich ihnen, eine alte Welt, eine schöne Welt, in der es langsamer zuging, Sprache und Manieren gewählt und fein waren. Ray fühlte sich wie in eine andere Dimension versetzt. Überhaupt übte die Gegend von der ersten Sekunde an eine magische Anziehungskraft auf ihn aus.

Während Brittany in ihrer Suite stundenweise ihrem Job nachgegangen und dem Wellnessangebot des Hotels gefrönt hatte, war der Earl mit Ray Gespräche führend durch seine Wälder und Auen, Felder und Wiesen gewandert. Mit der ihm eigenen Begeisterungsfähigkeit hatte ihm Exely seine Visionen vermittelt und Ray hatte nur noch Glück gefühlt. Endlich sprach er mit einem Gleichgesinnten, sprach er mit jemandem, der die Welt so sah, wie er! Der dasselbe wollte wie er!

Der Vertrag, den ihm der Earl schließlich vorlegte, sicherte ihm zwei Jahre Forschungsarbeiten zu, und das bei anständiger Ausstattung und Gehalt. Sobald die Erfindung in Produktion ging, würde Ray an den Gewinnen beteiligt werden, aber das Grundgehalt bliebe, weil der Earl in weitere Innovationen investieren wollte. Das war der Traum der Träume! Besser ging's nicht!

Ray war im siebten Himmel. Er mochte den etwas schrägen Earl, der in diesen Tagen des ersten Beisammenseins nicht ein einziges Mal altertümlich gekleidet, sondern sehr stylisch mit Lederjacke, Tweedhosen und den obligatorischen Gummistiefeln ausgerüstet, in Wald und Flur mit ihm unterwegs gewesen war.

Die Woche in Wiltshire hatte Rays Leben verändert. Ihm war, als ob der reife Apfel endlich in seinen Schoß gefallen wäre. Brittany jedoch, sensibilisiert durch ihre Erfahrungen, bremste seinen Enthusiasmus.

»Er ist eine Privatperson, Ray. Ich würde an deiner Stelle lieber an einen Konzern verkaufen. Wenn das Ding schief geht, hast du dein Lebenswerk verschossen.«

»Aber der Earl wirkt integer. Er hat dieselben Interessen wie ich, kein Konzern hat das.«

»Das kannst du doch vertraglich regeln.«

»Britt, du weißt doch: Konzerne versprechen viel und halten nichts. Vor allem wollen sie meine Erfindungen nicht für den Zweck, für die ich sie gebaut habe.«

»Aber du hättest ausgesorgt! Denk doch mal daran! Mit dem Geld, das dir ein Konzern zahlt, wärst du mit einem Schlag Privatier. Danach kannst du tun, was du willst! An etwas Neuem arbeiten zum Beispiel. Allein das Image, das du genießt, wenn eine deiner Erfindungen von einem Ultra-

Konzern gekauft wurde! Die Leute würden sich um deine nächsten Projekte reißen!«

»Und alle das gleiche Schicksal erleiden. Dafür bin ich nicht angetreten. Mir geht es nicht vorrangig ums Geld, sondern dass die Produkte benutzt werden und unter die Leute kommen, Brittany. Konzerne sind nicht menschenfreundlich.«

Brittany seufzte. Sie arbeitete als CFO in genau einem solchen und verdiente fünfstellig im Monat. Ray hingegen, die Laborratte, brachte nur ein Drittel davon nach Hause. Weder für ihn noch für sie war das je ein Problem gewesen. Britt konnte sich ohnehin leisten, was sie wollte, und Ray hatte nie viel zum Leben gebraucht. Aber ihr passte es nicht, dass er mit dem, was er erschaffen hatte, nicht groß raus kam – er hätte es so verdient! Und sollte er sich auf den Vertrag mit dem Earl einlassen, würde das gehörige Änderungen in ihrem Privatleben nach sich ziehen. Das Labor befand sich in Wiltshire, Brittanys Office in London. Auch wenn sie teilweise von zu Hause aus arbeiten konnte, wollte sie auf das Stadtleben nicht verzichten. Sie liebte den schnellen Rhythmus des stylischen Londons. Die Arbeitstage, die traditionell im Pub mit Kollegen, Gelächter und einem oder mehreren Drinks endeten, die riesige Auswahl an kulturellen und kulinarischen Möglichkeiten, die majestätischen Gebäude, die originellen Märkte und Shopping-Erlebniswelten – das war ihr Universum. Auch Ray mochte das. Und er liebte Brittany. Er bewunderte ihre sichere, unerschrockene Art und die Zielgerichtetheit, mit der sie durchs Leben ging. Es war Britt, die ihr gemeinsames Leben gestaltete, Einladungen organisierte, ihn mit Menschen zusammenbrachte, das Soziale aufrechterhielt. Ein Leben ohne Britt konnte und wollte Ray sich nicht vorstellen – und sie sich keines ohne ihn, ohne ihren Elfenmann, wie sie ihn liebevoll nannte.

Trotz Britts Warnungen war das Angebot des Earls für Ray letztlich zu verlockend gewesen. Die liebliche Natur und Mystik der Umgebung waren weitere Pfunde auf der Waage. Ray gefiel es hier besser als im umtriebigen London und war überzeugt, dass auch Brittany früher oder später dem Charme der Natur erliegen würde. Sie einigten sich darauf, mindestens drei bis vier Tage in der Woche zusammen zu sein. Entweder unternahm Ray die zweistündige Fahrt nach London oder Brittany kam zu ihm nach Chippenham, wo er ein kleines Häuschen auf dem Lande bewohnte, fünfzehn Minuten von Castle Combe entfernt, zwanzig vom Steinkreis.

Ray hatte unterschrieben.

Die ersten Wochen und Monate waren wunderbar. Er verliebte sich so sehr in die Landschaft, dass er jedes Mal froh war, dem Großstadttrubel Londons wieder entkommen zu können. Auch beglückte ihn die Gleichgesinnung mit Exely. Beide standen sie Regierungen kritisch gegenüber, beide erkannten sie die Machenschaften großer Organisationen und Konzerne. Ray war der Überzeugung, mit jemandem wie dem Earl nur gewinnen zu können. Exely war mutig genug, Verrücktes zu denken und zu tun, und auch sonst eine wahre Inspirationsquelle. Sein ewiger Optimismus war ansteckend, sein sarkastischer Witz anregend und seine Ansicht, auf die gesamte Welt zu pfeifen, herzerfrischend. Was Ray aber am meisten ansprach, war der teilweise fast schon kindliche Enthusiasmus des Earls. Für Exely war das Leben eine Art Escape-Room, wo es Rätsel zu lösen galt, bis man den Schlüssel gefunden hatte, mit dem man die Tür in die Freiheit öffnen konnte. Daran arbeitete er und das gefiel Ray außerordentlich. Genau sein Ding! Sein Projekt passte wunderbar dazu!

Mit Feuereifer hatte er sich in die Arbeit gestürzt, war gut vorangekommen, hatte es im angeforderten Zeitraum zur Vollendung gebracht. Doch zu seinem Schrecken entwickelte sich das Geschäftliche mehr und mehr zum Desaster ohne Aussicht auf Besserung. Nichts, was der Earl versprochen hatte, schien er in die Realität umsetzen zu können. Ray hasste das sinkende Gefühl im Magen, mehr noch: Er bekam Panik. Er war so sicher gewesen, endlich in den Genuss all dessen zu kommen, wofür er seiner Meinung nach auf die Welt gekommen war und wie sehr hatte er sich getäuscht!

Inzwischen pfiffen die Spatzen es von den Dächern, dass der Earl massive Geldprobleme hatte. Warum nur hatte Ray das nicht vorher gecheckt? Brittany hatte so recht gehabt! Nun hatte er sein Baby weggegeben und entsprechend blutete sein Herz. Nicht, dass er das dem Earl nicht unter die aristokratische Nase gerieben hätte, es war ja nicht so, dass man mit ihm nicht reden konnte. Ray konnte Exely noch nicht mal schlechte Absichten unterstellen.

»Potzblitz, Grayson!«, hatte Exely das erste Mal darauf reagiert. »Begreifet Ihr nicht: Zu einem solchen Projekt gehört der Glaube, auf dass es gelinget!«

»Genau das ist es, was ich geglaubt habe, als ich unterschrieben habe, Mr Hochwohlgeboren! Dass es gelinget! Und dass Ihr dafür Sorge tragt! Ich erinnere daran, dass das Euer Job ist!«

Wie so viele rutschte auch Ray in Gegenwart des Earls in die alte Sprache.

»Es ist unser beider Aufgabe«, hatte der Earl entgegnet. »Zumindest, was den Glauben angeht. Denn wenn zwei glauben, ist das doppelt so viel wie einer. Meiner treu, Grayson, sabotiert Ihr gar Euer eigenes Projekt?«

Die Antwort hatte Ray lediglich ein schiefes Lächeln abgerungen und nichts an der unschönen Wahrheit verändert, dass der Earl in einer dicken Sackgasse stand und selber keine Lösung fand. Klar, dass der Kerl von Wundern sprechen musste! Das wäre auch das Einzige, was das Ding noch retten könnte – ein Wunder!

Ray war zutiefst enttäuscht und frustriert. Brittany lag ihm nun schon seit Monaten in den Ohren, zu ihr nach London zurückzukehren und mit juristischen Mitteln zu versuchen, aus dem Vertrag mit Robert herauszukommen. Ray wusste, das war die vernünftigere Lösung. Seine Erfindung war durchgetestet und zur Produktion bereit. Er hatte seinen Teil der Arbeit getan. Neue Projekte hatte der Lord selbstredend nicht angesprochen – warum auch, wenn das erste schon unwiderruflich gescheitert war. Ja, es war höchste Zeit, sich was anderes zu suchen. Er hätte ad hoc seine Zelte abbrechen können. Was hatte er hier noch verloren?

Und doch wollte Ray noch bis zum Herbst bleiben, einen letzten Sommer hier genießen. Er wollte bleiben, bis die Bibliothek geschlossen wurde, denn solange hatte er Gelegenheit, im *Buch der lebendigen Antworten* zu lesen und Texte abzuschreiben.

Erst vor einem Jahr hatte er es entdeckt und war vom Inhalt sofort fasziniert gewesen. Wie konnte es sein, dass die Texte so passgenau seiner jeweiligen mentalen Einstellung entsprachen? Manchmal brachte ein einzelner Satz ein negatives Gedankengebilde in ihm zum Zusammensturz oder öffnete eine innere Tür, die seinen Horizont erweiterte.

Kurz danach hatte er erfahren, dass die Tage der Bibliothek gezählt waren und das Manuskript in einem Karton verschwinden würde. Er hatte nachgefragt, ob es zu kaufen war. Nein, das war nicht möglich. Denn diese Werke waren die ersten dreihundert eingereichten Exemplare der Bibliothek der unveröffentlichten Manuskripte und sie sollten unveröffentlicht bleiben.

Von da an hatte er angefangen, die Texte abzuschreiben. Die Seiten waren nicht nummeriert, aber Ray hatte sie durchgezählt. Es waren genau 333 Blätter, unterschiedlich dicht beschrieben, auf manchen stand nur ein Vers. Er hätte also spätestens nach einem Jahr fertig sein müssen.

Aber das war er nicht. Und inzwischen ahnte er: Das würde er auch nie. Als er die Zweitschriften mit Zahlen versah, trug die zuletzt erstellte Abschrift die Nummer 334.

Wie konnte das sein? Hatte er eine Seite doppelt abgeschrieben? Seufzend hatte er sich an die mühselige Arbeit gemacht, seine Kopien mit dem Original zu vergleichen. Das war der Moment gewesen, wo ihm wirklich schwummrig geworden war, denn im ersten Drittel des Buches befanden sich plötzlich Texte, die er noch nie zuvor gesehen hatte. Verdutzt hatte er das Original ein weiteres Mal durchgezählt: Es blieb bei 333 Seiten. Jemand musste also die Seiten austauschen. Nur wer? Und warum?

Die drei Aufsichten, die ältere Carol, die junge Haylee und der übergewichtige Todd hielten auch die Räume sauber und waren außer den Besuchern die einzigen, die Zutritt hatten. Alle drei hatten ihm versichert, dass niemand außer ihm das Buch ausgeliehen hätte und niemals einen Schlüssel weitergegeben zu haben. Wer sollte auch Interesse daran haben?

Das war genau das, was Ray sich fragte. Wer hatte Interesse daran?

Niemand wusste, wo die verlorenen Seiten abgeblieben waren und woher die neuen kamen. Und noch weniger, wer sie schrieb. Den Aufsichten war das unheimlich, umso weniger bedauerten sie die baldige Schließung der Bibliothek.

Ray hingegen intensivierte seine Anstrengungen. Er schrieb ab, was er konnte und war inzwischen bereits auf Seite 378 angelangt.

Nachdenklich klappte er an diesem Abend die Mappe zu. Strich mit den Händen über das hervorstehende Paisley-Muster. Über den Namen der Autorin.

Maya Subaru. Ein Geist. Ein Phantom. Jemand, der unter ihnen sein musste.

Aber das war nicht das einzig Merkwürdige in dieser Gegend hier.

# ♫ The Days Ahead ♫

The Scene Aesthetic

Die Sonne blinzelte durchs offene Fenster, küsste sie sanft wach. Etwas war anders. Elena brauchte eine Weile, bis ihr bewusst wurde: Keine Autogeräusche, keine Sirenen, keine Menschenstimmen. Vogelgezwitscher drang an ihr Ohr, das Gackern von Hühnern, eine sanfte Brise wehte herein, es roch nach Lavendel. Wohlig dehnte sie sich unter der Bettdecke, stand dann auf und ging, so leise es die charmant knarrenden Holzstufen zuließen, nach unten, um das Frühstück vorzubereiten.

Um neun Uhr wollte Marvin da sein und ihr wurde ein wenig mulmig zumute, wenn sie an den Kurs dachte. Wie würde das sein, mit Mia zu üben? Große Hoffnung auf ein heiteres Zusammensein machte Mia ihr nicht, als sie sie zum Frühstückstisch holte, auf den Elena alles darauf gestellt hatte, was die Kinder mochten.

»Okay, meine Lieben«, sagte sie aufmunternd, »wenn wir mit dem Kurs fertig sind, ziehen wir los! Worauf habt ihr heute Nachmittag Lust?«

»Ich habe keine Zeit, irgendwohin zu fahren«, erklärte Mia missmutig. »Wegen der Fotos und so.«

»Aber Mia, du kannst doch Fotos dort machen, wo wir sind. Wir könnten nach Glastonbury fahren und …«

»Mam, doch nicht mit Kostüm! Das geht nur hier!«

Enttäuscht lehnte sich Elena zurück.

»Und wie stellst du dir das für den Rest der Tage vor?«

»Wird sich ergeben. Ich schau mal, was läuft.«

Elena ermüdete diese ewige Abwehrhaltung. Etwas gereizt erwiderte sie: »Nur damit das klar ist, Mia. Wir werden diese Wochen nicht nur nach deinen Bedürfnissen ausrichten.«

»Hat keiner verlangt. Ich mache mein Ding und du deines. Wo ist das Problem?«

»Es ist kein Problem. Aber ich habe mich darauf gefreut, dass wir gemeinsam was unternehmen.«

Mia antwortete nicht, sondern sah auf die Uhr.

»Ich gehe Zähneputzen«, verkündete sie. »Wir sehen uns dann eine Tür weiter. Bis gleich.«

Frustriert blieb Elena mit ihrem Söhnchen am Frühstückstisch zurück. Wieso war Mia nur immer so rüde? Und wieso war sie gestern bei Marvin und Hazel anders gewesen? Bei ihnen hatte Mia jeden Widerstand aufgegeben. Bei ihnen war sie weich gewesen. Glücklich. Was machte Elena nur falsch? Der Kloß im Hals machte sich wie so oft bemerkbar. Elena war unglaublich dankbar für Bennies Ärmchen, die sich um sie schlangen, seine unschuldige Liebe, die sie tröstete und ihr die Kraft gab, in den Übungsraum zu gehen.

Für den Bruchteil einer Sekunde flackerte das Bewusstsein in ihr auf, dass es genau diese Liebe war, die ihre Tochter brauchte. Eine Liebe, die Elena nicht geben konnte, weil sie sie für sich selbst nicht empfand. Weil sie von Schuldgefühlen zerfressen war.

In diesem Moment wünschte sie sich sehnlichst, wieder ein Kind sein zu dürfen, das unverfälscht und bedingungslos liebte. So wie jedes Kind das konnte – bis man die Erwachsenen auf es losließ.

Die Bühne war leer. Nichts war aufgebaut, nichts deutete auf ein Programm oder einen Plan hin. Bis auf die Stühle und Tischchen an der Wand befanden sich keine Gerätschaften im Raum.

Wie gestern rannte Bennie wie aufgezogen umher und spielte Segelflieger. Marvin blickte ihm lächelnd nach und überreichte Elena und Mia zwei hübsch aufgemachte Notizbücher.

»Das ist fürs Nacharbeiten«, erklärte er. »Haltet eure Gedanken fest, könnte nützlich sein.« Dann zog er den Schlüssel für die Bibliothek aus der Tasche. »Den habe ich von Todd. Ich musste ihm deine Nummer geben, falls sie mal deinen dringend bräuchten.«

»Aber das ist doch selbstverständlich. Vielen Dank, Marvin, das ist klasse!«

Elena steckte den Schlüssel ein, hätte sich am liebsten gleich in die Bibliothek begeben und im *Buch der lebendigen Antworten* geschmökert. Davon brauchte sie gerade ganz dringend ein paar!

Fragend schaute sie zu Marvin, der vier Stühle etwas weiter in den Raum zog, Mia und Elena Platz nehmen ließ und Elena die gleiche Frage stellte, die ihre Tochter gestern schon von ihm gehört hatte:

»Also, liebe Elena. Wer oder was wolltest du denn schon immer mal sein?«

»Feuerwehrmann!«, schrie Bennie, der das mitgehört hatte. »Indianer! Harry Potter! Buzz Lightyear! Und Superman! Der ist sooo cool und kann fliiieeegen!«

Er zählte noch weitere Rollen auf, die er gerne besetzt hätte. Marvin beobachtete mit einem Schmunzeln den umherflitzenden Bennie, während Elena etwas lahm nachfragte:

»Meinst du außerhalb von dem, was ich ohnehin schon bin?«

»Als ob du neugeboren wirst«, erwiderte Marvin gemütlich. »Du hast alle Wahlmöglichkeiten! Du bist im Himmel und holst dich auf die Erde als das, was du sein willst. Bleib spontan! So wie Bennie. Deinem Verstand muss die Antwort nicht gefallen, nur deinem Herzen.«

Du hast alle Wahlmöglichkeiten. *Schön wär's!*, höhnte ihr Kopf. *Hast du aber nicht.*

Dass Bennie sich jede nur erdenkliche Rolle vorstellen konnte, war klar, er war ja noch ein Kind und wusste nicht, dass nicht alles möglich war. Doch wie ein Blitz fuhr ihr in den Kopf, dass das genau das war, was man Kindern einredete: dass Dinge nicht möglich waren. Man nahm ihnen ihre Träume! Doch der Impuls wurde vom Druck verdrängt, eine Antwort geben zu müssen. Sie fühlte sich unwohl und Mias grübelnder Blick machte das nicht besser.

»Na ja … Ich bin Autorin …«, begann sie zögernd.

»Ja, das bist du. Und das wolltest du immer sein?«

»Ich bin es eben geworden.« Meine Güte, hörte sich das bescheuert an! Elena wurde rot und setzte schnell hinzu: »Aber ich fühle mich in der Rolle wohl. Sie gefällt mir.«

Mia neben ihr drehte die Augen nach oben. Eine Reaktion, die den Kloß in Elenas Kehle wachsen ließ, aber auch Wut. Sie hatte keine Lust, sich schlecht zu fühlen, weil sie war, wie und was sie war! Ihre Augen sprühten und trotzig schob sie hinterher:

»Und außerdem bin ich gerne Mutter. Das ist etwas, was ich schon immer hatte sein wollen.«

»Du lebst also genau die Rollen, die du liebst«, stellte Marvin fest.

»Ach«, entfuhr es Mia. »Und warum bist du dann immer so genervt?«

»Ich bin nicht genervt!«, verteidigte sich Elena, rot geworden. »Es ist nur so, dass das Leben …«

»Dann eben belastet«, fiel ihr Mia ins Wort. »Wieso denn, wenn du liebst, was du tust?«

»Ihr seid ja echte Naturtalente!«, mischte sich Hazel fröhlich ein. »Damit haben wir die Rollen für heute. Ihr stellt euch selbst dar! Das ist fein!«

»Bitte?« Elena verstand gar nichts, während Hazel fortfuhr:

»Mia, bist du bereit, Elenas Tochter zu spielen?«

Mia runzelte die Stirn. »Ich soll sie spielen? Wie meinst du das?«

»Ganz einfach: ob du bewusst in die Rolle von Elenas Tochter schlüpfen willst. Oder willst du etwas anderes sein? Ihr Freund, ihr Ratgeber? Ein Fremder, den sie trifft?«

Mias Augen begannen zu glitzern. Auch Elena gab es einen Ruck. Beide begannen die Tiefe der Übung zu erahnen,

»Nein, ist okay«, sagte Mia. »Für heute bin ich Tochter, alles fein.«

»Und du, Elena, hast ja schon gesagt, dass du es liebst, Mutter von Mia zu sein.«

»Äh, ja, aber was sollen wir denn *spielen*?«, fragte Elena verdattert. »Ich meine, wir brauchen doch eine Szene oder eine spezielle Situation oder …«

»Richtig! Sucht euch was aus!« Marvin lachte. »Ihr seid ganz frei in eurer Wahl.«

Elena und Mia wechselten einen Blick. Mia fing sich schneller und grinste siegesbewusst.

»Also, wenn ich Tochter spielen soll, dann möchte ich jetzt bitte Fotos machen«, erklärte sie und wandte sich an Elena: »Wenn du so gerne Mutter spielst, wie du sagst, ist es doch sicher in deinem Interesse, deine Tochter zu unterstützen, wo es dir nur möglich ist.«

Ein entrüstetes Lachen kam aus Elenas Mund, die zwar den intelligenten Move ihrer Tochter bewunderte, sich aber fies überrumpelt fühlte.

»Natürlich unterstütze ich dich gerne«, antwortete sie und setzte verärgert hinterher: »Muttersein bedeutet aber nicht, dass ich alles gutheißen muss, was du so vorhast. Im Gegenteil«.

»Was meinst du denn mit Gegenteil? Dass du es verteufelst?« Mias Ton war bissig.

»Nein, dass es die Aufgabe einer Mutter ist, ihr Kind zu schützen.« Elenas Augen blitzten verletzt. »Vor allem, wenn ihre Tochter Dinge vorhat, die sie möglicherweise im Nachhinein bereut. Vielleicht kommt der Moment, wo sie froh sein wird, dass ihre Mutter sie vor etwas bewahrt hat, was sie selbst noch nicht einschätzen konnte.«

»Du betonst doch immer so gerne, wie intelligent ich bin. Traust du mir nicht zu, selbst zu erkennen, wenn Gefahr droht? Es gäbe viele andere Dinge, vor denen du mich beschützen könntest. Was ist an ein paar Fotos verwerflich, *Mutter*?«

»Nichts«, antwortete Elena, der die Auseinandersetzung vor Marvin und Hazel peinlich war und die möglichst schnell aus der Sache raus wollte.

»Dann lass uns gehen … *Tochter*! Aber lass dir sagen, dass ich meine Rolle ernst nehme!«

»Und, Cut!« Marvin purzelte ein Lachen aus dem Mund. »Was für ein perfekter Dialog! Meinen Glückwunsch, ihr zwei! Das war hervorragend! Ihr wart super!«

Verdattert starrten die beiden ihn an. Marvin lachte sich einen ab. Hazel winkte mit dem Schlüssel zur Dachkammer.

»Mia, hol deine Kostüme und was du sonst noch brauchst!«

Das ließ sich Mia nicht zweimal sagen. In ihrem Rucksack hatte sie schon jede Menge Schminkkram verstaut. Nun lief sie nach oben, packte drei Kostüme nebst einer Auswahl von Accessoires in die Sporttasche. Weitere fünf Minuten später wanderten sie zusammen die Straße hinunter in den Wald, zu einer Stelle, die Marvin für die Aufnahmen als geeignet erachtete.

Mia ging mit Hazel voran, Elena hatte Bennie an der Hand und stapfte hinterdrein. Marvin schloss sich ihr an. Wegen Bennie liefen sie etwas langsamer und der Abstand zu den anderen beiden vergrößerte sich.

Elena war sauer; der Eindruck, von Mia erpresst worden zu sein, schwelte in ihr. Verstimmt suchte sie nach einem passenden Gesprächsthema, aber Marvin kam ihr zuvor.

»Du bist ziemlich verärgert«, stellte er fest.

»Ja«, gab Elena unumwunden zu. »Ich finde nicht fair, was Mia macht.«

»Was macht sie denn?«

»Immer zwingt sie mir ihren Willen auf!«

»Sie hat Ferien, Elena. Wenigstens in diesen paar Wochen sollte doch ein Kind mal tun dürfen, was es will.«

»Sie will es ja nicht nur in den Ferien tun, Marvin. Sie steigert sich in etwas rein und ist gerade dabei, ihr Leben zu verbauen.«

»Tatsächlich? Warum lässt du sie gewisse Dinge nicht einfach ausprobieren und dann selbst entscheiden? Genau das tut sie jetzt.«

»Das ist nicht so einfach, Mia hat ziemliche Flausen im Kopf und …«

»Okay, Elena, warte mal.« Unvermittelt blieb Marvin stehen. »Du willst doch auch Dinge ausprobieren und selbst entscheiden dürfen, ob das was für dich ist oder nicht. Warum darfst du das und dein Kind nicht? Mia will einfach mal nach Herzenslust einen Traum ausleben – kannst du ihr das nicht gönnen? Wenigstens in ihren Ferien? Und ihr zutrauen, dass sie selbst eine gute Entscheidung trifft, *wenn* sie es hat ausprobieren dürfen? *Wenn* sie Erfahrungen hat sammeln dürfen?«

Elena war rot geworden.

»Und wegen deiner Eingangsbemerkung …«, Marvin setzte sich wieder in Bewegung. »… Ist dir schon mal aufgefallen, wie oft Erwachsene Kindern ihren Willen aufzwingen? Die Kindheit der meisten besteht daraus, Dinge tun zu müssen, die ihnen keinen Spaß machen. Nur weil die Erwachsenen meinen, sie sollten den Ernst des Lebens früh genug kennenlernen, weil sie glauben, sie wüssten es besser als ihre Kinder. Das nennt man Träume töten.«

Er sagte das ohne jeden Vorwurf. Er sagte es voller Mitgefühl für alle Kinder dieser Welt – und für das Kind, das Elena einst gewesen war. Ein Stich durchfuhr sie, aber mit seinen nächsten Worten riss er ihr Herz endgültig auf.

»Wie ging es dir als Kind, Elena? Bin sicher, haargenauso. Tut dir das nicht weh?«

Ja, es tat weh! Trauer schoss in ihr hoch, so schnell, dass sie sich nicht dagegen wehren konnte. Szenen tauchten vor ihrem inneren Auge auf. Ihre schimpfende Mutter, der strenge Papa, die Angst, etwas falsch zu machen. Die Anstrengung, jeden Tag herausfinden zu müssen, was die Erwachsenen von einem wollten. Der Liebesentzug, wenn es einem nicht gelang. Wenn die Noten nicht stimmten, das Verhalten nicht okay war. Elena presste die Lippen zusammen und hätte am liebsten geweint. Eine Flut an Empfindungen überschwemmte sie.

Marvin sah zu, wie die Wellen über ihr zusammenschlugen, und tat nichts, um sie aus dem Ozean herauszuziehen. Nach einer Weile fragte er: »Bleibst du bei deiner Rolle oder möchtest du wechseln?«

»Ich bleibe bei meiner Rolle.«, erklärte Elena heiser. »Ich bin Mutter und ich passe auf mein Kind auf. Ob es ihm nun gefällt oder nicht.«

Marvin lächelte still. Es gab auch nichts zu sagen. Alles wirkte auf einer subtilen Ebene und weder Elena noch Mia hatten eine Ahnung, was ihnen bevorstand.

Sie waren etwa fünfhundert Meter in den Wald hineingelaufen, als dieser sich öffnete und eine Wiese freigab, durch die der kleine Fluss Bybrook munter dahinplätscherte. Weiter hinten graste eine Schafherde und der Wald war durchsetzt mit grünbemoosten Felsen. Hazel und Marvin beschäftigten sich mit Bennie, blieben aber in der Nähe.

»Also, Tochter«, begann Elena mit etwas wackliger Stimme. »Was hast du vor? Und wie kann ich dir helfen?«

»Ähm … alles gut, ich komme schon klar.«

Sie klang abweisend, Elena fühlte sich ausgegrenzt. Doch ein Blick auf Bennie erinnerte sie daran, dass es bedingungslose Liebe war, die ihre Tochter brauchte, eine Liebe, die nicht erwidert werden musste und nichts forderte.

Auf dieser Wiesenbühne hatte sie, Elena, nur diese eine Rolle zu spielen. Sie hatte sich bewusst dafür entschieden, durfte aus vollem Herzen Mutter sein, Liebe versprühen, egal, wie ihre Tochter darauf reagierte und egal, was andere sagten. So komisch es klang, aber das entspannte sie.

Wortlos zog Mia den violetten Umhang über ihr kurzes Sommerkleid, zu dem sie feste Boots trug. Der Seidenstoff floss an ihrer schmalen Gestalt entlang und betonte jede Bewegung. Die weit geschnittene Kapuze lag wie ein Tuch auf ihrem Haar. Sie schnappte sich Bogen und Köcher und stellte ein Bein auf einen Findling – das Gesamtbild war atemberaubend.

»Du siehst klasse aus«, sagte Elena bewundernd. Sie wühlte im Rucksack und holte Lidschatten und Kajal heraus.

»Wie wäre es, wenn wir Detailaufnahmen von dir machen?«, schlug sie vor. »Nur ein Part deines Gesichtes, deine Wimpern, die aus der Kapuze hervorlugen, ein bisschen Mund, ein bisschen Haar …«

»Ja, okay, ist einen Versuch wert.«

Mia setzte sich auf den Stein, ließ sich von Elena schminken. Sie sprachen kein Wort – und kamen sich dennoch nah. Elena konzentrierte sich auf die Liebe in ihrem Herzen und ließ sie fließen, trennte sich vom »Ich will, dass meine Tochter mich liebt«, hin zu dem, was Mia wollte, nämlich Fotos machen. Und das Wunder geschah.

Mehr und mehr gerieten sie in Begeisterung. Mia ließ sich von Elena auf einem Felsbrocken stehend fotografieren, im Wald mit gespanntem Bogen, am Flussufer, auf der Wiese, mit der Stirn an einen Baum gelehnt … die Motive nahmen kein Ende.

»Meine Güte, wir müssen nach Bath fahren und Haarperlen kaufen«, sagte Elena mit glänzenden Augen.

»In Glastonbury findet ihr auch solchen Kram«, erklärte Marvin, der ihnen zuschaute, und wandte sich an Mia. »Dort fällst du übrigens auch mit deinem Umhang nicht auf.«

Hazel hatte mit Bennie Papierschiffchen gebaut, die sie das kleine Flüsschen runtersegeln ließen, und schlug Elena nun vor, sich auch zu verkleiden. So schlüpfte sie in ein langes, einfach geschnittenes Kleid in

Weiß mit einer Blumenbordüre unter der Brust. Mia wählte ein goldfarbenes dazu und Marvin fotografierte die beiden am Fluss und auf der Wiese.

»Ach, das sind unglaublich schöne Bilder!«, freute sich Elena. »Die müssen wir unbedingt Papa schicken!«

»Na, ob den so was begeistert, stelle ich mal in Frage«, brummte Mia. »Der ist voll gegen meine Influencerkarriere. Meine Follower können damit schon eher was anfangen. Ich kann es kaum erwarten, die Fotos auf Instagram hochzustellen!«

»Follower! Influencer! Höre ich recht? Missbraucht man etwa meinen Wald für derlei Albernheiten?«, tönte plötzlich eine spöttische Stimme an ihre Ohren. Der Earl trat auf die Lichtung und beäugte missbilligend die Szene.

»Die Zeit, in der Influencer schlicht als Arbeitslose bezeichnet wurden, ist noch nicht allzu lange her«, verkündete er. »Mag dies ein Zeichen sein, wie schnell die Dekadenz in unserer Gesellschaft voranschreitet. Es ist ein Jammer, fürwahr.«

In einen seiner altmodischen Gehröcke gewandet, den ausgestreckten Arm auf seinem Stock ruhend, den er einen halben Meter seitlich auf die Erde gestemmt hatte, sah er sich weiter um.

»Potzblitz!«, staunte er über die Unzahl an Lippenstiften, Schächtelchen mit Puder und Lidschatten, die Bürsten und Haarklammern, die auf einer Decke lagen. Er wandte sich Mia in ihrem goldfarbenen Brokatkleid zu, taxierte sie mit hochgezogenen Brauen und schüttelte den Kopf.

»Ach, es ist bedauerlich. Überaus bedauerlich. Ein intelligentes Wesen wie Ihr lässt sich auf solcherart Spektakel ein. Verzeiht meine Offenheit, aber mich deucht, derlei Treiben ist unter Eurer Würde.«

»Was verstehen Sie denn unter Würde?«, schlug Mia zurück. »Für mich hat Nicht-Würde etwas damit zu tun, wenn jemand etwas abkanzelt, was er nicht versteht. Man nennt das auch Vorurteil.«

»Die junge Lady möge mir verzeihen …«, der Earl ließ eine knappe Verbeugung folgen, »sollte ich den Eindruck der Despektierlichkeit erweckt haben. Noch hatte ich nie auch nur den leichtesten Anflug der Absicht, meine Bemerkung auf Eure Person zu münzen. Seid versichert, dass es viel mehr als Kompliment gemeint war, hat mich doch die Unerschrockenheit der beiden Ladys bei unserem ersten Zusammentreffen wahrlich beeindruckt. Das mag meine Bestürzung erklären, Euch nun inmitten einer Tätigkeit wiederzufinden, die Eurer Intelligenz nicht entspricht.«

Er wandte sich Elena zu.

»Wie schauet Ihr darauf als Mutter?«

Der Schalk saß so faustdick in seinen blauen Augen, dass sich Elenas Mundwinkel automatisch nach oben zogen.

»Intelligenz besteht vor allem darin, den Schein zu durchschauen«, konterte sie. »Dazu braucht man einen scharfen Blick.«

»Meine Holde, Eure Antwort betrübt mich! Dünkt Euch, dass ich dieser Geistesgegenwart nicht mächtig bin? Ich kann zwar Buchstaben nicht mehr aus der Nähe sehen, dafür aber Dummköpfe aus der Ferne«, bemerkte der Earl und brachte damit alle zum Lachen. Wieder sah er sich um, die Hände mit dem Stock auf dem Rücken verknotet, ein feines Lächeln im Mundwinkel.

»Darf ich die kleine Gesellschaft zu einem Picknick in den Hotelgarten einladen? Es ist Mittagszeit und es wäre mir eine Ehre, Sie bewirten zu dürfen.«

Er erntete erfreute Gesichter und laute Zustimmung von allen Seiten.

»Sänk ju!«, rief Bennie, für den Mia übersetzt hatte. »Ich bin hankry änd ai leik Pfannkuchen!«

»Die kriegst du, mein Junge«, schmunzelte Exely.

»Vielen Dank«, sagte Elena. »Das ist sehr freundlich von Ihnen, Lord Exely.«

»Oh, nicht doch, Werteste. Ich heiße Robert.«

Er stellte sich vor sie hin und sah ihr forschend für Sekunden in die Augen. Elena errötete unter seinem blauen Blick.

»Sie sind eine innerlich schöne Frau«, murmelte er. »Ich hoffe, Sie wissen das. Ich hoffe, Sie haben jemanden an Ihrer Seite, der das schätzt.«

Mit dieser sehr persönlichen Äußerung drehte er sich um und zog ein Smartphone aus den Rockschößen. Das sah dermaßen komisch aus, dass Elena und Mia lachen mussten.

»Was?«, fragte der Lord irritiert.

»Verzeihung, aber Sie … mit dem Smartphone …!«

»Schon klar, mit Lederjacke sähe das besser aus«, erwiderte er in völlig normalem Ton. »Was soll man machen? Die Teile sind leider mal verflixt praktisch und eine Glocke schafft es nicht bis zur Hotelküche.«

»Haben Sie denn eine Lederjacke?«, fragte Mia angeregt. »Und wenn ja, tragen Sie die auch?«

»Was denkst du denn?«, gab er, zwischen ein paar Anweisungen an die Hotelküche, zurück. »Zum Wandern taugen Schnallenschuhe kaum. Man hegt ja auch noch andere Interessen.«

Hazel hatte inzwischen mit Elena die Utensilien zusammengepackt und die Decke zusammengerollt. Den Gehstock schwingend, stolzierte der Earl nun voran und rief betont näselnd über die brokatbesetzte Schulter:

»Wollet Ihr mir die Ehre erweisen, mir zu folgen!«

Unter Kichern und leichtem Gelächter setzten sich alle in Bewegung und erst als sie den Ortseingang erreicht hatten und sie auf die ersten Touristen trafen, fiel ihnen auf, dass Mia vergessen hatte, sich umzuziehen. Die Urlauber begafften sie und den Earl mit offenem Mund und zeigten mit dem Finger auf die beiden. Sofort wurden Handys gezückt und Exely lief etwas schneller.

»Heiliges Kanonenrohr, kleine Lady, Euer Gewand erregt Aufsehen. Mich dünkt, Ihr zieht allerlei Schaulustige an.«

»Ihr nicht minder, Mylord«, antwortete Mia, die einen diebischen Spaß an dieser Maskerade entwickelte. Er zwinkerte ihr zu, reichte ihr seinen Arm, Mia hakte sich ein.

»So lasst denn die Show beginnen!«, tönte er mit Moderatorstimme und brachte damit wieder alle zum Kichern. Mit Genuss schritt er mit Mia an den gaffenden Touristen vorbei. Hochmütig blickte er sie von oben herab an und als ein Mann seine Kamera auf ihn richtete, stolzierte er auf ihn zu, polterte: »Wage Er es nicht!«, um sich hernach königlich über dessen Gesicht zu amüsieren.

Sowie sie an den Touristen vorbei waren, drehte er sich zu Hazel, Marvin und Elena um und zwinkerte ihnen verschmitzt zu.

Elena bekam sich vor Lachen fast nicht mehr ein. Was war das nur für eine verrückte Type! Und so herrlich sympathisch! Hier, mit dem Earl, schien das Leben leichter. Es war so wohltuend, jemanden um sich zu haben, dem die Meinung der Leute schnurzegal war. Aus irgendeinem Grund tat ihr das gerade mehr als gut. Sein blauer, intensiver Blick von vorhin kam ihr in den Sinn. Und das, was er zu ihr gesagt hatte.

Deutlich spürte sie, wie diesmal nicht nur ihr Mund, sondern auch ihr Herz lächelte.

Marvin ging neben Elena.

»Du hast deine Rolle fantastisch gespielt!«, sagte er. »Mit so viel Enthusiasmus!«

»Ich habe sie nicht gespielt, das weißt du«, gab sie zurück. »Ich spiele nicht Mutter, ich bin eine. Ich liebe mein Kind.«

»Ja, das war klar zu sehen, Darling. Sehr klar, wie sehr du in einer Aufgabe aufgehst, die du liebst.«

Er zwinkerte ihr zu und sagte nichts mehr. Sein Schweigen ließ ihr Zeit, das Subtile dieses Vormittags zu erfassen. Nicht nur hatte die bewusste Akzeptanz ihrer Mutterrolle sie für die Weite dieser Aufgabe geöffnet, sondern vor allem einen gewissen Zwang aufgelöst. Kam Mias Feindseligkeit daher? Spiegelte sie nur wider, was Elena in sich hatte? Das gab ihr schwer zu denken. Auch die Trauer, die sie verspürt hatte, als Marvin vom Kindsein-Dürfen erzählt hatte, ließ sie nicht los.

Heiße Liebe für Mia überfiel sie in diesem Moment und wie Schuppen fiel es ihr von den Augen, was sie in den letzten Jahren verpasst hatte, weil sie sich Druck und Stress gemacht hatte. Dieser Druck hatte zu Schuldgefühlen geführt und ihn verstärkt. Was für einen Unterschied es machte, sich vor Augen zu halten, dass sie diese Rolle in diesem Leben gewollt hatte! Dass sie dafür inkarniert war! Ein schwarzer Schleier schien von ihr fortzufliegen, hoch in die Luft, über die Bäume hinweg, löste sich auf im blauweißen Himmel. Ihr Blick traf kurz auf den von Marvin.

»Danke, Marvin«, sagte sie leise.

»Keine Ursache, Elena«, antwortete er mit seinem gütigen Lächeln und einer Hochachtung in der Stimme, die ihr immens guttat. »Überhaupt keine Ursache. Das ist alles dein Verdienst. So toll, dass du es so schnell erkannt hast. Ich bin wirklich beeindruckt.«

Elena lächelte zurück. Schon jetzt war der Tag für sie auf subtile Weise welterschütternd gewesen.

Und er war noch nicht vorbei.

# ♫ Secrets of the Earth ♫

Lama House

Kurz darauf standen sie vor dem efeuberankten Schloss, das von dichtbelaubtem Wald und weiten Grünflächen umgeben war. Auf dem Rasen davor waren Sitzgelegenheiten für Hotelgäste aufgebaut, aber Exely führte sie hinter das Hotel, weil sie dort mehr Ruhe hatten.

Seine Hotelangestellten hatten einen Tisch auf die Wiese gestellt und für einen typisch englischen Afternoon Tea eingedeckt. Zwei zierliche Teekannen, Etageren mit feinen Sandwiches, eine Auswahl an Törtchen, knusprigem, orientalisch angehauchtem Fingerfood, ein Teller mit Pfannkuchen und natürlich die unvermeidlichen Scones mit hausgemachter Marmelade und Clotted Cream ließen allen das Wasser im Mund zusammenlaufen. Ein vor Kälte beschlagener Kühler mit einer Flasche Champagner und eine Schale dicker, saftiger Erdbeeren aus dem hoteleigenen Gewächshaus vervollständigten das kulinarische Ereignis. Allein der Anblick des Tisches inmitten dieser prachtvollen, satten Natur war ein Augenschmaus. Rechter Hand führte eine Treppe zum italienisch angelegten Garten.

»Darf ich mir den mal anschauen?«, fragte Mia. »Und dort vielleicht auch ein paar Aufnahmen für meinen Insta-Kanal machen? Ich meine, mit Kostüm und so?«

»Aber bitte«, schmunzelte Exely. »Der Garten ist öffentlich und für alle Hotelgäste zugänglich. Wenn es dich nicht stört, dass sie dich angaffen? Ach, was rede ich! Natürlich stört dich das nicht. Du wirst ja auf Instagram ohnehin angegafft.«

Er zog die Augenbrauen hoch, seine Augen blitzten humorvoll und doch war Ernst dahinter. Elena fand das ermutigend. Der Earl schien ihrer Meinung zu sein!

»Sie scheinen die sozialen Medien nicht zu mögen«, stellte sie fest.

»Kein Stück. Meiner Meinung nach eine äußerst merkwürdige Zurschaustellung von Leuten, die außer Selbstprofilierung nichts auf der Rolle haben und Leute beeindrucken wollen, die ebenfalls nichts drauf haben«, sagte Exely. »Ich empfinde das als eine höchst bedenkliche Entwicklung in unserer Gesellschaft. Wie gehen Sie als Mutter damit um?«

154

»Ich denke, dass es nicht auf alle zutrifft und dass Mia Spaß daran hat«, antwortete Elena vorsichtig. »Das ist okay, solange sie den Rest nicht vernachlässigt. Schule zum Beispiel.«

Mia stieß ein genervtes »Pfff!« und »Oh, Mam!«, aus, und erstickte damit Elenas Lächeln, das diese ihrer Tochter hatte schicken wollen. Wütend starrte Mia ihre Mutter an und zischte: »Wann kapierst du's endlich?! Schule ist das Letzte!«

»Hah!«, rief Exely erfreut, bevor Elena auch nur die Chance hatte, darauf zu reagieren. »Wusste ich's doch, dass das Mädchen intelligent ist. Das bestehende Schulsystem sollte keinem Wesen zugemutet werden Wenn Sie Ihr Kind verblöden und verbiegen lassen wollen, schicken Sie es in die Schule!«

Der Satz schlug ein wie eine Bombe. Elena fiel die Kinnlade herunter. Mia umso mehr. Entgeistert starrte sie den Earl an, dann aber leuchteten ihre Augen auf wie zwei Sterne. Elena hingegen war perplex.

»Was? Wie bitte?«, stotterte sie. »Sagten Sie gerade, die Schule verblödet?«

»Exakt!« Exelys blaue Augen glühten geradezu. Das Thema schien ihn zu bewegen. »Schule, so wie sie die meisten Kinder heutzutage erleiden müssen, tötet jede Kreativität. Die Lehrpläne sind mit dem Ziel entworfen, aus unseren Kindern dumpfe Marionetten und brave Dienstempfänger zu machen. Sie bringen ihnen kaum Brauchbares bei und die Methoden sind haarsträubend. Alle müssen das Gleiche lernen und geistig im Gleichschritt marschieren, obwohl doch jeder Mensch individuell ist. Das bisschen Gute wiegt den Schaden nicht auf, den die Schulsysteme weltweit an Kindern verbrechen. Sie vermitteln Angst, einen ungesunden Wettbewerbsgedanken, Abneigung gegen das Lernen und jede Menge Frust. Die meisten Kinder hassen die Schule – und das zu Recht. Und obwohl das bekannt ist, wird nichts daran geändert. Gibt Ihnen das nicht zu denken? Nein, natürlich nicht. Und warum nicht? Weil die Eltern eine ebensolche Gehirnwäsche und Anpassungsmaschinerie durchlaufen haben. Es ist schwer, den Kreislauf zu durchbrechen. Dazu braucht es Einsicht und Mut. Sehr viel Mut sogar.«

Instinktiv suchte Elena den Blick von Hazel und Marvin.

»Ich finde, Robert hat vollkommen recht.«, stimmte Marvin zu. »Wer einigermaßen Verstand hat, beschützt sein Kind vor diesem Schulsystem.«

Mia entfuhr ein Laut zwischen Lachen und Weinen, der Elena in der Seele wehtat. Sie konnte das Herz ihres Kindes klopfen hören, die Hoffnung fühlen, die vorsichtige Freude darüber, dass es Menschen gab, die sie verstanden. Ein gewaltiger Stich durchfuhr sie. Warum hatte *sie* das nie versucht? Und doch war sie zu gefangen in alten Denkmustern.

»Und das sagst du als Universitätsprofessor?«, ächzte sie, an Marvin gewandt. »Du hast doch deine Reputation durch ein Schulsystem erworben. Du hast Einfluss, weil du Professor bist, weil du …«

»Nein, er hat Einfluss, weil er was drauf hat«, unterbrach Robert Exely. »Er ist da, wo er heute steht, weil er tut, was er tut, und das mit Brillanz.«

»Aber er wäre ohne seinen Titel nie in diese Position gekommen«, widersprach Elena.

»Was zu beweisen wäre, Elena.«

Der Schalk in Exelys Augen war tiefem Ernst gewichen. Elena merkte, wie ihre Tochter wie gebannt an dessen Lippen hing.

»Was bringt Sie dazu, so zu denken?«, fragte Elena.

»Weil ich selbst diese Mühle hinter mich gebracht und mich danach intensiv damit beschäftigt habe. Dann wird einem so einiges klar. Die Schulen wurden im industriellen Zeitalter eingeführt, um den Menschen zwei Dinge einzupeitschen: Pünktlichkeit und Gehorsam. Ein perfides System. Denn auf diese Weise kann man leicht Bürger züchten, die keine Fragen stellen, die tun, was man ihnen sagt und obendrein jene angreifen, die aus der Reihe tanzen. Perfekt, nicht? Aber aus Fügsamkeit ist noch nie etwas Großes hervorgekommen.«

»Bürger züchten«, wiederholte Elena. »Das hört sich ja grauenvoll an.«

»Das ist es auch.«

»Für mich ist Schule eine Einrichtung, die das Recht auf Bildung ermöglicht«, entgegnete sie. »Denn eines dürfte auch klar sein: Dumme Menschen lassen sich leichter beeinflussen als gebildete. Und wie soll man sich bilden ohne Schule? Sie wissen selbst, dass man einen Abschluss braucht, ein gutes Abitur, um studieren zu können.«

»Um in der Universität noch mehr in eine bestimmte Richtung gepresst zu werden«, erwiderte Exely gleichmütig, während Mia neben ihm Schnappatmung bekam und ihn anhimmelte wie Jesus, der vom Grabe auferstanden war. »Natürlich ist Bildung wichtig. Aber warum sind Sie der Meinung, die könnte nur über das bestehende System vermittelt werden? Es gibt hundert andere und bessere Wege. Außerdem bezweifle ich sehr, dass normale Schulen geeignet sind, umfassendes Wissen zu vermitteln. Mal ehrlich, Elena: Wie viel haben Sie denn vom Schulstoff noch im Kopf? Wie viel von der Uni? Das meiste haben Sie vergessen, ist es nicht so? Und das, was Sie können, haben Sie sich selbst erworben. Schulen befähigen nicht dazu, über den Tellerrand hinauszudenken. Wer macht denn die Lehrpläne?

Die Regierungen! Was wollen die Regierungen? Macht. Was brauchen sie dafür? Brave Mitläufer. In Schulen wie in Universitäten wird das gelehrt, was eine kleine Gruppe von Leuten will, dass die Menschen es glauben.«

»Aber Sie können doch nicht verneinen, dass man auch Nützliches lernt. Lesen, Schreiben, Biologie und so weiter.«

»Und wer sagt, dass man dafür eine Schule braucht? Vor allem: Was ist der Preis dafür? Die Zerstörung jeder Kreativität. In einem System wie dem der Schule werden anderslautende Meinungen bestraft und unterdrückt, so kann es keinen Fortschritt geben, sondern nur Konformität. Man kann sich aus anderen Quellen als denen der Lehrbücher informieren. Quellen, die von Freiheit reden, von Wahrheit und von Dingen, die tunlichst unter Verschluss gehalten werden sollen. Diese Quellen haben kein Interesse daran, Profit aus ihrem Wissen zu schlagen. Wohl aber die Gegenseite. Sie haben gesagt, dass sich dumme Menschen leichter führen lassen, das ist wohl wahr. Aber ist jemand, der das herunterbeten kann, was man von ihm verlangt, schlau? Ist jemand, der anders denkt, dumm? Wenn sich Bildung nur auf Materielles stützt und das Geistige ausklammert, ist sie nicht frei, dann verdummt sie. Genau das passiert vielen – Gott sei Dank nicht allen – Akademikern. Zu viele sind verkopfte, engstirnige Individuen, die stur an ihrem Weltbild festhalten. Aber der Wind dreht sich.«

Elena warf Mia einen Blick zu, merkte, wie das Herz ihres Kindes flatterte. Mia sah aus, als stünde sie kurz vor einem Infarkt. Der Earl beugte sich zu Elena vor.

»Ich weiß, es ist harter Tobak«, sagte er leise. »Ich weiß, dass ich damit an festen Glaubenssäulen rüttle. Das ruft immer erst mal Abwehr hervor.«

»Überhaupt nicht!«, hauchte Mia. »Das ist der Grund, warum ich nicht in die Schule will! Das und noch viel mehr! Ich stimme Ihnen in allem zu!« Ihre Lippen bebten.

Exely runzelte die Stirn.

»Kleine Lady, ich wollte damit nicht gesagt haben, dass das Leben aus Tand und Müßiggang besteht, oder gar, dass ich Wissensvermittlung verneine. Im Gegenteil. Mir geht es um das Wie. Um das Herz, um die Seele des Kindes, das einen Ruf verspürt. Vielleicht fragst du dich, woher der Ruf, Influencer zu werden, eigentlich kommt.«

»Das weiß ich ziemlich genau«, erwiderte Mia. »Influencer beeinflussen. Wie der Name schon sagt. Das kann man für alles Mögliche verwenden.«

Mehr gab sie nicht preis, obwohl alle sie fragend ansahen. Exely lehnte sich zurück und taxierte sie prüfend.

»Du hast also einen Plan.«

»Ja, so könnte man das durchaus nennen.«

Er lächelte verhalten und wandte sich an Elena.

»Elena, darf ich fragen, was Sie beruflich machen?«

»Ich bin Autorin«, erwiderte sie zurückhaltend.

Die gefürchtete Frage folgte auch auf dem Fuße:

»Und worüber schreiben Sie?«

»Nichts Nennenswertes. Einfache Liebesromane«, erwiderte sie.

»Wie schön!«, rief der Earl. »Ich liebe Romanzen, vor allem, wenn sie vor Schmalz nur so triefen! Gibt es Ihre Werke auch auf Englisch?«

»Nein, dazu sind sie zu trivial.« Elena lächelte. »Aber vielleicht gelingt mir ja hier ein Buch, das es wert ist, übersetzt zu werden.«

»Stoff gibt es ja en masse!«, eröffnete ihr Marvin.

»Meine Rede!«, setzte Exely hinzu. »Warum schreiben Sie nicht etwas über Kornkreise? Immerhin befinden Sie sich im *Zirkelland*, im Mekka der Anomalien. Sollten Sie hierfür Material brauchen, stehe ich jederzeit zur Verfügung.«

»Kornkreise!«, entfuhr es Elena verdutzt. »Ich dachte, in dieser Ecke geht es um Steinkreise!«

»Um die selbstredend auch. Das eine hängt mit dem anderen zusammen. Die Steinkreise sind etwas Ewiges, die Kornkreise temporär und einzigartig. Jedes Jahr erscheinen sie mit neuen Botschaften.«

»Ich habe mich noch nie damit befasst«, gab Elena zu. »Das hört sich hochspannend an!«

»Das ist es auch«, gab Marvin zurück. »Viele mystische Aspekte vereinigen sich in unserem Zirkelland: die heilige Insel Avalon, die in den Nebeln verschwunden ist, Stonehenge ist nicht weit von uns entfernt und …«

»Was ist das für ein Ausdruck, den ihr da verwendet?«, hakte Elena nach. »Zirkelland?«

Auch Mia saß mit erhöhter Aufmerksamkeit neben ihr.

»Genau. Zirkelland«, wiederholte Hazel. »Die Grafschaften Wiltshire und Hampshire sind jene Gebiete, in denen die meisten Kornkreise auftauchen. Wir leben im Kreise-Land. Wir sagen eben Zirkelland dazu.«

»Ein magischer Landstrich«, wandte sich der Earl mit einer dermaßen herzerwärmenden Leidenschaft an Mia und Elena, die ihnen eine Gänsehaut über ihre Körper jagte. Er wurde wieder zum Lord und breitete theatralisch die Arme aus.

»Myladys, Ihr weilet im Lande der Mythen und Legenden, wo Sagen von heiligen und gerechten Königen erzählt werden und wo das Reich der

Göttinnen und Magier seine Heimat hat. Hier begann die Suche nach dem Heiligen Gral, hier trafen sich die Ritter der Tafelrunde, in den satten, fruchtbaren Auen Südenglands. Ihr findet geheimnisumwitterte Hügel, heilige Quellen, uralte Baumriesen, vereint auf einem Areal, das von mächtigen Leylines durchzogen ist und urtümliche Heiligtümer in einer Häufigkeit aufweist, wie nirgendwo sonst auf Gottes schöner Erde. Das ist kein Zufall. Verspüret Ihr nicht auch den eigentümlichen Zauber, den diese Landschaft verströmt?«

»Doch«, hauchte Elena fasziniert. »Von der ersten Sekunde an. Dir ging es ähnlich, Mia, oder?«

»Absolut«, bestätigte die. Ihre Augen klebten am Lord. Zwischen den beiden schwelte eine Verbindung, die mit Worten nicht zu erfassen war. Ob Exely das auch spürte? Er schenkte Mia einen kurzen, aber intensiven Blick und senkte seine Augen wieder in die von Elena.

»Auch Merlin wirkte hier. Merlin, der alte Zauberer, der die Sprache der Bäume und Steine kannte. Der Sage nach war er es, der Stonehenge mittels magischer Kräfte erbaut hat. Merlin nannte es das Observatorium der siebzig Türen und Fenster, die Anordnung der Steine folgt der Heiligen Geometrie. Wussten Sie, dass sein Grab in Marlborough liegt?«

»Nein, das ist mir alles neu! Wo genau ist es? Kann man es besichtigen?«

»Ja, es liegt an der alten Hauptstraße von London nach Bath. Der Name ›Marlborough‹ wurde aus ›Merlin-Barrow‹ gebildet und das bedeutet: ›Merlins Hügelgrab‹.«

Alle Härchen auf Elenas Armen waren aufgestellt. Feine Antennen, die kein Wort, kein Gefühl, keine Botschaft verpassen wollten. Die Stimmung hatte sich gewandelt. Hier auf dem wunderbaren Stück Grün schien auf einmal jeder Baum mit ihr zu sprechen, jeder Stein eine Botschaft zu tragen, und Elena überfiel seltsamerweise das dringende Bedürfnis, zum Steinkreis nach Avebury zu müssen. Wieso hatte sie dieses Event erst nächste Woche auf ihrer Liste stehen? Das musste sie gleich und sofort machen! Sie verstand sich selbst nicht, während Robert sie mit weiteren Informationen versorgte.

»Merlin hat Stonehenge genutzt und verstanden«, erzählte er. »Aber meiner Ansicht nicht erbaut, denn Stonehenge ist viel älter als er. Gewisse Teile konnten bis auf das Jahr 4000 vor Christus datiert werden. Aber das Rätsel, wie zu damaligen Zeiten diese Felsriesen von Wales über Hunderte von Kilometern transportiert worden waren, hat noch keiner gelöst. Auch nicht das der Kornkreise, die jedes Jahr auftauchen.«

»Was hat es mit den Kornkreisen auf sich?«, fragte Elena elektrisiert. Mia hatte den Begriff in ihr Handy eingegeben, und die ersten Informationen überflogen. Exely bekam das mit, seine Stirn runzelte sich.

»Hier steht, dass das Rätsel der Kornkreise längst gelöst ist«, las Mia vor. »Zwei Rentner, Doug Bower und Dave Chorley haben sich dazu bekannt. Sie haben mit Kordeln, Brettern und Stricken die Muster gezogen. Das ging damals um die Welt.«

Exely seufzte tief. »Genau. Es ging um die Welt. Was für eine Schande!«

Auch Marvin und Hazel empörten sich darüber. Die blauen Augen des Lords blitzten, als er sich zu Elena und Mia vorbeugte und temperamentvoll fortfuhr:

»Unser kleines, engstirniges Weltbild ist mal wieder von den Medienclowns und ihren Drahtziehern gerettet worden. Das Rätsel auf rationale Weise geknackt! Es gibt also die logische Erklärung, dass zwei Rentner, die übrigens, als sie sich outeten, schon siebenundsechzig und zweiundsechzig Jahre alt waren, seit dem Jahre 1981 unbemerkt und unentdeckt zweihundert Kornkreise zustande gebracht haben sollen. Ei der Daus! Die ach so schlauen Schreiberlinge dieser Artikel vergaßen zu erwähnen, dass die beiden das niemals weder zeitlich noch körperlich hätten schaffen können. Noch schrieben sie darüber, dass, als Doug und Dave um einen Beweis ihres Könnens gebeten worden waren, sie nur Stümperhaftes zustande brachten. Selbst wenn sie die zweihundert Kreise hier in der Ecke gestaltet hätten, wer ist dann für die restlichen verantwortlich?«

»Vielleicht haben auch andere Spaß daran gefunden, Kreise zu machen?«, bot Mia an.

»Dummerweise ist genau das der Fall«, bestätigte Robert. »Es stimmt, es gibt nun viel mehr Fake-Kornkreise als früher. Trotzdem ist die Zahl der echten Kreise ein Jahr nach dem Outing der beiden explodiert, und zwar so immens, dass es den Anschein hat, als wollte eine höhere Macht uns überzeugen, dass es sie wirklich gibt.«

»Eine höhere Macht«, wiederholte Elena gefesselt. Selbst Bennie, der auf Elenas Schoß saß, war still geworden und lauschte Exely, obwohl er wenig verstand, denn Mia und Elena kamen nicht ganz mit dem Übersetzen hinterher. Der Earl gab einem der Kellner eine kurze Anweisung.

»Ja, eine höhere Macht«, wandte er sich wieder der kleinen Familie zu. »Kornkreise entstehen innerhalb von wenigen Sekunden über Nacht. Niemals ist das mit Brettern und Seilen zu schaffen.«

»Über Nacht! Und so schnell!«, rief Elena überrascht. »Woher wissen Sie das?«

»Weil ich dabei war.«

»Was heißt das, Sie waren dabei?« In Elena drehte es sich nur noch. Nun schaltete sich Hazel ein.

»Robert ist der absolute Kornkreis-Spezialist«, erklärte sie. »Er ist Vorstand der Kornkreis-Vereinigung im United Kingdom. Wenn jemand Bescheid weiß, dann er. Ganz besonders bekannt ist er dafür, einen gefakten Kreis sofort von einem echten unterscheiden zu können.«

»Er hat auch die Kreiswachen ins Leben gerufen«, vervollständige Marvin. »Das heißt, dass er zusammen mit Reportern, die sich für das Thema erwärmen – davon gibt es leider nicht viele – sowie Wissenschaftlern und Forschern nachts Wache hält, um bei der Entstehung dabei zu sein.«

»Sie haben das live miterlebt?«, fragte Mia atemlos. »Sie waren wirklich und echt dabei?«

»So wahr ich hier sitze, kleine Lady. Mehrfach sogar. Wenn Eure Frau Mutter es erlaubt und Ihr Lust darauf verspürt, lade ich Euch gerne zu einer solchen Wache ein. Es ist Sommer. Das Korn ist reif. Es ist Hoch-Zeit für Kornkreise.«

»Mama!«, rief Mia ungestüm. »Da will ich unbedingt mit! Unbedingt!«

»Gilt die Einladung auch für mich?« Elena war genauso aufgekratzt wie ihre Tochter und steckte Bennie damit an, der den Grund ihrer Aufregung wissen wollte.

»Aber selbstverständlich!«, freute sich der Earl über ihr Interesse. »Es kann aber auch sehr langweilig werden. Wir haben noch nicht herausgefunden, wann sie auftauchen. Nur eines wissen wir: Wenn Menschen dringende Fragen haben oder wenn die Ereignisse auf der Welt sich zuspitzen, dann gibt es immer Zeichen.«

Unwillkürlich tauschten Elena und Mia einen Blick, vereint in ihrer Faszination, in diesem Zauber, der sie die Landschaft nochmal mit völlig anderen Augen wahrnehmen ließ.

Der Angestellte kam zurück und übergab Lord Exely ein Buch.

»Aber was hat es mit den Fake-Kornkreisen auf sich?«, bohrte Mia nach. »Warum tun das die Leute?«

»Manche wollen beweisen, dass sie so etwas auch zustande bringen, aber sie erreichen niemals die Präzision eines echten Kreises. Andere hingegen sind explizit damit beauftragt worden. Als die Sache mit Doug und Dave aufkam, waren alle Kornkreisspezialisten erstmal völlig blamiert. Ihr könnt euch denken, dass sich kaum jemand mehr traute, darüber zu sprechen. Das ist ein Teil des Tricks: Wenn du willst, dass etwas im Sand verläuft, mache es lächerlich. Der nächste Winkelzug besteht darin, Wahrheit mit Lügen zu mischen, denn so verliert der Mensch die Orientierung. Jenen, die sagen, die Kreise wären gefakt, kann man nicht widersprechen, weil sie ja teilweise recht haben. Aber sie klammern die Tatsache aus, dass die meisten Kornkreise eben *nicht* von Menschenhand gemacht wurden.«

»Robert hat sich bei der Identifizierung noch nie getäuscht«, warf Marvin ein.

»Wie unterscheiden Sie einen echten Kreis von einem gefakten?«, fragte Elena gebannt nach.

»Das ist einfacher als gedacht. Die Halme eines echten Kornkreises sind nie gebrochen oder geknickt. Sie sind sanft gebogen und unversehrt. Daher wachsen die Halme am Boden waagrecht weiter. In einem Fakekreis sind sie allerdings zerstört und niedergetrampelt.«

»Und wenn wir schon von Trampeln sprechen«, hakte Marvin ein, »dann ist es auch äußerst verwunderlich, dass in einem echten Kornkreis niemals Fußabdrücke zu sehen sind. Nie. Egal, ob es vorher geregnet hat oder nicht. Es gibt nicht eine Spur.«

»Im Gegensatz zu den gefakten Kreisen.« Der Lord übernahm wieder. »Da strotzt es von Schäden, von Lehm und Erde auf den Halmen, von Fahr- und Fußspuren. Bei einem echten Kreis bleiben die Halme komplett sauber und heil. Der Weizen ist meist gegen den Uhrzeigersinn spiralförmig umgelegt, oft sind die Halme sogar miteinander verflochten. Wer in Gottes Namen will das in dieser kurzen Zeit in dieser Genauigkeit hinbekommen? Nochmal: Selbst wenn Doug und Dave tatsächlich für die rund zweihundert Kornkreise verantwortlich waren, wer hat dann die restlichen sechshundert erstellt, die allein bis 1981 aufgetaucht sind? Die beiden wurden übrigens aufgrund ihres Outings von den betroffenen Farmern wegen Sachbeschädigung sowie Landfriedensbruch angezeigt und auf Schadensersatz verklagt.«

»Und was ist daraus geworden?«

»Die Klage wurde abgewiesen«, erklärte Marvin. »Sagt viel aus, nicht?«

»Aber auch das wird totgeschwiegen«, warf Hazel ein.

»Ja, die Mainstream-Medien tun alles, um zu verhindern, dass die Menschen an eine übergeordnete Kraft glauben, die auf sehr praktische und offensichtliche Weise mit uns kommuniziert«, sagte Exely. »Doch wir leben in Zeiten des Umbruchs und dieser ist nicht aufzuhalten, egal, was dagegen unternommen wird. Das zeigen uns die Kreise selbst. Denn um 1984 herum gab es einen Quantensprung. Nicht nur stieg die Quantität der Kreise massiv an, auch die Qualität erhob sich auf eine andere Ebene. Den einfachen Strukturen der früheren Jahre folgten dermaßen komplexe, kunstvolle Formen, die selbst mit entsprechenden Maschinen nicht von Menschen gemacht werden können. Das schloss selbst manchem Journalisten den Mund.«

Er schlug das Buch auf, das er sich hatte bringen lassen, ein Bildband mit Fotografien von Kornkreisen, nach Jahren geordnet. Muster von unvorstellbarer Schönheit und Perfektion waren zu sehen. Elena brachte kein Wort mehr hervor. Ihr ganzes Sein wusste: Niemals war das mithilfe von Brettern und Kordeln gezogen worden. Der Earl bestätigte das.

»Wie könnte das jemals in einer Nacht von Menschenhand gemacht worden sein? Selbst für einfachere Formationen bräuchte man vierzig bis fünfzig Leute, die die gesamte Nacht in völliger Konzentration und ohne einen einzigen Fehler zu machen, durcharbeiten müssten, um so etwas zustande zu bringen. Das ist völlig absurd. Die Zeitfenster, innerhalb derer die Felder unbeobachtet sind, betragen oft nur fünf Stunden. Auch würde doch diese Menge an Menschen, die nötig ist, um so etwas zu erschaffen, sehr schnell entdeckt und von den Farmern vertrieben werden.«

»Das ist wahr«, erwiderte Elena und konnte den Blick nicht von den Fotografien lösen. »Die Kreise haben eine Ausstrahlung, die unter die Haut geht. Ich …«

Sie brach ab, schüttelte fassungslos den Kopf. Milk Hill, Alton Barnes, Avebury, Silbury Hill … das war alles in ihrer Nähe! Und sie hatte keine Ahnung von all dem gehabt!

Der Earl, der neben ihr saß, klappte das Buch zu und überreichte es ihr.

»Interessanter Stoff«, bemerkte er mit seinem feinen Lächeln.

Aufgewühlt nahm Elena das Buch entgegen.

»Ich verstehe nicht, warum noch nicht einmal Wikipedia anständig Auskunft darüber gibt. Und warum verschweigen es die Medien?«

»Das wundert Euch?« Exelys Züge wurden ironisch, Ton und Sprache wieder herrschaftlich. »Wenn Ihr meint, ein solches Rätsel vom sogenannten Weltnetz erklärt zu bekommen, dann macht Euch klar, was der Begriff Welt-Netz bedeutet. Das Internet ist ein *Netz*, das Euch in einem Sumpf aus Wahrheit, Halbwahrheiten und Lügen gefangen hält.«

»Meine Rede!«, rief Mia mit leuchtenden Augen. »Genau das denke ich auch!« Das Glück, auf jemanden getroffen zu sein, der ihre Meinung teilte, stand ihr ins Gesicht geschrieben. »Und das, was Sie über die Schule gesagt haben, empfinde ich auch so! Dort fängt es an!«

»Genau, dort fängt es an«, stimmte ihr Robert zu. »Schulen sind Institutionen, die das zerstören, was den Menschen ausmacht. Seine Intuition, seine Kreativität, seine Vorstellungskraft. Du hast das zu glauben, was sie dir vorsetzen, und du bekommst nur gute Noten, wenn du ihre Glaubenssätze fehlerfrei wiedergeben kannst. Nur so hast du eine Chance auf einen Beruf und auf Verdienst. Das ist Erpressung und Dressur und hat mit Entfaltung nichts zu tun. Ein Mensch, der immer wieder bestimmte Dinge gesagt bekommt, empfindet sie irgendwann als wahr und wird der beste Verteidiger seines eigenen Gefängnisses. Er kommt kaum auf die Idee, dass die Dinge eventuell anders sein könnten. Dass es möglicherweise andere Wahrheiten gibt. Erschreckend, nicht?«

Elena schluckte. »Ja, das klingt erschreckend.«

»Mam!«, rief Mia hoffnungsvoll. »Er hat recht! Er hat so recht!«

Robert zog eine Augenbraue hoch. »Oha! Bahnt sich da etwa ein Generationenkonflikt an? Zeit für mich zu verschwinden, bevor ich in die Schusslinie komme!«

»Nein, warten Sie, wie ist das mit der Kreiswache?«, hielt ihn Mia zurück. »Wann findet die nächste statt? Darf ich wirklich mit? Oh, bitte, bitte!«

»Habe ich doch gesagt! Ich gebe dir Bescheid, okay?«

Mia jubelte. »Ja! Unbedingt! Ich will alles darüber wissen! Ich gebe Ihnen meine E-Mail-Adresse! Ist das okay?«

Sie sah sich nach Schreibmaterial um. Elena, die Autorin, hatte immer Stift und Block in der Tasche und zog nun beides heraus.

Mit glühenden Wangen überreichte Mia dem Earl den Zettel und sah zu ihm hoch.

»Vielen lieben Dank«, sagte sie inbrünstig. »Für alles.«

Der Earl lächelte. »Keine Ursache, Mia. Wohl denn! Wir sehen uns.«

»Ja, wir sehen uns. Ich freu mich mega drauf!« Mia tanzte in ihrem Goldbrokatkleid herum. Elena gab dieser Anblick schwer zu denken, aber sie freute sich, dass ihr Kind so glücklich war. Mit leuchtenden Augen wandte auch sie sich an Exely.

»Vielen Dank für den Lunch und den wunderschönen, aufschlussreichen Nachmittag. Ich hoffe von Herzen, mich revanchieren zu dürfen … irgendwie!«

»Das ›irgendwie‹ klingt verlockend« Er zwinkerte ihr zu und vollführte eine formvollendete Verbeugung.

»Auf ein nächstes Mal«, sagte er mit einem warmen Lächeln und weg war er. Mit glänzenden Augen sahen ihm alle nach. Auch für sie war es Zeit, aufzubrechen und sie machten sich auf den Weg nach Hause.

»Was für ein außergewöhnlicher Mensch«, bemerkte Elena.

»Das stimmt allerdings. Hier in der Ecke ist er bekannt als der Merlin«, verriet ihr Hazel. Elena lachte verwundert.

»Weil er sich für den alten Magier interessiert?«

»Nein, weil Lord Exely hellsichtig ist.«

»Er ist …«

»Und nicht nur das. Er kann heilen. Dabei arbeitet er mit Kristallen, die er auflädt«, erklärte Hazel weiter und Marvin fügte hinzu:

»Es gibt kaum jemanden, der so ein umfangreiches Wissen hat. Über Kräuter, Bäume, Steine, Heilmethoden …«

»… aber auch über die Geschichte« vervollständigte Hazel. »Die *wahre* Geschichte. Er weiß so viel aus den alten Zeiten. So oft sagt er, dass diese Zeiten noch hier sind.«

»Wie meint er das?«, fragte Elena verständnislos. »Und was versteht ihr unter wahrer Geschichte?«

»Dass wir in einer falschen Wahrnehmung leben und es eine andere Welt gibt, eine andere Geschichte als die, die uns in der Schule präsentiert wird und von der nur noch die Sagen erzählen. Diese Welt ist existent, aber für uns nicht mehr wahrnehmbar, weil die nötigen Sinne nicht aktiviert sind. Avalon, die in den Nebeln verschwunden ist, hat sich nicht aufgelöst, sie ist nur nicht mehr sichtbar.«

Das hörte sich total abgefahren an, dennoch lief Elena ein Schauer über den Rücken. Die Worte Exelys, in einem indoktrinierten Rahmen aufgewachsen zu sein, der sie daran hinderte, über den Tellerrand hinauszusehen, gewannen in diesem Kontext weitere Bedeutung.

Ein Meer an Eindrücken war heute auf sie eingestürzt! Nun waren sie erst den dritten Tag hier und schon war alles anders. Dabei hatten sie noch nicht mal eine der mystischen Stätten aufgesucht!

»Wäre gut, wenn du jemanden mitnimmst, der sich auskennt«, empfahl Marvin, als sie es erwähnte. »Weißt du, wir haben zig Tausende von Touristen hier, aber nur wenige erahnen das Potenzial, das diese Gegend bietet. Die meisten trampeln durch die Anlagen und spüren gar nichts.«

»Hättet ihr die Zeit dafür?«, fragte Mia.

»Vielleicht lässt es sich mal ab und zu einrichten, aber eher nicht, Mia. Macht euch mal keine Gedanken, ihr werdet zur richtigen Zeit am richtigen Ort sein.«

»Woher sollen wir das denn wissen?«, fragte Mia ein wenig enttäuscht zurück.

»Indem ihr auf die Zeichen achtet«, antwortete Marvin. »Davon gibt es hier genug. Ihr müsst nur die Augen aufmachen. Heißt es nicht in der Bibel schon: Wer Augen hat, der sehe, und wer Ohren hat, der höre. Es ist eigentlich ganz einfach.«

# ♫ Cathedral ♫

Cocoon

Es war vier Uhr nachmittags, als sie sich wieder in ihrem hübschen Häuschen einfanden. Mia verschwand in ihrem Zimmer, begierig darauf, die Fotos auszuwerten. Die Sonne schien noch warm und Elena legte Bennie in die Hängematte hinten im Garten, schaukelte ihn sanft hin und her. Aber bald hatte er wieder Hunger und sie gingen in die Küche und bereiteten gemeinsam etwas vor.

Begeistert davon, dass man sich das Essen einfach aus dem Garten holen konnte, brachte er Kräuter, die ihm Hazel gezeigt hatte, und verzierte liebevoll die Brote damit.

Erst, als sie beim Essen saßen, fiel Elena auf, dass sie immer noch nichts von Florian gehört hatte.

»Hast du Papa schon eines deiner Fotos geschickt?«, wollte sie von Mia wissen, in der Hoffnung, er hätte vielleicht darauf reagiert. »Er meldet sich einfach nicht.«

Aber Mia schüttelte den Kopf.

»Mach dir nicht so viele Gedanken, Mam«, sagte sie. »Ist bestimmt schwer, eine Internetverbindung in den Bergen zu bekommen. Hat er doch gesagt.«

»Ja, ich weiß. Ich wäre trotzdem froh über ein Lebenszeichen«.

Gemeinsam räumten sie den Tisch ab. Mia blieb mit ihrem Laptop auf der Terrasse, Bennie rannte zur Schaukel und Elena nahm das Buch, das Exely ihr mitgegeben hatte, in die Hand und betrachtete die wunderschönen Luftaufnahmen der Kornkreise ab dem Jahre 1990.

Eine zwölffache Spirale, mit einem Durchmesser von vierundsechzig Metern, sprang ihr ins Auge, ein Sonnensystem – oder sollte das eine Erinnerung an die ursprüngliche Zwölf-Strang-DNS des Menschen sein? *Wir leben in Zeiten des Umbruchs*, tönte Roberts Stimme in ihr Ohr. Dann war, am 12. Juni 1995 am Telegraph Hill bei Winchester, ein Kornkreis mit einem Gesamtdurchmesser von achtzig Metern entstanden, ein Bild, das Jupiter mit seinen Monden darstellte. Was wollten die Erschaffer damit ausdrücken? Es erschien Elena als eine klare Aufforderung, den Horizont zu erweitern. Eine Seite weiter erstreckte sich eine imponierende Formation von sage und schreibe hundertvierzig Metern über das Feld, bestehend aus siebenundneunzig Kreisen und drei Ringen. Im Sommer 1999, im letzten

Jahr vor der Jahrtausendwende, waren die Kreise-Macher zur Höchstform aufgelaufen. Hundertvierundvierzig Kornkreisformationen hatte man entdeckt, die größte davon dreihundertvierzig Meter lang, die komplizierteste bestand aus zweihundertachtundachtzig Einzelkreisen. Aber nicht eine britische Zeitung hatte davon berichtet.

Elena war vollkommen überwältigt von der Ästhetik der Agroglyphen, dem 1994 entstandenen »Spinnennetz«, das neben dem prähistorischen Steinkreis Avebury aufgetaucht war, der kosmischen Spirale aus dem Jahre 1996 bei Stonehenge, dem Davidstern am Silbury Hill oder der perfekten Darstellung einer Menora, eines siebenarmigen Leuchters, 1999, bei Barbury Castle in Wiltshire.

Und sie wurde völlig still, als sie die Sensation des Jahres 2001 erblickte: In der Nacht vom 11. auf den 12. August war eine ganze Galaxie ins goldfarbene Korn gezeichnet worden. Der Hauptteil auf einer Fläche von neunzigtausend Quadratmetern und einem Ausmaß bis zweihundertachtzig Metern; einzelne Formationen erreichten eine Länge von einem Kilometer.

Ihr wurde schwummrig zumute. Diese Zeichen bewegten sie. Es war eine Sprache, die ihre Seele berührte, die aber ihr Verstand nicht decodieren konnte. Ob das *Buch der lebendigen Antworten* darüber etwas zu sagen hatte?

Sobald Bennie im Bett war, wollte sie in die Bibliothek, um so viel aus dem Buch abzuschreiben, wie es die Zeit erlaubte. Beladen mit den Eindrücken der letzten Tage, besonders des heutigen, hoffte sie auf Ideen für ihren Roman. Sie musste unbedingt weiteres Wissen über die Kornkreise und die Steinkreise sammeln! Wieder ergriff sie der unbedingte Drang, sich die Kolosse aus der Nähe anschauen zu müssen, in King Arthur's Garten zu verweilen und das Tor mit der Ruine von St. Michael's zu besuchen. Magische Plätze ... Kornkreise, die in Sekundenschnelle und über Nacht erschienen, uralte Steinkreise und Kultorte ... Phil hatte recht gehabt. Hier strotzte es vor Mystik.

»Mama, ich will auch so ein Kostüm wie der Earl«, holte Bennie sie in die Gegenwart zurück. »Ich will auch mit auf ein Bild und in Mias Post!«

»Das heißt posten, Bennie!« Mia lachte und knuddelte ihren kleinen Bruder. »Auf dem Dachboden sind bestimmt auch Kinderkostüme.«

»Und bei eurem Theater will ich auch mitmachen!«, erklärte Bennie.

»Ja, super«, sagte Elena. »Weißt du schon, welche Rolle du spielen möchtest?«

»König Arthur!«, trötete Bennie. »Oder wozu ich Lust habe. Marvin hat gesagt, wenn mir was nicht gefällt oder es langweilig wird, kann ich einfach was anderes spielen.«

Die tiefe Weisheit hinter diesen dahingesagten Worten, bezogen auf das Leben, ließ Elena innehalten. Still nahm sie einen Schluck Tee, froh, dass Bennie noch in der Lage war, solche Sätze zu äußern – aus einer Un-Schuld heraus, die sie längst verloren hatte. Aus einer Freiheit heraus, die sie nicht mehr fühlte. Das Gespräch über die Schule kam ihr in den Sinn. Auch wenn sie noch lange nicht von Mias und Roberts Ansichten überzeugt war, wusste sie, dass das ein Ort war, der Kindern diese Unschuld nahm.

Sanft strich sie ihrem kleinen Jungen das dicke blonde Haar aus dem Gesichtchen, als sie ihn zu Bett brachte, küsste die geliebten, runden Kinderwangen.

»Ach, mein Engel, ich habe dich so, so lieb«, flüsterte sie in sein Ohr.

»Ich liebe dich auch, Mama«, nuschelte Bennie. »Ganz doll.«

Er schlief schnell ein. Kein Wunder, er war die letzten Tage so viel draußen gewesen, wie schon lange nicht mehr. Behutsam zog Elena die Decke bis zu seinem Kinn, verließ leise sein Zimmer und informierte Mia, dass sie für ein bis zwei Stunden in der Bibliothek sein würde.

»Wollen wir deine Fotos durchgehen, wenn ich zurückkomme und du noch wach bist? Ich würde sie unglaublich gerne sehen. Du hast klasse ausgesehen, Mia.«

Ein kaum merkliches Lächeln erschien auf den Lippen ihrer Tochter.

»Ja, cool, wenn du nicht zu müde bist?«

»Nein, ich beeile mich, dass es nicht zu spät wird.«

»Kein Stress, Mutter. Du kannst deine Rolle von heute Morgen ruhig ablegen und ganz Autorin sein. Und ich spiele meine Rolle als aufstrebende, ehrgeizige Influencerin.«

»Hey, mein Kind, ich glaube, die Rolle einer Mutter will ich nie ablegen. Ich … weißt du …« Elena stoppte, Mia starrte wie immer auf den Monitor, aber ihre Finger standen diesmal still. »Ich liebe es wirklich, Mutter zu sein, ich liebe es, *deine* Mutter zu sein und ich liebe *dich*. Ich mache es vielleicht nicht immer richtig, aber ich bin zumindest lernfähig.«

Mia verharrte in ihrer Stellung, schluckte, aber Elena wollte keine Antwort. Sie wollte es nur gesagt haben und schloss mit einem Gruß die Tür.

Es war noch hell, als sie die Straße hinunterging, wieder mal tausend und einen Gedanken im Kopf. Heute war etwas zwischen ihr und ihrem Kind geschehen, weil etwas in ihr geschehen war. Während eines Vormittags! Ohne Belehrungen oder Erklärungen, einfach durch das bewusste Sein und die Annahme ihrer Rolle. Und dann dieser Nachmittag mit dem Earl!

Wer hätte geahnt, was für Phänomene hier stattfanden! Welcher Größe und welcher Art! Dass die Medien nicht darüber berichteten, bestürzte Elena zutiefst. Sie waren doch sonst immer auf Sensationen aus! Aber die letzten Jahre hatten deutlich gezeigt, dass es äußerst naiv war, Massenmedien als Berichterstatter zu betrachten. Sie waren gewissenlose Propagandainstrumente, gefährlich obendrein, da sie ohne Skrupel Meinungen steuerten und beeinflussten. Blind, wer das nicht sehen wollte – und Elena war das bestimmt nicht. Aber das Ausmaß der Zusammenhänge erschreckte sie dennoch. Kontrolliertes Denken ... die Aussagen über die Schule, die sich so passgenau mit denen von Mia deckten ... das arbeitete massiv in ihr. Ihre Tochter *hatte* einen außergewöhnlichen Intellekt. Waren Florian und sie gerade dabei, diesen zu stutzen, weil sie ihr nicht glaubten? Weil Mia nicht in die standardmäßige Richtung gehen wollte? Betroffen blieb Elena mitten auf der Straße stehen. Fetzen früherer Unterhaltungen mit ihrer Tochter erschienen ihr plötzlich in völlig neuem Licht. Durchschaute ihre Tochter mehr als sie?

In Elena brodelte es. Es erschien ihr geradezu lebensnotwendig, vor dem *Buch der lebendigen Antworten* zu sitzen. Heute brauchte sie dringend Antworten!

Der von Rosen und Sternjasmin besetzte Bogen kam ihr vor wie die Einladung in eine Wunderwelt, die in eine weitere Wunderwelt führte. Es war nicht mehr hell und noch nicht dunkel, der Himmel hatte eine faszinierende Tönung. Der Geruch nach Lavendel und Rosmarin verlor sich nicht in dem kleinen Häuschen, denn auch hier hingen die Kräuter in Büscheln an den Wänden. Sie fühlte sich hier wie in einem Refugium und freute sich darauf, diese wunderbaren Zeilen abzuschreiben.

Voller Elan betrat sie den Raum mit den Buchregalen, stellte ihre Tasche mit dem mitgebrachten Thermobecher Kaffee und eine tragbare Lautsprecherbox auf dem Schreibtisch der Aufsicht ab. Sie liebte es, mit Musik zu arbeiten, und aktivierte eine Playlist. Danach begab sie sich zu dem Regal, in dem sie das Buch der Antworten entdeckt hatte.

Es war nicht da.

Ihr Herz machte einen Satz. Hatte es jemand woanders hingestellt? Suchend glitten ihre Augen über die Reihen. Da! Da blitzte doch etwas

Grüngoldenes im obersten Teil des Regals auf – das musste es sein! Das Fach war nicht in ihrer Griffhöhe, daher schnappte sie sich einen Elefantenhocker, schob ihn vors Regal und versuchte, die Rollen zu arretieren. Es gelang ihr nicht. Auch gut, das Buch herauszuziehen dauerte nur eine Sekunde. So stieg sie auf den Schemel, hielt sich am Holz des Regales fest, als plötzlich eine laute Männerstimme hinter ihr polterte:

»Hey! Wie sind Sie denn hier reingekommen?«

Elena erschrak, wollte sich instinktiv umdrehen, doch mit der Bewegung rollte der Schemel unter ihren Füßen weg. Ihre Finger rutschten vom Holz, erschrocken schrie sie auf, als sie fiel, ihr Körper auf einen anderen prallte, sie sich im Fall am T-Shirt des Mannes festkrallte, zwei Hände sie ergriffen, bevor sie beide das Gleichgewicht verloren und zu Boden stürzten. Geistesgegenwärtig hatte sich der Mann gedreht, um Elenas Fall mit seinem Körper abzufedern. Ein Ächzen entfuhr ihm, als sein Kopf hart auf dem Parkett aufschlug und der ihre nah an seinem Gesicht landete. Die Wärme seines Atems, seines Körpers durchströmten sie. Das Klopfen ihrer Herzen verband sich durch den dünnen Stoff der Kleidung, verwob sie miteinander. Es war ein eigenartig inniges Gefühl und Elena gab dem nach – für einen kurzen Moment ließ sie ihren Körper weich auf dem seinen liegen. Silberblondes Haar streifte ihren Blick und sie erkannte, wer er war.

»O mein Gott!«, keuchte sie, als sie ihn stöhnen hörte. »Ray! Bist du verletzt?«

Keine Antwort. Sie stützte sich leicht auf, sah in sein Gesicht. Seine Augen waren geschlossen, sein Mund war schmerzverzogen. Strähnen seines elfenbeinfarbenen Haars waren ihm in die Stirn gefallen, aber seine Hände hielten sie noch immer – bis sie sich leicht aufrichtete. Sie rückte ein wenig höher, strich ihm wie einem Kind das Haar aus dem Gesicht, die instinktive Geste einer Mutter. Mit dieser Berührung löste sich seine Verkrampfung vom Aufprall. Sein Körper wurde weich, sank tiefer, als würde er ohnmächtig werden. Das machte ihr Angst.

»Ray!«, rief sie leise. Seine Lippen bebten kurz, aber nichts kam heraus. Erschrocken kniete sie sich neben ihn hin, betastete seinen Hinterkopf, um festzustellen, ob er blutete. Nein, Gott sei Dank, da war nichts, aber er zuckte bei der Berührung zusammen und sie argwöhnte, dass er eine Gehirnerschütterung davongetragen haben könnte. Sie musste Hilfe holen! Besorgt beobachtete sie sein Gesicht, stützte die Hände rechts und links neben seinen Schultern auf und beugte sich leicht zu ihm hinunter.

»Hey«, flüsterte sie. »Ganz ruhig. Bleib einfach liegen. Ich hole Hilfe.«

Sie wollte sich erheben, aber seine Hände packten sie an den Handgelenken und hielten sie fest.

»Nein«, flüsterte er. »Nein, alles gut. Alles gut. Wirklich.«

Er schlug die Augen auf. Graublaue Augen, die im Mondlicht glitzerten. Als sein Blick sie traf, zuckte sie zurück, als hätte ein Funke sie getroffen. Die Hände an ihren Gelenken wurden heiß, Elenas Herz sank in unendliche Tiefen. Ein überaus seltsames Gefühl stieg in ihr hoch, eines, das sie noch nie zuvor empfunden hatte, das sie davontrug in eine andere Dimension. Ein Tor schien sich zu öffnen, eine Erinnerung stieg hoch aus den Tiefen des Universums, die Gewissheit, diesen Moment schon mal erlebt zu haben – und doch war er neu. Doch war er anders. Die Art, wie er vor ihr lag, das Silberlicht des Mondes auf seinem Gesicht, das elfenbeinfarbene Haar, die glatten Lippen … ihr Blick verschwamm. Ihr war, als ob sie draußen den Wind heulen hörte, war ein Sturm heraufgezogen? Nein, sie war es, die heulte! Sie sah sich neben ihm kauern, wie sie im stürmischen Wind laut ihren Schmerz hinaus heulte. Regen fiel auf ihr Gesicht. Wo war das? Ihr Bewusstsein switchte zwischen den Ebenen hin und her. Etwas irritierte sie immens, aber was denn nur? Seine Hände! Ja, seine Hände passten nicht zum alten Bild, zur alten Erfahrung. Diese Hände waren warm, nicht kalt, hielten sie, statt kraftlos zur Seite zu fallen und seine Augen brachen nicht … Was für ein Wirrwarr! Halluzinierte sie? Ein kleines Ächzen von Ray brachte sie wieder in die Gegenwart zurück, ihr Blick wurde wieder klar, aber ihr Herz klopfte wie wild. Wo war sie gerade gewesen? Sie hatte sich vollständig in seinen Augen verloren. Hatte das Gefühl, *sich* zu verlieren.

Die Wärme verschwand von ihren Gelenken, ächzend richtete er sich in eine sitzende Stellung auf und rieb sich den Hinterkopf.

»Gibt ne fette Beule«, mutmaßte er. »Aber für eine Gehirnerschütterung war es zu wenig.«

»Tut mir so leid«, sagte Elena mit wackliger Stimme, die auf ihren Fersen vor ihm saß und die Fassung wiederzugewinnen versuchte. »Ich habe mich so erschrocken. Du musst früher mal Indianer gewesen sein, so wie du dich angeschlichen hast! Ich habe dich rein gar nicht gehört.«

»Tut mir meinerseits leid. Ich wollte dich nicht erschrecken. Aber wie um Himmels willen bist du hier reingekommen?«

»Mit dem Schlüssel.«

»Mit dem Schlüssel«, wiederholte er perplex. »Woher hast du einen Schlüssel?«

»Von Marvin. Weil ich wegen der Kinder die Öffnungszeiten nicht einhalten kann.«

»Oh, okay.« Wieder langte er mit der Hand an den Hinterkopf. Elena beobachtete ihn besorgt.

»Wie geht es dir? Kann ich dir einen Schluck Kaffee auf den Schreck hin anbieten? Vorausgesetzt, dass du Kaffee magst ...?«

»Ich mag Kaffee nicht, ich liebe ihn!«, gab er zurück und seine Augen leuchteten auf. »Für mich steht das Zeug eindeutig an der Spitze der Nahrungskette.« Er lächelte befreit. »Du hast Kaffee dabei? Hört sich unglaublich belebend an.«

»Ach, wie gut!« Erleichtert lächelte sie ihn an. »Eigentlich darf man ja in der Bibliothek weder essen noch trinken, aber ...«

»Kaffee rechtfertigt alles«, unterbrach er sie eifrig. »Wenn ich drei Wünsche frei hätte, dann würde ich drei Kaffee nehmen.«

Elena lachte, froh, dass ihm nichts Schlimmes passiert war. Während sie zum Schreibtisch ging, rief er ihr nach: »Du heißt Elena, nicht?«

»Ja, richtig. Und du bist Ray.«

»Wie schön, du hast meinen Namen nicht vergessen.«

Es hörte sich an wie: »Du hast mich nicht vergessen.«

Sie stutzte kurz, bevor sie erwiderte: »Du meinen auch nicht.«

Ray sah ihr zu, wie sie einen Thermobecher aus ihrer Tasche holte und den Deckel abschraubte. Das Kleid umfloss ihre Figur und er musste an den Moment denken, wo sie auf ihm gelegen war, ihr Herz an seinem, seine Hände an ihrem Körper. Er wollte es wegschieben, aber das gelang ihm nicht wirklich.

Der Duft des Kaffees zog durch den Raum. Ray war auf dem Boden sitzengeblieben und lehnte mit dem Rücken gegen das schmale Regal. Elena zog die Schuhe aus, ließ sich wieder auf die Fersen nieder und reichte ihm den Becher mit beiden Händen. Ray wurde es anders zumute. Woran erinnerte ihn diese Geste? Auch er war schrecklich durcheinander und in diesem Empfinden trafen sich ihre Augen. Die Atmosphäre wurde noch intensiver, noch sphärischer, die Bibliothek zu einer zeitlosen Welt, in der Gegenwart, Vergangenheit und Zukunft zusammenkamen. Es flirrte etwas in der Luft und auf einmal hörte Ray das ihm bekannte Sirren in seinem Ohr. Er versuchte, sich auf Elena zu konzentrieren, die sich irritiert umsah.

»Was ist das?«, hörte er sie fragen. »Ist da irgendwo ein Transformator?«

Sie hörte es auch? Das machte seine Verwirrung nicht kleiner. Was war in ihr vorhin abgelaufen, als sie ihm in die Augen geschaut hatte? Ray wagte nicht, darüber nachzudenken – und schon gar nicht zu fragen.

Inzwischen war es dunkel geworden. Im Zimmer brannte kein Licht, nur der Mond schimmerte zum Fenster herein. Er saß auf dem Boden mit einer fremden Frau – und doch war sie nicht fremd. Die Geste, als sie ihm den Becher gereicht, der Moment, als er ihren Atem an seinem Gesicht, ihren Körper auf seinem gespürt hatte, war wie das Schließen eines Kontakts gewesen. Und dieser Blick von ihr! Als ob ein altes Band neu geknüpft worden wäre. Das erschreckte ihn zutiefst. Er dachte an Brittany, an die Liebe zu seiner Frau. Das, und der herbe Geruch des Kaffees halfen ihm, endlich wieder in die Spur zu kommen. Aufatmend nahm er einen Schluck, lehnte seinen Kopf gegen die Bücher und sah Elena forschend an. Verlegen strich sie sich eine Strähne hinters Ohr, eine Geste, die ihn rührte.

»Geht es dir besser?«, fragte sie.

»Absolut. Mit einem Becher Kaffee in der Hand überlebe ich selbst einen Flugzeugabsturz.«

»Ja, eine Welt ohne Kaffee wäre nicht lebenswert«, frotzelte sie zurück, wie er bemüht, die merkwürdige Stimmung aufzulockern. »Sag mal, hast du das Buch von Maya Subaru aus dem Regal genommen?«

»Ja, habe ich. Das heißt, du wolltest es auch lesen.«

»Genau. Ich dachte nicht, dass du noch hier sein würdest. Es ist doch schon fast neun Uhr abends.«

»Ist nur heute etwas später geworden. Und du? Du hast erwähnt, dass du zum Arbeiten hierhergekommen bist. Was genau tust du?«

»Jetzt wirst du sicher lachen … ich bin Autorin.«

»Wirklich! Dann war ich mit meiner Vermutung gar nicht mal so falschgelegen. Was schreibst du?«

»Bisher nur Leichtes. Ich suche nach einem Neuanfang und sammle Impulse. Offengestanden komme ich gerade aus dem Staunen nicht heraus, weil ich soeben entdecke, in welcher Gegend ich sitze!«

Ray lachte. »Ging mir anfangs auch so.«

»Das beruhigt mich.« Sie lächelte ihn an. »Heute hatte ich ein Gespräch mit Lord Exely über Kornkreise. Kannst du dir vorstellen, dass ich hierher kam, ohne davon gewusst zu haben?«

»Ja, sogar sehr gut. Immerhin wird das von den Medien verspottet, lächerlich gemacht und unter Verschluss gehalten. Das ist immer ein Zeichen, dass es sich um etwas Wichtiges handelt.«

»Du denkst also auch so. Was machst *du* denn beruflich, wenn ich fragen darf?«

»Ich bin Biophysiker und arbeite für Lord Exely. Wir haben ein gemeinsames Projekt, über das ich leider Stillschweigen bewahren muss.«

»Oh! Dann ist es womöglich etwas, was die Medien verspotten und lächerlich machen würden? Also etwas Wichtiges?«

Er lachte anerkennend. »Du hast es erfasst.«

Ihre braunen Augen strahlten ihn an und machten seinen Kopf leer. Er hatte diese Augen schon im Tageslicht leuchten sehen. Sie waren nicht hell und nicht dunkel, sie waren voller Sonne. Wie konnte die Farbe braun nur so lichtvoll sein?

»Und du darfst mir auch nicht sagen, womit es generell zu tun hat?«, drang ihre Stimme an sein Ohr. »Ob du eine Atombombe baust oder ein Gerät, mit dem man einen Kuchen backen und sich gleichzeitig die Fußnägel schneiden kann?«

Er lachte noch mehr. »Letzteres wäre mal eine sinnvolle Idee! Aber bezüglich deiner ersten Vermutung kann ich dich beruhigen. Es hat was mit Natur zu tun. Mit ihrer heiligen Ordnung.«

»Heilige Ordnung klingt wunderbar! So schade, dass du mir nicht mehr darüber erzählen kannst. Ich wünsche dir von Herzen, dass es ein voller Erfolg wird.«

Ray seufzte. »Nett von dir, aber wir könnten derzeit nicht weiter davon entfernt sein. Ich fürchte sogar, wir müssen das Projekt aufgeben.«

»Ach nein! Das wäre aber schade!«

»Mehr als schade. Aber es hat auch den Vorteil, dass ich wieder zu meiner Frau nach London ziehen kann. Wir hatten zwei Jahre lang eine Art Wochenendbeziehung.«

»Oh, das ist nicht einfach. Kann ich gerade sehr gut nachvollziehen.«

»Lebst du etwa auch in einer Fernbeziehung?«

»Nicht wirklich. Mein Mann ist für zwei Monate auf einer Himalaya-Tour. Aber wir sind das erste Mal länger voneinander getrennt und ich vermisse ihn schrecklich.«

Er nickte, beide wollten sie nicht über ihre Beziehungen reden und er knüpfte an das ursprüngliche Thema an. »Und du willst jetzt über Kornkreise schreiben?«

»Es bietet sich an«, erwiderte sie zögernd. »Ich wollte mit den Kindern zwecks Inspirationen sowieso ein Sightseeing-Programm durchziehen. Glastonbury, Avebury und so. Aber erst heute ist mir klargeworden, was für eine Fundgrube das ist.«

»Allerdings! Aber ohne offene Sinne und etwas Hintergrundwissen ist es für viele nur ein Ort wie jeder andere auch. Am besten, du holst dir jemanden, der darüber ein wenig Bescheid weiß.«

»Genau das hat mir Marvin auch empfohlen. Lord Exely hat mir ein Buch gegeben, da lese ich mich mal ein und hoffe, dass meine offenen Sinne reichen, um zu spüren, was du ansprichst.«

174

Ray zögerte.

»Ich will mich nicht aufdrängen. Aber mein Projekt steckt in einer Phase, wo es nicht wirklich etwas zu tun gibt. Was ich damit sagen will, ist … ich hätte Zeit. Ich würde dich und deine Kinder sehr gern ein bisschen herumführen.«

Stille breitete sich aus. Eine angenehme Stille voller Zuneigung.

»Wenn es dir wirklich nichts ausmacht, nehme ich von Herzen gern dein Angebot an«, erwiderte Elena. »Aber möchtest du nicht die Zeit mit deiner Frau verbringen? Ich meine, warum gehst du nicht nach London zurück? Oder siehst du doch noch eine Chance für euer Projekt?«

»Ehrlich gesagt, nein. Genau deswegen möchte ich noch hierbleiben – weil es mein letzter Sommer sein wird. Daher wäre es auch für mich wundervoll, alles nochmal zu erleben.«

Er dachte an Adamea, an seine Freunde, die Felsen, und auf einmal brannte er darauf, zu erfahren, wie Elena auf all das reagierte.

»Und deine Frau hätte nichts dagegen?«, hörte er sie besorgt fragen.

»Nein, ganz sicher nicht. Britt gehört nicht zur Eifersuchtsfraktion.«

»Wenn das so ist … und ich dir wirklich nicht die Zeit stehle … du hast keine Kinder, oder?«

»Nein, leider nicht. Wie alt sind deine?«

»Bennie ist fünf und Mia fünfzehn.«

»Das wird interessant«, schmunzelte er. »Ich habe keine Ahnung, wie man mit Kindern umgeht.«

»Glaub mir«, seufzte Elena, »die haben viele Eltern auch nicht. Ich spreche aus Erfahrung.«

Ray lachte wieder.

»Ja, hab schon gehört, dass fünfzehnjährige Mädchen so schwierig zu verstehen sind wie die Gebrauchsanleitung eines Dampfkessels in japanischen Schriftzeichen.«

Sie brachen in Lachen aus. Elena fühlte sich unglaublich locker in seiner Nähe, die Stimmung war innig und sie tauschten die Kontaktdaten aus. Danach sah Ray auf die Uhr.

»Ich mache mich mal vom Acker. Das Buch ist im Nebenzimmer auf dem Sekretär, falls du es haben möchtest. Leg es einfach auf den Schreibtisch, wenn du gehst.«

»Alles klar. Und vielen Dank, Ray. Ich freue mich!«

»Keine Ursache, Elena, ich freue mich auch.«

Er zwinkerte ihr zu, sie sah ihm nach, als er das Zimmer verließ. Er war einen Kopf größer als sie, wirkte nicht sonderlich muskulös, eher fein und irgendwie durchscheinend.

Was für ein Wort, fuhr es ihr in der nächsten Sekunde durch den Kopf. Durchscheinend? Als sie auf ihm gelegen war, hatte er sich alles andere als das angefühlt. Eher solide, sehr verlässlich – und doch umgab ihn eindeutig etwas Zartes. Wieder spürte sie seine Hände um ihre Handgelenke und unwillkürlich schaute sie sie an, als hoffte sie, seine Finger hätten Spuren hinterlassen.

Die Haustür klappte. Im Raum wurde es still. Bis auf das Sirren in ihren Ohren. Es war nicht unangenehm. Im Gegenteil. Wenn sie sich auf diesen Ton einließ, fühlte sie sich, als ob er sie in die Höhe schraubte. So etwas hatte sie noch nie gehört und noch nie empfunden. Was machte diese Gegend nur mit ihr?

Sie ging ins Nebenzimmer, packte ihren Notizblock aus, schaltete die grüne, altmodische Bankerlampe ein und schlug das Buch auf. Der Ton wurde lauter, füllte ihren Kopf. Bevor sie auch nur einen Buchstaben lesen konnte, zog es sie mit einem Ruck nach innen, so stark, dass ihr wie ferngesteuert die Augen zufielen. Elena sank in diesen inneren Ton, driftete ab, in ein wunderbares Wohlgefühl. Ihr Herz summte, weitete sich, ihr Kopf war still, nur erfüllt mit einer hohen Frequenz. In der nächsten Sekunde wurde ihr Bauch weich, die Nackenschultern entspannten sich – und Friede stellte sich ein. Ein Frieden, der sie nicht nur nährte, sondern einen Kanal öffnete. Ihr war, als strömte Licht herein. Licht, das ihren Körper durchflutete, aus ihm herausfloss und wieder hinein, in einem ewigen Kreislauf. Licht, das in Licht badete.

Der Zustand war so göttlich, dass sie das Buch sanft an sich heranzog, unfähig, zu lesen, ahnend: Das war noch nicht mal ein Hauch von dem, was wirklich möglich war. Sie hatte dieses Licht nur angetippt.

Ihr Mann war noch immer fort. Ihre Tochter noch immer rebellisch, sie hatte keine Geschichte und keine Idee für ein Buch. Die Geldprobleme existierten nach wie vor und die Welt da draußen spielte auf eine Weise verrückt, die Angst machen konnte.

Aber Elena fühlte ein sanftes Glück in ihrem Herzen, schwebte auf einer Ebene, auf der die Welt sie nicht berührte.

Sie hatte Mühe, die Augen wieder aufzuschlagen, sich an die fortschreitende Zeit zu erinnern und sich dem zu widmen, wofür sie hergekommen war: die ersten Seiten des Buches abzuschreiben.

»Jedes Mal, wenn ein Wunsch sich erfüllt, weißt du, dass du mit dir vereint warst.« Als sie diesen Satz übertrug, wusste sie auf einmal, dass in den Minuten davor genau das geschehen war: Sie war mit sich vereint gewesen. Und das Kuriose war: Es war ein wunschloser Zustand, sie hatte sich selbst genügt. Aus ihm entstand eine Leichtigkeit, die das Leben und das Wünschen zum Spiel machte.

# ♫ Glimpse of Us ♫

Joji

Ray war froh, als er die Nachtluft im Gesicht spürte. In seinem Gehörgang hatte sich der hochfrequente Ton festgesetzt und wollte nicht weichen. Er fuhr nach Avebury, hastete zur alten Buche und lehnte sich an ihren Stamm.

»Und, Adamea?«, fragte er aufgewühlt. »Was war das gerade? Und warum surrt es so laut in meinem Ohr? Sie hat es übrigens auch gehört. Aber das weißt du ja bestimmt besser als ich.«

Warum war er so durcheinander? Wegen Elena? Nein, das konnte nicht sein. Er war glücklich verheiratet! Bestimmt war es wegen der gesamten Situation, in der er steckte. Brittany bekniete ihn, er sollte zurückkommen. Etwas Neues anfangen. Aber was? Er wollte in keinem Konzern arbeiten.

Ray zog einen Zettel aus seiner Hosentasche. Darauf stand, was er heute vom Buch abgeschrieben hatte. Die Antwort auf seine Frage, warum er in genau dieser Situation steckte, warum nicht einfach mal alles glatt lief.

»Zu oft ist sich der Mensch nicht klar darüber, was er wirklich tut. Er bekräftigt sich unterbewusst zu oft, dass er angeblich nicht die Möglichkeit hat, etwas anderes auszudrücken, als das, was er vorfindet.«

Ein verblüfft-genervter Schnaufer kam aus Rays Mund. Wieder einmal passte das wie die Faust aufs Auge. Ja, es war wahr. Er glaubte nicht mehr daran, dass es sich für ihn zum Guten wenden würde. Hatte er einfach nur ein mistiges Karma? Forderte ihn das Schicksal auf, kleinere Brötchen zu backen?

»Leben«, sagte er laut in die Nacht. »Ich verstehe dich nicht! Wieso nur ist alles so kompliziert?«

Adamea schien zu kichern, ihn, wie so oft, gutmütig auszulachen. Ihr immerwährender Humor besänftigte ihn etwas.

»Du hast gut reden«, sagte er zu ihr. »Du stehst da und wächst einfach. In die Breite, in die Höhe, überallhin. Bloß wir Menschen bekommen das nicht hin.«

Sie schien noch tiefer zu grinsen, während er fortfuhr: »Die Leute hängen Bänder an deine Äste und hoffen, dass du ihnen ihre Wünsche erfüllst. Oder zumindest beim lieben Gott ein gutes Wort für sie einlegst. Genau deswegen hänge ich keins ran. Es kommt mir falsch vor, verstehst du?«

Er hatte noch Weiteres aus dem Buch abgeschrieben, ohne es wirklich erfasst zu haben, weil er plötzlich Geräusche aus dem Nebenzimmer gehört hatte, und kam auch jetzt nicht dazu, es genauer zu lesen. Sein Handy piepte. Es war Brittany.

Ray stürzte sich auf das Gespräch wie auf einen Rettungsring.

»Hey, lovely«, rief er, froh ihre Stimme zu hören.

»Hallo Ray, wie geht es dir? Wo bist du?«

»Ich unterhalte mich mit einer uralten Freundin.«

»Ah, du bist bei deiner Adamea!«

»Genau.« Ray lächelte. Er hatte die beiden Damen einander vorgestellt und Brittany war voller Ehrfurcht vor dem uralten Baum gestanden. Das liebte Ray an Britt. Sie lachte nicht über seine Anwandlungen, wenn sie auch damit überfordert war, so wie er in den Felsen rund um Avebury Gesichter und Kumpane zu sehen. Aber sie fand es irgendwie anrührend. Ray war ihr Elfenmann und es passte zu ihm.

»Und du? Was machst du gerade?«, fragte er.

»Dich vermissen.«

Er lachte leicht, fragte: »Wo bist du?«, aber ahnte es schon, hörte er doch im Hintergrund Gläser klirren und Menschenstimmen.

»Auf einem Barhocker im Cristals. Ich trinke einen Bellini und mit jedem Schluck vermisse ich dich mehr.«

»Bist du alleine losgezogen?«

»Nein, natürlich nicht. Meine Arbeitskollegen sind hier und ein paar Freunde.« Sie seufzte tief. »Aber nicht du.«

»Das ist schön, dass du mich vermisst.«

»Nein, das ist nicht schön. Deswegen bin ich schon ein wenig angeschickert. Nachher muss ich mich obendrein alleine ins Bett legen und …«

Sie flüsterte ins Handy, was sie alles tun würde, wenn sie allein im Bett lag. In Ray lösten ihre Worte genau das aus, was sie erhofft hatte. Die Glut fuhr ihm zwischen die Beine, seine Hose wurde eng und er sah auf die Uhr. Er könnte es gegen Mitternacht nach London schaffen! Sollte er sie überraschen? Oder sich ankündigen?

»Ray? Bist du noch dran?«

»Ja, bin noch dran, klar doch.« Er hatte sich entschieden, war schon auf dem Weg zum Wagen.

»Wir könnten telefonieren, wenn ich im Bett liege«, schlug sie vor. »Das wäre wenigstens etwas.«

»Coole Idee.«

Rays Unterleib loderte inzwischen. Er stand schon vor seinem Wagen, aber wollte die Tür nicht öffnen, damit Britt es nicht hörte. So lehnte er sich dagegen und blickte zu den Sternen hoch. Im selben Moment schoss ihm Elena in den Kopf, fühlte er wieder ihren Körper im leichten Sommerkleid auf seinem, ihr langes, blondes Haar, das über sein Gesicht geglitten war, die schmalen Handgelenke, die er gehalten hatte, ihre Finger, die auf seiner Stirn gelegen und an seinen Hinterkopf gewandert waren. Das brennende Verlangen nach Berührung, nach Haut, nach Zärtlichkeit brannte in ihm. Seine Kehle wurde trocken.

»Hast du heute schon was gegessen?«, fragte er Britt, um zu checken, wie viel Zeit er hatte, bevor sie nach Hause ging. Vielleicht schaffte er es sogar, vor ihr zu da zu sein?

»Wieso fragst du das?«

»Weil ich wissen will, ob du eine gute Grundlage für deinen Bellini hast.«

»Ach so«, erwiderte sie enttäuscht. »Nein, ich gehe nachher mit Laura ins Restaurant.«

»Mach das, mein Liebling. Und wir telefonieren dann?«

»Ja, klar. Ich rufe dich an, wenn ich so weit bin.«

»Hey, ich freu mich drauf«, erwiderte Ray, während seine Hose fast platzte. Brittany war ungestüm im Bett. Laut und tabulos. Genau das, was er heute brauchte! Genau das, was ihn auf andere Gedanken brachte! Weg von Entscheidungen, die anstanden. Weg von den Verwirrungen. Ray wollte vergessen. Alles. Er hetzte über die Straßen, übertrat die Geschwindigkeit, wann immer er es riskieren konnte, und stand genau in dem Moment vor seiner Wohnungstür in London, als Britts Anruf kam.

Er schloss die Tür auf, das Handy in der Hand, begab sich ins Schlafzimmer. Ihre Augen weiteten sich erfreut, ihr Mund wollte etwas sagen, aber Ray warf das Smartphone auf die Kommode, riss Brittany an sich und presste seinen Mund auf ihre Lippen. Ungestüm schob er ihr Hemdchen hoch, entkleidete, küsste, streichelte sie, rieb sein Gesicht an ihrer weichen, prallen Brust, nahm ihre Knospe in den Mund, bis sie stöhnte und unter ihm zerfloss. Sie war leicht betrunken, ein Zustand, der Ray alle Freiheiten gab. Britt liebte es ohnehin, wenn er sich nahm, was er wollte. Sie hatte viel zu bieten und zu geben – und Ray nahm sich in dieser Nacht alles.

# ♫ Beyond ♫

Marika Takeuchi

Mit einem verträumten, seligen Lächeln tauchte Elena aus der Versenkung wieder auf. Im ersten Moment wusste sie gar nicht, wo sie sich befand, bis sie auf die halb beschriebene Seite ihres Notizblocks blickte, das wunderliche Buch mit dem grüngoldenen Einband daneben. Erschrocken sah sie auf die Uhr. Vierzig Minuten waren vergangen!

Sie ergriff den Stift, aber wurde unruhig. Sie hatte doch Mia versprochen, die Fotos mit ihr anzuschauen, und wollte nicht zu spät nach Hause kommen.

Nur eine Seite! Morgen würde sie gegen sechs Uhr wieder hier aufschlagen. Bis acht Uhr konnte sie was tun, danach mit den Kindern frühstücken, den Tag mit ihnen gestalten und die Nacht über arbeiten.

In der Meinung, der Tenor des Buches würde auf der nächsten Seite fortgeführt, schlug sie das Blatt um. Aber etwas anderes stand dort geschrieben, das keinen Bezug zum Bisherigen zu haben schien.

»Die Geduld lacht über die Einstellung, nicht genügend Zeit zu haben. Es ist nur ein weiterer Mangelgedanke des Egos.«

Ein verblüfftes Lachen entfuhr ihr. Das waren weiß Gott lebendige Antworten! Das traf direkt ihre Gefühlslage! Angeregt las sie weiter, doch der Text war anspruchsvoll, sie selbst sehr müde, jeder Buchstabe in diesem Werk verlangte nach totaler Aufmerksamkeit, die sie an diesem Abend nicht mehr aufbrachte. So schrieb sie es ab, mit der Absicht, es beim Frühstück genauer durchzulesen. Obwohl das Geschriebene sie berührte, drang seine tiefe Bedeutung nicht in ihr Bewusstsein. Sie zwang sich zu einer weiteren Seite, die sie gar nicht mehr wirklich wahrnahm, raffte danach ihre Sachen zusammen und verließ die Bibliothek.

Nicht ahnend, dass sie beobachtet wurde.

Das Haus lag dunkel, als sie zurückkam, das Licht in Mias Zimmer war schon gelöscht. Ach, jetzt war sie doch zu spät gekommen! Mit schlechtem

Gewissen ging Elena auf Zehenspitzen in Mias Zimmer, streichelte ihr übers Haar, und hauchte ihr einen Kuss auf die glatte Stirn. Mia regte sich ein wenig im Schlaf.

»Ich liebe dich«, flüsterte Elena. »Ich liebe dich so sehr, mein Kind.«

Ihre Gedanken flogen zu Ray, den ihre Hand vor ein paar Stunden auf die fast gleiche Weise berührt hatte. Unwillig schüttelte sie den Gedanken an ihn ab, deckte den Frühstückstisch vor, ging ins Bad und stand schließlich in ihrem Schlafzimmer.

Einsamkeit kroch in ihr hoch. Das Mondlicht weckte Sehnsucht in ihr. Noch immer fühlte sie Rays Hände um ihre Gelenke, seinen Körper unter ihr, selbst sein Duft war noch in ihrer Nase. Unwillig schüttelte sie das ab, ihre Gedanken sprangen zu Florian, sie checkte das Handy. Ein heftiger Stich durchfuhr ihre Brust, als sie feststellte: Noch immer keine Nachricht von ihm. Lag das wirklich nur an der schlechten Verbindung? Ihre Kehle wurde dick, wie so oft, und sie hasste das Gefühl.

Nachdenklich rief sie ein Bild von ihm auf, sah in seine dunkelgrauen, schönen Augen, bewunderte sein volles Haar, durch das ihre Finger so oft in Ekstase gefahren waren, seine hervorstehenden Wangenknochen, die ihn so attraktiv machten, seinen Körper, der ihr in vielen Nächten Lust und Freude geschenkt hatte. Tiefe Liebe für ihn flammte auf. Und Begehren.

Sie setzte sich ins Bett, lehnte den Rücken gegen das Kopfteil und tippte eine Nachricht. »Miss you. Wo bist du?«, drückte auf Senden.

Ein paar Momente später rief er an. Elenas Herz machte einen so gehörigen Satz, dass sie meinte, es spränge aus ihrer Brust.

»Florian!«, stieß sie glücklich hervor. »Wie schön, dass du anrufst! Wo bist du?«

»Hallo Elena! Bin immer noch in der Nähe des Annapurna Camps! Es ist sagenhaft schön hier! Warte, ich schicke dir ein paar Fotos.«

Eine Anzahl an Pieptönen erklang, aber Elena hatte keinen Nerv, Fotos anzuschauen, sie wollte mit ihrem Mann reden.

»Die schaue ich mir gleich nachher mal an«, versprach sie. »Aber erzähl doch! Wie geht es dir, was machst du? Ist es denn so, wie du es dir erhofft hast?«

»Noch viel schöner! Es ist einfach gigantisch, Elena, ein völlig anderes Leben! Ungebunden! Frei! Ohne Konventionen und Limitierungen! Ich wünschte, du könntest das auch erleben! Ich habe dir ein Bild geschickt, das zeigt, was ich meine. Ich glaube, es ist das dritte.«

Notgedrungen schaute Elena nun doch die Bilder an und erblickte ihren Mann, wie er mit einer Gruppe von Menschen aller Hautfarben um ein großes Lagerfeuer tanzte. Auf dem nächsten hatte Florian die Arme um zwei hübsche Frauen geschlungen, eine davon die rassige Spanierin, die ihr schon mal aufgefallen war.

Die Verbindung war schlecht, es kratzte und rauschte, Florian erklärte etwas dazu, das nur in abgehackten Sätzen ankam. Es war anstrengend, ihm zuzuhören.

»Florian«, unterbrach sie ihn schließlich, »ich kann dich kaum verstehen.« Er schien an einen anderen Platz zu gehen, aber die Verbindung wurde nur wenig besser.

»Kannst du mich jetzt hören, Elena?«

»Immer noch nicht gut. Ich …«

»… wollte dir nur sagen, dass ich … paar Tagen … null Verbindung … nur … aber wir … da gibt es …«

Verzweifelt erhöhte sie die Lautstärke, aber das brachte die nicht übertragenen Worte auch nicht rüber.

»Florian, ich verstehe nichts«, musste sie in einem fort rufen. »Vielleicht ist es besser, wenn du mir schreibst?«

Die Verbindung brach vollends ab. Frustriert saß Elena auf ihrem Bett, als es erneut klingelte. Eine unbekannte Nummer mit ihr unbekannter Vorwahl. Sie ging trotzdem ran.

»Elena!«, rief Florian in diesmal überraschend guter Tonqualität. »Jetzt müsste es besser gehen. Ich benutze das Handy von Kirsten, die hat ein anderes Netz, das funktioniert hier besser.«

»Ja, viel besser!«, freute sich Elena und lehnte sich glücklich zurück. »Es ist so toll, dass die Reise so ist, wie du sie wolltest, Florian. Ich freue mich für dich.«

»Es ist noch so viel mehr, Elena«, entgegnete er warm. »Mir fallen ganze Blöcke von den Augen.«

»Wow, welche denn?«

»Darüber wollte ich mit dir sprechen.«

»Ja, nur zu! Wir reden doch!«

»Nein, jetzt ist ungünstig, hier sind zu viele Leute. Ich will auch nicht Kirstens Handykosten in die Höhe treiben, aber in zwei Tagen reisen wir nach Pokhara. Dort habe ich anständiges Netz, dann können wir einen Videocall machen und in Ruhe reden.«

»Das wäre klasse! Wann rufst du an?«

Sie vereinbarten eine Zeit und am Ende des Gespräches fragte Florian:

»Wie geht es dir, Elena? Und Bennie und Mia?«

»Ach Florian«, seufzte sie. »Es passiert hier so viel! Ich bin froh, wenn wir endlich sprechen können. Ich freue mich so sehr darauf!«

»Ich mich auch, Elena. Bei mir gibt es auch viel Neues! Bin gespannt, was du dazu sagen wirst! Dann bis bald!«

»Bis bald! Ich liebe dich!«, rief sie hinterher.

Aber Florian hatte schon aufgelegt.

Elena schlief unruhig, wachte immer wieder auf und fühlte sich entsprechend zerschlagen, als um halb sechs der Wecker klingelte. Sie gönnte sich noch eine weitere halbe Stunde im Bett, warf sich eine Handvoll kaltes Wasser ins Gesicht, ging in die Küche und ließ sich gähnend einen Kaffee raus.

Ein herrlicher Sommertag kündigte sich an. Die Vögel zwitscherten hier so laut und in einer Unzahl, dass sie zeitweise meinte, sie befände sich im Dschungel. Ein sanftes Rot-Orange erhob sich aus einem Mix aus hell- und dunkelgrauen Wolken am Horizont und in den wenigen Minuten, die sie zur Bibliothek brauchte, erhob sich die Sonne als glühender Feuerball aus dem grauen Meer. Sekundenlang blieb sie stehen, doch die Zeit drängte und so eilte sie weiter.

Um nicht dauernd auf die Uhr sehen zu müssen, stellte sie sich den Timer auf ihrem Handy ein. Sie hatte sich vorgenommen, mindestens eine Regalhälfte nach brauchbarem Material durchzusehen, und die verbliebene Zeit zum Abschreiben einiger Seiten aus dem *Buch der lebendigen Antworten* zu nutzen, das noch immer auf dem Schreibtisch der Aufsicht lag. Doch plötzlich durchfuhr sie die klare Ansage, dass dieses Buch veröffentlicht werden musste. Niemals durfte es in den Tiefen eines Kellers verschwinden! Sie musste die Aufsichten fragen, wie sie an das Urheberrecht kam! Mit diesem Entschluss schnappte sie sich das Buch, begann mit dem Abschreiben, aber schon mit den ersten Zeilen zog es sie wieder so sehr in ihr Inneres, dass sie regungslos am Tisch saß und es erst bemerkte, als ihr Timer klingelte.

So langsam wurde ihr blümerant zumute. Was war das für ein Buch? Ob es Ray auch so erging, wenn er sich damit beschäftigte? Sie brannte darauf, ihn zu fragen.

# ♫ Lost ♫

Tony Ann

Unverrichteter Dinge ging sie zurück zum Schulhaus. Hatte das Gefühl, dass das Buch sie zwang, sich zunächst mit bereits Abgeschriebenem zu beschäftigen, bevor Neues hinzukam. Sie stellte das Frühstück auf den Tisch, weckte die Kinder und öffnete weit die Türen zum Garten.

»Ob Marvin uns heute wieder Mutter und Tochter spielen lässt?«, fragte Elena, als sie sich und Mia Kaffee einschenkte.

»Vermutlich wird er uns fragen, was wir wollen«, mutmaßte Mia. »So wie sonst auch.«

»Stimmt. Dann nimm doch deinen Rechner mit. Ich will heute die Mutter sein, die sich die wunderschönen Fotos ihrer Tochter ansieht.«

Mia erwiderte nichts darauf. War sie sauer, weil es nicht schon gestern Abend geklappt hatte? Elena wollte nicht darüber nachdenken, nicht schon wieder ein schlechtes Gewissen haben.

Doch als sie in den Übungsraum kamen, ließ ihnen Marvin diesmal keinen Raum für eigene Entscheidungen.

»Heute möchte ich, dass ihr eure Rollen tauscht«, verkündete er.

Seine Ansage schlug ein wie eine Bombe. Elena schaute zu Mia, aber die starrte stur auf Marvin und Hazel. Hinter ihrer Stirn arbeitete es.

»Okay«, fasste sich Elena als erste. »Also, ich bin Mia. Und wie weiter?«

»Wie immer, liebe Elena. Sucht euch eine passende Szene aus. Braucht ihr Bedenkzeit? Dann gehe ich so lange zu Hazel und Bennie in den Garten. Ruft mich, wenn ihr so weit seid.«

Elenas Blick fiel auf Mias Rechner.

»Äh, nein, warte, ich habe bereits eine Szene«, informierte sie ihn.

Sie holten den Tisch und zwei Stühle in die Mitte des Raumes. Elena saß ihrer Tochter gegenüber, die nun nicht ihre Tochter, sondern sie war. In Mia schien sich einiges zusammen zu brodeln. Sie vermied noch immer jeden Blickkontakt zu ihrer Mutter.

»Ich hätte noch eine Frage«, wandte sich Mia an Marvin. »Soll ich meine Rolle so spielen, wie sie normalerweise gespielt wird, oder wie ich sie für richtig halte?«

»Auch das darfst du selbst entscheiden«, erwiderte er gemütlich und erntete Schweigen.

»Vielleicht eines noch«, setzte er hinzu. »Damit ihr nicht automatisch in eure angestammten Rollen fallt, sprecht euch mit Mama, Tochter oder Vornamen an, um den Rollentausch aufrechtzuerhalten.«

Die Genialität und Subtilität dieser Studie eröffnete sich Elena immer mehr. Aber das half ihr gerade nicht viel. Ihr Herz begann unvermutet zu klopfen und sie blickte zu ihrer Tochter, die jetzt ihre Mutter war. Wie würde Mia sie, Elena, spielen? Plötzlich war Elena furchtbar nervös. Sie versuchte, sich in die Situation ihrer Tochter zu versetzen, aber allein der Aufregung wegen gelang ihr das nicht wirklich. So griff sie auf ihr Rettungsseil, zurück, nämlich sich einfach die gestrigen Aufnahmen anzusehen.

»Hey, Mam!« Elena räusperte sich. »Du wolltest doch die Fotos von gestern sehen. Soll ich sie dir mal zeigen?«

Sowie sie diese Frage gestellt hatte, merkte sie, wie schwer es war, sich ernsthaft in die Situation eines anderen hinein zu versetzen. Mia erging es nicht anders, aber fügte sich schneller ein als Elena – und schien einen Entschluss gefasst zu haben.

»Ja, natürlich, Liebling«, flötete sie. »Aber wir könnten auch die Gelegenheit ergreifen und endlich über *dich* reden. Über das, was dich bewegt und so.«

Elena saß wie geplättet und wurde puterrot. Sie konnte sehen, wie auch das Herz ihrer Tochter bis zu deren Hals klopfte. Die zarte Haut am Kehlkopf pulsierte und jeder Pulsschlag machte ihr klar, wie wichtig Mia das gerade war. Wie unverstanden sie sich fühlte. Wie wütend sie war. Elenas Augen wurden dunkel. Wo hatte sie nur in der letzten Zeit ihre Sinne gehabt? Oh, sie wusste, wo! Vergraben und zugekleistert in eigenen Sorgen!

Ihr Herz pochte im gleichen aufgeregten Rhythmus wie das ihres Kindes.

»Was mich bewegt …«, wiederholte Elena einigermaßen hilflos.

»Ja, worum es dir geht. Was du eigentlich willst.«

»Wenn du das wirklich wissen willst …«, antwortete Elena zögerlich.

»Ja, natürlich will ich es wissen«, erwiderte Mia/Elena in einer Sicherheit, die Elena bis in die Tiefen ihrer Seele beschämte. »Ich will *alles* wissen. Ich will wissen, warum du so bist, wie du bist, und warum du Influencerin werden willst.«

Elena war total elend zumute. Warum hatte sie ihre Tochter das nie gefragt? Weil sie davon ausgegangen war, dass sie lediglich nicht zur Schule wollte und sich stattdessen eine leichte Beschäftigung wählte, die keinerlei Qualifikation verlangte. Ein echtes Vor-Urteil! Eine Lawine an

Erkenntnissen überschüttete Elena. Sie konnte das alles gar nicht fassen, musste ja nun auch antworten, als ob sie Mia wäre, aber die Wahrheit war: Sie konnte es nicht. Sie wusste nicht, warum ihre Tochter Influencerin werden wollte. Alles, was sie tun konnte, war, ihr eigenes Vorurteil von sich zu geben.

»Weil ich nicht in die Schule will«, presste sie daher heraus. »Weil ich Schule doof finde. Es ist Zeitverschwendung.«

»Okay, liebe Mia«, sagte Mia. »Warum findest du Schule doof? Was ist der wahre Grund? Ich meine, du bist intelligent, das wissen wir. Du wolltest immer die Welt verändern. Steht das gar nicht mehr? Ich gehe davon aus, dass du dich mit dem Thema Schule ausreichend beschäftigt und gute Gründe hast, wenn du zu so einer schwerwiegenden Entscheidung kommst.«

Gequält sah Elena ihr Kind an. Die Tränen standen ihr in den Augen und ihre Kehle war wieder einmal eng. Sehr eng. Zwei Minuten und ihre Welt war eine andere. In der kleinen Halle war es so still, dass man die Staubkörner im Sonnenlicht tanzen hörte.

»Ja, natürlich habe ich mich informiert«, erwiderte Elena/Mia heiser. »Ich …« Sie brach ab. Herrgott, worüber genau hatte sich denn ihre Tochter informiert?

»Das weiß ich«, erwiderte Mia/Elena sanft. »Ich vertraue dir, Mia. Ich habe doch die Unzahl an Dokumentationen gesehen, die Berichte und Bücher, die du gelesen hast. Du hast ja tage- und wochenlang recherchiert! Lass uns drüber reden. Was hast du herausgefunden?«

Die Tränen schossen Elena nun so schnell in die Augen, dass sie keine Chance mehr hatte, sie zurückzuhalten. Sie hatte keine Ahnung, von welchen Dokumentationen oder Büchern Mia sprach. Sie hatte nie danach gefragt, war noch nicht mal auf die Idee gekommen, es könnte stichhaltige Hintergründe für Mias Schulverweigerung geben. Aber nun brannte sie darauf, sie zu erfahren.

»Es ist sehr viel«, sagte Mia/Elena unsicher. »Ich schicke dir am besten alle Informationen, die ich habe. Wenn du sie gelesen hast, können wir uns austauschen … was hältst du davon?«

»Hört sich sagenhaft gut an, Liebes«, grinste Mia alias Elena. »Das machen wir! Schick sie mir gleich! Wir können uns auch jetzt und hier schon mal was anschauen!«

Sie klappte ihren Laptop auf und schob Elena das Gerät hin.

Elena fiel fast um, als sie die ellenlange Liste mit gesammelten Berichten und Dokumentationen überflog. Ihr wurde blümerant zumute.

»Klick an, was du willst«, forderte Mia sie auf und rutschte kurz in die Tochterrolle hinein. Aber das war gerade so unwichtig wie nur was. Elena rasterte die Überschriften der Links ab, von der sich eine schlimmer als die andere las.

Professoren, die davor warnten, dass in der Schule nur noch konforme Roboter herangezüchtet werden würden, ein alarmierender Bericht, der darlegte, wer das Schulsystem überhaupt in dieser Form installiert hatte und warum es genauso und nicht anders war. Genderzwang in der Schule, die Mädchen durften nicht mehr Mädchen, die Jungen nicht mehr Jungen sein. Eine Reportage über Lehrer, die diesen Wahnsinn blindgläubig mitmachten. Ein kritischer Bericht über den aktuellen Sexualunterricht, der die Kinder zu Geschlechtswechsel und Sex ab vier Jahren aufrief ... Elena wurde schwarz vor Augen. Überfordert klickte sie auf einen eher harmlosen Seminarmitschnitt von Vera Birkenbihl, die sich schon vor dreißig Jahren mit dem Schulsystem auseinandergesetzt hatte, und deren Expertise Elena sehr schätzte. Das Video dauerte nur siebzehn Minuten, aber ihre Welt stand danach in mehrfacher Hinsicht kopf.

»Meine Güte, mein Kind, so habe ich das ja noch nie gesehen!«, rief Mia ein wenig gekünstelt in ihrer Rolle als Mutter. »Jetzt verstehe ich, warum du Probleme mit so einer Einrichtung hast. Aber ist das der einzige Grund, warum du nicht in die Schule willst?«

Perplex starrte Elena ihre Tochter an. Auch diese Frage war ihr nie in den Sinn gekommen. Es gab mehrere Gründe? Die beiden sahen sich in die Augen, beide waren voller Schmerz. Mia presste die Lippen zusammen, schloss mit einer heftigen Bewegung den Laptop und wandte sich Elena zu. Mit Bestürzen sah diese, wie sich die Augen ihrer Tochter mit Tränen füllten, aber sie schaffte es, ihrer Rolle als Elena treu zu bleiben.

»Du hast mir mal gesagt, dass sie dir in der Schule Falsches beibringen. Was genau hast du damit gemeint, Mia?«

Elena brachte nicht ein Wort hervor, dazu war Mias Gesichtsausdruck zu gequält. Deren graue Augen schwammen in Tränen, ihre Lippen zitterten und eine Kanonade an Fragen schoss aus ihrem Mädchen hervor. Fragen, die sie, Elena, als Mutter nie gestellt hatte:

»Du hast mir gesagt, dass du nicht in ein System gepresst werden willst, das nur auf Profit ausgerichtet ist, ein System, das dich verbiegt ... was genau hast du dann mit deiner Influencerkarriere vor? Was steckt wirklich dahinter? Du bist mein Kind, Mia, und ich liebe dich, und ich habe dir so oft gesagt, dass ich hinter dir stehe, dass ich dich schütze. Das sollen keine leeren Worte sein, ich will es auch wirklich tun. Ich vertraue dir. Ich vertraue deiner Meinung und deinen Gefühlen und werte sie nicht ab, nur weil du jünger bist. Ich lasse dich nicht im Stich! Ich will wissen, welche Ideen du über die Welt hast, auch wenn sie mit meinen nicht übereinstimmen. Ich will, dass dein Leben nicht wie meines ist, voller Sorgen und Mühe, ich will, dass du das tun darfst, wofür du dich begeisterst! Ich werde nicht zulassen, dass man aus dir einen braven Blindgänger macht, der keine Freude mehr am Leben hat und die Sonne nicht mehr sieht, wenn er von der Schule nach Hause kommt. Der keine Zeit mehr hat für Hobbys und Freunde, für alles, was ein Leben doch eigentlich ausmacht!«

Elena liefen die Tränen über die Wangen und sie schämte sich, wie sie sich noch nie in ihrem Leben geschämt hatte. Auch Mia weinte, das Gesicht ein einziger Ausdruck von Frust und Verzweiflung. Das Rollenspiel war vergessen.

»Mia«, quetschte Elena heiser hervor. »Mia, mein Liebling, ich …«

Sie langte mit ihrem Arm über den Tisch. Aber Mia wich zurück und schüttelte den Kopf. In Elena war nur noch Qual.

»Mia, bitte«, flüsterte sie. »Wir sind doch hier, um es besser zu machen. Ich … das habe ich alles nicht gewusst.«

Und wie oft habe ich versucht, es dir begreiflich zu machen?, schrien ihr Mias Augen stumm zu. Laut sagte sie mit gepresster Stimme:

»Du hast es auch nie hören wollen. Du wolltest nur, dass ich das tue, was alle tun! Damit das Leben funktioniert, wie ihr es euch vorstellt!«

Damit stand sie auf und rannte nach draußen. Elena wollte ihr hinterher, aber Marvin hielt sie zurück.

Ray blinzelte in die Sonne. Gleißendes Sonnenlicht traf auf sein Gesicht, er fühlte sich mies. Sein Kopf stach, die grelle Sonne intensivierte die Nachwirkungen des Alkohols, der ihren sexuellen Rausch befeuert hatte. Die Erinnerung an Brittanys prallen Körper unter seinem und in allen möglichen Stellungen, ihr rötlich glattes Haar, das sie in einem kurzen Bob trug und das ihr bei dem Ritt auf ihm um das Gesicht geflogen war, ihre Brüste, die in diesem herrlichen Rhythmus mitgetanzt hatten, ließen Rays Lenden sich erneut leicht regen. Aber nur leicht, denn ein schmerzhafter Stich fuhr durch seine Schläfen. Vorsichtig öffnete er die Augen. Ein blauer, dunstiger Himmel strahlte durchs Fenster, Großstadtgeräusche gesellten sich dazu. Ray richtete sich ein wenig auf, stöhnte.

Gott, ihm war übel! Warum nur hatte er gestern so viel getrunken? Die Beule an seinem Hinterkopf tat weh, als wollte sie ihn an die Begegnung mit Elena erinnern. Mit den Händen im Gesicht saß er im Bett und rieb sich die Schläfen. Blick zur Uhr. Kurz nach neun. Brittany war längst ins Office gegangen.

Ächzend stand Ray auf, stellte sich unter die Dusche und ließ aufatmend das heiße Wasser über seinen Körper strömen. Das entspannte ihn, schien den Alkohol aus seinen Zellen zu spülen.

Kaffee! Das war, was er jetzt brauchte! Heiß, schwarz und stark. Er ging in die topmoderne Küche, schaltete den Vollautomaten ein und lehnte sich gegen die kleine Theke mit den zwei Barhockern. Alles war in Weiß gehalten, nicht nur die Schränke, auch das Porzellan, die Tücher, das Kochgeschirr und die Tassen. Motorengeräusche dröhnten zum Fenster herein, lenkten seinen Blick erneut aus dem Fenster. Der blaue Himmel wirkte künstlich, wie eine Bedrohung. Auch wenn London generell sehr grün war, war es nicht zu vergleichen mit seinem Landhäuschen in Chippenham. Dort würde er jetzt mit seinem Kaffee barfuß am Tisch unter dem Baum sitzen, das Gras spüren, den Eichhörnchen und Vögeln zusehen. Eine Nachricht riss ihn aus seinen Gedanken.

»Dinner im Colin's?« Es war Brittany. »Ich habe einen Tisch gebucht. 19:00 Uhr?«

Er zögerte, tippte zurück. »Ja, klingt gut.«

Sie mussten über ihre Zukunft reden, doch Ray fühlte sich dazu nicht imstande. Nicht nur, weil er Kopfweh hatte und er sich in der Sommerhitze der Großstadt unwohl fühlte, auch, weil er seiner Frau keine klaren Pläne für die Zukunft bieten konnte. Er war sich sicher, dass dafür Brittany mit einer Liste an Vorschlägen aufwarten konnte. Sie hatte Beziehungen zu einflussreichen Personen und Konzernen und immer schon offene Türen für ihn organisiert.

Ray wusste, es wäre viel besser, sich erstmal selbst im Klaren zu sein, bevor er sich anhörte, was sie ausgegraben hatte. Vielleicht würde Britt mit ihm in die Cotswolds fahren? Dort fühlte er sich sicherer und stabiler. London war Britts Revier geworden, hier hatte sie den Heimvorteil.

Er startete einen behutsamen Versuch, die Unterhaltung noch etwas hinauszuzögern.

»Wie geht es dir?«, tippten seine Finger. »Brauchst du nicht auch erst mal ein bisschen Ruhe nach dieser Nacht? Ich meine, wir haben eine ganze Flasche gekillt. War übrigens wunderschön!«

Sie schickte ein Herz. »Ja, das war es! Mir geht es hervorragend! Brauche keine Ruhe, eher das Gegenteil!« Ein lüsterner Smiley folgte. »Gerade *wegen* der letzten Nacht! Der reinste Jungbrunnen! Will mehr und nochmal!«

Die Nachrichten kamen einzeln, sie schien in einem Meeting zu sitzen und heimlich zu schreiben.

Ray fiel nichts dazu ein, daher legte er das Gerät erstmal weg und widmete sich seinem Kaffee. Und plopp, die nächste Nachricht traf ein:

»Habe supergute Neuigkeiten für dich! Hoffe, du freust dich!«

In Ray lösten diese zwei Sätze sehr gemischte Gefühle aus. Was Britt mit superguten Neuigkeiten meinte, wusste er. Auch verursachte der subtile Imperativ ihm Unbehagen: Hoffe, du freust dich! Es klang wie: Wehe, wenn nicht!

Abrupt nahm er seine Schlüssel und verließ die Wohnung, begab sich in einen der vielen grünen Parks, die in London gottlob zuhauf zu finden waren, suchte den Schatten und die Gesellschaft eines Baumes. Er dachte an Adamea, an die Bänder in ihren Zweigen, an seine Wünsche – und deren Sinnlosigkeit.

Abendessen. Fine Dining. Brittany saß ihm gegenüber in einem enganliegenden, kleinen Schwarzen, zehn Zentimeter Pumps an den schmalen Füßen, und stieß einen tiefen Seufzer aus.

»Ray, wie oft willst du noch mit Lord Exely reden?« Ihre grünen Augen blickten ihn frustriert an. »Er hat dich volle Kanne verarscht. Mehr geht nicht!«

»Nein, hat er nicht, Britt. Er hat daran geglaubt, dass es funktioniert. Und er glaubt es noch.«

»Das ist ja der Punkt. Ray, der Mann hat keinen Plan. Sein großes Netzwerk nützt ihm nichts, weil er sich mehr um Kornkreise als um seine Existenz kümmert. Es wurde hinlänglich bewiesen, dass sie menschengemacht sind, und er lässt sich zum Vorstand eines Kornkreiszirkels wählen und organisiert Kreiswachen? Wie durchgeknallt ist das denn, bitte schön? Er hätte doch wissen müssen, dass das seinen Ruf ruiniert. Unter anderem!«

»Er gehört nun mal zu einem der Wenigen, denen ihr Ruf egal ist. Ist doch bewundernswert.«

»Pff!«, gab Brittany gereizt von sich. »Und wohin hat ihn das gebracht? An den existenziellen Abgrund. Was daran ist bewundernswert, Ray?«

Rays Lippen zuckten. Britt beugte sich vor und legte ihre weiße Hand auf die seine. »Bitte, Ray, sieh der Realität ins Auge. Deine Erfindungen haben es verdient, dass die Welt sie sieht. Die Leute in den Konzernen sind nicht so schlecht wie du meinst. Ich habe allein jetzt schon zwei Leute, die total angetan sind. Hier … schau doch nur, was Bob schreibt! Das sind keine schlechten Menschen, Ray.«

»Das weiß ich, Britt. Aber sie sind abhängig und weisungsgebunden. Nicht ich bin naiv, sie sind es! Sie glauben, dass die Konzernleitung es ihnen dankt, wenn sie eine Erfindung wie die meine an Land ziehen. Aber die Leute an der Spitze wollen nur informiert werden, wer mal wieder etwas parat hat, was ihre Profitpläne durchkreuzen könnte, das ist alles! Sie wollen das Patent. Und haben sie es erstmal, ist es aus und vorbei.«

»Das ist es jetzt auch«, stellte Britt düster fest. »Du stehst gerade in einer fetten Sackgasse.«

»Ich weiß nicht, ob es eine ist. Vielleicht verdecken ja nur ein paar Büsche und Bäume die Sicht auf den Ausgang.«

»Ach, Ray.« Britts Hand glitt von seinem Arm, sie lehnte sich frustriert zurück. »Du bist einfach unverbesserlich gutgläubig. So amüsant der Earl auch sein mag, es will mir nicht in den Kopf, weshalb du an ihm festhältst.«

»Weil er mir mein Patent gelassen hat, Britt«, erwiderte Ray fest. »Er hat nie darauf bestanden, dass ich es ihm überschreibe, so wie deine Konzerne es fordern. Ich habe mich lediglich vertriebstechnisch an ihn gebunden.«

»Tja, ist auch nicht besser, als jemandem das Patent zu überlassen. Du kannst de facto die nächsten Jahre nichts tun. Du bist zu weich, Ray! Du musst tougher werden! Aber ich habe Greg gefragt. Wenn einer weiß, wie man aus so einem Vertrag wieder rauskommt, dann er. Greg ist ein ganz hohes Tier in der Rechtsabteilung von …«

»Nein, das will ich Lord Exely nicht antun. Bitte, Britt, ich weiß, dass sich das unsinnig anhört, aber mit ihm kann man reden. Er würde mich freigeben, wenn er keinen Ausweg mehr sieht. Davon bin ich überzeugt. Daher will ich ihm noch ein wenig Zeit geben, bevor ich einen solchen Schritt unternehme.«

»Und wie lange?«

»Diesen Sommer noch. So lange besteht auch mein Arbeits- und Mietvertrag. Bis dahin habe ich auch etwas Neues gefunden.«

Britt atmete tief ein und wieder aus, ihre Finger spielten mit der Dessertgabel.

»Zwei Jahre Wochenendbeziehung sind kein Pappenstiel, Ray«, sagte sie leise. Ihr grüner Blick traf auf seinen graublauen, streifte sein weißblondes Haar, fuhr über sein geliebtes Gesicht und ihr Blick wurde zärtlich. Sie legte die Gabel weg.

»Ich liebe dich, Ray«, flüsterte sie. »Und ich möchte unser Leben so nicht weiterführen.«

Spontan ergriff er ihre Hände. »Ich liebe dich auch«, raunte er zurück. »Und du hast recht. Ich muss mich entscheiden. Aber gib mir noch diesen Sommer. Ich verspreche dir, ich werde etwas finden, was zu unserem Leben passt.«

Dankbar drückte Brittany seine Hände. Ray war zweiundvierzig, sie sechs Jahre jünger. Sie wollte keine Kinder, bei ihr tickte keine biologische Uhr. Aber sie wollte ein Leben mit Ray, wollte, dass er endlich bekam, was ihm ihrer Meinung nach zustand. Wortlos schob sie die Schreiben und Angebote zusammen, die sie für ihn aufgetan hatte. Schuldbewusst schaute Ray zu, wie sie sie in ihrer großen Tasche verstaute.

»Danke, Britt«, sagte er. Seine Kehle war eng. Er hatte sie enttäuscht, weil er ein weiteres Mal keine Luftsprünge wegen der Angebote gemacht hatte. Siedendheiß wurde ihm klar, dass er das nicht mehr allzu oft bringen konnte, irgendwann würde sie gehen. Erneut ergriffen seine Hände die ihren, als bestünde die Gefahr, dass sie jetzt gleich und auf der Stelle abhauen könnte.

»Ich bekomme das hin, Britt«, versprach er fest. »Ganz sicher, ich bekomme das hin.«

Britt zog die Augenbrauen hoch. Ray fühlte sich mies. Sie hatte so viel Geduld mit ihm! Heiße Liebe für sie loderte in ihm hoch und am liebsten wäre er sofort mit ihr nach Hause gefahren. Aber Britt wollte nicht. Sie wollte tanzen und Freunde treffen, so zogen sie bis in die frühen Morgenstunden von Pub zu Pub, durch Clubs und Bars.

Britt war am nächsten Morgen wieder putzmunter, obwohl sie dem Alkohol ziemlich zugesprochen hatte. Ray hatte wegen seiner Kopfschmerzen auf Spirituosen jeder Art verzichtet und von vielen ein »Spielverderber!« geerntet. Aber sein Organismus dankte es ihm, er war wieder klar.

Während sie im Office war, verfasste er eine E-Mail an den Earl, in der er ihn um ein Gespräch bat. Lord Exely antwortete umgehend und schlug einen Termin nach Rays Rückkunft vor. Die restlichen Tage verbrachte Ray damit, den Arbeitsmarkt zu durchforsten, das Gespräch mit Britt im Hinterkopf.

*Ich werde etwas finden, das zu unserem Leben passt.*

Erst jetzt fiel ihm auf, dass das gar nicht so leicht war. Er hatte diese Aussage getroffen im Hinblick auf Britts Wunsch, in der Großstadt zu leben, in einem Großkonzern zu arbeiten, eine gute Stellung innezuhaben, sich tolle Urlaube leisten zu können und am Wochenende von Pub zu Pub zu ziehen. Das war ihre Vorstellung. Wie war seine?

Betroffen nahm er die Finger von den Tasten. Die unschöne Wahrheit war: Er hatte das noch nie konkret für sich ausformuliert.

Das gab ihm schwer zu denken.

Elenas Mutterherz brannte. Sie wusste, dass ihre Tochter draußen weinte, und wollte zu ihr. Sie wollte das alles wieder gutmachen! Aber Marvin hielt sie ein weiteres Mal zurück.

»Warte noch«, riet er ihr und legte den Arm um sie. »Ihr seid beide durcheinander.«

Sein Mitgefühl gab Elena den Rest. Sie plumpste auf den Stuhl und ließ die Tränen laufen.

»Ich bin die totale Rabenmutter!«, schluchzte sie. »Mia hat so recht! Ich habe nie wirklich nach ihren Motiven gefragt, und wenn, dann nur, um sie abzuschmettern!«

Mit einem klagenden Laut stützte sie die Ellbogen auf den Tisch und vergrub den Kopf in ihren Händen. Die finanzielle Krise, die Sache mit Mia, die Schreibblockade … oh, warum war Florian nicht hier? Das war alles so viel, so viel! Wie sollte sie das schaffen? Wenn sie das gewusst hätte, hätte sie sich niemals auf diesen vermaledeiten Kurs eingelassen! Der Satz brachte seltsamerweise Ruhe ins Chaos. Denn das stimmte so nicht.

Ja, es tat weh, aber die Alternative war noch unschöner: In absehbarer Zeit hätte sie sich mit Mia total überworfen. Ihre Tochter wäre aus ihrem Leben verschwunden und eine Schlucht hätte sich aufgetan. Elena hob ein wenig den Kopf, schniefte, spürte Marvins Arm um ihre Schultern. Er sagte nichts – und das tat unsagbar gut.

Schließlich putzte Elena sich die Nase, Marvins Arm sank herunter und er rückte den Stuhl, sodass sie ihn ansehen konnte.

»Geht es dir besser?«

»Nicht wirklich. Ich verspüre immer noch den Drang, mit Mia zu reden.«

»Wenn du willst, gehe zu ihr. Nun hast du ja eine Ahnung, wie sie sich fühlt. Das macht es leichter.«

Niedergeschlagen stierte Elena vor sich hin. Ihr war elend zumute. So sehr es sie auch drängte, mit Mia zu reden, so sehr scheute sie davor zurück. Die Situation nährte alle ihre Minderwertigkeitsgefühle. Marvin schien zu erahnen, was sie dachte.

»Das Ding ist noch lange nicht zu Ende, Elena«, sagte er. »Noch lange nicht. Wir stehen erst am Anfang. Der Vormittag ist noch nicht vorbei.«

»Was heißt das?«, fragte sie alarmiert und am Ende mit den Nerven. »Willst du etwa weitermachen?«

»Warum nicht? Es sei denn, ihr habt beide so gestrichen die Nase voll, dass ihr mir ein klares Nein gebt.«

Elena zögerte. Ihr Kopf war leer und voll zugleich.

»Weiß nicht, ob Mia das will«, murmelte sie.

»Möchtest du sie fragen?«

Die Kränze um Marvins Augen waren wie zwei Sterne, die Lippen wieder zu diesem herrlich tröstenden Lächeln gebogen, der ganze Kerl ein Ausbund an Güte und Verständnis.

»Du bist eine mutige Frau, Elena«, sagte er, ohne sein Lächeln zu verlieren. »Und sehr lieb. Auch Mia weiß das. Sogar sehr gut.«

Elena runzelte die Stirn. Daran konnte sie gerade gar nicht glauben.

»Nun, geh schon!«, forderte Marvin sie auf.

Elena nickte und machte sich auf die Suche nach Mia.

Sie fand sie im Garten, wo sie mit Bennie und Hazel Kräuter begutachtete und sie deren Namen auf Englisch und Deutsch austauschten.

»Mama! Mama!«, rief Bennie und hielt ihr freudestrahlend einen Strauß Petersilie hin. »Das ist passlie! Den tun wir an die kärots! Damit kuken wir suup!«

Trotz ihres Elends musste Elena lachen, auch Mia und Hazel stimmten mit ein. Elena wagte einen kurzen Blick zu Mia, aber die beschäftigte sich weiter mit Bennie und erklärte ihm, was Salbei auf Englisch hieß. Unsicher ließ sich Elena neben ihnen am Beet nieder. Die Spannung hing in der Luft, keine von ihnen wusste, wie sie sie aufheben sollten.

»Wie geht es Papa?«, wich Mia schließlich auf ein neutrales Thema aus. »Wieder mal was gehört?«

»Ja, gestern. Aber die Verbindung war schlecht. Er will in zwei Tagen per Videocall anrufen. Es geht ihm prima. Er genießt die Zeit total.«

»Aha.«

»Hey, Mia, können wir reden?«

Mia atmete ein, hielt die Luft an und ließ sie langsam wieder nach draußen.

»Weiß nicht«, murmelte sie.

»Marvin bietet uns an weiterzumachen. Falls du das möchtest.«

Mia schwieg.

»Wir … wir könnten aber auch so miteinander reden«, schlug Elena vor. »Wir … könnten spazieren gehen und ich könnte dir alle Fragen stellen, die du heute an meiner statt gestellt hast. Und über vieles mehr reden.«

»Das würde ein langer Spaziergang werden«, erwiderte Mia. »Aber ich möchte das lieber in Marvins Beisein machen.«

Elena schluckte. Minderwertigkeit schoss hoch, tausend Erwiderungen und Fragen lagen ihr auf der Zunge. Vertraust du Marvin mehr als mir? Ihn kennst du ein paar Tage, mich dein Leben lang! Liebst du mich nicht? Ist es dir zuwider, mit mir alleine zu reden? Habe ich so viel falsch gemacht?

»Nein, das ist es nicht, Mam«, erriet Mia ihre Gedanken und wandte sich ihr voll zu. »Ich habe nur das Gefühl, dass wir uns nicht verlieren, wenn er dabei ist. Marvin ist so … gefestigt. Das sind wir nicht.«

Elena war verblüfft über den Scharfsinn und die Analysefähigkeit ihrer Tochter.

»Du hast ein supergutes Gespür, Mia, ich staune.«

»Schon gut. Das hast du auch.«

»Nein, ich glaube nicht. Ich … ach, Mia, es tut mir so leid!«, brach es aus Elena heraus. »Es tut mir so leid! Ich habe so viel falsch gemacht! Ich …«

»Mann, Mutter, hör auf mit diesem Gequatsche!«, schnitt ihr Mia genervt das Wort ab und blitzte sie wütend an. »Hör auf damit, okay? Ich kann das nicht hören! Du bist so blind! So blind!«

Damit stand sie auf, klopfte sich die Erde von den Hosenbeinen und lief zurück zum Haus.

Elena verstand die Welt nicht mehr. *Hör auf mit dem Gequatsche! Du bist so blind!* Wieso sagte Mia das? Was um Himmels willen, sah Elena nicht? Total verwirrt saß sie auf dem Gras und starrte ihrer Tochter hinterher. Da war so viel mehr im Busch als sie geahnt hatte. Welche Weltsicht hatte ihre Tochter? Welche Sicht von ihr, Elena? Wie sah sie das alles?

Jedenfalls lastete etwas schwer auf Mias Herzen. Auch wenn der Schauspielkurs Elena Zeit und Nerven kostete, stand das Bedürfnis, ihrem Kind helfen zu wollen, an erster Stelle. Das Skript musste warten.

# ♫ Uprise ♫

Megan Wofford

Sie informierte Marvin, dass Mia noch Zeit brauchte.

»In zwei Tagen erwarte ich einen Anruf von meinem Mann, da ist es auch nicht so günstig, weil ich nicht weiß, wann genau er sich melden wird«, sagte sie. »Aber wenn, dann wollen wir natürlich alle vor der Kamera sitzen.«

»Natürlich. Ich hätte ohnehin vorgeschlagen, ein paar Tage Pause zu machen.«

Fragend sah Elena ihn an.

»Ihr braucht Verdauungszeit«, erklärte Marvin. »Wer weiß, was sonst noch alles hoch ploppen würde. Ich möchte vermeiden, dass ihr völlig aufgelöst in eurem Call sitzt.«

Elena war erleichtert. »Macht Sinn, Marvin. Dann sehen wir uns nächste Woche wieder?«

»Yep! Wünsche euch allen eine wunderschöne Zeit, Elena!«

Hazel setzte hinzu: »Ach, übrigens, dein Bennie interessiert sich extrem für Kräuter und Pflanzen. Falls du zufällig den Earl triffst, frag ihn mal, ob er dir seinen Gemüsegarten zeigt. Der ist phänomenal. Und er macht das gern. Auf seinen Kräuter- und Gemüsegarten ist er sehr stolz.«

»Ja, okay, mache ich. Danke für den Tipp«.

Elenas Welt machte diese Information nicht schöner. Wieso hatte sie nie festgestellt, dass Bennie sich für Kräuter interessierte, während Hazel und Marvin das in ein paar Tagen herausgefunden hatten? Die Erklärung, dass das hier in der Natur leichter war als in ihrem kräuterlosen Vorstadtgarten, in dem lediglich ein einsamer Rhododendron vor sich hinvegetierte, hätte ihr noch vor einer Woche als Erklärung ausgereicht. Heute tat es das nicht mehr. Ein Zeichen, wie schnell sich die Welt drehen konnte.

Ihr Blick fiel auf ihren Notizblock. Darin lagen die zuletzt abgeschriebenen Seiten, die sie nochmals hatte durcharbeiten wollen.

Sie hatte das Gefühl, dass es keinen perfekteren Zeitpunkt geben konnte als jetzt.

Darauf hoffend, Trost in den Worten des Buches zu finden, vergrub sie sich im Schlafzimmer und las den Einstieg des letzten Eintrags erneut:

»Die Geduld lacht über die Einstellung, nicht genügend Zeit zu haben. Es ist nur ein weiterer Mangelgedanke des Egos. Mangel und Angst sind jene Faktoren, die den Menschen von der Quelle getrennt halten und das Ego entstehen lassen – jenem Ding, mit dem der Mensch sich verwechselt.

Die Investition des Menschen in die Angst ist enorm. Wie viel Lebensenergie verschwendet er, um die Angst lebendig und vital zu halten! Nicht erkennend, dass es die Angst ist, die den Menschen braucht. Ohne den Menschen als Wirt könnte sie nicht überleben. Wie bereitwillig stellen sich die Menschen der Angst zur Verfügung! Sie degradieren sich zu Opfern, obwohl sie Schöpfer sind, machen sich zu Bettlern, obwohl sie Königskinder sind.

Gefangen in dieser falschen Wahrnehmung, die Quelle verleugnend, erhalten sie lediglich ein Rinnsal dessen, was sie erhalten könnten, nur einen geringen Teil der unendlichen Lebens- und Schöpferkraft. Und selbst dieses Rinnsal verschleudern sie in Schuld und Furcht. Nahrung für das Ego.

Ego ist das, was entsteht, wenn du dich von deiner Quelle trennst. Ein kleines Ich, das sich in der Welt verirrt, weil es nicht mehr weiß, woher es kommt. Das Ego ist ein Ersatz für die Fülle, die du suchst, für das Licht, das stets dir neue Welten eröffnet.

Mangel und Armut hingegen sind Illusionen. Bist du nicht ein Wesen, das von Gott erschaffen wurde? Wie kommt es, dass du als Mensch, ein so göttliches Wesen, dich dermaßen erniedrigst?

Der Mensch, der sich als hilfloses Opfer sieht, ist die wahre Blasphemie dieser Welt und tränkt mit dieser Geisteshaltung das Kollektiv. Das Gesellschaftsbewusstsein zwingt die Menschen in einen auf Angst gegründeten Daseinszustand, auf ein Über-Leben. Da jeder so denkt, meinen die Kinder Gottes, das sei normal. Da alle im Gefängnis leben, meinen sie, sie wären frei.

Mit diesem Glauben bestärken sie jene, die sich von der Angst der Menschen nähren. Doch die bloße Entschiedenheit, keine Angst mehr zu haben, würde Wunder über Wunder bewirken.

Kein Leid würde dem Menschen widerfahren, kein Unglück ihn ereilen, wenn er sich über die niedrige Schwingung der Angst erhebt. Wem oder was auch immer der Mensch seine Energie gibt, dem spricht er Macht zu. Das, was er fürchtet, ermächtigt er – und zieht es an.

Doch wüsste der Mensch, wer er in Wirklichkeit ist, würde er nicht anzweifeln, dass perfekt für ihn gesorgt wird.

Daher wähle neu! Wähle, als gäbe es deine Umstände nicht. Sie sind Vergangenheit, Produkte eines alten Selbstbildes. Verfalle nicht dem Glauben, dass alte Dinge dich binden. Nichts bindet sich an dich, was du nicht festhältst. Wenn du Angst hast, bist du es, der die Angst festhält, wenn du dich ohnmächtig fühlst, bist du es, der sie nicht loslassen will. Du hast sie zu einem Bestandteil von dir gemacht und magst weiter daran glauben. Damit erhältst du die Ohnmacht am Leben. Doch wo ist die Lösung? Sie liegt nicht darin, das Negative weghaben zu wollen, sondern im Gegenteil. Wie furchteinflößend das Gefühl auch sein mag, die Lösung liegt stets in der Umarmung desselben. Wenn du Dingen die Existenzberechtigung entziehst, müssen sie sich im Außen erheben, damit du sie siehst. Das ist oft schmerzvoll und das muss nicht sein. Das Leben ist einfach, wenn du verstehst, wie es gelebt werden will.

Bedenke: Ur-Teilen ist die Spaltung von etwas, was ursprünglich eins war. Du teilst die Welt ein in gut und böse, richtig und falsch. Damit trennst du.

So gib das Ur-Teilen auf! Sieh alle Dinge als gleichwertig an. Das Unangenehme außen, die unangenehmen Gefühle innen. Wenn du Freude möchtest, werte nicht die Angst ab, sonst wird sie zu einem unversöhnten Gefühl. Jede unversöhnte Angst muss sich als Erfahrung in deinem Leben manifestieren. Denn jedes unversöhnte Gefühl strebt nach Wiedervereinigung.

Ein Gefühl bevorzugen heißt nicht, sein Gegenteil abzuwerten. Betrachte es schlicht als gleichwertig. Schau es an. Das ist damit gemeint, wenn es heißt: Umarme dein Gefühl. Verteufele es nicht, sondern nimm es an. Indem du es wahrnimmst, gleichst du es aus und nimmst dem Negativen die Macht. Dann muss es sich nicht mehr zeigen. Es ist die Akzeptanz des Lebens mit seinen Polaritäten, die Frieden schafft. Bedenke eines: Wenn Ur-Teilen dich in die Trennung führte, so führt dich Nicht-Urteilen zurück in die Einheit. Kannst du alle Dinge dieser Welt als existenzberechtigt betrachten? Das heißt nicht, dass du alles mögen musst. Das heißt nicht, dass du nicht Vorlieben hast. Natürlich setzt der Mensch Prioritäten, zieht das eine dem anderen vor. Aber du wertest das eine gegen das andere nicht ab. Glaube mir: Frieden zieht ein in dein Herz, wenn du das tust. Wenn du aufhörst, andere zu verurteilen, verurteilst du dich auch selbst nicht mehr. Du bist sanft zu dir.

Daher wähle neu. Wähle jetzt. Wähle, wer du sein willst. Welche Rolle auch immer du auf diesem Planeten spielst, sie ist eine Sprosse zum Höchsten.«

Bewegt hatte Elena während des Lesens mehrfach innegehalten. Den Inhalt auf ihre Situation transferiert. Sie hatte Angst, dass Mia sie nicht liebte, Angst, dem Leben nicht gewachsen zu sein, Angst vor Mangel. All das hatte bisher ihr Leben bestimmt. War es möglich, ohne das zu leben? Allein die Frage gab ihr eine Ahnung davon, wie wenig sie an ein Leben in Glück und Fülle glaubte. Kein Wunder, dass ihr geschah, worüber sie sich bewusst war! So blöd es klang, aber sie nährte die Angst mit der Angst. Das war dermaßen widersinnig, dass ihr ein Schnaufen entfuhr.

Und die Sache mit dem Ur-Teilen … auch das war eine neue Perspektive. Kamen daher Marvins Ruhe und Gelassenheit? Weil er in der Lage war, die Dinge so stehen zu lassen, wie sie nun mal waren?

Ein letzter Abschnitt wartete auf sie.

»Doch höre und sieh! Die Zeichen der Zeit zeugen von einer Umkehrung der Energien. Von niedrigschwingender Angst zur höherschwingenden Liebe – und dem Mut, an etwas zu glauben, was man von der Auswirkung her noch nicht sieht. Der Sonnenstrahl weiß um seine Zugehörigkeit zur Sonne, Hitze kann man nicht vom Feuer trennen, noch Nässe vom Wasser. Auch der Mensch kann sich nicht von der Quelle trennen. Doch hat er seine wahre Abstammung vergessen und spricht sich selbst zu wenig Wert zu. Einzig geht es darum, mit dem Innersten zu verschmelzen, zu wissen, dass du und der Schöpfer eins sind. Für all diejenigen, die dem nicht folgen wollen, wird es jedoch keine entsprechende Auswirkung geben.

Doch du weißt nun: Dein Leid endet, wenn du erkennst, wonach du wirklich suchst.«

Eine Ahnung ergriff Elena. Ein Pfad öffnete sich. Ob sie alles verstanden hatte, bezweifelte sie. Und doch taten die Sätze ihre Wirkung.

Es war Zeit für das Mittagessen und sie unterbrach ihre Studien. Beim Kochen entschloss sie sich, mit den Kindern am Nachmittag etwas zu unternehmen, um auf andere Gedanken zu kommen. Ob sie Ray fragen konnte? Versuchen konnte sie es ja mal. Sie schrieb ihm eine Nachricht.

»Hi Ray, wir wollen heute mal losziehen. Vermutlich ist das zu kurzfristig für dich. Aber vielleicht kannst du mir empfehlen, womit wir anfangen könnten? Ich denke an Avebury.«

»Hi Elena!«, kam es kurz danach zurück. »Bitte nicht Avebury! Das müssen wir zusammen machen, das ist so besonders! Da müssen wir nachts hin, dann ist der Zauber viel stärker. Kann heute leider nicht, musste unerwartet nach London, und verbringe das Wochenende mit meiner Frau. Wie wäre es, wenn ihr mit Bath anfangt? Und ein paar Gärten besucht?«

Avebury bei Nacht? Das hörte sich toll an! Elena lächelte, als schon eine nächste Nachricht eintraf.

»Dyrham Park würde sich anbieten. Nur zwanzig Minuten von euch. Ist nicht der spektakulärste Garten, aber gewaltig und groß, mit Rehen und Hirschen, die einem praktisch aus der Hand fressen.«

Das würde Bennie gefallen! Sie schrieb zurück:

»Vielen lieben Dank, Ray, das machen wir! Und wenn du nicht da bist, heißt das, dass ich das Buch der Antworten das ganze Wochenende für mich habe! Ich werde einen Schreibmarathon veranstalten, damit ich bald durch bin.«

»Mit diesem Buch bist du nie durch. Es ist magisch. Im wahrsten Sinne des Wortes.«

Sie lächelte noch breiter. »Das ist wahr. Noch viel Spaß in London, Ray. Und herzliche Grüße an deine Frau.«

Kurz verharrte sie mit dem Gerät in der Hand, dann tippte sie eine Nachricht an Mia:

»Hey Liebes, könntest du mir bitte die Linkliste von heute Morgen schicken?«

Der Vormittag nagte an ihr, ihr Harmoniebedürfnis wollte die Dinge sofort und auf der Stelle in Ordnung bringen, nur Marvins Ratschlag, abzuwarten, hielt sie davon ab.

Als sie beim Mittagessen saßen und Elena ihre Pläne verkündete, traf sie zu ihrer Überraschung auf wenig Begeisterung. Die Kinder hatten keine Lust, wegzugehen. Mia wollte in der Sonne liegen, Bennie fand alles spannend, was in der Natur geschah. Er musste nicht beschäftigt oder bespaßt werden. Hazel hatte ihm Keimlinge mitgebracht und Elena beobachtete gerührt, wie er sich am Nachmittag gewissenhaft um sie kümmerte. Er setzte sie in einen mit Erde gefüllten Pflanztopf, schleppte diesen an einen Platz in der Sonne und goss Wasser darauf. Dabei brabbelte er ununterbrochen.

»Ihr müsst gaaanz schnell wachsen«, teilte er den Sämlingen mit. »Ich bin nämlich bloß noch drei Wochen hier und da will ich was von euch sehen, hört ihr?«

Mia hatte eine Decke auf dem Rasen unter der Eiche ausgebreitet, lehnte gegen deren Stamm, den Rechner auf dem Schoß und sortierte Fotos. Es war ein friedliches Bild. Die Ruhe und Gemächlichkeit der Gegend färbte auf alle ab.

Elena war frei für ihre Aktivitäten, setzte sich drinnen vor ihren Laptop, als Phil anrief.

»Hey, Elena! Wie geht es dir? Wie läuft es in den Cotswolds? Wie ist der Kurs? Und vor allem: die Bibliothek?«

»Meine Güte, Phil, viele Fragen!« Sie lachte. »Es ist wunderschön hier und die Bibliothek kuschelig, ungewöhnlich und faszinierend!«

Sie erzählte ihm von ihren bisherigen Erlebnissen.

»Mannomann, ganz schön dicht!«, staunte Phil. »Da hast du ja jetzt schon genügend Stoff. Was macht dein Plot?«

»Der schwimmt noch in Abrahams Wurstkessel. Aber wir starten bald mit unserer Sightseeingtour.«

»Besser geht's nicht«, sagte Phil befriedigt. »Müsste ja mit dem Teufel zugehen, wenn du da nicht ein paar supertolle Ideen bekommst. Vielleicht kannst du ja die Weisheiten aus dem Buch mit einflechten?«

»Ich fürchte, das geht dem Verlag zu weit.«

»Mann, Elena, mach doch mal, was du für richtig hältst!«, entfuhr es Phil. »Dauernd fragst du dich, wie du es anderen recht machen kannst! Florian! Den Kindern! Deinen Lesern! Und wo bleibst du?«

Elena schwieg entgeistert. Sie war froh, dass Phil weiterredete und sie einer Antwort entband.

»Kann mir vorstellen, dass Marvin Parker da noch einiges dazu zu sagen hat«, erklärte er. »Ich habe mich mal in sein Programm eingelesen. Also, ich muss sagen: schlicht genial, wenn du mich fragst! War mir gar nicht klar, als ich dir das empfohlen habe!« Er lachte jungenhaft.

»Marvin? Was hat der denn damit zu tun? Mit meinen Büchern, meine ich?«

»Nicht direkt mit deinen Büchern, aber mit deiner Rolle. Es geht doch um Rollenspiele, oder nicht?«

»Doch, ja, schon, aber …«

»Na, siehst du«, unterbrach sie Phil, inzwischen ein wenig gehetzt. »Sorry, Elena, ich muss Schluss machen, da will mich jemand unbedingt sprechen. Und, ach ja, wie gewünscht habe ich deine Post geöffnet, alles eingescannt und dir die Schreiben per Mail geschickt. Müsste alles schon da sein!«

Er legte auf. Elena öffnete Phils Anhänge – und wünschte im selben Moment, sie hätte es nicht getan. Fünf Rechnungen purzelten ihr entgegen, mit Beträgen, die sie die Luft anhalten ließen. Sie beglich sie mit einem Grummeln im Bauch und sah zu, wie der Dispo größer wurde. Sie schluckte. Dabei hatte sie sich und den Kindern endlich etwas gönnen wollen! Ihr Blick fiel auf die abgeschriebenen Seiten und plötzlich erschienen ihr die Worte wie Hohn:

*Mangel und Armut hingegen sind Illusionen.*

Diese Rechnungen waren alles andere als Illusion! Das positive Gefühl war mit einem Wisch verschwunden und zurück blieb die ihr bekannte Verbitterung. Bedrückt ging sie nach draußen zu Bennie und half ihm, Karottensprösslinge zu pikieren. Und doch arbeitete der Text in ihrem Kopf.

*Wähle, als gäbe es deine Umstände nicht. Sie sind Vergangenheit, Produkte eines alten Selbstbildes. Verfalle nicht dem Glauben, dass alte Dinge dich binden. Wähle neu!*

Sie riss sich zusammen. Ja, sie wollte neu wählen, verflixt noch mal! Hatte das Buch nicht auch gesagt, es würde perfekt für sie gesorgt werden? Sie beschloss, den Nachmittag mit Bennie zu genießen.

Abends machten sie ein Feuer im Außenkamin, brieten Kartoffeln, aßen frisch gemachte Salate dazu. Mia hatte in der Küche geholfen, aber sie blieb wortkarg und Elena respektierte es schlicht. Der Drang, jetzt und auf der Stelle etwas besser machen zu müssen, verschwand. Eigentlich war es einfacher, als gedacht, wenn man den Kopf rausließ, der es ständig und immerzu anders haben wollte.

Es war Freitag. Da der Kurs nicht stattfand, hatte Elena es sich gegönnt, mal auszuschlafen. Aber mit einem Paukenschlag kam ihr das Ende des Gespräches mit Phil in den Sinn. Die Rechnungen. Gott sei Dank konnte sie heute mit Florian telefonieren. Gott sei Dank war er in drei Wochen wieder hier! Sie konnte den Videocall mit ihm kaum erwarten, hoffte so sehr, ein wenig Zeit mit ihm allein zu haben, mit ihm laut denken zu dürfen, wie sie es so oft getan hatte, um den Impuls- und Gedankensalat in ihr zu entwirren.

Nervös schaute sie ab dem Frühstück immer wieder auf ihr Handy. Florian hatte sich doch wegen des Videocalls melden wollen? Aber erst am frühen Nachmittag trudelte eine Nachricht von ihm ein.

»Bin in zwei Stunden so weit.«

Stirnrunzelnd starrte Elena auf die nackte Nachricht. Sie saß mit Bennie am Gartentisch. Der Kleine malte etwas, während sie sich wieder mal mit einem Brainstorming versuchte, Phils Bemerkung im Ohr, sie würde es nur anderen recht machen wollen. *Und wo bleibst du?*, hörte sie ihn nachsetzen. Phil machte es sich einfach! Sie müsste sich genremäßig sowie gedanklich total umstellen, dazu hatte sie gar keine Zeit! Das alte Fahrwasser war vertrauter. Danach konnte sie immer noch weitersehen. Unruhig spähte sie auf die Uhr.

Noch eine Stunde.

Als diese nach einer gefühlten Ewigkeit endlich auf zehn Minuten geschrumpft war, gab sie Mia Bescheid, baute den Laptop auf dem Gartentisch auf, stellte drei Stühle davor, damit sie alle im Bild waren und wartete. Nichts tat sich.

Weitere zwanzig Minuten waren vergangen. Die Kinder waren längst wieder aufgestanden, Mia in ihrem Zimmer verschwunden. Bennie saß auf der Schaukel und wollte, dass sie in anschubste.

»Wann sehen wir den Papa?«, wollte er wissen.

»Gleich!«, versprach sie ihm.

»Gleich ist aber eine lange Zeit«, stellte Bennie fest. Das fand Elena gerade auch.

Kurz danach ertönte ein Handysignal und Elena griff hastig nach dem Smartphone.

»Dauert doch noch ein wenig! Eine Stunde oder so! Wir sind gerade am Feiern! Melde mich!«

Elena war sauer. Wir sind gerade am Feiern? Bedeutete es ihm gar nichts, nach fünf Wochen Abwesenheit, endlich etwas ausführlicher mit seiner Familie zu reden? Ihre Unruhe wuchs, ebenso ihr Frust – und beides wurde nicht kleiner, denn aus der einen Stunde wurden knappe zwei, bis Florian geruhte anzurufen. Elena nahm den Call auf dem Laptop an, um ein größeres Bild zu haben.

»Schnell! Hol Mia!«, rief sie Bennie zu. Ihr Herz klopfte, sie hatte Florian seit Wochen nicht gesehen! Aufgeregt saß sie vor dem Rechner und wartete auf die Bildübertragung. Florians Oberkörper kam ins Bild, erstarrte, dann wackelte es gewaltig, er schien mit dem Gerät in der Hand herumzulaufen.

»Elena?«, rief er. »Elena? Kannst du mich hören?«

»Ja, ich kann dich hören! Sehr gut sogar! Wie geht es dir? Ach, wie schön, deine Stimme zu hören!« Ihre Stimme zitterte vor Freude.

»Elena? Sag doch mal was!«

»Florian, ich höre dich gut!« Sie schickte eine Textnachricht, in der Hoffnung, dass die ankam. Aber die Verbindung riss ab. Das Bild verschwand. Auf ihrem Display stand die Frage: »Wie würden Sie die Qualität des Gespräches bewerten?«, als es erneut klingelte. Wortfetzen drangen an ihr Ohr, ein weibliches Lachen, Vogelschrei, Rauschen und Kratzen. Florians Hand war zu sehen, das Bild flackerte und fror schließlich ein. Aber endlich, endlich, schien er eine Stelle gefunden zu haben, an der wenigstens die Audioverbindung mit ihm stand.

»Florian«, rief sie aufgeregt. »Wie schön, dass es endlich klappt! Kannst du mich sehen?«

Die Kinder saßen inzwischen wieder neben ihr.

»Ja, ich kann dich sehen … und die Kinder! Hallo Bennie, hallo Mia! Könnt ihr mich auch sehen?«

»Nein, das Bild ist eingefroren, aber …«

»Warte, ich versuch's nochmal woanders.«

»Nein, lass doch! Ich bin froh, dass wir uns hören! Wie geht es dir?«

»Mir geht es saugut!«, rief er in die Kamera. Sie hörten ihn laufen. »Mir ging es noch nie besser! Es ist unglaublich hier! So intensiv! Einfach mega!«

Er hörte sich irgendwie anders an als sonst. War das die schlechte Verbindung? Sie hatte Bedenken, dass sie wieder abreißen würde, aber mit der neuen Position gelang tatsächlich eine Bild- und Tonverbindung. Florians Gesicht kam in voller Größe ins Bild und allen entfuhr ein erstaunter Ausruf.

»Papa!«, prustete Bennie. »Du hast ja einen Bart! Du siehst voll komisch aus!«

»Was ist denn mit dir passiert, Dad?« Auch Mia war entgeistert.

»Na ja, mit Rasieren ist's hier schwierig«, erklärte Florian. »Hey, Kinder, geile Begrüßung übrigens!«

Es fiel schwer zu antworten, zu sehr mussten sie sich alle an den veränderten Anblick gewöhnen. Florian war kaum wiederzuerkennen. Bei dem Versuch, das Handy irgendwo abzustellen, war er teilweise ganz zu sehen. Er trug ein Stirnband um den Kopf, den Bart im Gesicht, ein ärmelloses Top und Shorts, die seine braungebrannten Arme und Beine zur Geltung brachten. Seine Augen strahlten.

»Wie geht es euch, meine Kleinen?«

»Gut«, rief Bennie und verstummte auch gleich wieder, als müsse er sich erst davon überzeugen, dass er auch wirklich mit seinem Papa sprach.

»Bennie entdeckt gerade das Gärtnern«, ergänzte Elena. »Bennie, erzähl doch Papa, was du schon alles gepflanzt hast.«

»Karotten und Paprika! Hazel hat mir gezeigt, wie man Regenwürmer findet. Die tue ich in die Erde, weil die alles durchwühlen und wir tun Eierschalen drauf, weil …«

Bennie kam in den Redefluss.

»Das ist supertoll, Bennie«, stoppte ihn Florian. »Aber ich will auch mal mit Mia reden. Hey, Mia, wie geht's? Was machen deine Influencerpläne?«

»Läuft. Bin im Aufwind.«

»Das heißt, du verfolgst das weiter? Was sagt Mama dazu?«

»Die unterstützt mich.«

Florian stutzte, dann lachte er. Er hielt das für einen Witz. Aber so ganz sicher schien er sich doch nicht zu sein, denn er setzte hinterher:

»Mia, ich schwöre dir, wenn du das hier mal erleben würdest, wüsstest du, was wirklich wichtig ist. Du bekämst eine völlig andere Lebenseinstellung.«

»Danke, bin mit meiner ziemlich zufrieden«, gab Mia zurück. »Und was tust du so den ganzen Tag?«

»Wir meditieren, singen, wandern viel, ich komme immer tiefer in mich hinein.« Florian lächelte. »Die Landschaft ist atemberaubend schön! Die Berge und die Seen, auch die Menschen hier sind komplett entspannt. Null Hetze, null Druck, wartet, ich schicke euch gleich mal Fotos!«

Ein Bombardement an Piepstönen erklang und ein Bild nach dem anderen trudelte auf dem Messenger ein. Mia rief sie auf dem Handy auf und die drei sahen sich nun genötigt, auf das kleine Display zu schauen.

Der Phewa-See erschien mit seinem wunderbar blauen Wasser, umgeben von dichtbelaubten Bäumen, in seiner Bucht ankerten spitz zulaufende, bunte Kanus. Pokhara schien für jeden Geschmack etwas zu bieten. Auf einem der Fotos flanierte Florian auf einer Touristenmeile, mit vielen Straßenküchen, Souvenirgeschäften und bunten Ständen. Dann gab es wieder Fotos von der Gruppe, ihren Aktivitäten, die Florian kommentierte.

»Die Fotos schauen wir uns nachher alle in Ruhe an«, erklärte Elena schließlich. »So toll, dass du dich wohlfühlst, Florian, und dass es dir gutgeht. Du strahlst ja richtig!«

»Ich komme auch mit meinen Meditationen prima vorwärts. Und Elena, stell dir vor, es hat sich zudem die Chance aufgetan, in eine der entlegensten Gegenden zu wandern. Zu einem erleuchteten Eremiten.«

»Genau dein Ding! So eine Chance ergibt sich sicher nicht oft.«

»Ich bin froh, dass du es so siehst«. Er schenkte ihr ein warmes Lächeln. »Es ist eine einmalige Chance. Aber der Wohnort des Eremiten liegt nicht auf der üblichen Route. Daher habe ich mich entschlossen, mich von der Gruppe zu trennen und …«

»Aber Florian!«, fiel ihm Elena erschrocken ins Wort. »Du hast doch nicht etwa vor, alleine im Himalaya unterwegs zu sein?«

»Nein, wo denkst du denn hin! Das wäre ja Selbstmord!« Er lachte jungenhaft. Sein Bild fror immer mal wieder ein, während er redete, sodass das Gesagte nicht zu seinem Gesichtsausdruck passte. »Wir sind eine kleine Gruppe und haben einen Guide aufgetan, der sich in dieser Ecke auskennt. Die Sache ist allerdings die, dass sich die Reise damit in die Länge zieht. Ich werde also etwas später zurückkommen.«

»Wie, was heißt das, du wirst später zurückkommen?«, wiederholte Elena verdattert. »Wann denn?«

»Das hängt davon ab, wie wir vorankommen. Der Trip ist nicht easy, Elena.«

»Ja, aber, Florian. Ich … das kommt jetzt sehr unerwartet und …«

»Das weiß ich, das weiß ich. Aber diese Chance kommt nie mehr! Wir haben von diesem verborgenen Tal per Zufall erfahren, es ist ein Geheimtipp. Die Strecke dorthin ist machbar und dann hat Inez auch noch diesen Guide aufgegabelt …«

»Hi!«, quetschte sich plötzlich eine braungebrannte, brünette Frau in den Bildschirm. »Ich bin Billie! Hallo Elena! Tollen Mann hast du! Wir lieben ihn alle!«

»Billie, mach dich vom Acker, das geht jetzt nicht«, scheuchte Florian sie weg und wandte sich wieder seiner Frau zu. »Sorry, Elena, Billie ist ein wenig impulsiv.«

Elena fiel dazu gar nichts ein, dafür kam ihr ein völlig anderer Gedanke.

»Aber was ist mit unserem Jubiläum Mitte August? Wir wollten doch unser Zwanzigjähriges feiern!«

»Bis dahin bin ich zurück«, versprach er. »Jedenfalls wird das eine Wahnsinnstour. Wir wollen das unbedingt filmen und später auf YouTube veröffentlichen.«

»Ach!«, spöttelte Mia, aber Florian redete weiter, Elena hörte nur mit halbem Ohr zu. In ihr tobte ein Tumult und sie wusste nicht, warum und wieso. Es war doch nicht so schlimm, dass er länger blieb ... Dennoch hing eine falsche Note in der Luft. Etwas Unausgesprochenes. Die Kinder saßen schweigend neben ihr.

»Ja, aber woher wissen wir, ob es dir gut geht?«, nutzte Elena eine Atempause Florians. »Dass du nicht in eine Schlucht gestürzt bist oder ähnliches?« Es sollte witzig klingen, aber ihr war gar nicht nach Lachen zumute.

»Mir passiert schon nichts. Aber rechne mal eher nicht unbedingt mit Anrufen. Ich weiß auch nicht, wo und ob ich mein Handy aufladen kann. Weißt ja, wann immer es möglich ist, melde ich mich.«

»Okay«, sagte sie heiser und fühlte sich überrumpelt.

»Ist das dein Frau?« Eine rassige Spanierin schob sich ins Bild, winkte wie verrückt und lachte sich schief über das Bild der drei auf ihren Stühlen.

»Sehen aus wie Stoffpuppe!«, schrie sie und wirkte sichtlich stoned. »Sind das lebendig überhaupt?«

»Inez, du störst!« Florian stand auf, das Bild wechselte auf den felsigen Untergrund. »Sorry, Elena, die sind manchmal ein wenig durchgeknallt hier. Aber voll lustig!«

Elena blieb stumm. Auch die Kinder sagten nichts. Florian hielt das Handy hoch, aber das Bild war wieder mal eingefroren und nur sein Oberarm sichtbar.

»Elena? Hörst du mich noch?«

»Ja, wir hören dich gut.«

»Ich muss zur Gruppe zurück. Wir machen noch einen Nacht-Saptah.«

»Was ist das?«

»Ein Tanz! Aber Elena, was ich dir noch sagen wollte …«

»Ja?«, fragte sie hoffnungsvoll. Diese Worte waren stets der Anfang für eine Liebeserklärung gewesen.

»… ich habe nochmals Geld abgehoben. Nur, dass du Bescheid weißt und nicht denkst, jemand hätte deine PIN geknackt.« Er lachte leicht. Sein Bild wurde wieder lebendig und sein braungebranntes, bärtiges Gesicht grinste in die Kamera.

»Also, ihr Lieben! Ich mache mich mal auf ins pure Leben! Mia, überleg dir, was du tust! Bennie, mein Großer, pass auf die Mama auf, okay? Hab euch alle lieb! Macht's guhut!«

Er winkte mit einer Hand in die Kamera.

»Tschüss, Papa! Tschühüss!« Bennie winkte, Mia winkte, Elena winkte. Ihr Mund lächelte. Dann wurde der Bildschirm schwarz und in derselben Sekunde loderte Schmerz in ihr hoch, als hätte Florian nicht nur ein

Telefonat, sondern ihre Beziehung beendet. Mit gezwungenem Lächeln wandte sie sich an die Kinder:

»Dann müssen wir wohl oder übel noch ein wenig auf Papa verzichten.« Mia warf ihr einen säuerlichen Blick zu.

»Tja«, meinte sie schnippisch. »Du freust dich sicher, dass er Spaß ohne Ende hat, oder?«

Damit drehte sie sich um und stakste auf ihr Zimmer. Verletzt sah ihr Elena hinterher. Manchmal konnte sie das Gehabe ihrer Tochter kaum ertragen. Dauernd nur machte sie, Elena, etwas falsch! Sagte das Falsche, tat das Falsche! Sie spürte, wie etwas in ihr hoch quoll, eine dicke, schwarze Wolke, die nach Entladung suchte. Mühsam presste sie sie nach unten. Es wäre das Falscheste, jetzt zu explodieren, und doch war es das, was sie jetzt am liebsten getan hätte.

Aber was war eigentlich los? Es war doch nichts dabei, wenn ihr Mann etwas länger wegblieb! Sie waren zwanzig Jahre mehr oder weniger ununterbrochen zusammen gewesen und er verhielt sich einfach wie eine Mama, die nach dieser langen Zeit endlich mal frei hatte. Und doch sagte etwas in ihr, dass diese Erklärung nicht des Pudels Kern traf.

Bennies weiche, warme Kinderhand, die sich in die ihre schob, gab ihr fast den Rest.

»Mama?«, fragte Bennie. »Bist du traurig, weil Papa so komisch war?«

»Aber nein, Bennie«, erwiderte sie automatisch, wandte sich ihm zu und bemühte sich, ein beruhigendes Lächeln aufzusetzen. »Wie kommst du denn …«

Abrupt verstummte sie. Sie *war* traurig. Und nicht nur das. Sie war frustriert, sauer und furchtbar enttäuscht. Sie hatte sich so auf das Gespräch gefreut! Sie hatte sich Hilfe erhofft und er hatte mit keinem Wort nach ihr gefragt. Was waren das für Frauen, mit denen er zusammen war? Elena war den Tränen nah. Bennie blickte sie mit großen Augen an und sie kniete sich vor ihn hin.

»Ja, Bennie, ich bin traurig«, gab sie zu. »Sehr sogar. Weil Papa später kommt als gedacht. Ich vermisse ihn, weißt du.«

Bennie nickte. Er schlang seine Ärmchen um sie. »Dann machen wir es uns hier so schön, wie es der Papa auf seiner Tour hat«, tröstete er sie eifrig.

Das war der beste Tipp, den er hatte geben können.

# ♫ Moment de Confiance ♫

Fjellson Weber

Wie viel Geld hatte Florian vom Konto genommen? Sobald Bennie im Bett war, setzte sich Elena mit dem Laptop ins Bett. Heute konnte sie nicht in die Bibliothek gehen. Es war ihr alles zu viel – trotz Bennies Ratschlag.

Mit gerunzelter Stirn studierte sie die Kontoauszüge. Es war eine kleine Abrechnung von Verlagen gekommen, die einen Teil der Rechnungen, die sie hatte bezahlen müssen, aufgefangen hatte. Auf ihrem gemeinsamen Konto konnte sie keine Abbuchung von Florian erkennen, doch dann stellte sie mit Schrecken fest, dass er ihr Sparkonto angegriffen hatte. Jenen Betrag, den ihr der Verlag für Recherchen überwiesen hatte, und den sie belegen musste.

Diesmal ergriff sie nackte Wut, hervorgerufen durch das lange Warten bis zu seinem Anruf, die zwei bekifften Tussen, die sich ins Bild geschoben hatten, die vollendeten Tatsachen, vor die er sie gestellt und der vierstellige Betrag, den er sich, ohne es mit ihr abzuklären, genommen hatte. Ihr wäre das niemals in den Sinn gekommen! Und nicht ein einziges Mal hatte Florian gesagt, dass er sie vermisste. Kein »Ich liebe dich«, kein »Wie geht es dir?«, gar nichts! Klar, man konnte es erklären und entschuldigen. Es war wenig Zeit gewesen, die Verbindung schlecht … aber wie viel Zeit kostete ein »Ich liebe dich«? Eine Sekunde?

Sie legte den Laptop weg, starrte in die Dunkelheit. Was passierte da gerade mit ihrem Mann? Was passierte mit ihnen? Oder war sie einfach nur überempfindlich?

Ihr Handy piepte. Es lag etwas weiter entfernt auf einer Kommode neben der Tür und da sie ohnehin nicht schlafen konnte, stand sie auf. Ihr Herz machte einen Satz. Es war Florian! Er hatte sich nochmal gemeldet!

»Liebe Elena, gerade haben wir erfahren, dass wir einen Antrag stellen müssen, wenn wir in die Berge wollen. Keine Ahnung, wie lange es dauert, bis die Formalitäten erledigt sind. Bis dahin müssen wir in Pokhara ausharren. In der Innenstadt gibt es Internetcafés. Wann können wir mal reden? Nur du und ich? Ich liebe dich.«

Ihr Bauchraum und ihre Schultern entkrampften sich und ein Seufzer der Erleichterung entfuhr ihr. Aufatmend presste sie das Gerät an ihre Brust.

Ich liebe dich – was diese drei Worte auslösen konnten! Aber sie wischten nicht alles weg und fieberhaft überlegte sie, wann der beste Zeitpunkt für ein Telefonat wäre, um alles zu fragen und zu sagen, was ihr auf der Seele lag.

Sonntagabend in der Bibliothek! Da wäre sie ganz für sich! Ray war das gesamte Wochenende weg, das war perfekt! Sie würde von innen absperren und hätte somit alle Ruhe, die sie brauchte.

Die Zeitdifferenz zwischen England und Nepal betrug fast fünf Stunden. Um fünf Uhr schloss die Bibliothek, sie konnten sich kurz danach sprechen, dann wäre es in Nepal zehn Uhr nachts. Sie schrieb Florian Tag und Uhrzeit, schickte viele Herzchen und Küsse mit und legte das Handy zurück. Endlich konnte sie einschlafen.

Am Samstag fuhren sie nach Bath. Die Sonne schien von einem von Wolken durchzogenen Himmel, was die Temperaturen angenehm machte. In guter Laune flanierten sie durch die großzügig angelegte Fußgängerzone mit ihrer Vielfalt an Kaufläden und Boutiquen sowie heimischen, kleinen Lädchen, die Handwerkskunst anboten. Und natürlich durften die berühmten Römischen Bäder und heißen Quellen mit ihrem einzigartigen Flair vergangener Zeiten nicht fehlen.

Bath war das frühere Zentrum der High Society außerhalb Londons gewesen und entsprechend herrschaftlich gestaltete sich die Aufmachung der Stadt. Hundertvierzig historische Terrassen prägten das Stadtbild mit dem *Queen Square,* dem *The Circus,* dem *Royal Crescent* und vielem mehr.

»Meine Güte«, staunte Elena. »Wie haben die Menschen im 18. Jahrhundert und früher das alles nur erbauen können ohne die Maschinen, die uns heute zur Verfügung stehen? Allein diese Verzierungen im Mauerwerk! So etwas bekommt kein moderner Architekt mehr hin! Selbst wenn sie den Geschmack dafür hätten.«

»So ist es, Mutter«, bestätigte Mia. »Vielleicht war ja alles ganz anders, als sie uns das in den Geschichtsbüchern erzählen.«

»Das musst du mir mal genauer erklären«, erwiderte Elena und legte leicht ihren Arm um Mias Schultern. »Lass mich raten: Es gibt bestimmt auch darüber einen Link in deiner Liste.«

»Nicht nur einen, Mam. Schaust du dir die Links überhaupt an?«

»Was denkst du denn? Deswegen wollte ich sie doch haben! Und hey, Mia, sieh mal! Im Reiseführer berichten sie über ein Fashionmuseum in den Assembly Rooms mit einer außergewöhnlichen Sammlung an modischer Kleidung aus dem späten 16. bis 21. Jahrhundert. Das hat sogar Weltklassestatus. Wollen wir uns das anschauen? Es sind nur zehn Minuten zu gehen.«

»Ja, hört sich toll an!« Mias Augen leuchteten und Elena war unglaublich froh darum.

Das Museum wurde zum Highlight des Tages. In den riesigen Schaukästen befanden sich die schönsten Kleider, die sie je gesehen hatten, in jeder erdenklichen Farb- und Materialkomposition. Männer wie Frauen mussten damals wie Schmuckstücke durch die Gegend gelaufen sein.

»Das ist so fantastisch«, hauchte Mia und machte ein Foto nach dem anderen.

»Ich wusste gar nicht, dass du auf diese Mode stehst«, wunderte sich Elena.

»Ich auch nicht. Bis ich den Earl gesehen habe. Ich finde, das sieht so krass aus. Und der Earl ist auch megakrass.«

»Allerdings«, schmunzelte Elena. »Wenn krass das richtige Wort für ihn ist.«

»Er ist sooo cool! Und Grips hat er auch! Endlich mal einer, der voll durchsteigt und sich für die richtigen Themen interessiert«, schwärmte Mia weiter.

»Woher weißt du, für welche Themen er sich interessiert?«

»Weil ich ihn gegoogelt habe. Aber bevor du das auch machst, Mam, solltest du dir erst ein paar meiner Links hinter die Binde ziehen. Sonst kriegst du einen falschen Eindruck.«

»Wieso das denn?«

»Weil das, was im Netz steht, meistens gefärbt, gebogen und verdreht ist. Vor allem, wenn über Personen geschrieben wird, die es wagen, anders zu denken als der dumpfe Mainstream. Außer du googelst, wie man Marmelade einkocht. Das dürfte noch einigermaßen unverfälscht sein.«

Elena schwieg eine Weile, dann sagte sie: »Das ist eine extrem negative Einstellung zur Welt.«

»Oder eine realistische. Ist besser, wenn man sich nichts vormacht. Der Earl findet das auch.« So sehr sich Mia die letzten Monate zurückgehalten hatte, so sehr sprudelte auf einmal alles aus ihr heraus, vor allem ihre Begeisterung für Lord Exely. »Der Mann hat voll die Ahnung! Und vielseitig ist er außerdem! Allein die Art, wie er mit uns geredet hat, Mam, das spricht doch Bände! Außerdem sieht er voll gut aus. Total attraktiv! Der ist so Hammer, der Typ!«

Elena war perplex. Mias Augen glänzten, ihre Wangen waren gerötet.

»Ich muss ihn unbedingt nochmal sprechen! Unbedingt!«, platzte es aus ihr heraus.

»Mia!«, rief Elena verdattert. »Was ist denn mit dir los? Das hört sich an wie eine Liebeserklärung!« Sie lachte ein wenig, um ihre Worte zu entschärfen, aber der Ausdruck in Mias Gesicht ließ sie verstummen. Stand da Sehnsucht darin? Und warum war ihre Tochter rot geworden?

»Ähm ... Mia?«, tastete sie sich vorsichtig vor. »Du ... ich meine ...«

»Nein, nicht das, was du wieder glaubst«, raunzte Mia in alter Manier. »Mensch, Mam! Es ist nur so, dass er ... er hat einfach *alles*, was ich mir von einem Mann wünschen würde. Er ist offen und kritisch und trotzdem humorvoll und ... ich weiß einfach, dass man mit ihm über alles reden könnte!«

Elena schwieg zunächst.

»Mia, das kannst du mit mir auch«, wagte sie sich behutsam vor.

»Vielleicht. Aber du musst ein Buch schreiben. Du hast eine Deadline.«

»Aber das zwischen uns geht vor, mein Kind. Dann muss der Plot eben warten. Ich bekomme das schon irgendwie hin.«

Wieder reagierte Mia auf eine Weise, die Elena nicht nachvollziehen konnte. Ihre Tochter war offensichtlich angepisst von ihrer Antwort und kurz davor, etwas zu sagen, was die Situation für Elena erhellt hätte. Ihr ganzer Körper stand unter Spannung. Ihre Augen glühten, ihre Lippen bebten, aber nichts kam heraus. Fast fluchtartig lief sie schließlich an den Schaukästen vorbei, übersprang ein paar Epochen und blieb bei den Empirekleidern stehen. Jahrhunderte von Elena entfernt.

Sie folgte ihr langsam, Bennie an der Hand. Die Kleiderschau interessierte ihn nicht wirklich, er war müde und sie beschlossen, sich ein gemütliches Restaurant fürs Dinner zu suchen. Kaum saßen sie im Wagen, schlug Mia vor:

»Wir könnten auch im Hotel essen. Vielleicht treffen wir den Earl.«

»Mia, das Restaurant hat einen Michelin-Stern, das ist viel zu teuer!«

»Ich dachte, du bekommst die Spesen bezahlt.«

»Ich habe einen bestimmten Betrag erhalten – mit dem muss ich auskommen. Phil hat mir gestern jede Menge Rechnungen geschickt und dein Papa braucht jetzt auch mehr Geld. Hast du doch gehört.«

»O ja, das habe ich wohl gehört«, erwiderte Mia grimmig. »Okay, dann machen wir es so: Ich habe noch mein Weihnachtsgeld von Oma und lade dich und Bennie ein.«

»Nein, das machen wir ganz bestimmt nicht. Vergiss das alles! Außerdem ist heute Samstag. Das Restaurant ist bestimmt voll.«

Aber Mia hatte schon ihr Smartphone gezückt und die Nummer gewählt.

»Guten Tag«, flötete sie ins Telefon. »Wir hätten gern für heute Abend einen Tisch reserviert. Es ist zwar etwas kurzfristig, aber Lord Exely hat uns gesagt, dass wir jederzeit willkommen wären, also dachten wir, wir versuchen es einfach mal.«

»Mia!«, zischte Elena. Mia hob abwehrend die Hand und lauschte den Worten der Rezeptionistin, die fragte, wer sie denn seien.

»Elena Gerner. Wir wohnen seit etwa einer Woche im alten Schulhaus. Ich bin Autorin und schreibe über den Lord und die Gegend rund um Castle Combe. Daher meinte Lord Exely, dass wir, also meine Kinder und ich ...«

Ein Wortschwall ergoss sich über den Lautsprecher ins Innere des Wagens. Die Dame entschuldigte sich, das nicht gleich verstanden zu haben, aber mit der den Engländern ausgesuchten Höflichkeit bat sie darum, sich bei Lord Exely rückversichern zu dürfen.

»Aber selbstverständlich«, tönte Mia mit zuckersüßer Stimme ins Telefon. »Rufen Sie mich zurück? Wir wären zu dritt. Vielen Dank!«

»Mia, bist du noch bei Trost?«, fauchte Elena, als ihre Tochter triumphierend das Gespräch beendete. »Was soll Lord Exely von diesem Winkelzug denken? Das war einfach nur gelogen!«

»Es muss kein Winkelzug bleiben, mach es doch wahr! Suchst du nicht einen Plot? Bitte! Hier ist einer! Außerdem: Der Anruf ist raus. Ist alles schon gelaufen.«

»Oh, nein, das ist es nicht! Ich fahre bei der nächsten Gelegenheit an die Seite und stelle das richtig.«

»Mensch, Mam, das kommt ja noch blöder rüber! Lass doch das Schicksal entscheiden. Wenn wir einen Tisch bekommen, soll es so sein.«

»Nein, Mia, das ist nicht in Ordnung, ich ...«

Die Anrufmelodie von Mias Smartphone unterbrach ihr Gespräch. Mia nahm an und mit gemischten Gefühlen hörte Elena mit, wie die Dame versicherte, dass sie selbstredend einen Tisch bekämen. Wäre 19:30 Uhr recht? Lord Exely freue sich, die kleine Familie eine halbe Stunde vorher in der Bar zu einem Begrüßungsdrink empfangen zu dürfen und er ließe ausrichten, er fühle sich geehrt, dass ein Buch über ihn verfasst würde.

»Oh, nein!«, stöhnte Elena lauthals, als Mia mit einem siegesbewussten Lächeln auf den Lippen auflegte. »Was hast du da nur angestellt, Tochter! Ich schreibe kein Buch über den Earl!«

»Woher willst du das denn wissen?«, gab Mia zurück. »Lord Exely ist sooo klasse! Mach's doch einfach! Oder lass ihn die Hauptfigur in deinem Roman sein! Damit hast du schon mal einen fixen Punkt.«

»Ich würde gern selbst entscheiden, worüber ich schreibe«, erwiderte Elena verstimmt. »Das geht mir zu weit, Mia.«

»Ja, sorry, Mam. Dann schreib, was du willst, und betrachte das Buch über den Earl als mögliches nächstes Projekt. Wo ist das Problem? Ganz sicher ist der Typ interessanter als ein Cowboy mit Sixpack, der Klein-Doofie im rosa Kleid vernascht, das garantiere ich dir!«

Trotz des Überfalls musste Elena lachen. Mias Augen blitzten, sie wirkte in diesem Moment so herrlich lebendig, dass jeder Protest in Elena erstickt und gleichzeitig die Abenteuerlust in ihr geweckt wurde. Mia hatte recht! Sie war viel zu brav!

»Hoffentlich hat er Zeit«, hörte sie ihre Tochter inbrünstig aufseufzen. »Hoffentlich isst er mit uns! Bennie, sprich ihn unbedingt auf seinen Gemüsegarten an, hörst du?«

Mia brachte Bennie ein paar Vokabeln bei, sprudelte und lachte nur so. Eine aufgeregte, spielerische Stimmung lag in der Luft, gegen die sich auch Elena nicht wehren konnte. Sie verstand ihre Tochter nicht, sie verstand sich selbst nicht, sie verstand gerade gar nichts mehr. Aber, Herrgott nochmal, es hörte sich unverschämt verlockend an, ein hübsches Kleid in einer gepflegten Umgebung zu tragen, in der gemütlichen Bar an einem prasselnden Kaminfeuer zu sitzen, ein Glas Champagner vor sich zu haben – und alle Sorgen wegzuschieben!

Die Pfanne zwischen den Steinen, das Bild von Florian, platzte dazwischen wie ein Mahnmal. Doch diesmal machte es Elena rebellisch. Er gönnte sich die Reise und sie sollte ein schlechtes Gewissen wegen eines Dinners haben? Ihr Kinn reckte sich vor, ihre Augen glühten. Das Leben konnte nicht nur aus Anstrengung bestehen. Und ja, warum sollte sie nicht über den Earl schreiben oder ihn als Romanfigur einsetzen? Vielleicht nicht für das im Moment geplante Buch, aber irgendwann? Mia hatte recht!

Sie warf ihrer Tochter einen kurzen Seitenblick zu, die sich inzwischen die Stöpsel in die Ohren gestopft und die Augen geschlossen hatte. Ihr Mund lächelte leicht und sie träumte selig vor sich hin. Ein Bild, das Elena in der Seele rührte.

216

»Wovon träumst du?«, fragte sie spontan und legte ihre Hand auf das Bein ihrer Tochter.

Mia zog den Stöpsel aus dem linken Ohr. »Hast du was gesagt?«

»Ja, ich will wissen, wovon du träumst, mein Kind.«

Mias Augen wurden dunkel. Stille füllte das Wageninnere. Sehnsucht. Schwingungen. Wieder hatte sie das Gefühl, dass ihr Kind kurz vor einem Ausbruch stand, etwas vermitteln wollte und sich nicht in der Lage dazu fühlte. Fehlten ihr die Worte? Lange sagte Mia nichts. Wie eingefroren hielten ihre Finger den Ohrstöpsel, wartete die Hand auf die Anweisung: Öffnen oder Verkapseln? Elena wartete gespannt.

»Von einer Welt voller Begeisterung«, antwortete Mia schließlich mit rauer Stimme. Der Stöpsel wanderte ins Ohr, sie lehnte sich zurück, schloss die Augen, schloss den Mund, tauchte ein in ihr Universum. In eine Welt, die die meisten Erwachsenen längst verloren hatten und an der Mia immer noch festhielt.

Elenas Herz schwang und vibrierte. Nie war sie ihren Kindern näher gewesen als in diesen Tagen und das nach nur einer Woche Aufenthalt in dieser magischen Gegend. Es war eine völlig andere Nähe, eine, die mit körperlichem Zusammensein wenig zu tun hatte. Sie tat gut und tat weh. Oft hatte sie dieses Sirren im Ohr, von dem sie noch nicht mal im Ansatz glaubte, dass es eine Form von Tinnitus wäre. Etwas in ihr war sicher, dass dieser Ton auf anderen Dingen beruhte.

Als sie die kleine Einfahrt hochfuhr und den Wagen in den von Efeu und Rosen überwachsenen Carport abstellte, überkam sie das Gefühl des Nachhausekommens in einer Stärke, die sie in ihrem Vorstadtreihenhäuschen nie verspürt hatte. Die Rosen über der blauen Haustür hießen sie willkommen, der Garten hinter dem Haus lud ein, den Sonnenuntergang zu genießen.

Aber daraus wurde natürlich heute nichts. Es war kurz nach sechs und in etwa fünfundvierzig Minuten würden sie sich im Manor House mit Lord Exely treffen. Mia beschwingte diese Aussicht auf eine Weise, die Elena immer mehr Rätsel aufgab.

»Bennie und ich duschen als Erste«, sagte sie zu Mia. »Dann hast du das Bad für dich. Und übrigens … denk nicht eine Sekunde dran, dass du dein Erspartes für dieses Essen hinblätterst. Das schaffe ich schon noch.«

»Danke, Mama«, sagte Mia mit leuchtenden Augen. Ihr schmaler Körper zuckte, als wollte sie Elena umarmen, aber sie tat es nicht. So komisch es klang, Elena reichte dieser leichte Impuls. Sie nahm Bennie an die Hand und verschwand mit ihm im Badezimmer.

»Mach dich richtig hübsch, Mama!«, rief ihr Mia hinterher. »Ich hoffe, du hast das grünsilberne Kleid und deine geilen Pumps mit! Brezel dich auf!«

Kopfschüttelnd steckte Elena Bennie unter die Dusche. Was hatte Mia im Kopf? Was auch immer es war, Elena hatte tatsächlich große Freude, die Frau in ihr herauszukehren. Sie steckte ihr blondes Haar auf, schminkte sich dezent und schlüpfte schließlich in Kleid und Schuhe. Nach all den Wochen mit Präferenz auf bequemer Kleidung fühlte sie sich wie verkleidet. Nachdenklich betrachtete sie sich im Spiegel. Wie lange war es her, dass Florian und sie feudal essen gegangen waren? Er hatte kein großes Interesse daran und zog rustikale Biorestaurants vor. Aber hier hätte es Florian gefallen! Das Gemüse, das im Hotel verarbeitet wurde, so hatte ihr Hazel erzählt, stammte aus eigener Produktion. Auch verstand man noch die Kunst des Einkochens und Haltbarmachens von Gartenprodukten, sodass auch im Winter genügend da war.

Als sie sich zu dritt auf den Weg zum Manor House machten, wurde Hazels Aussage bestätigt. Vom Küchengarten, den der Lord am Hang hatte anlegen lassen, liefen drei Küchenjungen mit großen Körben frisch geernteten Gemüses Richtung Personaleingang. Dabei entdeckten sie Mia und warfen ihr bewundernde Blicke zu. Sie sah auch wunderschön aus in ihrem bodenlangen blauen Sommerkleid und ihrem blonden Haar.

Die Sonne schien noch warm, das Manor House wirkte mit seiner mit Efeu berankten Fassade wie ein Märchenschloss. Stumpenkerzen in metergroßen Laternen flackerten vor dem Eingang, an dem ein livrierter Mann, Brian, die Gäste begrüßte und sehr offensichtlich großen Spaß damit hatte. Als er die zwei Frauen mit Bennie kommen sah, legte er mit einer theatralischen Geste die Hand auf sein Herz, trat eine Winzigkeit zurück und vollführte hernach eine so tiefe Verbeugung, dass er mit Bennie auf Augenhöhe war. Komplizenhaft zwinkerte er ihm zu.

»Mein Kleiner, du hast mir etwas voraus«, sagte er zu ihm. »In so einer wundervollen Begleitung würde ich auch gerne mal sein. Du hast ja zwei Elfen an deiner Seite! Wie hast du das gemacht? Verrätst du mir den Trick?«

Bennie verstand natürlich nichts, Mia übersetzte. »Er sagt, du hast voll den Jackpot gezogen, weil du mit zwei so Prachtexemplaren wie uns unterwegs bist. Er will wissen, wie du das gemacht hast.«

Bennie fing an zu strahlen. »Das ist, weil ich auch ein Prachtkerl bin!«, trötete er. Sie hatten das kaum übersetzt, als alle in Lachen ausbrachen. Brian klopfte dem Kleinen auf die Schulter, rief: »So viel ist sicher!«, und öffnete den dreien mit besonderem Schwung die Tür.

Sie betraten einen Raum mit einem riesigen Blumenarrangement auf einem runden Tisch in der Mitte. Dunkles Parkett war mit Teppichen belegt. Eine freundliche, junge Frau begrüßte sie und führte sie in die Bar, die, wie in England üblich, mit Sitzgruppen möbliert war. Trotz der angenehmen Außentemperaturen prasselte ein Feuer im Kamin, vor dem vier Sessel standen. Auf einem Tischchen daneben befand sich ein vor Kälte beschlagener Kühler mit einer Flasche Champagner. Elena kam sich vor wie in einer anderen Welt. Selbst Mia war still und schien ein wenig eingeschüchtert. Das war etwas anderes als die legeren Bio-Restaurants, die sie in den letzten Jahren bevorzugt hatten.

»Mylord kommt gleich«, informierte die Dame sie. »Darf ich Ihnen schon Wasser einschenken?«

Elena ließ sich auf einem der Sessel nieder, blickte durch die Butzenscheiben nach draußen in das herrliche Grün. Sie konnte sich nicht helfen, aber sie liebte dieses Ambiente! Es war gemütlich und edel, leger und doch nobel, eine Mischung, die sie unwiderstehlich fand. Das schlechte Gewissen meldete sich unverzüglich. Das war unnötiger Luxus, man sollte sich doch mit weniger zufriedengeben, nicht das Glück in äußeren Dingen suchen … doch für Philosophien dieser Art war keine Zeit, denn im nächsten Moment betrat Lord Exely die Bar. Sein Charisma war wie ein frischer Windzug und er sah völlig anders aus als sonst. Sein Anblick warf Elena um. Ein Seitenblick auf ihre Tochter verriet ihr: ihr ging es genauso.

»Mylady«, begrüßte er sie und breitete leicht seine Arme aus. Sein Lächeln spielte sich eher in seinen blauen Augen, die wieder mal angeregt blitzten, als in den Mundwinkeln ab. »Welch eine Ehre, Sie in meinen bescheidenen Räumen begrüßen zu dürfen.«

Er hauchte je einen Kuss auf Elenas und Mias Hand. »Sie sehen beide überaus zauberhaft aus.«

Er wirkte fast fremd ohne sein bis nach oben hin geschlossenes Rüschenhemd und die pompösen Gehröcke. Diesmal trug er einen in einem hellen Beige gehaltenen Anzug, dazu ein zartrosafarbenes Hemd, dessen obere Knöpfe offenstanden. Auch der Zopf fehlte. Sein dunkelbraunes, leicht gewelltes Haar fiel ihm auf Schulterhöhe und gerade steckte er eine Strähne hinter sein linkes Ohr.

Er wirkte jünger – und wegen seiner etwas unregelmäßigen Gesichtszüge verwegen und wie ein Abenteurer. Etliche Gäste kannten ihn, er wurde von allen Seiten freudig begrüßt und auch die Bedienung strahlte ihn an.

Formvollendet wandte sich Exely wieder seinen Gästen zu, fragte, ob Mia ein Glas mittrinken durfte, und entdeckte danach erst Bennie.

»Bitte untertänigst um Vergebung, kleiner Mann«, sagte er. »Ich habe Euch nicht gesehen. Ich hoffe, Ihr verzeiht mir meine Entgleisung.«

Bennie hatte kein Wort verstanden, aber er platzte heraus:

»Mia hat gesagt, ich soll dich fragen, ob ich mal in deinen Gemüsegarten darf«.

»Aber sicher doch! Du interessierst dich für Gemüse?«

»Sie können Deutsch?«, japste Mia. »Wieso haben Sie das nicht gleich gesagt?«

»Mein Deutsch ist nicht perfekt«, antwortete er. »Und ich sah keinen Anlass dafür. Aber wenn sich der junge Mann mit mir unterhalten möchte, kann er das gerne tun.«

»Heißt das, ich darf in deinen Garten?«, fragte Bennie.

»Natürlich!«

»Hast du auch obdachlose Schnecken?«

»Obdachlose Schnecken?« Irritiert schaute der Earl auf Elena, die genauso ratlos war. »Was meinst du damit, Bennie?«

»Bei uns im Garten gibt es lauter Schnecken ohne Haus«, erklärte Bennie.

Die anderen drei brachen in Lachen aus. Exely beugte sich wieder zu Bennie hinunter. »Die fressen dein Basilikum ab«, verriet er ihm. »Daher musst du ihnen tatsächlich eine andere Bleibe verschaffen. Am besten weit weg von deinem Gemüse.«

Der Earl bat sie, Platz zu nehmen. Der Champagner war eingeschenkt, für Bennie gab es einen Fruchtcocktail.

»So, und Sie wollen also ein Buch über mich schreiben«, sagte er zu Elena und grinste sie an. »Ich hoffe, es wird kein Verriss.«

»Wie kommen Sie denn darauf?«

»Na, da habe ich schon einiges erlebt«, erwiderte er trocken. »Warum haben Sie nie etwas davon gesagt?«

»Weil uns, das heißt meiner Tochter, die Idee erst kam, als wir Sie kennengelernt haben«, erklärte Elena und hörte, wie Mia neben ihr erleichtert aufatmete. »Mein Verlag erwartet vorerst eine Liebesgeschichte von mir, aber danach wäre ich frei.« Elena fühlte sich dennoch unbehaglich und so setzte sie hinzu:

»Ich möchte mich entschuldigen, dass ich mir den Tisch im Restaurant auf diese Weise erschlichen habe. Aber das, was Sie während des Afternoon Teas gesagt haben, hat mich über die Maßen fasziniert.«

»Wie ist das mit der Kreiswache?«, platzte Mia dazwischen. »Sie haben mich nicht vergessen, oder?«

»Nein, woher denn! Und Sie möchten auch mit?«, wandte er sich wieder an Elena.

»Unglaublich gern!«, bestätigte die. »Aber wir wollen Ihnen auf keinen Fall zur Last fallen.«

»Keine Sorge, in diesen Nächten sind jede Menge Croppies unterwegs. Und es gibt kaum einen Hügel, der nicht von ihnen und Cerealogen besetzt ist.«

»Was sind Croppies?«

»Das ist ein Sammelbegriff für alle Amateure, die sich für die Kornkreise interessieren.«

Sie kamen ins Gespräch über die Kornkreise. Mia fragte Exely ein Loch in den Bauch und Elena staunte einmal mehr über deren Interesse. Die Wangen ihrer Tochter glühten, ihre Augen leuchteten, sie war Feuer und Flamme für das Thema und für Exely. Elena gab das in mehrfacher Hinsicht zu denken, vor allem merkte sie, dass Mia alles andere als lernfaul war. Die letzten Sätze ihrer Unterhaltung mit ihr im Auto fielen ihr ein. »Wovon träumst du, mein Kind?«

»Von einer Welt voller Begeisterung.«

Mia *war* begeistert. Und das gab ihr einen Elan, der keine Mühe scheute. Wo war ihre, Elenas, Begeisterung? Wie ein glühendes Schwert stach die Frage in ihr Herz und heraus quoll eine Trauer, die sie so schon lange nicht mehr empfunden hatte. *Elena,* rügte sie sich verzweifelt, *was ist denn nun wieder mit dir los?* Just in dieser Sekunde drehte sich der Lord zu ihr.

»Alles in Ordnung, Elena?«

Mit Schrecken fiel ihr ein, dass man ihm nachsagte, er wäre hellsichtig. Ihre höfliche Antwort erstarb, ehe sie geboren wurde. Verheimlichen hatte keinen Sinn. Elena rang sich ein gequältes Lächeln ab.

»Ich … um ehrlich zu sein, sind in dieser Woche so viele Eindrücke auf mich eingestürzt, dass ich Schwierigkeiten habe, das alles zu verarbeiten«, gab sie zu. »Und gerade habe ich das Gefühl, an einen stillen Platz zu müssen, wo ich alles sortieren kann.«

Das hörte sich schräg und wirr an, aber auf dem Gesicht des Lords erschien ein geradezu zärtliches Lächeln.

»Das Gefühl kann ich sehr gut nachvollziehen. Es wäre mir eine Freude, wenn ich bei der Auswahl eines geeigneten Platzes behilflich sein darf. Hier gibt es ganz wundervolle Kraftorte.«

»Das Angebot nehme ich gerne an, vielen Dank. Bisher haben wir es noch nicht mal in die Touristenattraktionen geschafft. Glastonbury, Avebury und …«

»Avebury müssen Sie bei Nacht besuchen!«, warf Exely dazwischen.

»Sie sind der zweite, der mir das empfiehlt.«

»Wer war der Erste?«

»Ein Mann namens Ray. Ich habe ihn in der Bibliothek der unveröffentlichten Bücher getroffen.«

»Ah, Ray! Ray Grayson! Da sind Sie in allerbester Gesellschaft. Wenn jemand sich auskennt, dann er.«

Zufrieden lehnte sich der Earl wieder zurück. »Haben Sie schon etwas mit ihm vereinbart?«

»Er ist in London bei seiner Frau und wollte mit uns ab Montag etwas ausmachen.«

»Ach, er ist in London.« Exely wurde nachdenklich, nippte an seinem Glas, wollte etwas sagen, als der Kellner ihnen mitteilte, dass ihr Tisch bereit wäre. Er lud die Getränke auf sein kleines Tablett und wartete höflich, bis alle aufgestanden waren. Plaudernd folgten sie dem Kellner, der vorneweg in den hübschen Speiseraum mit den holzvertäfelten Wänden lief. Es sah ganz danach aus, als ob Exely vorhatte, mit ihnen zu essen. Mias Augen strahlten auf, als es sich bestätigte und er mit ihnen am Tisch Platz nahm. Die nächste Überraschung folgte auf dem Fuße.

»Ihr seid natürlich meine Gäste«, erklärte er.

»Aber Lord Exely, ich …«

»Ach, bitte, hören wir doch auf mit diesem Lord und Earl«. Er hob sein Glas. »Ich heiße Robert. Ganz einfach Robert, ohne Earl und Schnickschnack. Einfach Robert und du.«

Die letzten Worte hatte er in Deutsch gebracht, um keine Missverständnisse aufkommen zu lassen. Auf ihren überraschten Blick setzte er hinzu: »Ich bin nicht so überkandidelt wie meine Kleidung.«

Bevor Elena auch nur die Chance hatte, ihr Glas zu erheben, hatte schon Mia das ihre an das seine gestoßen, mit einem Blick, den man nicht anders als Anhimmeln bezeichnen konnte.

»Ich bin Mia«, sagte sie mit leuchtenden Augen. »Und du bist der coolste Typ, der mir je begegnet ist. Ich bin so froh, dass ich dich kennenlernen durfte!«

»Na, warte mal ab, wenn deine Mutter anfängt, über mich zu recherchieren. Ich fürchte, dann legt sich das ganz schnell«, wiegelte er ab. Er wandte sich leicht Elena zu. »Falls das mit dem Buch ernst gemeint war.«

»Hättest du denn Interesse daran?« Elena musste Mia recht geben. Auch sie war mehr und mehr von ihm fasziniert.

»Eher nicht. Mein Ruf ist bereits ruiniert.«

»Lord … ich meine, Robert, du denkst doch nicht ernsthaft, dass ich auch nur ein schlechtes Wort über dich schreiben würde.«

»Nein. Das haben bereits andere getan. Aber ich wüsste nicht, wer eine Biografie über mich braucht.«

»Wenn jemand eine Biografie verdient hat, dann du«, sprudelte es aus Mia heraus. Sie wollte noch mehr sagen, aber Robert lenkte das Gespräch bewusst auf allgemeine Themen, stellte Fragen über das Leben in Deutschland, über den Aufenthalt von Florian und schob nach dem dritten Gang seinen Stuhl zurück.

»Meine Lieben, leider muss ich euch verlassen.«

»Oh, wie schade«, entfuhr es Elena bedauernd. Er lächelte sie an.

»Ich habe heute Abend noch ein paar Verpflichtungen, aber die Sache mit dem Gemüsegarten steht.« Er sah zu Bennie. »Ich hoffe, dass du keine obdachlosen Schnecken bei mir entdeckst.«

»Wo gehst du denn hin? Hältst du heute Nacht eine Kreiswache?«, fragte Mia aufgeregt.

»Nein, heute nicht, Mia, aber du kannst dich darauf verlassen, dass ich dich informiere. Ich habe ja deine E-Mail.«

»Ja, genau! Ich schicke dir auch meine Nummer! Ich kann es kaum erwarten! Wie lange dauert so eine Wache?«

»Meistens zehn Tage, jeweils zwischen zehn Uhr abends und vier Uhr früh. Wenn es hell ist, passiert meistens nichts.«

Mia wollte weiterfragen, aber Elena bremste sie.

»Lass, Mia, Robert möchte gehen.«

Es war Mia anzusehen, dass sie am liebsten mit ihm gegangen wäre – egal, wohin.

# ♫ Another Brick in the Wall ♫

Pink Floyd

Die Zeit war für Elena noch knapper geworden. Mias Linkliste war lang, viele Beiträge davon über eine Stunde. Daneben wollte sie möglichst viel aus dem magischen Buch abschreiben, den längst überfälligen Roman angehen – und Informationen über Robert Exely einholen.

Es war schon nach 22:00 Uhr, aber nachdem sie Bennie ins Bett gebracht hatte, setzte sich Elena nochmal an den Rechner und gab Roberts Namen in verschiedene Suchmaschinen ein.

Die Texte schockierten sie zutiefst. Wikipedia ließ nicht ein gutes Haar an ihm und hatte ein Foto von Exely in einem seiner extravaganten Kostüme eingestellt. Bestürzt stellte sie fest, dass der Autor des Artikels Exely nicht nur als weltfremd, sondern sogar als gefährlich und subversiv bezeichnete. Mit bösem Sarkasmus machte er sich über Exelys Interesse an Kornkreisen lustig.

»Exely wird seit Jahrzehnten von seinen eigenen Kreisen gemieden«, behauptete der Schreiber. »Er gilt als nicht zurechnungsfähig, fiel in den letzten Jahren zunehmend durch wirre Berichte und Reportagen auf. Obwohl längst belegt ist, dass die Kornkreise menschengemacht sind, lässt er von seinen Fantasien nicht ab und hat sich damit sein Image in der *Peerage* (Adelsstand) verspielt. Die Peers weisen seine fragwürdigen Theorien weit von sich. Zudem hat sich Exely mit der Verbreitung zweifelhafter Erfindungen, die, wie er großmundig verlauten ließ, die Welt verändern könnten, nicht nur einmal lächerlich gemacht. Exely, so ein Insider, ist Verfechter nahezu jeder Verschwörungstheorie, wenn er sie nicht sogar selbst erfindet. Gefährlich ist er deswegen, weil er nicht davor zurückscheut, die Bevölkerung gegen bestehende, gut funktionierende Systeme aufzuwiegeln. In der Peerage wird er gemieden und hat zu vielen Veranstaltungen keinen Zutritt mehr. Seine Gattin Deenah war eine Bürgerliche aus Schottland und kam bei einem tragischen Unfall ums Leben. Ihr Tod gibt Rätsel auf. Die beiden haben zwei Kinder.«

Ihr Tod gab Rätsel auf? Welche?

Der Autor lieferte keine Antwort darauf und echauffierte sich weiter über Exelys Geschäftsgebaren. Er hätte ohne Sachverstand in riskante Geschäfte investiert und sein Vermögen verspielt. Die diesbezüglichen Formulierungen waren geschickt gewählt, alles sehr vage und im Konjunktiv gehalten, sodass Exely vermutlich nicht dagegen hatte vorgehen können. Die Wirkung aber blieb nicht aus. Dem Leser des Artikels musste Robert Exely als ein profilierungssüchtiger Pfau vorkommen, der finanziell wie gesellschaftlich erledigt war. Der einzig einigermaßen positive Satz bestand im Zugeständnis, dass Exely in seiner Grafschaft sehr beliebt war, was der Schreiberling der Naivität und Kritikunfähigkeit der Bevölkerung zuschrieb.

Betroffen saß Elena vor dem Laptop. Nun verstand sie Roberts Reaktion bezüglich einer möglichen Biografie! Aber er hatte zu keiner Zeit belastet gewirkt. Waren diese Fakten gar nicht wahr?

Mia hatte sie gewarnt, dass über das Netz Meinungen gefärbt wurden – und wer kannte nicht den schmutzigen Journalismus, der ohne Gewissensbisse Rufmord an Menschen betrieb?

Die Texte nagten an Elena. Sie hatte Exely persönlich kennengelernt und wusste, dass er nicht im Geringsten dieser Beschreibung entsprach. Er war smart und liebenswürdig – aber stimmte es, dass er finanzielle Probleme hatte? Und was war mit seiner Frau? Warum wurde sie mit nur einem Satz erwähnt? Warum gab es kein Foto von ihr? Elena nahm sich vor, Marvin zu fragen. Vermutlich war an dem Geschreibsel außer den mageren Eckdaten kaum etwas dran.

Exely war fünfundfünfzig Jahre alt, war satte dreißig Jahre verheiratet gewesen und hatte zwei Söhne, den heute zwanzigjährigen Harvey und den dreiundzwanzigjährigen Robert junior. Auch von seinen Söhnen gab es keine Bilder.

Robert wie Mia behaupteten, das Internet steuere, was die Leute glauben sollten, aber das Ausmaß der Manipulation war Elena bisher nicht klar gewesen.

Sie starrte auf Mias lange Linkliste, die nur eine Auswahl dessen war, worüber ihre Tochter sich informiert hatte. Das meiste befasste sich mit dem Thema Schule und Erziehung, zu Elenas Erstaunen von illustren Namen verfasst. Sie hatte damit gerechnet, dass es sich eher um Beiträge von alternativ angehauchten Aussteigern handelte, aber nein: Professoren, Doktoren, Menschen mit großer Kompetenz und nachweislicher Erfahrung warnten in Mias Linkliste vor einem System, das des Menschen Würde, vor allem der Kinder Würde, systematisch untergrub.

Elena konnte nicht umhin, ihre Tochter allein für diesen Wissensstand zu bewundern. Während sie und Florian sich überhaupt nicht informiert hatten, konnte Mia auf Fakten zurückgreifen. Und doch hatten sie ihr nie wirklich zugehört, sondern auf der Schulpflicht beharrt und ihr unterstellt, nicht lernen zu wollen.

Es war halb zwölf geworden. Elena war müde, aber holte sich einen Kaffee aus der Küche und nahm sich vor, mindestens eine Stunde Videomaterial zu sichten. Es wurden drei Stunden daraus.

Schon der erste Beitrag wurde zum schmerzhaften Magenschwinger. Sie hörte sich den kritischen Vortrag eines Professors über Bildungseinrichtungen an, die vor allem dazu dienten, Kindern Gehorsam beizubringen und um brave Bürger aus ihnen zu machen, die Meinungen übernahmen, statt sich selber eine zu bilden. Das hatte sie nun schon öfter gehört.

Kindergärten wurden zu Bildungseinrichtungen deklariert und unterlagen inzwischen dem Staat, weil, so ein Regierungsbeamter, der Staat »die Hoheit über die Kinderbetten« haben wollte. Allein diese Aussage war erschreckend genug – und wörtlich zu nehmen. Den Eltern wurde suggeriert, dass sie ihre Kinder so früh wie möglich in diese Einrichtungen stecken sollten, damit sie erstens beide arbeiten gehen und Steuern zahlen konnten, während ihre Kinder derweil schon im kleinsten Alter auf Leistung, Wettbewerb und Druck getrimmt wurden. Das, so der Vortragende, wäre eine politisch gewollte Trennung der Kinder von den Eltern. Bindung und Geborgenheit sollten gar nicht erst aufkommen. So wurden die Kinder traumatisiert, verloren ihren Halt. Und Menschen, die keine innere Sicherheit haben, suchen sie außen – im Staat und in strikten Anordnungen. Je schwächer ein Mensch, desto härtere Regeln brauchte er.

Elena erinnerte sich an die Zeit, als die Frage im Raum gestanden war, ob sie Bennie schon in die Schule geben oder noch ein Jahr warten sollten. Sie hatte es sehr genossen, nach der Geburt lange Jahre bei ihren Kindern sein zu können, niemals hätte sie darauf verzichten wollen. Aber wie viele Eltern hatten sie ihr Söhnchen »testen« lassen. Bennie wäre so kindlich, hatte der Sozialpädagoge bemängelt. »Und schauen Sie hier, Frau Gerner«, hatte er gesagt und ihr ein Blatt über den Tisch geschoben. »Ihr Sohn malt *rote* Wolken! Vielleicht wäre es gut, das mal mit einem Psychologen zu besprechen. Ich halte das für bedenklich.«

»Aber warum denn?«, hatte sie entgeistert geantwortet.

»Weil es nicht der Realität entspricht und auf eine Dysfunktion hinweist.«

Elena hatte entrüstet darauf reagiert, den Mann für nicht fähig gehalten, aber was, wenn es tatsächlich mehrere solcher Typen gab? Wollte sie denen ihr Kind anvertrauen?

Mit klopfendem Herzen hörte Elena weiter dem Vortrag zu. Überall, fuhr der Referent fort, wurde darauf gedrängt, die Kinder so bald wie möglich abzugeben. An den Staat natürlich, der Folgendes in seinen Schulgesetzen und dem Standardwerk für Sexualpädagogik stehen hatte:

Die Erzieher werden dazu angeleitet, die Onanie der Kinder im Kindergarten zu fördern. Die Bundeszentrale für gesundheitliche Aufklärung erläutert, es sei ein Zeichen der gesunden Entwicklung eines Kindes, wenn es die Möglichkeit, sich selbst Lust und Befriedigung zu verschaffen, ausgiebig nutze. Im Schulgesetz von Baden-Württemberg fordert man eine altersgemäße, schulische Sexualerziehung. Darunter verstand man den jeweiligen Beginn von:

Selbstbefriedigung zwischen null und vier Jahren, Homosexualität zwischen vier und sechs Jahren, Empfängnisverhütung zwischen sechs und neun Jahren, Genderorientierung zwischen neun und zwölf Jahren und Sex zwischen zwölf und fünfzehn Jahren. Bei der Frage »Was ist Liebe?«, werden für Zwölfjährige folgende Optionen angeboten:

Mindestens jeden zweiten Tag Sex haben, mit anderen ins Bett gehen oder Oralverkehr. Dazu gehören: Plastikpenis, Plüschvagina und erzwungene Verbalisierung im Klassenverbund. Für diese Sexualerziehung werden freiberufliche Sexualpädagogen eingesetzt, die die Lehrer ersetzen. Der Lehrer sollte dabei nach Möglichkeit den Raum verlassen.

Elena wurde es schwarz vor Augen. Mia hatte nicht übertrieben! Es fand eine Frühsexualisierung von Kindern statt und angewidert betrachtete sie ein Kinderbuch für Fünfjährige, das Kleinkindern alle möglichen Sexstellungen nahebrachte. Zu ihrem Entsetzen fand sie weitere üble Aussagen Mias bestätigt. Elena hatte gemeint, schlimmer könne es nicht werden, aber der Staat toppte einfach alles. In den Schulen wurde mittlerweile offen mittels Flyer für Pubertätsblocker geworben:

»Bist du schon in der Pubertät? Wenn nein, kannst du dir jetzt aussuchen, ob du mal eine Frau oder ein Mann werden möchtest ...«

Weiter wurde für einen Chip unter der Haut geworben, mit der Erklärung, dass der Arzt so eine zielgenauere Diagnose stellen könnte. Ebenso pries man den Vorteil von Prothetik und metallischer Gliedmaßen an. Umfragen ergaben, dass die Kinder das »cool« fanden. Viele Eltern übrigens auch.

Elena hätte sich am liebsten übergeben. Sie stand damit nicht alleine da. Auch viele Lehrer waren darüber entsetzt, viele fühlten sich mit dieser Schulpolitik nicht mehr wohl und wollten das nicht mehr unterstützen. Viele kündigten – was unaufhaltsam zu einem Lehrernotstand führte. Doch es gab auch viele Befürworter.

Elena rauchte der Kopf, als sie weitere Links öffnete, Akademikern zuhörte, deren Forschungen nicht unterstützt wurden, weil sie nicht dem Profitgedanken und den Plänen der Mächtigen entsprachen. Die nichts sagen und erforschen durften, was gegen die bestehenden Lehrmeinungen ging. Diese Akademiker stellten die Frage, ob ein Schüler, der das jetzige Schulsystem durchlaufen hatte, überhaupt selbstständig denken wollte oder konnte. Es war das perfekte Gefängnis für ein ganzes Leben, ein Gefängnis für die ganze Welt.

Eine Reportage über das Schulsystem in China folgte, zeigte Schüler, die ihrer Kindheit beraubt wurden und kein Leben mehr hatten, weil sie nur noch lernen und Leistung bringen mussten. Professor Dr. Yang Dongping vom Beijing Institute of Technology, Abt. Bildung und Pädagogik, und Leiter der staatlichen Organisation »Erziehung im 21. Jahrhundert«, stellte klar, dass sich viel mehr Schüler das Leben nahmen, als der Staat das jemals zugeben würde. Die Kinder wurden sukzessive innerlich getötet, da hatte ihr Körper für sie auch keinen Sinn mehr, schon gar nicht so ein Leben. Das Verrückte war, dass die meisten Eltern hinter diesem grausamen Leistungssystem standen, ohne zu merken, was sie ihren Kindern damit antaten – vermutlich weil es ihnen selbst angetan worden war. In Deutschland sah es mittlerweile nicht viel anders aus – und viele machten blind mit.

Völlig am Ende las Elena die Worte von Sir Ken Robinson, einem berühmten Redner, Autor und internationalem Berater für kulturelle Bildung. In vielen Reden sprach er davon, dass die meisten Bildungssysteme der Welt die außergewöhnliche Macht des Menschen zerstörten.

»Wir haben diese außergewöhnliche Kraft,«, so seine Worte. »Die Kraft der Vorstellung. Wir zerstören sie nicht nur in unseren Kindern, sondern auch in uns. Ich wähle meine Worte sorgfältig. Ich sage nicht, dass es mit Absicht geschieht, aber es geschieht systematisch.«

Das bewegte viel in Elena. Hatte nicht das magische Buch das Gleiche über die Macht der Vorstellung gesagt? Nur anders ausgedrückt? Ihr lief ein Schauer über den Rücken. Mehr und mehr eröffnete sich ihr Mias Welt, ihre Bedenken, ihre Sehnsüchte und ihre wahren Absichten. Elena konnte nicht aufhören. Sie musste weitermachen.

Im nächsten Link wurde ihr eine Langzeitstudie präsentiert, die 1500 Personen auf unkonventionelles und kreatives Denken getestet hatte. Das ist jene Art von Denken, die Einsteine, Teslas, Mozarts und andere Genies hervorgebracht hatte. Das Ergebnis war mehr als bestürzend.

Im Alter von drei bis fünf Jahren erreichten *achtundneunzig* Prozent der Kinder den Genius-Status. Achtundneunzig Prozent! Das hieß, fast jedes Kind war bei seiner Geburt ein Genie!

Fünf Jahre später, in der Altersspanne von acht bis zehn Jahren, waren es allerdings nur noch 32 Prozent, weitere fünf Jahre später, in exakt dem Alter, in dem Mia sich befand, hatte sich die Zahl auf magere zehn Prozent reduziert und ab fünfundzwanzig Jahren, dann also, wenn die Kinder einen kompletten Schulzyklus, ein Studium oder eine Berufsausbildung absolviert hatten, war es vollbracht: Erbärmliche zwei Prozent hatten sich ihren angeborenen Genie-Status bewahren können.

Erschüttert sank Elena in ihrem Stuhl zurück.

Wie oft hatten sie und Florian Mia vorgeworfen, sie wäre doch so intelligent und würde nichts daraus machen! Aber sie hatten ihr nicht die Intelligenz zugetraut zu erkennen, wie krank dieses Schulsystem war, und dass Mia darum kämpfte, nicht verbogen und gebrochen zu werden. Sie hatten ihr nicht geglaubt, weil sie beide selbst gefangen waren in diesem Werte- und Leistungssystem. Wieder spürte Elena die Trauer, doch diesmal wusste sie warum. Auch ihr war das passiert, auch ihr hatte man die Lebensfreude genommen. Wenn auch das damalige Schulsystem noch keine so perversen Züge aufgewiesen hatte wie das jetzige, so war es auf andere Art deprimierend gewesen. Sie konnte sich gut an Zeiten erinnern, als sie mit Angst vor Strafe, Angst vor Prüfungen, Angst vor Fehlern aufgewacht und mit diesem nagenden Gefühl in die Schule gegangen war. Wie sehr sie die Ferien und Wochenenden herbeigesehnt hatte, um wenigstens ein paar Stunden davon Abstand nehmen zu können. Sie hatte das Lernen gehasst und sich obendrein auch noch schlecht deswegen gefühlt. Wieder fiel ihr Blick auf das Ergebnis der Studie: Achtundneunzig Prozent starteten mit vollem Potenzial ins Leben! Und nur zwei Prozent, die nicht gebrochen wurden! Fast jedes Kind fiel diesem System zum Opfer – und plötzlich fragte sich Elena: Was wäre aus ihr geworden, hätte sie sich frei und ohne Angst entwickeln dürfen?

Nun verstand sie ihre Trauer in der Hotelbar! Weil Mia das ausgedrückt hatte, was auch im Grunde Elenas tiefster Wunsch war: eine Welt voller Begeisterung. Eine Welt ohne Angst. Eine Welt voller Vertrauen. Ein Vertrauen, das sie längst verloren hatte und an das sie längst nicht mehr glaubte.

Ein Stich fuhr durch ihre Brustgegend, blieb als Schmerz dort hängen. Schien ihr zu sagen: *Bleib mal ein bisschen bei mir und schau mich an. Denn genau so ist es, liebe Elena. Wo ist deine Begeisterung abgeblieben? Die Begeisterung für dein Tun? Die Begeisterung für dein Leben? Für dich? Wo ist deine Lebensfreude?*

Die Fragen verschärften den Schmerz. Unfähig, sich zu bewegen, und mit Tränen in den Augen verharrte Elena vor ihrem Laptop.

Sie wollte schon abschalten, als sie auf eine hoffnungsvoll formulierte Überschrift in der Liste stieß, auf einen Bericht über einen Jungen, der nie zur Schule gegangen war. Das war möglich? Was wurde aus so jemandem?

Die Eltern des Jungen waren nach Frankreich gezogen, weil es dort keine Schulpflicht gab, und hatten ihr Kind zu Hause erzogen.

Es ging auf halb zwei Uhr morgens zu und Elena war hundemüde, doch sie klickte das Video an. Es dauerte nur zehn Minuten und war jede Sekunde wert.

Darin erlebte sie einen inzwischen zweiundvierzigjährigen Mann, der ohne Schule mehrere Sprachen fließend beherrschte, passionierter und renommierter Gitarrenbauer geworden war, darüber hinaus vielfältige Interessen hatte und in jedem Ding, das er anpackte, brillierte, einfach, weil er tat, was ihn begeisterte. Diese Begeisterung weckte eine Wissbegierde in ihm, die ihn dazu antrieb, alles erfahren zu wollen, was mit dem jeweiligen Thema in Zusammenhang stand. Diese Begeisterung sorgte für Durchhaltevermögen, Tatendrang und die nötige Disziplin, für totale Hingabe an das Tun, die wiederum besondere Dinge entstehen ließ. Er war hochgebildet, hatte mehrere Bücher geschrieben, sich selbst die deutsche Sprache beigebracht, nicht durch Pauken und Büffeln, sondern so wie ein Kind eben eine Sprache erlernt: durch Spielen. Er nahm am Leben teil, interessierte sich zum Beispiel auch für Formel 1, aber er war immer noch Kind und wollte es bleiben. Seine Welt war schön. Sie war leicht, sie war voller Wunder und Tiefe. Und das gab er an seine Kinder weiter.

Elena war den Tränen nah, als das Video endete. Sie dachte an Bennie, dachte an Mia. Sie musste mit Florian über all das reden! Bevor sie den Rechner schloss, bekam sie noch im Augenwinkel mit, dass es Eltern gab, die sich zu Gemeinschaften zusammengeschlossen hatten und eigene Schulsysteme entwickelten. Wie war das möglich angesichts einer Schulpflicht? Aber definitiv reichte es ihr für heute.

Trotz der späten Stunde drängte es Elena, nochmal in das Zimmer ihrer Tochter zu gehen. Mia schlief fest. Ihr blondes Haar lag verteilt über dem Kissen und im silbrigen, weichen Mondlicht sah sie sehr verletzlich aus. Still kniete Elena vor ihrem Bett, strich ihr ganz leicht über die Stirn und flüsterte:

»Ich beschütze dich, mein Kind, ich verspreche es.«

Leise erhob sie sich wieder und verließ den Raum. Kurz nachdem sie aus dem Bad kam, piepte ihr Handy. Florian! Das war bestimmt Florian! Hastig nahm sie das Gerät hoch. Aber die Nachricht kam von Ray.

»Es ist bald Vollmond. Avebury bei Nacht?«

Ray, der Elfenmann. Eine weitere Message folgte: »Und während der Woche Glastonbury und Umgebung mit deinen Kindern?«

Das klang, als ob er ihr Avebury bei Nacht ohne die Kinder zeigen wollte?

Sie antwortete nicht. Ihr Bedarf an Verwirrungen war für die nächsten hundert Jahre vollauf gedeckt. Sie hatte nicht die geringste Ahnung, wie sie inmitten dieses Chaos' in der Lage sein sollte, sich auf eine Liebesgeschichte zu konzentrieren.

Aber das Schicksal ließ ihr keine Ruhe. Es drängte sie vorwärts und das in einem Tempo, das Elena mehr und mehr schwindeln ließ.

# ♫ No One Sees You Crying ♫

SAGE

Sonntagmorgen. Elena hatte keinen Wecker gestellt. Kaffeeduft zog in ihre Nase, wie fast jeden Tag, wenn sie aufwachte und Florian das Frühstück zubereitete. Eine volle Minute wähnte sie sich in ihrem kleinen Reihenhäuschen, bis ihr wieder einfiel, wo sie war. Sie setzte sich auf. Kaffeeduft? Ihre Sinne schärften sich, nahmen das Klappern von Geschirr wahr. Erschrocken spähte sie zur Uhr. Acht Uhr dreißig! Sie warf die Bettdecke zurück, schnappte sich ihr Negligé und eilte nach unten.

Mia stand im Essraum mit einer Schüssel Obstsalat in der Hand, Bennie kniete auf einem Stuhl am Tisch und rührte gewissenhaft Pfannkuchenteig in einer Schüssel.

»Mama!«, rief er. »Es gibt Pfannkuchen!«

Elenas Blick glitt über den reich gedeckten Tisch und blieb an Mias Gesicht hängen.

»Morgen, Mam«, sagte Mia. »Setz dich. Der Kaffee ist auch schon fertig. Ich backe nur noch schnell die Pancakes. Bennie, bist du so weit?«

Sie verschwand in der Küche. Elena setzte sich verdattert, während Bennie vom Stuhl rutschte und ihr die Schüssel hinhielt.

»Guck mal, Mama«, sagte er. »Reicht das mit dem Rühren?«

»Ja, mein Schatz. Das hast du astrein gerührt.«

Bennie stutzte. »Wieso sagst du, ich habe einen Ast rein gerührt?«, wollte er verwirrt wissen. Elena lachte und hätte am liebsten gleichzeitig vor Ergriffenheit geweint.

»Alles gut, Bennielein. Ich meinte damit: Der Teig ist perfekt.«

Er nickte zufrieden und hüpfte in die Küche. Elena sah ihm nach. Mit dem Hintergrundwissen von gestern Nacht bedeutete ihr sein Hüpfen so viel mehr als sonst. Aus der Küche drangen brutzelnde Geräusche und der Duft nach Vanille und geschmolzener Butter. Kurz danach stellte Mia den Teller mit den Pancakes auf den Tisch, weichgekochte Eier und Croissants, die sie im Ofen aufgebacken hatte.

Etwas viel Tieferes als Freude kam in Elena hoch. Sie umarmte Mia.

»Danke, mein Liebes«, sagte sie. »Das ist einfach nur herrlich! Ich freue mich.«

»Kein Ding, Mutter.« Mia grinste schief. Beide wussten sie nicht recht, was sie sagen sollten, und so schenkte Mia Kaffee ein und ein wunderbares Sonntagsfrühstück begann.

»Ray hat sich gemeldet«, berichtete sie. »Er würde mit uns nächste Woche Glastonbury und Umgebung erkunden. Und er hat mich eingeladen, Avebury bei Nacht zu erleben.«

»Wie, nur du und er?«

»So hat es geklungen. Aber ich nehme euch natürlich mit, wenn es Bennie nicht zu spät ist.«

»Wie hast du den Typen überhaupt kennengelernt?«

»Wie ich es gestern gesagt habe: in der Bibliothek. Wir lesen das gleiche Buch. Aber ich habe ihn bisher nur zweimal getroffen. Gerade ist er in London bei seiner Frau.«

»Ach ja, er ist verheiratet.«

»Ja, so wie ich.«

Die Stimmung war ein bisschen gespannt, es war leicht zu erraten, was Mia dachte. Elena legte ihre Hand auf die ihrer Tochter. »Hey, Mia, er ist nur ein freundlicher Mann, der sich bereit erklärt hat, uns die Gegend zu zeigen. So, wie es Robert tut.«

»Ja, stimmt«, sagte Mia erleichtert und kam wieder ins Schwärmen. »Avebury bei Nacht mit Robert wäre für mich der Knaller. Meinst du, er würde mitgehen?«

»Frag ihn doch.« Elena steckte sich ein Stück Pfannkuchen in den Mund. »Ich habe mir übrigens gestern ziemlich viele Videos angesehen.«

»Ich habe mitbekommen, dass du lange auf warst. Wie denkst du darüber?«

»Für mich war das ziemlich erschreckend. Um nicht zu sagen ein Schock.«

»Kann ich nachvollziehen. Mich hat das auch erschreckt.« Mia hielt kurz inne, dann brach es aus ihr heraus: »Mam, es ist nicht so, dass ich nicht lernen will! Ich will nicht unwissend oder ungebildet sein. Ich will genau das Gegenteil! Ich will es nur anders, nicht durch die Schule, verstehst du?«

»Ja, ich verstehe. Ich verstehe dich gut. Aber ich sehe noch keine Alternative, ich bin längst nicht durch mit deinem Material.«

»Es *gibt* Alternativen«, erwiderte Mia drängend.

»Bestimmt gibt es die. Heute telefoniere ich mit Papa und werde das ansprechen, okay? Und arbeiten muss ich auch mal was. Kannst du dich um Bennie kümmern? Es könnte heute spät werden.«

»Ja, mache ich.«

Mia war sichtlich unzufrieden. Elena legte die Hand auf die ihrer Tochter.

»Gib mir ein wenig Zeit, Mia. Das ist alles ganz neu für mich. Und es ist gerade nicht mein einziges Thema.«

Mia nickte stumm.

»Ach, übrigens, Marvin hat gefragt, ob wir am Montag weitermachen wollen. Wie geht es dir damit?«

»Ich wäre dabei. Ich denke, das hilft uns.«

»Ist so schön, dass du mit mir an unserer Beziehung arbeitest, Mia«, sagte Elena leise. »Das macht nicht jeder. Es bedeutet mir viel.«

»Schon gut, Mam.«

Sie redeten über die Videos, über Exely, über so vieles.

Bennie war längst nach draußen gerannt. Mia stand auf, begann, den Tisch abzuräumen, Elena erhob sich ebenfalls und wollte helfen.

»Nein, lass, ich mache das.«

Elena verstand. Das war Mias Art, ihre Dankbarkeit zu zeigen, dass sie sich für ihre Ansichten zu öffnen begann.

Am Nachmittag begann es zu regnen. Mit Schirm, Kaffee und Laptop bewaffnet, machte sich Elena auf den Weg zur Bibliothek. Es war halb fünf und als sie ankam, saß Haylee am Schreibtisch. Ein älteres Ehepaar und ein junger Mann streiften neugierig durch die Räume und studierten die Buchrücken. Zielsicher schnappte sich Elena das magische Buch und legte es Haylee vor.

»Hi Haylee, ich hätte eine Frage wegen dieses Autors. Gibt es eine gültige Kontaktadresse?«

»Die steht im Impressum.«

»Die ist veraltet. Zumindest kommt keine Antwort, wenn man dorthin schreibt.«

»Tja, ist schwierig. Carol hat mir gesagt, dass du Interesse hast. Wir vermuten, der Autor ist gestorben. Ist ja dreißig Jahre her, seit die Manuskripte abgegeben wurden.«

»Aber es muss doch einen Nachlass geben, irgend, was das regelt.«

»Du bist die Erste, die so etwas wissen will. Aber ist spannend, das herauszufinden. Ich kümmere mich mal darum. Das kann ich alles auf der Gemeinde erfragen.«

»Wenn es dir zu viel wird, kann ich auch selbst ins Rathaus gehen.«

»Dazu müsstest du nach Trowbrigde fahren. Ich mache das schon. Gib mir deine E-Mail. Ich frage nach und melde mich bei dir.«

Elena bedankte sich. Die Touristen verließen nacheinander die Räume, auch Haylee ging pünktlich um fünf Uhr und es wurde still.

Aufatmend setzte sich Elena in den Nebenraum, baute den Laptop auf, prüfte die Internetverbindung und legte ihr Smartphone daneben. Noch fünf Minuten, bis Florian anrief. Oh, sie war so aufgeregt! Es gab so viel zu erzählen und zu reden! Auch musste sie ihm sagen, dass er nicht über das Geld auf dem Sparkonto verfügen konnte … sie schob die unangenehmeren Gedanken weg, nahm das Manuskript zur Hand. Es war wie ein Funke, der übersprang.

Das Buch verströmte einen dermaßen großen Frieden, dass sie augenblicklich so etwas wie Seligkeit in sich verspürte. Wie war das nur möglich? Sie verharrte in dieser Stimmung, dachte an das Frühstück, die warme Freude, ihrer Tochter wieder näher zu kommen, floss durch ihr Sein. Dieses Pflänzchen wollte sie hegen und pflegen. Umso mehr wollte sie aus dem finanziellen Engpass und dem Druck heraus. Wie gut, dass Florian bald wieder hier sein und mithelfen würde! Sie sollte nicht so sorgenvoll sein … Was du fürchtest, ermächtigst du … Ja, das war wohl wahr.

So düster der Inhalt in Mias Links teilweise auch war, hatte er Elena dennoch bewusst gemacht, dass sie in einer Welt voller Angst aufgewachsen war, dass Angst ihr Leben von klein auf bestimmt hatte. Angst vor allem Möglichen und Unmöglichen, Angst, die ständig genährt wurde. Aber zum ersten Mal spürte sie den echten Drang, sich daraus zu befreien.

Wieder blitzte als Antwort ein bereits kopierter Satz in ihr auf:

*Es findet eine Umkehr der Energien statt, eine Umkehr von der Angst in die Liebe.*

Das hörte sich vielversprechend an, aber Elena war klar, dass sie bei sich selbst anfangen musste. Es war nicht leicht, in einer Welt voller Angst keine Angst zu haben.

Ein Signalton holte sie zurück. Florian war diesmal pünktlich! Aber nein, es war Mia, die etwas wissen wollte. Elena tippte die Antwort, öffnete ihren Schreibblock, schlug das Buch auf, suchte die Seite, die sie zuletzt abgeschrieben hatte – und fand sie nicht. Irritiert blätterte sie vor und zurück. Hatte jemand außer ihr und Ray das Buch in der Hand gehabt und die Seiten nicht in der alten Reihenfolge belassen? Es musste wohl so sein. Das zwang sie, irgendeine Seite zu wählen, und sie lachte leise. Das passte so gut zur Magie des Buches! Sie begann zu lesen und geriet sofort in seinen Bann.

»Der Mensch zieht nicht an, was er will, sondern das, was er glaubt. Was glaubst du von dir? Was glaubst du von der Welt? Was glaubst du, ist möglich? Das ist der Rahmen oder die Begrenzung, die du dir selbst erschaffst.«

Es war seltsam. Hätte ein Mensch diese Sätze zu ihr gesagt, hätte sie sie als banal empfunden, aber die Frequenz des Buches war so hoch, dass die Worte eine völlig andere Resonanz in ihr fanden.

»Du ziehst nicht an, was du willst, sondern das, was du für wahr hältst. Der Ausdruck folgt dem Eindruck, das Äußere dem Inneren, es ist niemals umgekehrt. Dein Bild, das du von dir selbst hast, drückt sich aus in der Welt. Lass also die Welt in Ruhe und ändere deine Überzeugungen von dir! Orientierst du dich an dem, was du siehst, orientierst du dich an der Vergangenheit und erschaffst sie neu.

Die Anstrengung, die unternommen werden muss, wird in dieser Welt zum Heldenakt: Wende dich von den Zweifeln dich täuschender Beweise ab, von den bisher gebotenen Gedankenformen, die sich materialisiert haben. Warst du jemals in deinem Leben im felsenfesten Glauben, deine Realität erschaffen zu können? Im Großen wie im Kleinen? Denn was für den Menschen und dessen Wünsche gilt, gilt auch für die Welt.«

Elena hielt inne. Diesen Glauben hatte sie nie wirklich gespürt. Mal kurz ja, aber *felsenfest*? Nein. Es war eher ein Hoffen und Bangen gewesen, gefolgt von Zweifeln und Angst. Mit dem Buch gewann das Thema Glauben eine anspruchsvollere Dimension.

»Die höchste Erkenntnis für den Menschen ist zu wissen, dass es im lebenden Universum kein anderes Schicksal für ihn gibt als das, welches durch seine Vorstellungskraft erschaffen wurde.«

Halblaut sagte sie in den Raum:

»Ganz sicher hätte ich mir kein Schicksal mit unbezahlten Rechnungen erschaffen«, um mit der nächsten Textstelle leicht aufzulachen.

»Du sagst, du wärest gefangen in Umständen, die deine Möglichkeiten begrenzen«, antwortete das Buch. »Doch wisse, o Mensch, deine Möglichkeiten sind begrenzt, weil du gewohnt bist, nur das zu sehen, was deine Sinne erlauben. Das macht dich blind für das, was du ansonsten sehen könntest. Du hast nur das, was du glaubst. Je kleiner du glaubst, desto enger wird deine Welt. Verlange nach dem Leben als Ganzes und nicht nur nach Teilbereichen!«

»Wow, das ist heftig«, murmelte Elena und blies Luft aus. Das Leben als Ganzes? Was meinte es damit? Und wie kam sie an das heran?

»Darum ist ein wahrhaftiges Gebet so mächtig. Beten ist die Kunst, an das zu glauben, was von den Sinnen bestritten wird. Sieh niemanden als Überlegenen an und niemanden als Barriere für deine Wünsche. Es ist etwas in dir, das dir alle Wünsche erfüllt.«

Das hörte sich schön an. Powervoll. Elena las den letzten Satz dreimal, bevor sie weitermachen konnte. Ihr Herz flatterte wie ein Vogel, der in die Freiheit wollte. Sie spürte mit jedem Wort, dass sie sich die Größe, von dem das Buch sprach, tatsächlich nie zugestanden hatte, dass Angst sie hielt – Angst vor Enttäuschung ... oh, so viele Arten von Angst!

»Aber was ist, wenn Menschen keine guten Wünsche haben?«, murmelte sie. »Wenn ihre Wünsche ihnen und der Welt nicht guttun? Was ist mit dem Ego? Hast du auch darauf eine Antwort?«

»Alles Unglück geschieht, weil der Mensch nicht mehr weiß, wer er ist. Eine Wolke liegt über den Kindern Gottes. Er hat sein Gutsein vergessen und seine Liebe. Zu oft wurden ihm Lügen über sich selbst und die Welt eingeredet, zu leicht hat er kleinmachende Gedankenformen fraglos übernommen. Zu stark ist sein Glaube an Tatsachen, die er selbst erschaffen hat und die ihn im Gefängnis seiner Ängste und Zweifel halten. Doch selbst wenn er mutig seinen Weg geht und der Angst die Stirn bietet, steht jeder Mensch eines Tages vor der letzten Prüfung: seinem Ego, dem scheinbar abgespaltenen Teil der Quelle.«

Mit dem nächsten Abschnitt entfuhr Elena ein verblüfftes Lachen.

»Der hinterhältigste Trick des Egos ist es, Angst vor sich selbst zu machen. Der Mensch geht einen spirituellen Weg und fürchtet nichts mehr als sein Ego – jenem Teil, das seine Erleuchtung verhindert und ihn in der Welt der Illusion gefangen hält.

Gehst du durch deinen Tag, in der Angst, dem Ego zu dienen, dienst du ihm.

Menschen, die ihrem Ego zum Opfer gefallen sind, glauben seinen Versprechungen, Glück durch das Erreichen von Macht und Kontrolle erreichen zu können. Sie lösen damit einen Prozess aus, der die gesamte Menschheit in Unkenntnis versetzt. Die Menschen werden ständig dazu animiert, an die Wirklichkeit der Angst zu glauben.«

Elena stockte. Moment mal, war das nicht im Grunde der gleiche Inhalt wie der gestrige in Sir Ken Robinsons Rede? Kinder, die verbogen und zurechtgestutzt wurden ... Menschen, die in Angst vor Strafe aufwuchsen, in der Angst, Fehler zu machen ... *Gebotene Gedankenformen* ... die in der Schule schon vermittelt wurden? In ihr bäumte sich etwas dagegen auf. Sie wollte kein Opfer dieser Machenschaften sein! Rebellion regte sich in ihr, so wie sich Rebellion in Mia geregt haben musste. Und plötzlich verstand Elena ihre Tochter in vollem Umfang. Aufgeregt las sie weiter.

»Fällt die Angst, fällt das Ego. Also versucht es mit allen Mitteln aufrechtzuerhalten, was es nährt – Angst und Mangel – selbst wenn es dem Menschen Angst vor sich selbst, dem Ego, machen muss. Und wie leicht lässt sich der Mensch darauf ein! Das Gelächter des Egos ist bis in die Hölle zu hören!

Wisse: Dein Glaube an Angst und Mangel ist Zeichen deiner Unwissenheit.

Erkenne, dass Angst dich hindert! Besiege die Angst und du hast eine ganze Welt errettet.«

Tatsächlich durchströmte ein vorher nie gekannter Mut ihr Sein. Sie erinnerte sich an die letzten Abschnitte, als es um das Ur-Teilen und die Existenzberechtigung eines Gefühls gegangen war und versuchte, das alles zusammenzubekommen. Das Buch half ihr dabei.

»Erkenne, dass auch dein Ego nicht bekämpft, sondern geliebt werden will. Alles Leid entsteht, weil der Mensch nicht mehr weiß, wer er ist. Doch erinnere dich: Dein Leid endet, wenn du weißt, wonach du suchen musst.«

Die Aussage, ständig wiederholt, gewann immer stärker an Bedeutung. Das Gesuchte schien jene Variable zu sein, die jede Lebensgleichung aufgehen ließ. Etwas, was sie nicht kannte und sich ihm daher nicht hatte zuwenden können. Begierig nach mehr senkte sich ihr Blick auf die Zeilen, Aufbruch im Herzen.

»Gott hat diese Welt erträumt. So darf und kann es auch der Mensch. Möge die Menschheit endlich die Größe erlangen, sich unverzagt eine Welt in Frieden und Liebe zu wünschen! Möge jeder Mensch den Mut haben, sich große Träume zuzutrauen! Möge er es endlich wagen, die göttliche Imaginationskraft einzusetzen, die der Quelle entspringt, aus der er geboren wurde.«

Elenas gesamter Körper kribbelte und vibrierte. Sie wusste: Das *war* eine Lösung, wenn sie sie auch noch nicht in vollem Umfang verstand. Aber das Kapitel war noch nicht zu Ende und völlig aufgewühlt beugte sie sich erneut über die Zeilen.

»Sei dir bewusst, dass du *bist*.

Was der Mensch als große Denker bezeichnet, waren oft große Irrgänger, die ganze Generationen auf falsche Pfade führten. So huldigt der Mensch dem Satz: Ich denke, also bin ich. Nichts könnte die Wahrheit mehr verdrehen.

Du bist, also denkst du.

Eine weitere Lüge wurde dem Menschen aufgetischt, verinnerlicht von jenen, die weder forschen noch nach Höherem streben: Nicht Gott lenkt dein Schicksal. Du bist es. Wenn du das nicht glaubst, kannst du die Ebenbürtigkeit nicht erfahren. Du fühlst Ebenbürtigkeit nur, wenn du sie akzeptierst.

Dein Ego flüstert dir ein, du wärest größenwahnsinnig, du lästerst Gott! Aber du weißt nun, dass es dir nur Angst vor sich selbst macht, um dich zu zähmen.

Narren beuten die Welt aus, der Weise gestaltet sie nach den Gesetzen der Liebe. Niemals ist etwas Schlechtes dem Leib der Liebe entsprungen. Bedenke: Die Zeit der Narren ist kurz, ihre Tage sind gezählt. Die Zeit der liebenden Weisen ist ewig.

Du bist ein Mensch, aber um dir selbst bewusst zu sein, musst du kein Mensch sein. Sieh darüber hinaus! Der einzige Weg besteht darin, sich immer und immer wieder gewahr zu machen, dass in dir eine innewohnende, allmächtige und allumfassende Präsenz glüht. Das ist die Quelle, die alles ermöglicht. Dort musst du hin. Dort bist du zu Hause. Denn der, der in dir weilt, ist so viel größer als der, den du in der äußeren Welt erlebst. Kehre deine Wahrnehmung um – und du hast alles.«

Die Worte waren so schön, dass sie schon wehtaten. Ihr Herz zog und zerrte und Elena war so vertieft in das Werk, dass sie die Zeit völlig vergessen hatte. Nach etwa vierzig Minuten schreckte sie hoch. Wie spät war es? Fast sechs! Du lieber Himmel! Hatte sie aus Versehen ihre Geräte stumm geschaltet und den Klingelton nicht gehört? Mit klopfendem Herzen checkte sie alles und atmete erleichtert auf. Nein, alles okay, sie hatte nichts verpasst. Florian hatte sich noch nicht gemeldet. Dreißig bis vierzig Minuten Verspätung waren ja keine große Sache, wenn man so weit voneinander entfernt war.

Doch noch mehr Zeit verfloss und ihre Stimmung wandelte sich. Groll baute sich auf. Wie lange wollte Florian sie diesmal warten lassen? Hatte er nicht gesagt, er ginge in ein Internetcafé? Warum hatte er nicht wie sie alles gecheckt, um pünktlich ins Gespräch starten zu können? Sie wollte nicht böse denken, sah ihn in Gedanken von einem Internetcafé zum anderen rennen, um eine Verbindung zu bekommen, schrieb angespannt die Seiten ab, die sie gerade gelesen hatte, und spähte gefühlt alle dreißig Sekunden auf die Digitalanzeige.

Eine weitere Stunde war vergangen. Angesäuert biss sie sich auf die Lippen, schrieb weiter, ohne den Sinn der Sätze aufzunehmen. Ihre Gedanken waren bei Florian. Dreißig nach sieben.

Und wenn ihm etwas passiert war? Sie hatte die Nummer des Guides, aber von dem hatte sich Florian ja getrennt. Die beiden Frauen, Inez und Billie schossen ihr in den Kopf und die böse Vermutung, dass sie der Grund für seine Verspätung sein könnten. Unruhig klopfte ihr Herz, zerfressen von genau dem, was ihr das Buch zu überwinden geraten hatte: Zweifel und Angst.

»Ruf an!«, sagte sie hilflos in die Stille des Zimmers hinein. »Bitte, Florian, ruf mich an!«

Aber nichts tat sich. Sie schickte eine Message, tippte seine Nummer. Der Anrufbeantworter schaltete sich ein. Sie sprach eine Nachricht drauf. Keine Resonanz.

Szenen von abgestürzten Bergsteigern spielten sich während der nächsten Stunde vor ihrem inneren Auge ab. Draußen wurde es dämmergrau, ebenso in Elenas Herz. Das Buch hatte sie weggeschoben, sich an einer Story versucht, aber die Ungewissheit im Nacken war keine gute Basis für eine flotte Liebesgeschichte. Drei Nachrichten hatte sie nun aufgesprochen, lief inzwischen unruhig im Raum hin und her, studierte Buchrücken. Neun Uhr. Die Sonne ging unter. Mit dem Kloß in der Kehle, den sie so hasste, stellte sie sich an eines der Fenster mit Sicht auf den Garten hinter dem Haus – und endlich regte sich ihr Smartphone. Elena hechtete zum Tisch. Eine Textnachricht blinkte auf.

»Schaffe es leider nicht. Melde mich demnächst.«

Elena starrte das Gerät an, als wäre es ein Monster. Die Erleichterung, dass Florian wohlauf war, wurde von Empörung und Frust komplett weggespült. Sie hatte drei Stunden gewartet! Und erst jetzt fiel ihm ein, dass er es nicht schaffte? Es war fast drei Uhr morgens in Pokhara! Was trieb er? Was sollte das? Die Wut loderte so schnell in ihr empor, dass sie nichts dagegen tun konnte und mit ihr kam das Misstrauen. Mit wem war Florian zusammen? Was machte er gerade? Wie konnte er ein hingerotztes »Ich melde mich demnächst« verfassen, während sie begierig auf das Gespräch gewartet hatte? Warum hatte er in diesen ganzen Wochen kein einziges Mal geschrieben: »Ich vermisse dich«?

Die Antwort war einfach: *weil* er sie nicht vermisste.

Tränen brannten in ihren Augen. Minderwertigkeit – und Enttäuschung. Es schien das ewige Spiel ihres Lebens zu sein und sie hasste es! Immer, wenn sie sich auf etwas freute, schien ihr das Leben den Stinkefinger zu zeigen, als machte es sich einen Spaß daraus, ihr das zu verwehren, wonach sie sich sehnte! Es war doch nicht viel! Sie wollte lediglich ein gutes, glückliches Leben! Stattdessen schlug sie sich mit einem Kreativitätsloch,

Existenzängsten, einem sich zusehends zersetzenden Weltbild und nun auch noch mit möglichen Beziehungsproblemen herum!

Herz und Kopf waren gefüllt mit Trauer und einer Verzweiflung, die sie sich nicht eingestehen wollte, zeugte sie doch von armseligem Denken. Wie oft hatte Florian zu ihr gesagt, jeder wäre selbstverantwortlich für sein Leben? Wünsche machen unglücklich, weil die Menschen wütend werden, wenn sie nicht bekamen, was sie wollten. Oh, dieser Satz verursachte ihr in diesem Moment geradezu Übelkeit! Etwas bäumte sich gewaltig dagegen auf – ihr Ego? Das Ego, das, so Florian immer nur *haben* wollte, statt einfach zu sein? Die Sätze des magischen Buches mischten sich dazwischen – und gaben keinerlei Trost.

Flach und schnell atmend starrte sie auf die gleichgültige Nachricht. Sie war wie ein Kick in die Kniekehlen und mit einem klagenden Laut sank sie auf den Stuhl und brach in Tränen aus.

»Gott«, flüsterte sie unter Tränen. »Ich versteh's nicht. Ich versteh's einfach nicht. Warum nur hast du die Welt so kompliziert gemacht? Warum kannst du uns nicht einfach nur glücklich sein lassen?«

Die Tränen purzelten aus ihren Augen, als sie auf den bereits kopierten Satz stierte:

»Der, der in dir weilt, ist so viel größer als der, den du in der äußeren Welt erlebst. Kehre deine Wahrnehmung um – und du hast alles.«

Wohl stießen die Worte etwas in ihr an, trösteten sie aber nicht. Sie fühlte sich mit einem Ideal konfrontiert, das sie nicht erfüllen konnte und im nächsten Moment ergriff sie ein heiliger Zorn auf Weisheiten jeder Art und auf jene, die sie von sich gaben – vorzugsweise Florian, der sie stets damit hatte besänftigen wollen. Wenn sie ehrlich mit sich selbst war, hatte das nichts als Schuldgefühle ausgelöst! Denn stets war ein stiller Vorwurf mitgeschwungen: So solltest du sein, bist du aber nicht!

In einer plötzlich aufkommenden Welle von Wut bellte sie unbeherrscht in den Raum:

»Und, *Buch der lebendigen Antworten*! Was hast du dazu zu sagen?! Mach deinem Titel alle Ehre! Oder weißt du auf diese Fragen auch nicht weiter?«

Grob fächerten ihre Finger durch das Manuskript und schlugen so heftig eine Seite auf, dass die Bogen auseinander rutschten und eine davon sich in ihr Blickfeld schob. Mit tränenblinden Augen stierte sie darauf.

»Zurückgeworfen auf dich selbst, der sich so weit weg von Vollkommenheit fühlt, denkst du: Wie soll diese armselige Kreatur jemals zu so etwas Großem gelangen? Und doch hallt dieses Versprechen ›Es ist in dir« ständig in dir wider, entlässt dich nicht aus der Verantwortung und traut dir diese Heldenreise zu. So lange, bis auch du sie dir zutraust.«

Sie schloss das Buch, drückte verzweifelt die Handballen gegen die Stirn. Die Tränen flossen und flossen, sie fühlte sich einsam, überfordert und mies.

Ein Kratzen war zu hören, ein Stuhl wurde neben sie gestellt, jemand setzte sich darauf. Ein Arm legte sich um ihre Schultern und drückte sie sanft an sich. Widerstandslos lehnte sich Elena dagegen, sich nach Nähe und Wärme sehnend. Sie wollte nicht denken. Ein zweiter Arm vollendete die Umarmung. Eingebettet in Wärme und Schutz, weinte sie still. Ihr Kopf lag an einer Brust, Hände strichen beruhigend über ihren Rücken. Wenn ihr Körper zuckte, zogen die Arme sie noch näher heran. Kein Wort fiel. Lange nicht. Bis Elena sich wegdrückte, ein Taschentuch suchte und sich die Nase putzte.

»Danke«, wisperte sie. Ein tiefer, fragender Blick antwortete ihr. Graublaue Augen, elfenbeinfarbenes Haar. Die Hände, die sie gestreichelt hatten, lagen nun auf seinen Oberschenkeln. Elena sah weg. Suchte nach Worten.

»Ich …« Sie räusperte sich, sandte ihm einen scheuen Blick. »Es … ich weiß nicht, was …«

»Schschsch«, machte er, legte die Unterarme auf den Tisch und blickte sie von der Seite her an. »Ich kenne das Gefühl. Ich kenne es sehr gut.«

Wieder schossen Tränen in ihre Augen, es tat so gut, dass er das sagte! So viel mehr als jede Weisheit dieser Welt! Oh, sie sehnte sich so nach Verständnis und Geborgenheit! Ray reagierte. Seine Arme öffneten sich erneut und wieder schmiegte sich Elena hinein, seine Nähe genießend, sein unkompliziertes Mitgefühl. Ihr Rücken zuckte von unterdrückten Schluchzern. Ray hielt sie, bis sie ruhiger wurde. Stumm lösten sie sich voneinander, sahen sich an. Ein kleines, aufmunterndes Lächeln stahl sich in seine Mundwinkel, in seine Augen.

»Avebury bei Nacht?«, fragte er. »Es könnte in dieser Situation keinen besseren Ort geben als diesen.«

»Hört sich irgendwie gut an«, wisperte sie heiser.

»Dann lass uns gehen.«

Sie nickte, packte ihre Sachen zusammen. Innerhalb der nächsten zwei Minuten saßen sie in seinem Wagen und fuhren in die Nacht.

# ♫ Holy Ground ♫

HAEVN

»Wie lange dauert die Fahrt?«
　»Etwa eine halbe Stunde. Geht das okay mit deinen Kindern?«
　»Ja, Mia weiß, dass es heute später wird, sie passt auf Bennie auf.«
Bis zu ihrer Ankunft blieben das die einzigen Sätze, die sie miteinander wechselten. Elena empfand dieses Schweigen wie ein Bett aus Samt und Seide. Der Zauber der mondbeschienenen Natur fing sie ein und machte sie zusätzlich stumm.

Die Nacht war leicht windig. Sanfter Regen hatte die Landschaft durchnässt, Tropfen bogen die Zweige der Bäume nach unten, alles glänzte in satten Farben, wirkte noch fülliger als vorher. Nicht selten schüttelte ein Baum das Gewicht des Wassers von seinen Blättern, was jedes Mal ein kurzes, prasselndes Geräusch auf der Frontscheibe ergab.

Der Himmel war ein gigantisches Schauspiel aus Formen und Licht. Dunkelgraue Wolken verbanden sich, lösten sich wieder, spielten im Wind, zogen träge über den vollen Mond hinweg. Sein Silber setzte zauberhafte Silhouetten, hob jedes einzelne Blatt, jeden Zweig hervor, ließ erkennen, was sie wirklich waren: Wunder-volle Kunstwerke einer Intelligenz, die allgegenwärtig in der Natur wirkte, die sich dem Menschen in jeder Sekunde präsentierte, wenn er sie denn sehen wollte. Die letzten Sätze aus ihren Notizen gewannen tieferen Sinn.

»Und doch hallt dieses Versprechen ›Es ist in dir‹, ständig in dir wider, entlässt dich nicht aus der Verantwortung und traut dir diese Heldenreise zu.«

Auf der stillen Fahrt zu einem Heiligtum erfasste Elena in vollem Umfang, dass diese Präsenz in ihr die gleiche wie die dort draußen war. Verstand, dass die Schönheit und Perfektion, die jedes Blatt, jeder Baum, jede Blume, jeder Käfer repräsentierte, auch sie ausmachte. Hier und jetzt begriff sie, dass alles mit ihr kommunizierte, alles aus einer Quelle hervorgegangen war. Wenn ein Blatt zur Vollkommenheit gelangte, wieso fiel das dem Menschen so schwer? Das Blatt kam wohl nicht auf die Idee, es könnte anders sein.

Ray hatte nicht die übliche Route, sondern schmale, von Hecken umsäumte Sträßchen gewählt. Schafe weideten rechts und links an den Wegen, riesige Bäume grüßten von weiter hinten. Dann ging es wieder durch mondbeschienene Baumtunnel hindurch, wo nicht selten Füchse eilig ins Dickicht sprangen, Hasen ihre Haken schlugen, und sie manchmal hinter einer Schar aufgeregt gackernder Rebhühner und Fasanen hinterherfahren mussten, die sich empört über die nächtlichen Eindringlinge weigerten, ihr Revier freizugeben. Der Blick aus dem Tunnel in die unendlich scheinende Weite der sanften Täler und der riesigen Bäume der Cotswolds war jedes Mal ein Fest.

Elenas Entzücken über diese Märchenlandschaft kannte keine Grenzen. Frieden zog in ihr Herz. Frieden füllte das Wageninnere. Eine tiefe Liebe für Mutter Erde – und Zuneigung für Ray. Für seine Feinfühligkeit. Für sein Schweigen. Für sein »Ich kenne das Gefühl.«

Nach der unsensiblen Nachricht Florians fühlte sie sich aufgehoben und verstanden und wurde neugierig auf das, was Ray ihr zeigen wollte.

Sie waren so gut wie angekommen. Zielsicher lenkte er den Wagen am großen Besucherparkplatz vorbei, direkt auf das Dorf Avebury zu und parkte am Rand der kleinen Straße.

Sowie Elena ausgestiegen war, erklang das ihr inzwischen wohlbekannte Sirren. Es hörte sich an wie hochfrequenter Chorgesang. Aber bevor sie Ray fragen konnte, ob er es auch vernahm, hatte er sie wie selbstverständlich an die Hand genommen. Ihr Herz tat einen kleinen Hüpfer, als sich seine warmen Finger um ihre schlossen. Noch immer sagte er kein Wort, führte sie am Holzzaun entlang, der die Wiese mit den Kolossen einsäumte. Im Schatten der Nacht wirkten die Felsen wie eine wohlwollende Gesellschaft, gutmütige Freunde, die sich auf ein Wiedersehen freuten. Ja, es fühlte sich vertraut an.

Am Rand zur Wiese bückte sich Elena und zog die Sandalen von den Füßen. Ray lächelte und tat es ihr nach.

Barfuß standen sie zusammen am Wiesenrain, die Schuhe in der Hand. Ray schenkte Elena ein winziges, aufforderndes Lächeln. Der Mond kam hinter einem Wolkenfetzen hervor, setzte Silberlichter auf sein elfenbeinfarbenes Haar. Seine graublauen Augen glitzerten. Elenas Wahrnehmung verschob sich und etwas in ihr ließ sie wissen, dass sie schon mal hier gewesen war … aber das konnte doch nicht sein?!

»Bereit?«, fragte er und reichte ihr wieder seine Hand. Gänsehaut überzog ihren gesamten Körper. Es mutete fast wie eine Zeremonie an, beide spürten sie, dass es genauso und nicht anders sein musste. Ohne zu zögern, ergriff Elena seine Hand.

»Bereit«, erwiderte sie fest und schloss die Augen. Bewusst machten sie gemeinsam den ersten Schritt. Elena seufzte auf, als ihr Fuß das weiche, nasse Gras berührte. Die sanfte Erde, die Tropfen, die über ihren Fußrücken liefen, waren wie eine Liebkosung. Mit einem weiteren tiefen Atemzug schritt sie mit Ray ein paar Meter weiter in die Wiese hinein, als sie plötzlich von einem sanften Sog erfasst wurde. Ein spiraliger Luftzug schraubte ihr Herz in Bruchteilen von Sekunden so massiv in die Höhe, dass ihr ein erstauntes Lachen entfuhr. Instinktiv ließ sie die Schuhe fallen, presste ihre Hand auf den Brustkorb, als hätte sie Bedenken, ihr Herz könnte herausspringen. Oh, das fühlte sich so leicht an! So unbändig frei! Wo war ihr Herz? Nicht mehr in diesem Körper! Es schien sich mit dem Himmel verbunden zu haben! Über die Maßen beglückt glitten ihre Finger aus Rays Hand, ging sie weitere Schritte vor, breitete die Arme aus und drehte sich um sich selbst, das Gesicht dem Mondlicht zugewandt. Sie konnte diese Glückseligkeit nicht fassen, wo kam die her? Ihre Augen leuchteten und sie sandte Ray einen so beseelten Blick, dass sein Herz einen heftigen Purzelbaum schlug und er die Augen nicht von ihr lösen konnte. Er war verzaubert. Elena tanzte im Mondlicht zu einer Musik, die nur sie hörte. Wenn er alles erwartet hätte, aber nicht das! Nicht diese Reaktion! Eine Elfe war in ihr Heimatland zurückgekehrt! Ja, das war genau das, was er empfand, das, was sie mit ihrem Tanz ausdrückte und auch sein Herz zum Schwingen brachte.

Mit einem seligen Lächeln auf dem Gesicht näherte sie sich nun einem der Kolosse. Liebkosend fuhr ihre Hand über den Stein, um kurz danach ihre Arme um ihn zu legen. Ray war ihr gefolgt, überwältigt davon, wie der Steinkreis auf sie wirkte. Elena ging es nicht viel anders. Die Strahlkraft der Felsen strömte durch jede Zelle und sie verstand gar nichts mehr. Woher kam dieses immense Glücksgefühl? Wie war es möglich, so zu empfinden, obwohl sie noch vor wenigen Minuten todunglücklich gewesen war? Von Liebe getränkte Sehnsucht stieg in ihr hoch, loderte in ihr so stark, dass sie meinte, ihr Herz müsste jede Sekunde explodieren. Am liebsten hätte sie gelacht und geweint, alles auf einmal. Sie fühlte sich verwurzelt und doch dem Himmel so nah. Das Gras unter ihren Füßen, der Mond am Firmament, die Felsen, die Erde … oh, was war das nur für eine Sehnsucht? Nach diesem Land? Nach einem Leben, das sie einst gekannt hatte? Der Gedanke blitzte hoch und verlor sich im Dickicht ihrer wirren Gefühle.

Als sie Ray neben sich spürte, schlug sie die Augen auf. Ihre Blicke trafen sich, senkten sich ineinander.

»Geht es dir hier auch so wie mir gerade?«, fragte sie leise.

»Wie geht es dir denn?«

»Als ob mein Herz zu den Sternen fliegt und meine Füße in die Erde wachsen.«

»Das ist die schönste Definition, die ich je gehört habe. Und trifft es ziemlich genau. Du bist zu Recht Autorin«, antwortete Ray bewegt. Dann, als ob er sich seiner Gefühlsregung schämte:

»Übrigens, du kannst den Stein ruhig loslassen. Er fällt nicht um.«

»Weiß ich, aber er tut so gut. Er fühlt sich an wie ein Freund.«

»Er *ist* ein Freund. Der beste, den du je haben kannst. Kannst sicher sein, dass er immer felsenfest hinter dir steht.« Ray grinste. »Er heißt übrigens Calum.«

Ein Lächeln zeichnete ihr Gesicht.

»Calum! Hast du ihm den Namen gegeben?«

»Das kann man sehen, wie man will. Übrigens ist Calum zufälligerweise auch *mein* bester Freund.« Ray tat eifersüchtig. »Nur, damit das klar ist! Ich kenne ihn länger als du! Wehe, du spannst ihn mir aus!«

Elena lachte.

»Keine Angst, Calum wirkt sehr standhaft«, flachste sie zurück. »Stellst du mir deine anderen Freunde auch vor?«

»Aber gern!« Ray wandte sich hügelwärts, winkte ihr herrisch zu und rief im Tonfall Lord Exelys: »Wollet Ihr mir folgen, Mylady!«

Glucksend tat Elena wie geheißen. Kaum am nächsten Stein angekommen vollführte Ray mit wedelndem Arm eine gekonnte Verbeugung,

»Voilà! Darf ich Euch mit Sir Scottie bekannt machen? Doch seid auf der Hut! Er ist ein Schelm und hat schon manchem eine deftige Kopfnuss verpasst.«

Der Stein war unten schmal und ab dem oberen Drittel mit einem Vorsprung versehen, der ihm den Eindruck einer geduckten Haltung gab. Ganz sicher hatten sich schon einige den Kopf daran gestoßen!

»Und jener hagere Kerl dort drüben ist Graham …« Ray räusperte sich und flüsterte Elena hinter vorgehaltener Hand geheimnistuerisch zu: »Wiewohl er von griesgrämiger Gemütsart ist, so ist er dennoch ein wackerer Gesell.«

»Ist er gar eifersüchtig auf Eure Zuneigung zu Calum?«, witzelte Elena. »Vielleicht solltet Ihr ihm mehr Aufmerksamkeit schenken.«

»Ein guter Rat! Nun denn, wir werden sehen, was wir für ihn tun können.« Ray grinste schelmisch. »Der beleibte Bursche hinter ihm ist übrigens Sir Ashley. Eine dumme Person würde behaupten, er trüge schwer an seinem Gewicht, aber Steine wissen sich besser zu nehmen, als Menschen es tun. Ich bin sicher, Sir Ashley findet sich perfekt.«

»Er ist es ja auch! Ein wahrer Gigant!« Elena drehte sich in dessen Richtung. »Sir Ashley!«, rief sie hinüber. »Ihr seid ein Prachtkerl! Lasst Euch nichts anderes einreden!« Und an Ray gewandt mit glänzenden Sternenaugen: »Ach, ist das schön hier, Ray! Vielen Dank, dass du mich hierher gebracht hast! Der Steinkreis ist wirklich und wahrhaftig wundersam und hinreißend.«

»Das ist er. Aber das spüren die wenigsten«, erklärte Ray. »Die meisten zockeln über die Wiese und sehen ein paar große Felsen, sonst nichts. Tagsüber ist die Atmosphäre auch eine andere. Ich glaube, das liegt an den Touristen, die alle ihre eigene Ausstrahlung mitbringen.«

»Wow, und das aus dem Munde eines Wissenschaftlers! Ich dachte, eure Branche ist eher materialistisch eingestellt. Nach dem Motto: Nur, was man messen und beweisen kann, ist wahr. Du bist anders, Ray.«

»Du auch, Elena«, entfuhr es ihm. »Du findest es nicht doof, dass ich Felsblöcken Namen gebe.«

»Das meine ich nicht mit anders. Ihr Engländer gebt doch allem Namen! Selbst euren Hühnern und euren Häusern. Nein, du bist so anders, weil du so viel spürst. Du bist feinsinnig. Sehr sogar. War das schon immer so?«

Er antwortete nicht gleich. Seine Lippen zuckten, der Ausdruck in seinem Gesicht veränderte sich.

»Oh«, sagte Elena betroffen. »Habe ich etwa einen wunden Punkt getroffen?«

»Das mit der Feinsinnigkeit gebe ich hiermit zurück.« Er grinste schief. »Ja, ich glaube, es war schon immer so. Wir leben nur in einer Welt, die das nicht zulässt.«

Nun bebten Elenas Lippen. »Vielleicht muss man sich in dieser Welt die Umgebung suchen, in der man so sein darf, wie man ist.«

Ein Stich fuhr durch ihr Herz. Ihre eigenen Worte brannten darin. Wie wollte sie denn sein? Mias Schulthema kam ihr in den Sinn. Kinder, die keine Kinder mehr sein durften und zu Erwachsenen wurden, die nicht mehr wussten, wer sie waren. So wie sie. So wie Ray. So wie viele. Aber sie wollte das Glücksgefühl und den Frieden in dieser Nacht nicht hergeben und schob den Impuls zur Seite.

»Das ist nicht so leicht«, antwortete Ray auf ihre Bemerkung und strich sich durch sein Haar. »Schon gar nicht in der materialistisch eingestellten Naturwissenschaft, wie du richtig bemerkt hast.«

»Ist das der Grund, warum du für Exely arbeitest?«

»Ja«, erwiderte er, erstaunt darüber, dass sie so schnell erkannt hatte, was er Brittany so oft versucht hatte zu erklären. »Ja, genau das ist der Grund. Er nimmt die Welt ähnlich wahr wie ich. Definitiv noch feiner. Was das angeht, könnte ich ihn schon fast als Mentor bezeichnen.« Er schmunzelte, wurde aber wieder ernst, fast melancholisch.

»Das hört sich perfekt an«, erwiderte Elena vorsichtig. »Aber du scheinst nicht glücklich zu sein.«

»Nein, es hat sich ziemlich anders entwickelt als geplant.«

»Darf ich wissen, worum es geht?«

Er antwortete nicht, den Blick auf etwas in der Ferne gerichtet, das ihre Frage verdrängte. Ein Lächeln zeichnete seinen Mund.

»Ich wollte dir noch jemand ganz Besonderen vorstellen. Komm mit!«

Wieder nahm er sie bei der Hand, lief mit ihr die Böschung hoch, hielt sich links und folgte dem Steinpfad, der bei einer Gruppe von Buchen auf dem Hügel endete. Schon von Weitem sah Elena Bänder im Wind flattern und fühlte bald darauf das Wurzelwerk alter Bäume unter ihren Füßen. Ray steuerte auf den vordersten zu.

»Das ist meine allerliebste Freundin und Trostspenderin Adamea«, stellte er vor. »Adamea, die Wunscherfüllerin.«

»Die Wunscherfüllerin«, wiederholte Elena und schluckte unwillkürlich. »Die Bänder stehen für Wünsche?«

»Genau. Niemand weiß, wer damit angefangen hat und viele rätseln, warum die Bänder nur an den Buchen hängen. Früher muss hier mal ein Buchenhain gewesen sein. Offensichtlich haben die Menschen ihre Instinkte doch nicht ganz verloren, denn die Buche ist der Baum der geistigen Verbindung.«

»Wow, das wusste ich nicht.«

»Ich anfangs auch nicht. Die Buche ist ein hochsensibler Baum und steht für Weisheit und Transzendenz. Priester und Priesterinnen aus alten Zeiten, Ratsuchende, Magier und Weise wie Merlin suchten Buchen auf, wenn sie mit der geistigen Welt und den Ahnen in Verbindung treten wollten. Aus Buchenholzstücken wurden Runen gefertigt, diese auf ein weißes Stück Tuch geworfen und dann gedeutet. In einem Buchenwald, so sagen die Alten, ist das Tor zur geistigen Welt durchlässig und das sichtbare Wurzelwerk stärkt die Verbindung zur Erde. Aber wenn Buchen noch dazu in einem Steinkreis stehen, ergibt das eine ganz besondere Magie.«

Er lächelte sie an. »Deine Definition vorhin hat also den Nagel auf den Kopf getroffen, Elena. Das Herz fliegt hier zu den Sternen und die Füße wachsen in die Erde.«

Elena war ergriffen. »Ja, das ist spürbar. Dann hast du sicher auch einen Wunsch hier hängen?«

»Nein.«

»Warum nicht? Hast du keinen oder glaubst du nicht daran, dass sie in Erfüllung gehen?« Bevor er antworten konnte, setzte sie leicht lachend dazu: »Nein, das kann ja nicht sein. Das würde ja bedeuten, dass du nicht an Adamea glaubst. Und nicht an die Magie hier. Also hast du keine Wünsche?«

Ray gab es einen Ruck. »Doch«, presste er hervor. »Natürlich habe ich welche.«

»Stimmt. Du hast ja vorhin erwähnt, dass alles etwas anders gelaufen ist, als du es dir gewünscht hast. Was hält dich davon ab, deinen Wunsch an einen Zweig zu knüpfen? Die Angst, dass er trotzdem nicht in Erfüllung geht? Dass Adamea dich enttäuscht?«

Ray starrte sie an. Sie starrte zurück. Tiefes Schweigen machte sich breit.

»Ich kenne das Gefühl, Ray«, sagte sie leise. »Ich kenne es sehr gut. Ich hätte auch Angst, ein Band hier hinzuhängen.«

Stumm sah er zu, wie sie zum Stamm der Buche ging, ihre Hände an den glatten Stamm legte.

»Guten Abend, Adamea«, murmelte sie. »Du bist ein herrliches Wesen.«

Ray warf das Bild schier um. Elena, mit den Händen am Baum, das blonde Haar, das auf ihrem Rücken lag, das Gesicht der Krone zugewandt. Er schluckte.

Sie suchte sich eine Kuhle zwischen den Wurzeln, setzte sich auf die Erde und lehnte ihren Rücken gegen die Buche. Ray tat es ihr nach, einen trockenen Grashalm in der Hand, den er langsam zerpflückte.

»Warum hättest *du* Bedenken, ein Band an Adamea zu hängen?«, fragte er nach.

»Ich habe Angst zu wünschen, weil ich Angst vor Enttäuschung habe. Weil ich bisher meistens enttäuscht wurde. Um ehrlich zu sein: Ich hasse dieses Gefühl.«

»Dann … läuft es nicht so gut bei dir?«

Sie seufzte. »Im Moment läuft gar nichts. Meine letzten Bücher sind gefloppt und ich stecke in einer fiesen Schreibblockade. Bis Ende des Monats muss ich die ersten Kapitel eines Romans abliefern und habe noch keinen blassen Dunst, worüber ich schreiben will. Ich meine, klar, der Rahmen hier ist fantastisch für eine Story. Aber mir fehlt die Story, verstehst du?«

»Ja, verstehe ich sehr gut.«

»Es ist in der letzten Zeit zu viel schief gegangen. Und hier … hier wird alles aufgewühlt. Die letzten zehn Tage waren emotional die totale Achterbahnfahrt.«

»Kein Wunder, ihr macht ja auch den Kurs. Der hat es in sich.«

»Hast du den auch gemacht?«

»Nein, aber viel davon gehört.«

»Aber wie ist das mit dem *Buch der lebendigen Antworten?* Du kennst den Inhalt doch schon länger. Hast du schon Erfahrungen damit gemacht?«

»Nicht wirklich. Bisher habe ich nur gelesen und nichts wirklich angewendet. Weiß auch nicht, warum.«

Elena schwieg verblüfft, während er weiter sinnierte. »Es war so viel los. Ich habe Tag und Nacht an dem Projekt gearbeitet, damit es rechtzeitig fertig wird, nur um festzustellen, dass mein Gehetze nichts genützt hat. Ich kann nur froh sein, dass meine Frau so viel Verständnis für mich hatte.«

»Aber wenn es nicht läuft, wäre das doch eine gute Gelegenheit zu praktizieren, was das Buch empfiehlt.«

»Hast du es denn vor?«

»Ja, natürlich. Machst du mit?«

»Ob ich … Ich fürchte, für mein Projekt ist es zu spät. Bin auch nur noch den Sommer hier, dann geht es zurück nach London und zu Brittany.«

»Du musst das hier schrecklich vermissen.«

Es war keine Frage, sondern eine Feststellung. Strahlte er das so sehr aus? Elena hingegen lauschte seinem Halbsatz nach: nur noch diesen Sommer. Warum enttäuschte sie das? Sie würde Wochen vor ihm abreisen, es konnte ihr völlig egal sein, ob er dann noch hier sein würde oder nicht. Ihre Augen schweiften über die friedlich-mystische Landschaft. Selbst sie fragte sich nach bereits zehn Tagen, wie das sein würde, wieder in ihrem Reihenhäuschen mit dem schmucklosen Vorgarten zu sitzen. Sie vermisste die Bäume jetzt schon, die Schäfchenweiden, die Täler, die Rosen an den Hauswänden.

»Wie lange bist du hier?«, fragte Ray.

»Maximal bis Mitte August. Wenn ich verlängern kann.«

»Und warum hast du vorhin geweint?«

Elenas Lippen zuckten. Ihr Blick war nach unten gerichtet, auf die braune, nackte Erde und die verschlungenen Wurzeln Adameas.

»Weil ich meinen Mann vermisse.« Ihre Kehle wurde eng, als sie an die Nachricht auf ihrem Handy dachte. »Weil ich ihn liebe und er eine halbe Welt von mir entfernt ist. Heute wollten wir telefonieren, aber er hat nicht angerufen. Ich … weißt du, das kenne ich nicht von ihm.« Sie presste die

Lippen zusammen, drehte den Kopf ein wenig zu Ray. »Er hat mich über drei Stunden warten lassen und dann eine Nachricht geschickt, die …« Sie brach ab. Lachte verlegen. »Das klingt jetzt bestimmt total obertussig.«

»Nein, tut es nicht.« Seine Stimme war warm. Die Unterarme auf die angewinkelten Beine gestützt saß er neben ihr, und auf einmal wünschte sie, er würde wieder den Arm um sie legen, so wie er es in der Bibliothek getan hatte. Behutsam fragte er:

»War das der einzige Grund für deine Tränen?«

Sie schüttelte den Kopf.

»Es ist einfach so verdammt viel im Moment«, flüsterte sie heiser. »So viel Druck. Meine Tochter Mia schockt mich mit Berichten von unserem Schulsystem, der Schauspielkurs ist heftig … ich muss einen Liebesroman schreiben und ausgerechnet jetzt hat mein Mann eine Himalaya-Tour in Angriff genommen, obwohl es finanziell total mies aussieht. Er wollte acht Wochen weg sein, nun sind zehn daraus geworden.« Sie brachte es nicht über sich zu sagen: Er scheint mich nicht zu vermissen.

»Das ist wirklich viel«, sagte Ray mitfühlend. »Vor allem, wenn es finanziell eng ist.«

»Du sagst es. Deswegen ist das neue Buch so wichtig. Es *muss* erfolgreich werden, zumindest so weit, dass wir über die Runden kommen, bis Florian mitverdienen kann. Sonst weiß ich nicht mehr weiter.«

»Wieso hat dein Mann keinen Job?«

»Weil er die Jahre über bei den Kindern geblieben ist …« Elena gab ihm einen kurzen Abriss der letzten fünfzehn Jahre. »… und nun befindet er sich in der Situation, in der sonst Frauen sitzen, wenn sie zehn Jahre aus ihrem Beruf raus waren. Du musst von vorn anfangen.«

Gedankenverloren zupfte sie einen Grashalm aus und blickte zum wolkenverhangenen Sternenhimmel empor.

»Weißt du was?«, sagte sie mehr zu sich als zu ihm. »Ich möchte einfach mal das Gefühl haben, ohne Druck zu sein. Einfach mal in der Sonne sitzen mit dem Wissen, es gibt nichts anderes zu tun, als in der Sonne zu sitzen.« Sie wandte ihm den Kopf zu. »Ich fühle mich von tausend Aufgaben erschlagen und aus jeder erwachsen neue. Nie ist man fertig. Und gerade brauche ich das Gefühl, fertig zu sein. Das Gefühl, dass es nichts gibt, das darauf wartet, getan zu werden. Aber Rechnungen müssen bezahlt und das Leben will gemeistert werden.«

»Dann wünsche ich dir das von ganzem Herzen, Elena, wenn du es dir schon nicht selbst wünschen magst.«

»Ach, Ray, du bist lieb. Und hast den Nagel auf den Kopf getroffen. Es ist ein Widerspruch in sich, etwas zu wollen und es nicht zu wünschen wagen.«

Ray verschlug es kurz die Sprache. Der Satz traf auch auf ihn zu.

»Du bist sehr offen, Elena«, sagte er leise. »Danke. Ich weiß gar nicht, womit ich das verdient habe.«

Sie hätte gern erwidert: »Weil du im exakt richtigen Moment den Arm um mich gelegt hast. Weil du die richtigen Worte gefunden hast. Weil du mit mir zu diesem magischen Ort gefahren bist, an dem Frieden herrscht. Du redest mit Steinen und Bäumen, du bist anders und ich mag das. Ich mag es sehr.«

Aber nichts davon verließ ihre Lippen. Unausgesprochen schwangen sie zwischen ihnen und Rays graublauen Augen lagen fast verwundert auf ihr.

»Warum ist dein Projekt den Bach runter?«, fragte sie ihn. »Wie es dazu gekommen?«

»Wegen Exely. Ich dachte, ich kooperiere mit jemandem, der ein großes Netzwerk, Einfluss und Geld hat. Das ist das, was mein Projekt gebraucht hätte und genau das, was Exely nicht liefert.«

Elena dachte an den Interneteintrag. »Dann stimmt es, was man über ihn schreibt? Dass er in riskante Unternehmen investiert und sein Vermögen verspielt hat? Ich hoffte so sehr, dass es nicht wahr wäre.«

»Doch, es ist wahr. Mit den zweifelhaften Investitionen ist mein Projekt gemeint.«

Elena entfuhr ein erstaunter Laut. Ray wandte sich ihr zu.

»Robert hat in *mich* investiert, Elena. Alles, was er hatte. Das war nicht viel, aber auch nicht wenig. Das Ding ist nur, er bringt es nicht ins Laufen. Er findet nicht einmal Produktionsstätten, ganz zu schweigen vom Marketing. Wegen seines schlechten Rufes wird er überall geblockt.«

»Moment mal, das hört sich an, als ob ihr boykottiert werdet.« Verstört sah sie ihn an.

»Ja, so kann man es durchaus nennen.«

»Dann ist das doch nicht Exelys Schuld.«

»Doch, weil er mir das völlig anders verkauft hat. Erst neulich saßen wir hier unter dem Baum und er schwafelte was von Wundern! Wir müssten an Wunder glauben!«

»Aber genau darum geht es doch in dem Buch! Sich von dem abwenden, was die Umstände sagen, egal, wie diametral sie der Wunscherfüllung gegenüber stehen. Wähle neu!«

Rays Augen glitzerten.

»Tust du das, Elena? Vorhin hast du nicht einmal gewagt, zu wünschen!«

»Stimmt. Aber ich will das Buch nicht umsonst lesen.« Elektrisiert setzte sie sich auf. »Was hältst du von Folgendem: Wir schreiben unsere Wünsche auf und stecken sie in Umschläge. Du bekommst meinen und ich deinen. Und nach einer Zeit ... sagen wir sechs Monate? ... darf der andere den Umschlag öffnen.«

Er lachte. »Klingt witzig!«

»Wir könnten uns auch passende Anregungen aus dem Buch zusenden! Das zieht das Ganze noch mehr in die Praxis!«

»Du liebe Zeit, scheint, das wird der Kurs der Träume!«

»Cooler Titel! Was ist? Bist du dabei?«

»Weiß nicht. Ich denke an eine Passage aus dem Buch. Da steht: Du kannst nur das in die Welt bringen, was du von dir selbst denkst. Ist nicht einfach, vor sich selbst die Hosen runterzulassen, vor einem anderen noch viel weniger. Könntest du das?«

»Bei dir schon.«

Das war ihr schneller herausgerutscht als gewollt. Rays Augen glänzten warm und als ihre Blicke sich trafen, verlor sie sich darin. Das elfenbeinfarbene Haar, der Kontrast zu seinem jung wirkenden Gesicht ließen ihn wie eine Figur aus einer anderen Welt erscheinen. Sein Anblick ließ sie nicht los und sie merkte, wie Ray sich ihr leicht zuneigte. Doch der Klingelton ihres Smartphones riss sie aus dem Moment.

*Florian! Das musste Florian sein!* Ihr Herz begann wild zu klopfen, Ray hingegen schluckte. Dieser Ausdruck in ihren Augen kurz vor dem Anruf ... so ungeschützt und fast verklärt ... sah sie so aus, wenn sie liebte? Wenn sie mit einem Mann verschmolz? Wenn sich ihr Oberkörper im Liebesspiel nach oben bog, ihr Mund sich öffnete ...? Das Blut schoss ihm in die Lenden und jäh sank er an den Stamm der Buche zurück, froh, dass Elena mit ihrem Handy beschäftigt war.

Sie war aufgestanden, stellte sich ein wenig abseits. Ihr blondes Haar schimmerte im Mondlicht, erinnerte ihn an das Bild, als sie sich im Steinkreis gedreht hatte, eingereiht in den Tanz der Elfen, die dem Mond huldigten. Mein Gott, die Nacht wurde immer verrückter, er musste weg von hier!

Ein kühler Wind fuhr Elena um die Beine, als sie das Handy ans Ohr hielt. Es war nicht Florian, der angerufen hatte, sondern Mia.

»Mama?«, fragte sie. »Ist alles okay? Es ist doch schon fast zwölf.«

»Ja, alles okay, mein Liebling. Mach dir keine Gedanken, bin gleich bei dir. Gib mir noch eine halbe Stunde. Ist bei euch alles rund?«

»Ja, alles gut. Bennie schläft und ich haue mich jetzt auch in die Falle. Dann bis nachher, Mam.«

»Bis nachher, Mäuschen.«

Ray hatte das Gespräch mitbekommen, war bereits aufgestanden. Sie redeten nicht mehr viel. Ein eiliger Gang über feuchtes Gras, eine stumme Fahrt nach Hause. Ray brauchte nur zwanzig Minuten bis zum Dorf und stellte den Motor ab, als er vor der Einfahrt zum alten Schulhaus stand.

»Ich habe dich noch nicht einmal gefragt, was du erfunden hast«, sagte Elena entschuldigend.

»Das reißt nicht aus. Wir sehen uns wieder.« Er lächelte leicht.

»Ja, das ist schön. Freu mich schon sehr auf die Touren mit dir. Und auf dein Kuvert! *Falls* du es mir geben willst.« Sie ergriff ihre Tasche, lächelte ihm zu. »Danke, Ray. Es war eine der wundervollsten Nächte ever.«

Ihre braunen Augen leuchteten ihn an, bannten ihn auf seinem Sitz und statt einer Antwort strich er mit seinen Fingern eine Strähne ihres langen, blonden Haars aus ihrem Gesicht. »Elfenhaar«, flüsterte sein Herz. »Du kennst das.« Aber sein Mund sagte:

»Gute Nacht, Elena.«

»Gute Nacht, Ray.«

Kurz danach war er verschwunden, aber die Magie schwelte immer noch in ihrem Herzen. Obwohl sie müde war, ließ sie es sich nicht nehmen, eine Passage aus ihren Notizen zusammenzustellen und an Ray zu schicken.

»Kann der Mensch etwas anordnen und es geschehen lassen? Ja! Wähle neu! Als gäbe es deine Umstände nicht. Sie sind Vergangenheit, Produkte eines alten Selbstbildes. Verfalle nicht dem Glauben, dass alte Dinge dich binden. Nichts bindet sich an dich, was du nicht festhältst … keine Angst, keine Ohnmacht. Du bist es, der sie festhält. Daher wähle neu! Wähle jetzt. Wähle, wer du sein willst. Welche Rolle auch immer du auf diesem Planeten spielst, sie ist eine Sprosse zum Höchsten.«

Die Worte begleiteten sie in ihren Schlaf und es war ein gutes Gefühl zu wissen, dass auch Ray sie mit in seinen Traum nahm.

# ♫ Sister ♫

Àsgeir

Montagmorgen. Frühstück.

»Wie war das Gespräch mit Papa?«, fragte Mia begierig. »Hast du mit ihm über die Schulsache geredet?«

»Er hat nicht angerufen, Mia. Er hatte wohl keine gute Verbindung.«

»Oh«, Mia sank auf ihrem Stuhl zurück. »Hoffentlich ist ihm nichts passiert!«

»Nein, nein«, beruhigte Elena ihre Tochter. »Er hat sich später mit einer Textnachricht gemeldet. Vielleicht sollte es so sein. Das gibt mir Gelegenheit, noch tiefer in die Materie einzutauchen, bevor ich mit ihm rede.«

Elena unterdrückte ein Gähnen. Sie war um fünf Uhr morgens schon wieder auf den Beinen gewesen, hatte das Frühstück vorbereitet und eine Stunde in der Bibliothek verbracht.

»Aber du redest mit ihm?«, fragte Mia drängend.

»Klar, aber er steht wohl vor dem gleichen Prozess wie ich.«

»Und wie gehst du jetzt damit um?«, bohrte sie nach.

»Das weiß ich noch nicht. Aber mal eine andere Frage: Wie denkst du darüber, wenn wir zwei Wochen länger hierbleiben, bis zum Ende der Ferien?«

Mia setzte zu einer Antwort an, aber mehrere, nahezu gleichzeitig eintreffende Textnachrichten funkten dazwischen.

Die erste kam von der Rezeption des Hotels:

»Bezüglich Ihrer Anfrage freut sich unser Chefgärtner, Jim Holey, darauf, Sie am Nachmittag auf einem Rundgang durch den Gemüsegarten zu begleiten. Könnten Sie uns bitte mitteilen, ob das trotz des kurzfristig angesetzten Termins möglich wäre?«

Elena hielt Mia und Bennie die Nachricht hin. »Das machen wir, oder?«

»Ja, unbedingt!«

Die nächste Nachricht war von Florian:

»Tut mir leid wegen gestern, Elena. Ich erkläre es dir. Wann können wir reden? Nenn mir einen Zeitpunkt – ich verspreche, ich bin da. Ich freue mich sehr darauf, dich sehen und sprechen zu können!«

Ein Kussmund folgte, ein Herz und eine Rose. Elena atmete auf. Das hörte sich doch schon mal anders an als gestern!

Die dritte Nachricht beflügelte sie ebenso: »Glastonbury und Umgebung warten! Wann wollt ihr losziehen?«

Ray! Er hatte Fotos vom Tor Hill und von der Roten Quelle in Chalice Well Gardens mitgeschickt. Auch diese Nachricht hielt Elena ihren Kindern hin.

»Das ist von Ray! Habt ihr Lust darauf?«

Bennie riss die Ärmchen nach oben und schrie: »Ja! Ich nehme mein Schwert mit! Ich bin King Arthur! Und Mia soll mich dann auch in die Post tun!«

»Das heißt posten, Bennie«, verbesserte Mia schmunzelnd.

»Auf jeden Fall machen wir Fotos von dir, Bennie!«, sagte Elena. »Und heute gehen wir zu Robert in den Garten.«

»Ich nehme meine Pflanzen mit!«, erklärte Bennie eifrig. »Pepper! Und mei Tomäidos.«

»Bennie, von deinen Paprikas sieht man doch noch gar nichts!«, wandte Mia ein. Aber Bennie ließ sich nicht davon abbringen und rannte in den Garten, um seine Töpfchen zusammenzustellen.

»Übrigens, Mia, wie sind deine ersten Fotos angekommen?«, fragte Elena.

»Überraschend gut.«

Die kurze Antwort bestätigte Elena in ihrem Vorhaben, was den Kurs betraf. Sie hatte sich fest vorgenommen zu ergründen, was in ihrer Tochter vorging. Längst wusste sie, dass die Anzahl von Mias Followern drastisch gestiegen war, aber nicht, ob sie sich darüber freuen sollte. Wer wusste schon, wer sich hinter den bunten Namen und Avataren versteckte? Aber das war nicht Elenas vordergründiges Anliegen. In diesen wenigen Tagen hatte sie erkannt, dass das Leben tiefer war, als sie es bisher gelebt hatte. Und diesem Strahl wollte sie folgen.

Marvin und Hazel befanden sich schon im Übungsraum, als die drei eintrafen. Hazel und Bennie verschwanden im Dachboden, um Ritterkostüme zu suchen. Marvin blieb mit den beiden Frauen zurück.

»Ladys, irgendwelche Rollenwünsche heute?«, fragte er verschmitzt.

»Ja!«, kam es sowohl aus Mias wie aus Elenas Mund. Sie sahen sich an und lachten leicht.

»Darf ich zuerst?«, fragte Elena ihre Tochter.

»Ja, klar.«

»Okay …« Elenas Blick glitt hilfesuchend zu Marvin. »Marvin, du musst mir sagen, wenn das zu weit führt.«

»Natürlich. Dafür bin ich hier. Ich greife auch ein, wenn es nötig wäre.«

»Gut.« Elena holte tief Luft. »Mia, ich möchte heute Leonie sein, deine beste Freundin. Oder, wie du es zu Leonie oft gesagt hast, die Schwester, die du nie hattest.«

Mia sog die Luft ein, ihre grauen Augen verdunkelten sich und nun war sie es, die sich hilfesuchend an Marvin wandte.

»Mia, meine Liebe, du entscheidest, ob du das willst. Es ist dein gutes Recht, Nein zu sagen. Du kannst es aber auch als Chance sehen, zu sagen, was du schon immer sagen wolltest.«

Elena wartete gespannt. Still stand sie im Raum, bereit, jede Entscheidung zu akzeptieren.

Mia schwieg zunächst, sandte ihrer Mutter einen langen Blick.

»Okay«, stimmte sie schließlich zu. »Aber wenn's peinlich wird, breche ich ab.«

»Das versteht sich von selbst, Mia«, erwiderte Marvin und sah sich in der kleinen Halle um. Hazel kam gerade mit Bennie die Treppe herunter und Marvin besprach etwas mit seiner Frau. Gemeinsam holten sie ein paar Polster und Decken und bauten so etwas wie ein Lager an der Wand auf.

»Das entspricht wohl einigermaßen der Kulisse, die Mädels untereinander so haben«, erklärte er schmunzelnd.

Diesmal führte er Regie, bat Elena, vor der Tür zu warten und sich in ihre Rolle zu versenken. Elena setzte sich auf die Steinstufen und versuchte, sich Leonie ins Gedächtnis zu rufen. Aber das gelang ihr nicht recht. Verflixt, wie sollte sie sich auf diese Rolle vorbereiten? Doch dann kam ihr ein Experiment in den Sinn, von dem sie mal gelesen hatte. In diesem hatten Wissenschaftler wissen wollen, ob die menschliche DNS noch empfindungsfähig war, auch wenn sie kein Bestandteil des Körpers mehr war. Um das festzustellen, waren aus dem Mund von Probanden Gewebeproben entnommen, diese Proben isoliert und im gleichen Gebäude in einem anderen Raum verstaut worden.

Anschließend wurden den Spendern der DNS-Proben Videos gezeigt. Die Probanden sahen sich Kriegsszenen, Erotik, Komödien und Liebesfilme an und durchlebten auf diese Weise mehrere emotionale Zustände innerhalb kurzer Zeit. Das konnte an der elektrischen Spannung ihrer DNS nachgewiesen werden. Spektakulär allerdings war, dass an den Proben, die sich in einem anderen Raum befanden, die gleichen

Änderungen gemessen wurden. Die DNS verhielt sich so, als wäre sie noch immer mit dem Körper verbunden. Zwischen dem Gefühl des Spenders und der Reaktion der Zellen gab es nicht die geringste Zeitverzögerung. Dr. Backster, der Leiter des Experiments, brachte die Proben sogar über dreihundert Meilen von den Spendern weg – mit demselben Ergebnis. Das war ein Beweis, dass alles miteinander verbunden war, dass jede kleinste Änderung und Regung im Menschen Zahnräder in Bewegung setzen konnte.

In diesen Sekunden erkannte Elena, wie weltverändernd das war. Mia war in ihrem Bauch gewachsen, ihre Gewebe energetisch weiter miteinander verbunden. Mit diesem Gedanken flutete unfassbare Liebe hoch, die tiefe Erkenntnis, dass das, was sie Mia oder einem anderen antat, sich selbst antat. Das Wissen, wie wichtig Lösungsprozesse wie diese hier waren. Denn wenn sich in Elena etwas löste, konnte es sich auch in ihrer Tochter lösen – und umgekehrt. Überwältigt davon stand Elena still vor der Tür. Liebe war die beste und einzige Vorbereitung. Mehr gab es nicht zu tun.

Geräusche ertönten, die Klinke wurde hinuntergedrückt. Elena lächelte, umarmte Mia wie eine alte Freundin. Kurz danach hatten sie es sich auf den Decken gemütlich gemacht und lehnten ihre Rücken an die Wand.

»Wahnsinn, wie deine Follower auf Insta gewachsen sind«, sagte Elena/Leonie. »Aber deine Kostüme sind auch der Hammer!«

»Die ganze Gegend hier ist der Hammer. Bin schon auf Glastonbury gespannt, soll voll magisch sein.«

»Echt? Also gefällt es dir? Du wolltest doch erst gar nicht mit.«

»Ja, stimmt, aber es ist voll schön hier«, antwortete Mia. »Vor allem Lord Exely ist der Knaller. Der ist so …« Mia unterbrach sich, wurde sich nun doch gewahr, dass sie mit ihrer Mutter sprach. Elena sprang ihr bei.

»Ja, der Typ ist heiß«, versuchte sie sich in Teenagermanier. »Bist du verknallt in ihn?«

»Spinnst du? Der ist doch viel zu alt für mich! Aber ich finde ihn rasend interessant. Er ist weltoffen und so anders! Er ist … irgendwie frei, weißt du? Nicht so Schema F wie alle. Er schert sich überhaupt nicht um die Meinung der Leute.«

»Okay, klar, genau dein Ding. Übrigens, was macht dein Plan?«

»Geht vorwärts. Siehst ja, die Follower wachsen. Auch auf TikTok.«

»Aber was genau willst du damit erreichen?«

»Weißt du doch. Geld verdienen, sodass ich mir niemals mehr Sorgen machen muss. Mir steht das bis hier!« Mia machte eine Handbewegung über ihren Kopf hinweg. »Dauernd herrscht Druck und Stress. Nie weiß man, was morgen ist. Wenn Erwachsene Mist bauen, hängst du voll mit drin. Ich mag das Gefühl nicht. Kein Geld zu haben, ist scheiße. Außerdem kann mir dann keiner mehr reinreden, wegen der Zukunft und so.«

»Ja, aber es geht doch überall mal auf und ab. Davor bist auch du nicht gefeit. Und bisher lief es doch ganz gut bei euch.«

»Mag ja sein, aber Mam kann inzwischen manche Rechnungen nicht mehr bezahlen. Sie hat sogar schon Angst, dass wir ausziehen müssen.«

Bestürzt antwortete Elena/Leonie: »Vielleicht ist es ja nicht so schlimm, wie du denkst. Und es kommen doch sicher wieder gute Zeiten.«

»Ach, komm! Mama kann sich noch nicht mal einen Urlaub leisten! Wir sind nur deswegen in England, weil sie mich für den Kurs angemeldet hat und so die Unterkunft bezahlt bekommt. Sie ist ständig unter Druck.«

Elena lief brandrot an vor Scham. Immerhin saß Marvin daneben und hörte das. Es war nicht leicht, die Rolle zu halten, und sie merkte, wie sie ihr entglitt.

»Meinst du, weil sie Bücher schreiben muss? Aber das Gleiche kann dir doch auch mit deiner Influencerkarriere passieren. Da hast du auch Druck.«

»Schon, aber irgendwo muss ich anfangen, Leonie. Ich will nicht abhängig von anderen sein. Von meinen Eltern zum Beispiel.«

Elena wurde es anders zumute, sah sich fünfundzwanzig Jahre zurückversetzt. Die gleichen Gedanken hatte sie damals gehabt! Ihre Eltern hatten dauernd nur Geldsorgen am Tisch diskutiert. Geld war stets Mangelware gewesen – und sie hatte es gehasst! Hatte sich geschworen, es anders zu machen. Unversehens rutschte sie ein wenig in die Mutterrolle:

»Aber deine Mama tut doch alles dafür, dass es dir gut geht. Das solltest du auch sehen.«

»Das ist es ja!«, platzte Mia wütend heraus. »Sie schuftet sich ab wie blöde und kommt trotzdem nicht vorwärts! Sie steht früh um fünf auf und geht spät ins Bett und entschuldigt sich auch noch dafür! Während Papa der Schlaf vor Mitternacht wichtig ist und sie das auch noch gut findet! Und jetzt hat er auch noch ihr Geld genommen und ist in den Himalaya abgehauen! Und was macht Mama?« Mias Augen blitzten, sie verstellte ihre Stimme, hob die Finger in imaginären Anführungszeichen und quäkte: »*Sie hat Verständnis!* Ey, echt, das ist voll zum Kotzen!«

Elena fühlte sich, als hätte man ihr mehrere Kinnhaken hintereinander versetzt. So dachte Mia über all das?

»Moment mal«, krächzte sie, »Das war eine lang geplante Reise. Immerhin ist dein Papa derjenige, der die Jahre über bei euch war, bei dir und Bennie. Damit deine Mutter Zeit fürs Schreiben hatte.«

»Das ist das, was Papa ihr erzählt. Aber sie hat ja nicht Tag und Nacht geschrieben. Sie war in ihren Schreibpausen immer bei uns. Sie war so oft mit uns, wie sie konnte. Aber Papa will immer nur meditieren! Bei ihm muss alles funktionieren, damit er sein Ding machen kann und wehe, du störst seinen Tagesplan! Er will immer nur erleuchtet sein und wenn seine Meditation scheiße gelaufen ist, ist er nicht wirklich gut drauf. Er ist nie zufrieden mit sich, aber mäkelt an allen anderen herum. Vor allem an Mama – und die macht das alles mit!«

Elena schwindelte und glaubte, nicht richtig zu hören. Am liebsten hätte sie eine Stopptaste gedrückt, aber Mia war in Fahrt geraten:

»Ich möchte nicht in der Situation von Mama stecken«, fuhr sie hitzig fort. »Klar hat sie ständig Druck, weil das Geld her muss. Jetzt arbeitet sie auch noch zusätzlich als Bedienung und malocht bis in die Nacht. Das ist doch kein Leben! Und dann sagen einem die Erwachsenen im gleichen Atemzug, sie wollen, dass etwas aus uns wird! Ja, herzlichen Dank! Wenn sie damit meinen, so zu werden wie sie, dann kann ich getrost drauf verzichten!«

»Aber Mia, bestimmt wollen sie, dass du es leichter hast, dass du … dass du in deine Größe wächst!«, presste Elena hervor und wusste, sie hörte sich eher wie eine Mutter als wie eine Freundin an.

»Wie soll man denn groß werden, wenn man Eltern hat, die sich klein fühlen?«, brach es aus Mia hervor. Weißt du, Leonie …« Sie klopfte sich an ihr Herz, »… da drin spüre ich ganz genau, wie klein sie sich fühlen und wie mies! Mama noch mehr als Papa, obwohl sie das Geld nach Hause bringt. Und Papa hat immer nur blöde Ratschläge für sie, die er aus Büchern vorliest und die er selber nicht befolgt. Das macht mich so sauer! Mir sagt er, dass Profitgier die Welt kaputt macht, aber ich soll gute Noten heimbringen, damit ich mal eine gute Position in einem Konzern haben kann. Hallo, geht's noch? Und wenn Mama sich was wünscht, kriegt sie zur Antwort, sie soll wunschlos sein. Aber das Geld soll trotzdem irgendwie zum Fenster reinfliegen, oder wie stellt er sich das vor?«

Elena brachte kaum eine Antwort hervor. »Hört sich an, als ob du ziemliche Probleme mit deinem Papa hast. Ich dachte, du magst ihn.«

»Klar mag ich ihn. Aber er ist total weltfremd. Der hat noch nie wirklich in seinem Leben gearbeitet. Der überlässt alles Mama. Und die lässt das alles mit sich machen und fühlt sich auch noch schuldig dabei! Echt, die spannt's einfach nicht!«

Mit blutleerem Gesicht saß Elena vor ihrer Tochter, die ihren angestauten Frust nach draußen ließ.

»Deswegen will ich das mit dem Influencer weiterverfolgen, Leonie. Es ist mir egal, ob es Spaß macht oder nicht. Es ist etwas, womit ich in meinem Alter und in meiner Situation Geld machen kann. Und das werde ich.«

»Aber … es geht doch darum, etwas zu tun, was Freude macht«, krächzte Elena/Leonie und wäre am liebsten in Tränen ausgebrochen. »Dass man seine Talente und Fähigkeiten lebt und …«

»Komm schon, Leonie! Welche Talente können wir als Kinder denn leben in diesem Schulsystem? Ich bin nicht auf die Welt gekommen, um zu einer Produktionsmaschine gedrillt zu werden. Ich will frei sein! Und das kann man in unserer Welt nur mit Geld!«

Elena konnte nur noch mühsam ihre Rolle halten:

»Hört sich trotzdem total unlogisch an«, quetschte sie heiser hervor. »Du willst Spaß haben, aber tust etwas, was dir nicht wirklich Spaß macht. Überhaupt … klingt alles ein wenig so, als ob du deine Mama verachtest.«

»Nein, tue ich nicht. Sie ist lieb. Aber das heißt noch lange nicht, dass ich nicht sehe, was los ist.«

Elena blieb stumm, fertig mit den Nerven. Tausend neue Eindrücke stürmten auf sie ein, sie wusste gar nicht, welche Frage sie noch stellen sollte. Immer hatte sie darauf geachtet, nichts von ihren Sorgen zu den Kindern dringen zu lassen – doch schlagartig fiel ihr das Experiment mit der DNS ein und sie hätte am liebsten hysterisch aufgelacht. Alles war verbunden, warum war sie der Meinung verfallen, vor ihren Kindern etwas verbergen zu können? Mia brachte ihr Weltbild zum Einstürzen.

»Aber deine Eltern sind doch glücklich«, wehrte sie sich verzweifelt.

»Schon, trotzdem konnte Papa es kaum erwarten wegzukommen«, erwiderte Mia und klang traurig.

»Ist doch verständlich. Ist sein erster Urlaub, wo er mal für sich sein kann.«

»Ja, schon klar«, maulte Mia. »Aber ich weiß nicht, Leonie, irgendwas läuft da falsch und ich kann dir noch nicht mal sagen, was genau.«

Das war dasselbe Gefühl, das auch Elena die letzten Wochen, sogar Monate davor gehabt hatte. War das so, weil Elena so fühlte oder weil sie beide etwas ahnten, was niemand gewagt hatte, auszusprechen? Bis jetzt. Elena konnte keinen klaren Gedanken mehr fassen, so schockiert war sie von diesem Gespräch.

»Jedenfalls will ich mein eigenes Geld verdienen«, wiederholte Mia, weil Elena nichts mehr sagte. »Ich bekomme das schon irgendwie hin.«

Der Satz ließ Elena innerlich erst recht aufstöhnen. Das waren *ihre* Worte, ihre Gedanken! Wie durch Watte hörte sie, wie Mia fortfuhr: »Ich will diese Unsicherheit nicht mehr und vor allem will ich nicht den ganzen Tag schuften für drei Stunden Feierabend und vier Wochen Urlaub im Jahr. Ich will tun dürfen, was ich will!«

Elena wollte antworten: »Aber so funktioniert das Leben nicht«, als sie Mia mit verstellter Stimme sagen hörte:

»Mam sagt dann immer: ›Aber so funktioniert das Leben nicht, Mia. Wenn man etwas erreichen möchte, muss man sich anstrengen!‹ Aber weißt du was, Leonie? An der Anstrengung kann es nicht liegen! Mam strengt sich den ganzen Tag an! Und trotzdem haben wir kein Geld, um uns leisten zu können, was wir wollen. Das kann es also nicht sein!«

Elena raffte sich zu einer Antwort auf.

»Und die Lösung heißt Influencer und die Schule sausenlassen? Willst du wirklich nicht mehr rein?«

»Hey, was soll die Frage! Du doch auch nicht!«

»Ja, stimmt. Ich auch nicht«, echote Elena, die keine Ahnung davon gehabt hatte, dass Leonie ebenfalls solche Pläne verfolgte. »Aber mittlerweile frage ich mich, ob das so funktioniert. Ohne Abschluss darf man auf keine Uni. Und du wolltest doch immer die Welt verändern und deine Intelligenz genau dafür nutzen. Das habe ich immer an dir geschätzt.« Das war mehr Mama-Style, Elena war das bewusst, aber sie konnte gerade nicht anders.

»Das will ich ja immer noch«, gab Mia zurück. »Und stell dir vor, weil ich so intelligent bin, wie du immer so gerne betonst, habe ich erkannt, dass es so, wie meine Eltern es mir vorleben, nicht funktioniert.«

Sie funkelte Elena an. Die war kurz davor, aus der Rolle von Leonie zu fallen, doch Marvin hielt sie in der Bahn. »Leonie, was antwortest du deiner Freundin?«, fragte er. Elena bekam die Kurve nicht ganz. Verzweifelt und in der Hoffnung, dass Marvin die Frage nicht blocken würde, fragte sie:

»Was … was genau denkst du denn über deine Mutter? Dass sie eine billige Romanautorin ist?«

»Das denkt sie, dass ich das denke. Ich glaube, das denkt sie auch von sich selbst. Und ja, sie schreibt Kitschromane, dabei hat sie so viel mehr drauf.«

»Woher weißt du das?«

»Weil ich ihre Romane kenne. Die Story ist billig, aber nicht ihre Sprache. Sie könnte echt mehr draus machen, aber irgendwie tut sie es nicht. Diese Badboy-Romane sind ihr Rezept zum Geldverdienen und daran hält sie fest. Sie schreibt eigentlich bloß für Geld.«

Mias Worte prasselten wie harter Regen auf sie ein. Elena drückte es massiv die Kehle zu.

»Aber Mia«, brachte sie mühsam und unter Tränen hervor. »Ich verstehe eines nicht ganz. Du sagst, du willst es anders machen als deine Eltern. Aber gleichzeitig gibst du zu, dass dir das mit Insta und TikTok auch nicht wirklich Spaß macht. Dass du es nur machst, um Geld zu verdienen, um frei zu sein. Worin unterscheidest du dich dann von deiner Mutter?«

Haltlos liefen Elena die Tränen hinunter. Im Erkennen, dass sie ihrer Tochter ein Leben vorlebte, das weit weg war von echter Freude. Im Erkennen, dass sie ihr ihre Muster aufdrückte, weil sie sie selbst nicht gelöst hatte. Mia war das nicht bewusst. Wie auch? Sie war fünfzehn! So übernahm sie die Sichtweisen ihrer Eltern, kleidete sie in andere Argumente und meinte, sie mache es anders. Elenas Blick verlor sich, ging zurück zu ihrer Mutter, ihrem Vater, die beide für den Unterhalt geschuftet, sich nie etwas gegönnt hatten. Dahinter war immer die Angst gestanden, eines Tages vor dem völligen Aus zu stehen.

Dieses Mangelbewusstsein hatte Elena gehasst. Als Teenager hatte sie sich geschworen, anders zu sein, das Leben zu leben, es zu genießen! Und ja, es war eine Zeit lang geglückt, aber ihr Muster hatte sie eingeholt. Nun lebte ihre Tochter die gleiche ungestillte Sehnsucht und wählte ähnlich falsche Wege. Elena wusste: Auch Mia musste scheitern.

An dieser Stelle mit ihren Gedanken angekommen, brach sie endgültig in Schluchzen aus und konnte sich gar nicht mehr beruhigen. Erschrocken legte Mia den Arm um ihre Mutter.

»Hey, Mam«, sagte bestürzt und ebenso den Tränen nah. »Ich wollte dich nicht verletzen. Ich …«

Elena ergriff die Hand ihrer Tochter, die um ihre Schulter lag.

»Du hast mich nicht verletzt, Mia«, flüsterte sie heiser. »Du hast mir einen Spiegel vorgehalten und das, was ich darin sehe, ist nicht schön.« Sie schniefte, schlang ihre Arme um Mia. »Es tut mir so leid, mein Kind. Es tut mir so, so leid!«

Überrascht von der heftigen Reaktion schlang auch Mia ihre Arme um ihre Mutter, einen hilflosen Ausdruck auf dem Gesicht. Sie verstand nicht ganz, was Elena so weinen ließ, aber mit dem noch intakten Instinkt der Kinder hielt sie sie einfach fest, im Wissen, dass gerade eine Änderung stattgefunden hatte. Auch Bennie, der mit Hazel hereingekommen war, lief auf die kleine Gruppe zu, umarmte alle zwei und fragte ängstlich:

»Was ist denn los, Mama?«

»Alles gut, mein Kleiner, komm her«, schniefte Elena. Bennie fragte nicht weiter. Er schmiegte sich in die Umarmung und ließ die Liebe aus seinem Kinderherz strömen. Mehr war nicht nötig.

Elena und Mia lösten sich voneinander, sahen sich in die Augen. Umarmten sich erneut, noch unsicher, aber doch lächelnd und verständnisinnig.

»Danke, mein Kind«, flüsterte Elena. »Ich danke dir.«

»Ich danke *dir*, Mam. Das ist … Ich bin …« Mia wischte sich ebenfalls die Tränen vom Gesicht. »Ich muss auch …« Sie brach ab.

»Du musst nichts sagen, es ist alles gut.«

Elena hielt ihr Kind fest in ihrem Arm und drückte ihm einen Kuss auf das Haar.

Marvin, dem die Rührung im Gesicht stand, mischte sich jetzt erst ein.

»Was für eine Szene!« Er schüttelte den Kopf. »Ihr wart beide fantastisch. So etwas hat man selten, wirklich. Bin bewegt, sehr bewegt. So lasst das Alte gehen und gebt etwas Neuem Raum!«

Besser hätte man diese wundersame Atmosphäre nicht beschreiben können. Tatsächlich fühlte Elena so etwas wie einen leeren, weit gespannten Horizont.

»Nachdem das heute sehr heftig gewesen ist«, fuhr Marvin fort, »würde ich nicht vor einer Woche eine neue Session abhalten wollen. Ich glaube, es gibt viel zu reflektieren. Bin sehr, sehr dankbar für Notizen, wenn ihr sie mir schicken wollt. Aber das Wichtigste ist: Entspannt euch und genießt das Leben.«

Er lächelte, wirkte fast ein wenig weggetreten, als könnte er selbst das Ausmaß dessen nicht erfassen, was sich zwischen Mia und Elena abgespielt hatte.

Er und Hazel verabschiedeten sich zügig, Mias und Elenas Blicke folgten ihnen. Es war Bennie, der die beiden wieder in ihre angestammten Rollen brachte. Wild rüttelte er an Elenas Hand.

»Mama!«, wollte er wissen. »Wann gehen wir in King Arthurs Garten? Erzählst du mir seine Geschichte? Hazel hat gesagt, du kennst sie!«

»Ja, ich habe über ihn gelesen«, antwortete Elena. »Er war ein weiser und freundlicher König, der nur Gutes für sein Volk wollte.«

Bennie freute das ungemein. »Das bin ich!«, erklärte er und klopfte sich auf die kleine Brust. »Ich will nur Gutes für mein Volk. Hazel hat gesagt, dass wir uns die Rolle aussuchen dürfen, die wir hier auf der Erde spielen. Dann will ich ein weiser und gütiger König sein wie König Arthur!«

Er sagte dies mit einer solchen Selbstverständlichkeit, dass Elena mit einem Schlag mehrere Dinge klar wurden: dass der Mensch vom Grundsatz her gut war. Jedes Kind erachtete Schönes und Gutes als selbstverständlich – bis das Leben es verbog, bis die Erwachsenen es lehrten, dass es anders wäre. Auch begann Elena zu ahnen, wie mächtig der Mensch war. Die Macht lag nicht darin, eine Rolle zu wählen und sie zu spielen, sondern sie aus einer höheren Sicht zu betrachten. Losgelöst, nicht gebunden.

Ihr Verstand kam nicht mit. Er wollte benennen und begreifen, was nicht zu benennen und zu begreifen war. In ihrem Gehirn klingelte es nur noch. Spielen. Eine Rolle wählen. Eine Rolle wechseln. Frei sein. Wissen, dass es eine Rolle war. Sie war nicht die Rolle. Sie spielte sie nur, um etwas zu erfahren, zu lernen, zu verstehen, sie konnte sie loslassen, wenn es Zeit dafür war. Ja, sie war frei! Mit diesem Gedanken spürte sie plötzlich das Große in ihr, von dem das Buch dauernd sprach. Es nahm keine Gestalt an, aber es war da. Eine Präsenz, die sie wahrnahm, so klar, dass es keinen Zweifel daran gab – und das war ein Rückhalt, wie sie ihn nie zuvor gefühlt hatte.

Wie ein Blitz fuhren ihr die Sätze aus dem *Buch der lebendigen Antworten* in den Kopf:

*Wähle neu. Wähle jetzt. Wähle, wer du sein willst. Welche Rolle auch immer du auf diesem Planeten spielst, sie ist eine Sprosse zum Höchsten.*

Sie hätte am liebsten nochmal geweint, ohne wirklich zu verstehen, warum. Doch der Unterschied zu vorher war: Etwas in ihr kannte die Antwort. Und auf einmal war sie sehr begierig darauf, dieses Etwas genauer kennenzulernen.

Das Mittagessen verlief in einer Stimmung, die sich Elena vorher nur erträumt hatte. Mia und Bennie halfen beim Schnippeln, Bennie deckte den Tisch und holte mit Feuereifer Kräuter aus dem Garten und verzierte das Essen. Als Elena die Pfanne mit dem Risotto in den Garten brachte, hatte Mia eine Flasche alkoholfreien Sekt geöffnet und drei Gläser vollgeschenkt. Ja, es gab etwas zu feiern! Elenas Herz wurde weit und groß und sie lächelten einander an. Eine Mauer war gebrochen und obwohl die Trümmer längst noch nicht aufgeräumt waren, war doch der wichtigste Schritt geschehen.

Die Sonne schien, die Luft war mild. Die Blätter der alten Bäume drehten sich und flatterten im Wind, als wollten sie ihnen applaudieren. Bienen summten in den Obstbäumen und Blumen und das Essen schmeckte herrlich.

Bennie war nicht zu bremsen. Nach dem Essen stellte er seine Blumentöpfchen bereit, die er in Lord Exelys Gemüsegarten mitnehmen wollte, während Elena und Mia mit einer Tasse Kaffee am Tisch die milde Sommerluft genossen. Instinktiv vermieden sie beide, über den Vormittag zu reden.

»Wusstest du, dass China und Deutschland die einzigen Länder sind, die eine Schulpflicht haben?«, fragte Mia.

Erstaunt blickte Elena auf.

»Was willst du damit sagen? Dass wir in ein anderes Land umsiedeln sollen?«

»Vielleicht. Die Eltern des Jungen, von dem ich dir das Video geschickt habe, sind nach Frankreich gezogen, weil es dort keine Schulpflicht gibt.«

»Aber was ist mit deinen Freundinnen? Deinem Umfeld? Könntest du das einfach so verlassen?«

»Es gibt doch Internet. Außerdem: Meine besten Freundinnen wollen auch weg von Deutschland. Sie werden spätestens nach dem Abitur gehen.«

»Das könnte auch eine Option für dich sein. Erst nach dem Abitur zu gehen.«

»Nein, ich will raus, Mam. Ich ertrage dieses System nicht mehr.«

»Aber das System ist überall, Mia.«

»Mag sein, aber es gibt Schlupflöcher.« Mia atmete tief durch. »Es stimmt schon, ich könnte die drei Jahre irgendwie herumkriegen, aber was ist mit Bennie? Willst du ihn wirklich durch diese Mühle schicken?«

»Ich muss das mit Papa besprechen, das weißt du.«

Mia nickte. »Ja, ich weiß. Aber Papa will immer nur, dass die Dinge funktionieren, damit er so leben kann, wie er will.«

»Ich hätte niemals gedacht, dass du so über deinen Papa denkst. Über uns.«

Mia machte ein schuldbewusstes Gesicht. Elena beugte sich vor. »Das war nicht vorwurfsvoll gemeint. Im Gegenteil. Seit heute weiß ich, dass vieles aus einer falschen Intention heraus entstanden ist. Es ist das, was wir beide erstmal auflösen müssen. Ich glaube, wir müssen neu überdenken, was wir wirklich wollen und warum wir tun, was wir tun.«

»Ja, schon, aber …« Mia brach ab, schaute in den Himmel, dann wieder auf Elena, die Augen randvoll mit Sehnsucht. »Mam, eigentlich weiß ich genau, was ich will.«

»Und das wäre?«

»Ich will einfach das Leben, das du mir geschenkt hast, aus vollem Herzen genießen dürfen. Ich will am Morgen aufstehen und mich auf den Tag freuen. Und ich will nicht gesagt bekommen, dass ein solches Leben nicht möglich ist und es nie sein wird.«

Elena blieb still.

Ihre Tochter forderte ihr Geburtsrecht ein. Und rief ihre Mutter dazu auf, das Gleiche zu tun.

# ♫ Fields of Gold ♫

Sting

Jim Holey, ein behäbiger, kräftiger Mann mit grauem Bart, wartete bereits am Eingang des Hotels auf sie. Er hatte sie kaum begrüßt, als Bennie ihm stolz seine Blumentöpfe entgegenstreckte.

»Peppers!«, teilte er ihm gewichtig mit. »Ei häv sie gepflanzt jesterdäi. Ai will sie …«

Er wandte sich an Elena. »Mama, was heißt: Ich will sie essen?«

Jim lachte, als Elena ihm das übersetzt hatte. »Na, da wirst du wohl noch ein wenig warten müssen, aber vielleicht können wir ja was tun, damit es schneller geht.« Mia war enttäuscht, dass Robert nicht hier war, und lief rasch zur Rezeption, um eine Nachricht und ihre Nummer für ihn zu hinterlassen. Danach wandelten sie gemeinsam den steilen Hang zum italienisch angelegten Garten hinauf. Wie in England üblich, war die Fläche in bezaubernde Räume und Nischen unterteilt, was das Grundstück größer erscheinen ließ, als es war.

Pinien, Zypressen, märchenhafte Grotten mit Wasserspielen luden zum Verweilen ein. Blumenarrangements und kunstvoll geschnittene Buchshecken umsäumten lebensgroße Statuen. Es war erstaunlich ruhig hier oben.

Beschwingt liefen sie neben dem Gärtner her, der ein paar Brocken Deutsch herauskramte, um sich mit Bennie zu unterhalten, und traten kurz danach durch ein großes, schmiedeeisernes Tor.

Elena und Mia entfuhr ein überraschter Laut. Das Gartenareal war riesig! Soweit das Auge reichte, waren Beete und Rabatten angelegt. An der rechten Seite befanden sich zudem große Gewächshäuser. Ehrfürchtig ließen die drei den Blick schweifen. Der Reichtum von Mutter Erde präsentierte sich ihnen auf eine Weise, wie sie das noch nie zuvor gesehen hatten. Jim kannte wohl den Eindruck, den der mit einer hohen Mauer geschützte Garten auf die Besucher machte, und verhielt sich erstmal still. Aber nicht nur Umfang und Vielfalt des Gartens beeindruckte sie, sondern auch die auffallende Vitalität des Gemüses.

»O mein Gott«, hauchte Elena, während sie an den vordersten Beeten entlang ging. »Der Blumenkohl ist riesig! Und der Brokkoli, die Bohnen! Du liebe Zeit! Wie viele hängen denn da dran? Das sind ja Träubel!«

Auch Mia, die für Gemüsegärten bisher herzlich wenig übrig gehabt hatte, war von den Socken. »Mama«, rief sie. »Schau mal! Der Mais hier hat acht Kolben! Ist das normal?«

Sie stellte die Frage Jim, dem die Genugtuung über ihr Staunen im Gesicht stand.

»Für uns ja, für den Rest der Welt nicht«, antwortete er. Langsam gingen sie von Beet zu Beet.

»Aber wie machen Sie das? Verwenden Sie einen bestimmten Dünger?«

»Manchmal etwas organischen Dünger, aber eher selten. Das brauchen wir alles nicht.«

»Aber das ist unmöglich! Hier ist ja jedes Gemüse überdimensional! Und die Pflanzen sehen so gesund aus!«

Elena brach ab, weil ihr der Anblick der nächsten Beete die Sprache verschlug. Kohlköpfe, die doppelt so dick waren wie üblich, Tomatenpflanzen, die so viele Früchte trugen, dass ihre Zweige gestützt werden mussten. Gurkenranken, behangen mit Früchten, zogen sich meterhoch an der Mauer hoch. Zucchini, Karotten, grüner und violetter Spargel sowie Gemüsesorten, die sie noch nicht mal benennen konnte, schienen sich in einem freudigen Wettstreit darüber zu befinden, was besonders groß werden wollte.

Mia schoss ein Foto nach dem anderen und hatte gerade eine Artischocke entdeckt, deren blauer Blütenkopf in der Sonne funkelte.

»Das können Sie mir nicht erzählen, dass Sie das ohne Dünger schaffen«, sagte Elena überwältigt.

»Ist aber so«, sagte Holey. »Aber wie wir das schaffen, bleibt unser kleines Geheimnis.«

Damit mussten sie sich zufriedengeben. Es gab so viel zu staunen, dass die Frage nach dem »Wie« vorerst in den Hintergrund geriet. Sie passierten den Obstgarten mit mindestens zwanzig Sorten Äpfeln, darunter auch alte, die Robert Exely wiederbelebt hatte. Sie kamen an Pflaumen- und Birnbäumen vorbei, die mehr Früchte als Blätter zu tragen schienen, an Sträuchern mit Brombeeren, Himbeeren, Heidel- und Stachelbeeren in überdurchschnittlicher Größe.

»Wie geht das, dass Sie jetzt noch Spargel ernten?«, wunderte sich Elena. »Und viele andere Gemüsesorten, die doch nur entweder im Herbst oder Frühling reif sind? Wir haben Hochsommer.«

»Das haben Sie ganz richtig erkannt. Wir haben mehrere Ernten pro Jahr, weil unser Gemüse extrem schnell wächst. Auch das liegt an unserem Geheimnis.«

»Aber Sie setzen keine Radioaktivität ein, wie das in südlichen Ländern oft der Fall ist?«

»Gott bewahre, nein! Wir arbeiten nur mit Mutter Natur.«

Elena schwieg verblüfft, wandte sich den nächsten Beeten zu. Zwischen den Obst- und Gemüsesorten gab es Blumen, Blumen, Blumen in allen Farben und Formen. Rittersporn, Lupinen, Gladiolen, Chrysanthemen, Rosen, Tagetes, Bauernwicken, Dahlien und was nicht alles mehr. Kräuterbeete wehten ihren aromatischen Duft über den riesigen, eingemauerten Garten und das Staunen wollte kein Ende nehmen, im Gegenteil: inzwischen am ersten Gewächshaus angekommen, verharrten sie am Eingang, weil ihr Auge gar nicht alles erfassen konnte.

Paprika in rot, orange, gelb und grün sprossen in einer Menge und Größe aus den Pflanzkübeln, die ebenso ein Stützen der Äste nötig machte, da sie sonst unter der Last ihrer Früchte abgebrochen wären. Sogar Avocados wuchsen hier! Im nächsten Bereich fanden sie Spalieraprikosen- und Pfirsichbäume, Bananenstauden und sogar zwei Mangobäume.

»Alles, was Sie an Gemüse im Hotel serviert bekommen, stammt von hier«, berichtete Holey stolz. »Der Earl bestellt auch Kartoffel- und Getreideäcker und unsere Ernten sind so reichhaltig, dass wir unsere Erzeugnisse auf dem Markt verkaufen können.«

Er wandte sich an Bennie, der ehrfürchtig und mit kugelrunden Augen vor dieser Pracht stand. Der Kleine wähnte sich im Paradies – und es war auch eines, denn das Füllhorn der Natur zeigte sich in voller Pracht. Es gab hier alles, was man zum Leben brauchte: lebendiges Gemüse und Obst.

»Mia, frag den Mann, wie er seine Paprikas so groß macht!«, drängelte Bennie. »Und wie lange es dauert, bis meine auch so sind wie die hier!«

Mia übersetzte und Jim erklärte:

»So leid es mir tut, aber deine werden wohl nicht ganz diese Größe erreichen, Bennie. Aber ich gebe dir ein paar Paprikasetzlinge von uns mit, mit denen schaffst du es.«

»Holey«, knarzte eine Stimme hinter ihnen. »Sei Er doch nicht so knauserig! Sieht Er denn nicht, dass des Burschen Herz knallgrün ist? Das leuchtet geradezu aus seinem Brustkorb!«

Diesmal war es Mia, die einen Schrei des Entzückens nicht unterdrücken konnte:

»Robert«, rief sie mit strahlenden Augen. »Ich habe so gehofft, dich hier zu treffen! Hast du meine Nachrichten erhalten? Wann darf ich mit auf die Kreiswache?«

»Wenn sie stattfindet! Vermutlich übernächste Woche.«

»Übernächste Woche!«, jubelte Mia. »Das ist ja super! Fantastisch! Ich freue mich! Vielen, vielen Dank!«

In einer spontanen Geste griff sie nach Exelys Hand und himmelte ihn dermaßen an, dass ihm ein amüsiertes Lachen entfuhr.

»Schon gut, Mia«, sagte er mit einem warmen Lächeln. »Ich hab's dir doch versprochen. Und wie gesagt, es könnte langweilig werden.«

»Das ist mir völlig egal! Aber du bist dabei, oder?«

»Ja, ich bin dabei. Und viele andere auch.«

»Das ist klasse. Darf ich Fotos machen? Und filmen?«

»Wenn dir das gelingt?«

»Wie meinst du das denn?« Aber ihre Frage ging unter, weil sich Lord Exely an Mr Holey wandte: »Jim, könnten Sie Jason Bescheid geben, dass er ein paar Samen für den Jungen zurechtmacht?«

Der Gärtner, froh, wieder seiner Arbeit nachgehen zu können, verabschiedete sich unter vielen Dankesbezeugungen seiner Gäste. Bennie, dem es nicht passte, dass Holey ging, rüttelte mal wieder an Elenas Hand.

»Mama! Frag, warum die Tomaten so groß sind!«

»Warum sind deine Tomaten so groß?«, wiederholte Elena, an Robert gewandt.

»Das haben wir Ray zu verdanken.« Exely nötigte die kleine Gesellschaft weiter, weg von den Touristen, die ebenfalls das Gewächshaus betreten hatten.

»Ray ist für diesen Zauber verantwortlich?« Elena war verblüfft.

»Mam, ist das etwa der Ray, der uns die Gegend zeigen will?«, hakte Mia aufgeregt nach.

»Ja, genau der, Liebling.«

Mias Mund öffnete sich und ihre Augen glitzerten mal wieder, während Robert auf Elenas Frage einging.

»Exakt. Ray hat ein Maschinchen erfunden, das ein elektrostatisches Feld generiert. Dieses weckt im Samen einer Pflanze Gene, die vorher geschlummert haben. In Versuchen wurde so aus einem normalen Farn plötzlich ein Hirschzungenfarn, der eigentlich schon Millionen von Jahren ausgestorben war. Dieses elektrostatische Feld aktiviert sozusagen den Ur-Code der Pflanze. Er hat herausgefunden, dass verschiedene Gemüse unterschiedliche Spannungen brauchen, und wir wenden das inzwischen mit Erfolg an, wie ihr seht.«

»Aber das ist revolutionär!«, rief Elena. »Buchstäblich! Kann man dieses Gerät kaufen? Ich habe noch nie davon gehört!«

Auch Mia war total gefesselt.

»Warum haben die Gene geschlummert?«, fragte sie wissbegierig. Robert tat das Interesse sichtlich gut.

»Weil sie nicht mehr die richtigen Bedingungen vorfinden, die ihre Entfaltung begünstigt. Früher herrschte auf der Erde eine andere Atmosphäre. Es gab viel mehr Gewitter, die elektrostatische Spannung war etwas Natürliches.«, erklärte er. »Alles Künstliche, Umwelt- und Menschenschädliche wie Funkstrahlen, Chemtrails, Gifte im Boden, in der Erde, in der Luft, in der Nahrung, in Medikamenten, stören dieses Gleichgewicht. Wir wissen, dass Mutter Erde ausgebeutet wird, dabei gibt sie doch so reichhaltig und in einer Fülle, die demütig macht. Aber es gibt Mächte, die alles kontrollieren wollen und für diese ist die Erde nichts weiter als ein Ort, der ausgeschlachtet werden kann und den sie sich einverleiben möchten. Das gleiche Prinzip wenden sie auf die Menschen und auf unsere Kinder an. Denn wer die Kinder steuert, steuert die Zukunft.«

Mia entfuhr ein Laut und in einer spontanen Geste lehnte sie ihre Stirn an Roberts Arm, tatsächlich den Tränen nah.

»Das tut so gut zu hören!«, flüsterte sie. »Es tut so gut zu wissen, dass du auch diese Meinung vertrittst! Ich bin nicht allein!«

Spontan legte Robert seinen Arm um Mias schmale Gestalt, ein Bild, das Elena zutiefst in ihrem Herzen berührte. Ihr Geist sprang auf eine andere Ebene, wie so oft in dieser Gegend, und schlagartig wurde ihr klar, dass zwischen ihrer Tochter und Robert eine Seelenverwandtschaft bestand, die aus uralten Zeiten herrühren musste. Anders war diese Vertrautheit nicht zu erklären. Das Bild war so innig! Auch löste es keine Eifersucht in ihr aus, es verdeutlichte eher Mias Bedürfnis nach Verständnis.

Mia war es, die ihre eigene Reaktion nicht nachvollziehen konnte. Mit einem Ruck löste sie sich, hochrot geworden, von Robert und murmelte eine Entschuldigung.

»Aber nicht doch, mein Mädchen«, beschwichtigte er sie sanft. »Ich weiß genau, wie das ist.«

So kurz der Satz auch war, drückte er doch alles aus, was in der Luft schwang. Mias Gesichtsausdruck war unbeschreiblich, ihre Zuneigung zu Robert war mit Händen zu greifen. Elena wandte sich ihm zu.

»Wenn du solche Erträge hast, bedeutet das, dass ihr die schädlichen Einflüsse eliminieren könnt. Indem du den Ur-Code weckst?«

»Nicht ganz. Eliminieren kann ich sie nicht, aber die Widerstandskraft der Pflanzen stärken, dass diese Einflüsse nicht mehr groß wirken. Der Mais trägt bei uns nicht die üblichen ein bis zwei Kolben, sondern zehn bis zwölf und auch alles andere gedeiht auf eine viel vitalere Weise. Die Pflanzen sind resistenter und wachsen schneller.«

»Das ist sensationell!«

»Allerdings! Wir haben auch mit Getreide, vornehmlich Weizen und Gerste, experimentiert. Mit dem behandelten Saatgut fahren wir drei Ernten pro Jahr ein, bei manchen Gemüsen haben wir sogar noch mehr Zyklen. Das Getreide ist so robust, dass es nicht nur Frost und Trockenheit besser übersteht, es wächst auch so schnell, dass Schädlinge keine Chance haben, es anzugreifen. Deswegen brauchen wir weder Pestizide noch Herbizide. Ihr könnt das Essen auf den Tellern unserer Hotelküche also getrost genießen. Das Getreide würde auch in Gegenden wachsen, wo Anbauten sonst schwierig sind. In Afrika zum Beispiel.«

Mia und Elena tauschten einen Blick, beide gefangen von diesem Thema.

»Aber warum bringst du das nicht in die Öffentlichkeit? Die Leute müssen euch doch das Gerät aus der Hand reißen!«

»Ach, Mam! Ich dachte, du hast es kapiert!«, warf Mia in alter Manier ein und rief Elena damit jene Videos ins Gedächtnis, die von den Machenschaften jener Mächte berichteten, die Robert eben erwähnt hatte. Mächte, die die Bauern zwangen, Gen-Saatgut zu kaufen, das nur einmal wuchs, sodass sie jedes Jahr nachkaufen mussten – zu ständig steigenden Preisen, bis der Bauer sein Land verlor. Zudem benötigte diese Saat eine Unmenge an Dünger, Pflanzenschutz- und Unkrautvernichtungsmitteln – Gift im Essen, das im Körper der Bevölkerung landete.

Gleichzeitig fiel Elena ein, was sie über Exely gelesen hatte. Er wäre durchgeknallt, hätte in idiotische Projekte investiert und sein Vermögen vergeigt. *Er hat in mich investiert, Elena*, hörte sie Ray sagen. Aber dieses Projekt war alles andere als idiotisch!

»… und auf Fische, Forellen und Lachsartige, haben wir das ebenfalls angewendet«, erklärte Robert soeben. »Die sind nun viel größer, kräftiger und vitaler. Sie laichen mehr und haben eine Form wiedergewonnen, die sie zu Urzeiten gehabt haben müssen.«

»Kann man das auch auf den Menschen anwenden?« Elena war total fasziniert.

Der Earl seufzte. »Ray hätte eigentlich weiterforschen sollen, aber er hat wohl vor, seine Zelte hier abzubrechen.«

»Aber das ist eine bahnbrechende Erfindung! Das ist die Lösung für den Welthunger!« Elena war außer sich. »Eine Lösung für die Ernährung des gesamten Erdballs!«

»Du sagst es. Und genau da liegt der Hund begraben. Unser Wirtschaftssystem basiert auf Mangel. Das ist mit allen Dingen so. Auch mit Energie. Längst ist freie Energie entdeckt, aber bisher erfolgreich unterdrückt worden. Solange die Menschen mitspielen und diesem Mangelgedanken Glauben schenken, geht das Spiel weiter.«

Elena schluckte. Auch sie war gefangen in diesem Spiel, das fühlte sie deutlich, aber umso mehr erwachte das Verlangen, sich daraus zu befreien, einfach nicht mehr mitzumachen.

»Fülle für alle«, drang Roberts Stimme weiter an ihr Ohr. »Das wäre das Ende für jene, die sich am Mangel anderer bereichern. Es wäre das Aus des bestehenden Wirtschaftssystems, das ein paar wenige Reiche noch reicher macht. Das Aus für Konzerne, die Kunstdünger, Schädlingsvernichtungsmittel und Gengetreide anbieten. Und natürlich auch für die Pharmaindustrie, die den an giftigem Essen erkrankten Menschen Medikamente verschreibt, die Nebenwirkungen haben, gegen die man wieder Tabletten anbietet. Vielleicht kannst du dir im Ansatz vorstellen, gegen welche Macht du antrittst, wenn du so etwas ins Laufen bringen willst. Kein Wunder, dass Grayson wegwill. Aber wohin er will, weiß er wohl selbst nicht.«

Robert stützte sich auf seinen Stock, einen Fuß auf der Spitze seines Schnallenschuhs aufgestellt. Sein Blick schweifte mit einem Hauch Melancholie über die Pracht in seinem Gewächshaus. Er wirkte in diesem Moment wie ein Gemälde. Aber zum ersten Mal war der Ausdruck in seinen Augen leicht bitter und Elena tat das leid.

»Das heißt, euer Unternehmen wird sabotiert«, statuierte sie.

»So sieht es aus. Aber wer weiß, vielleicht kommt ja Hilfe von ganz anderer Seite.«

Der Anflug an Melancholie verschwand, schon standen wieder Schalk und Tatendrang in seinen blauen Augen. Mia hingegen stand ganz gegen ihre Gewohnheit stumm daneben, verloren in irgendwelchen Gedanken.

Mr Holey war mit mehreren Samentütchen zurückgekehrt, fand die kleine Runde in einer aufgewühlten Stimmung wieder und erahnte wohl, worum es ging. Sein Gesicht jedenfalls sprach Bände.

»Nun, meine kleine Amazone«, wandte sich der Earl an Mia. »Verfolgst du immer noch deinen Social-Media-Wahn?«

»Mehr denn je«, antwortete Mia fest. Robert verzog das Gesicht, als hätte man ihm körperliche Schmerzen zugefügt.

»Diese Art von Ehrgeiz werde ich nie verstehen«, gab er offen zu. »Irgendwie passt das nicht zu dir. Du bist so smart, Mia. Warum machst du das? Ist es wirklich so erstrebenswert, Likes und Follower zu bekommen?«

»O ja, es ist äußerst erstrebenswert«, gab Mia mit blitzenden Augen zurück. »Du ahnst nicht, wie wichtig mir das ist!«

Auch Elena runzelte die Stirn. Was war mit den Erkenntnissen vom Vormittag? Hatte Mia die so schnell über Bord geworfen?

»Wenn du es genau wissen willst«, erklärte Mia trotzig weiter, »mache ich das nur wegen der Follower. Ich will so viele wie nur irgendwie möglich! Und Robert, ich …«

Verhaltenes Kichern drang an ihr Ohr, sie wandten sich um. Einige Touristen hatten Robert entdeckt, amüsierten sich über seine Aufmachung und kamen rasch näher, um Fotos zu schießen. Robert kannte das offensichtlich zur Genüge. Mit einem Funkeln im Auge wandte er sich an Mia und Elena.

»Das lässt mich so manches Mal an Menschen verzweifeln«, sagte er. »Ihre oberflächliche Sensationsgier. Instagram und TikTok und wie das Zeug alles heißt, befeuert und fördert das auf ungesunde Weise. Widerlicher Voyeurismus, wenn du mich fragst.«

Mia öffnete den Mund, um zu widersprechen, aber Exely kam ihr zuvor: »Meine Damen, ich gebe Bescheid wegen der Kreiswache. Gehabt Euch wohl!«

Er vollführte eine herrliche Verbeugung und eilte, munter seinen Stock schwingend, mit großen Schritten davon.

Jim drückte Elena die Samentütchen in die Hand, erklärte ihr, worauf zu achten war, und beugte sich dann zu Bennie hinunter.

»Du machst das bestimmt hervorragend«, versicherte er ihm freundlich. »Sprich mit deinen Pflanzen, dann wachsen sie schneller. Wünsche dir viel Freude damit!«

»Sänk ju«, antwortete Bennie. »Ei will Kamm wieder und frag dich sings.« Sie lachten über sein drolliges Deutsch-Englisch.

»Haben Sie vielen Dank, Jim«, bedankte sich auch Elena, während sie sich mit ihm Richtung Ausgang bewegten. »Es ist so schade, dass dieses Gerät nicht in die Welt kommen soll.«

»Genauer gesagt ist es eine Schande, wie massiv gegen Lord Exely gearbeitet und die Menschheit um diese segensreichen Erfindungen gebracht wird. Und das nur, damit Reiche, die sowieso vor Geld stinken, noch reicher werden. Wie krank kann man sein?«

Holey war sauer und Elena konnte ihn verstehen.

»Ich weiß gar nicht, wie man das verbieten kann«, grübelte sie. »Ihr nutzt es doch auch! Das Gerät gehört in jede Gärtnerei! Jeder, der mit Obst, Gemüse und Getreide zu tun hat, müsste sich doch alle fünf Finger danach lecken. Jeder Bauer, jeder Landschaftsgärtner, jeder …«

»Ja, sicher würden sie das«, bestätigte Holey. »Aber der Konzern, der Rays Forschungen anfangs finanziert hat, ist einer der größten Hersteller von Herbiziden und Pestiziden. Ray hat dort gearbeitet und sie haben das Patent darauf. Aber statt umzudenken und die Chance beim Schopfe zu ergreifen, hatten sie Angst um ihren Profit. Also haben sie das Patent in die Schublade geschoben und zur Nachahmung verboten.«

»Zur Nachahmung verboten!«, wiederholte Elena erschüttert.

»So ist es. Durch eine Fusion ist der Konzern zu einem der weltgrößten Pharmaunternehmen geworden. Sie können sich sicher denken, was das bedeutet.«

»Ja, allerdings«, warf Mia düster ein.

»Und das Gerät, das Sie hier nutzen, ist nicht zur Nachahmung verboten?«, wunderte sich Elena.

»Nein. Ray hat eine Variante gebaut und ist damit rechtlich auf der sicheren Seite, aber es ist ein sehr kleines Gerät. Das macht es für große Betriebe uneffektiv. Außerdem wird der Earl daran gehindert, in die Massenproduktion zu gehen, und so wird die Herstellung zu teuer.«

Mia fragte weiter, aber Elena schwieg betroffen. Sie betrachtete die wundervollen Beete auf dem Weg zum Ausgang des ummauerten Gartens, als Jims nächste Worte sie aufhorchen ließen.

»… Er spricht kaum darüber, es ist, wie so vieles hier, ein Rätsel. Die Kleider, die in den Truhen von Marvin und Hazel lagern, stammen teilweise von Deenah. Ich habe sie gekannt, sie war eine fantastische Frau. Politisch aktiv und hellwach. Sie hat all die Machenschaften durchschaut.«

Er räusperte sich, als hätte er schon viel zu viel gesagt.

»Earl Exelys Gattin?«, mischte sich Elena ein. »Marvin sagte, sie wäre vor drei Jahren verstorben. Was ist passiert?«

»Ein tragischer Unfall.« Holeys Blick ging Richtung Personaleingang – es war klar, er wollte weg.

»Ja, das stand auch so im Internet. Ein Autounfall. Das muss schrecklich für Earl Exely gewesen sein.«

»Nicht nur für ihn«, erwiderte Jim. »Ich sehe heute noch Lady Deenah an ihrem Wagen stehen. Sie hat auf das Haus geschaut, als ob sie ahnte, dass sie es nie mehr wiedersehen würde.«

Elena hielt ihn mit einer weiteren Frage fest:

»Auf dem Weg zum Diningroom hängt ein Ölgemälde von Earl Exely. Gibt es auch eines von seiner Frau?«

»Nein, der Earl will das nicht.«

»Warum nicht? Haben die beiden sich nicht vertragen?«

»Nichts könnte weniger wahr sein«, schoss es aus Holey so rasant heraus, dass kein Zweifel an der Echtheit seiner Worte aufkam. »Er liebte Dee. Ich habe kaum ein Paar kennengelernt, das sich so zugetan war wie die beiden. Meiner Meinung nach ist er nie darüber hinweggekommen, dass sie nicht mehr hier ist. Kann ich sehr gut verstehen. Es war das Schrecklichste, was ich je in meinem Leben gesehen habe.«

Elena stutzte. »Waren Sie denn dabei, als es geschah?«

Holey wand sich. »Nein, aber es gab ein Video, keine Ahnung, wer das eingestellt hat und …«

Er brach ab, sein Fluchtprogramm gewann Überhand. Er zog sein Smartphone aus der Tasche und lugte aufs Display. »Ich werde in der Küche gebraucht«, behauptete er. »Ja, dann auf Wiedersehen.«

Und weg war er.

Mia und Elena tauschten einen Blick, aber Bennie quengelte, er hatte Hunger und sie beschlossen, in einem der Restaurants im Ort zu essen.

»Was für ein Tag«, resümierte Elena, als sie zusammen an dem einfachen Holztisch saßen. »Ich kann die Eindrücke gar nicht alle fassen. Es ist so viel! So viel! Wie soll mein Kopf das nur alles verarbeiten?«

»Du sagst doch immer, das Herz ist groß und weit«, meinte Bennie. »Dann tu's doch da rein. Da ist genug Platz.«

Elena lachte, legte ihren Arm um ihren Sohn und drückte ihn an sich. »Ach, mein kleiner Dichter«, murmelte sie. »Ich glaube, du bist ein weit besserer Autor als ich. Was dir nur immer einfällt!« Sie knuddelte ihn. »Wie machst du das?«

Bennie rieb sich das Näschen. Elena hatte sich längst ihrem Essen gewidmet, als sie merkte, dass er ihre dahingeworfene Frage sehr ernst genommen hatte.

»Ich warte ein wenig«, ließ er sie wissen. »Und dann fällt das einfach in mich rein.«

Elena verstand. In ihrem kleinen Jungen gab es noch keine Blockaden, Filter oder Haken, die das »Einfallen« verhinderten. Noch war er offen.

Die Links von Mia eingedenk wünschte sie sich von ganzem Herzen, dass es so bleiben würde – und erkannte: Das war ihre wahre Aufgabe als Mutter.

Noch auf dem Nachhauseweg trudelte eine Nachricht von Ray herein:

»Morgen neun Uhr? Hoffe, das ist nicht zu früh! Nach Glastonbury könnten wir einen privaten Garten besuchen. Der ist zwar eine Stunde Fahrt davon entfernt, aber jede Meile wert.«

Wie so oft hielt Elena Mia und Bennie die Nachricht hin.

»Habt ihr Lust auf den Garten?«, fragte sie.

»Hauptsache, ich kann Ray wegen des Geräts löchern«, entgegnete Mia. »Mensch Mam, lauter coole Leute hier! Das wird immer besser!« Sie grinste zufrieden.

»Soweit ich das mitbekommen habe, unterliegt Ray einer gewissen Schweigepflicht«, bremste Elena sie ein wenig aus. »Da musst du mit deinen Fragen ein wenig sensibel sein.«

»Schon klar, Mam. Alles, was er mir nicht sagt, frage ich Robert. Der hat uns ja alles erzählt, obwohl Mr Holey meinte, es wäre ihr kleines Geheimnis.«

Elena lachte. »Am Earl hast du echt einen Narren gefressen.«

»Das stimmt. Ich finde ihn unsagbar toll!« Mias Augen leuchteten. »Was ist Ray überhaupt für ein Typ? Eine Laborratte?«

Damit nahm sie Bezug auf das Profilbild, das Ray auf seinem Messenger verwendete; dort war ein Tisch mit Reagenzgläsern zu sehen.

»Weißt du was? Mach dir dein eigenes Bild. In wenigen Stunden wirst du es selbst wissen.«

Mia lächelte verhalten. Elena spürte deutlich, dass sich das Verhältnis zwischen ihnen gewaltig verbessert hatte. Etwas Leichtes umgab die drei im alten Schulhaus und es war ein gutes Gefühl.

# ♫ A Thousand Hues ♫

Christopher Sean

Der Wettergott meinte es gut mit ihnen, als sie am nächsten Tag am Frühstückstisch saßen. Die Sonne strahlte von einem postkartenblauen Himmel, dennoch sollten die erwarteten Temperaturen bei moderaten fünfundzwanzig Grad bleiben. Elena hatte ihr Handy neben sich liegen, weil sie keine Nachricht von Florian verpassen wollte. Ab und an schickte sie ihm Fotos mit kurzen Bildunterschriften, brannte darauf, mit ihm über Mia zu reden, über den Kurs … und über sie beide.

Jedes Mal, wenn der Messenger einen Signalton von sich gab, hoffte Elena, es wäre ihr Mann, griff in Hast nach dem Gerät, nur, um es enttäuscht wieder zurückzulegen.

Eine Frage von Ray kam herein.

»Da wir uns heute in einer mystischen Kulisse bewegen … will deine Tochter vielleicht Kostüme mitnehmen?«

Er schob eine weitere Nachricht hinterher: »Falls wir den Garten am Ende des Tages schaffen, wäre etwas Elfenhaftes passend«.

Ein schelmisch blickender Smiley war angefügt, Elena musste lächeln. Das war sehr aufmerksam von Ray. Sie las Mia die Nachricht vor.

»Wenn du Lust hast, pack ein, was du für nötig hältst«, sagte sie.

Mias Augen leuchteten auf. »Ja, unbedingt!«, rief sie. »Wann kommt Ray? Wie viel Zeit habe ich noch, um mir Kostüme auszusuchen?« Schon war sie aufgestanden. Bennie verfolgte das mit großen Augen. »Ich will mit!«, rief er. »Ich bin King Arthur! Ich brauche mein Schwert!« Mia nahm ihren kleinen Bruder an die Hand und verließ mit ihm im Laufschritt das Haus.

Elena fand sich allein mit ihrer heißen Tasse Kaffee im Garten wieder, immer wieder erstaunt, wie sehr die Natur das Gemüt beruhigte. Wie anders das Leben hier war! Obwohl auf vielen Ebenen Bestehendes aufgerüttelt wurde, federte der beschauliche Rahmen das irgendwie ab.

Sie genoss die stillen Minuten, dachte an Mias Worte … warum nicht umziehen? Tatsächlich fühlte sich Elena hier wohler als in Deutschland. Ein heißer Strom durchfuhr sie. Das kam alles so schnell! Wie würde nur Florian darauf reagieren? Er müsste das hier sehen und erleben, ganz sicher packte ihn die Magie genauso wie sie. Ein Gedanke blitzte in ihr Gehirn: Wie wäre es, wenn sie ihr Jubiläum hier feiern würden? Elektrisiert setzte sie sich auf. Eine Feier in Lord Exelys wunderschönem Manor House!

Konnte sie sich das überhaupt leisten? Ihr Gehirn arbeitete fieberhaft. Sie hatte doch noch eine kleine Lebensversicherung, wie viel war da drin? Die Todesfallsumme würde niemanden retten, das bereits angesparte Kapital könnte jedoch genug sein, um ein paar wundervolle Lebenstage zu genießen. Ehe sie nachdenken konnte, hatte sie ein Kündigungsschreiben aufgesetzt und bat um Auszahlung des Betrages.

Danach fragte sie im Hotel nach Details für eine kleine, private Feier und träumte davon, wie sie mit Florian hier spazieren gehen, ihm die Wiesen und Auen, die Wälder und Avebury zeigen würde.

Die Kinder kamen zurück, Mia mit einem Arm voller Kleider, die sie in eine Reisetasche steckte. Kurz darauf schlug der eiserne Klopfer gegen die Holztür. Ray war hier.

Die Tatsache, dass Ray der Erfinder des Samen-Aufbereitungsgerätes war, hätte die erste Kontaktaufnahme mit Mia ohnehin erleichtert, aber Rays lockere Art warf alle Bedenken in Sekundenschnelle in den Wind.

»Hi, Ray, komm rein!«, begrüßte ihn Elena. »Möchtest du noch eine Tasse Kaffee, bevor wir losziehen?«

»Eine hervorragende Idee! Nichts macht Sinn vor dem Kaffee«, freute sich Ray. »Vielen Dank, Elena.«

Er umarmte sie nicht und sie gaben sich nicht die Hand, eine Tatsache, die Mia sehr wohl registrierte.

»Meine Tochter Mia«, stellte sie vor. »Also, Mia, das ist Ray.«

»Hi Mia«, sagte Ray und lächelte sie an. »Ich habe keinen blassen Dunst, wie man mit den heutigen Jugendlichen spricht. Kick mir einfach gegen das Schienbein, wenn ich ins Fettnäpfchen trete.«

Mia lachte. »Du siehst selber noch so jung aus. Gar nicht wie ein Erfinder«, stellte sie fest.

»Dabei werde ich wegen meiner Haarfarbe oft mit Einstein verwechselt. Leider nur deswegen.«

Mia und Elena kicherten.

»Wir waren gestern im Gemüsegarten von Lord Exely«, stürmte Mia vorwärts. »Der hat uns verraten, dass du ein Gerät gebaut hast, das diese unglaublichen Ergebnisse hervorbringt. Finde ich dermaßen Hammer!«

»Der Earl hat mit euch darüber geredet?« Ray war erstaunt.

»Er mag uns halt!«, erklärte Mia hochzufrieden.

»Ja, und auch Mr Holey hat uns einiges verraten«, setzte Elena hinzu.

»Was heißt, du kannst total offen sein!« Mia grinste ihn frech an und brachte Ray kurz zum Lachen, bevor er wieder ernst wurde.

»Okay, das ist … das wundert mich. Aber gut! Tja, stimmt, Mia. Dann muss ich keine Geheimnisse vor euch haben. Sehr entspannend!«

»Und ich kann dich ein Loch in den Bauch fragen.« Mia rieb sich die Hände. »Weil das nämlich total super ist, was du da erfunden hast. Absolut genial!«

»Das freut mich. Freut mich sogar sehr, danke«, erwiderte Ray, »Wow, bist du jetzt mein erster Fan?«

»Worauf du einen lassen kannst!«

»Herrje, auf diesen Schock brauche ich erst recht einen Kaffee.«

»Scheint dein Allheilmittel zu sein«, scherzte Elena.

»Nach einem guten Kaffee verzeiht man sogar seinen Eltern. Nicht zu erwähnen, die Inspirationen, die er einem verschafft. War es nicht Oscar Wilde, der sinngemäß gesagt haben soll: Gute Ideen fangen mit Nachdenken an, hervorragende mit Kaffee? Ich muss dem Mann recht geben.«

»Mein Leitspruch ist: Vertraue niemanden, der keinen Kaffee trinkt«, witzelte Elena zurück.

Sie lachten alle lauthals, Ray setzte sich und ließ seinen Blick über den Garten schweifen.

»Meine Güte, ich wusste gar nicht mehr, wie schön es hier ist. Marvin und Hazel haben ein Händchen fürs Gärtnern.«

»Nimmst du mich mal mit in dein Labor?«, fragte Mia.

»Klar, warum nicht? Interessierst du dich für Physik und Biologie?«

»Bisher nicht die Bohne. Aber ich interessiere mich für dein Gerät und will wissen, wie so was geht.«

»Darf ich auch mit?«, fragte Elena. »Ich war noch nie in einem waschechten Labor.« In diesem Moment kam Bennie angehüpft.

»Du bist ja weiß auf dem Kopf!«, rief er. »Du siehst aus wie Legolas! Nur mit kurzen Haaren. Voll krass!«

»Was für ein Kompliment! Ich liebe Legolas! Er ist eine meiner Lieblingsfiguren in *Der Herr der Ringe*.«

»Meine auch!«, rief Bennie. »Und Aragon! Der ist wie König Arthur. Verkleidest du dich auch?«

»Wenn du ein paar Strumpfhosen für mich hast? Nein, warte, ich glaube, ich kümmere mich lieber um die Kamera. Es muss nicht jeder sehen, dass ich O-Beine habe.«

Mia übersetzte und lachte zusammen mit Bennie über Rays Humor. Elena schüttelte leicht den Kopf. Hatte Ray gesagt, er könnte nicht mit Kindern umgehen? Schlagartig kam ihr, dass er sie nicht anders behandelte als Erwachsene. Locker plaudernd saß er auf seinem Stuhl, seinen Kaffee in der Hand, betrachtete das Ritterkostüm, das Bennie ihm hinhielt und fragte Mia nach dem Elfengewand.

»Wie wäre es mit einer Blütenkrone?«, schlug er vor. »Gibt es da was im Fundus von Lord Exely?«

»Hey, gute Idee! Ich geh gleich nochmal rüber.«

Mia schenkte ihm ein Daumenhoch und ein Lächeln und verschwand. Bennie war zu seinen Beeten gelaufen und schleppte nun seine Blumentöpfe zu Ray sowie die gestern erhaltenen Samen.

»Pepper!«, informierte er ihn. »Ei will sie so big machen wie die von Mr Holey!«

Ray lachte und beugte sich zu dem Kleinen vor. Gerührt betrachtete ihn Elena.

Es war das erste Mal, dass sie Ray im Sonnenlicht sah. Wieder verblüffte sie der Kontrast zwischen seinem jungen Gesicht und dem silbrig-elfenbeinfarbenen Haar. Er trug Jeans, ein hellblaues T-Shirt, das hervorragend zu seiner graublauen Augenfarbe passte. Seine Ausstrahlung ging ihr ans Herz. Bennie hatte den Nagel auf den Kopf getroffen: Ray hatte etwas Elfenhaftes an sich. Sie fand ihn schön und er passte in diese mystische Gegend. Als dürfte sie diesen Gedanken nicht haben, schoss ihr Florian in den Kopf und fast schuldbewusst rief sie ein Foto von ihm auf. Florians wundervolle graue Augen blickten sie an. Auch er wirkte jugendlich, sein Körper war vom Yoga sanft modelliert und Elena erinnerte sich an die Nächte mit ihm, an die vielen schönen Stunden, die sie miteinander verbracht hatten. Sie schloss kurz die Augen.

»Alles okay, Elena?«, fragte Ray sie.

»Ja, natürlich. Ich genieße nur die Sonne.« Sie lächelte ihn an und ein kurzer, inniger Blickkontakt entstand.

Mia kam zurück, eine keltische Tiara aus Kupfer und Federn sowie einen Reif aus Stoff-Lichtnelken und Gänseblümchen in der Hand.

»Das ist mehr als perfekt«, sagte Ray. »Ich weiß genau, wo du die Kupfertiara aufsetzen kannst. Welches Kleid hast du dazu?«

Mia zeigte ihm ein weißes, fließendes Gewand.

»Vortrefflich, würde Lord Exely sagen.« Ray war zufrieden. »Nehmt eine Decke mit! Die brauchen wir als Umkleidekabine!«

»Ich staune, woran du alles denkst«, sagte Elena. »Obwohl du doch keine Kinder hast.«

»Das ist der Wissenschaftler in mir, der will immer alles so genau wie möglich planen. Außerdem weiß ich, dass der Wind auf dem Tor Hill ziemlich bläst und heute sicher einige Touristen unterwegs sind. Die müssen deine Tochter nicht unbedingt in Unterwäsche sehen.«

»Ich kann es kaum erwarten!«, rief Mia und hüpfte aufgeregt auf und ab. »Und ich hoffe, wir schaffen den Garten! Was ist mit deinem Kaffee, Ray? Fertig?«

»Ich bin nie fertig mit Kaffee!«

Unter viel Witzeleien und Gelächter saßen sie kurz danach in Rays Wagen und fuhren Richtung Glastonbury.

»Wie weit seid ihr mit den Sehenswürdigkeiten um Glastonbury vertraut?«, wollte er wissen.

»Ich habe über Glastonbury Tor, also den Tor Hill gelesen«, erwiderte Elena, »und natürlich über King Arthur's Garten mit seiner Roten Quelle, auch über den Thorn, angeblich entstanden aus dem Wanderstab von Josef von Arimathäa ... und natürlich dem Heiligen Gral, der in Chalice Well, der Kelchquelle, vergraben liegen soll.«

»Eines hast du nicht aufgezählt«, stellte Ray zufrieden fest, »und damit fangen wir an. Bin sicher, ihr werdet überrascht sein.«

Er grinste siegesgewiss.

»Was hat der Mann gesagt?«, fragte Bennie wie so oft.

»Hey Bennie, ich kann ein bisschen Deutsch. Es ist ziemlich eingerostet, aber ich versuche, alles in deiner Sprache zu erzählen.«

»Woher kannst du Deutsch?«, fragte Elena entgeistert. »Das sagst du jetzt erst?«

»War ja bisher nicht wichtig, weil du Englisch kannst.« Er grinste sie an. Seine blauen Augen blitzten wieder mal gehörig und wie neulich fiel ihm eine Strähne seines Haars in die Stirn. »Ich habe vier Semester an der TU in Berlin studiert«, erklärte er. »Jedenfalls starten wir mit etwas Außergewöhnlichem und ich gebe ein bisschen Hintergrundwissen dazu. Bin sicher, danach nehmt ihr die Welt in und um Glastonbury herum ganz anders wahr. Das ist wie Avebury bei Nacht.«

»Avebury bei Nacht!«, warf Mia ein. »Robert hat gesagt, dass er das mal mit uns machen will.«

»Ich kann dir jetzt schon sagen, dass das ein Erlebnis wird! Exely zelebriert das.«

Elena war still geworden. Avebury bei Nacht. Die Schwingung dieses Abends breitete sich im Wageninneren aus und ließ auch Ray verstummen.

»Das muss magisch sein«, ließ Mia verlauten, die das unbewusst aufnahm.

»Anders kann man es weiß Gott nicht bezeichnen«, bestätigte Ray. »Aber was jetzt kommt, ist mindestens genauso mirakelhaft.«

Nach einer Stunde waren sie in Glastonbury angekommen. Die Stadt erschien total unspektakulär und war kein Blickfang. Hier, am Rande des Stadtzentrums, war von den hübschen Domizilen, die das Ländliche Englands kennzeichneten, nichts zu sehen. Schmucklose, teilweise heruntergekommene Häuser, Werkstätten und Supermärkte reihten sich aneinander. Elena war überrascht. Das war das legendäre Glastonbury? Es wirkte alles andere als das.

Ray fand an einer steilen Waldstraße einen Parkplatz und ließ alle aussteigen. Trotz der frühen Stunde waren schon etliche Menschen unterwegs, keine Touristen, sondern Einheimische, die mit Plastikflaschen und Kanistern beladen die schmale Straße entlanggingen.

Sie folgten ihnen, kamen an ein uraltes Gebäude, an dem aus schmalen Rohren Quellwasser sprudelte, das sich die Leute in ihre Kanister abfüllten. Zwischen zwei steinernen Säulen befand sich die Tür ins Innere einer Grotte, über der geschrieben stand: The White Spring.

»Die Weiße Quelle«, sagte Elena verwundert. »In den Reiseberichten ist meist nur von der Roten Quelle in Chalice Well Gardens die Rede.«

»So ist es. Deswegen habe ich euch hierhergeführt. Die Rote Quelle wird als die Quelle Avalons bezeichnet. Aber ihr seht, es gibt zwei. Das hier ist die Quelle der keltischen Göttin Brigid, der Hüterin der göttlichen Flamme sowie aller Quellen und Brunnen. Ihr zu Ehren ist in dieser Grotte ein Schrein mit einer Flamme aufgebaut, die nie ausgeht. Sie ist der Geist von Imbolc und steht für Erneuerung in jeder Hinsicht.«

»Imbolc, das keltische Lichterfest«, wusste Elena. »Wird das nicht im Februar gefeiert?«

»Genau. Jetzt wird es spannend für dich!« Er zwinkerte Elena zu. »Brigid ist auch die Inspiration der Dichter und Propheten, Vermittlerin zwischen dem Göttlichen und Menschlichen.«

Fasziniert hörten sie ihm zu. Sein weicher Akzent verlieh der Geschichte einen zusätzlichen Zauber.

»Ein zweiter Schrein ist der Lady von Avalon, der Großen Göttin gewidmet. Sie steht für das Prinzip der Mutter, für die weibliche Urkraft, für bedingungslose Liebe. Sie ist die Menschenmutter, Mutter Erde – und deswegen hat sie eine dunkle Hautfarbe, weil die Erde dunkel ist.«

Ray ließ die Informationen erstmal wirken, bevor er weitermachte.

»Durch und unter dieser Grotte verlaufen zwei sehr berühmte Ley-Linien, die Michael-Linie oder Apollo-Linie und die Mary-Linie. Leylines sind die Meridiane der Erde, Kraftlinien, in der sich Energien besonders bündeln und wo sich Tore zur Anderswelt auftun können.«

»Anderswelt!«, hauchte Mia. »Das hört sich an wie im Märchen.«

»Für uns sind das keine Märchen, Mia. Die Feenwelt ist hier sehr präsent«, erklärte Ray. »In der Grotte befindet sich ein Elfentor, bewacht vom König der Elfen, Gwyn Aap Nudd. Der Feenkönig ist jene Wesenheit, in der das gesamte Bewusstsein der geistigen Welt vereint ist. Er steht für unser Höheres Selbst und wohnt in einem Reich feinerer Schwingungen. Vielleicht könnt ihr ihn und das Tor zur Anderswelt erspüren.«

Seine Ausführungen jagten Elena einen Schauer über den Rücken. Die Kolosse in Avebury, die Anderswelt, Elfen, Feenkönige … für sie klang das überhaupt nicht fantastisch, eher wie eine längst vergessene Welt, die trotz des Unglaubens der Menschen existierte.

»Diese Michael-Linie … ist mit Michael der Erzengel gemeint?«, fragte sie.

»Exakt. Und …!«, Ray machte eine Kunstpause. »Jetzt kommt mit das Spannendste! Hinten links in der Grotte befindet sich ein großes Steinbecken, gefüllt mit dem heiligen Wasser der Weißen Quelle. Wer sich von Altem reinigen, einen Neuanfang wagen oder schlicht Energie tanken will, entledigt sich seiner Kleider und steigt ins Wasser. Also wundert euch nicht, wenn euch da drin Nackte begegnen. Wollte ich nur gesagt haben, damit ihr keinen Schock bekommt.«

»Was?«, rief Mia. »Die Leute ziehen sich da drin einfach so aus?«

»Yep! Ich warte natürlich draußen für den Fall, dass ihr ins Wasser wollt.«

Ein Schild an der Tür bestätigte alles, was Ray gesagt hatte. Es warnte vor tiefem Wasser, vor offenem Feuer und vor den Feenportalen.

»Ich will das Feenportal sehen!«, rief Bennie aufgeregt. »Wie heißt der König nochmal, Ray?«

»Gwyn Aap Nudd. Das bedeutet: Weißer Sohn des Nebels. Er ist der Gott des Waldes, der Wildnis und Herrscher von Annwn, der Feenwelt.«

Gebannt hingen alle drei an Rays Lippen. Dass er solche Geschichten zu erzählen wusste, verlieh der Sightseeingtour eine unerwartete Faszination. Aufs Höchste sensibilisiert wandten sie sich ehrfürchtig dem Eingang der Grotte zu.

»Ich kümmere mich um Bennie, wenn es ihm zu viel wird«, versprach Ray. »Lasst euch Zeit.«

»Danke, Ray.«

Das Brunnenhaus war fensterlos, lediglich durch die Türöffnung sickerte ein bisschen natürliches Licht. Hunderte von Kerzen flackerten an den Wänden, am Boden, auf den Altären, schufen eine geisterhafte, mystische Atmosphäre. Ineinander verflochtene Zweige, versehen mit Symbolen, waren oberhalb der Schreine angebracht. Lange Bänke sowie Tische mit handgefertigten Runen, Windlichtern, Ölen und Kräutern standen an den Seiten aufgereiht. Schon beim ersten Schritt in die feucht-dunkle, hexenhafte Höhle schien ein Zauber nach Elena zu greifen. Es war wie das Gleiten in die Arme eines lange vermissten Liebhabers. Wie magnetisch fühlte sie sich von der Weißen Quelle angezogen.

Die Melodie von fließendem Wasser tönte durch die Höhle, wurde von den feuchten Wänden wieder zurückgeworfen. Flüsternd erklärte Ray, dass das Wasser nach den Gesetzen der Heiligen Geometrie durch eine Reihe von Becken und Kanälen floss, bevor es sich in dem großen Bassin sammelte, das erhöht am Ende des Raumes in den Fels gehauen war. Sternenwasser, raunte er. Seine Stimme prickelte in Elena und setzte sie unter Strom.

Die Schwingung in der kleinen Grotte war hochintensiv, erzeugte in ihr einen eigenartigen Nachhall. Ihre Zellen vibrierten, das inzwischen bekannte Sirren in ihrem Ohr setzte ein, lauter als sonst. Ihre Augen glitten über die Wände, als suchten sie das Feenportal. Ihr Herz klopfte dumpf, wie eine Trommel im Rhythmus der Erde, und immer wieder lugte sie zu dem Becken mit dem heiligen Wasser.

Zwei Frauen standen an den seitlich aufgestellten Bänken vor den Stufen zum Bad und streiften sich ihre T-Shirts ab. Ray zog Bennie zu einem der Tische und lenkte seine Aufmerksamkeit auf eine kleine Abbildung des Feengottes. Mia schaute sich neugierig um, schien aber nicht ganz schlüssig, was sie von dieser extrem spirituellen Aufmachung halten sollte. Sie gesellte sich zu Ray und Bennie und betrachtete die vielen Artikel auf dem Tisch.

Als Elena bemerkte, dass Mia, Bennie und Ray sich auf den Ausgang zubewegten, ergriff sie ihre Chance. Sie drehte sich die Haare hoch, schlüpfte aus den Sandalen, zog sich das Kleid über den Kopf, überlegte kurz, mit Unterwäsche ins Wasser zu gehen, aber entschied sich dagegen. Feuchte Kühle legte sich auf ihre nackte Haut, ein hauchfeines Netz aus Luft und Wasser, als sie die Stufen zum Becken hochging und den Fuß in das eiskalte Wasser tauchte. Erschrocken sog sie die Luft ein, hielt den Atem an und watete zügig weiter, bis ihre Schultern unter Wasser waren. Auf ihrem gesamten Körper bildete sich Gänsehaut, als würde jede Hautzelle Antennen ausfahren, Fühler, um die geistige Welt zu erspüren. Die Kälte betäubte, ihr Kopf wurde leer, sie glitt in etwas Merkwürdiges hinein, etwas, das sich groß und weit anfühlte. Die beiden Frauen, die mit ihr im Becken waren, hechelten ob der Kälte, stießen spitze Laute aus, bewegten sich im Wasser, sodass es schwappte und plätscherte, sich in Rinnsalen über den Rand ergoss, Geräusche erzeugte, die von den dunklen Wänden der Höhle zurückgeworfen wurden. Ein Singsang, ein Ruf an Elena aus der Anderswelt.

Ihr Herz trommelte noch immer in diesem fremden Rhythmus, aber war das überhaupt ihr Herz oder kam das von außen? Elena fühlte sich wie in einem Initiationsritus gefangen. Das Wasser war eisig. Sie fror, wollte raus und blieb doch. Wehrte sich gegen die Kälte und genoss sie, spürte, wie ihr Körper Wärme an das Wasser abgab, wie kalt und warm sich verbanden, miteinander verschmolzen und sie das Empfinden hatte, sich aufzulösen. Im nächsten Moment schalteten sich schlagartig ihre äußeren Sinne aus.

Die Kälte war weg. Sie hörte, sah und roch nichts mehr. Ihr Sein wurde emporgehoben auf eine hochschwingende Ebene, die ihren Körper, der still im Wasser stehenblieb, schwer und träge erscheinen ließ. Sie fühlte Licht. Licht um ihren Körper, das sich ablöste, und als eigene Gestalt nach oben schwebte, frei und ungebunden. Licht in ihrem Geist, Licht, das sie in eine noch stärker strahlende Lichtquelle zog. Licht, das sie ersehnte.

Ein tiefes Lächeln breitete sich in ihr aus. Ihr Körper, ihr Geist, waren ein einziges Aufatmen, ein Lächeln, eine Sonne. Mehr und mehr tauchte sie ein in diese Leichtigkeit, driftete sie hinüber in etwas Wundervolles, Heiliges, bereit, sich dem völlig zu ergeben, als ein erschrockener Ruf durch ihren Gehörgang stach. Wasser schwappte laut auf, Hände griffen nach ihrem Körper. Ihr nasses Haar schlug ihr ins Gesicht, zwei starke Arme schlangen sich unter ihre Brüste, entrissen sie der Trägheit des Wassers. Ihr Rücken wurde an einen Körper gepresst, Wärme durchdrang sie, ein Arm schob sich unter ihre Kniekehlen und doch war das alles so unwirklich. Sie sah das von oben, schemenhaft. Sie war nicht in diesem Körper, wie konnte sie ihn dann fühlen? Auf einmal stand sie wieder vor der Bank, wo sie ihr Kleid abgelegt hatte, fühlte ihre nackten Füße auf dem Steinboden. Ihr Geist glitt in ihren Körper zurück, die Sinne erwachten, fühlten die Kälte, und sie erschauerte. Im Augenwinkel erhaschte sie silberblondes Haar. Ray war hier. Ray, der ihr Zittern mit einer sonnengewärmten Decke und seinen Armen auffing. Er wickelte sie darin ein, drückte sie an sich, gab ihr seine Wärme, hielt sie aufrecht, ahnend, dass sie ohne Stütze zu Boden gesunken wäre. Sein Herz klopfte wild. Sie spürte es an ihrer eigenen Brust. Sein Herz, ihr Herz. Ein Herz.

»Elena«, flüsterte er. »Elena, wo warst du?«

Sie legte den Kopf zurück. Ihr Blick war verschwommen. Erschrocken strich er ihr die nassen Strähnen aus dem Gesicht und seufzte erleichtert auf, als ihr Blick klarer wurde und sie ihn verwirrt anblickte.

»O Gott, Elena!«, raunte er und presste sie erneut an sich. »Alles okay? Wie geht es dir?«

Er drückte ihren Kopf an seine Brust, sie ließ es geschehen.

»Ich … mir geht es gut«, antwortete sie schwach. »Ich habe keine Ahnung, was …« Sie verstummte, war noch immer nicht ganz da.

Mit beiden Händen rieb Ray kräftig über ihren Rücken, rubbelte sie warm, wandte sich kurz um. Alle Blicke waren auf sie gerichtet und eine der Hallenaufsichten kam auf sie zu, als Einzige überraschend unaufgeregt.

»Keine Bange«, erklärte sie mit gedämpfter Stimme. »Das gibt sich gleich. Die Ärzte meinen immer, es wäre ein Kreislaufproblem. Ist es aber nicht.« Und an Elena gewandt: »Will nur, dass du das weißt.«

»Was soll es denn sonst sein?«, fragte Ray an Elenas Stelle, die ihre fünf Sinne langsam wiedererlangte. Ohne auf Rays Frage einzugehen, wisperte die Aufsicht Elena verschwörerisch zu:

»Wolltest heim nach Anwnn, was? Ich hab's genau gesehen. Um ein Haar wärst du drüben gewesen.«

»Was?«, stotterte Elena. »Ich …«

»Du hast das Feentor entdeckt«, fiel ihr die Aufsicht ins Wort. »Oder es hat dich entdeckt. Die Feen haben dich gerufen! Und Gwynn Aap Nudd bot dir an, zurückzukommen.«

Elena starrte sie an.

»Du warst kurz davor!«, beteuerte die Frau. »Brauch ich dir wohl nicht zu sagen.«

Die Aufsicht war in bunte Gewänder gehüllt, auf ihrem Gesicht befanden sich mit Henna gemalte Runen und Zeichen, ihre Handgelenke klimperten mit Kettchen und ihre Finger waren tätowiert und beringt. Sie entsprach exakt dem Bild einer Hexe aus alten Zeiten. Aber sie beschrieb, was Elena gefühlt hatte, und so nickte sie.

»Ja, das glaube ich auch«, erwiderte sie leise. Ray hatte sie losgelassen und war einen Schritt zurückgetreten. Inzwischen fühlte sie sich wieder stabil.

»Ist gut, dass dein Mann dich rausgeholt hat«, sagte die Frau. »Deine Zeit hier ist noch lange nicht zu Ende.«

Beunruhigt waren inzwischen Mia und Bennie in die Grotte zurückgekehrt und fanden ihre Mutter in eine Decke gehüllt wieder.

»Mama, was ist los?«, wollten sie wissen.

»Ich habe ein Bad in der Weißen Quelle genommen«, erklärte Elena. »Und Ray war so freundlich und hat mir eine Decke gebracht, damit ich mich abtrocknen kann. Danke, Ray, du denkst aber auch an alles.«

Es klang munter und natürlich und doch war alles anders. In ihr war etwas anders, als hätte ihr innerer Mechanismus sich verschoben. Mit Ray war etwas anders, mit allem hier. Elena nahm sich zusammen.

»Wisst ihr was? Ich brauche jetzt dringend eine Tasse Kaffee.«

»Geniale Idee«, stürzte es aus Ray hervor. »Die letzte Tasse ist schon ganze zwei Stunden her. Bei mir ruft eine so lange Zeitspanne ohne Kaffee massive Entzugserscheinen hervor. Ich warte draußen. Auch wenn du in Glastonbury nicht auffällst, wenn du in eine Decke gehüllt herumläufst, wäre dein Sommerkleid vielleicht doch etwas praktischer. Das musst du nicht dauernd festhalten. Dann hast du die Hände frei für eine Kaffeetasse.«

»Guter Rat. Also, ihr drei, geht schon mal vor, bin in zwei Minuten bei euch.«

An seinem Geplapper konnte Elena erkennen, dass Ray mindestens genauso verwirrt war wie sie. Ihre Blicke trafen sich. Ein unmerkliches Lächeln glitt über Elenas Gesicht, als erkenne sie plötzlich etwas, als erkenne sie *ihn*. Es war ein magischer Moment und der Ausdruck ihrer Augen traf Ray mitten ins Herz. Er schluckte hart. Bestimmt war das nur die hexenhafte Atmosphäre hier, die ihn nicht mehr klar denken ließ! Instinktiv nahm er Bennie an die Hand und ging nach draußen, hoffte inständig, dass die Sonne das, was er eben gefühlt hatte, ins rechte Licht rücken würde.

Elena zog das Kleid über den Kopf und legte die Decke zusammen. Die Aufsicht stand neben ihr wie ein Wächter.

»Kein Wunder, dass dein Mann dich nicht in die Elfenwelt hat gehen lassen«, erklärte sie. »Habt euch lange nicht gesehen, was?« Sie lachte rau.

»Er ist nicht mein Mann«, erwiderte Elena. »Er ist ein Freund.«

»Ah, ein Freund!« Sie grinste. »Dann hast du wohl seit Äonen einen Freund an deiner Seite und ihn immer wieder verloren, weil er ein Freund für dich war.«

»Wie meinst du das?«, fragte Elena impulsiv. »Was hast du gesehen?«

Die Frau förderte aus den Tiefen ihrer Tücher eine Visitenkarte hervor und drückte sie Elena in die Hand. »Ruf mich an, wenn du es wissen willst.«

Elena steckte die Karte ein. Als sie die Grotte verließ und die Wärme der Sonne sie traf, war ihr, als entfaltete das Sonnenlicht jede Zelle in ihr, wie eine Blume ihre Blütenblätter. Als wollte ihr das Leben sagen: Genau dafür bist du hier. Um zu blühen! Lass es endlich geschehen!

Sie fühlte sich wie aus dem Leib des Universums geboren. Es war eine kosmische Wiedergeburt.

# ♫ Welcome The Wind ♫

HAEVN

Der Zauber ging weiter. Als nächstes Ziel hatte Ray King Arthurs Garten, Chalice Well, gewählt. Bennie brannte darauf, die Reliquien des alten, weisen Königs zu sehen, Mia wollte Fotos machen und Elena war gespannt auf die Schwingung des Gartens, den selbst der Dalai Lama schon für Meditationen besucht haben sollte.

Zu Rays und Elenas Freude gab es einen kleinen Laden und ein Café vor dem Eingang und so saßen sie bei Kakao, Kaffee und Blaubeermuffins zusammen, während Ray seine Kenntnisse zum Besten gab.

»Chalice Well bedeutet ›Kelchquelle‹, das ist die heilige Quelle von Avalon, die Gralsquelle. Stark eisenhaltig, daher ist das Wasser rot. Man kann es trinken und man darf sich auch Flaschen davon abfüllen. Es soll Heilkräfte haben. Die Quelle, so heißt es, entspringt genau da, wo Avalon einst gewesen war, direkt aus dem Schoß von Mutter Erde.«

Er schlug ihnen vor, den Garten selbst zu entdecken, und wartete mit seinem Kaffee auf einer Bank in der Sonne.

Ein Ort des Friedens und der Ruhe empfing Elena und ihre Kinder, als sie den kleinen, aber wunderhübsch angelegten Garten betraten. Elena, ohnehin noch sehr durchlässig, spürte die hohen Energien und Schwingungen fast greifbar. Fast stumm folgten sie gewundenen Wegen, die zu märchenhaft gestalteten Plätzen führten. Blumen, blühende Sträucher und uralte, verwinkelte Bäume begleiteten ihren Weg. Seit über zweitausend Jahren kamen Menschen hierher, um Kraft zu tanken.

Mit ihren zwei sich überlappenden Kreisen war die Vesica Piscis, der berühmte Kelchbrunnen, gemäß der Heiligen Geometrie angeordnet. Der Brunnen wirkte wie ein Mahnmal, der sagte: »Ich ruhe nur, ich komme wieder.«

An der Schnittstelle der Kreise, so hieß es, befand sich die Brücke zwischen der physischen und spirituellen Ebene. In seiner Nähe befand sich der Visionsbrunnen unter einem Baum, pittoresk gestaltet mit einer Mauer und einer Bank, auf der man in Meditation sinken konnte. Oder man konnte in den Brunnenschacht starren und auf eine Vision warten.

Weiter oben gab es eine kleine Wiese mit hohen Gräsern, Wildblumen und knorrigen Apfelbäumchen. Touristen und Einheimische suchten gleichermaßen den Garten auf. Sie waren leicht zu unterscheiden und Elena verstand nun, was Ray gemeint hatte, als er sagte, sie würde mit einer Decke als Kleid nicht auffallen. Bezüglich Kleidung kannte die Fantasie und die Ungezwungenheit der Einheimischen kaum Grenzen. Mit großen Augen beobachtete sie Frauen in Hexengewändern, Magier und Ritter, Edelfräuleins und Anhängerinnen der Großen Göttin, die in ihre lilafarbenen, fließenden Umhänge gewandet nicht nur durch den Garten, sondern auch durch die Straßen Glastonburys flanierten.

Leute saßen auf Decken und Bänken und meditierten. Sie entdeckten eine alte Frau, die die Arme unverwandt gen Himmel streckte. Als sie nach einer halben Stunde wieder dorthin zurückkamen, saß sie noch immer in der genau gleichen Haltung dort.

»Meine Güte«, flüsterte Mia. »Mir wären schon längst die Arme abgefallen! Woher nimmt sie die Kraft?«

Die schien in großer Fülle aus der Erde zu strömen und alles zu durchdringen.

Mia hatte sich umgezogen, steckte in einem weißen, fließenden Gewand und setzte sich die Federtiara an die Stirn. Die Sonne klärte ihr schönes Gesicht, auch spiegelte sich die hohe Schwingung in ihren Zügen wider. Elena schoss Fotos mit Mia unter dem Apfelbaum, an der Roten Quelle … es waren wundervolle Motive und sie hatten viel Freude dabei, vor allem, als Ray dazukam und sie alle mit seinen Witzen zum Lachen brachte.

Gut gelaunt machten sie sich im Anschluss auf zum Glastonbury Tor. Es ging steil bergauf bis zu der Ruine von St. Michael's, einem Turm mit offenem Durchgang, durch den ein kräftiger Wind pfiff.

»Der Turm wird als Tor zum Himmel bezeichnet«, wusste Ray. »In darunterliegenden Tunneln soll der Heilige Gral verborgen sein. Daher wird Glastonbury Tor auch der Zauberberg genannt. Eigentlich ist er eine Pyramide aus vorkeltischer Zeit. Auch hier verläuft die Michael-Linie, ebenso durch Glastonbury und Avebury. Sie verbindet die wichtigsten heiligen Plätze Englands miteinander.«

Sein Wissen gab dem riesigen Monument die entsprechende Bedeutung. Und hier war Bennie in seinem Element. Ungeachtet der lächelnden Gesichter der Touristen schlüpfte er in sein King-Arthur-Kostüm und posierte mit aufgestelltem Schwert vor dem Turm. Unter dem hohen Mauerwerk wirkte der kleine Kerl mit seinem weizenblonden Haar wie eine possierliche Miniatur. Fast jeder blieb stehen und lachte ihn an. Manche wollten sogar ein Foto mit ihm, was Bennie vor Stolz fast zum Platzen brachte. Mia hingegen lachte sich schief über ihren drolligen Bruder und filmte ihn mit Ray, der, mit einem Stock bewaffnet, einen aussichtslosen Kampf gegen King Arthur ausfocht.

Schließlich kam Ray auf die Idee, die berühmte Szene nachzuspielen, in der der junge Arthur das Schwert Excalibur aus dem Stein zieht. Felsen gab es hier genug und Ray vergrub die Spitze des Schwertes so in die Erde, dass es optisch von Weitem so aussah, als steckte es im Felsen. Danach erfanden die zwei mit viel Gelächter eine Variation der Szene nach der anderen. Bei der ersten zog Bennie das Schwert mit einem vor Anstrengung dermaßen drollig verzogenen Gesicht aus dem Stein, dass alle Umstehenden in lautes Gelächter ausbrachen und sich gegenseitig auf den kleinen Mann im Ritteroutfit aufmerksam machten.

Davon angeregt drehten sie eine weitere Szene, in der das Herausziehen des Schwertes gründlich misslang und Bennie auf den Rücken purzelte. Danach folgten Szenen, wo Bennie das Schwert mit dem Fuß traktierte, wie Rumpelstilzchen darum herumhüpfte, um es zu beschwören, sich doch endlich herausziehen zu lassen. Das Gelächter wollte kein Ende nehmen und der Schluss der Aufnahmen wurde mit Mini-King Arthur markiert, der unverrichteter Dinge beleidigt, mit Schmollmund und verschränkten Armen auf dem Felsen saß.

»Und jetzt kommt die holde Weiblichkeit«, rief Ray ausgelassen. »Los, Mia, ins Elfenkostüm!«

Das ließ die sich nicht zweimal sagen. Das Gewand war schnell über ihre leichte Sommerkleidung gestreift und den Blumenreif aufgesetzt. Mia tänzelte barfuß zum schmollenden Arthur und zog mit einem triumphierenden Lächeln und Daumen und Zeigefinger das Schwert heraus. Angepisst klatschte sich Bennie die Hand vor die Stirn, während die Touristen sich vor Lachen nicht mehr einkriegten und heftig applaudierten. Eine überschäumende Stimmung herrschte und Elena hielt alles per Video fest. Ausgelassen verkündete sie:

»Ich weiß schon, welchen Titel das Video bekommt! Frauenpower!«

Das passte Bennie gar nicht. »Das geht nicht! Ich habe auch Power!«, rief er und bestand auf einer Szene, in der es ihm gelang, das Schwert herauszuziehen. Erheitert schauten Ray und Elena zu, wie Bennie theatralisch das Schwert in die Luft reckte.

Dieses Video wollte er unbedingt seinem Papa schicken und das war der Moment, der Elena von ihrer überschäumenden Laune etwas runterholte. Ob das Video ankam? Gebannt beobachtete sie, wie das erste Häkchen erschien, und kurz darauf das zweite. Florian war also erreichbar. Und doch rief er nicht an? Ihr gab es einen Stich. Kein Foto, kein Smiley, kein gar nichts? Er hatte es doch versprochen! War er vielleicht zu sehr mit Billie und Inez beschäftigt?

Sie hatte kaum Zeit, über all das nachzudenken. Ihre Kinder waren total aufgedreht, Ray ebenso. Es ging weiter nach Glastonbury Town, aber hier wartete die erste Ernüchterung auf sie. Der Stadtkern wirkte ziemlich verlottert, trotz der Shops, die sich aneinanderreihten und mit magischen Namen versehen waren wie: Merlin's Zuflucht, Der sprechende Baum, Der Raum der Wunder, Der Tempel der Göttinnen. Die meisten der Shops handelten mit Kristallen, Runen und Heilsteinen, andere mit Kräutermischungen, Zauberstäben, Räucherwerk und allem, was in der spirituellen Welt wichtig war.

Sie beschlossen, sich fürs Mittagessen einen gemütlichen Pub auf dem Land zu suchen und den Tag mit dem Steinkreis, Silbury Hill und dem Sanctuary zu beenden, da die Besitzerin des Gartens um eine Verschiebung gebeten hatte.

In allerbester Laune fuhren sie durch die wunderschöne Gegend und hielten an einem Restaurant mit Gartenbetrieb.

Halb drei Uhr nachmittags war es inzwischen geworden. Nach wie vor glänzte die Sonne vom Himmel herab. Mia rief die Fotos und Videos vom Glastonbury Tor auf und stellte das Smartphone so auf den Tisch, dass jeder Sicht darauf hatte.

Ray saß neben Mia, Bennie hatte seinen Stuhl um die Ecke gerutscht, Elena hatte den äußersten Platz und konnte die drei beobachten. Mia quietschte laut vor Lachen über Bennies Auftritte und knuddelte ihren kleinen Bruder in einem fort. »Du bist sooo süß!«, rief sie. Auch Ray lachte über den kleinen Kerl und am lautesten lachte Bennie selbst.

»Mama! Das ist voll cool!«, rief er mit leuchtenden Augen. »Voll cool! Guck mal!«

Er war so aufgedreht, dass er vor lauter Tatendrang immer wieder aufstand und um den Tisch herum sauste, weil er vor lauter Energie nicht wusste, wohin. Ray machte witzige Bemerkungen dazu und manchen misslungenen Witz auf Deutsch, was Mia dermaßen zum Lachen brachte, dass ihr die Seiten wehtaten.

Mit einem Lächeln sah Elena, wie ihre Kinder mit Ray herumblödelten. Sie war in einer eigenartigen Stimmung gefangen, sah sich außerstande, in diese hemmungslose Sommertagfreude einzutauchen. Ray lächelte, zwinkerte ihr zu. Sie lächelte schwach zurück.

Das Bad in der Weißen Quelle ließ sie nicht los, die klar empfundene Öffnung zur Anderswelt. Es hatte sich so real angefühlt und die Aussage der Hexe, dass die Feen sie gerufen hätten, klang in ihren Ohren alles andere als überspannt.

Die Erinnerung an Rays Arme verwirrte sie nicht minder. Noch immer spürte sie den festen Druck seiner Unterarme unter ihren Brüsten, den Griff unter ihre Kniekehlen, als er sie die Stufen hinuntergetragen hatte. Er musste sie hinuntergetragen haben. Sie konnte sich lediglich an den Moment erinnern, als sie wieder vor der Bank gestanden war. Die Wärme der von der Sonne aufgeheizten Decke lag noch immer auf ihrer Haut. Die Hände, die ihren Rücken warm gerubbelt hatten, bis das Blut wieder zirkulierte, ihr Kopf, der an seiner Brust geruht hatte ... Herrgott! Sie war verheiratet! Eine leise Stimme flüsterte ihr zu, dass diese merkwürdige Stimmung einen weiteren Grund hatte – einen, den sie nicht sehen wollte, der sich dennoch unaufhaltsam in ihr Bewusstsein drängte. Wieder brandete Gelächter am Tisch auf – und da kam es ihr plötzlich: Sie hatte seit langem ihre Kinder nicht mehr so fröhlich gesehen! Bevor der Gedanke in ihrem Kopf Fuß fassen konnte, vermeldete Mias Handy eine Sprachnachricht. Als sie den Absender checkte, sprang sie vor Freude fast vom Stuhl.

»Mama!«, rief sie mit Augen wie Sterne. »Das ist Robert! Er hat mich angerufen! Hoffentlich sagt er nicht die Kreiswache ab!«

Unter Spannung hörte sie die Nachricht ab, während ein immer breiteres Lächeln auf ihrem Gesicht erschien, das in einem perlenden Lachen endete, weil Robert wohl mit einer seiner flotten Bemerkungen geendet hatte.

»Perfekte Bedingungen«, hatte er mitgeteilt. »Das Getreide steht hoch. Es soll warm bleiben, die Temperaturen bleiben auch nachts angenehm und in den letzten Wochen ist nichts geschehen. Wir warten alle auf etwas Neues. Seid ihr dabei?«

»Ja! Ja! Ja!«, schrie Mia begeistert, sprang endgültig vom Stuhl und hopste auf beiden Beinen auf und ab. Mit fliegenden Fingern tippte sie eine Zusage in ihr Handy mit gefühlt tausend Ausrufezeichen, einem Bataillon an Emoticons, hüpfte danach erneut wie ein Gummiball auf und nieder. Als sie sich endlich setzte, wedelte sie mit ihren Händen vor ihrem Gesicht herum, als müsste sie Rauch vertreiben.

»O mein Gott! Wir gehen auf eine Kreiswache! Wir gehen auf eine Kreiswache! Wie geil ist das denn? Und Ray, vergiss nicht, dass du mir versprochen hast, mich in dein Labor mitzunehmen! Das wird alles so megakrass hier!«

Ray war aufs Höchste amüsiert und wandte sich an Elena.

»Deine Tochter sprengt meinen Horizont, was Jugendliche angeht.«

»Inwiefern?«

»Letztens habe ich einen gefragt, was sein Lieblingsmusikgenre ist. Er sagte Spotify.«

Mia kicherte. »Und was hast du geantwortet?«

»Fein. Mein Lieblingsessen ist Backofen.«

Sie brachen in Gelächter aus, wieder mal, während Mia und Ray weiter witzelten und Bennie begierig wissen wollte: »Warum lachen die, Mama?«, da die beiden ins Englische gerutscht waren.

Das Essen kam und brachte etwas Ruhe ins Geschehen.

»Seit wann interessiert ihr euch für Kornkreise?«, wollte Ray wissen.

»Seit uns Robert davon erzählt hat«, antwortete Elena. »Es ist unglaublich, dass das von den Medien unterdrückt wird.«

»Aber nicht unüblich. Alles, was den geistigen Horizont der Menschen öffnen könnte, wird unterdrückt.«

Er steckte ein Stückchen Blumenkohl in den Mund.

»Was auch mit deiner Erfindung passiert.« Elena schüttelte leicht den Kopf. »Gibt es keine Möglichkeit, solchen Machenschaften einen Riegel vorzuschieben?«

»Nein, da legt man sich mit Mächten an, die vor nichts, aber auch wirklich gar nichts zurückschrecken, glaub mir.«

Er verstummte und machte klar, dass er über das Thema nicht reden wollte.

»Aber warum werden sogar Phänomene wie die Kornkreise abgetan? Ich verstehe das nicht.«

»Weil sie echt sind. Und bedeutsam. Sonst müssten sie das ja nicht tun. Aber sie wollen nicht, dass die Menschen erkennen, dass sie in einer Blase gehalten werden«, erklärte er. »Dass ihnen so ziemlich alles verheimlicht wird und dass sie in einer Welt leben, die anders ist, als sie ihnen dargestellt wird. Als Doug und Dave behaupteten, die Verursacher der Kreise zu sein, tauchten viele Journalisten auf, die ebenfalls sehr bemüht waren, das Phänomen als Fake zu entlarven. Sie arbeiteten mit Robert Irving, einem Fotografen mit sehr zweifelhaften Absichten, zusammen. Robert Irving hat den Ruf der Kornkreisforscher systematisch zerstört und jedem ist mehr oder weniger klar, dass er dafür beauftragt wurde. Es gibt ein sehr aufschlussreiches Telefonat zu all dem.«

»Wer hat mit wem telefoniert?«, fragte Elena gespannt.

»Ein enger Freund von Robert Irving namens Jim Schnabel, ein Amerikaner und …«

»Amerika, okay«, fiel Mia ihm ins Wort. Sie stand diesem Land beziehungsweise jenen, die es beherrschten, sehr skeptisch gegenüber.

»Also, dieser Schnabel arbeitete mit Irving zusammen und türkte Kornkreise«, nahm Ray den Faden wieder auf, »und er gab es auch offen zu. Aber seltsamerweise wurde er nie wegen Schadensersatz belangt. Der Verdacht kam auf, dass diese Aktionen nicht nur von allerhöchster Stelle gedeckt, sondern sogar orchestriert werden. Also von den Regierungen, Geheimdiensten oder anderen mächtigen Organisationen.«

»Passt voll ins Bild!« Mia hing an seinen Lippen. »Erzähl weiter!«

»Der Forscher Armen Victorian wollte das nachprüfen. Unter dem falschen Namen Mr Ntumba führte er am 30. August 1992 ein ausführliches Telefonat mit Schnabel. Er gab vor, durch Robert Irving in die Geheimdienstpläne der Regierungen eingeweiht worden zu sein. Er sagte, dass er gerne mitarbeiten und seinen Beitrag dazu leisten wolle. Schnabel ist wohl nicht der Schlauste, jedenfalls hat er sich in diesem Telefonat ziemlich verplappert. Schnabel gestand, an einer weltweiten Anti-Kornkreis-Verschwörung mitzuwirken, die von allerhöchster Stelle befehligt wurde.«

»Ist nicht wahr! Was ist mit allerhöchster Stelle gemeint?«

»Schnabel hat zugegeben, dass neben der britischen Regierung die USA, Deutschland und der Vatikan die Initiatoren seien.«

Fassungslos starrten Mia und Elena ihn an.

»Was? Ja, aber warum denn?« Elena war erschüttert.

»Aussage Schnabel: Um Veränderungen im Weltbewusstsein zu verhindern.«

Mia und Elena entfuhr gleichermaßen ein Laut und sie wechselten einen bestürzten Blick.

»Deswegen wollen sie, dass die Kreise aus den Medien verschwinden. Schnabel erklärte, dass dies eine weltweite Aktion gegen die Menschheit sei. Als ihn Armen Victorian fragte, ob die NATO etwas damit zu tun hätte, verneinte er. Er sagte, es wäre eine supranationale Organisation, die einen spirituellen Krieg gegen die Menschheit führt und aktiv Maßnahmen dafür ergreift.«

Elena ächzte nur noch.

»Das sagt der so offen? Hat der Mann gar kein Gewissen? Und wenn du darüber Kenntnis hast, muss doch das Telefonat an die Öffentlichkeit gekommen sein.«

»Das ist es, und es hat gehörig Wirbel bei den Briten erzeugt, aber nirgendwo sonst. Letztlich gewann die Methode, die immer wieder zuverlässig funktioniert: Desinformation. Die meisten Menschen schlucken, was man ihnen vorsetzt. Sie sind gehorsam und dieser Gehorsam wird belohnt. Wenn du den Mund hältst, lebt es sich leichter. Wie soll ein Kind sein? Brav. Dann ist alles gut. So werden wir alle erzogen. Die Manipulation beginnt in den Kinderschuhen, belohnt wird nur, was gewünscht ist. Es ist eine unsichtbare Dressur und daher so gefährlich. Die Mehrheit macht das Spiel nicht nur mit, sondern unterstützt und verteidigt es auch noch. Wenn du ein bisschen tiefer gräbst, merkst du schnell: Es ist ein teuflischer Plan. Und er scheint aufzugehen.«

Mia saß angespannt auf ihrem Stuhl. Elena wusste genau, was ihre Tochter umtrieb. Unbeabsichtigt hatte Ray Wasser auf deren Mühlen gegossen.

»Wie siehst du das mit der Schule?«, fragte ihn Mia auch sofort. »Bist du gern hingegangen?«

»Nein, Schule war Horror für mich. Aber letztlich wird das Schulsystem von Menschen getragen.« Ray lächelte. »Es gibt auch solche, die das Herz auf dem rechten Fleck haben und so manchen Geist vor dem Absturz retten.«

»War das bei dir so?« Bewegt sah ihm Elena in die Augen. »Dass du jemanden hattest, der dich davor bewahrt hat?«

»Ja, gottlob. Jemanden, der an mich geglaubt hat.«

»Was letztlich dazu geführt hat, dass du so ein fantastisches Gerät entwickeln konntest.«

»Ja, schon, aber früher oder später werden die Steine, die sie dir in den Weg legen, zu einem Berg, über den du nicht mehr drüber kommst.«

Diesmal war sein Lächeln wehmütig. Elena suchte seinen Blick und ein wunderbar inniger Moment entstand. Ein Moment, gefüllt mit Millionen von Empfindungen, eine Verständigung auf Seelenebene. Sie öffnete den Mund, aber bevor sie etwas sagen konnte, leuchtete, begleitet von rhythmischem Tuten, Florians Gesicht auf dem Display auf. Es wirkte wie ein Warnsignal.

Hektisch griff Elena nach dem Gerät, stand auf und entfernte sich vom Tisch.

»Florian!«, rief sie in den Hörer. »Endlich rufst du an! Wo bist du?«

»Immer noch in Pokhara. Wir kommen hier irgendwie nicht weg.«

»Okay, dann klappt das wohl gar nicht mit deiner Tour? Ist zwar schade, aber, hey, dafür kommst du früher zurück! Das wäre doch klasse! Das wäre sogar phänomenal!«

Elena winkte Mia und Bennie, bemühte sich um etwas mehr Abstand zum Tisch, aber der Garten war klein und auf der Straße zu viel Verkehr.

»Papa ist dran!«, teilte sie ihren Kindern mit, als sie bei ihr angekommen waren, und stellte den Lautsprecher an.

»Nein, die Tour steht«, hörte sie Florian antworten, »wir gehen in jedem Fall, wir können nur nicht so lange bleiben wie gedacht.«

»Ach so«, erwiderte Elena enttäuscht. »Aber weißt du inzwischen wenigstens, wann du zurückkommst? Ich meine, du musst doch einen Flug buchen und so.«

»Das mit dem Flug bekomme ich schon hin. Ich hab ja ein Open-Return-Ticket. Äh … warte mal kurz.«

Geraune, leichtes Gelächter, ein weiblicher Singsang: »Wo bleibst du denn? Wir warten auf dich! Alles schon bereit …!«

Florians Stimme war eine völlig andere, als er diesem Sirenengesang antwortete, weich und sanft: »Hey, Svenja, natürlich, so schön, ja, ich komme gleich …«

Geraune und Gesäusel, Elenas Brauen zogen sich zusammen, als Florians Stimme einen weiteren Ton tiefer wurde und er leise lachte. »Ja, bin auch schon ganz kribbelig! Dauert nicht lange, bis gleich!«

Seine Stimme wechselte in die alte Klangfarbe zurück.

»Elena? Bist du noch dran? Sorry, muss leider gleich los, hab ne Veranstaltung.«

Elena wurde sauer. »Moment mal, ich dachte, wir wollten mal endlich ein längeres Gespräch führen? Wozu hast du mich eigentlich angerufen?«

»Um das Gespräch zu vereinbaren. Ich habe das doch nicht vergessen, Elena!«

Aber in ihr rumorte es. »Übrigens, die Kinder stehen neben mir, willst du sie gar nicht sprechen?«

»Doch! Natürlich!« Florian klang gehetzt. »Gib sie mir mal.«

Elena reichte das Handy weiter. Bennie plapperte vertraulich drauflos, erzählte von den Geschehnissen des Tages und fragte, ob Florian seinen geschickten Film schon angeschaut hätte.

»Toll, dass du schöne Ferien hast, Bennie«, würgte Florian ihn ab. »Genieß sie! Dein Video schau ich mir gleich nachher an. Lass mich auch mal mit Mia reden, okay?«

Mia nahm das Gerät entgegen. »Hi Paps.« Ihre Stimme klang kühl, um nicht zu sagen wütend.

»Hallo Mia, wie geht es dir?«

»Immer fein. Mama öffnet sich langsam für meine Ansichten bezüglich der Schule.«

»Mia!«, zischte Elena dazwischen.

»Das wollte ich dir schon mal verklickern«, fuhr Mia an ihren Vater gerichtet fort, im unbewussten Bestreben, ihm ein paar Hiebe zu versetzen,

»damit du auf deiner langen Tour in die Berge was zum Nachdenken kannst.«

»Was heißt das, Mama öffnet sich für deine Ansichten?«, kam es beunruhigt von Florian. »Dass du nicht in die Schule willst?«

»Yep!«

»Hör mal, da waren Elena und ich uns einig. Da gibt es nichts nachzudenken«, erklärte er rigoros. »Mia, du bist dabei, deine Zukunft zu versauen! Gib mir mal die Mama.«

Das Smartphone wanderte in Elenas Hände zurück.

»Elena, das ist jetzt nicht wahr, was Mia gesagt hat, oder?«

»Doch«, erwiderte sie kurz.

»Was? Was ist denn jetzt los? Wie kann das sein, dass du plötzlich so anders denkst?«

»Weil ich mir angehört habe, was unsere Tochter dazu zu sagen hat«, gab Elena verstimmt zurück. »Das ist eines der Themen, die ich dringend mit dir besprechen wollte.« Elena sandte Mia einen ärgerlichen Blick. Sie hätte das gern diplomatischer aufgezogen, nun war diese Chance verbaut.

»Hör mal, das geht gar nicht«, stellte Florian klar. »Herrgott, Elena, lass dich doch nicht immer so weichklopfen! Von einer Fünfzehnjährigen! Was soll das!«

»Was heißt weichklopfen?«, erwiderte Elena verärgert. »Es ist nur fair, wenn wir uns Mias Argumente anhören. Das haben wir bisher nicht getan.«

»Sie ist viel zu unerfahren, um da überhaupt mitreden zu können!«, rief Florian. »Sag mal, Elena, geht's noch? Du lässt dir von einer Fünfzehnjährigen vorschreiben, was zu tun und zu lassen ist?«

Elena unterdrückte das Grummeln in ihrem Bauch.

»Die Fünfzehnjährige ist unsere Tochter! Und sie hat sich besser informiert als wir. Aber lass uns das Ganze bitte nicht jetzt …« Sie wandte sich nervös in Rays Richtung, registrierte die frustrierten Gesichter ihrer Kinder und drückte den Lautsprecher weg.

»Elena, du … also, mir fällt jetzt nicht das passende Wort dafür ein, aber du erniedrigst dich total, wenn du nicht die Oberhand behältst! Mia kann das doch gar nicht abschätzen!«

In Elena platzte etwas.

»Erniedrigen kann ich mich nur, wenn ich mich höher einstufe als mein Kind«, erwiderte sie. »Und das tue ich nicht. Und nochmal, falls du es nicht mitbekommen hast: Mia hat sich besser informiert als wir.«

»Das ist doch Quatsch! Sie ist fünfzehn! Was weiß sie denn vom Leben! Und überhaupt, wie soll sie dich respektieren, wenn du nicht die Autorität behältst?«

»Das ist ein Denkfehler. Wieso sollte sie mich respektieren, wenn ich sie und ihre Ansichten nicht respektiere?«

Stille. Der Dampf quoll aus Elenas Kopf, quoll aus dem Hörer, schwängerte die Atmosphäre von hier nach Pokhara mit Groll. Verunsichert schaute Bennie zu Elena hoch, schob automatisch seine Hand in die ihre, eine stumme Versicherung seines kindlichen, unschuldigen Beistandes. Elenas Blick streifte Ray, der sich bewusst in die andere Richtung gedreht hatte, aber er musste es dennoch halbwegs mitbekommen, dass sie mit ihrem Mann stritt.

»Also … ich sehe schon, wir müssen wirklich dringend reden«, lenkte Florian ein und räusperte sich: »Elena, es gibt auch etwas, was ich mit dir besprechen muss.«

Endlich klang seine Stimme weicher.

»Das machen wir von Angesicht zu Angesicht. Wenn du hier bist. Du bist ja spätestens Anfang der zweiten Augustwoche wieder zu Hause.«

»Um ehrlich zu sein, weiß ich noch nicht, wie das mit der Rückreise funktioniert.«

»Wie wäre es, wenn du über London fliegst und wir hier feiern?«, schlug Elena vor. »Danach fahren wir gemeinsam nach Deutschland zurück. Dann sind ja auch die Ferien vorbei und die Kinder müssen in die Schule.«

Mia zuckte und machte ein finsteres Gesicht. Geräusche drangen durch die Leitung, weitere Stimmen kamen hinzu, Florian sagte etwas zu jemandem.

»Florian?«, machte sich Elena wieder bemerkbar. »Bist du noch dran?«

»Ja, ja, bin noch dran, Elena, ich muss los. Das mit der Feier in England ist eine gute Idee. Kannst du was organisieren?«

»Ja, klar! Ich weiß auch schon, wo! Du wirst begeistert sein!«

»Fein.«

»Ich lasse von Phil deinen Anzug hierher schicken. Außerdem …«

»Mach's gut, mein Liebling!«, schnitt er ihr das Wort ab. »Ich muss los! Aber weißt du, was ich dir unbedingt noch sagen wollte?«

Sie atmete ein bisschen auf. Florians Einleitung zu einem »Ich liebe dich!«. Endlich!

»Was denn?«, fragte sie mit einem erwartungsvollen Lächeln im Gesicht.

»… dass ich total glücklich bin! Ich habe hier die schönsten Erfahrungen meines Lebens gemacht! Davon muss ich dir unbedingt erzählen! Das hat so viel in mir ausgelöst! Etwas, was uns beide betrifft. Also, mein Engel! Bis bald!«

»Bis bald«, quetschte sie hervor. »Ich …«

Aber Florian hörte sie nicht mehr.

Ihre Stimmung war deutlich gedämpfter, als sie zu Ray an den Tisch zurückkam. Er hatte bereits gezahlt, was sie erröten ließ. Er wusste ja über ihre finanzielle Knappheit Bescheid.

»Ray, du opferst deine Zeit und fährst uns mit deinem Wagen in der Gegend herum«, protestierte sie. »Lass mich wenigstens das Essen bezahlen. Oder den Sprit.«

»No way. Ich habe seit langem keinen so schönen Tag mehr erlebt wie heute.«

Kaum waren die Worte raus, wurde ihm bewusst, was er da von sich gegeben hatte. Aber es stimmte. Er hatte schon lange nicht mehr so gelacht wie mit Elenas Kindern, der kecken, blitzgescheiten Mia und dem niedlichen Bennie.

Er war ebenso durcheinander. Jetzt, wo die Stimmung nicht mehr so weit oben war, drangen auch bei ihm diverse Gefühle durch.

So verlief die Fahrt nach Avebury eher still. Bennie schlief ein, Mia hatte ihre Ohren fest verstöpselt und Elena saß neben Ray, die Augen auf die grünen Auen Englands gerichtet. Ray warf ihr einen Seitenblick zu.

Sie wirkte geistesabwesend, Gott allein wusste, woran sie dachte. An das Gespräch mit ihrem Mann? Das schien nicht so toll gelaufen zu sein.

Eine Playlist spielte melancholische Songs und fast war er versucht, sie zu wechseln. Aber sie passte irgendwie auch zu seiner Stimmung und ehe er sich's versah, flog er geistig zurück zu dem Moment, als er mit Bennie und Mia vor der Grotte auf Elena gewartet hatte.

Er hatte sicher gewusst, dass sie ins Wasser wollte und war zum Wagen gelaufen, um die Decke zu holen. Eigentlich hatte er diese Mia in die Hand drücken wollen, damit sie sie ihrer Mutter brächte. Aber noch während er lief, hatte sich die Ahnung, dass in der Grotte etwas Seltsames ablief, zur Gewissheit verdichtet. Sein Inneres hatte ihm Gefahr signalisiert, so stark, dass er im Laufschritt zu den Kindern geeilt, ihnen ein »Bin gleich wieder da!«, zugeworfen hatte, und in die Grotte gestürmt war.

Zielsicher hatten ihn seine Beine zum Becken getragen. Woher hatte er gewusst, dass sie noch immer im eiskalten Wasser war? Er wusste es einfach.

Doch ihr Anblick hatte sein Herz zum Rasen gebracht – um danach einen Schlag auszusetzen. Oh, dieser Moment! Sein Geist ließ die Szene vor seinem inneren Auge wiederaufleben.

Ihr blondes Haar schwamm auf dem Wasser, ihre Augen waren geschlossen, ihr Gesichtsausdruck war selig. So selig, dass ihn eine irrationale Angst ergriff. Sie haute ab! Sie wollte diese Welt verlassen! Ja, genauso sah sie aus! *Nein!*, schrie sein Herz. *Diesmal nicht!* Er hetzte die Stufen hoch und griff zu. Schlang seine Arme unter ihren weichen Busen, zog sie empor. Ihr Kopf sackte nach vorne und wieder zurück an seine Brust. Sie war nicht bewusstlos. Ihr Körper reagierte normal, er stand, sobald ihre Füße festen Grund unter den Füßen hatten, aber ihr Geist war weit weg. Ray spürte einen massiven Sog, den er sich nicht erklären konnte, er wusste nur eines: Er musste sie vom Wasser wegbringen, und zwar schnell!

Ihr Kopf blieb an seiner Brust, als er seinen Arm unter ihre Kniekehlen schob, sie trug sich leicht. Es war ein vertrautes Gefühl, dieser nackte Körper auf seinen Armen. Und doch fühlte es sich sonderbar an. Als hätte er endlich etwas getan, was er bisher versäumt hatte. Ihre Beine glitten von seinen Armen, aufrecht stand sie vor der Bank, noch immer geistig halb in einer fremden Welt gefangen. Erst, als er die Decke um sie geschlungen, sie in seine Wärme eingehüllt hatte, war sie zurückgekehrt. Ray erschauerte kurz, das Bild der nackten Elena im Kopf, Elena, die sich vertrauensvoll an ihn schmiegte, ihre Stirn an ihn lehnte, sich an seinen Brustkorb drücken ließ, während er sie warm rubbelte.

»Avebury bei Tag ist sicher anders als bei Nacht.«

»Was?« Er schreckte aus seinen Gedanken hoch, brauchte ein paar Sekunden, um wieder in der Gegenwart zu landen.

»Avebury wirkt bei Tag sicher anders.« Elena lächelte ihn an.

»Ja, ganz anders«, gab er zurück. »Dafür kann man im Tageslicht die Größe des Steinkreises besser erfassen.«

Sie hatten die ersten Ausläufer der prähistorischen Stätte erreicht. Diesmal war der Parkplatz am Steinkreis brechend voll. Touristen schwärmten über das Areal, waren überall. Ja, der Eindruck am Tag war ein völlig anderer, versetzt mit den Schwingungen, die die vielen Menschen mitbrachten. Der Zauber der Nacht fehlte, die Magie der Stille, die es erlaubte, die feinen Wesenheiten zu erspüren, die Dryaden und die Felsengeister.

Und doch war es eindrucksvoll. Die Kolosse standen still und stumm, ließen sich bewundern, fotografieren, von Besuchern umarmen. Adamea grüßte von weiter hinten und erweckte in Elena nostalgische Gefühle.

Miteinander plaudernd schritten sie das gesamte Areal ab, was zum kilometerlangen Spaziergang wurde. Zu diesem heiligen Gebiet gehörten nicht nur die imposanten Steinkreise, zwei kleine innerhalb des großen, sondern auch eine Allee von Menhiren, die sich über den Steinkreis hinauszog, und inzwischen von einer Straße unterbrochen war. In der Ferne erhob sich Silbury Hill, der rätselhafte Hügel.

»Das ist der größte von Menschenhand aufgeschüttete Kulthügel«, informierte Ray sie, »noch älter als Stonehenge. Man sagt, Silbury ist etwa zeitgleich mit der ersten Pyramide in Ägypten entstanden, etwa 2600 bis 2800 vor Christus.«

»So alt ist das? Da müssen wir unbedingt hin«, sagte Elena. »Die Sicht von oben muss atemberaubend sein.«

»Man darf das Gelände nicht mehr betreten. Es ist abgeriegelt«, erklärte Ray. »Angeblich aus Sicherheitsgründen.«

Elena sagte nichts dazu. Ein Hügel, genauso alt wie die erste Pyramide, der noch dazu in Sichtweite des Steinkreises lag … es passte ins Bild, dass der Zutritt verboten war. Die Mystik und Symbolik schrien einen geradezu an und sie wusste tief innen, dass dieser Hügel eine besondere Funktion erfüllte, die vor den Menschen wie so vieles verborgen wurde.

Sie waren alle rechtschaffen müde, als sie wieder ins Auto stiegen. Die Kinder hatten keine Lust auf ein Restaurant und sie beschlossen, zu Hause etwas zu kochen. Elena lud Ray zum Essen ein, aber er sagte ab. Sie verstand, dass er es vorzog, alleine zu sein. Genau das brauchte sie jetzt eigentlich auch. Florians Anruf rumorte in ihr – überhaupt war der gesamte Tag voller Eindrücke gewesen, die es zu verarbeiten galt.

Ray ließ es sich nicht nehmen, Elena und Mia galant die Autotür zu öffnen, als sie vor dem alten Schulhaus standen.

»War echt klasse mit dir!« Mia grinste ihn an, boxte ihm freundschaftlich an den Oberarm, als sie ausstieg. »Wann nimmst du mich mal mit in dein Labor?«

»Wann immer du magst, ich kann es einrichten.« Sie tauschten Nummern, dann war es Zeit, sich von Elena zu verabschieden.

»Danke für den wundervollen Tag, Ray«, sagte Elena warm. »Ich freue mich auf die nächste Unternehmung mit dir.«

»Ich mich auch! Es war toll mit euch!« Sein Blick glitt über die Gesichter der kleinen Familie, die ihm nachwinkte, bis er hinter der nächsten Biegung verschwunden war.

Bennie war fast schon beim Abendessen eingeschlafen, Mia gierte darauf, die ersten Videos und Fotos zu bearbeiten. Elena war frei für die Bibliothek.

Sie steckte den Kopf durch Mias Tür.

»Bennie schläft. Ich gehe nochmal in die Bibliothek, okay?«

»Ja, sicher.«

»Was machen deine Follower auf Insta und TikTok?«

»Wachsen. Läuft gut.«

»Darf ich mal sehen?«

Mia nickte zögerlich und rief ihr Profil auf. Ihre ersten Wald-Fotos waren riesig angekommen und hatten der Anzahl ihrer Follower einen ziemlichen Schubs verpasst.

»So schnell!«, staunte Elena. »Wow, das ist enorm!«

»Das ist gar nichts, wenn man was bewegen will«, maulte Mia. »Das sollte total hochschießen. So auf mindestens das Zehnfache!«

»Hey, das braucht bestimmt einige Zeit.«

»Nein, so läuft das nicht. Wenn mal etwas viral geht, explodiert das und – zack! – bist du oben.«

»Aber du stellst nicht oft und nicht viele Fotos hoch. Vielleicht liegt es daran?«

»Ja, stimmt. Ich habe das ein wenig zurückgehalten. Mir fehlt noch was«, sagte Mia unzufrieden. »Nur Fotos von mir … finde ich irgendwie leer. So eine Art Influencer will ich nicht sein.«

»Okay«, sagte Elena erstaunt. »Das hört sich anders an als vor ein paar Wochen.«

»Das scheint nur so. Ich wollte schon immer was bewegen mit dem Kanal. Aber erst mal wollte ich Follower aufbauen und danach gute Inhalte einstreuen.«

»Warum machst du das nicht gleich? Damit baust du dir doch ein ganz anderes Image und Publikum auf. Wie wäre es, wenn du zu jedem Foto ein passendes Zitat wählst? Einen Impuls zum Nachdenken oder so was.«

»Ja«, sagte Mia zögernd. »Klingt nicht schlecht. Machen aber auch schon viele.«

»Aber nicht mit diesen Outfits«, hielt Elena dagegen.

»Hm. Ich denke mal drüber nach.«

»Mia, abgesehen davon, ich glaube, wir müssten uns auch mal die Zeit nehmen und reden. Du hast so vieles gesagt, was mich aufgewühlt hat.«

»Du auch! Zum Beispiel dass wir rechtzeitig für die Schule wieder zurückmüssen. Hast du das etwa ernst gemeint?«

»Darüber bin ich mir überhaupt noch nicht klar. Und wie gesagt, in Deutschland besteht Schulpflicht.«

»Ja, warum wohl?«

»Bin sicher, das beantwortet mir einer deiner Links.«

»Genau. Unbedingt anschauen, bevor du Bennie einschulst!«

»Spätzchen, nochmal, wir sind gerade mal ein paar Wochen hier. Das ist reichlich kurz, um solche schwerwiegenden Entscheidungen zu treffen.«

»Ich gehe jedenfalls nicht mehr in diese Einrichtung!«

Elena seufzte und setzte sich auf Mias Bettkante.

»Ich verstehe dich ja. Ich habe inzwischen genug gesehen, als dass ich deine Argumente ignorieren könnte. Aber es ist sicher nicht alles schlecht, wie Ray auch gesagt hat. Und du darfst nicht vergessen, dass manche Kinder in der Schule sogar besser aufgehoben sind als bei ihren Eltern.«

»Das ist keine Rechtfertigung für dieses miese System!«

»Schon, aber ich möchte dir auch deine Zukunft nicht verbauen, verstehst du? Im Moment sehe ich noch keinen Weg. Und außerdem muss ich mit …«

»… Papa reden.« Mia rollte die Augen nach oben. »Hast du doch gesehen, wie der tickt.«

»Sag mal, was ist mit dir und Papa?« Konsterniert sah Elena ihre Tochter an. »Ihr wart früher ein Herz und eine Seele! Hast du ein Problem mit ihm?«

»Nö, nicht wirklich. Aber Papa hat immer voll die esoterischen Ideen im Kopf und erzählt mir, was sein Guru für gut hält. Das interessiert mich null! Überhaupt! Was soll ich von jemandem denken, der einen alten Mann mit Bart und völlig anderer Kultur fragt, was er tun soll? Der soll mich mit dieser Type in Ruhe lassen!«

Elena musste lachen.

»Und dann kommt er mir immer mit seiner blöden Wunschlosigkeit daher«, echauffierte sich Mia weiter. »Mit dir macht er das doch auch! Die volle Doppelmoral! Ich verstehe ja, was er damit meint, dass ein Wunsch den nächsten nach sich zieht und so weiter. Dass es viele gibt, die den

Rachen nicht vollkriegen. Aber meint der echt, ich gehöre zu denen, die die Welt beherrschen wollen und keine Grenzen kennen? Was denkt der von mir? Setzt der mich wirklich gleich mit solchen Idioten? Also, wenn er Angst hat, dass ich mal so werden könnte, ist das echt kein Kompliment.«

Mia schmollte in bester Teenagermanier, aber Elena war wieder mal wie vor den Kopf gestoßen. In dreißig Sekunden hatte ihr ihre Tochter klargemacht, dass ihre Eltern ein schlechtes Menschenbild voraussetzten, das sie ohne jede Reflexion auf ihre eigenen Kinder übertrugen. Nur weil es ein paar Größenwahnsinnige auf dieser Welt gab, erzogen sie ihre Kinder in Misstrauen und Konkurrenzkampf? Und schufen damit genau die Welt, die sie beschimpften! Das war so widersinnig, dass ihr ein kurzer Lacher entfuhr. Es zeugte von null Vertrauen zu sich selbst und zu seinen eigenen Kindern. Kinder, die doch als reine Wesen auf die Welt kamen!

*Wie soll ich groß werden, wenn ich Eltern habe, die sich klein fühlen?*, tönte es in ihrem Kopf.

»O Gott, Mia«, ächzte Elena. »Du machst mich echt fertig. Ich bin aber sicher, dass Papa es nie so gemeint hat.«

»Klar hat er es nicht so gemeint. Aber er denkt sein esoterisches Zeugs nicht zu Ende«, grollte Mia. »Und was die Doppelmoral angeht: Gute Noten darf ich mir wünschen, alles andere sind nur blöde Träume eines unreifen Teenagers. Das macht mich echt wütend. Einerseits sagt ihr immer, wir können alles erreichen, was wir wollen, aber bitte bloß das, was in der Gesellschaft und eurer Meinung nach anerkannt ist. Wenn ich außerhalb davon Träume habe, macht ihr mir klar, dass die mit der Realität nichts zu tun hätten. Das klingt so bescheuert! Und so falsch! Und ja, ich weiß, dass man vernünftig bleiben muss und so … aber … aber …«

Sie brach ab, zog die Nase kraus, seufzte. »Ach, ich weiß nicht. Ist schwer zu erklären.«

»Ich verstehe dich, Mia«, sagte Elena leise. »Mehr, als du ahnst.«

»Wirklich?« Zweifelnd sah Mia sie an.

»Ja, mir geht es wie dir. In jeder Hinsicht. Aber hab Verständnis. Wir sind alle in diesem System großgeworden, das lässt sich nicht mit einem Mal abstoßen, das ist ein Prozess. Und was die Schule angeht: Wie du von Ray gehört hast, gibt es auch gute Lehrer.«

»Das weiß ich, Mama. Aber die nützen wenig in einem schlechten System. Bin sicher, viele Lehrer leiden auch drunter, aber viele sind eben feige und ändern nichts. Ich glaube trotzdem an eine Lösung.«

»Für deine Welt voller Begeisterung?« Elena lächelte.

»Ja, für eine Welt, in der es Spaß macht zu lernen. In der man sich jeden Tag darauf freut, weil es schön ist.«

Elena stand auf und umarmte ihre Tochter. Ein heißes Glücksgefühl durchströmte sie, als Mias Arme sich um ihre Mitte schlangen. Es war lange her, dass Mia das getan hatte. Sanft strich Elena ihrer Tochter übers Haar.

Dieser Tag hatte einiges aufgewühlt. Sie brauchte dringend ein wenig Zeit für sich.

Aber Elena hatte nicht die geringste Ahnung, dass das, was sie bisher erfahren hatte, nur ein sanfter Auftakt zu dem war, was ihr noch bevorstand. Vielleicht wäre sie dann doch früher abgereist.

So aber nahmen die Dinge ihren Lauf.

# ♫ Listen Before I Go ♫

Billie Eilish

## *Jahre zuvor*

»Du bist also fest entschlossen.«

»Mehr denn je. Ich muss das machen. Ich kann nicht anders.«

Sie lagen in ihrem großen Bett. Sie hatte sich auf die Seite gelegt, starrte ihren Mann an. »Bitte, versteh doch.«

Er atmete tief ein, lächelte wehmütig. »Nun habe ich wirklich alles versucht, dich zurückzuhalten. Fast alles.«

Ihre Augen brannten.

»Liebling, ich kann das mit meinem Gewissen nicht mehr vereinbaren. Ich kann nicht mehr schweigen.«

Er stützte sich auf den Ellbogen, schenkte ihr einen tiefen Blick, streichelte mit einem Finger über ihren herrlichen Hüftschwung.

»Wer will es dir verdenken«, murmelte er. Seine Augen waren dunkel. »Trotzdem. Es ist nicht der richtige Zeitpunkt. Wenn du doch nur noch ein bisschen Geduld hättest … und mir vertrauen würdest.«

»Es wird nie den richtigen Zeitpunkt geben«, erwiderte sie, »weil immer etwas dagegen sprechen wird. Es muss endlich getan werden, um die Lawine ins Rollen zu bringen. Für meine Begriffe haben wir schon viel zu lang gewartet.«

»Du kannst nicht am Gras ziehen, damit es wächst. Kannst der Raupe nicht helfen, schneller zum Schmetterling zu werden. Das ist das, was du willst.«

Sie seufzte: »Ach, mein Lieber. Ich habe eher das Gefühl, die Raupe wäre längst zum Schmetterling geworden, würde man sie nicht ständig daran hindern. Wie viele Zeichen hat es in den letzten Jahren gegeben, die uns drängten, etwas zu tun? Du weißt das und doch siehst du zu, wie sie …«

Sie brach ab, presste die Lippen zusammen. »Ich verstehe das nicht«, fuhr sie fort. »Worauf wartest du? Dass sie dich ganz vernichten? Sie haben dir doch schon so viel genommen. Deinen Ruf, deinen Namen, deine Ehre. Dein Geld. Sie werden nicht aufhören. Und du wirst nicht der Letzte sein.«

Mit einer heftigen Bewegung schob sie sich am Kopfteil etwas hoch und sah ihrem Mann in die Augen. »Ich werde nicht zusehen, dass sie das tun. Dazu liebe ich dich zu sehr.«

Seine Augen glänzten warm, sein Mund lächelte, sanft strich er über ihre Wange und flüsterte:

»Ich liebe dich auch, mein Engel. Wir werden das gemeinsam durchstehen. Aber nun musst du schlafen. Du hast morgen einen anstrengenden Tag vor dir.«

Sie legte sich zurück, kuschelte sich an seinen Körper, aber es dauerte lange, bis ihre Atemzüge gleichmäßig wurden.

Der Glanz in seinen Augen war längst erloschen. Geduldig wartete er, bis er sicher sein konnte, dass sie fest eingeschlafen war. Dann rollte er sich auf seine Bettseite und holte ein Fläschchen aus der Schublade. Mit einer schnellen Bewegung goss er den Inhalt auf ein weiches Tuch und presste es fest auf Mund und Nase seiner Frau. Reflexartig bäumte sie sich unter seinen Händen auf, hob den Kopf, wollte Luft atmen – und inhalierte Gas. Weich und widerstandslos sank ihr Körper auf das Kissen zurück.

Er setzte sich auf, nahm sein Smartphone vom Nachttisch, tippte etwas hinein. Danach erhob er sich und zog sich an. Ein schmaler, eleganter Aktenkoffer stand direkt an ihrer Bettseite. Er klappte ihn auf, holte die Unterlagen heraus, legte etwas anderes hinein und verschloss ihn wieder sorgfältig.

Wenige Minuten später klopfte es an der Tür. Ein großer Mann stand im Rahmen. Er wusste, was zu tun war, wickelte den reglosen Körper in eine Decke und nahm das Bündel auf seine Arme.

Der andere öffnete die Tür einen Spalt weit, lugte in den Gang und bedeutete, dass die Luft rein war.

»Mach schnell«, flüsterte er, »und lass dich nicht erwischen.«

Er vergrößerte den Spalt, damit der Mann mit seiner Bürde hindurchkonnte. Leblos hing der Kopf seiner Frau nach unten, noch einmal strich er sanft über ihre Stirn.

»Tut mir so leid, meine Holde«, murmelte er. »Aber ich kann auch nicht anders.«

# ♫ It's a Beautiful Life ♫

Billy Raffoul

Das Handy in der Hand hastete Florian zum kleinen Haus, das er sich mit jenen vier Tourgefährten gemietet hatte, die sich mit ihm von der Gruppe getrennt hatten. Auf ihn wartete ein Erlebnis der besonderen Art, eines, das einen Mix an Emotionen in ihm hervorrief.

Inez und Billie warteten vor der Tür auf ihn, kicherten und lachten, hielten ihm einen Joint hin und ließen ihn ein paar Mal kräftig ziehen. Normalerweise mied er das Zeug, aber während der Reise hatte immer mal jemand was geraucht und das Freiheitsgefühl, tun zu können, was er wollte, hatte ihn hin und wieder einen Zug nehmen lassen. Die Entspannung war unglaublich gewesen, er hatte Stunden in einer heiteren Gelassenheit verbracht, die ihn alle Sorgen vergessen ließ. Das Leben wurde mit jedem Tag leichter und unbeschwerter. Genau das, was er wollte!

Heute hatte er sich auf etwas eingelassen, was er sich aus Konventionsgründen ebenfalls stets verwehrt hatte. Doch nach und nach brachen seine alten Denkmuster auf, je länger er von seinem alten Leben entfernt war.

Noch einmal hielt ihm Billie den Glimmstängel hin.

»Dann wird es noch schöner!«, versprach sie und verschwand im Haus. »Lass es wirken, Justin holt dich gleich. Danach beginnen wir mit einer kleinen Meditation.«

Florian setzte sich auf einen sonnenerwärmten Stein. Der Joint wirkte nicht. Er fühlte sich bedrückt. Warum? Er hatte doch gerade mit seiner Familie telefoniert! Hatte ihr versichert, wie glücklich er wäre. Vor dem Telefonat, so stellte er fest, war er das auch gewesen. Er war in einem liebevollen Flow gewesen, hatte gehofft, Elena in derselben Schwingung anzutreffen. Doch das Gespräch hatte sich völlig anders entwickelt. Ihre Stimmung war stark durchgedrungen und hatte ihn voll runtergezogen. Vorher hatte er Leichtigkeit empfunden, nun fühlte er sich angegriffen von einem stummen Vorwurf, den er meinte, in ihrer Haltung verspürt zu haben. Groll kam in ihm hoch. Wieso nahm sie das Leben nur immer so schwer? Sie war nicht stabil! Glaubte den Argumenten einer Fünfzehnjährigen und hatte sich innerhalb weniger Wochen umdrehen lassen. Und stets wollte sie Probleme mit ihm erörtern! Okay, das Finanzielle lastete auf ihren Schultern, aber mit einer so sorgenvollen

Einstellung konnte man doch nicht weit kommen! Sie bremste sich selbst aus! So oft hatte er versucht, ihr das klarzumachen, aber sie begriff es einfach nicht.

Wie so oft sehnte er sich danach, ohne diese Schwere in das Abenteuer namens Leben eintauchen zu können. Dass das möglich war, zeigte ihm diese Tour. Ach, wenn sie doch hier wäre! Dann würde sie verstehen, was wirklich wichtig war! Jeden Tag stand er mit der Sonne auf und versank in Meditation – es war ein Leben voller Glück und Seligkeit. So wollte er leben! Ohne all den Mist drumherum! Aber ihm war klar, dass selbst diese Lebensart finanziert werden musste.

Die letzten Gespräche mit Elena kamen ihm in den Sinn, der vorgeschlagene Rollentausch, und ihm wurde mulmig zumute. Was erwartete ihn, wenn er nach Deutschland zurückkam? Elena wollte, dass er zum Hauptverdiener avancierte – ihm drehte sich der Magen dabei um. Wie Mia empfand er das System als krank, dem puren Materialismus verfallen, da waren sie eigentlich alle einer Meinung. Trotzdem liebte Elena einen gewissen Luxus und seine Tochter wollte nicht nur Influencerin werden, sondern für so eine hohle Sache auch noch die Schule schmeißen! Er verstand das nicht. Das war widersprüchlich, um nicht zu sagen doppelmoralisch. Er hatte Mia doch wahrlich andere Werte zu vermitteln versucht!

Langsam begann das Marihuana in seinem Körper zu wirken, entspannte ihn und verursachte einen Gefühlsswitch. Nachdenklich betrachtete er das Bildschirmfoto auf seinem Handy. Elena, Mia und Bennie lachten ihn an und eine Welle von Zärtlichkeit überflutete ihn beim Anblick seiner kleinen Familie. Er tippte das Video an, das Bennie ihm geschickt hatte, aber es gab hier keine Verbindung und es lud sich nicht hoch.

Mit einem Schlag wurde ihm bewusst, dass er während des Telefonats nur über sich geredet hatte und Elena und seinen Kindern oft ins Wort gefallen war. Was hatten sie ihm eigentlich sagen wollen?

Er rief Fotos von Elena auf, blickte in ihre braunen, lieben Augen, die immer leicht unsicher schauten, auf ihr blondes Haar, ihr bezauberndes Lächeln, auf ihre Hände, die ihn so oft gestreichelt und immense Freuden verschafft hatten. Oh, wenn sie jetzt hier wäre! Wenn sie einfach das machen würde, was er machte! Sich darauf einlassen würde! Sehnsucht stieg in ihm auf. Schlechtes Gewissen folgte auf dem Fuße.

Er starrte auf Elenas Foto. Ob sie für seine Ideen, die ihm im Laufe dieser Tour gekommen waren, offen sein würde? Es wäre so ein Traum! Sie war so süß und er wollte mit ihr erleben, was er hier erfuhr. Eine Welle von

Liebe überströmte ihn, potenziert durch die Droge, die massig Endorphine in seine Zellen entlud. Eine überschwängliche, sentimentale Rührung ergriff ihn.

»Weißt du, was ich dir noch sagen wollte?«, tippten seine Finger. Doch bevor er den letzten Buchstaben geschrieben hatte, trat Justin vor die Tür und winkte ihm. Florian sah auf die kleine Villa aus Holz, dachte an das, was ihn gleich erwarten würde, und steckte das Handy weg.

Erst einen halben Tag danach, noch immer in einem seligen Delirium gefangen, bemerkte er die nicht versendete Frage ›Weißt du, was ich dir noch sagen wollte?‹, im Display, drückte auf den Pfeil und tippte seine Antwort hinterher:

»Ich liebe dich!«

Nichts hätte in diesem Moment ehrlicher sein können als diese drei Worte.

# ♫ Requiem For a Dream ♫

Jennifer Thomas & Clint Mansell

Elena war auf dem Weg zur Bibliothek. Nicht nur das eben geführte Gespräch mit Mia tanzte in ihrem Kopf, auch das missglückte mit Florian vom Nachmittag. Enttäuschung und Verdruss lungerten wie Banditen in ihr, bereit zu rauben, was ihr der Kopf als angenehme Rechtfertigung anbot. Sie drückte das nach unten, aber während sie die Tür aufschloss und in den Nebenraum ging, fuhr ihr Mias Satz wie ein Stich in den Kopf:

*Jedes Mal, wenn ich mir was wünsche, kommt er mit seiner Wunschlosigkeit daher. Mit dir macht er das doch auch!*

Elenas Körper reagierte auf diesen Satz schneller als ihr Verstand. Ihre Stirn runzelte sich, der unterdrückte Groll schwappte hoch, färbte vergangene Szenen neu ein. Diesmal scheute sie vor dem Schmerz nicht zurück. Diesmal schaute sie hin.

Immer, wenn sie Florian etwas Positives erzählt, sich über etwas gefreut hatte – ein gelungenes Stück Text, ein Interview, das besonders gut angekommen war – war auch gleichzeitig das schlechte Gewissen aufgetaucht, dass dies doch eigentlich Banalitäten wären – nicht wichtig. Dinge, die auf Florians Werteskala ganz unten standen. Nicht, dass er sich je darüber aufgeregt oder die Nase gerümpft hätte, nein, er hatte schlicht *nichts* dazu geäußert. Er hatte es weggelächelt – ein Lächeln, das sagte: Wann verstehst du endlich, was wirklich wichtig ist im Leben? Bis sie schließlich zu dem Schluss gekommen war, dass ihre kleinen Freuden tatsächlich nichts wert waren und sie nicht so weit wie Florian wäre. Das Resultat? Sie hatte nichts mehr erzählt.

Elenas Blick verdüsterte sich, sie wollte nicht negativ über ihre Beziehung denken, aber die Wut in ihr war unerbittlich. Forderte von ihr: Bleib bei mir! Schau mich an!

Eine Lawine rollte in ihr los. Sie ließ es geschehen.

Wenn sie sich mit einem Buch abgemüht und ab und an über die Arbeit gestöhnt hatte, hatte sie Ansagen geerntet, dass es doch, wenn sie im Sinne des Universums handeln würde, leicht gehen müsse und wie von selbst. Unterton: Du bist nicht im Einklang mit der geistigen Welt. Du machst was falsch, Elena! Auch das hemmte sie, jemals wieder einen Ton darüber verlauten zu lassen, wie viel Kraft es kostete, ein Buch zu schreiben und daneben allem anderen gerecht zu werden. Plötzlich begriff sie: Florian strafte sie mit einer Art Liebesentzug, wenn sie sich nicht so verhielt, wie er das für richtig hielt. Diese Erkenntnis war wie das Fallen in eine tiefe Schlucht.

*Die lässt das alles mit sich machen und fühlt sich auch noch schuldig dabei!*, tönte Mias Stimme in ihrem Ohr. Oh, das tat so weh! Denn dieses Spiel, das sie zuließ, war nichts anderes als eine subtile Dressur. Eine, die ihr ein schlechtes Gewissen verpasste, wenn sie sich für etwas angestrengt und eingesetzt hatte, noch dazu für etwas, das ihren Lebensunterhalt bestritt und ihr im Grunde Freude machte. Freude, die sie gerne geteilt hätte, aber nicht konnte, weil sie ja nichts wert war.

»Wie krank ist das denn?«, fragte sie, über sich selbst bestürzt, in den Raum.

*Wünsche ziehen Wut und Groll nach sich, denn bekommt der Mensch nicht, was er will, wird er wütend*, klang es weiter in ihrem Ohr. Elena war verwirrt, denn diese Statements waren definitiv nicht falsch. Wie oft war sie auf das Leben wütend gewesen, weil es ihr nicht gab, was sie wollte! Und schon tauchte der nächste Rat von Florian auf, den er ihr vorgelesen hatte, als sie wegen zu geringer Verkaufszahlen am Boden zerstört gewesen war.

»Der Mensch will immer nur haben. Dieses Habenwollen verhindert, dass er ins Sein kommt.«

»Ja, gut«, hatte Elena damals nervös und wenig getröstet geantwortet. »Aber die Verkaufszahlen sind unser Lebensunterhalt, Florian.«

»Mein Gott, Elena, du machst dich so fertig! Lass doch einfach los! Lass es fließen!«

Beschwörend hatte er sie angesehen mit einem Blick, der besagte: Nun haben wir doch schon so oft darüber geredet! Erfolg und Geld sind nicht das Wichtigste im Leben. Ja, das wusste Elena doch auch! Trotzdem brauchte man Geld, um leben zu können. Und sie wollte nicht nur überleben, sie wollte ein gutes Leben! Sie wollte kein schlechtes Gewissen wegen eines Glases Champagner in einem gepflegten Hotelfoyer haben!

Aufgewühlt starrte sie auf Florians Nachricht: Ich bin glücklich. Sie war es nicht. Hatte er recht und sie wollte es einfach nicht einsehen?

Doch mit einem Mal packte sie ein Zorn, dass sie am liebsten laut geschrien und etwas kaputtgeschlagen hätte. Erschreckt über diesen massiven Anfall von Wut, hielt sie inne, doch die Welle war nicht mehr aufzuhalten.

Ja, Florian versuchte, ihr zu helfen, mit Sprüchen, die er irgendwo gelesen hatte, natürlich meinte er es gut, dennoch schoss ihr die Frage durch den Kopf: Verbot ihr Florian auf unterschwellige Weise zu wünschen? Starr stand sie im Raum, setzte sich hin, schrieb die Frage auf ihren Block. Welchen Glaubensmustern folgte sie eigentlich und woher kamen sie? Ein ganzer Abgrund tat sich auf, als sie den Stift mit großem Druck auf das Papier setzte und drauflos schrieb, was sie übers Wünschen dachte.

Du sollst nicht wünschen. Das ist ein Zeichen von Habenwollen.

Du sollst zufrieden sein mit dem, was du hast.

Wünsche zeugen von einer materialistischen Einstellung, sind ein Zeichen deiner Unwissenheit. Sie sind nicht wichtig.

Mit dem letzten Satz loderte die Wut so vehement auf, dass sie tatsächlich das Gefühl hatte, sie stünde in einem Flammenmeer. Gleichzeitig kämpften die jahrelang gehegten Glaubenssätze um ihr Überleben:

Das war bestimmt das berühmte Ego, das nun zu seiner Höchstform auffuhr! Besagte Wut, weil man Wünsche nicht erfüllt bekam! Aber Elena ahnte: Das ging tiefer.

Das Handy lag neben dem Notizblock, die Erinnerung an das Telefonat mit Florian. Auch heute hatte er kein einziges Mal wissen wollen, wie es ihr ging. Er vermisste sie nicht, brauchte sie nicht. Heftig scrollte sie durch den Chatverlauf, stoppte bei der Nachricht:

*Ich bin so glücklich, Elena!* Ihr Kopf fügte ungewollt hinzu: *Ganz ohne dich! Ich mache es richtig, du scheinst was falsch zu machen.*

Nun brannte der Zorn lichterloh, ließ sich nicht mehr eindämmen, und doch wehrte sie sich dagegen, wohlwissend, dass er ihr Weltbild zerschlug.

So wollte sie nicht fühlen, wollte nicht so über ihren Mann denken! Was passierte mit ihr, mit ihnen? Sie musste unbedingt mit Florian reden, sich endlich mit ihm aussprechen! Aber etwas in ihr warnte sie, dass das lediglich dem Bedürfnis entsprang, alte Zustände wiederherstellen zu wollen. Aus diesen wollte sie doch aber ausbrechen! Was wollte sie überhaupt? Jedenfalls keinen Streit mit ihrem Mann! Aber Frieden um diesen Preis? Nein, das war zu teuer. Und was das Wünschen anging: Florian hatte doch auch Wünsche! Zum Beispiel im Himalaya zu wandern! Erleuchtet zu sein. Ein Leben nach seinem Geschmack zu führen. Nur, dass er sich keine Gedanken um die Finanzierung desselben machen musste. Aber ihr machte er ein schlechtes Gewissen, weil sie seiner Ansicht nach in profane Wünsche verstrickt war, weil sie Geld verdienen und als Autor durchstarten wollte. Ja, so war es! In diesem heiligen Zorn wagte sie endlich, auszusprechen, was Sache war: Sie wollte nicht nur im Mittelfeld laufen! Wenn sie ehrlich war, wollte sie vorne stehen! Wie hätte Florian auf die Äußerung eines solchen Wunsches reagiert? Mit einem Kopfschütteln?

Doch die Ahnung, dass seine Ansichten auch nicht falsch waren, nagte an ihr – und trotzdem war etwas nicht richtig. Nur was? Die Gedanken rannten unerbittlich weiter, rissen einen weiteren Fetzen aus der Unterhaltung mit Mia hoch:

*Wenn ich Träume habe, macht ihr mir klar, dass die mit der Realität nichts zu tun haben. Das klingt so falsch!*

Schlagartig wurde Elena bewusst, dass es falsch *war*. Entstand nicht die Realität aus Träumen? Wo wäre die Menschheit, wenn sie aufhören würde zu träumen? Mit dem nächsten Atemzug wurde ihr bewusst, dass sie ihre Wünsche noch nicht einmal mehr klar ausformulierte, weil sie es nicht mehr wagte zu wünschen!

Diese Schlussfolgerung durchbohrte ihr Herz: Sie hatte ein mieses Gefühl, wenn sie sich etwas wünschte, weil es nicht spirituell war. Sie lebte die Vorstellungen Florians, nicht ihre! Und lieber hielt sie den Ball flach, als dass sie die Enttäuschung erleben musste, dass der Wunsch nicht in Erfüllung ging. Um es auf den Punkt zu bringen: Sie wagte nicht zu wünschen, weil sie Angst vor Enttäuschung hatte, gab damit einem Wunsch nicht die geringste Chance und provozierte damit zwangsläufig das, was sie befürchtete.

Ein verständnisloses Lachen kam aus ihrem Mund. Wie blödsinnig war das denn bitte? Das war bar jeder Abenteuerlust! Bar jeder Lebensfreude und bar jeden Mutes! Sie wollte nicht feige sein! Nun verstand sie, was das Buch damit meinte, wenn es sagte, dass sich der Mensch erniedrigte und sein Schöpfertum vergessen hatte. Denn Tatsache war, dass die Wünsche nach wie vor in ihr schwelten. Egal, was sie unternommen hatte: Meditation, nach innen gehen, bewusstes Loslassen – ihre Wünsche hatten sich nie totkriegen lassen. Sie behandelte sie wie Stiefkinder und wunderte sich, dass aus ihnen nichts wurde.

Ein Damm brach in ihr und Wasser der Sehnsucht überfluteten sie. Einfach mal drauflos wünschen dürfen! Egal, ob es Sinn machte oder nicht! Egal, ob es spirituell war oder nicht! Im nächsten Schritt erkannte sie, wie sehr sie Florians Lebensweise gefolgt war, weil sie ihn liebte, weil er ihr das Gefühl gab, höher zu stehen als sie selbst. Sie, die sich doch nur mit Materiellem herumplagte, während er sich höheren Sphären widmete. Aber ihn höher zu bewerten, bedeutete gleichzeitig, sich selbst abzuwerten. Sie hatte ihre Macht abgegeben.

Ihr Herz pochte unregelmäßig, als wollte es sich aus alten Stricken befreien, ihr Kopf rotierte. In der letzten Erkenntnis lag ein subtiler, noch nicht greifbarer Gedanke, den sie sich scheute, zu Ende zu denken. Aber ob sie wollte oder nicht, unaufhaltsam schob er sich in ihr Bewusstsein: War das Florians Weg, sich wertig zu fühlen? Seine Kompensation, weil *sie* das Geld nach Hause brachte und nicht er? Musste er sie und ihre Tätigkeit insgeheim abwerten, um sich selbst aufzuwerten?

Diese Behauptung erschien ihr so infam, dass sie sie zunächst erschrocken verwarf.

Elena starrte auf den Block vor ihr, als ihr die entscheidende Frage in den Kopf schoss: Verbot ihr Mann ihr ihre Wünsche? Kam sie deshalb nicht vorwärts?

Der Gedanke zerriss sie fast. Florian war immer ihr Leitstern gewesen. Sie wollte, dass es so blieb! Überfordert rieb sie sich die Schläfen, mahnte sich zur Ruhe. Schuld auf andere zu schieben war kleinlich. Sie musste bei sich bleiben!

*Das Buch der lebendigen Antworten* lag vor ihr. Aber an diesem Abend war es ihr nicht möglich, es aufzuschlagen. Sie war nicht offen für eine Antwort.

Stattdessen klappte sie den Rechner hoch. Mails lagen in ihrem Postfach. Haylee hatte eine weitere E-Mail-Adresse von Maya Subaru ausfindig gemacht und diese angeschrieben. Des Weiteren hatte die Versicherung die Kündigung bestätigt und mitgeteilt, den Betrag innerhalb des nächsten Monats auf ihr Konto zu überweisen.

Elena atmete auf. Damit konnte sie die dringlichsten Rechnungen bezahlen. Sie loggte sich in ihren Bankaccount ein, stellte fest: Florian hatte erneut einen Betrag abgehoben ohne Bescheid zu geben. War es das, worüber er mit ihr hatte reden wollen? Wofür brauchte er so viel Geld in einer Gegend, in der das Leben nicht viel kostete? Aber ihr machte er einen subtilen Vorwurf wegen eines gemütlichen Frühstücks in einem Schlosshotel! Sie wusste, sie steigerte sich gerade in etwas hinein und konnte es dennoch nicht stoppen. Der Groll in ihr war unerträglich.

Sie biss sich auf die Lippen. Sie hatte noch ein Konto für Steuerzahlungen, das seit Jahren brachlag und das sie längst hatte auflösen wollen. Ein Konto, das nur auf ihren Namen lief. Entschlossen überwies sie den Restbetrag vom Verlag auf diesen Account und teilte der Versicherung die neue Bankverbindung mit. Ihr Herz klopfte, als sie sich die Situation besah, wie sie sich nun für Florian darstellen musste, wenn er das nächste Mal Geld brauchte:

Das Hauptkonto war im Minus, auf dem Sparkonto nur noch etwa hundert Euro.

Sie schrieb ihm eine Nachricht: »Lieber Florian, ich darf das Geld vom Verlag nur für Spesen verwenden und muss jede Ausgabe nachweisen. Aber ich habe eine Versicherung gekündigt. Sobald das Geld da ist, überweise ich einen Teil auf das Sparkonto. Bitte vom Hauptkonto nichts nehmen, das ist am Limit.«

Sie drückte auf Senden, blickte aus dem Fenster. Sie konnte jetzt nicht sitzen und Weisheiten abschreiben, raffte fahrig ihre Sachen zusammen und lief in die Nacht hinaus.

Aufgewühlt ging sie ein Stück den Waldpfad entlang, lehnte sich eine Weile gegen einen Baum, berührte Erde und Moos, bis sie sich gut genug fühlte, nach Hause zu gehen.

Zwei Augen beobachteten sie.

Sie war nicht allein in der Dunkelheit.

# ♫ The Emotion of Light ♫

Lemos

Die Nacht war unruhig.

Elena döste ein, wachte auf, verbrachte die Stunden im Halbschlummer. Um vier Uhr war sie plötzlich so glockenwach, dass an Schlaf nicht mehr zu denken war. Der Morgen dämmerte zum Fenster herein, der Schmerz in ihrem Herzen gab keine Ruhe, Zweifel rumorten in ihr. Draußen zwitscherten die Vögel, die Sonne ging auf.

Sie stand auf, stellte sich ans Fenster. Ihr Handy piepte, eine Nachricht traf ein. Ihr Kopf lechzte zwar nach Ablenkung, aber sie widerstand dem Drang, spürte, sie musste erst in sich aufräumen, bevor sie der Welt neu begegnen konnte. Statt das Handy zu checken, unternahm sie einen Morgenspaziergang zur Bibliothek. Sie wollte Antworten – und jetzt war sie offen dafür.

Das Buch in Händen setzte sie sich in einen Sessel und schlug es auf.

»Alle Probleme sind Symptome einer einzigen Ursache.«

Elena verkrampfte sich innerlich, weil das zu sehr nach Florians Ansätzen klang. Genau davon hatte sie gerade die Nase gestrichen voll. Trotzdem las sie weiter.

»Der Mensch lebt in einer materiellen Welt. Das ist ein Segen und ein Abenteuer. Es ist Freude und Gefahr. Freude ist, *wenn* du erschaffst, genießt, *was* du erschaffst, wenn du Spaß daran hast. Kannst du zurück zu dem Punkt, wo du Dinge aus Freude getan hast?«

In Elena wurde es still. Das letzte Mal, als sie Dinge aus Freude getan hatte, war sie ein Kind gewesen. Tränen traten in ihre Augen und wieder erhob sich diese Trauer in ihr, als hätte sie etwas unwiederbringlich verloren. Aber war es wirklich unwiederbringlich?

*Schau dir deine Gefühle an!*, flüsterte das Buch in ihrem Kopf. *Sieh nicht weg! Nur ein unversöhntes Gefühl manifestiert sich. Es muss sich zeigen, damit du es siehst, damit du es erlösen kannst. Schau nicht weg. Fühle es, gib ihm Berechtigung zu sein.*

Es tat gut, dass sie sich nicht schlecht fühlen musste, weil sie sich schlecht fühlte. Etwas gefestigter las sie weiter.

»Die Probleme beginnen, wenn die Physis als die einzige Wirklichkeit angesehen wird. Glaubt das der Mensch, wird es so sein. Es mag so aussehen, als ob du ein materielles, körperliches Leben führst, aber im Grunde spielst du nur mit Energie.«

320

Ja, auch das fühlte sie deutlich: Irgendwann hatte sie sich von der geistigen Welt der Energien abgekoppelt, sie nicht als wahr empfunden. Sie hatte vergessen, wie das war, mit Energie zu spielen, es viel zu schnell verloren. Wann? Als sie ein Kind gewesen war?

»Wenn du das Spiel der Energien nicht mehr erkennst, macht dich der Glaube an sogenannte Tatsachen schwach. Er macht dich zum Opfer. Lasse dir niemals diesen Opfergedanken aufschwatzen! Denn damit fällst du. Du fällst aus der Einheit in die Trennung. Das Leben im gefallenen Bewusstsein dreht sich nur um Sicherheit, Existenzerhalt, Gesundheit und Ablenkung, alles, was das Überleben des Körpers sichert.«

Auch das ging eher in Florians Richtung, Elena regte sich unbehaglich auf ihrem Sessel. Mit solchen Weisheiten ließ sich die Miete nicht zahlen! Einfach so zu tun, als ob die Welt und das Körperliche nicht existierten, war auch keine Lösung. Aber das Buch hatte ihr zu oft geholfen, so zwang sie sich weiter.

»Auf der Ebene der Trennung kannst du das Leben nicht verstehen. Und du kannst nicht loslassen, was du nicht verstanden hast. Wisse: Wenn du den Weg von der materiellen Ebene in das geistige Verstehen gehst, verschwindet deine Welt nicht einfach«, erklärte das Buch, als würde es ihre Gedanken erahnen. »Ein Mensch, der ehrlich nach Bewusstseinserweiterung strebt, hat nicht alle Wünsche aufgegeben, noch muss er sie aufgeben.«

»Ach«, murmelte Elena hoffnungsvoll. »Das ist ja mal interessant.«

»Noch bedeutet es, dass er nicht Erfahrungen jeder Art macht, für die er doch hierhergekommen ist. Doch dort, wo andere noch im festen Schlaf der Materie verharren, verlangt er nach dem *ganzen* Leben. Nicht nur nach dem Materiellen, er will mehr! *Du* willst mehr! Du willst alles. Du verlangst nach der Quelle – und dieser Wunsch markiert deine Umkehr.«

Ein Verständnisblitz zuckte durch ihr Gehirn, erhellte das Knäuel darin, erinnerte sie an bereits Gelesenes. *Dein Leid endet, wenn du erkennst, wonach du suchst.*

Eigentlich war es logisch, dass sie von einem unvollkommenen, scheinbar abgetrennten Teil nur Brosamen ernten konnte. Was war folgerichtiger, als das Ganze, die Fülle anzustreben? Aber Florian widmete sich seit Jahrzehnten der Suche nach der Quelle, hatte stets betont, das Materielle wäre nicht wichtig … Irgendetwas fehlte ihr für ein letztes Verständnis.

»Du wirst sagen, dass du diese Fülle oder die Quelle nicht kennst, und das ist richtig. Du hast dich ihr nie zugewandt, weil du sie im Außen suchst.«

»Oh, nee!«, stöhnte Elena mit gedämpfter Stimme. »Bitte nicht!«

Kam jetzt doch wieder die berühmte Forderung, man müsste trotzdem alle Wünsche aufgeben und sollte nur den einen nach Erleuchtung behalten? Aber das Buch hielt eine ganz andere Antwort für sie parat.

»Doch bedenke: Das physische Erleben *ist* Teil des Ganzen, also auch das Materielle. Wenn du es abwertest oder ablehnst, schaffst du Dualität. Du schaffst ein Ungleichgewicht. Das physische Erleben ist es, was den Menschen groß macht! Von vielen Wesenheiten wird er dafür gefeiert und bewundert. Warum? Weil der Mensch die Gabe hat, mit dem Physischen und dem Geistigen zu jonglieren. Er hat die Gabe, beides auszugleichen, indem er sie als gleichberechtigt ansieht. Indem er sich nicht in dem einen oder anderen verstrickt. Weder im Geistigen, noch im Materiellen.«

»Ach«, entfuhr es Elena aufgeregt und sie griff das Buch ein wenig fester. »So ist das! Das ist … grandios! Das kann ich verstehen! Aber wie genau gehe ich damit um?« Ihr Herz klopfte stark. Sie fühlte sich, als hätte sie endlich den Schlüssel für die Tür aus ihrem Gefängnis in der Hand.

»Jeder Mensch befindet sich auf dieser Heldenreise, auf der Reise von der Trennung in die Einheit. Das ist das große Abenteuer des Menschen, für das ihn ganze Galaxien bewundern. Doch Abenteuer sollten aus Freude daran erlebt werden, nicht aus Schmerz. Wir sehen mit Betrübnis, wie der Mensch sich degradiert und sein wahres Erbe nicht antritt. Wir sehen, dass er nicht mehr um seine Herkunft und Fähigkeiten weiß und nicht mehr daran glaubt. Damit du das tun kannst, musst du etwas Grundlegendes über diese Welt verstehen.«

»Was?«, murmelte sie fiebrig. »Was muss ich verstehen? Sag's mir! Bitte!«

»Die Ausdehnung des Geistes«, erklärte ihr Maya Subaru, »wertet nicht das Physische oder die Erschaffung von Überfluss ab. Im Gegenteil. Wisse eines: Ein wirkliches Leben kennt nur Freude und Glück. In einem wirklichen Leben hat die Angst keinen Platz. Wie kannst du das erreichen?«

Die letzte Frage fühlte sich an, wie ein Ticket für den Himmel.

»Du kannst nach Glück in deinem Leben suchen, als Kontrast zu dem Mangel, den du in dir fühlst. Damit bewegst du dich in der Welt der Dualität. Viele Techniken werden angeboten, um des Menschen Wünsche zu erfüllen. Viel Unglück geschieht, weil ein Wunsch, geboren, um einen Mangel zu beheben, kurzlebig ist, da er nur seinesgleichen anziehen kann.«

»Genau«, flüsterte Elena. »Genau das passiert mir ständig. Enttäuschung! Kurzlebiges Glück …!«

»Niedere Frequenzen können nur ihresgleichen produzieren, hohe Frequenzen bewirken Wunder. Ohne die Anbindung an das GANZE wird das Leben zum Krieg zwischen Polaritäten. Das ist nicht Leben, wie Gott es gemeint hat. Das ist lediglich ein Kampf ums Überleben und du wirst schrecklich müde davon. Doch bist du an die Quelle angebunden, überströmt dich alles, was du dir wünschst.«

»Aber wie genau sieht das aus?«, fragte Elena, gefesselt vom Dialog mit dem Buch.

»Was muss der Mensch tun, um seine Seele ins Licht zu bringen? Erinnere dich: Wenn Ur-Teilen dich in die Trennung führte, bringt dich Nicht-Urteilen in die Einheit. Dies gilt auch für dein höchstes Ziel, so es denn deines ist. Wisse: Die Umarmung der Trennung, ohne sie zu bekämpfen, löst die Trennung auf.«

»Ach«, brach es aus Elena hervor. Sie spürte eine unendliche Erleichterung. Die Trennung nicht bekämpfen! Das erlöste sie vom Streben, vom Tun-Müssen, brachte sie in ein göttliches Gleichgewicht. Gierig las sie weiter:

»Daher ist die bedeutsamste Entscheidung in deinem Leben, die du je treffen kannst, jene zwischen Trennung und Einheit. Hast du einmal den Bewusstseinszustand des Nicht-Urteilens verstanden, können dir nie mehr Widersacher und Widrigkeiten begegnen, denn sie alle sind nur gekommen, um dich das Nicht-Urteilen zu lehren.«

Elena konnte nicht weiterlesen. Das klang so einfach. Es klang machbar! Alles war gekommen, um sie das Nicht-Urteilen zu lehren. Aus diesem Blickwinkel betrachtet gewann alles, was sie je erlebt hatte, eine völlig andere Farbe. Dreimal las sie den letzten Abschnitt, bevor sie sich dem nächsten widmete.

»Du kannst nach Glück und Erfolg in deinem Leben suchen – als Gegenstück zu Mangel und Unglück. Du kannst aber auch danach suchen, indem du dich direkt zur Quelle von Glück und Erfolg aufmachst. Wisse eines, jetzt und für immer:

Dein Selbst ist dein Unterhalt. Diese Erkenntnis ist die Grundlage für Wunder.«

Tief berührt umfasste Elena das Buch etwas fester, als könnten die Worte so noch besser in sie eindringen.

»Oh, ich verstehe«, flüsterte sie. »Jetzt verstehe ich! Niemals kann ein Mensch einen schädlichen Wunsch äußern, wenn er mit der Quelle verbunden ist. So, wie du es gesagt hast, Maya! Niemals kann etwas Schlechtes dem Leib der Liebe entspringen. Ich muss mich meiner Wünsche nicht schämen oder ihnen entsagen. Ich darf, ich muss sie sogar annehmen!

Es geht nicht darum, keine Wünsche zu haben, es geht lediglich darum, die Fülle der Quelle zu nutzen!«

Ihr war, als fiele ein ganzes Gebirge aus ihrem Herzen, es wurde leicht und hüpfte in ihrer Brust. Ja, das war es! Nicht das eine überbewerten und das andere negieren. Es ging nicht um ein Entweder-oder, sondern Sowohl-als-auch! Diese Sätze waren wie ein Sesam-öffne-dich, wie ein Los, das man ihr überreichte, mit dem sie den Jackpot knacken konnte. Sie wirkten so vitalisierend, dass sie zum ersten Mal seit langer, langer Zeit wieder Lust hatte, zu leben, *wirklich zu leben!*

»Dein Selbst ist dein Unterhalt. Diese Erkenntnis ist die Grundlage für Wunder«, las sie noch einmal. »Das ist das Ende jeder Trennung. Jeder Kontrast, jeder Unterschied verschwindet, wenn du erkannt hast, *wonach* du wirklich suchen musst. Verzage nicht! Allein das Verlangen nach der Quelle markiert deine Umkehr. Denn mit diesem Entschluss rufst du alle Lichtwesen im Universum zu deiner Unterstützung herbei. Daher sei unbesorgt! Durch die Wiedervereinigung mit dem Licht verlierst du nicht deine individuelle Frequenz. Du verlierst lediglich den Zustand der Trennung.«

Elena seufzte auf. Das waren griffige Antworten! Im wahrsten Sinne des Wortes *lebendige* Antworten! Belebende Antworten! Ihr Herz vollführte einen Salto.

»Man sagt, der Mensch soll sich lieben, um diese Trennung aufzuheben. Ist dir das je gelungen? Konntest du dich je selbst lieben?«

»Nein«, flüsterte Elena in den Raum hinein. »Nicht wirklich.«

»Auch dieser Forderung liegt ein Missverständnis zugrunde. Denn das, was du im Außen siehst, ist dein Selbstbild, das Bild deiner Persönlichkeit. Dein Selbstbild ist aber nicht real. Daher kannst du es nicht lieben. Lieben kannst du nur dein wahres Selbst.«

»Ach!«, rutschte es Elena heraus und der Horizont weitete sich noch mehr.

»Tu einfach diesen Shift«, riet ihr Maya. »Setze dein Vertrauen nicht in dein Persönlichkeitsbild, sondern in die Quelle in dir. Tu es im Bewusstsein, dass sie dir zusteht und perfekt für dich sorgt. Du hast dieses Recht mit deiner Geburt erworben. Aber das größte Geschenk kann nicht gegeben werden, wenn du nicht bereit bist zu empfangen. So sage dir in aller Entschiedenheit:

*Ab heute, zum ersten Mal in meinem Leben, vertraue ich meinem Selbst.«*

Der Satz plumpste in ihr Sein, begann seine Strahlen auszusenden, jede Zelle in ihr mit liebevollem Licht zu infiltrieren. Elena saß wie festgenagelt auf ihrem Sessel. Der Satz gab ihr das Gefühl, wieder an das Stromnetz Gottes angeschlossen worden zu sein, rauschte wie Lebenselixier durch ihre Adern und tatsächlich hatte sie das Gefühl zu leuchten.

*Ab heute, zum ersten Mal in meinem Leben, vertraue ich meinem Selbst.*

Das war eine Wahl, die sie nie getroffen hatte. Eine Wahl, deren Konsequenzen sie nur im Ansatz erahnen konnte. Obwohl die Zeit drängte, konnte sie nicht aufhören zu lesen.

»Dein Selbstbild bestimmt dein Leben. Du wirst das, was du denkst, das ist das ewige Geheimnis. Das Missverständnis vieler besteht darin, sich eine bessere Welt erträumen zu wollen, indem sie Bestehendes ändern, Missstände beseitigen oder ihr mageres Selbstbild aufpolieren wollen. Sie möchten sich und die Welt verbessern – und sie müssen damit scheitern.

Wer nach dem Höchsten strebt, wird zum Höchsten. Das ist die ewige Wahrheit. Damit beginnt die Wandlung. Alles Suchen endet, wenn du dich der Quelle zuwendest. Das ist keine Anstrengung, es ist eine Entscheidung. Erinnere dich: Die wichtigste Entscheidung, die du je treffen kannst, ist die zwischen Trennung und Einheit.

Dein Selbst ist dein Auskommen, ist deine Versorgung, ist deine Sicherheit. Das Leben ist sicher. Du bist beschützt und warst es stets. Deine Heimkehr ist längst beschlossen, denn du hast dein Zuhause nie verlassen. Dass du glaubst, du hättest es getan, ist der Traum, den alle träumen. Wache nun auf, mein Kind!«

Elenas Herz klopfte wie wild. Und wenn sie dieses Selbst nicht spürte? Was dann? Aber Maya löste auch diesen Zweifel:

»Ist es wirklich so unmöglich, die Versprechungen des Egos zu durchbrechen, und das Vertrauen in die Macht, die für jeden unserer Atemzüge Sorge trägt, zu investieren? In dieser Welt wirst du stets vor die Entscheidung gestellt, entweder in Angst zu leben oder eine höhere Realität zu beanspruchen. Das ist deine Wahl, die du allein triffst. Die Heilung eines getrennten Geisteszustandes ist die göttlichste Aufgabe, die ein menschliches Wesen hier auf der Erde vollbringen kann.

Glaube mir: Die Aufhebung der Trennung führt zu magischen Erlebnissen. Wunder sind nichts anderes, als die Verfestigung des Geistes in Materie. Wenn sich die Dinge in der Materie zeigen, sagst du, ein Wunder sei geschehen. Doch alles, was du getan hast, ist, das Vertrauen in das zu setzen, was dich erschaffen hat.

So achte auf die Zeichen. Und wisse: Wir sind mit dir.«

Im Innersten bewegt lehnte Elena sich zurück. Das Empfinden, das Licht in ihr pulsierte, war so stark wie nie zuvor. Sie fühlte sich durchtränkt davon, erhaschte einen Schimmer, was es hieß, erleuchtet zu sein, denn in diesen Augenblicken war plötzlich alles hell und klar.

Das Selbst als ihre Existenzgrundlage anzusehen, bedeutete tatsächlich eine Totalumkehr in ihrem Denken. Es forderte ein Vertrauen, das sie verloren hatte. Eine Verbundenheit, die sie lange Jahre nicht mehr gespürt hatte. Aber sie konnte sie wiedergewinnen! Das war ihre Heldenreise. Sie erkannte auch ein weiteres Missverständnis, das sie gehemmt hatte: Wenn die Dinge nicht so liefen, wie sich der Kopf das vorstellte, hieß das nicht, dass ihre Träume nicht in Erfüllung gehen durften, oder dass sie sie aufgeben musste, sondern nur, dass ein passenderer Weg für sie bereitstand. *Das* war Vertrauen.

Sie sah aus dem Fenster, in das Grün, in die Sonne, den Satz im Kopf, im Herzen, in ihrer Seele:

»Deine Heimkehr ist längst beschlossen. Das Leben ist sicher.«

Das Licht brach kaskadenartig über sie herein. Elena badete darin und fühlte sich vollständig glücklich.

# ♫ Love and Liberté ♫

Gipsy Kings

Angefüllt mit einer andächtigen Energie ging sie nach Hause und deckte den Frühstückstisch. Das Wetter trübte sich langsam ein und eine Stunde später begann es zu regnen.

Florians Nachrichten registrierte sie am späten Vormittag. Es war wie ein Wunder. Er hatte viele Fragen gestellt, nach den Kindern, nach ihr, nach dem Fortschritt des Buches … alles, was sie sich gewünscht hatte und darüber hinaus. Nicht nur hatte er ein »Ich liebe dich!«, geschickt, sie fand sogar ein GIF, in dem ein Mann einer Frau in einem Hochzeitskleid auf Knien einen Antrag machte. Verwundert nahm sie das zur Kenntnis, wissend, dass sie noch viel aufzuarbeiten hatte. Trotzdem fiel eine Riesenlast von ihren Schultern, ließ die Lebenslust sprühen, und befeuerte den Esprit, sich um die Jubiläumsvorbereitungen zu kümmern.

Elena reservierte im Manor House einen Tisch für den 14. August, danach rief sie Hazel und Marvin an und fragte, ob sie ihr Isomatten und einen Schlafsack für die Kreiswache leihen könnten. Hazel versprach, alles im Laufe des Tages vorbeizubringen.

»Wie geht es euch? Ist es für euch okay, wenn wir am Montag weitermachen?«, fragte Marvin.

»Ach, Marvin, uns geht es hervorragend! Es fällt ein Felsbrocken nach dem anderen! Das erzähle ich dir am Montag!«

Marvin lachte, freute sich und bat sie, ihm Notizen zu schicken.

Ray meldete sich und schlug vor, am übernächsten Tag Shute House Garden zu besuchen, und auch Florian hatte eine Sprachnachricht gesendet. Elena fühlte sich, als ob ihr Leben einen Riesenanschub erhalten hätte, als sie seine Worte las.

»Elena, wir haben gar nicht über dich gesprochen und wie es dir geht. Das tut mir sehr leid. Nun ist auch sicher: Wir brechen am Montag auf. Lass uns doch am Sonntag mal ausführlich reden, bevor ich die nächsten zwei Wochen nicht mehr erreichbar bin.«

Ach, das hörte sich so gut an! Als Antwort auf seine Fragen nach den Kindern schickte sie Fotos von Bennie beim Gärtnern (»Du kannst dir nicht vorstellen, wie begeistert er ist!«) und von Mia in ihren Kostümen.

»Es tut sich sehr viel hier«, schrieb sie dazu. »Innen wie außen. Ich bin froh, dass wir reden.«

Dabei dachte sie vorrangig an das Schulthema. Um eine Grundlage für eine Diskussion mit Florian zu haben, zog sie sich weitere Videos von Mia rein, die einen erschütternden Einblick in ein Schulsystem gaben, das aus dem 19. Jahrhundert stammte und ziemlich jedem Schüler die Lust am Lernen verdarb.

Bertrand Russel hatte schon in den 1920er-Jahren ausgedrückt, was das jetzige Schulsystem beabsichtigte. Seine Worte waren:

»[...] Ausbildungssysteme sind nicht entwickelt worden, um echtes Wissen zu vermitteln, sondern um das Volk dem Willen der Herrschenden gefügig zu machen. Ohne ein raffiniertes Täuschungssystem in den Schulen, wäre es unmöglich, den Schein der Demokratie zu wahren. [...] Es ist nicht erwünscht, dass der normale Bürger selbstständig denkt, weil man der Auffassung ist, dass Leute, die selbstständig denken, schwerer handzuhaben sind. Nur die Eliten sollen denken, der Rest soll gehorchen oder den Führern folgen wie eine Hammelherde. Diese Doktrin hat auch in Demokratien, alle staatlichen Erziehungssysteme von Grund auf verdorben.«

Das hatte sie nun in verschiedener Form sehr oft gelesen, nicht von Revoluzzereltern, sondern von sehr gebildeten Menschen. Aber am meisten erschreckte Elena die Perversität, die sich in den Lehrplänen breitmachte, und das offensichtliche Ansinnen des Staates, das wichtige Nest der Familie unter dem Deckmantel einer fragwürdigen Toleranz systematisch zu zerstören und die Macht über die Kinder ihm zu übergeben. Darauf hatte sie weiß Gott keine Lust!

Viele Hirnforscher, Neurobiologen, Psychologen und andere waren zu dem Schluss gekommen, dass die Schule Kinder in ein konformes Kostüm zwängte, das jede Begeisterung, jede Individualität im Keim erstickte. Elena spürte Trauer für die Kinder und für sich selbst. Wo wäre sie heute, hätte sie sich frei entfalten dürfen? Wäre nicht die Angst vor Fehlern schon in Kindheitstagen eingeimpft worden?

Aber welche Möglichkeiten gab es außerhalb des Schulsystems? Verblüfft stellte sie fest, dass sie längst nicht die Einzige war, die Auswege suchte. Eltern fanden sich zusammen, Privatschulen und alternative Möglichkeiten schossen wie Pilze aus dem Boden. Etliche Eltern hatten ihre Kinder bereits aus der Regelschule abgemeldet. Elena schüttelte verblüfft den Kopf.

Das war möglich? Gespannt verfolgte sie Dokumentationen über einige Privatinitiativen, bekam mit, wie sehr Kinder in der Nestwärme ihrer Familien und/oder kleiner Gruppen aufblühten. Sie waren aufgehoben und geborgen, sie durften Kind sein und wurden nicht schon im Kindergarten mit Leistungsansprüchen traktiert, die sich ein kranker Staat und seine Helfershelfer ausgedacht hatten.

Elena telefonierte mit ihren Freundinnen in Deutschland, mit Kolleginnen und Müttern, um zu hören, wie die darüber dachten. Die Schere war groß. Ein Teil war erstaunt darüber, dass sie eine so feste Institution wie Schule überhaupt in Frage stellte, doch mehr als Elena vermutet hatte, waren stinkesauer und gingen mit ihr konform.

»In unserem Kindergarten werden Masturbationszimmer angeboten! Mit Masturbationspuppen! Wir haben ein Schreiben erhalten, in dem der Kindergarten auch noch stolz auf so etwas ist!«

»Du ahnst nicht, welche Zustände mittlerweile herrschen! Lehrernotstand! Ein Lehrer für zwei oder sogar mehrere Klassen! Die Kinder hauen sich gegenseitig Bücher auf den Kopf und tanzen auf den Tischen!«

Diese Aussage kam von einer Mutter, deren Kind noch in der Grundschule war. Aber auch in den oberen Klassen des Gymnasiums herrschten Zustände, die nicht viel mit Kindeswohl zu tun hatten. Das Erziehungssystem schien einem schnell wirkenden, unaufhaltsamen Zerfall preisgegeben. Und doch – auch wenn Elena selbst unter der Schule gelitten hatte – konnte sie sich nicht vorstellen, einem Kind einfach freien Lauf zu lassen. Das war so weit weg von allem, was sie kannte!

Wie war eigentlich der Mann aufgewachsen, der nie zur Schule gegangen war? Sie suchte ihn im Internet, sah sich seine sehr bewegenden Videos an und schrieb ihm spontan einen Brief mit der Bitte um ein Gespräch.

Neue Ideen und Anregungen formierten sich in ihr. Und ja … warum nicht daraus ein Thema für ein Buch machen? Dem Verlag wäre das sicher zu brisant, aber sie wollte ja weiterschreiben.

Und auf einmal fühlte sie den Kick. Fühlte sie den Umschwung, als hätte jemand in ihr einen Schalter umgelegt: Ihre Badboy-Zeit war endgültig vorbei.

Die Wirkung, die dieser Entschluss nach sich zog, war so enorm, dass sie selbst darüber verblüfft war. Sie fühlte sich wie aus einem selbstgemachten Käfig befreit und es war so lächerlich einfach geschehen, dass sie verwundert den Kopf schüttelte. Mit Verve schrieb sie fünf Seiten mit einem wirren Brainstorming voll, das Ansätze für mindestens drei Buchideen bereithielt. Die Freude darüber befeuerte sie noch mehr und, oh, dieses Feuer brannte! Es brannte endlich wieder! Das fühlte sich herrlich an! Alles stand auf Neuanfang!

Mia kam in die Küche.

»Mam, Ray hat angerufen, er würde mich am Nachmittag abholen und mit mir in sein Labor gehen. Ich kann Bennie mitnehmen.«

»Hey, super, ja, das wäre prima. Mach das!«

Elena schaute auf ihr eigenes Handy, aber Ray hatte wohl nur Mia eingeladen. Die wollte gerade wieder gehen, als Elena fragte:

»Sag mal, wie stellst du dir eigentlich dein Leben ohne Schule vor? Ich meine, was würdest du tun, wenn du nicht mehr hingehst?«

Hoffnungsvoll drehte sich Mia zu ihr um. Ihre Augen trafen sich.

»Ich würde viel ausprobieren. Ich hätte ja dann Zeit! Mich interessiert zum Beispiel so was wie Ray macht.«

»Aber Ray hat ein Studium hinter sich. Er hat viele Jahre in der Forschung gearbeitet. In Konzernen. Ohne das wäre er nicht da, wo er heute ist. Er hätte auch das Gerät nicht erfinden können. Wenn dein Interesse Richtung Forschung geht, brauchst du Abitur und ein Studium.«

»Vielleicht stimmt das ja gar nicht.«

»Ich glaube schon. Arbeitgeber wollen Leute mit Ausbildungsnachweis, das könnte wirklich schwierig für dich werden, Mia.«

»Dann mache ich mich eben selbstständig. So wie du. Ich finde schon was. Mich fasziniert so vieles, Mam! Es ist doch nicht so, dass ich mich nicht bilden und nichts lernen will. Ich will es bloß nicht in dieser Art von Schule.«

Elena antwortete nicht. Mia stand die Spannung im Gesicht. Zögernd fragte sie:

»Mam, denkst du darüber nach, mich rauszunehmen?«

»Ich habe gerade diesen Mann angeschrieben, der ohne Schule aufgewachsen ist«, antwortete Elena. »Ich will wissen, woher er seine Bildung hat.«

»Ach, Mam«, hauchte Mia. Ihre Augen begannen wie Sterne zu strahlen. Elena versuchte, sie zu bremsen.

»Es ist noch nichts beschlossen, Mia. Wenn ich ehrlich bin, habe ich massiven Bammel davor, etwas falsch zu machen und dir deine Zukunft zu verbauen. «

»Das tust du nicht, Mama, das verspreche ich dir!«, rief Mia überschießend vor Hoffnung. »Ich habe nicht vor, vor dem Handy herumzugammeln! Ich will die Welt erkunden, ich will ja lernen! Ich will was bewegen! Ich will ja was werden …!«

»Ach, Mia, mein Engel«, rutschte es Elena spontan heraus. »Du musst doch nichts werden. Du bist doch schon was. Nämlich ein wunderbares Wesen.«

Mias Gesichtsausdruck war unbeschreiblich. Sie lief auf Elena zu, warf ihre Arme um sie und schmiegte ihre Wange an die ihrer Mutter, den Tränen nah vor Glück.

»Ach, Mama«, flüsterte sie. »Ich weiß, dass dich das total viel Mut kostet! Und ich liebe dich dafür!«

Kurz danach erhielt Elena eine Nachricht von Ray:

»Avebury bei Nacht? Ein bisschen Philosophie? Ich würde gern ein wenig reden.«

»Klingt fantastisch! Freue mich auf Adamea, Scottie, Ashley, Calum und auf dich natürlich!«

Er sandte eine vor Freude hüpfende Person zurück.

»Woran erinnert dich das?«, schrieb er dazu.

Elena lachte. An Mia natürlich! Ein breites Lächeln zog über ihr Gesicht. Überhaupt war die Stimmung so hell und hochschwingend, wie sie das noch nie erlebt hatte. In Mia hatte das kleine Gespräch eine dermaßen große Zuversicht ausgelöst, dass sie nur noch hopsend und trällernd durch den Tag ging. Sie erblühte wie eine Blume, die endlich ins Licht gestellt worden war.

»Wie ist das mit deinem Insta-Kanal?«, fragte Elena sie. »Brauchst du den eigentlich noch?«

»Ja, unbedingt! Das erkläre ich dir bald, Mam. Versprochen!«

Mit dieser Antwort erfasste Elenas Herz das Ausmaß dessen, was in dieser kurzen Zeit zwischen ihr und ihrer Tochter geschehen war.

Vertrauen. Sie hatte Vertrauen zu ihrem Kind. Vertrauen, dass ihre Tochter ihren Weg gehen würde. Sie hatte eine andere Haltung ihr gegenüber. Nicht von einem Wesen, das nicht wusste, was es wollte, sondern von einem, dem sie helfen durfte, seine Fähigkeiten zu entfalten. Wenn Mia tun durfte, was sie interessierte, würde sie leichter und nachhaltiger lernen. Mit einem Mal erkannte Elena, dass fast die ganze Welt Kinder aus einer völlig falschen Sichtweise sah. Sie sahen sie von oben nach unten. Dabei war es genau umgekehrt! Kinder waren Giganten, wenn sie zur Welt kamen, ausgestattet mit einem unglaublichen Potenzial. Aber die Erwachsenen, doch schon längst limitiert und zurechtgestutzt, fühlten sich überlegen. Völlig unberechtigt! Und das Schlimmste war, dass sie die Kinder in genau den gleichen Rahmen packten, bis sie so klein waren wie ihresgleichen. Bis sie in die gleiche Zwangsjacke passten, die gleichen Weltansichten hatten und damit »normal« waren. Es war im Grunde die größte Diskriminierung und die fatalste Verstümmelung der menschlichen Spezies überhaupt. Besonders makaber war, dass man die wenigen Genies feierte, die sich aus irgendwelchen Gründen diesem Schicksal hatten entziehen können.

Die Idee, Mia und Bennie ihren Weg ohne Schule gehen zu lassen, mutete immer noch wahnsinnig an. Ihr war klar, dass es dafür Eltern brauchte, die Zeit hatten, die sich kümmerten, und die sich um andere Wege für Ausbildungen bemühten. Aber Herrgott nochmal, sie waren diejenigen, die Kinder in die Welt gesetzt hatten! Und ganz bestimmt nicht, um sie den Fängen eines wahnsinnig anmutenden Staates zu überlassen!

Als bräuchte sie noch Bestätigung für ihre Gedankengänge, stieß sie auf eine Textpassage aus der 1906 erschienenen Erzählung „Unterm Rad" von Hermann Hesse:

»Und so wiederholt sich von Schule zu Schule das Schauspiel des Kampfes zwischen Gesetz und Geist, und immer wieder sehen wir Staat und Schule atemlos bemüht, die alljährlich auftauchenden paar tieferen und wertvolleren Geister an der Wurzel zu knicken. Und immer wieder sind es vor allem die von den Schulmeistern Gehassten, die Oftbestraften, Entlaufenen, Davongejagten, die nachher den Schatz unseres Volkes bereichern. Manche aber – und wer weiß wie viele? — verzehren sich in stillem Trotz und gehen unter.«

Das gab den Ausschlag. Wenn sie, Elena, nicht nach Alternativen suchte, würde sie keine finden. Sie wollte nicht, dass es ihren Kindern ging wie ihr. Sie wollte ihnen ihre Begeisterungsfähigkeit erhalten, die Freude am Lernen, den natürlichen Entdeckergeist, mit dem sie auf die Welt gekommen waren.

Mit diesem Entschluss erhob sich auch etwas in ihr wie ein Phönix aus der Asche: Die Lust, wieder Kind zu sein. Mit Freude zu tun, wozu man sich berufen fühlte, ohne Angst vor Fehlern. Die Lebensfreude war wieder aufgelodert und es fühlte sich an wie eine Neugeburt.

Sie dachte an die Schlüsselsätze aus dem magischen Buch.

»Ab heute, zum ersten Mal in meinem Leben, vertraue ich meinem Selbst.« Und: »Das Leben ist sicher. «

Es war wie ein Sprung auf die Sonnenseite des Lebens.

# ♫ Gallows ♫

Katie Garfield

**Drei Jahre zuvor**

»Sie haben extra Akkus für die Kameras?«

»Natürlich, Sir.«

»Die vordere Kamera ist fest installiert? Gegen Erschütterungen geschützt? Sie und Ihre Leute ebenfalls?«

»Alles so, wie Sie es angeordnet haben, Sir.«

Zwei Limousinen parkten tief im Wald auf einem kaum sichtbaren Track. Der Fragesteller erinnerte Coleman vom Aussehen her ein bisschen an Prince Andrew, ein Mann in den Enddreißigern, mit deutlichen Geheimratsecken. Er ging um Colemans Wagen herum, checkte alles eigenhändig durch, setzte sich in den Wagen, rüttelte an den Kameras, überprüfte die Anzahl, ihre Funktionstüchtigkeit, bis es nichts mehr zu prüfen gab.

Geduldig wartete Coleman daneben.

»Alles zu Ihrer Zufriedenheit, Sir?«, fragte er.

»Ja, sieht ganz danach aus. Aber zufrieden werde ich erst sein, wenn ich sehe, was Sie aufgenommen haben. Und wenn die Aufnahmen gut sind.«

Der Gesichtsausdruck des Auftraggebers war hart und angespannt. »Sie übergeben mir den Film sofort nach Erledigung des Auftrags. Geldtransfer erfolgt, sobald ich das Material in gutem Zustand in besagtem Briefkasten finde.«

»Selbstverständlich, Sir. Keine Bange, wird schon schiefgehen. Ist nicht unser erster Job dieser Art. Zudem, wenn ich mir erlauben darf, das zu sagen, ist er nicht allzu anspruchsvoll.«

Der andere erwiderte nichts darauf. Er hoffte, dass es so war: Nicht anspruchsvoll. Dass alles schnell, glatt und trotzdem möglichst aufsehenerregend geschah. Aber um Letzteres brauchte er sich eigentlich keine Sorgen machen. Es würden sich genügend Leute darum bemühen.

Er nickte Coleman zu.

»Fahren Sie los. Ich warte hier noch, damit man uns nicht zusammen sieht.«

Aber statt Coleman nach einer Zeit zu folgen und den Wald zu verlassen, fuhr er tiefer hinein, bis zu einem Ort, wo er seine letzten Vorbereitungen traf.

# ♫ Wedding Day ♫

Seal feat. Heidi Klum

Mia kam total angeregt aus Rays Labor zurück und pustete Elena beim Abendessen die Ohren mit ihren Erlebnissen voll mit. Bennie war genauso aufgedreht. Ray hatte wohl mit ihm ein paar Chemikalien zusammengemixt und sie hinter einem Schutzglas explodieren lassen. Er war hellauf begeistert. Aber nicht nur er.

»Der Typ ist so genial«, schwärmte Mia. »Er hat voll was drauf! Und Mama, er meinte, wir könnten mal mit ihm und seiner Frau am Wochenende essen gehen. Da kommt sie nämlich! Und er will auch mit auf die Kreiswache, stell dir vor!« Sie redete ohne Unterlass, es war die reinste Freude. Tatsächlich kam sie Elena so vor, als wäre sie aus einem Korsett befreit worden und hätte nun Luft zum Reden.

Ihr selbst war ein wenig mulmig zumute. Ihre Andeutung, Mia aus der Schule abzumelden, erschien ihr im Nachgang waghalsig. Immerhin war das nicht mit Florian abgesprochen. Mia hingegen trat so auf, als wäre alles schon beschlossene Sache. Elena versuchte mehrmals, ihr klarzumachen, dass es noch vieler Informationen bedürfe, doch Mia ließ sich ihr Glück nicht trüben.

Aber auch Elena war endlich im Flow, erfand Protagonisten und schrieb erste Szenen. Sie wollte unbedingt Auszüge aus dem magischen Buch hineinweben und hoffte von Herzen, dass es dem Verlag gefallen würde. Auch musste das *Buch der lebendigen Antworten* veröffentlicht werden! Das Print sollte genauso aussehen wie der grüngoldene Einband in der Bibliothek. Maya Subaru oder ihre Erben müsste es doch freuen, wenn deren Zeilen an die Öffentlichkeit kämen!

Elena war voller Tatendrang und bekam gegen Ende des Tages einen Anruf vom Hotel wegen möglicher Räume, die sie für ihre Feier buchen konnte.

Angeregt schrieb sie Florian, dass sie gerne Marvin, Hazel, den Earl, Ray und seine Frau, vielleicht auch Phil, wenn er die lange Reise unternehmen wollte, zu einem Afternoon Tea einladen würde.

»Du ahnst nicht, was diese Leute alles für uns tun«, schrieb sie ihm. »Und abends sind wir nur für uns. Nur du, ich und die Kinder. Ich freue mich so!«

Sie konnte es sich nicht verkneifen, hinterherzuschieben: »Und später am Abend, nur du und ich ...«

In diesen langen Wochen war es Usus geworden, dass Florian mit Antworten auf sich warten ließ, umso erstaunter war sie, diesmal sofort Rückmeldung zu bekommen.

»Das hört sich fantastisch an, Elena, vor allem deine letzten Worte …« Dahinter hatte er eine Flamme gesetzt. Elena wusste gar nicht, wie ihr geschah. Etwas war anders seit gestern Abend! Ganz anders!

Beschwingt lief sie zum Hotel und ließ sich zwei Räume zeigen, die man für private Feiern buchen konnte. Beide waren wunderhübsch, in dieser edlen Gemütlichkeit gestaltet, wie sie nur die Engländer fertigbrachten. Sie wählte den kleineren Raum, denn der hatte ein großes Bogenfenster, mit Sitzbank und Blick auf den Garten.

Bewundernd strich sie über das satte Holz einer alten Vitrine mit einem antiken Kristallarrangement darauf. »Darf ich Fotos machen, damit ich das meinem Mann zeigen kann?«

»Aber bitte!« Die Hotelangestellte lächelte. »Ich hole inzwischen die Karten für die Menüauswahl.«

Elena fotografierte Details und den Raum in seiner Gesamtheit. Es wurden wunderschöne Fotos und voller Vorfreude sandte sie eine Auswahl an Florian, bis die Hotelangestellte mit den Menüvorschlägen zurückkam.

Je mehr sie besprachen, desto mehr freute sich Elena auf die Feier. Sie sah alles schon vor sich: die weiß gedeckten Tische auf dem Rasen, die Schalen mit Früchten und Beeren aus Roberts Garten und Florian, der wie sie die Schönheit der englischen Landschaft bewunderte. Eine Schönheit, die sie wieder vereinen würde, dessen war sie sicher. Sie würde ihm die schönsten Plätze zeigen … Avebury und Adamea, Glastonbury, Silbury Hill … da endete der Traum. Denn Florian käme vermutlich kurz vor der Feier – für Touren wäre keine Zeit. Außerdem begann die Schule Mitte August.

Elena überlegte. Mia würde sich weigern, das wusste sie so sicher wie das Amen in der Kirche. Bennie war noch nicht so weit. Warum sollten sie nicht einfach weitere zwei Wochen bleiben? Sie könnte noch mehr aus dem Buch abschreiben, könnte Florian die Gegend zeigen, die genauso auf ihn wirken musste wie auf sie. Er war doch so feinfühlig.

Spontan verfasste sie eine Nachricht an Marvin mit der Frage, ob es möglich wäre, bis Ende August zu verlängern.

Tief atmete sie durch, als diese Frage rausging. Ja, das fühlte sich richtig an!

*Es ist etwas in dir, was dir all deine Wünsche erfüllt. Dein Selbst ist dein Unterhalt.* Die entspannende Wirkung dieser Sätze war enorm.

Als Elena aus dem Manor House trat und die Majestät der Natur sie empfing, wusste sie: sie war beschützt.

# ♫ Trade It For The Night ♫

HAEVN

Ray war dabei, ein paar Sachen für die Fahrt nach Avebury einzupacken, als Britt anrief.

»Hey Britt«, rief er erfreut. »Wo steckst du?«

»Na, wo wohl? Auf der Arbeit! Ray, du musst nach London zurück!«

»Moment mal, du bist dran, hierherzukommen. Ich wollte dir doch die kleine deutsche Familie vorstellen.«

»Das muss warten! Breaking News! Halt dich fest!«, sprudelte Britt ohne Punkt und Komma. »Der Rechtsberater, von dem ich dir erzählt habe, ist fest überzeugt, dass du alle Chancen der Welt hast, aus dem Vertrag herauszukommen. Ich habe ein Treffen mit ihm arrangiert. Bring die Unterlagen mit! Und jetzt … jetzt kommt der absolute Clou!« Brittany war total aufgedreht und gab Ray nicht die geringste Chance, etwas dazwischenzuwerfen. »Ich bin als Ersatz für Jenny auf ein Firmenmeeting gerutscht, da war ein total rasanter Kerl, Johnny Warwick. Der Typ stinkt vor Geld! Johnny hatte am Mittwoch Geburtstag und lässt am Samstag eine Riesenparty steigen. Nun setz dich mal besser hin, Ray!« Sie machte eine Kunstpause und fuhr glühend fort:

»Tataa! Wir sind eingeladen! Auf die Party des Jahrhunderts! Das ist so ungefähr, als ob uns Elon Musk eine Einladung für sein Shuttle zum Mars geschickt hätte! Frag mich nicht, wie mir das gelungen ist! Jedenfalls habe ich Johnny von deinen Erfindungen und deinem Potenzial erzählt und er war Feuer und Flamme. Weißt du, was das bedeutet? Und Ray, bevor du wieder sagst, dass du Partys nicht magst … dort sind Leute, die Rang und Namen haben, die Geld haben, ein Netzwerk und alles, was dir dieser komische Earl versprochen und nie eingehalten hat. Das ist *dein* Durchbruch! Das rieche ich! Ich wusste, du würdest noch ganz groß rauskommen! Und das ist *die* Chance!«

Atemlos wartete Britt auf Rays Reaktion. Er sah sie vor sich, mit leuchtenden Augen, geröteten Wangen, erfüllt von der Freude über diese bahnbrechenden Neuigkeiten. Er durfte diese Freude nicht zerstören! Aber warum freute er sich nicht so wie Britt? Es waren doch wirklich sensationelle Neuigkeiten!

»Wow, Britt«, brachte er schließlich heraus. »Das ist … ich weiß gar nicht, was ich sagen soll! Ich bin im wahrsten Sinne des Wortes überwältigt.«

»Ginge mir an deiner Stelle genauso«, erklärte sie befriedigt. »Die Party ist etwas außerhalb Londons, eine Stunde Fahrt von uns …«

Sie gab ihm Details durch, die durch Ray hindurch rauschten, ohne Halt zu finden. Eigentlich hatte er ein Lagerfeuer in seinem Garten geplant, mit Britt und Elena und ihren Kindern, aber das, was seine Frau da aufgetan hatte, durfte er nicht ignorieren. Aber gesetzt den Fall, aus der Sache wurde was – was wäre dann mit Exely?

Ray ahnte, dass der Einfluss jener Leute, von denen Brittany sprach, groß genug war, um den Earl in die Knie zu zwingen – und das Bild gefiel ihm gar nicht. Robert stand ihm viel zu nahe, als ihm so etwas zu wünschen. Ihm wurde bewusst, wie sehr er auf das Wunder gehofft hatte, an das Robert nach wie vor zu glauben schien. Ray erkannte in diesem Augenblick eines: Obwohl Robert seinen Teil des Vertrages tatsächlich nicht erfüllt hatte, vertraute er ihm mehr als diesen Billiondollar-Selfmade-Typen. Er hätte es vorgezogen, weiter mit Robert zusammenzuarbeiten.

»Britt«, unterbrach er sie. »Schick mir die Details per Mail, okay? Ich bin gerade durch den Wind und habe mir nichts davon gemerkt. Tausend Dank, dass du dich so für mich einsetzt! Das ist einfach … du bist eine wahre Granate, Britt. Ich bin sprachlos.«

»Ja, so kenne ich dich!«, witzelte sie. »Sprachlos! Aber man gewöhnt sich ja an alles. Also dann, mein Engel, wird Zeit, dass du mal wieder mehr Menschen als Schafe siehst!«

Sie lachte über ihren Witz, aber Ray konnte nicht wirklich mitlachen. Er genoss die Gesellschaft von Schafen oft mehr als die mancher Artgenossen.

# ♫ Reborn ♫

Alexis Ffrench

Es war Regen gemeldet, aber noch war die Nacht trocken und lau. Ein milder Sommerwind wogte durch die Kornfelder, wehte Wald- und Wiesenduft durch das halbgeöffnete Fenster ihres Wagens. Gemächlich tuckerte Elena über die mit Schlaglöchern versehene Landstraße in den Abend hinein, lachte über die bunten Fasane und braunen Rebhühner, die aufgeregt vor ihrem Wagen herliefen, weil sie nicht kapierten, dass sie in den Wald ausweichen konnten. Karnickel und Eichhörnchen flitzten über die Wege, alte Häuschen mit Laternen, Gärtchen und rosenüberwucherten Mauern standen vereinzelt am Wegesrand oder waren nach hinten versetzt, so dass nur die beleuchteten Fenster zwischen den Bäumen hervorlugten. Es war wie das Auenland in Mittelerde.

Je näher sie Avebury kam, umso stärker ergriff sie der bekannte Sog, und die Sehnsucht, wieder inmitten der Felsen stehen zu können. Die Aussicht, die Felskolosse und Adamea wiederzusehen, beflügelte sie so sehr, dass sie meinte, auf eine Party mit guten Freunden zu gehen.

Sie hatte sich ein wenig geschminkt, trug ein leichtes Sommerkleid, freute sich so sehr darauf, Ray zu sehen. Am Wiesenrand angekommen zog sie die Schuhe aus und setzte beglückt ihren Fuß auf das weiche Gras. Es war wie beim ersten Mal. Ein Zauber erfasste sie, ein Wirbel, das Gefühl zu fliegen. Das Herz schraubte sich in Sekundenschnelle nach oben, diesmal noch schneller als beim ersten Mal. Sie konnte gar nicht anders: Sie musste die Arme ausbreiten und sich im Kreis drehen. Tief atmete sie die Sommerluft ein und drückte ihre Fußsohlen gegen die Erde. Oh, sie hätte ewig so stehen bleiben können, die Kraft der Erde tankend, zu verweben mit etwas so Schönem und Gewaltigem! Das fühlte sich so natürlich an! Und im selben Moment, da sie diesen Gedanken hatte, wurde ihr klar, dass Kleinmachen und Getrenntsein in der Tat un-natürlich waren. Die Erde zeigte es ihr.

Glücklich machte sie sich auf den Weg zu Adamea.

Mit verschränkten Armen stand Ray gegen den Stamm gelehnt, die Augen auf sie geheftet, angetan von der Anmut, wie sie ging, wie sie sich drehte, wie der leichte Stoff des hellen Sommerkleides um ihre Beine schwang.

Es beunruhigte ihn, dass er so fasziniert war, und doch konnte er sich nicht dagegen wehren. Des Öfteren war er nachts aufgewacht, mit dem Bild ihres nackten Körpers auf seinen Armen, ihre Brüste an seiner Haut. Das war nicht gut für seine Nachtruhe. Nicht gut für sein Gemüt. Nicht gut für seine Ehe. Fast erleichterte es ihn, dass Elena bald wieder gehen würde, dass auch sie verheiratet war. Er sollte einfach ihre Freundschaft genießen und nichts weiter.

Als sie näher kam, trat er unter dem Schatten des Baumes hervor. Eigentlich hatte er ein paar flotte Begrüßungsworte auf den Lippen gehabt, doch je geringer der Abstand zwischen ihnen wurde, desto unangebrachter kamen sie ihm vor. Elena erging es ebenso. Ihr war nicht danach, heftig zu winken oder zu rufen. Sie genoss seinen Anblick, sein helles Haar, das sich gegen das Abendrot abhob, seine graublauen Augen, die sie schon auf jedmögliche Weise angeschaut hatten. Als sie voreinander standen, sahen sie sich stumm in die Augen. Ray wurde schwummrig zumute. Behutsam beugte er sich vor und hauchte ihr einen Kuss auf die Wange, vermied es, sie zu umarmen, weil er sich nicht sicher war, wie lange er sie an sich gedrückt hätte, wenn er ihren Körper an seinem fühlte. Elenas Blick glitt zu Adamea und ein erstaunter Ausruf entfuhr ihr.

Eine dicke Decke lag auf ihrem Wurzelwerk, daneben stand ein Picknickkorb, aus dem eine Flasche sowie eine Thermoskanne herausragte. Zwei weitere leichte Decken, in die sie sich einhüllen konnten, lagen parat, sollte die Nacht kühler werden. An einem Zweig der Buche hatte Ray eine kleine Laterne mit einer Kerze darin befestigt, die sanft im Wind hin und her baumelte. Es sah einladend aus, Elena war total gerührt.

»Das ist wunderherrlich! Vielen Dank, Ray!«

»Sehr, sehr gern! Nimm Platz, Mylady!«

Er wies mit einer Hand auf die Decke, machte sich am Korb zu schaffen und zog zwei Becher, die Thermoskanne und einen Teller heraus, den er in die Mitte der Decke platzierte. Darauf drapierte er ein paar unförmige Kekse.

»Selbst gebacken. Ich hoffe, sie schmecken besser als sie aussehen«, erklärte er. »Dazu gibt es den Mutmacher Nummer eins: Kaffee!«

»Mutmacher! Das lässt ja tief blicken.« Sie lachte leicht, während er zwei Becher vollschenkte.

»Du sagst es. Kaffee erreicht Stellen, da kommt Motivation gar nicht erst hin. Und das hier ...«, er hob die Flasche kurz an, »... ist mein Rettungsring, falls der Kaffee versagt.«

»Oder wenn es etwas zu feiern gibt!«

»Was ich sehr bezweifle.« Seine Miene verdunkelte sich.

»Wow, wir sind schon mittendrin. Du wolltest reden. Was bedrückt dich, Ray?«

Er seufzte, ließ sich im Schneidersitz neben ihr nieder, blies auf seinen heißen Kaffee und schaute über die Landschaft. Drüben im Dorf tummelten sich einige Touristen, aber im Steinkreis war es herrlich still. Elena fühlte sich wie in einer anderen Welt. Die kuschelige Decke unter ihr, die Zweige Adameas über ihr, ein Elfenmann neben ihr … Für sie war das wunderschön, vor allem die Verständnisinnigkeit, die Zuversicht, die sie seit dem letzten Buchabschnitt fühlte und die Ray aus irgendeinem Grund noch runder machte. Dass er hier mit ihr sitzen und reden wollte, dass er so offen war, nicht den starken Mann herauskehrte, sondern mehr oder weniger um Hilfe gebeten hatte, bewegte sie auf einer Ebene, die ihr Kopf noch gar nicht verstand.

Er kramte im Korb und zog einen Umschlag heraus. »Meine Wünsche«, erklärte er. »Wo sind deine?«

»Ach, herrje, daran habe ich gar nicht mehr gedacht. Muss ich nachreichen, Ray.«

»Am Ende hast du gar keine mehr?«

»Doch! Mehr als genug! Aber Ray …«, sie wandte sich ihm mit leuchtenden Augen zu, »…neulich in der Bibliothek habe ich einen Abschnitt gelesen, der mir einen ganzen Kronleuchter aufgesetzt hat! Ich glaube, ich weiß jetzt, wie das ist mit den Wünschen.«

»Nicht dein Ernst! Du hast das Rätsel gelöst? Wenn du mir das begreiflich machen könntest, hätten wir tatsächlich einen Grund zum Feiern!«

»Bis jetzt ist alles noch Theorie. Bin gespannt, ob ich das in der Praxis auch hinbekomme. Das probieren wir gemeinsam aus, was meinst du?« Vergnügt sah sie ihn an. »Wir haben ja beide irgendwie dasselbe Thema. Und es ist so super, den Weg mit dir zu gehen. Und mit dem Buch.«

»Ach ja, das Buch … das frustriert mich gerade eher, statt mich aufzubauen.«

»Warum denn?«

»Neulich bin ich wieder über die Stelle mit dem Selbstbild gestolpert. Da hieß es: Wenn deine Erfahrungen so sind, wie sie sind, zeugt das von deinem Selbstbild. Es kann sich ja in deinem Leben nur das ausdrücken, was du glaubst, was du bist.« Er wandte sich ihr zu. »Das ist kein Kompliment, denn dann müsste ich von mir denken, dass ich der Loser bin und immer auf das falsche Pferd setze. Dass etwas Großes nicht zu mir passt und mir nicht vergönnt ist.«

»Das kann ich so gut nachvollziehen. So dachte ich auch. Und dann kommt die Angst vor Enttäuschung dazu. Was heißt, man wünscht sich lieber nichts, um nicht enttäuscht zu werden.«

»Du hast es voll auf den Punkt gebracht.«

»Ich sage ja, wir haben das gleiche Thema.« Sie grinste ihn an und wedelte mit dem Kuvert. »Ich weiß ja nicht, was da drin steht, aber wie würdest du dich fühlen, wenn du hättest, was du wolltest? Wie würdest du dich geben, was würdest du tun?«

»Ich weiß, worauf du hinauswillst. Ich kann mich an eine Passage im Buch erinnern, wo es um das Spiel des Annehmens geht. Also die Dinge so anzunehmen, als seien sie bereits geschehen. Maya hat es sinngemäß so ausgedrückt: Man muss die Dinge vom Ende her denken, nie vom Stand aus, wo sie gerade stehen.«

»Vom Ende heraus denken«, wiederholte Elena. »Also, so zu tun, als wäre alles schon fertig. Weil der Mensch nicht das anzieht, was er denkt, sondern was er glaubt. Also, ich hatte bislang totale Probleme, mir meine Wunschsituation vorzustellen. Immer, wenn ich das versuchte, kamen tausend Bedenken dazwischen. Dass mir das nicht vergönnt wäre. Oder zu materialistisch ist und so ein Kram. Eine Frage, Ray: hast du es eigentlich jemals wahrhaftig ausprobiert?«

»Nein, nicht wirklich. Ich habe immer darauf gewartet, dass es passiert.«

»Ist irgendwie unlogisch, was wir da machen. Wir können es uns nicht vorstellen, aber wollen, dass es wahr wird.«

»Stimmt irgendwie. Heißt ja auch, wir sollten wieder sein wie Kinder! Jetzt macht der Satz von Jesus und SpongeBob endlich Sinn.« Er zog seine Schneidezähne vor die Unterlippe und ahmte SpongeBob Schwammkopf nach: »Alles, was wir brauchen, ist eine *Menge Fantasie!*«

Sie brachen in Lachen aus.

»Weißt du was? Ich glaube, genau darum geht es«, sagte Elena mit blitzenden Augen. »Um die Fantasie! Um den Mut zu träumen! Das dürfen wir uns nicht verwehren, ganz im Gegenteil!«

»Hört sich an wie ein Trinkspruch. Was übersetzt heißt: Elena, ich glaube, ich brauche Alkohol.«

»Nur zu!« Sie lachte. »Wenn's hilft?«

Er machte sich an der Flasche zu schaffen, goss zwei Gläser voll und reichte ihr eines davon. »Worauf trinken wir?«

»Auf den Mut, an ein erfülltes, schönes Leben zu glauben. Und auf den Mut, weder Erfahrungen noch Fehler zu scheuen und sich trotz dieser gut zu fühlen.«

Er erwiderte nichts darauf. Obwohl der heraufgezogene Mond sein Gesicht nur unzureichend beleuchtete, wusste Elena, dass Ray getroffen war. Er war herzerwärmend ehrlich und das rührte sie zutiefst. Sie fand ihn abgrundtief süß.

Sie stießen an, Elena schloss kurz die Augen und genoss das herbe Prickeln des Getränks auf ihrer Zunge.

»Was den Mut zu träumen angeht …«, fing er zögernd wieder an. »Ein Satz, über den ich ständig stolpere, ist: ›Wir glauben, was wir wahrnehmen, aber wir können nicht wahrnehmen, was wir nicht glauben‹. So wird unser Glaube zu einem Filter, durch den wir nur das sehen, was unseren Erfahrungen nach sein kann und darf. Es gibt interessante Hirnforschungen darüber, die beweisen, dass wir nur das sehen können, was wir schon kennen. Wenn wir Neues erfahren wollen, müssen wir also über das Bestehende hinausdenken.«

»Das ist genial, Ray!« Elena setzte sich aufrechter hin. »Ich verstehe immer mehr, warum die Vorstellungskraft so wichtig ist! Warum sie unsere wahre Macht darstellt! Wir *müssen* träumen! Weil Träume über unseren Verstand hinausgehen und über das, was bereits existiert. In den letzten Tagen habe ich allerdings eines begriffen: Vorstellung und Träumen allein genügt nicht.«

»Ach«, sagte er verblüfft. »Und was fehlt?«

»Wir müssen uns mit etwas Größerem verbinden, Ray. Wir müssen wieder wissen, dass wir Kinder Gottes sind, wie Maya immer betont. Mit allen Konsequenzen, was ein Kind Gottes kann — nämlich erschaffen, Materie bilden.« Sie beugte sich leicht zu ihm hin, ihr Körperduft stieg in seine Nase. Rays Augen lagen wie hypnotisiert auf ihrem Gesicht. »Wir wagen es einfach nicht, Ray. Es kommt uns blasphemisch vor. Wir fühlen Angst oder Schuld oder wir sagen schlicht, es sei nicht realistisch. Das kann es ja auch nicht sein, wenn wir es nicht in die Realität holen! Es ist so einfach, dass uns die Umsetzung schwerfällt. Weil es der Kopf immer kompliziert haben will.«

Ray schluckte. Ihr Blick war zu schön, ihre Gefühle so echt, ihre Worte wie eine Brücke. Sie landeten direkt in seinem Herzen.

»Wir nehmen dieses Große nicht mehr wahr, weil wir es nicht für wahr halten«, versuchte sie es weiter. »Das ist so irre. Irgendwie ein kosmischer Witz.«

»Aber … wie setzt du das um?«, fragte er. »Ich meine, ich kann mir sagen, dass ich Schöpfer oder ein Kind Gottes bin. Aber das nützt mir irgendwie nichts, es mir nur zu sagen.«

»Ja, das stimmt. Das nützt nicht viel.« Sie lehnte sich zurück an den Stamm. »Es gab einen Satz, der mir mit einem Schlag alles klarmachte – und der heißt: *Ab heute und zum ersten Mal vertraue ich meinem Selbst.* Als ich das las, wurde mir klar, dass ich das nie getan hatte. Weil ich dieses Selbst nicht sehen und nicht greifen kann. Daher habe ich es aus meinem Bewusstsein verbannt und so konnte es nie für mich wirken. Aber ich bin fest entschlossen, es zurückzuholen oder besser: es als wahr zu erachten. Ich habe die Sätze für mich umformuliert: Ab heute und für immer vertraue ich meinem Selbst. Mein Selbst ist mein Unterhalt.«

Ray gab es einen heftigen Ruck. Sie wandte sich ihm zu und in diesem Augenblick erschien sie ihm wie ein Engel, mit ihrem blonden Haar und Worten, die einen Weg aus seinem Chaos bahnten.

»Das ist das Vertrauen in die Kraft, die uns erschaffen hat. An die müssen wir andocken, wenn wir Wünsche wahrmachen wollen. Die Vorstellung allein genügt nicht, denn die Imagination speist sich aus diesem Selbst. Allein die Aussage, dem Selbst zu vertrauen, lässt mich erahnen, was Vertrauen wirklich heißt. Ich beginne zum ersten Mal in meinem Leben, mit vollem Bewusstsein zu vertrauen. Auf etwas Ewiges, Unzerstörbares. Obwohl ich es nicht sehe und auch noch nicht wirklich spüren kann.«

»Das macht Sinn«, sagte Ray und richtete sich elektrisiert auf. »Das macht Sinn! Es ist genau die Komponente, die die materialistische Wissenschaft ausschließt …«

»… Und das, was uns Menschen permanent eingetrichtert wird: *nicht* daran zu glauben. Ich ahne, warum das so gefördert wird: Weil darin eine unglaubliche Macht steckt!! Jetzt begreife ich, warum sie das bei den Kindern schon einstampfen! Das ist mir passiert und dir auch, Ray. Aber es liegt an uns, uns davon zu befreien.«

Ray war aufgewühlt. In ihm arbeitete es gehörig.

»Ist eigentlich dumm, wenn wir das nicht mal konkret ausprobieren«, sagte er.

»Finde ich auch. Mein Mann spricht immer davon, dass das Ziel jedes Menschen ist, in Liebe und Freude zu leben. Ich dachte immer, das sei abgehoben, nicht realistisch eben.«

»Ja, wir haben vergessen, wie man in der Ebene über der unseren lebt. Wie sich das anfühlt in dieser Glückseligkeit.«

»Und wir halten diese Ebene nicht für wahr, weil wir ja nur erleben können, was wir glauben.«

»So beißt sich die Katze in den Schwanz.«

Inspiriert sahen sie einander an.

»Das ist definitiv einen Schluck wert«, sagte Ray und hielt nochmal sein Glas hoch. »Wenn uns jemand aus dieser höheren Ebene betrachten würde, würde er die Menschheit für ziemlich bescheuert halten.«

»Nein, ich glaube, für sehr mutig. Das sagt auch Maya. Es ist nicht leicht, vom Dunkel ins Licht zu kommen. Es ist eine Heldenreise.«

Sie stießen an. Ray verfiel in Schweigen und Elena ließ ihn. Den Rücken an Adamea gelehnt, sah sie zum Sternenhimmel hoch. Lichter blinkten am Himmel – Flugzeuge? Planeten? Wer wusste schon, was da draußen alles war!

Eine Weile saßen sie stumm zusammen, jeder in seine Gedanken vertieft und doch auf intensive Weise miteinander verbunden. Rays Schwingungen erreichten sie, sie wusste, woran er dachte. An sein Projekt, daran, wie er diese Erkenntnisse auf sein Leben anwenden konnte. Sie spürte seine Gratwanderung zwischen Hoffnung und Zweifel, zwischen Herrlichkeit und Erbärmlichkeit, spürte dasselbe in sich selbst. Ach, das kannte sie alles so gut! *Der fieseste Trick des Egos*, flüsterte ihr das Buch zu, *ist die Angst vor ihm selbst. Wenn du Angst hast, dem Ego zu dienen, dienst du ihm.*

Sie warf Ray einen Seitenblick zu. Sein Gesicht war weich, seine Züge versonnen. Eine Welle an Zuneigung erfasste sie, eine glühende Welle, die ihr ganzes Sein wärmte. Ray berührte sie auf eine Weise, wie sie noch nie ein anderer Mann berührt hatte. Er war ihr so nah, zu nah. Bisher hatte sie nur Augen für Florian gehabt – und sie wollte nicht, dass sich das änderte. Aber sie konnte nicht verhindern, dass ihr Herz schmolz, wenn sie Ray im Mondlicht sitzen sah. Er mimte nicht den großen Meister, er wuchs mit ihr. Gedankenverloren balancierte er sein Glas zwischen den Spitzen seiner Finger, während er nachdachte, aber spürte ihren Blick. Seine Augen senkten sich in die ihren. Elenas Herz erhob sich, die Zeit schien zusammenzufallen, die Herzen sich nach oben zu schrauben. Sie trafen sich im Kosmos, waren verbunden auf hoher Ebene. Ewige Momente … bis Elena schluckte und sich wegdrehte. Das war zu intensiv, zu tief! Ihr Herz riss aus, pulste in einem ungehörigen Rhythmus.

»Morgen bin ich in London«, hörte sie ihn sagen. »Brittany hat einen Kontakt aufgetan, der mich aus dem Vertrag mit Exely raushauen könnte, jemanden, der genug Geld hat, um meine Box in Produktion zu bringen.«

»Oh!« Elena reagierte betroffen. »Das klingt zwar einerseits toll, aber wäre schade, wenn es mit Robert nicht klappt. Ich hätte es euch beiden gegönnt.«

»Geht mir genauso. Ich möchte nicht, dass die Box jemand in die Hände bekommt, der nur will, dass sie vom Markt verschwindet.«

Er nahm einen Schluck Sekt. »Mann!«, stieß er verdrossen hervor. »Was um Himmels willen muss geschehen, damit diese Mächtigen endlich nicht mehr über das Leben von Milliarden von Menschen bestimmen?«

Elena schwieg eine Weile.

»Weißt du, Ray«, begann sie dann langsam. »Im Grunde ist das doch das gleiche Thema: Wir nehmen den Mächtigen übel, dass sie jene Macht einsetzen, die wir uns selbst verweigern. Wir glauben, sie hätten sie und wir haben sie nicht. Wir glauben, es sei ihr Geld, ihre Position, ihre Netzwerke, was sie zu all dem befähigt. Das ist ein falscher Glaube. Denn all dies würde ihnen doch nichts nützen, wenn wir mittels unserer eigenen Vorstellungskraft Gegengewichte schaffen.«

»Sehe ich anders. Ihr Geld nützt ihnen sehr wohl etwas, denn sie können alle möglichen Leute bestechen. Medien und Machthaber können Leute auf einflussreiche Positionen setzen und so die Masse manipulieren. Es bleibt Tatsache, dass diese Mächtigen mit den Politikern unter einer Decke stecken und ein Netz über uns geworfen haben. Das weißt du alles.«

»Ja, das weiß ich alles. Aber doch genau deswegen, *weil* wir die Macht der Imagination nicht einsetzen. Das Buch sagt: ›Wende dich von den real erscheinenden Tatsachen ab!‹ Wenn wir das nicht tun, wird es nie anders. Überleg doch: Die Welt ist so, wie sie ist, weil bewusst ausgeübte Macht auf tiefe Unbewusstheit trifft – nämlich uns Menschen, die wir uns als Opfer fühlen und die nur deswegen Opfer sind, *weil* wir diese Kraft nicht nutzen.«

»Sorry, Elena, aber das hört sich gerade doch ein wenig blauäugig an. Die Menschen werden verdummt. Durch Erziehung, mittels Medikamenten und vielem mehr. Die meisten spannen das noch nicht mal, geschweige denn, dass sie ihr Potenzial nutzen. Es mag ja sein, dass du und ich das erkennen. Vielleicht noch ein paar wenige dazu. Aber das reicht nicht.«

»Sicher? Alles fängt mit dem Ersten an, dann folgen andere nach. Du kennst das Phänomen des Hundertsten Affen. Nur durch den Ersten kann ein Sog entstehen. Und die Ersten werden immer ausgelacht. Es ist so irre: Millionen von Menschen wünschen sich Frieden. Aber stellt sich wirklich jemals jemand vor, wie das wäre, wenn wir in Frieden leben würden? Nein. Wir sagen klar und deutlich: Wir können uns *nicht* vorstellen, wie sich die Welt-Situation je ändern soll. Wir können uns *nicht* vorstellen, wie unser Leben die Richtung nehmen soll, die wir uns wünschen. Oder dass jemals die Macht der angeblich Mächtigen gebrochen werden könnte. Wortwörtlich sagen wir das! Sogar du! Das ist unser kollektives Selbstbild. Wir unterliegen dem verfluchten Bann: Wir können es uns nicht vorstellen. Und so verwerfen wir die Macht der Vorstellung, unser größtes Ding, das uns mit unserem Schöpfer verbindet.«

Ray starrte sie an. Seine Lippen bebten leicht. Gerade konnte er sich nicht sattsehen an ihr, wünschte er sich nirgends anders hin, als hier unter Adamea zu sitzen und mit Elena über solche Dinge zu reden. Der Widerschein der Kerze glänzte sanft in ihren Augen. Sie saß inzwischen auf ihren Fersen, die Hände auf dem Schoß, der Wind blies sanft Strähnen ihres blonden Haars über die Wangen und ihr Blick, so fand er, war atemberaubend süß, ihr Herz so offen und irgendwie unschuldig. Elena wollte ihn nicht belehren. Ihr Thema war sein Thema, ihre Worte galten ihr wie ihm gleichermaßen. Auch sie musste diese Reise antreten und ihre Zweifel überwinden. Sie verstand ihn. Eine heiße Welle flutete in ihm hoch – und er konnte sich nicht mehr dagegen wehren. Die Nacht gewann einen zusätzlichen Schimmer, die Magie steigerte sich und ihre Worte fielen direkt in sein Herz.

»Weißt du was?«, fuhr sie fort. »Ich glaube, wir haben vergessen, wie man glaubt. Wir haben vergessen, wie man träumt. Aber Chancen und Möglichkeiten ergeben sich nur, solange wir zu träumen wagen.«

Es wurde still unter Adamea. Die Worte schwebten wie goldener Dunst in der Luft, füllten den Äther, durchtränkten alles. Der Sternenhimmel über ihnen unterstrich die Unendlichkeit, die der Mensch nicht mehr sah. Ray fühlte sich mit Elena verbunden, auf eine Weise, die ihm unheimlich war, weil sie Dimensionen durchstieß. Er hatte das Gefühl abzuheben. Alles in ihm wurde aufgewirbelt.

Feiner Nieselregen setzte ein, benetzte sie mit Feuchtigkeit und setzte ein Zeichen für den Aufbruch. Ray begann, die Sachen zusammenzupacken.

»Schreibst du so wunderbar, wie du sprichst?« Seine Stimme war rau. »Wenn ja, müssen deine Bücher gigantisch sein.«

Elena lachte leicht. »Ich arbeite dran. Bin dabei, eigenmächtig das Genre zu wechseln.«

»Klingt gut!« Ray lächelte. »Meine Güte, Elena, was für ein gehaltvoller Abend! Jetzt würde ich gerne eine Seite im magischen Buch aufschlagen.«

»Du meinst als Bestätigung?«

»Genau.«

»Kannst du haben! Weißt du was? Ich gehe noch auf einen Sprung in die Bibliothek, öffne das Buch auf irgendeiner Seite und schicke dir den Text.«

»Das wäre der perfekte Abschluss für einen perfekten Abend. Und ach ja … gib mir meinen Umschlag wieder! Ich fürchte, ich muss den Inhalt überarbeiten.«

Elena fischte ihn aus ihrer Tasche. »Wenn wir uns das nächste Mal treffen, habe ich meinen auch dabei. Wann machen wir die auf?«

»An Weihnachten? Du öffnest meinen und ich deinen ... uh, das wird spannend!«

Sie kicherten wie die Kinder, senkten, als hätten sie etwas Ungehöriges getan, unisono die Lider, packten die restlichen Sachen in den Korb, verabschiedeten sich von Adamea und von den Felsen, während sie zu ihren Wagen liefen.

Der feine Regen hatte winzige Perlen auf Elenas Haar gesetzt, das Licht der Sterne spiegelte sich darin. Sie öffnete die Wagentür, warf ihre Tasche hinein, lehnte sich gegen die Karosserie. Ray schluckte, hatte Mühe, ihr nicht über das Gesicht zu streicheln, es nicht in seine Hände zu nehmen.

»Danke, Elena, das war ein im wahrsten Sinne des Wortes *wunder*-voller Abend.«

»Ja, das war er.«

Sie blickte ihn an. Rays Herz schlug einen Salto, er hatte Mühe, ihr lediglich wie zu Beginn ihres Treffens einen Kuss auf die Wange zu hauchen, aber seine Lippen verweilten auf ihrer Haut. Ihr Haar streifte seine Stirn, ihre Wärme hüllte ihn ein, ihre Augen waren geschlossen. Ray war kurz davor, seinen Mund weiterwandern zu lassen, sie in seine Arme zu nehmen, doch der Regen wurde stärker und scheuchte sie auseinander. Beide waren sie verwirrt. Elena rettete sich in den Wagen und fuhr davon.

Aufgewühlt drehte sich Ray Richtung Adamea, tausend Fragen im Kopf.

»Hey, altes Mädel«, murmelte er. »Was passiert da gerade? Das macht mein Leben nicht leichter!«

Er versuchte, die hochkommenden Gedanken zu verscheuchen, aber etwa eine Stunde später traf eine Textnachricht von Elena ein. »Dein Gute-Nacht-Gruß von Maya!«

Dahinter hatte sie einen Schmetterling gesetzt. Ein Prickeln lief über Rays Körper, als er den Text las:

»Sage dir, dass es fertig ist. Dass es vollendet ist. Genieße die Ruhe, die damit einhergeht. Diese Ruhe erlaubt jenen Impulsen in dich einzuströmen, die nötig sind, um die erforderlichen Schritte zu gehen, um das Ende zu erleben und um zu fühlen: Es ist vollbracht.

O Mensch, das Geheimnis der Manifestation ist einfach. Es lautet: ›Wisse, glaube, dass du es erhalten hast‹. Das ist alles. Verdrehe es nicht! Das Gesetz des Universums sagt nicht: ›Glaube, dass du es erhalten wirst‹, es sagt: ›Glaube, dass du es erhalten *hast*‹. In dieser Aussage liegt das Geheimnis verborgen. Glaubt, dass ihr empfangen habt. Das ist die Kondition für ein Wunder.«

Rays Herz machte einen heftigen Satz, umso mehr, als eine weitere Nachricht eintraf:

»Bereit dafür?«

Und plötzlich fühlte er: Er musste sich entscheiden. Für die Quelle, für sein Selbst, das darauf wartete, dass er ihm endlich, endlich vertraute.

In der Nacht lag Elena lange wach. Sie dachte an Florian, an Ray, an den Inhalt des Abends. Sie hatte so überzeugt geklungen, aber dem war nicht so. Hoffnung und Zweifel stritten gleichermaßen in ihr.

Sie erinnerte sich an ein Seminar, das sie mit Florian einst besucht hatte, in dem es darum gegangen war, die angeborenen medialen Fähigkeiten wiederzuentdecken. Es war viel geatmet und meditiert und verschiedene Übungen waren praktiziert worden, die den Kanal dafür wieder öffnen sollten. Die Teilnehmer waren hellauf begeistert, wie gut das funktionierte, nur Elena war sich wie der letzte Versager vorgekommen. Es war wie immer! Bei allen anderen schien es zu klappen, nur bei ihr nicht. Die anderen hatten das Objekt, der unter dem Blumentopf lag, benennen und die Gedanken des Übungspartners zumindest grob erfassen können. Schließlich war eine Übung gefolgt, in der ihnen ein Gegenstand auf die Handfläche gelegt worden war. Ein Stift, ein Holzlineal – bei ihr war es ein Schlüssel mit einem verschnörkelten Griff gewesen. Ziel war es, den Schlüssel mittels Gedankenkraft auf der Hand sich drehen zu lassen.

So einige hatten mit dieser Übung gekämpft, aber am Ende des Tages hatte es jeder geschafft. Nur sie nicht. Bei jedem hatte sich der Gegenstand bewegt. Nur bei ihr nicht. Es war ihr nicht gelungen, so sehr sie sich auch bemüht hatte. Sie war den Tränen nah gewesen, fühlte heute noch die Blicke und den Druck auf ihr.

Sie drehte sich auf den Rücken, starrte die Sterne an, die zum Fenster hereinleuchteten. Rays Kuss lag noch auf ihrer Wange und unversehens legte sie die Finger an die Stelle, wo sein Atem, sein Haar und seine weichen Lippen ihre Haut berührt hatten. Dachte an das, was sie zu ihm gesagt hatte.

Waren diese Erkenntnisse wirklich eine Kehrtwende? Es *war* eine Kehrtwende, Vorhaben vom Ende heraus zu denken. Es war eine

Kehrtwende, nicht zu urteilen und einer liebevollen Intelligenz zu vertrauen, einer, die man lange nicht gegrüßt hatte.

Das galt für ihre individuellen Belange genauso wie für die Welt. Mit diesem Resümee begriff Elena die Konsequenzen dieser Umkehr in voller Gänze:

Niemals konnte eine neue Situation entstehen, wenn man gegen die alte kämpfte, niemals eine bessere Welt entstehen, wenn man sich gegen die bestehende wehrte. Sie konnte nur entstehen, wenn man das Neue lebte. Wenn man sie mittels Vorstellung in die Realität holte. Wenn man die Wege dafür offen ließ. Das war die Wandlung, auf die ihre Seele äonenlang gewartet hatte.

»Okay, liebe Seele«, flüsterte sie in die Nacht, »ich lasse dir freien Lauf. Ich will, dass sich der Schlüssel auf meiner Hand dreht.«

# ♫ e.Dreamer ♫

Piano Novel

Florian erwachte aus einem Zustand, den er noch nie zuvor in seinem Leben erfahren hatte. Er schwebte im Himmel, sein Körper schien ihm wie durchleuchtet, sein Geist befand sich in hochfrequenten Sphären, die Welt war wie von einem Schimmer umgeben.

»Wie geht es dir?«, flüsterte eine Stimme von weit her. »Wieder gelandet?«

Er war nicht in der Lage zu antworten. Er wollte in dieser sagenhaften Welt bleiben, in der wunderbaren Schwingung der allumfassenden Liebe. Wie oft hatte er diesen Begriff benutzt und nie verstanden! Nun erkannte er, dass es die Erfahrung war, die veränderte. Warum nur hatte er so lange gezögert, sich darauf einzulassen?

Eine Feder streichelte seine Haut, die Millionen an Impulsen in ihm auslöste. Er schloss die Augen, fühlte sich erneut emporgehoben in diese herrliche Erhabenheit und hätte vor Liebe am liebsten geweint.

Seine Weggefährten saßen oder lagen um ihn herum. Die Sonne schien in den kleinen Bungalow hinein, es war angenehm warm, in den Bergen wurde es nicht heiß. Eine Glocke erklang. Einmal, zweimal, dreimal, ihre Vibrationen jagten weitere Schauer durch seinen Körper.

Langsam kam Florian zurück, richtete sich auf. Traumverloren wanderte sein Blick über die Szenerie. Fünf Menschen, drei Frauen, zwei Männer, aufs Tiefste miteinander vereint. Ein Holzboden, auf dem Matratzen lagen, Wind, der den leichten Stoff vor den Terrassentüren bewegte, Palmen und Grün vor der kleinen Veranda. Es war wunderschön, Zeit etwas Unwichtiges. Ständig fragte er sich, welcher Tag war, welches Datum sie hatten, weil er sich ab und zu bei Elena melden musste. Dinge aus einer Welt, die ihm immer fremder vorkam, Dinge, die ihn stressten.

Justin und Svenja begannen, ein Frühstück vorzubereiten, das aus heimischen Früchten und Haferflocken bestand. Florian erhob sich, fühlte sich wacklig. Er ging an den kleinen Bach, der neben der Hütte verlief, warf sich ein paar Hände kaltes Wasser ins Gesicht, aber der hohe Zustand hielt an. Glückseligkeit durchströmte ihn, als er sich im Schneidersitz in der Runde der anderen wieder niederließ. Nach einer kurzen Meditation reichte ihm Billie eine Frühstücksschale, aber er hatte kaum Hunger. Er fühlte sich gesättigt von Licht und fiel, mit der Schale in der Hand, erneut in Trance.

Schließlich ebbte der Zustand ein wenig ab, zumindest soweit, dass er die Augen öffnen konnte.

Justin warf ihm einen Blick zu und lächelte. »Du siehst aus, als ob du Lust auf eine weitere Session hättest. Es war übrigens wundervoll, Flo. Ganz, ganz wundervoll.«

Florian nickte verträumt und verzaubert. »Ja, das war es.«

»Dann wiederholen wir das heute Nacht? Es ist Vollmond, da wirken die Rituale noch besser. Und vielleicht magst du ja auch noch einen Schritt weiter gehen. Nicht nur zusehen, sondern voll mitmachen.«

Florian hatte keine Chance, Nein zu sagen. Alles in ihm schrie danach. Gefühle in dieser Intensität wieder zu erleben, war das Göttlichste, was er sich vorstellen konnte. Am liebsten hätte er die Zeiger der Uhr vorgedreht. Inez nahm ihm die Schale ab, sah ihm in die Augen, strich mit der Hand über seine Stirn.

»Wow, du schwebst ja immer noch«, murmelte sie, und an Justin gewandt: »Ich würde warten, Justin. Heute Nacht ist das zu dicht aufeinander. Er ist das nicht gewohnt. Sein Nervensystem packt das nicht.«

Florian presste die Lippen zusammen. Mit ihrem letzten Satz hatte Inez ihn aus dem himmlischen Zustand gestoßen. Weshalb sollten seine Nerven keine hohen Zustände verkraften? Sein Ehrgeiz flammte auf.

»Nein, ich bin dabei«, erklärte er fest. »Ich freue mich drauf. Und zwar auf alles.«

»Auf alles?« Erstaunt musterte Inez ihn. »Ich dachte, du wolltest das erst abklären?«

»Habe ich, ist alles rund. Ich bin bereit. So schwach sind meine Nerven nicht, Inez.«

»Sehe ich auch so«, erwiderte Justin. »Das gestern war eine sanfte Einführung. Da geht noch viel mehr! Gönn's ihm doch!«

Da ging noch mehr? Jetzt verstand Florian Inez' Bedenken. Wenn das eine sanfte Einführung gewesen war, würde das Folgende ihn ins Universum schießen! Ein Teil in ihm warnte ihn davor, ein anderer sehnte sich ganz schrecklich danach.

»Das ist also gebongt?«, vergewisserte sich Justin. »Du weißt, ich muss dafür ein paar Sachen besorgen. Einkaufen müssen wir übrigens auch. Wer hat noch Geld?«

»Haben wir schon wieder alles verbraucht?«, wunderte sich Florian. »Wir essen doch fast nichts.«

»Und die Miete? Der Wagen? Die Gebühren für die Genehmigungen und der Proviant für unsere Reise? Wir müssen ohnehin die nächste Woche planen, wenn wir losziehen.«

Sie gerieten in Diskussion über die Gestaltung der geplanten Reise, aber Florians Geist klinkte sich aus, segelte davon, weigerte sich, in dieser seltsamen 3-D-Welt Fuß zu fassen. Er war im Paradies und wünschte sich, es mit Elena erleben zu können. Hier gab es nur Zärtlichkeit, Liebe und Erfüllung – und Hilfsmittel, zu all diesem zu kommen. Und doch stritt sein Geist mit ihm. Sein altes Wertesystem, das ihn über vierzig Jahre geprägt hatte, ließ sich nicht so einfach zur Seite schieben. Bisher waren Drogen für ihn tabu gewesen, aber die Umgebung hatte ihn dazu verführt, mal hie und da an einem Joint zu ziehen, und gestern war er einen Schritt weitergegangen. Was in der Nacht wirklich passiert war, daran konnte er sich nicht so richtig erinnern. Aber Schemen von nackten, ineinander verschlungenen Leibern tauchten immer wieder auf, verursachten ein Brennen in seinen Lenden.

Billie tänzelte heran, drückte ihm einen Kuss auf die Stirn. Ihr Oberkörper war nackt, ihre Brüste baumelten vor seiner Nase. Fast alle verzichteten hier oben weitgehend auf Kleidung, es sah sie sowieso niemand. Nur Florian hatte Hemmungen, trug Shorts und T-Shirt. Überhaupt war sein Lebensmodell den anderen völlig fremd.

Zum Beispiel hatte alle vier unisono die Stirn gerunzelt, als er von Elena als »seiner Frau« gesprochen hatte.

»Was heißt das: *deine Frau*?«, hatte Justin von ihm wissen wollen. »Du besitzt sie doch nicht. Sie gehört dir nicht. Lass sie frei!«

Und als Florian ihn angestarrt hatte, hatte er hinzugesetzt: »Geistig, meine ich. Liebe ist frei! Sie ist ewig und überall! Wieso darf man nur eine Frau oder nur einen Mann lieben? Das ist doch irgendwie krank, oder nicht?«

Inmitten dieser offenen Multi-Kulti-Gesellschaft hörte sich das tatsächlich seltsam an. Deswegen hatte Florian mit Elena teilweise nicht reden wollen. Er war durcheinander, weil sich auf einmal zwei Welten auftaten – die ihre und die seine. Aber er liebte sie und er wollte in *einer* Welt mit ihr leben! In seiner! Im Einklang mit der unendlichen Liebe, nach der er sich sehnte und die er gestern Nacht in einem Maße hatte erleben dürfen, die ihm jetzt noch ganze Schauergewitter durch jede Zelle jagte. Florian war tief überzeugt, dass es Elena genauso ergehen würde. Sie musste das nur einmal erleben, so wie er. Er dachte an ihr weiches, liebes Wesen, an ihren schönen Körper und heiß flutete das Begehren in ihm hoch. Er zog ein

Kissen auf seinen Schoß, aber dank der weiblichen Intuition spürten die drei Frauen sofort, was mit ihm los war. Die Stimmung im Raum schwängerte sich mit Lust und Verlangen.

Svenja stand auf, setzte sich neben ihn. Sie war aus Schweden und hatte eine besondere Art der Massage erlernt. Sie massierte alle möglichen Körperteile, was die anderen gerne nutzten – nur Florian hatte sich bislang dagegen gesperrt.

»Du wirkst ziemlich verkrampft«, sagte sie sanft. »Leg dich hin, ich lockere dich ein bisschen.« Sie beugte sich vor und flüsterte ihm zu: »Du kannst dich ja an gewissen Stellen selbst massieren, wenn du mich nicht lässt.«

Florians Gehirn war noch zu benebelt, um das abzuwehren. Dankbar legte er sich in die weichen Kissen zurück und überließ sich Svenjas Händen. Der selige Schwebezustand nahm seinen Geist wieder in Besitz und schickte warme Wellen durch seinen Körper.

Was, dachte er, kann an diesen wunderschönen Zuständen falsch sein? Und damit schob er alles weg, was ihn daran hinderte, sie zu fühlen.

# ♫ The Secret Garden ♫

AURORA

Ein putzmunterer Ray holte sie am Nachmittag für die Tour zu Shute House Gardens ab. Mia überfiel ihn mit einer Unsumme an Fragen und hatte einige Seiten aus dem Internet ausgedruckt.

»Was ist der Unterschied zwischen fließendem und statischem Strom?«, wollte sie wissen. »Wieso ist das eine heilsam und das andere schädlich? Und wieso haben die Pflanzen, die elektrostatisch behandelt wurden, plötzlich mehr Chromosomen?«

»Sie haben nicht mehr. Das ist alles vorhanden, nur nicht aktiviert.«

»Aber wieso habt ihr sie im Labor nicht gesehen, wenn sie schon da waren? Und wie zählt man überhaupt Chromosomen?«

Bald waren sie in ein reges Gespräch vertieft, das über die Hälfte der Fahrt andauerte. Elena staunte.

»Ich wusste gar nicht, dass du dich so für Physik und Biologie interessierst, Mia.«

»In der Schule war das auch sturzlangweilig. Aber das hier ist was völlig anderes!«

Und weiter überschwemmte Mia Ray mit Fragen, die er ihr mit Leidenschaft beantwortete. Auch Elena hörte interessiert zu, gab es ihr doch mehr Einblick in Rays Arbeit – und in die Schwierigkeiten, die er und der Earl hatten, um das Produkt groß aufzuziehen.

»Im Grunde kann euch doch keiner abhalten, es in Produktion zu geben«, wunderte sie sich.

»Dachten wir auch. Aber viele Firmen behaupten, die Teile nicht zu haben oder keinen Auftrag mehr annehmen zu können … es sind Ausreden und wir wissen das. Selbst wenn wir irgendwo im Ausland produzieren lassen, oder nur die Einzelteile, damit es keiner mitbekommt, würden sie spätestens dann die Keule schwingen, wenn wir in den Verkauf gehen.«

»Woher weißt du das?«

»Robert hat nicht nur Feinde.« Ray warf Elena einen Blick zu. »Es gibt Leute in Regierungskreisen, die ihn explizit gewarnt haben, diesen Schritt zu gehen. Ich meine, er hat nicht vor, das gleiche Schicksal zu erleiden wie seine Frau.«

»Wie meinst du das denn?«, fragte sie entgeistert.

»Lass uns das Thema wechseln«, sagte er mit Blick auf Mia und Bennie.

Betroffen lehnte sich Elena in den Sitz zurück. Eine Weile herrschte Stille im Wagen. Dann fragte sie:

»Woher kennst du die Besitzerin des Gartens?«

»Sie ist eine Bekannte von Exely, eine ganz reizende Dame. Unkompliziert und superlieb. Ich mag sie sehr. Und ihr Garten ist ein Traum, du wirst sehen! Sie heißt Suzy.«

»Suzy, okay.« Elena musste sich immer noch daran gewöhnen, dass selbst Adlige kein Problem hatten, sich mit dem Vornamen ansprechen zu lassen. In England war es üblich, dass große Anwesen an gewissen Tagen für die Öffentlichkeit zugänglich waren und dafür Eintritt verlangten, daher erkundigte sie sich:

»Hast du Suzy etwas bezahlt, damit sie uns in ihrem Garten herumführt?«

»Nein, sie wollte nichts nehmen. Sie war ganz begeistert, als sie hörte, dass ihr Fotos macht und extra dafür Kostüme anzieht.« Er grinste kurz zu Mia nach hinten. »Sie will aber ein paar der Aufnahmen haben, Mia!«

»Kein Ding!«, rief die bestens gelaunt zurück.

»Lass uns doch bitte wenigstens einen Blumenstrauß besorgen. Das ist das Mindeste, was ich tun kann«, bat Elena.

Sie ließ es sich nicht nehmen, einen großen Strauß zu kaufen. Ray sagte nichts dazu. Er hatte nun ein weiteres Bild von ihr in seinem Kopf, das ihn nicht losließ. Elena in ihrem Sommerkleid, einen Strauß bunter Blumen vor einer Brust, deren Weichheit er vor ein paar Tagen in der Weißen Quelle an seinen Unterarmen gespürt hatte. Elena im Fersensitz im Mondschein unter Adamea … er schüttelte die Bilder aus dem Kopf, aber sie schienen von dort direkt wieder in seinem Herzen zu landen.

Suzy war reizend. Eine jung gebliebene Lady in den Sechzigern begrüßte sie herzlich. Ihr Haus war efeu- und rosenberankt, nicht ganz so verspielt wie das Manor House, eher herrschaftlich und ehrwürdig. Mit Verve führte sie ihre Gäste durch das Anwesen, einen preisgekrönten Garten, der oft gefilmt worden und als Sir Geoffrey Jellicoe's Masterpiece bekannt war, einem international angesehenen Landschaftsarchitekten.

Ein See lag hinter dem Haus, dessen baumumstandenen Anblick man von großen Terrassen aus genießen konnte. Die in diesem Garten geschaffenen Räume waren so vielfältig und ungewöhnlich, dass man ohne

Führung leicht die Orientierung verlor. Jeder Blick, jeder Winkel war ein Foto wert.

Das Highlight kam, als sie zur Teichlandschaft des Gartens gelangten. Eine mächtige Wand aus fliederfarbenem Rhododendron bildete den Hintergrund für einen See, der sich in mehrere Ausläufer teilte, die hinter Büschen und Bäumen verborgen lagen und damit weitere Landschaftsbilder generierten.

Suzy erklärte, dass sie den Rhododendron vor der Umgestaltung eigentlich hatten entfernen lassen wollen, da er sich unkontrolliert vermehrte. Aber er hatte so schnell Überhand gewonnen, dass sie es aufgegeben hatten. Nun bildete er eine fünfzig Meter lange Kulisse hinter dem Teich. Elena hatte so etwas Prachtvolles noch nie gesehen: Sie standen vor einem Rhododendronwald! Die Pflanzen waren so hoch und üppig gewachsen, dass man unter ihren Ästen Nischen und Wege angelegt hatte.

Die Szenerie war atemberaubend: Die Blüten des blühenden Gewächses spiegelten sich im dunklen Wasser wider und allen entfuhr ein Ausruf des Entzückens, als drei schwarze Schwäne mit rosafarbenen Schnäbeln majestätisch heranglitten.

Instinktiv legte Elena ihre Hand auf ihr Herz. Auch die Kinder waren still. Wie anders hätte man auf diesen Anblick auch reagieren können? Die Natur wirkte mit ihrer Ur-Schwingung und das Wunder war längst noch nicht zu Ende. Auf Gras- und Kieswegen führte Suzy sie um den Teich herum, in einen Figurengarten, einen Rosettengarten, einen Jahreszeitengarten und anschließend durch ein Stück Wald. Ein Trampelpfad, umsäumt von alten Ästen und Zweigen, geleitete sie zu feenhaften Lichtungen und lauschigen Plätzen, an einer riesigen, uralten Buche vorbei, die an Grandeur kaum zu überbieten war.

Elena blieb stehen, während die Kinder mit Suzy vorweg liefen. Schier überwältigt blickte sie dem Wuchs entlang in den Himmel.

»Schon wieder eine Buche«, murmelte sie und legte ihre Hände an den Stamm.

»Ja, es scheint, als wäre Transformation ein Thema für uns beide«, raunte Ray, der neben sie getreten war. Auch er legte seine Hände an den Stamm und senkte die Lider.

»Sprichst du mit dem Baum?«, fragte Elena leise.

»Ich versuche zu hören, was er mir sagt«, flüsterte er zurück. Elena verstummte. Rays feines Charisma fing sie ein, mit ihm der Wunsch, ihn zu berühren … Ray war ihr zu nah, sie musste Abstand gewinnen! Aber ihre Hände waren wie festgeklebt am Stamm der Buche. Nach einer Zeit öffnete

Ray die Augen, die Hände immer noch am Stamm, ihre Blicke trafen sich. Der Buchenwald, die Sonne, die durch das Laub schien, die Kinder, der Gesang der Vögel, Suzys Stimme ... alles trat in den Hintergrund. Es gab in diesem Moment nur sie beide, verbunden durch etwas, was keiner von ihnen verstand.

Elena riss sich als Erste los. Was sollten die Kinder denken?! Hatten sie etwa schon etwas bemerkt? Gerade kam Mia angelaufen und sah die beiden am Baum stehen.

»Boah, ey, der Hammer!«, rief sie. »Ist das ein Riese! Der ist mir vorher gar nicht aufgefallen!«

Sie versuchte, den Baum auf ein Foto zu bannen, aber er war zu groß. Elena schloss sich Suzy an, die sie auf dem Trampelpfad weiterführte. Rechts und links schwenkten Pfade in weitere Gartenräume ab, bis sie meinten, nun könnte doch nicht noch mehr Neues nachkommen. Aber das Beste, so verriet Suzy, wartete noch auf sie.

Sie hatten den Rhododendronwald, der den Teich umsäumte, nun von hinten erreicht. Moosüberwachsene Findlinge, Blumen und blühende Sträucher lagen unter seinem Blätter- und Blütenwerk. Die Stille hier war magisch und zog nach innen. Elenas Herz flirrte und flatterte wie ein Schmetterling. Jede Blüte, jeder Ast war ein Meisterwerk für sich und immer wieder schoss ihr in den Kopf: Das ist meine Welt! Das ist so wunderbar, ich will hier nie wieder weg!

Suzy legte den Finger an die Lippen und winkte ihre Gäste stumm vorwärts. Nacheinander traten sie aus dem Wald auf eine kleine Lichtung mit einem letzten, dunkelgrünen Ausläufer des Teiches.

Elena wurde schwindlig. Die Wasserfläche war nur etwa fünf Quadratmeter groß, eingefasst von Nadel- und Laubgehölz und blühenden Stauden. Das Wasser schillerte in Grüntönen, die Elena noch nie zuvor gesehen hatte. Hier schien ein anderes Licht – sanft, betörend und weich.

Suzy tauchte ihre Hand in das Nass. Die Sonne glitzerte in den Wasserperlen, die von ihren Fingern in den Teich zurück perlten.

»Das Wasser ist kristallklar«, sagte sie mit gedämpfter Stimme. »Man kann es trinken.«

Die Stimmung war erhaben, sie war heilig. Etwas Zartes, Überirdisches schwebte über diesem kleinen Stück Land und es war unsagbar still. Eine Stille, die nicht von dieser Welt war. Ja, genau das war das Empfinden: dass dies hier die Wohnstatt von Wesen war, die in einer höheren Ebene beheimatet waren. Suzys Stimme war leise, als wollte sie diese Wesen nicht stören.

»Das ist unser Feenteich. Das Wasser hat Heilkraft. Das habe ich auch erst durch Zufall herausgefunden. Hier brechen viele in Tränen aus, Frauen mit bisher unerfülltem Kinderwunsch wurden schwanger und auch andere Heilungen haben hier stattgefunden. Erstaunlich, nicht?«

Während sie sprach, war Suzy langsam weitergegangen, der nächsten Attraktion entgegen. Aber Elena konnte sich vom Feenteich nicht lösen. Sie berührte das Wasser, benetzte ihr Gesicht damit, atmete tief ein. Zu ihrer Überraschung kniete Mia neben ihr, beugte sich über den Rand, schöpfte mit beiden Händen Wasser aus dem Teich und trank. Eine Geste, eine Haltung, die Elena zutiefst berührte.

»Meinst du, Suzy erlaubt uns, hier Fotos zu machen?«, raunte Mia leise.

»Ich habe fast den Eindruck, dass es nicht Suzy ist, die wir fragen müssen«, gab Elena zurück. Mia nickte. Im stillen Einvernehmen schlossen beide die Augen und baten um Erlaubnis, als im selben Moment Ray, Bennie und Suzy zurückkamen, um zu sehen, wo sie abgeblieben waren.

Suzy hatte nichts gegen die Fotos und so besichtigten sie den Rest des Gartens, um später mit den Kostümen zurückzukommen.

»Das werden sicher tolle Aufnahmen«, prophezeite Suzy. »Die Sonne steht schon tiefer und scheint quer über den Teich. Ihr müsst mir unbedingt die Fotos schicken!«

»Auf jeden Fall, Suzy«, versprach Elena. »Großen Dank, dass du uns das ermöglichst! Ich beneide dich, es muss wunderbar sein, von so viel Schönheit umgeben zu sein.«

»Ja, es ist aber auch sehr kostspielig«, seufzte Suzy. »Allein das Haus verschlingt Unsummen, vom Garten ganz zu schweigen. Und fünf Hunde habe ich auch noch zu versorgen.«

Inzwischen standen sie vor einem rechteckigen, mit meterhohen Buchshecken umsäumten Rasenstück.

»Hier biete ich Möglichkeiten für Hochzeiten und Feiern aller Art an«, erklärte Suzy.

»Grandiose Idee«, gab Elena zurück. »Das ist auch ein wunderbarer Ort für Lesungen und Konzerte.«

»Ja, genau, Mama. Du schreibst doch über die Ecke hier. Deinem Verlag würde das sicher auch gefallen!«, warf Mia ein.

»Sie sind Autorin?«, fragte Suzy interessiert. »Sind Sie zu Recherchezwecken hier?«

»Auch, bisher wurden meine Bücher allerdings nur im deutschsprachigen Raum publiziert. Aber wer weiß? Vielleicht ändert sich das ja.«

Suzy lächelte. »Das wünsche ich dir und mir! Lesungen! Eine gute Idee! Ich werde mal mit Verlagen Kontakt aufnehmen. Und mit Musikern. Mia, hol dein Kostüm, bevor die Sonne hinterm Horizont verschwunden ist!«

Sie waren wieder am großen See, am Ausgangspunkt der Besichtigung, angekommen. Suzy verabschiedete sich unter vielen Dankesbezeugungen und verschwand im Haus, um sich um ihre Hunde zu kümmern.

Elena stand am Ufer des Sees und wartete, bis Mia mit den Kostümen zurück war. Prachtvolle Weidenbäume zierten das Ufer, Schäfchen weideten im Umland, auf den Wiesen wiegten sich Blumen in einer leichten Brise. Wieder einmal überkam Elena eine Sehnsucht, die sie mit Worten nicht ausdrücken konnte, als sie Rays Wärme an ihrem Rücken spürte.

»Der Text aus dem Buch, den du mir nachts geschickt hast, passt wie die Faust aufs Auge«, raunte er von hinten in ihr Ohr. »Du hast wirklich nicht geschummelt?«

»Nein, ich habe einfach aufgeschlagen, wie vereinbart.«

Seine Stimme rieselte ihre Wirbelsäule hinunter und sie unterdrückte einen Schauer. Instinktiv trat sie einen Schritt vor, drehte sich um, in ihren Augen so etwas wie Bedauern. Ihre Worte waren wie eine Grenze, die sie zog.

»Übrigens, Ray, mein Mann kommt Mitte August zurück und wir feiern unser zwanzigjähriges Jubiläum. Ich würde mich sehr freuen, wenn du mit deiner Frau dabei wärst.«

»Ist das an einem Wochenende? Dann kann ich auch für Brittany zusagen. Ich komme gern! Vielen Dank für die Einladung!«

Mia unterbrach die Unterhaltung. Sie kam mit Bennie und den Kostümen zurück und zusammen gingen sie zum verwunschenen Teich.

Die Ruhe der Naturgeister respektierend, redeten sie wenig und leise. Elena kam es vor, als ob sie damit auch deren Unterstützung erhielten. Mia trug den Blumenkranz und ein weißes Gewand, unter dem ihre nackten Füße hervorlugten. Das blonde Haar fiel ihr in den Rücken und ihr Gesicht wurde von den letzten Sonnenstrahlen beschienen. Elena drückte nahezu pausenlos auf den Auslöser, um keine Lichtschattierung, Bewegung oder Haltung zu verpassen, während Ray alles per Video festhielt. Es wurden Feenbilder. Mias zarte Gestalt, die an einer Blüte roch, das Licht, das sich in ihren grauen Augen spiegelte, das Moos unter ihren Füßen … alles war ein einziger Zauber. Schließlich raffte sie das Gewand, tauchte den Fuß ins Wasser und stieg langsam hinein.

»Mama«, hauchte sie und schloss die Augen. »Das Wasser fühlt sich an wie Samt und Seide! Komm rein!«

Ray stoppte das Video, hielt Elena ein hellgrünes, leichtes Kleid im Empirestil hin.

»Das hier muss es sein«, murmelte er. Hinter einem Busch streifte sich Elena das Gewand über und sie drehten noch einige Szenen zusammen.

Die Sonne verschwand in diesem Teil des Gartens im selben Moment, da Mia und Elena aus dem Wasser stiegen. Es war ein perfekter Abschluss. Bennie war ohnehin müde geworden, so packten sie ihre Sachen und liefen zu Rays Wagen.

Noch während der Fahrt schauten sie sich die ersten Aufnahmen an. Die Farben waren atemberaubend, die kleinen Videos gaben die Mystik intensiv wieder. Irgendwie war es gelungen, das Feinstoffliche mit aufzunehmen.

»Mein Gott, ist das schön«, sagte Elena leise. »Und du bist so schön, Mia. So, so wunderschön.«

Sie betrachtete ein Video, wo Mia mit gerafftem Kleid im Wasser stand, die letzten rotgoldenen Strahlen der Sonne auf dem Gesicht.

»Ich weiß nicht«, murmelte Mia, die wie Elena auf das Bild starrte. »Aber dieses Wasser ist irgendwie …« Sie brach ab. »Mam, war das für dich in der Weißen Quelle auch so?«

»Noch viel mehr«, antwortete Elena. »Es war … nein, ich kann es nicht beschreiben. Ich verstehe es nicht.«

»Ich auch nicht«, murmelte Mia. »Aber irgendetwas ist hier so völlig anders als im Rest der Welt.«

Elena lud Ray zum Essen ein, aber er wollte am Abend noch nach London fahren und lehnte ab.

»Ach stimmt, du hast dein wichtiges Date.«

»Genau. Meine Frau freut sich auch, dass sie mich mal wieder sieht.«

»Ich drücke dir alle Daumen, Ray, wir alle!«

»Darf ich nochmal mit dir ins Labor und du zeigst mir, wie das ist mit den Chromosomen?«, fragte Mia. »Wie man die zählt oder wie ihr das nennt?«

»Klar doch! Ich habe super Mikroskope!«

»Ich will auch durch die Mikrowelle schauen und Kondome zählen!«, rief Bennie. »Ich will mit! Ich will mit!«

Der ganze Wagen wackelte vom Gelächter der vier, sie hatten Mühe, wieder normal zu reden, während Bennie die Aufregung nicht verstand, aber sich freute, Anlass für Erheiterung gegeben zu haben.

Kurz danach hielt Ray am Straßenrand vor der Einfahrt zum alten Schulhaus.

Elena stieg aus und steckte nochmal den Kopf durch die Tür.

»Ray, vergiss nicht, deine Frau zu fragen, ob sie mit uns feiern will! Und sag ihr liebe Grüße!«

»Danke, richte ich aus!«

»Kann ich dir auch ein paar Fragen per WhatsApp schicken?«, drängelte Mia.

»Klar, Mia, schick rüber!«

»Ray, baust du mir ein Gerät, mit dem ich Supersamen machen kann?«

»Das lässt sich einrichten, Bennie.«

»Und fahr vorsichtig! Wir wollen dich in einem Stück wieder!«

»Viel Erfolg, Ray!«

»Und alles Gute!«

Er nickte, lächelte, die Wagentüren wurden zugeschlagen. Ray fuhr los, sah in den Rückspiegel. Die drei standen so lange auf der Straße und winkten, bis er hinter der nächsten Kurve verschwunden war. Ein Anblick, der ihm ein dickes Lächeln ins Gesicht zauberte – und sein Herz erst recht durcheinanderwirbelte.

# ♫ Wicked Hearts ♫

feat. Jamie Hartman

**Drei Jahre zuvor**

Mr Holey lief den Weg vom Garten hinunter und sah Lady Deenah und ihren Mann Robert aus dem Eingang vom Manor House kommen. Dees Geländewagen parkte davor. Lord Exely öffnete die hintere Wagentür, verstaute einen schmalen Aktenkoffer hinter dem Fahrersitz und entdeckte Holey. Er sagte etwas zu seiner Frau, sie wandte sich um und beide winkten ihm zu. Jim Holey winkte zurück. Lady Deenahs rotes Haar glänzte in der Sonne. Sie stand an der offenen Fahrertür, ihr Mann, Lord Exely, vor ihr. Mit beiden Händen stützte er sich an der Karosserie des Wagens ab, sodass seine Gattin zwischen seinen Armen stand.

Ein Lächeln zog über Holeys Gesicht. Meine Güte, wie die beiden sich liebten! Es war eine reine Freude, das zu sehen. Es war Sommer, alles blühte und grünte, summte und vibrierte vor Leben und die Liebe der beiden vervollständigte das Bild.

Holey wusste, Lady Deenah hatte heute eine Sitzung im House of Lords, er wunderte sich ein wenig, dass der Earl nicht mitfuhr. Er war politisch mindestens genauso engagiert wie seine Frau. Aber vielleicht hatte er inzwischen schlicht die Nase voll. Jedenfalls wollte er erst in zwei Tagen nachkommen und beide würden danach eine Zeit in ihrem Stadthaus in London verbringen.

Lord Exely näherte sich dem Gesicht seiner Frau. Diskret wandte sich Holey ab und machte sich auf den Weg in seinen Garten.

Noch ein letzter Blick zu Lady Dee. Sie stand vor dem Manor House, ließ den Blick über die Fassade schweifen, als nähme sie Abschied. Kurz danach rollte der Wagen davon.

»Coleman, sie ist losgefahren. In etwa zehn Minuten sollte sie auf die Hauptstraße wechseln. Halten Sie sich bereit.«

»Alles klar. Bin dran.«

Gemächlich glitt Lady Dee die Landstraße entlang, nicht bemerkend, wie sich Colemans Wagen an sie dranhängte. Meist ließ dieser zwei, drei

Fahrzeuge zwischen ihnen, fuhr nie unmittelbar hinter ihr. Das würde er erst tun, wenn sie sich auf der Autobahn Richtung London befanden. Dann konnte er auch öfter die Spur wechseln, um weitere Aufnahmen zu machen. London war das Ziel vieler, es erregte keinen Verdacht, demselben Fahrzeug mehrfach zu begegnen.

Es war ein einfacher Auftrag. Coleman sollte lediglich hinter ihr bleiben und alles filmen, was in ihrer Nähe fuhr. Rechts, links, die Wagen hinter ihnen und vor allem natürlich den Range Rover selbst. Das erledigten die festinstallierten Kameras, die auf Bewegung ausgerichtet waren.

»Ich will Nummernschilder und Gesichter«, hatte ihnen der Auftraggeber eingeschärft. Kein Problem, bei dem Arsenal an Kameras, das sich in Colemans Wagen befand! Erst, wenn es drei- und vierspurig wurde, würde es etwas anspruchsvoller werden, für einen Profi wie Coleman trotzdem ein Klacks. Leicht verdientes Geld. Gelangweilt zündete er sich eine Zigarette an.

Der Weg war klar, der Wagen fuhr nicht schnell. Es bestand keine Eile, auch für sie nicht. Die Sitzung der Lady war erst für den Nachmittag anberaumt.

»Wieso machen wir das eigentlich?«, fragte sein Beifahrer. »Ist der Typ eifersüchtig oder was? Denkt, seine Frau fährt auf ein Stelldichein?«

»Vermutlich. Er hat mir nicht verraten, warum er das will. Ist mir auch egal.«

Der andere nickte. »Wenn alle Jobs so wären …«

»Yep, ist leicht verdientes Geld. Mir soll's recht sein.«

Der Motorway war erreicht. Der Range Rover tuckerte immer noch brav innerhalb der Geschwindigkeitsbegrenzung auf der linken Spur dahin. Coleman gähnte und starb fast vor Langeweile.

»Holy Shit!«, maulte er. »Dabei hat mir der Typ noch versichert, dass sie gern schnell fährt!«

Als ob sie ihn gehört hätte, trat Lady Dee mit einem Mal das Gaspedal dermaßen durch, dass die Reifen quietschten. In einem waghalsigen Manöver schnitt sie mehrere Fahrzeuge, erntete ein entrüstetes Hupkonzert, wechselte auf die äußerste Überholspur und schoss vorwärts.

»Fuck!«, fluchte der Fahrer. »Was ist denn jetzt los?«

Er suchte Lücken im dichter werdenden Verkehr, in die er einfädeln konnte, und hatte zu tun, ihr hinterherzukommen. Zwei Minuten später hatte er aufgeholt. Sie fuhr satte vierzig Meilen pro Stunde schneller als erlaubt.

»Hoffentlich holen uns die Bullen nicht raus, dann ist's Essig mit der Verfolgung«, sorgte sich sein Kollege.

»Wenn, dann schnappen sie die Lady eher als uns.«

»Kannste nicht wissen.«

Coleman schwieg. Es stimmte. Wenn sie mit einer Laserpistole blitzten, konnte alles passieren. Konzentriert blieb er hinter ihr. Sein Navi vermeldete ihm eine Baustelle in etwa zwei Meilen, spätestens dann musste sie die Geschwindigkeit drosseln. Im UK gab es in Baustellen oft Geschwindigkeitskontrollen.

Die Baustelle kam. Die vier Spuren verengten sich auf zwei, aber die Lady dachte nicht daran, langsamer zu fahren.

»Verdammt, was hat die vor?«, fluchte Coleman.

»Meinst du, sie hat uns bemerkt und will uns abhängen?«

»Glaube ich nicht. Dann wäre sie rausgefahren und hätte Seitenstraßen gewählt.«

Rasant überholte Lady Deenah ein Fahrzeug nach dem anderen. Langsam musste es ihr auffallen, dass es jemanden gab, der genauso schnell fuhr wie sie. Und stand weiter vorne nicht ein Wagen mit Blaulicht?

Ein neuerlicher Fluch verließ Colemans Lippen. Gott sei Dank waren sie noch weit von London entfernt, der Verkehr nicht allzu dicht. Das war ein Vorteil, denn das erlaubte ihm, sich ein Stück zurückfallen zu lassen und sie dennoch nicht aus den Augen zu verlieren.

»Verdammt, verdammt, verdammt«, presste Coleman zwischen den Zähnen hervor. Er hatte das kaum ausgesprochen, als Lady Deenah erneut für eine Überraschung sorgte. Mit einer zackigen Bewegung scherte sie von der rechten Fahrspur auf die linke, drosselte fast abrupt von über hundertzwanzig Meilen in der Stunde auf mickrige dreißig runter. Coleman musste den Move mitmachen und hätte kurz vor knapp noch fast einen Auffahrunfall verursacht. Die Fahrzeuge hinter ihm hupten wie verrückt, sausten an ihnen vorbei. Verständnislose, wütende Gesichter stierten auf die idiotischen Fahrer, die so rücksichtslos abgebremst hatten.

Sie befanden sich noch immer im Baustellenbereich. Links wurde eine weitere Fahrspur geebnet, die längst noch nicht fertig und mit Absperrungen gesichert war. Die Geschwindigkeit des Geländewagens war auf ein Mindestmaß gesunken. Coleman hinter ihr presste die Lippen zusammen. Nun musste der Lady auffallen, dass er sie verfolgte!

Doch es wurde noch kurioser.

»Was macht sie denn jetzt?«, stieß sein Begleiter hervor, als Lady Dee Gas gab, sich weiterhin links hielt, mit der Wucht der Beschleunigung gegen eine Absperrung donnerte und sie zur Seite schob. Ihr Wagen holperte über die unbefestigte Fahrbahn, auf der sich Sand- und Erdhaufen auftürmten, und kam zum Stillstand.

Notgedrungen musste ihr Coleman durch die aufgeschobene Absperrung folgen, allein schon, um die Fahrer hinter ihm vorbeizulassen. Sie zeigten teilweise mit dem Finger auf die beiden Autos, schüttelten die Köpfe.

Doch Coleman war auf Lady Deenah konzentriert, deren Manöver noch immer nicht zu Ende war. Sprachlos sah er zu, wie sie wieder Gas gab, langsam eine Strecke nach vorne fuhr, wendete, ein Stück zurückkam und in einem Abstand von etwa siebzig Metern von ihm stehenblieb.

Coleman hatte nicht die geringste Ahnung, was er tun sollte, als im nächsten Moment eine ohrenbetäubende Explosion sein Gehirn und seine Welt erschütterte.

Im Wagen vor ihm war eine Autobombe losgegangen. Glassplitter und Metallteile flogen durch die Luft, beißender Rauch und Benzingestank füllte die Luft. Unwillkürlich hatten sich Coleman und sein Begleiter in ihrem Wagen geduckt, doch geistesgegenwärtig hieb Coleman den Rückwärtsgang ein und vergrößerte den Abstand zwischen sich und dem lichterloh brennenden Wagen.

»Scheiße, scheiße, scheiße!«, schrie er, als dennoch einzelne Glassplitter auf sein Wagendach prasselten. Eine zweite Explosion erfolgte – der Benzintank war in die Luft geflogen und zerstörte alles, was in diesem Wagen gewesen war. Vor ihnen loderte ein Flammenmeer, dicker, schwarzer Rauch stieg zum Himmel hinauf und mit ihm die Seele der Insassin.

Fassungslos starrte Coleman auf das, was vom SUV und Lady Dee übrig geblieben war: ein brennendes Inferno und eine verkohlte Karosserie.

# ♫ I Never Really ♫

Anna Leone

Nach der Massage ging Florian an den Bach und steckte die Füße ins kühle Wasser. Welcher Tag war heute? Hier oben hatte er kaum Empfang, aber wenn er ein paar Meter stadteinwärts lief, gab es eine Stelle, wo es einigermaßen funktionierte. Er wusste, er musste sich bei Elena melden. Was hatten sie vereinbart? Ein unbehagliches Gefühl im Bauch begleitete ihn, als er die Füße aus dem Wasser zog und sich auf den Weg machte. Kaum hatte er die Stelle erreicht, piepte sein Handy wie eine Alarmanlage; eine Nachricht nach der anderen trudelte ein.

Florian starrte auf die Fotos und war wie gelähmt. Eine völlig andere Welt präsentierte sich ihm.

Ein Schloss. Ein edler Raum. Teure Kissen, dicke Teppiche, Kronleuchter. Kristall. Ein Afternoon Tea auf einem perfekt geschnittenen englischen Rasen. Er erlitt fast einen Kulturschock. In der puristischen Berglandschaft wirkte das so dekadent wie nur was.

Bing! Bing! Bing! Die nächsten Fotos hatten sich hochgeladen. Elenas grünblaues Abendkleid, das an einem Bügel hing. Ihre Nachricht: »Phil hat deinen Anzug geschickt und sogar an Schuhe und ein passendes Hemd gedacht. Fehlst nur noch du! Freu mich so sehr auf unser Gespräch! Hoffe, du hast diesmal richtig viel Zeit.«

O Gott, welcher Tag war heute? Was hatten sie ausgemacht? Panisch überflog er die vorigen Nachrichten und stellte erleichtert fest: Heute war Samstag, morgen wollten sie telefonieren. Er atmete durch. Ja, sie wollten reden. Sie *mussten* reden. Dringend. Zu viel hatte sich geändert in diesen letzten Monaten.

Es war ihm nicht möglich, auf Elenas Fotos zu reagieren. Er dachte an das, was er erlebt hatte, und aus dieser Erinnerung heraus tippte er:

»Ich liebe dich, Elena. Ich liebe dich so sehr!«

# ♫ Here Comes the Change ♫

Kesha

Sommer in London. Der Trafalgar Square strömte über von Menschen aller Couleur. Die Fassaden hochherrschaftlicher Häuser grüßten Ray und der Verkehr war wie immer eine Katastrophe. Das Leben pulste in der Großstadt, temporeich und aufgedreht. Nach der Idylle von Shute House bildeten die Autoschlangen, die Sirenen, das Gehupe und die aufdringlichen Werbeplakate einen schrillen Kontrast.

Kurz danach schloss er die Tür zu seiner Wohnung auf. Brittany rannte ihm mit leuchteten Augen entgegen und flog freudestrahlend in seine Arme. Übersprudelnd vor Begeisterung über ihren eingefädelten Deal zog sie ihn in die Wohnung.

»Das ist einfach nur der Hammer! Das kann alles gar kein Zufall sein! Normalerweise hätte ich Johnny gar nicht kennengelernt, aber musste einspringen für Jenny …«

»Wann treffen wir denn diesen Johnny?«, fragte Ray. »Und was genau hast du ihm erzählt?«

»Wollen wir irgendwohin, was essen? Da können wir alles bereden.«

»Ich würde lieber hierbleiben, Britt. Hier kann man noch besser reden.«

»Ich habe nicht eingekauft, wir sind sowieso das ganze Wochenende auf der Party.«

»Das ganze Wochenende?« Ray runzelte die Stirn.

»Yep! Johnny Warwick ist nicht irgendwer! Wenn der feiert, dann richtig! Aber außer, dass wir Schwimmsachen mitnehmen sollen und jede Menge Garderobe, hat er nichts verraten.«

»Jede Menge … also, Brittany, wie denkt er sich das? Dass er zwischen zwei Cocktails einen Deal aushandelt?«

»Keine Ahnung. Johnny wird uns schon wissen lassen, wie er sich das vorstellt.«

In Ray regte sich Unwillen. Er hatte nicht die geringste Lust, untertänigst darauf zu warten, wie ein Johnny Warwick sich das dachte. Sein Gesicht verdüsterte sich.

»Brittany, nimm es mir nicht übel, aber das gefällt mir nicht. Gib mir doch bitte mal seine Nummer, ich rufe ihn an.«

»Ray, das geht nicht! Johnny ist er ein vielbeschäftigter Mann mit tausend Projekten an der Backe. Ich habe auch nur seine E-Mail.«

»Dann schieb die mir rüber.«

Brittany war beunruhigt und leicht sauer. »Das Ding muss man diplomatisch angehen, Ray. Ist doch viel besser, wenn ihr euch in ungezwungenem Rahmen kennenlernt und danach …«

»Brittany, bitte. So wie du ihn beschreibst, feiert er nicht im kleinen, privaten Kreis. Wie viele Leute hat er eingeladen?«

»Er hat was von fünfhundert gesagt«, gab sie leicht gereizt zu. »Okay, okay, ich weiß, worauf du hinauswillst …« Sie seufzte tief. »Also gut, ich gebe dir die Mail.«

Brittany war verstimmt, gleichzeitig wunderte sie sich über Ray. Sonst war er immer sanft und machte die Dinge erstmal mit. Es dauerte oft lange, bis er sein Veto einlegte, aber diesmal war das Stoppzeichen ziemlich früh gekommen. Sehr früh.

Ray bereute es auch ein wenig. Da hatte Brittany eine solche Chance für ihn ausgegraben und er reagierte verärgert!

»Hey, Britt, tut mir leid«, sagte er auch gleich. »Ich will die Chance genauso wenig vergeigen wie du. Aber dein Johnny will sicher auch kein Weichei als Partner.«

»Ja, das ist richtig.« Brittany lächelte ihn an. »Dann schreib deine Mail und ich kümmere mich um ein Restaurant fürs Dinner.«

Er wollte sie nicht wieder enttäuschen, indem er sagte, dass er ein Spiegelei zu Hause vorgezogen hätte. So verfasste er die Mail und ging mit seiner Frau essen. Es wurde ein schöner, ruhiger Abend. Brittany berichtete von ihrem Job, Ray von Mia, Bennie und Elena.

»Elena hat uns übrigens anlässlich ihres Hochzeitsjubiläums zu einem Afternoon Tea ins Manor House eingeladen. Wie denkst du darüber?«

»Ja, warum nicht? Einen Afternoon Tea auf dem Lande hatte ich lange nicht mehr. Dafür komme ich gerne noch mal nach Castle Combe. Du brichst ja auch bald deine Zelte ab, das wäre dann ein gepflegter Abschied.«

Ray erwiderte nichts darauf. Es tat ihm in der Seele weh, von dort wegziehen zu müssen.

Elena hatte Florians Nachricht bekommen.

»Ich liebe dich, Elena. Ich liebe dich so sehr!«, leuchtete ihr entgegen, als sie am Samstagmorgen in der Küche stand. Ihr Herz weitete sich. Und damit nicht genug: Er hatte danach fast stündlich viele kleine Nachrichten gesendet und diese, wie sie es von ihm gewohnt war, mit Herzchen,

Kussmündern und Blumen verziert. Ihre Seele atmete auf und sie merkte, wie belastet sie von all dem gewesen war.

Dann rief Marvin an und bestätigte ihr, dass es kein Problem wäre, länger zu bleiben.

»Wir sehen uns dann am Montag?«, fragte er.

»Ja, von uns aus geht alles klar. Vielen Dank, Marvin, wir freuen uns!«

Auch Haylee meldete sich.

»Bis jetzt konnte ich die Autorin nicht ausfindig machen. Die Mails kommen zurück, die Adressen sind wohl veraltet. Aber!« Sie machte eine Kunstpause. »Ich habe in unserem Archiv eine Postadresse aufgestöbert, die im Todesfall des Autors kontaktiert werden kann. Brief ist raus! Nun müssen wir warten.«

»Vielen Dank, Haylee! Ist es dir wirklich nicht zu viel? Ich kann das gern für dich übernehmen!«

»Nein, das macht mir gar nichts aus. Im Gegenteil! Ich finde das megaspannend! Ich bleibe dran!«

Inzwischen war Mia in die Küche gekommen, zog sich einen Kaffee aus der Maschine, kurz danach stürmte Bennie herein, ausgestattet mit seinen neuen Gummistiefeln, die ihm Elena gekauft hatte.

»Mia! Wann gehen wir zu Mr Holey?«

»Ihr geht zu Mr Holey?«, fragte Elena verwundert.

»Ja«, erklärte Mia. »Er hat Bennie angeboten, im Garten mitzuarbeiten.«

»Und wieso weißt du das und ich nicht?«

»Weil ich ein paar Nachrichten für Robert an der Rezension hinterlegt habe und er mir darauf geantwortet hat. Das kommt also eigentlich von ihm.«

»Ah, okay, alles klar.« Elena lächelte.

Mia schnappte sich ein paar Zettel, die sie ausgedruckt hatte, und hielt sie Elena vor die Nase. »Nur für den Fall, dass du Angst hast, wir verlottern ohne Schule: Ich erkläre Bennie gleich, wie Photosynthese funktioniert.«

»Das ist voll abgefahren, Mama«, trompetete Bennie aufgeregt. »Stell dir vor, die Sonne scheint auf das Blatt und die Pflanze macht aus ihrem Licht Pfefferminz!«

»Traubenzucker«, verbesserte Mia.

»Schmeckt auch gut«, erwiderte Bennie unbekümmert. »Ist krass, Mama, oder? Die macht ihr Essen einfach aus Licht.«

»Ja, das ist krass«, erwiderte Elena schmunzelnd. Die kleine Situation gab ihr schwer zu denken, auch die gestrige Fahrt, als Mia tausend Fragen an

Ray gestellt hatte. Es war ein Lernen auf andere Art und so viel nachhaltiger, weil es mit Begeisterung und Hingabe verbunden war.

Kurz danach hatte sie das alte Schulhaus für sich und verbrachte einen Samstag in vollem Schreibflow. Ein herrliches Gefühl war das! Alles lief rund, alles klärte sich und wann immer sie Gelegenheit fand, formulierte sie den Satz in ihrem Inneren: »Ab heute und für immer vertraue ich meinem Selbst.«

Es war ein ganz anderes Vertrauen als das in ihre Persönlichkeit und ihre Fähigkeiten. Es war die Anbindung an ein Schöpfertum, das sie vorher nie genutzt hatte. Sie dachte an das Versprechen Mayas: *Mit diesem Entschluss rufst du alle Lichtwesen im Universum zu deiner Unterstützung herbei.* Auch wenn sie ahnte, dass sie noch lange nicht dort war, wo sie sein könnte, kannte sie nun die Richtung und wusste, wo sie hingehörte.

Zu Rays Erstaunen dauerte es keine sechzig Minuten, bis er eine Antwort von Johnny Warwick bekam. Obendrein war dessen Ton höchst kollegial und unkompliziert, um nicht zu sagen freundschaftlich. Ray war überrascht und erfreut.

»Aber selbstredend räume ich mir Zeit für dich ein!«, hatte Johnny ihm geschrieben, als wundere er sich, warum Ray jemals anderes hätte denken können. »Ich hatte schon Angst, du meldest dich gar nicht mehr. Samstagnachmittag ist völlig okay! Ich freue mich sehr!«

Natürlich hatte sich Ray vorher erkundigt, womit Mr Warwick seine Millionen gemacht hatte. Der Kerl war erst vierzig! Ein hübscher Strahlemann hatte ihn im Internet angelacht, der mit mehreren Awards, darunter »Schnellstes Unternehmenswachstum« gekürt worden war. Aber Johnny besaß nicht eine Firma, die mit Gensaatgut, chemischen Schädlingsvernichtern oder Pharma zu tun hatte. Seine Kernkompetenz war Consulting im großen Stil mittels eigener IT-Experten und KI. Wie passte dann Rays Powerbox dazu? Hatte Johnny vor, in neue Bereiche vorzustoßen? Aber wenn dessen Hauptaufgabe darin bestand, für jedes Produkt das passende Konzept zu stricken, konnte Ray das nur recht sein.

Als er schließlich auf Warwick traf, war Ray wie vor den Kopf gestoßen. Johnny war ein Philanthrop. Er brannte darauf, seinen Anteil zu leisten, der Welt aus ihrer Misere zu helfen. Nicht nur, dass Johnny braune, sympathische Augen hatte und ein gewinnendes, freundliches Wesen, er konnte auch zuhören und stellte die richtigen Fragen. Ray war verwirrt. Fast wäre es ihm lieber gewesen, sein Vorurteil über Johnny bestätigt zu bekommen, um nicht in die Situation zu geraten, mit Robert Exely brechen zu müssen. Aber alles deutete darauf hin, dass Johnny der Sechser im Lotto war, auf den er so lange gewartet hatte.

Warwick waren die Schwierigkeiten, die Rays Powerbox mit sich brachte, durchaus bewusst und er redete nicht lange drum herum.

»Viele Freunde werden wir uns mit dem Ding nicht machen«, sagte er. »Wir brauchen eine ausgeklügelte Strategie, wie wir das unter die Menschheit mischen, ohne, dass uns von oben in die Suppe gespuckt wird.«

»Ja, genau darum geht es«, erwiderte Ray überrascht. »Und du siehst eine Chance?«

Johnny lachte. »Hey, Ray, vor dir steht Master Consulting! Wäre doch ein Armutszeugnis, wenn ich das nicht hinkriegen würde. Was dein Gerät allein für Afrika bedeutet! Deine Samen brauchen weniger Wasser, sie wachsen schneller, sind resistenter … die Box kann den Welthunger beenden!«

»Was tunlichst verhindert werden soll.« Ray wagte es noch nicht ganz, sich zu freuen, während Johnny sich vor Begeisterung nicht mehr einkriegte.

»Mann, das Ding ist so heiß! So heiß! Um noch mal auf Exely zurückzukommen … du hast ihm sicher das Patent vermacht, das wird der schwierigste …«

»Nein, das Patent habe ich«, unterbrach Ray.

»Was?« Johnny war ehrlich verblüfft. »Ungewöhnlich. Spricht nicht gerade für die Professionalität dieses Herrn, sorry, dass ich das so offen sage. Aber normalerweise wird das Patent immer mitverkauft. «

»Ich verkaufe es aber nicht.«

»Auch nicht mir?«

»Auch nicht dir.«

»Okay, dann nehmen wir das eben so in die Verträge auf. Aber zuerst müssen wir checken, ob wir aus dem bestehenden Vertrag rauskommen. Darum kümmert sich meine Rechtsabteilung. Aber wenn du das Patent hast, dürfte das ein Klacks sein.«

Johnny grinste zufrieden und schwärmte weiter, welche Revolution das Gerät, wenn es in die massenhaft in Anwendung käme, weltweit in Gang setzen konnte. Er verlor kein Wort mehr über das Patentrecht, es schien ihm nicht wichtig zu sein. Alles, was er wollte, war das, was Ray immer gewollt hatte: In Produktion gehen und das Gerät zu den Menschen zu bringen. Das war der Moment, wo Ray langsam zu begreifen begann, was das bedeutete: Sein Traum erfüllte sich! Er hatte jemanden gefunden, der alles mitbrachte, um seine Powerbox groß rauszubringen. Ihm wurde schwindlig. Konnte das sein? Nach all den Jahren?

Am Ende des Gespräches händigte Ray Johnny die Kopie des Vertrages aus, den er mit Exely geschlossen hatte. Es war das erste Mal, dass Ray ein flaues Gefühl bekam. Trotz allem kam es ihm wie ein Verrat vor.

## ♫ True Colors ♫

Boyce Avenue & Rachel Grae

Es war Sonntag.

Nachmittags stand das Gespräch mit Florian an. Sie hatten beschlossen, einen Videoanruf zu starten, für den Florian extra nach Pokhara wollte.

Zu oft dachte Elena an Ray und war beunruhigt, dass es so war. Umso mehr ersehnte sie das Gespräch mit Florian, um wieder in die alte Verbundenheit einzutauchen. Sie waren zu lange nun schon voneinander getrennt und es war eine Grenze erreicht, die Elena klar sagte, dass es nun genug war. Es war Zeit, dass er nach Hause kam. Nur noch zwei Wochen! Die Vorfreude kribbelte in ihr.

Florian hatte darum gebeten, erstmal mit ihr allein sprechen zu können, ohne die Kinder. Mia sah dem Gespräch mit Hochspannung entgegen, wusste sie doch, dass ihre Mutter das heikle Schulthema ansprechen wollte. Sie lief an diesem Tag herum wie ein Tiger im Käfig, bis Elena den Arm um sie legte.

»Hey, Kleines, bleib locker. Rechne mal nicht damit, dass Papa in Jubel ausbricht. Er hat den Prozess, den ich hinter mir habe, noch vor sich. Die Zeit müssen wir ihm geben.«

»Ja, klingt logisch.« Mia nickte, blieb aber dennoch nervös.

»Ich habe mich übrigens über Alternativen schlaugemacht«, fuhr Elena fort.

»Das ist lieb von dir. Ach, und Mama, ich wollte ein paar Fotos von Shute House Garden hochladen – Ray hatte eine geniale Idee dazu!«

»Ray? Hast du ihn gesprochen?« Ungewollt klopfte Elenas Herz etwas stärker.

»Nein, nicht gesprochen. Geschrieben. Hier!«

Sie hielt ihrer Mutter das Handy hin. Eine Litanei an Sprechblasen eröffnete sich ihr. Verblüfft nahm Elena das Gerät in die Hand. Das war ja ein ganzer Roman! Mia hatte Ray ein paar der Bilder vom verwunschenen Teich geschickt. Ray hatte dazu geschrieben:

»Wie im Märchen!«

»Genau das ist mein Problem!«

»Was genau? Dass es nicht real ist? Dann mach den Leuten klar, dass es real ist! Im Übrigen *ist* es real!«

»Wie meinst du das?«

»Setze was Entsprechendes drunter. Was Intelligentes! Zum Beispiel: So könnte die Welt aussehen!«

»Ray, das ist hohl, da brauche ich was Besseres.«

»Geht's noch? Das ist alles andere als hohl! Menschen brauchen eine Vision, wir brauchen Bilder! Und du gibst sie ihnen. Meine Güte, Mia, Shute House existiert!«

In Elena klingelte etwas mit diesen Worten.

»Oder erzähle ihnen etwas von den Kornkreisen«, hatte Ray hinzugefügt. »Von ihrer Bedeutung und dass du gerade in der Ecke sitzt, wo das passiert. Erzähle ihnen vom Engel-Land und dass von hier aus der Zeitenwandel stattfindet.«

»Was schreibt er da?«, rief Elena angeregt und eine heftige Gänsehaut überzog ihren Körper. »Das Engel-Land! Was meint er damit, dass der Zeitenwandel von hier ausgeht?«

»Weiß ich auch nicht. Aber schau mal, es geht weiter!«

Ein Foto von Mia war zu sehen, auf dem sie im lilafarbenen Göttinnenumhang vor dem Zaun am Silbury Hill stand. Ray hatte folgenden Text dazu verfasst:

»Vorschlag Text: Silbury Hill wird auf das gleiche Alter geschätzt wie die erste Pyramide in Sakkara bei Memphis. Beide sind sechsstufige Kalksteinpyramiden. Beide liegen auf der gleichen Leyline. Zufall?«

»Mann, Ray! Mit dem Text drunter knallt das Ding!« Zig hüpfende Smileys waren angehängt.

»Sag ich doch!« Ray hatte einen überlegen grinsenden SpongeBob Schwammkopf dazu gefügt und Elena musste lachen. Kurz danach hatte er einen weiteren Passus verfasst:

»Silbury Hill ist noch älter als der legendäre Steinkreis von Avebury, ein Kraftzentrum, das Erde und Himmel miteinander verbindet. Kosmische Energie wird von dort in den Steinkreis geleitet. Es ist der Hügel der ›Scheinenden‹ … wie gefällt dir der Text?«

»Oberkrass! Bin voll geflasht!«

»Herrje!«, japste Elena. »Das bin ich auch! Wer sind die ›Scheinenden‹?«

»Keine Ahnung!«, rief Mia. »Aber du siehst, es gibt viel zu tun! Ich brauche ein völlig neues Konzept!« Sie war total aufgekratzt und ließ Elena noch eine Sprachnachricht von Ray abhören:

»Die Pyramide in Ägypten wird Djoser, dem altägyptischen König, zugeschrieben, aber es war Imhotep, der sie erbaut hat. Imhotep war ein Schüler des Thoth, des Gottes der Weisheit. Die Griechen sahen in ihm den Götterboten Hermes. Thoth ist Hermes Trismegistos – der dreifach große

Hermes – und der Begründer der hermetischen Schriften. Was hat all das mit England und Avebury zu tun?« Selbstzufrieden lobte er sich selbst danach: »Nochmal ein geiler Text, gib's zu! Ich hoffe, es hat dir die Sprache verschlagen!«

»Und wie! Bin total aufgescheucht!« Mia hatte ein Huhn dahintergesetzt.

»Mein Text auf einem Foto von dir – na, wenn das mal nicht knallt!« Doppelgrins-Smiley.

»Trotzdem Ray, das ist zu viel Text für ein Foto!«

»Dann sprich dazu! Wofür gibt es Shorts und Reels??? Halloho? Du bist doch alles andere als auf den Mund gefallen! Übrigens, such mal im Internet nach William Blake, wenn du das mit dem Zeitenwandel poetisch haben willst!«

»Was hat der denn damit zu tun?«, japste Elena. »William Blake! Mia, ich bin fix und alle! Ich muss sofort an den Schreibtisch und recherchieren!«

Ihrer Tochter erging es genauso. Bennie gärtnerte draußen, Mia saß vor dem Laptop und Elena schnappte sich die Bücher, die Robert ihr empfohlen und die sie gekauft hatte. Sie hatte sich ohnehin auf die Kreiswache vorbereiten wollen, nach wie vor fasziniert von den wundervollen Mustern, die auf den Kornfeldern fotografiert worden waren. Elena war in dem Stoff so gefangen, dass die Stunden bis zum Telefonat mit Florian wie im Flug vergingen.

Gebannt erfuhr sie, dass die Kornkreise vorwiegend in Warminster ihren Anfang genommen hatten. Warminster, so erfuhr sie, liegt exakt im mystischen Dreieck Stonehenge-Avebury-Glastonbury und wird von einer Stufenpyramide, dem Cley Hill, überragt.

Schon wieder eine Pyramide! Sie fiel fast vom Stuhl, als sie die Namen der Hügel und Plätze rund um Warminster zusammenschrieb: *Haeven's Gate*, das Tor zum Himmel, *Lord's Hill*, der Gotteshügel, *Jacob's Ladder*, Jakobs Himmelsleiter, *Star Hill*, der Sternenhügel, und *Cradle Hill*, der Wiegenhügel.

»Alles spricht dafür«, so der Autor des Textes, »dass diese Gegend ein Dimensionstor zu anderen Welten ist. Um 1920 herum sah Katherine Maltwood in einer Vision die Umrisse eines uralten, man schätzt 10000 Jahre alten Zodiakus', eines Tierkreises, bekannt auch unter dem Begriff: die Glastonbury-Prophezeiungen. Nach ihrer Aussage liegt Glastonbury auf der Position des Wassermanns, jener Zeit, in der das Goldene Zeitalter vorausgesagt wird. Dargestellt wird Glastonbury in Form eines Phoenix', dem Vogel, der sich aus der Asche erhebt …«

Elena fand es erstaunlich, wie sehr sich die unterschiedlichsten Prophezeiungen aus allen möglichen Kulturen glichen – und alle erzählten von einem Goldenen Zeitalter! Mehr und mehr wurde ihr gewahr, in welch bedeutenden Zeiten sie lebten. In welcher Gegend sie saß! Und endlich fand sie auch einen Hinweis zu William Blake, dem mystischen, hellsichtigen Dichter aus dem achtzehnten und neunzehnten Jahrhundert.

»In einem Gedicht, das in einer Hymne vertont wurde und heute den Namen *Jerusalem* trägt, hat William Blake den Zeitenwandel zum Ausdruck gebracht. *Jerusalem* ist die heimliche Nationalhymne der Briten. Es ist die Befreiungshymne aus dem Joch des Materialistischen und Bösen, die Wiedergeburt des Bewusstseins, des Christusbewusstseins. Ist das die Apokalypse, von der die Bibel redet? Apokalypse bedeutet ›Zeitenwandel und Enthüllung göttlichen Lichts‹. Nicht nur Blake war überzeugt, dass das himmlische Jerusalem der Apokalypse vom Dreieck Glastonbury-Avebury-Stonehenge ausgehen wird. Hier findet die Wiederherstellung der göttlichen Ordnung statt, die Heilung der Erde, die Versöhnung des Menschen mit Mutter Erde. Die Nebel des Materialismus' werden sich lüften und einer neuen Wahrnehmung Platz machen, der Wahrnehmung des Paradieses. Seit den ersten Sichtungen unbekannter Phänomene im Jahre 1964 in Warminster verdichten sich die Zeichen und Hinweise, dass diese Gegend ein wichtiger Dreh- und Angelpunkt ist, der mystische Fleck, der den Himmel wieder mit der Erde vereint.«

Aufs Äußerste fasziniert lehnte sich Elena zurück. Inzwischen brannte sie auf diese Kreiswache, brannte darauf, Robert zu fragen, was die Zeichen im Korn bedeuteten und was er aus ihnen herauslas. Sie wollte wissen, wer *Die Scheinenden* waren, und hatte Mühe, sich von dem Stoff zu lösen. Aber Bennie kam herein, außerdem war es Zeit, ein Mittagessen zu kochen. Und gleich würde sie mit ihrem Mann telefonieren!

In ihr jubelte gerade alles! Voller Tatendrang und Freude wirbelte sie ihr Söhnchen durch das Zimmer, der mit ihr gemeinsam über das Leben juchzte.

Erwartungsvolle Augen glänzten Ray an, als er die Tür zur Wohnung aufschloss. Das »Na, wie war's?!«, stand so klar in Brittanys Gesicht geschrieben, dass sie es nicht aussprechen musste.

Ray fiel es ausgesprochen schwer, einen Anfang zu finden. Eine Weile war er nach dem Gespräch noch in einem Park spazieren gegangen, weil er so aufgewühlt war, aber es hatte nicht viel genutzt.

»Britt«, brachte er schließlich hervor. »Ich habe Angst, mich zu früh zu freuen, aber Johnny scheint tatsächlich der richtige Mann zu sein. Er wirkt integer und freundlich und er denkt wie ich.«

Brittany brach in Jubel aus und fiel ihm um den Hals.

»Ach, das ist ja wunderbar! Das ist so wunderbar! Das hast du so verdient! Ich freue mich so für dich!«

Ray schloss seine Arme um seine Frau und drückte sein Gesicht in ihr duftendes rotes Haar.

»Danke, Britt«, flüsterte er. »Was würde ich nur ohne dich tun? Danke, dass du diesen Kontakt ermöglicht hast.«

»Oh, von Herzen gern! Weißt ja, kannst dich auf mich verlassen!«

Sie strahlte ihn an. »Auch wenn das heute Abend Johnnys Geburtstag ist: Für uns wird das unsere ganz eigene Feier! Ich tanze mir mit dir die Füße wund!«

Ray lachte und umarmte sie wieder. Er war nicht ganz so euphorisch, dachte darüber nach, wie er das Robert verklickern sollte. Aber es würde dauern, bis Johnnys Rechtsabteilung herausgefunden hatte, ob er aus dem Vertrag konnte und wann. Und bis ein neuer erstellt und geprüft war, würde auch ein Weilchen dauern. Das gab ihm eine Verschnaufpause.

Doch mit dieser Annahme täuschte er sich gründlich. Johnny war ein Turbolader. Bereits drei Stunden nach dem Gespräch hatte er die erste Einschätzung seiner Rechtsabteilung an Ray weitergeleitet:

»Ist easy, Ray! Der Earl wird entschädigt, das übernehmen wir. Wenn er nicht ganz dumm ist, geht er auf das Angebot ein. Was Besseres könnte ihm gar nicht passieren.«

Ray versetzte Johnnys Geschwindigkeit einen Schock. Eilig tippte er zurück:

»Bitte noch nichts davon verlauten lassen. Ich möchte Lord Exely persönlich von meiner Entscheidung unterrichten, die ich treffen werde, sobald mir dein Vertrag vorliegt.«

»Aber selbstverständlich! Vertrag kriegst du morgen.«

Morgen? Was war das denn für eine Rakete? Ray wunderte sich nicht mehr, dass der Kerl mit vierzig Multimillionär war, so, wie der die Dinge anpackte. Der ließ ja gar nichts anbrennen!

Brittany war im siebten Himmel, als er ihr die Nachrichten zeigte und steckte ihn mit ihrem Jubel an.

»Bestimmt bist du demnächst auf dem Titelblatt von ›Nature‹«, prophezeite sie ihm. »Ich kaufe hunderte Exemplare und verteile sie unter unseren Freunden!«

Langsam, ganz vorsichtig, begann auch Ray, sich zu freuen. Auch auf die Party, auf der er mit seiner Frau die glückliche Wendung feiern konnte. Eine Wendung, die sie angestoßen hatte. Ja, ohne Brittany wäre das nicht möglich gewesen. Ohne sie wäre sein Traum nicht in Erfüllung gegangen.

Ein kurzer Gedanke ging zu Elena. Seine Finger wollten etwas tippen, aber ihm fiel nichts ein. Nichts, was wiedergab, was er empfand. Denn das wusste er gerade selbst nicht recht.

# ♫ The Great Reveal ♫

Nina June & John Bryant

Elena zog sich für das Gespräch mit Florian in ihr Zimmer zurück. Mia wurde immer hibbeliger, je näher der Termin rückte. Schließlich schlug Elena ihr vor, mit Bennie im Old Stables ein paar Stücke Kuchen zu kaufen und auf der Terrasse einen Kaffeetisch zu decken.

»Ich spreche erst allein mit ihm und komme dann zu euch raus«, sagte sie. »Papa hat sich extra viel Zeit genommen!«

Lächelnd sah sie den beiden nach, wie sie Hand in Hand die Einfahrt hinunterliefen, um den Kuchen zu holen.

Punkt drei Uhr saß Elena im Schlafzimmer, die Bücher über Kornkreise neben sich. Aber sie konnte sich nicht darauf konzentrieren, las die Worte, ohne etwas aufzunehmen.

Eine halbe Stunde verging. Sie wurde unruhig. Wollte er schon wieder so eine Nummer abziehen wie neulich? Weitere zwanzig Minuten verflossen. Bennie und Mia waren längst zurück. Elena ging zu ihnen in den Garten und trank mit ihrer Tochter einen Kaffee, Smartphone und Laptop neben sich. Florian meldete sich nicht.

Nach drei Stunden und mehreren Versuchen ihrerseits, ihn zu erreichen, gab sie es auf, ein sehr unwohles Gefühl im Magen. Morgen würde Florian in wildes Berggebiet aufbrechen und für mindestens zehn Tage nicht erreichbar sein. Auch die Kinder waren bedrückt.

»Warum ruft der Papa nicht an?«, fragte Bennie traurig. »Er hat es doch versprochen.«

»Ich weiß es nicht, mein Schatz. Aber in den Bergen ist das mit dem Internet nicht so leicht und …«

»Er hat gesagt, er geht nach Pokhara!«, fauchte Mia dazwischen und sprach aus, was Elena dachte: »Wie oft will er das noch bringen? Soll er es doch gleich sein lassen!«

Wütend und enttäuscht verschwand sie in ihr Zimmer. Bennie schaute ihr beklommen hinterher.

»Komm her, mein Kleiner«, sagte Elena, nahm ihr Söhnchen auf den Schoß und hüllte ihn fest in ihre Umarmung ein.

»Wir warten, bis Papa uns das erklärt.«

»Aber er ruft ja nie an«, sagte Bennie und rutschte von ihrem Schoß. »Und wenn, dann zeigt er nur Bilder. Ich gehe zu Jim und Daniel in den Garten.«

Elena erwiderte nichts darauf. Was hätte sie auch sagen sollen? Niedergeschlagen sah sie ihrem Kleinen hinterher, scrollte die letzten, so liebevollen Messages von Florian durch, die so gar nicht zu seinem Verhalten passten, zwang sich zur Ruhe. Florian musste einen triftigen Grund gehabt haben. Doch im Grunde glaubte sie nicht wirklich daran. Etwas in ihr weigerte sich, Rechtfertigungen zu finden.

Hände patschten in sein Gesicht. Florian war so benebelt, dass er noch nicht mal merkte, wie seine Gesichtshaut sich rötete. Mühsam öffnete er die Augen, blinzelte in die Sonne. Er wollte nicht aufwachen. In ihm war alles friedlich und schön.

»Florian? Alles okay mit dir?«

»Mhm.«

Er lächelte mit geschlossenen Lippen, rekelte sich in den Kissen, sein Geist war irgendwo, nur nicht in dieser Welt. Der Duft von Sandelholz, das nachts in Massen verfeuert worden war, hing in den Räumen. Ach, er war so glücklich! Er fühlte sich geborgen und beschützt und erfüllt mit einer unfassbaren Liebe. Am liebsten würde er die ganze Welt umarmen! Ein kleines Lachen kam aus seinem Mund, als er wieder die Augen schloss und in den herrlichen, wunderbaren Zustand zurück driftete.

Besorgt beobachtete ihn Inez, bevor sie sich umdrehte, um Justin zu holen. Der kratzte sich ratlos am Kopf, als er vor Florians Matratze stand. Florian war nicht ansprechbar. Sein Blick war glasig und immer wieder kippte er weg.

»Verflixt, ich habe dir gesagt, dass er das Zeug nicht verträgt«, schimpfte Inez. »Es war zu viel!«

»Ey, mach mich nicht an«, wehrte sich Justin. »Er hat es gewollt! Menno, der Kerl hält uns nur auf! Wir müssen warten, bis er wieder zu sich kommt.«

»Aber wir wollten morgen los! Wie soll das gehen mit ner Halbleiche?«

»Dann warten wir eben noch einen Tag. Hat er dir das Geld gegeben?«

»Welches Geld?«

»Er hat doch gesagt, er hebt noch was ab.«

»Ja, wie denn, wenn du ihn so volldröhnst? Du hast uns ja noch nicht mal Gelegenheit gegeben, in die Stadt zu gehen, weil du es mit deinem Vollmondritual so eilig hattest!«

»Inez, hör auf, mich so anzupissen! Ihr habt alle mitgemacht, oder? Also, halt die Klappe. Bis morgen ist er wieder fit. Dann gehen wir in die Stadt, erledigen die letzten Kleinigkeiten und ziehen eben am Dienstag los.«

»Der Mietvertrag läuft heute aus, schon vergessen?«

»Wen interessiert's? Wir gehen eben erst morgen, dagegen soll mal einer was machen.«

Sauer sah Inez Justin hinterher. Sie überlegte ernsthaft, ob sie die Tour in die Berge mit so einem Idioten unternehmen wollte. Überhaupt war die Stimmung in der Gruppe längst den Bach runter. Der Einzige, der das nicht mitbekam, war Florian.

Montagmorgen.

Marvin und Hazel waren hier, um mit dem Kurs weiterzumachen. Weder Mia noch Elena waren motiviert, aber sie wollten nicht absagen, zumal sie das Häuschen weiterhin zu diesem grandiosen Preis nutzen konnten.

Hazel kümmerte sich wie stets um Bennie. Die beiden waren ein Herz und eine Seele und verschwanden im Garten.

Marvin blieb am Küchentisch sitzen, ließ sich berichten, wie es ihnen ergangen war, freute sich über die positive Rückmeldung. Auch das Schulthema wurde angesprochen und aufmerksam hörte er sich die Einwände Elenas an, dass man bestimmte Abschlüsse und zur Unterstützung Titel bräuchte, um im Berufsleben bestehen und um der eigenen Einschätzung Gewicht verleihen zu können.

»Wisst ihr, die alten Zustände brechen zusammen, aber im Moment haben sie noch Bestand und das Neue ist noch nicht da. Du, Mia, bist der Pionier, der einen neuen Weg gehen will, aber auf diesem sind noch nicht viele gegangen. Solange du dir bewusst bist, dass es deswegen durchaus zu Schwierigkeiten kommen kann, ist alles okay. Aber ich merke selbst in meinem Umfeld, dass es tatsächlich immer mehr junge Leute gibt, die ihren Weg mit Bravour ohne das alte Wertesystem gehen. Sie brillieren durch ihr Können – und niemand fragt nach Zertifikaten.«

»Du erwähnst das Neue Zeitalter«, hakte Elena ein. »Glaubst du, dass es kommt?«

»Es ist doch längst hier! Wir stecken mitten in der Transformation!« Marvin lachte. Doch bevor Elena weiterfragen konnte, läutete ihr Telefon.

Sie erstarrte. Es war Florian.

Florian erwachte. An die Nacht, die Gesänge, Tänze und den Rest konnte er sich nur schemenhaft erinnern. Eine Pfeife mit irgendeiner Substanz war herumgegangen, die er sonst immer ausgelassen hatte, aber diesmal hatte er kräftig daran gesogen. Er erinnerte sich an unglaubliche, körperliche Freuden, an Svenja, Billie und Inez, die ihn mit Federn gestreichelt und heiße Tücher auf ihn gelegt hatten, an ihre Körper, die sich mit seinem verschmolzen hatten. Explosionen erschütterten sein Gehirn, Orgasmen gleich, und er sah sich selbst, wie er in einem Gefühlsüberschwang von Liebe und Freude Rotz und Wasser geheult hatte, einfach so.

Oh, was für ein gigantisches Leben das hier war! Alles in ihm vibrierte, lebte, pulsierte! Er hatte gestern Nacht Sinne verspürt, von denen er keine Ahnung gehabt hatte, dass es sie überhaupt gab. Selig lag er in den Kissen, sah zu den großen Terrassentüren hinaus. Es war heller Tag.

Seine Blase drückte und so stand er auf, aber rumpelte gegen einen Tisch und hörte Billies Stimme.

»Florian! Bist ja wach! Soll ich dir helfen?«

»Nein, alles gut, alles gut. Muss nur kurz mal austreten.«

Sie stand trotzdem auf und stützte ihn. »Warst ganz schön lange weg«, sagte sie, während sie mit ihm zur Toilette ging.

»Wieso? Wie spät ist es denn?«, fragte er verwundert.

»Ich glaube, halb vier. Wir sind extra wegen dir einen Tag länger geblieben.«

Die Botschaft sickerte nur langsam in sein umnebeltes Gehirn.

»Wie«, fragte er nach einer halben Minute, »was heißt das, ihr seid wegen mir länger …« Abrupt blieb er stehen. Seine Augen flackerten, es fiel ihm schwer, zu denken. »Verdammt, Billie, heute ist doch Sonntag, nicht?«

»Nein, Montag. Du hast den gesamten Sonntag durchgeratzt.«

Florian wurde es speiübel, als ihm mit voller Wucht klar wurde, was das bedeutete: Er hatte Elena das zweite Mal versetzt! Dabei hatte er doch Wichtiges mit ihr besprechen wollen!

Eilig zog er sich nach dem Toilettengang an, holte sein Smartphone aus dem Gepäck und machte sich auf den Weg stadteinwärts.

Er musste Elena anrufen. Jetzt sofort! Auch wenn sein Kopf noch nicht klar war, auch wenn er es sehr bedauerte, aus diesem herrlichen

Glücksgefühl gerissen zu werden. Aber wenn sie erstmal auf dem Weg in die Berge waren, würde es zu spät sein. Er wollte Klarheit.

»Marvin, entschuldige, das ist mein Mann. Ich muss rangehen.«

»Ja, sicher doch, lass dir Zeit, Elena! Mia leistet mir beste Gesellschaft.«

Elena nahm das Gespräch an, während sie ins Schlafzimmer ging. Ihre Stimme war kühl.

»Florian? Welch Überraschung! Ich dachte, ihr seid unterwegs in die Berge?«

»Elena!«, stieß er hervor. »Ich … es tut mir so leid! Wir hatten gestern eine Veranstaltung und die hat länger gedauert als gedacht …« Er gab eine wirre Erklärung nach der anderen von sich. Dass sie beschlossen hätten, einen Tag später aufzubrechen und es noch so viel zu tun gegeben hätte … einkaufen, Formulare, Ausrüstung … Elena spähte auf die Uhr. In Pokhara war es etwa vier Uhr nachmittags.

»Na, wunderbar, Florian, vermutlich willst mir nur wieder mal klarmachen, dass deine Zeit zu knapp für ein Gespräch mit mir ist, weil ihr gleich aufbrecht. Warum hast du überhaupt angerufen?«

»Elena, bitte, nein, ich habe Zeit. Wir können reden.«

»Ich denke, es ist besser, wir führen unser Gespräch, wenn du hier bist. Lass dich von uns nicht von deiner Tour abhalten.«

Florian war befremdet von ihrer Distanziertheit. Das war er ganz und gar nicht von ihr gewohnt.

»Elena, nochmal, es tut mir leid und ich liebe dich«, versuchte er es erneut. »Ich kann nicht ändern, was passiert ist, aber lass uns in der wenigen Zeit, die wir haben, nicht böse sein. Du hattest doch einiges auf dem Herzen.«

Elena dachte an Mia und gab sich einen Ruck.

»Okay, Florian, dann lass uns reden. Aber eines vorneweg: Es wird Zeit, dass du zurückkommst. Ich habe Angst, dass wir uns verlieren.«

»Wir verlieren uns nicht«, versicherte er. »Ich bin sicher, jeder von uns kommt bereichert in die Beziehung zurück. Mit neuen Ideen, frischen Ansätzen. Und bald sind wir ja wieder zusammen.«

Sie atmete tief durch.

»Ja, und dann feiern wir! Wir haben allen Grund dazu!«

»Das ist wahr, mein Liebling, viele Gründe.« Florians Stimme klang weich, zärtlich, hauchte in ihr Ohr. »Ich freue mich auch so sehr darauf und ich glaube … nein, ich weiß, dass uns diese Zeit sehr guttut. Wir entdecken uns beide neu.«

»Das kann ich voll unterschreiben. Ich habe ja angedeutet, dass auch mit uns viel passiert ist.«

»Ja, das hast du. Wir haben beide viel zu erzählen. Wer fängt an?«

»Fang du an. Ich glaube, mein Thema ist sehr heikel. Es geht um Mia.«

»Mia! Ach, Mia … macht sie nach wie vor Probleme?«

»Nein, überhaupt nicht, es ist die pure Freude mit ihr. Wir haben uns noch nie so gut verstanden wie jetzt. Sie ist so lieb! Da hat sich gewaltig was gewandelt, aber bei mir auch, Florian. Ich habe das dringende Gefühl, dass wir an einem Punkt angelangt sind, wo wir Altes überdenken und Neues wagen sollten.«

Ein erfreuter Ausruf antwortete ihr.

»Elena, du ahnst nicht, wie glücklich du mich mit diesen Worten machst!«

»Ehrlich?«

»Ja! Genauso empfinde ich auch! Genauso! Es geht um alte Systeme und alte Wertvorstellungen, du glaubst nicht, welche Gedanken mir in den Bergen gekommen sind. Ich stelle plötzlich so vieles in Frage, dass ich manchmal den Eindruck habe, mein Kopf platzt.«

Auch auf Elenas Gesicht zeichnete sich ein frohes Lächeln ab.

»Hey, Florian, dein erster Satz hätte auch von mir stammen können!« Sie war selig, dass sie so im Einklang miteinander waren. »Und gerade hörst du dich so viel weicher an!«

»Das ist schön, dass du das sagst! Ach, Elena, mein Liebling!« Florians Stimme juchzte fast vor Glück »Das tut so gut zu hören. Das macht es mir viel leichter, über alles zu sprechen.«

»Nur immer raus damit!«, forderte ihn Elena vergnügt auf, das Herz groß und weit. »Ich höre zu.«

»Gut, aber du bist allein? Wir brauchen dafür ein bisschen Ruhe.«

»Ja, ich bin in meinem Zimmer. Die Rosen schauen zum Fenster herein – einen schöneren Rahmen könnte es nicht geben. Ach, übrigens, warte, bevor du anfängst!« Elena setzte sich etwas aufrechter hin. »Wie findest du den Raum, den ich für unsere Feier ausgesucht habe?«

»Sehr englisch.«

Sie lachte. »Ja, das stimmt! Aber du wirst es lieben! Hier ist es einfach magisch!«

»Darüber reden wir auch noch, aber was ich dir sagen wollte … also, das ist nicht einfach auszudrücken … du hast vorhin alte Wertesysteme angesprochen, und weißt du, die Gruppe, mit der ich zusammen bin, ist wunderbar ungezwungen, stellt ebenso eingefahrene Gesellschaftsstrukturen in Frage. Wir essen gemeinsam, wandern gemeinsam, schlafen zusammen in einem Raum und …«

»Wie viele seid ihr eigentlich?«, unterbrach ihn Elena. »Du hast das noch gar nicht erzählt.«

»Zu fünft, drei Frauen, zwei Männer. Jeden Abend chanten und meditieren wir und unterhalten uns frei über alle Themen.«

»Welche denn?«

»Unter anderem sprechen wir über Dinge wie Ehe, Monogamie und freie Liebe.«

»Freie Liebe.« Elena stutzte.

»Elena, bevor du jetzt Falsches denkst, lass mich erstmal reden, okay?«

Aber alles in Elena stand auf Alarm.

»Eigentlich«, sagte er, »ist es doch Unsinn, seinen tiefinneren Gefühlen nicht nachzugehen.«

»Was genau meinst du damit?«

»Zum Beispiel mit nur einem Partner Liebe machen zu dürfen. Ich meine, woher kommt denn dieser Zwang? Doch wohl von den Kirchen! Allein das Wort *dürfen* sollte aufhorchen lassen.«

Elenas Herz war im Sinkflug, noch bevor Florian zu einer Erklärung ausholte.

»Früher gab es auch keine Monogamie«, argumentierte er weiter. »Liebe ist doch grenzenlos. Wo fängt sie an, wo hört sie auf? Man kann doch nicht nur einen Menschen lieben, das wäre doch armselig!«

»Moment mal, ich glaube, du verwechselst da was«, widersprach sie gepresst. »Natürlich ist Liebe grenzenlos. Wir lieben ja auch mehrere Menschen. Unsere Eltern, Kinder und so weiter, aber das Thema, das du anschneidest, hat eher was mit Treue zu tun und das wiederum …«

Sie hatte hinzufügen wollen, dass Treue von Vertrauen kam, aber Florian fiel ihr fast aggressiv ins Wort.

»Was heißt denn *Treue*? Treu muss man vor allem sich selbst bleiben. Und außerdem kann man mehreren Personen treu sein.«

Elena glaubte, nicht richtig zu hören, als er sie schon mit dem nächsten Argument bombardierte. »Männer haben sich immer mehrere Frauen genommen, wir leben in einem Zeitalter der Gleichberechtigung, also ist es doch absolut okay, wenn auch Frauen das tun.«

»Es würde dir also nichts ausmachen, wenn ich mit anderen Männern schlafen würde?«

»Doch, natürlich macht mir das was aus. Im Moment zumindest noch. Daran erkenne ich mein Ego. Und ich arbeite dran. Das Ego will einen anderen besitzen und das kann nicht richtig sein. Es will immer nur haben. Einen Menschen, einen Körper, Geld, Macht, alles materiell! Und so kommt Eifersucht auf. Diese Eifersucht dürfen wir überwinden.«

Elena hätte sich mit seinen Worten am liebsten übergeben.

»Ich habe eher den Eindruck, dass dein Ego gerade ziemliche Blüten treibt!«, presste sie wütend hervor.

»Ganz sicher nicht. Ich bin hier in Tiefen gekommen, von denen du keine Ahnung hast! Die einem völlig andere Sichtweisen verleihen. Höhere! Freiere! Wenn du das einmal nur im Ansatz erfährst, weißt du, wovon ich rede. Und darüber wollte ich mit dir sprechen, mein Liebling.«

Elena war aschfahl geworden. »Worüber genau?«

»Sex kann in extreme spirituelle Höhen führen. Vorausgesetzt, wir begrenzen das nicht auf ein Eheleben. Genau das will ich mit dir erleben, Elena. Ich verstehe, wenn dich das erstmal schockiert. Lass es erstmal sacken und versuche, es mit Ruhe zu sehen.«

Elena schnappte nach Luft. Sie konnte nicht fassen, welche Wendung das Gespräch genommen hatte.

»Sag mal, bist du noch ganz dicht, Florian?«, fauchte sie. »Was genau bedeutet das für unsere Ehe?«

»Freiheit? Spaß? Offenheit? Sich auf unterschiedliche Weise erleben und entdecken? Sieh es doch mal von dieser Seite!«

»Florian! Ich bin groß geworden mit dem Konzept, mit *einem* Mann zusammen zu sein. Den Mann meines Lebens, mit dem ich alt werden kann! Das war auch deine Einstellung, als wir uns das Ja-Wort gaben!«

»Aber das eine schließt doch das andere nicht aus!«, rief er beschwörend. »Wir werden zusammen alt — nur mit viel mehr Spaß und Freude! Wir befreien uns aus alten Zwängen! Wir leben ein Leben, wie es uns gefällt!«

»Wie es *dir* gefällt!«, fauchte sie, aufs Tiefste verletzt. »Denn mir gefällt das ganz und gar nicht, Florian! Es ist nicht meine Vorstellung, nicht mein Weltbild!«

»Meine Güte, Elena, kannst du dich nicht einfach mal für Neues öffnen? Im Leben geht es immer darum, sich von Bindungen zu lösen. An nichts festhalten, nichts besitzen zu wollen, sich also aus den Fängen des Egos zu befreien und du …«

Ein Wutschrei entfuhr ihr. »Oh, ich hasse dein esoterisches Gequatsche, das du immer so zurechtbiegst, wie du es brauchst! Ohne Rücksicht auf mich! Ich glaube, du missverstehst da einiges im Leben, Florian! Alles, was recht ist, aber das geht zu weit!«

»Hör mal, ich missverstehe gar nichts. Immerhin habe ich mich wochenlang mit der Thematik beschäftigt und entwickle mich seit Jahrzehnten spirituell weiter. Ich weiß, wovon ich rede.«

Das »und du nicht!«, hing dick in der Luft. Patsch! Da war es wieder! Ich bin besser als du! Elenas Augen glühten und ihr fiel tatsächlich keine geeignete Erwiderung ein.

»Elena, mein Engel«, schmeichelte er in ihr Schweigen hinein. »Ich kann dich verstehen, so gut verstehen! Hättest du mich vor zwei Monaten damit konfrontiert, ich hätte genauso reagiert. Aber weißt du, wie schön es ist, wenn man sich der Strömung hingibt? Welche Urkräfte in dir hochkommen?«

»Sag mal, was heißt das im Klartext?«, zischte Elena. »Dass du schon mit anderen Frauen geschlafen hast? Habt ihr Gruppensex da oben in den Bergen?«

»Nein, das heißt ja, aber ich habe mich bisher rausgehalten.« Er wurde rot. Eine falsche Note schwang durch die Leitung und vergiftete alles. Florian konnte sich nur schemenhaft an die vorletzte Nacht erinnern, er hatte sich doch zurückgehalten, oder nicht? ».. . Weil ich Rücksicht auf dich nehmen wollte! Ich schwöre! Aber ich will auch ehrlich sein. Ich hatte einige Tantramassagen und das war wunder-wunderschön. Elena, das musst du erleben, das ist göttlich! Dann verstehst du im Ansatz, was . . .«

»Tantramassagen. Aha. Was genau ist da abgelaufen?«

»Nichts, was dich beunr...«

»Juhu! Halloho!« Eine aufgekratzte Frauenstimme trompetete ins Telefon. Billie hatte sich wie ein Indianer angeschlichen, war plötzlich neben Florian aufgetaucht, beugte sich vor und grinste in die Kamera. Unbekümmert baumelten ihre Brüste ins Bild und fröhlich winkend hob sie die Hand.

»Hi, Darling!«, rief sie. »How are you?« Dann prustete sie los. »Nice T-Shirt! Hey, Florian, wir müssen die Hütte räumen und . . .«

»Mensch, Billie, verzieh dich!«, zischte Florian. »Das passt jetzt gar nicht!«

Er wandte sich wieder dem Handy zu, aber Elena hatte aufgelegt.

Florian fluchte, versuchte vier- bis fünf Mal, Elena zu erreichen, aber sie ging nicht mehr ran. Herrgott nochmal, gründlicher hätte das nicht in die Hose gehen können! Wieso war sie auch immer so bierernst und zugeknöpft? Erst behauptete sie, sie stelle alte Wertesysteme in Frage und dann so was! Er liebte sie, das hatte er ihr doch mehrmals versichert! Alles, was er ihr angeboten hatte, war noch mehr Freude, Freiheit und Vergnügen beim Sex, eben weil er sie liebte! Florian war zutiefst frustriert.

Und doch hatte die heftige Reaktion Elenas ihn unsicher werden lassen, ihn wieder ein wenig zurückgeholt, in das, was einmal gewesen war. In der Gesellschaft Gleichgesinnter war es leicht, das Thema locker zu sehen, weil alle so dachten, aber die Konfrontation mit seiner Frau zeigte ihm, dass es auch andere Vorstellungen gab – die er vor kurzem noch geteilt hatte.

Zusammen alt werden, sich aufeinander verlassen können, einen Rückhalt haben, wissen, da ist jemand, der mit einem durch dick und dünn geht … das waren bislang auch seine Ansichten gewesen und sie hörten sich immer noch schön an. Zweifel regten sich in Flo. Doch streiften sie nur peripher sein noch von Drogen duseliges Gehirn. Stattdessen verdichtete sich das Gefühl, dass Elena noch nicht einmal im Ansatz bereit war, ihn zu verstehen. Trotz regte sich in ihm.

Warum sollte das eine mit dem anderen nicht vereinbar sein? Natürlich konnte man zusammen alt werden. Deswegen musste man sich doch die Freuden des Lebens nicht verwehren. Sie war einfach nur stur! Wollte, dass er arbeiten ging, damit sie in Schlössern Tee trinken konnte! Mit jedem Schritt verdüsterte sich seine Stimmung. Die Wirkung der Droge ließ nach, das Glücksgefühl verließ ihn, er sackte psychisch ab – aber für sein Empfinden war es Elena, die schuld daran war.

Oben angekommen hatten sich seine Weggefährten im Kreis vor die kleine Villa gesetzt und warteten auf ihn.

»Hey, Kumpel! Na, wieder in der Welt gelandet?« Justin lachte und auf Florians Gesichtsausdruck reagierend: »Was ist los? Gab's Ärger?«

»So was in der Richtung«, raunzte Florian missgelaunt.

»Willst du drüber reden?«

»Nein, ist zu privat.«

»Er hat mit *seiner* Frau telefoniert«, verriet Billie den anderen und kicherte. »Eine mit gestreiftem T-Shirt und BH drunter. Ich glaube, die ist nicht so gut auf uns zu sprechen.«

»Streifen bedeutet Gefängnis«, erklärte Justin. »Nur so am Rande, falls es dich interessiert.«

»Haltet die Klappe, das geht euch nichts an«, fuhr Florian sie grob an. »Was wollt ihr besprechen?«

»Nachdem wir deinetwegen einen Tag später dran sind, müssen wir nochmal Miete nachzahlen und Proviant brauchen wir auch. Wie viel Kohle haben wir noch und wie lange können wir bei dem Einsiedler bleiben?«

Eine Besprechung entspann sich, mit dem Ergebnis, dass sie am achtzehnten August zurückkommen würden.

»Das ist zu spät«, wandte Florian ein. »Ich muss bis 13. August in England sein.«

»Dann kannst du nicht mit«, folgerte Justin. »Der Guide sagt, unter vierzehn Tagen geht nichts. Musst dich entscheiden, Florian, spätestens, wenn wir den Proviant kaufen.«

Florian schwieg. Das bedeutete eine Bedenkzeit von etwa vier Stunden. Sie packten die meisten ihrer Sachen für die Abreise zusammen und fuhren danach mit dem Jeep in die Stadt. In Florian stritt das Für und Wider. Die Chance, einen Erleuchteten zu treffen, ergab sich nie wieder! Aber unmöglich konnte er die Feier canceln! Elena würde Feuer spucken!

»Wer hat noch Geld?«, holte ihn Justin aus seinen Überlegungen. »Los, Leute, tun wir alles zusammen, was wir noch haben.«

Nacheinander frequentierten sie den Bankautomaten. Florian war als Letzter dran, die anderen hatten nie viel Bares ziehen können und rechneten daher auch heute wieder mit ihm. Florian wusste, dass das gemeinsame Konto im Minus war, daher steckte er gleich die zweite Karte in den Schlitz. Er wollte dreihundert Euro abheben, das war ja nicht viel, doch der Automat verweigerte die Summe und teilte ihm mit, dass nur etwa hundert Euro zur Verfügung standen.

Hundert Euro? Wo war das Geld? Da waren doch fast fünftausend Euro drauf gewesen? Das Verlagsgeld, das Elena bekommen hatte! Hatten sie etwa diese Summe in England verprasst? Das Blut rauschte Florian aus dem Gesicht.

Die Fotos vom Schloss, dem Kristall, dem edlen Diningroom schossen ihm in den Kopf und mit ihnen die Wut. Für so einen blöden Firlefanz gab sie Geld aus! Aber ihm schraubte sie am Ende der Welt den Hahn ab? Was für ein fieser Move war das denn? Bleich geworden probierte er es mit der anderen Karte, obwohl er wusste, dass hier erst recht keine große Chance bestand, etwas zu holen. Und so war es. Zähneknirschend räumte er die hundert Euro vom Sparkonto und kochte vor Wut. Wollte sie ihn etwa auf diese Weise zwingen, früher zurückzukommen? Er war kaum fähig, mit den anderen zu kommunizieren.

Justin sah ihn fragend an:

»Also, Florian, was ist? Bist du dabei? Oder fährst du nach Hause?«

»Ich bin dabei«, erwiderte Florian verbissen. Nun würde er sich diese Reise erst recht nicht entgehen lassen!

Er war froh, dass sie an diesem Tag vollauf beschäftigt waren, er hätte nicht gewusst, was er mit sich hätte anfangen sollen.

»Letzter Abend«, sagte Billie und reichte einen Joint herum. »Entspannt euch, Leute, ab morgen sind wir wieder gefordert! Die Tour ist nicht leicht.«

Florian zog heftiger an dem Zeug, als ihm guttat. Als Svenja in dieser Nacht auf seine Matratze kroch, seine Beine spreizte und ihr Gesicht auf sein Becken senkte, wehrte er sich nicht.

Elena wusste nach dem Telefonat mit Florian nicht, wohin mit ihren Gefühlen. Nicht, wohin sie gehen sollte. Wie eingefroren saß sie lange auf dem Bett. Das Herz schlug ihr bis zum Hals. Das Gehirn war unfähig, Gedanken zu verarbeiten. Ungeordnet purzelten sie darin umher.

Der Kurs. Marvin wartete auf sie. Mia sorgte sich. Bennie war mit Hazel. Welcher Tag war heute? Montag. In der Bibliothek wäre sie nicht allein. Einfach mit dem Auto losfahren. Irgendwohin! Aber dann müsste sie Bescheid geben. Alle würden fragen, was sie hätte. Allein der Gedanke verursachte ihr Brechreiz. Aber die Alternativen waren erst recht nicht zu ertragen. Also doch Bescheid geben. Ja, das würde sie tun, eine letzte kleine Anstrengung, bevor sie weinen konnte.

Marvin und Mia waren bereits nach drüben gegangen. Hazel und Bennie wohl auch, im Garten war niemand mehr. Wie ein Automat setzte sie sich in Bewegung, nahm die Autoschlüssel und das Smartphone, klemmte jedes Gefühl ab, weil sie keines ertrug. Der Geruch des Parketts schlug ihr entgegen, als sie die Tür zum Übungsraum öffnete. Warm glänzte die Sonne auf dem Holz.

Elena bemerkte nicht Marvins und Mias alarmierte Blicke, als sie sie sahen. Sie war vollständig darauf konzentriert, ihren Satz herauszuwürgen.

»Hallo ihr zwei, ich kann heute nicht mitmachen. Ich muss mal kurz allein sein.«

Zur Verdeutlichung hob sie die Autoschlüssel an. Der Kummer quoll aus ihr heraus wie eine dunkle, schwarze Wolke. Ihre Augen trafen auf die ihrer Tochter und die Tränen schossen in Elena hoch wie eine Springflut. Die Kehle war dick, der Kloß darin fest installiert. Der Schmerz nahm überhand und Elena wusste nur eines: Sie musste raus hier, und zwar schnell.

Doch mit einem Satz war Marvin bei ihr, nahm ihr die Autoschlüssel aus der Hand und sagte bestimmt:

»In diesem Zustand steigst du nicht in den Wagen, Elena.«

Sein Mitgefühl riss ihr Herz in Fetzen. Elena drehte sich um und flüchtete in den Garten. Wie ein Kind suchte sie nach einem Versteck, kauerte sich in die äußerste Ecke hinter einen großen Busch. In dieser Sekunde gab das Handy einen Signalton von sich.

»Hallo Elena, bin die nächsten vierzehn Tage nicht erreichbar. Werde am 14. August nicht da sein.«

Elena gefror. Die Kälte kroch in ihr hoch und vereiste ihr Herz.

# ♫ No Gold ♫

Norma Jean Martine

Rays Nerven waren überreizt, noch bevor sie den Eingang des Clubs passiert hatten, in dem die Party stattfand. Eine lange Schlange extravagant gekleideter Menschen im Stil der 80er Jahre wartete auf einem roten Teppichläufer, der vor dem Club ausgelegt worden war. Zwei wichtig aussehende Muskelmänner kontrollierten die Einladungen. Ray fühlte sich unwohl. Er hätte lieber mit Britt bei einem Dinner for two gefeiert, aber ihr war nach Tanzen zumute. Laute Musik schallte aus den Tiefen der kellerartigen Räume bis auf die Straße hinaus. Wenigstens klangen die Songs der 80er angenehmer in seinen Ohren als das Zeug, was sonst gespielt wurde, aber die Lautstärke, mit der Kultgruppen wie Blondie, Rolling Stones und Police abgefeuert wurden, schmälerte den Genuss enorm.

Kaum waren sie drinnen, schien Brittany aufzuleben. Sie glitt sofort in die Masse der Menschen auf der Tanzfläche, wogte mit ihnen im gleichen Rhythmus, hatte innerhalb von einer Stunde zwei Cocktails geleert, war Ray mindestens fünf Mal um den Hals gefallen, hatte ihn abgebusselt, ihn an zwei Händen auf die Tanzfläche gezogen und wirbelte um ihn herum. Alles aus lauter Freude über seinen Erfolg. Ray wünschte, er könnte sich in diese Welle begeben wie sie. Brittanys Freude machte ihm zu schaffen. *Er* war doch der Hauptbetroffene, wieso gelang es ihm nicht, sich ebenso zu freuen? Britt musste recht haben, wenn sie sagte, er sei zu steif und zu keinem Abenteuer mehr bereit.

Er tanzte ein paar Runden mit seiner vor Begeisterung und Leben sprühenden Frau, aber als die imperative Stimme des DJs durch den Raum plärrte, ging er an die Bar und holte sich ein Bier.

»Und jetzt will ich euch springen sehen!«, schrie der DJ. »Springen! Springen! Springen! Ich will euch höööören!! Was ist lohos? Ich höre nichts! Ich höre nichts!«

Er hörte scheinbar immer noch nichts, obwohl die Meute auf der Tanzfläche eifrig seinen Aufforderungen nachkam und auf seinen Befehl den Refrain des Songs mitbrüllte.

»Lauter, lauter!«, forderte er und gab auch diverse Armbewegungen vor.

Ray konnte sich nicht helfen, aber das erschien ihm als lächerliche Dressur. Er wechselte in einen anderen Raum, in dem es ruhiger war und stellte sich mit seinem Bier an den Tresen. Leichter Jazz durchzog die Räume, aber seine Ohren klingelten noch gehörig von dem ohrenbetäubenden Sound davor. Er sah auf die Uhr. Sie waren gerade mal eine Stunde hier!

Wie würde Brittany reagieren, wenn er ihr vorschlug zu gehen? Im Augenwinkel bemerkte er, wie kleine Kuverts in Glitzertäschchen und Hosentaschen verschwanden. Auf Partys wie diesen wurde viel getrunken, viel getanzt, viel geschrien – und viel gekokst.

Eine Razzia war kaum zu befürchten. In diesen Kreisen sorgte man dafür, dass sich die Polizei zurückhielt. Johnny gehörte wohl zu diesen Kreisen. Ray merkte, dass er nach wie vor an dessen Integrität zweifelte.

Ungehalten über sich selbst schüttelte er den Kopf. Brittany hatte wohl auch in dieser Hinsicht recht: Er dachte viel zu negativ. Nichts in Johnnys Verhalten rechtfertigte sein Misstrauen.

Ray stellte die noch fast volle Bierflasche ab und wollte sich auf die Suche nach Brittany machen, als ein paar Sätze in seine Ohren drangen, die ihn hellhörig werden ließen.

»… fädelt einen Deal nach dem anderen ein. Und das in einem Tempo, dass kaum einer hinterherkommt. Wann schläft der Kerl?«

»Das frage ich mich auch. Schon enorm, wie der hochgeschossen wurde.«

»Hochgeschossen wurde? Wie meinst du das?«

»Na, bist du einmal im Netzwerk drin, bist du ein gemachter Mann, von allein geht das nicht. Denk doch nur an den letzten Deal mit diesem Riesenkonzern …«

Instinktiv spitzte Ray bei dem Wort ›Riesenkonzern‹ die Ohren. Die Rede musste von Johnny sein. Er drehte sich wieder zur Bar, tat so, als würde er sich mit seinem Smartphone beschäftigen und drückte auf Sprachmemo. »… Cyberchemicals«, nahm das Gerät auf. »Hat Johnny eine Riesenflut an Dollars aufs Konto geschwemmt.«

»Ich dachte, der macht in Consulting.«

»Klar macht er das. Er consultet so ziemlich alle Mega-Konzerne. Hast du dich nie gefragt, wie ein junger Kerl wie er an solche Kontakte kommt?«

»Jetzt, wo du's sagst! Und was hast du mit ihm zu tun?«

»Ich bin bei ihm angestellt. Abteilung Research. Daher weiß ich das. Ich halte Ausschau nach noch unbekannten Technologien und wenn was interessant ist, schlage ich es ihm vor. Echt irre, was die Leute so draufhaben. Ein Kollege von mir hatte mal einen Physiker aus El Paso im Visier, ist schon Jahre her, aber der Typ hatte tatsächlich die kalte Fusion entdeckt.«

»Hört sich an wie der Stein der Weisen.«

»Ist auch so ähnlich. Der Kerl hatte ein Riesenlabor, von der Größe eines Fußballfelds. Der Strom dafür kam aus einem Gerät, das nicht größer war als eine Kaffeekanne. Irre, oder? Das Ding lief bei dem schon seit Jahren, betrieben mit einer Goldmünze.«

»Häh?«, machte der andere. »Und wieso weiß davon keiner? War das noch nicht ausgereift genug für den Weltmarkt?«

»Alter, so was ist eine *Gefahr* für den Weltmarkt. Wenn Energie nichts kostet, würde das System zusammenbrechen.«

»Okay, verstehe. Und was macht der Typ jetzt?«

»Nichts. Ihm ist ein tödlicher Unfall widerfahren. Zuvor ist sein Labor abgebrannt. Aus Versehen natürlich auch alle sieben weiteren Labore, die er betrieb. Mein Kollege war leider zu spät dran.«

»Du meinst, Johnny hätte das retten können?«

»Das war zumindest die Hoffnung meines Kollegen. Er war damals noch naiv und noch nicht lange im Geschäft.«

Ray wollte mehr hören, aber das Gespräch der beiden wurde unterbrochen. Ab diesem Moment gewann die Party jedoch für ihn an Sinn. Er begann, umherzustreifen, unterhielt sich, fragte die Leute nach ihren Namen, sammelte Informationen, versuchte, so viel wie möglich herauszufinden. Ab und zu traf er auf Britt, die ihm, selig über sein unvermutetes Interesse, über den Rücken strich, ihn küsste und bei ihm und seinem jeweiligen Gesprächspartner für ein paar Minuten verweilte, bevor es sie wieder irgendwohin zog.

Nach drei Stunden verfügte Ray über ein Sammelsurium an Firmen- und Personennamen, die er in eine unzensierte Suchmaschine eingeben konnte. Wo war Brittany? Er rief sie an, sie ging nicht ran. Eine halbe Stunde lang suchte er sie im Getümmel der Menschen und auf den verschiedenen Ebenen des Clubs und schickte ihr schließlich eine Nachricht.

»Britt, ich möchte nach Hause. Gehst du mit oder willst du bleiben?«

Sie antwortete nicht. Es war ihm ohnehin lieber, allein zu sein, so machte er sich auf den Heimweg.

Zwei weitere Stunden später saß er desillusioniert vor den Trümmern seines Traumes. Noch nicht mal einen Tag Freude hatte ihm das Schicksal gegönnt! Ray konnte diese neuerliche Enttäuschung kaum ertragen. Seine Augen fixierten den Monitor, auf dem der sympathische Johnny ihn anlachte. Ein Köder.

Johnny Warwick war bestens integriert in das Machtgefüge der Eliten, fungierte als eine Art Vorzeigemann für viele Konzerne, die mit all dem Profit trieben, was Erde und Mensch ausbeutete, krank machte und kontrollierte. Das erwähnte Unternehmen Cyberchemicals hatte sich ganz dem Transhumanismus verschrieben, und was die anderen Konzerne fabrizierten, mit denen Johnny im Bunde stand, wollte Ray gar nicht laut aussprechen. Das Gefühl, machtlos zu sein, an diesem Moloch niemals vorbeizukommen, nahm ihm jede Lebensfreude.

Zutiefst verbittert klappte er den Laptop zu.

Es wurde dunkel im Zimmer und auch in ihm.

# ♫ Little Giant ♫

Roo Panes

Elena kauerte hinter ihrem Busch, kam sich infantil vor, aber gerade war sie zu nichts anderem in der Lage. Geräusche waren zu vernehmen, widerwillig lauschte sie. Schritte im Garten, aber kein Wort fiel.

Elena presste die Augen zusammen, bohrte ihre Fäuste dagegen, sammelte Kraft, um aufzustehen und sich der Gegenwart zu stellen. Sie hatte Kinder, sie wollte nicht, dass sie sie so sahen. Aber welchen Grund sollte sie nennen, warum sie so abgestürzt war? Sie konnte nur lügen! Sie hatte ja für sich selbst noch gar nicht konkretisiert, was das für ihre Ehe bedeutete, für ihr Leben und das ihrer Kinder. Hatte Florian jemals auch nur einen Gedanken daran verschwendet?

Mühsam erhob sie sich, streifte die Hosenbeine nach unten, kam hinter dem Busch hervor.

Ein unliebsames Bild bot sich ihr. Marvin stand unter der Eiche. Neben ihm war ein kleiner Tisch aus dem Kursraum nebst drei Stühlen aufgebaut, zwei davon direkt am Tisch, einer etwas weiter entfernt davon. Die Aussage dahinter war klar und Elena stöhnte innerlich auf. Marvin kam auf sie zu.

»Tut mir leid, Marvin«, presste sie geradezu feindselig hervor. »Aber ich kann beim besten Willen nicht …«

»Ich weiß«, unterbrach er sie. »Ich weiß. Ich verstehe das gut. Es ist Mia, die das vorgeschlagen hat. Sie will etwas spielen und kommt gleich zu uns.«

»Marvin, bitte sag ihr, dass ich nicht kann. Ich muss mich erst mal fangen und …«

»Genau dabei will Mia dir helfen. Du kannst aber jederzeit Nein sagen, das weißt du, Elena. Vergiss nie, dass du frei bist.«

Elena fiel dazu nichts ein und selbst wenn, wäre es zu spät gewesen, denn Mia kam aus dem Haus, Elenas grünblaues Abendkleid über dem Arm. Das Kleid, das sie auf ihrem Jubiläum hatte tragen wollen. Elena schnürte es die Luft ab vor Schmerz, die Tränen brannten wie Feuer in ihren Augen. Unmöglich hatte jemand ihre Unterhaltung mit Florian mitbekommen können oder gar die letzte Nachricht von ihm. Was sollte das mit dem Kleid?

Mia ging auf sie zu. Hob das Kleid auf dem Arm etwas an.

»Hallo Elena!«, sagte sie mit wackliger Stimme. »Ich habe doch versprochen, dir das Kleid zu schicken. Da dachte ich, ich bringe es dir gleich selbst vorbei. Na, freust du dich, den alten Phil zu sehen?«

Elena brach in Tränen aus. Das Mitgefühl ihrer Tochter, ihr Bedürfnis, ihr helfen zu wollen, brachte sie an die Grenze ihrer Belastbarkeit. Mia legte das Kleid über die Stuhllehne, schlang die Arme um die Taille ihrer Mutter, wiegte sich stumm mit ihr in einer Umarmung. Hilflos streichelte Elena den Rücken ihres Kindes, wusste nicht, wie sie reagieren sollte. Schließlich schob sie Mia sanft ein wenig von sich weg.

»Danke, Mia«, flüsterte sie. »Aber ich muss trotzdem erstmal allein sein. Bitte. Ich bin wirr innendrin, verstehst du?«

Aber Mia war nicht bereit, ihre Rolle aufzugeben.

»Hey, für so was sind Freunde da«, sagte sie betont heiter und mit Tränen in den Augen. »Vielleicht kann ich dir helfen, etwas Ordnung in das Wirre zu bringen. Was ist passiert, Elena? Gibt es Ärger mit Florian? Komm, setz dich. Ich mache uns einen Tee und du erzählst mir. Tu's einfach raus.«

»Ich kann es dir nicht erzählen, Phil«, spielte Elena schwach mit. Ihre Stimme war heiser. »Die Kinder sind hier. Und es ist nicht … ich meine, ich will nicht, dass sie das hören. Weil …«

Ihre Augen suchten Marvin. »Marvin, ich … das ist ein heikles, um nicht zu sagen, sehr intimes Thema und …«

»Komm schon, Elena!«, drängelte sich Mia/Phil dazwischen. »Ich bin erwachsen! Ich kann was vertragen! Und ich bin dein Freund!« Das Grau ihrer Augen war so tief wie der Ozean. Aber endlich mischte sich Marvin ein.

»Elena, du musst nichts tun, was du nicht willst.«

»Kann ich dich kurz alleine sprechen, Marvin?«

»Aber, natürlich. Mia, was den Tee angeht: Ich könnte gut einen vertragen.«

Mia wollte sich nicht wegschicken lassen, zögerte, aber drehte sich dann auf dem Absatz um und lief ins Haus.

»Marvin«, begann Elena mühsam. »Ich … ich hatte ein sehr unangenehmes Gespräch mit meinem Mann. Es geht tatsächlich um Intimes. Ich kann das nicht vor meiner Tochter ausbreiten. Kein Kind der Welt will seine Eltern schwach sehen. Kinder wollen Schutz und Geborgenheit und verlässliche Bezugspersonen.«

»Das ist richtig. Aber Mia spürt, wie es dir geht. Wenn du ihr die Starke vorspielst, kann ihr das nur verlogen vorkommen. Früher oder später müsstest du sie wohl sowieso damit konfrontieren.«

»Vielleicht auch nicht. Vielleicht bekommen Florian und ich das hin, ohne dass wir es explizit ansprechen müssen. Dann war es ein Sturm im

Wasserglas. Außerdem bin ich voller Wut und Zorn und das will ich Mia nicht um die Ohren schlagen.«

»Das verstehe ich gut. Wenn dir das lieber ist, mach das so. Aber was Mia angeht, so kann ich dir versichern, dass sie stark und klug genug wäre für das, was sie vorhat. Wir Erwachsenen trauen Kindern so wenig zu. Im Grunde ist das eine Diskriminierung.«

Ja, es war eine Diskriminierung. Elena konnte sich noch zu gut an ihre eigene Kindheit erinnern, in der sie so oft angefahren worden war mit den Worten: »Sei du still! Du bist ein Kind! Du verstehst das nicht!«

Und doch war sie nicht überzeugt.

»Lass den Schmerz zu«, fuhr Marvin fort. »Im tiefsten Schmerz ist ein Switch möglich. Zu etwas Höherem in dir. Wenn du magst, können wir auch nochmal gezielt zu zweit daran arbeiten.«

Elena wollte antworten, aber Mia brachte ein Tablett in den Garten, goss stumm heißen Tee in drei Tassen. Elena fühlte das Herz ihres Kindes pochen, als schlüge es zwischen ihren eigenen Rippen. Die Verbundenheit mit ihrer Tochter setzte ihr ganzes Sein in Brand, ließ die Liebe nur so auflodern. Das Sirren im Ohr setzte wieder ein, ihre Sicht verschwamm. In Gedanken sah sie sich am Tisch sitzen, lamentierend, klagend, heulend, unglücklich. Wollte sie das sein? War das die Rolle, die sie wählen wollte? Nein. Ganz deutlich spürte sie plötzlich etwas außerhalb ihres Körpers. Sie spürte das Licht, das ihn umgab, Licht, das ihn formte. Licht, das überall war. In den Blumen, im Äther, dem Wind, der Sonne. Licht, das sich entschlossen hatte, diesen Körper zu beseelen, der dort am Tisch saß. Licht, das frei war von jedem Drama. Es war diese Rolle, die sie bewusst wählte – das Licht – und auf einmal war alles ganz einfach.

Still blickte Elena auf ihren Tee. Der Schmerz war nur noch latent vorhanden. Vielleicht würde er wieder hochkommen, das wusste sie nicht, doch für den Moment war er weitgehend von ihr abgefallen und sie genoss den göttlichen, erhabenen Augenblick mit ihrer Tochter unter dem Baum.

»Ach, Phil«, sagte sie und seufzte. »Ich weiß gar nicht, wo ich anfangen soll. Könnte sein, dass ich gleich dein Weltbild erschüttere.«

Mias Augen leuchteten vor Freude über ihr Einverständnis in einer Intensität auf, dass Elenas Herz einen heftigen Hüpfer machte.

»Macht nichts«, antwortete Mia/Phil sanft. »Fang einfach von vorne an.«

Elena lächelte. »Tut gut, einen Freund wie dich zu haben.«

Mia tätschelte Elenas Hand und lächelte ihr mit nassen Augen zu. Die Stimmung war erhaben, sie war schön. Mia/Phil hörte zu, als Elena, im Bemühen, so neutral wie möglich zu sein, den Verlauf des Gespräches wiedergab. Für Mia wurde das trotzdem nicht leicht. Ihre Augen waren dunkel.

»Ich habe den Eindruck, dass Florian gerade nicht er selbst ist«, schloss Elena. »Er ist in etwas hineingerutscht, was ihm nicht guttut. Ich glaube, wir machen alle im Leben mal diese Erfahrung. Deswegen möchte ich es nicht verurteilen. Eher glaube ich, dass er Hilfe braucht, um da wieder rauszukommen.«

»Ja, schon, aber du kannst dir doch das nicht gefallen lassen!«, gab Mia zurück, die es nicht schaffte, Phil zu sein.

»Dieses Nicht-Gefallenlassen hat Konsequenzen, Phil. Du weißt, welche.«

»Liebst du ihn?«, fragte Mia/Phil. »Seit dieser Reise hat dir Florian ziemlich zugesetzt.«

»Ja, natürlich liebe ich ihn«, antwortete Elena. »Bin sicher, er liebt mich auch. Ich weiß nicht, ob seine Einstellung zu freier Liebe eine dauerhafte ist. Aber sollte er bei seiner Ansicht bleiben, muss ich akzeptieren, dass er andere Lebensansichten hat als ich. Daran ist per se nichts Verwerfliches.«

»Und … das würde bedeuten, dass ihr nicht mehr zusammen sein könnt.«

»Vermutlich.«

Elena war kurz davor, das Ding abzubrechen, denn Mia war dem Weinen nah. Sie war es, die weitermachte, aber es schien, als hätte sie ihre Rolle als Phil verloren.

»Ich habe schon immer geahnt, dass er ohne dich nicht zurechtkommt«, grollte sie. »Kaum ist er alleine, baut er einen Mist nach dem anderen. Und dann schafft er es immer, es so hinzudrehen, dass du dich schuldig fühlst.«

Sie schob die Unterlippe vor, Tränen glitzerten in ihren Augen. Elena wusste nicht, ob sie das Rollenspiel aufrechterhalten sollte. Mia hatte eine Gabe, die Dinge auf den Punkt zu bringen, das war auch für sie nicht leicht. Aber die Verbundenheit, die zwischen ihnen schwang, war so tief und plötzlich fragte Elena:

»Wie siehst du das mit dem Besitzenwollen eines Partners?«

»Ich finde seine Argumentation so was von fadenscheinig«, ärgerte sich Mia/Phil, wobei eher Mia als Phil durchkam. »Wenn ich mit nur einer Person mein Leben verbringen will, bedeutet das doch nicht, dass ich ihn besitzen will. Ich will einfach jemanden an meiner Seite, dem ich vertrauen kann. Mit dem ich den Weg meines Lebens gehen kann. Was sagst du dazu, Marvin?«

»Ich sehe es so, wie Elena es bereits gesagt hat. Es sind unterschiedliche Lebensanschauungen. Schau, acht Milliarden Menschen leben auf dieser Welt, wie viele Paare es gibt, weiß ich nicht. Aber wir können festhalten, dass keine Beziehung der anderen gleicht. Vielleicht geht es lediglich darum, das Ur-Teilen sein zu lassen. Dann geht es nicht mehr um richtig oder falsch, sondern schlicht darum, welches Lebensmodell man für sich wählt.«

»Ja«, stimmte Elena nachdenklich zu. »Lässt man das Ur-Teilen weg, kommt Ruhe in das Ganze. Auch wenn es trotzdem erstmal gehörig wehtut. Vor allem, wenn man mit gleichen Vorstellungen startet und sich die dann ändern.«

Besorgt legte sie die Hand auf die ihrer Tochter.

»Hey, mein Engel, wie geht es dir damit?«

»Ich komme klar, Mam«, sagte Mia. »Für mich ist das so besser. Ich kann diese Ungewissheit nicht ertragen. Wenn ich weiß, dass da was ist und jeder tut so, als ob nichts wäre, oder spricht nicht drüber, dann ist das schrecklicher. Danke, dass du es mir gesagt hast. Und dass du es ohne Wut getan hast.«

»Das habe ich dir zu verdanken, meine Kleine.«

»Nein, das ist dein Verdienst. Weißt du, so kann ich verstehen. Ich verstehe eigentlich zum ersten Mal, dass ich nicht Partei für das eine oder andere ergreifen muss. Dass für etwas sein nicht bedeutet, das Gegenteil bekämpfen zu müssen. Weißt du, was ich meine?«

»Ja, sehr gut«, antwortete Elena beeindruckt. »Das ist sehr, sehr weise, Mia.«

»Weiß ich nicht. Normalerweise hätte ich Papa für all das gehasst. Aber das kann ich nicht mehr. Ich meine, ich finde nicht gut, was er tut, es wäre nicht meine Wahl. Aber ich kann zumindest verstehen, dass er solche Erfahrungen machen will.«

Elena war platt, damit hatte sie nicht gerechnet. Marvin hatte völlig recht gehabt: Kinder wurden maßlos unterschätzt. Sie waren Giganten, wenn sie geboren wurden und Eltern sollten ihnen die Geborgenheit und den Schutz geben, damit sie sich demgemäß entfalten konnten. Und Mia war für sie ein besonderer Gigant.

Trotzdem kamen Zweifel auf, denn mit dieser Beziehungskrise brach genau dieser Schutz zusammen, den sie ihren Kindern hatte geben wollen. Sie warf Marvin einen Blick zu und er erkannte ihre Bedenken.

»Die Beziehung ist nicht das, was Kinder stabil hält«, sagte er. »Der sicherste Hafen, den du ihnen bieten kannst, ist deine Liebe.«

Elena nickte, schlang ihre Arme um Mia und hielt sie fest.

Eines war spürbar: Beide, Mia wie Elena, gingen aus diesen Stunden größer hervor. Aus einem wunden Punkt war ein Wunder-Punkt geworden.

Die Tage danach verliefen ruhig und gelassen. Elena arbeitete mit Marvin nochmal gezielt an der Situation. Es wurde eine tränenreiche Sitzung, denn Marvin führte sie in den Ursprung, führte sie durch ihre finstersten Gefühle und half ihr, sie danach komplett loszulassen. Der Zustand danach war geradezu berauschend, es war, als hätte sie einen alten, unnützen Rucksack abgeworfen. Elena fühlte sich geläutert. Sie suchte Adamea auf, las ihre Notizen durch. Über das Wünschen und die Macht des Menschen.

Still saß sie an Adameas Stamm gelehnt. Ja, das Wünschen, das Fordern, das Begehren … es war eine Sache zu wissen, dass der Mensch das konnte. Und doch ging es viel tiefer. Es gab etwas darüber hinaus. Das, was auch Florian so verzweifelt suchte, in verschiedenen Lebensmodellen, in der Befreiung von Zwängen, indem er das eine ablehnte und das andere wollte. Aber dort lag die Freiheit nicht. Freiheit lag in der Balance. *Das, was du fürchtest, ermächtigst du.* Das bedeutete nicht bloß, positiv zu denken. Das bedeutete: Gib dem, was du nicht willst, die gleiche Existenzberechtigung und fürchte es nicht. Zum ersten Mal verstand Elena, warum bei manchen genau das Gegenteil von dem eintrat, was sie sich gewünscht hatten. Das Leben war gezwungen, ihnen zu zeigen, dass sie damit ihr eigentliches Ziel, die wahre Freiheit, nicht erreichen konnten. Das Missverständnis, das daraus entstand, war der Glaube, das Leben oder die hohe Intelligenz gönnte ihnen dieses nicht. Und das, so erkannte sie klar, war nicht wahr. Das Selbst gönnte jedem alles, weil es alles war. Es war der Baum des Lebens, der Strom des Universums, die Quelle selbst.

*Du kannst nicht loslassen, was du nicht verstanden hast.*

Schritt für Schritt begann sie zu verstehen. Sie verstand, dass sie nichts, was sie von Herzen wertschätzte, wonach ihre Seele sich sehnte, aufgeben musste. Denn sie bekam alles, wenn sie aus dem Zustand der Trennung erwachte und das Leben als Ganzes anstrebte. Sie begriff allmählich, dass aus dem Traum aufzuwachen bedeutete, nach der Schöpferquelle zu verlangen. Das war ihr nie in den Sinn gekommen, noch hätte sie sich dessen würdig gefühlt. Doch letztlich war das Verlangen, sich mit der

Schöpfungsenergie zu vereinen, alles, was nötig war. Nicht, um größer, sondern geheilt zu sein. Damit hörte jedes Betteln auf.

Wieder senkten sich ihre Augen auf den Text:

»Liebes Menschenkind, bedenke stets: Die Aufhebung der Trennung führt zu wundersamen Erlebnissen. Wunder sind nichts anderes als die Verfestigung des Geistes in Materie. Der schöpferische Mensch träumt, während er wach ist. Er ist nicht Sklave seiner Vision, sondern der Meister, der die Richtung bestimmt, in die seine Aufmerksamkeit geht.«

Elena atmete tief ein. Der Meister, der die Richtung bestimmt. Was wollte sie?

Die generelle Richtung hatte sie für sich definiert: Die Aufhebung der Trennung. Im Detail: eine harmonische, liebevolle Beziehung.

Doch niemals hätte sie gedacht, nicht mehr zu wissen, ob sie ein Leben mit Florian wollte. Und er eines mit ihr. Auf einmal wurde ihr klar: Um das herauszufinden, musste sie ihm alle Freiheiten geben. Er musste als die Person zurückkommen können, die er sein wollte.

So sandte sie ihm eine Antwort auf seine Absage der Feier, im Vertrauen, dass er sie zum richtigen Zeitpunkt erhalten würde:

»Lieber Florian, du kannst bleiben, solange du willst und es für richtig hältst.«

Das Thema war damit weder für sie noch für ihn gelöst. Aber was konnte sie Besseres tun, als in vollen Zügen zu genießen, was das Leben ihr bot?

Dazu war sie fest entschlossen.

# ♫ Perfect ♫

Ed Sheeran

Eine überdrehte Haylee war am Telefon, als Elena am nächsten Morgen mit den Kindern beim Frühstück saß.

»Elena, stell dir vor! Ich habe das Pseudonym von Maya Subaru geknackt!«

»Ist nicht dein Ernst, wirklich?« Erwartungsvoll stellte Elena die Kaffeetasse ab.

»Ja!«, jubelte Haylee. »Und weißt du was? Sie ist Britin! Damit müsste es möglich sein, eine gültige E-Mail-Adresse oder Anschrift herzubekommen.«

»Haylee, das ist wunderbar! Vielen Dank für deine Mühe!«

»Nichts zu danken! Das interessiert mich ja selber, habe ich ja schon gesagt. Vor allem, weil diese Maya so schwer herzubekommen ist.«

»Aber wie heißt sie denn nun?«

»Ophelia. Ophelia Cunnings.«

»Ein schöner alter Name.«

»Stimmt, aber im UK noch einigermaßen üblich. Das muss nicht bedeuten, dass sie eine Greisin ist. Ich bleibe dran!«

»Danke, das ist sehr lieb von dir!«

Ophelia! Wie war sie nur auf das ausgefallene Pseudonym Maya Subaru gekommen? Und wie mochte es Ray ergangen sein? Er hatte sich nicht gemeldet, sicher genoss er die Zeit mit seiner Frau.

»Hey Ray«, schrieb sie ihn an. »Wie laufen die Verhandlungen? Hoffe von Herzen, es ist, wie du es dir gewünscht hast. Liebe Grüße an dich und deine Frau!«

Gleich darauf piepte es, aber es war nicht Ray, sondern Phil, der der Feier zusagte, die nun nicht mehr stattfand. Elena brachte es nicht fertig, ihm gleich zu antworten und nahm es sich für den Abend vor. Ach, und Ray musste sie das ja auch noch mitteilen. Das wollte sie dann doch gleich erledigen und hielt sich kurz: »Für eure Planung, Ray: Unsere Feier fällt leider aus.«

Auch dem Hotel musste sie absagen. Ihre Gedanken schweiften ab, zu Florian – und ihr Herz wurde schwer. Wo er wohl war? Wie sahen seine Nächte aus? Überhaupt: Wie stellte er sich das vor? Der Gedanke, mit jemanden zusammenzuleben, der andere Partner ins Haus brachte, gefiel ihr nicht. Sie fand das auch für die Kinder nicht gut. Es war nicht Eifersucht, was sie fühlte. Es war Trauer, etwas verloren zu haben, was ihr wichtig war.

Über so vieles dachte sie in diesen Tagen nach. Wie es mit Mia weitergehen sollte … mit Bennie … ihr gesamtes Leben stand kopf.

»Übermorgen ist Kreiswache!«, freute sich Mia und riss sie aus ihren Gedanken.

»Ja, stimmt. Wo genau müssen wir eigentlich hin?«

»Robert holt uns ab. Ray wollte doch auch dabei sein.«

»Er scheint noch in London festzuhängen, keine Ahnung, ob er es schafft.«

»Okay, dann frage ich ihn!« Mia tippte mit bewunderungswürdiger Geschwindigkeit auf ihrem Handy herum. »Übrigens, Mama«, sagte sie dabei. »Ich muss dir unbedingt was zeigen.«

Sie setzte sich neben ihre Mutter, rief ihren Instagramkanal auf und tippte auf die Follower. Elena sog die Luft ein.

»Fünfzigtausend!«, rief sie entgeistert. »Wie geht das denn?«

»Mit den Fotos und Rays Hinweisen! Das hat dermaßen reingedonnert! Seitdem stelle ich auch fast täglich Reels hoch, auf Englisch und Deutsch. Und stell dir vor, inzwischen wird das in alle möglichen Sprachen übersetzt! Die Leute sind von der Gegend hier total fasziniert, weil sie das ja alles nicht gewusst haben! Geht voll viral und wird total oft geteilt! Ist das mega oder ist das mega?«

»Das *ist* mega«, japste Elena. »Herzlichen Glückwunsch, Mia! Das ist ja sagenhaft!«

»Und nun stell dir vor, was passiert, wenn ich die Kreiswache dokumentiere! Ich habe Robert gefragt und er war einverstanden!«

Mias Stimme überschlug sich vor Begeisterung und sie hüpfte wieder mal auf und ab. Ihre Freude war ansteckend und tat so gut! Elena staunte mit ihr über die vielen Kommentare und stand dann auf.

»Kinder, ich muss ins Hotel und die Feier absagen. Bennie, gehst du mit? Ich kann dich gleich bei Jim und Daniel lassen, wenn du magst.«

Jim Holey hatte an ihrem Kleinen einen Narren gefressen. Es verging kein Tag, an dem Bennie nicht im Garten von Lord Exely werkelte. Mittlerweile hatte er mit einigen Kindern in seinem Alter Freundschaft geschlossen, die Sprache wurde immer weniger zum Hindernis, wenn sie je eins für ihn gewesen war. Der sechzehnjährige Daniel, der gerade angelernt wurde, war ein weiterer Kumpel geworden. Alles, was Mr Holey Daniel beibrachte, lernte auch Bennie. Seine Begeisterung ließ nicht den geringsten Raum für Versagensängste. Inzwischen war er sogar schon zum Kräuter-

und Gemüselieferanten für die Hotelküche avanciert und brachte das gesamte Personal mit seinem drolligen Denglisch zum Lachen.

»Ai häve ä Korb full of Kartoffeln«, sagte er. »In se baskit«, und hielt ihnen stolz das Körbchen hin.

In der Küche arbeitete internationales Publikum, aber sie sprachen Englisch mit ihm und intuitiv erfasste Bennie, was sie sagten.

»Kannst du uns Rosmarin dazu bringen?«, schmunzelte der Küchenchef und zeigte ihm das Kraut auf einem Bild, das an der Wand hing.

»Rousmariiie!«, freute sich Bennie. »Jim häs welchen ap in se Gaden. Ai gou und … und«, er zog die Nase kraus, »…bringe euch welchen«, vollendete er auf Deutsch. »Hau männi?«

»Much«, verbesserte ein Koch.

»Matsch?« Bennie guckte entgeistert. »Du ju kuck mit Matsch?«

Er erntete stets liebevolles Gelächter.

Mia wollte auch mit zum Hotel, vermutlich hoffte sie, Lord Exely zu treffen, und so liefen die drei wenig später zu dritt die Straße hinunter zum Schloss.

Elena wunderte sich immer mehr über das Leben hier. Die Kinder schliefen aus, keines wurde am Morgen aus dem Schlaf gerissen und irgendwohin gejagt. Keines verfiel deswegen dem Müßiggang. Im Gegenteil, sie waren Feuer und Flamme für ständig neue Aktivitäten an jedem neuen Tag. Sie taten Dinge, die ihnen Freude machten, weil sie ihrem Naturell entsprachen.

Bennie würde gleich für Stunden im Garten verschwinden und Dinge lernen, von denen selbst sie, Elena, keine Ahnung hatte. Mia hatte von Robert einen Kontakt bekommen, der ihr etwas über Geometrie und später über die Heilige Geometrie, die sich in den Kornkreisen befand, erzählen wollte. Niemand zwang sie dazu, sie brannte darauf. Ja, und Elena hatte Zeit, ein Buch zu schreiben. Es war ein Leben, in der sie Zeit für ihre Kinder hatte, jeder Zeit für das, was ihn begeisterte und somit Zeit, das Leben zu genießen.

Nachdem Elena die Feier gecancelt hatte, ging sie für einen Sprung in die Bibliothek, neugierig, welchen Satz sie vorfinden würde, der auf ihre Situation passte. Wie immer war das Buch treffsicher und verriet ihr:

»Die größten geistigen Entwicklungen finden während einer dunklen Lebensphase oder Epoche statt. Nur hier kann eine bewusste Wahl zwischen Angst und Liebe getroffen werden.«

Mia kehrte nicht gleich nach Hause zurück, so wie sie es ihrer Mutter gesagt hatte. In ihrem Kopf rumorten gefühlt eine Million Ideen und sie brannte darauf, sie in die Tat umzusetzen. Sobald Elena außer Sichtweite war, ging Mia zur Rezeption zurück.

»Hallo Heather«, begann sie.

»Hallo Mia«, die ältere, sympathische Dame lächelte sie an. »Wie kann ich dir helfen?«

»Meine Mutter war gerade hier und hat die Veranstaltung am 14. August storniert. Aber ich würde sie gerne trotzdem stattfinden lassen und alles selbst zahlen. Es soll eine Überraschung werden und sie darf nichts davon erfahren.«

»Ach, wie lieb ist das denn!« Heather lächelte gerührt.

»Ja, aber es gibt ein Problem«, setzte Mia unbehaglich hinzu. »Ich habe meine Bankkarte nicht mit in den Urlaub genommen und wenn ich meine Mama frage, will sie wissen, wofür ich so viel Geld brauche. Also, ich könnte das Ganze erst zahlen, wenn ich wieder in Deutschland bin. Ginge das?«

»Wann wäre das denn?«

»In der vierten Augustwoche.« Mia wurde es mit dieser Aussage anders zumute, sie merkte, wie sehr sie sich in diese Gegend verliebt hatte. Sie wollte nicht weg.

»Ach, das ist doch nur zwei Wochen später. Normalerweise nehmen wir eine Anzahlung, aber das kläre ich ab, okay?«

»Ja, danke, das ist lieb von Ihnen! Könnten Sie mir sagen, wie viel das ungefähr kostet?«

»Sicher. Es waren etwa zehn Leute für den Afternoon Tea gemeldet, das sind pro Person neunzig Pfund und dann noch das Dinner für vier Personen à 120 Pfund … allerdings ohne Getränke. Möchtest du den Champagner, den deine Mama bestellt hat? Der kostet pro Flasche hundertzwanzig Pfund.«

Mia schnappte nach Luft.

»Boah«, entfuhr es ihr. »Ich … also …« Sie zögerte, unsicher geworden. »Meinen Sie, das werden mehr als zweitausend Pfund?«

»Hm, das kommt schnell zusammen, leider.« Heather war mindestens genauso betrübt wie Mia.

Mia biss sich auf die Lippen und überlegte. »Okay, ich buche auf jeden Fall den Afternoon Tea. Wegen des Dinners melde ich mich nochmal.«

»Ja, natürlich, kein Problem. Ach, das ist so schade, ich finde deine Idee so lieb.«

»Ja, ich auch, danke, Heather«. Mia verabschiedete sich und loggte sich mit dem Handy in ihr Bankkonto ein. Gesenkten Kopfes lief sie vorwärts und stieß leicht mit jemandem zusammen.

»Oh, sorry! Tut mir leid!«, murmelte sie, schaute nur halb auf, registrierte ein Hemd, einen leichten Zitrusduft, der in ihre Nase stieg, und wollte weiterhasten, als eine warme Hand sie an ihrem Handgelenk packte und festhielt.

Erstaunt sah sie auf, in ein Gesicht, in ein Augenpaar, dessen Blick das Blut in ihr zum Schleudern brachte. Ihr Herz flog in Bruchteilen von Sekunden in den Himmel hinauf und sauste wieder hinunter, um heiß in ihrer Brust zu glühen. Vor ihr stand eine verjüngte Ausgabe von Lord Exely. Nicht ganz so groß, normal gekleidet, das Haar genau wie bei ihm auf Kinnhöhe – und mit einem Lächeln, das sie schier umwarf. Er starrte sie an. Sie starrte zurück.

»Harvey!«, rief Heather hinter ihnen. »Dein Vater kommt gleich! Er hat gerade Bescheid gegeben.«

Harvey reagierte nicht darauf. Seine Hand hielt noch immer Mias Handgelenk, und zog sie näher an sich heran, als wäre es das Normalste der Welt. Mia ließ es geschehen, als wäre es das Normalste der Welt. Ihr Herz sackte ihr irgendwohin, als sie in seine Aura eintrat, und sie in jeder Zelle ihres Körpers eine so tiefe Verbundenheit spürte, wie sie nie zuvor gefühlt hatte.

»Hey«, sagte die Gestalt. »Ich bin Harvey. Wer bist du?«

»Mia«, hauchte sie. Ihr war schwindlig. Ihr Herz barst und Liebe brach mit einer Macht aus ihr heraus, dass sie meinte, ihre Füße höben sich vom Boden ab. Jeder konnte sehen: Harvey ging es genauso. Die zwei schwebten auf einer rosa Wolke in einem Himmelreich, das nur der Liebe vorbehalten war.

Mit angehaltenem Atem beobachtete Heather die Szene und zerschmolz fast dabei.

Die beiden schienen im Licht zu tanzen, die Atmosphäre um sie herum war so zauberhaft, dass sie ungewollt die Aufmerksamkeit aller erregten, die an ihnen vorbeigingen. Aber weder Harvey noch Mia bekamen es mit. Beide wussten: Das war keine Liebe auf den ersten Blick. Es war eine Liebe aus uralten Zeiten. Zwei Seelen hatten sich wiedergefunden und die Freude darüber gleißte in ihnen auf wie ein Sonnenstrahl, der die Nacht erhellte, bis alles nur noch mit Licht gefüllt war.

Mias Leben hatte sich mit einem Schlag vollkommen und für immer verändert.

# ♫ Star People ♫

George Michael

Elena merkte sofort, dass mit Mia etwas anders war, aber es gab viel zu tun und sie fand keine Gelegenheit, sie in Ruhe zu fragen. Ein Leuchten ging von ihrem Mädchen aus, eine Weichheit, die sie zu Tränen rührte. Sie schob es auf das wunderbare Verhältnis, das sie inzwischen miteinander hatten. Ja, Mia tanzte und flog durch das Leben, wie ein Engel, der seine Flügel wiederentdeckt hatte. Sie war wissbegierig wie noch nie, fieberte darauf, dass Ray zurückkam, den sie mit einer Liste mit gefühlt tausend Fragen bestürmen wollte.

Die Kreiswache stand an und sollte zehn Tage dauern, Mia wollte keine einzige Nacht auslassen, vor allem, weil Harvey dabei war. Die beiden hatten sofort Nummern getauscht, sich im italienischen Garten getroffen und endlose Unterhaltungen geführt. Mia kam kaum noch zum Schlafen, so aufgedreht war sie.

Aber auch sonst war für sie die Vorstellung, im Bett zu liegen und die Chance zu verpassen, einen Kornkreis entstehen zu sehen, für Mia vollkommen indiskutabel. Sie lud ihre Geräte auf, besorgte sich eine Powerbank, und packte alles in einen Rucksack.

Elena hingegen wollte nur sporadisch dabei sein, jemand musste ja auf Bennie aufpassen. Der hatte wie verrückt gequengelt und Robert dazu gebracht, wenigstens eine Nacht mitzudürfen. Robert war nicht ganz glücklich darüber.

»Es passieren dort manchmal seltsame Dinge«, warnte er. »Zwar sind die Erschaffer der Kreise liebevolle Wesen und würden einem Kind nie etwas zuleide tun. Trotzdem muss er immer in deiner Nähe bleiben, Elena.«

Das versprach sie ihm. Für die Nächte, die sie selbst dabei sein wollte, hatten sich Hazel und Marvin als Babysitter angeboten, so auch heute.

Alles war arrangiert und die Aufregung hoch, als abends Roberts Jeep vor ihrer Haustür stand.

Sie erkannten ihn kaum wieder. Er trug ein Sweatshirt, eine Freizeithose, was seine sportliche Figur betonte, und Sneakers. Sein Haar war offen und hing ihm in die kantigen Gesichtszüge, verlieh ihm das Aussehen eines wagemutigen Abenteurers. Elena fand ihn attraktiver denn je. Es war erst drei Jahre her, dass er seine Frau verloren hatte, aber jemand wie er musste doch zehn Verehrerinnen an jedem Finger haben! Aber so galant er sich

Frauen gegenüber auch gab, so wenig schien er sich für eine zu interessieren, wenn sie den Aussagen seines Personals glauben durfte. Jim Holey hatte ja gesagt, dass seine verstorbene Frau Deenah die Liebe seines Lebens gewesen war.

»Gibt es etwas zu beachten, wenn wir auf dem Hügel sind?«, erkundigte sich Elena.

»Nein, nicht wirklich. Ihr könnt Ausschau nach Ungewöhnlichem halten.«

»Was denn zum Beispiel?«

»Die Kreismacher kündigen sich oft mit einem hochfrequenten Ton an«, erläuterte Robert. »Wenn ihr den vernehmt, hat das nichts mit Tinnitus zu tun. Es ist ein ziemlich lauter Sirrton. Aber nicht jeder hört ihn.«

Elena war verblüfft. »Diesen Ton habe ich oft im Ohr. Wenn ich in Avebury bin oder in der Bibliothek.«

Überrascht wandte er sich ihr zu. »Tatsächlich? Ohne, dass ein Ufo aufgetaucht ist? Dann hast du gar mediale Fähigkeiten und weißt davon nichts? Interessant! Du könntest vielleicht mit ihnen reden.«

»Reden? Mit wem denn? Moment mal, hast du gerade das Wort Ufo benutzt?«

»Genau. Das ist der Grund, warum ich das mit Bennie etwas heikel sehe. Im Zusammenhang mit Kornkreisen gab es immer schon vermehrt Ufo-Sichtungen.«

»Nicht dein Ernst!«

»Doch! Das Ufo-Phänomen begann gehäuft 1964 in Warminster, wurde aber von etlichen Zeugen überall auf der Welt schon früher dokumentiert. Es gibt absolut keinen Zweifel, dass wir von Wesen nicht menschlicher Natur umgeben sind. Brauchst du Beweise? Kann ich dir liefern. Ist alles eindeutig in Unmengen an Filmen und Fotos festgehalten. Es sind weder Hirngespinste noch Einbildungen der Menschen.«

»Krass«, sagte Mia. »Ich habe darüber gelesen. Auch über Roswell und so. Es gibt sogar Offiziere, die unter Eid aussagten, dass die Außerirdischen längst hier sind und mit den Regierungen verhandeln.«

»Das ist ja gruselig!« Elena wand sich auf ihrem Sitz. »Kein Wunder, dass die das geheim halten wollen!«

»Du sagst es. Das Stichwort ist und bleibt Desinformation«, antwortete Robert. »Daher berichtet auch kein Medium über die Kornkreise. Die meisten Menschen auf dieser Welt wissen nichts davon – und wenn, wird ihnen eingebläut, dass die Kreise eben menschengemacht sind und sie dumm sind, wenn sie anderes glauben. Ein Irrsinn, wenn man sich die Formationen anschaut«.

»Aber sie können doch auf Dauer dieses Wissen nicht verheimlichen!«

»Bis jetzt gelingt es ihnen ganz gut. Die Methode kennst du inzwischen: Die Kinder werden in der Schule auf Wiedergabe von Fakten getrimmt. Wenn du etwas oft wiederholst, wird es zu deinem Glauben, den du entsprechend verteidigst. Die Internetquellen werden kontrolliert und Wissen manipuliert und so der Glaube verfestigt. Zudem werden die Menschen durch giftige Chemikalien im Essen, Boden, Wasser, aus der Luft am Denken gehindert. Teuflischer Plan. Aber eines können sie nicht verhindern: die Entstehung der Kornkreise. Darüber haben sie keine Kontrolle und das macht ihnen mächtig Angst. Jeden Sommer und darüber hinaus legt diese Intelligenz Zeugnis ihrer Existenz ab. Sie ist hier! Egal, was die Regierungen unternehmen, die Kornkreise antworten. Seit 1990 ist ihre Anzahl explodiert, nicht nur in England, sondern weltweit. Das macht sie mehr als unruhig, um nicht zu sagen panisch.«

»Aber was bedeuten die Zeichen?«

»Die Frage ist nicht so einfach zu beantworten. Es sind ja inzwischen Tausende geworden. Am Anfang waren es einfache geometrische Figuren, später entstanden immer kompliziertere Agroglyphen, fernab jeder Schulgeometrie.«

»Ja, die Präzision ist unfassbar.«

»Allerdings! Was die Geometrie angeht: Am 13. August 1991 wurde der erste Kornkreis in Form eines Mandelbrot-Diagrammes entdeckt, in Umgangssprache auch Apfelmännchen genannt. Der Name ist dem französischen Mathematiker Benoît Mandelbrot entlehnt. Das Apfelmännchen ist ein Fraktal. Fraktale wiederum sind entscheidende Elemente der Chaostheorie.«

»Chaostheorie!«, mischte sich Mia ein. »Das hatten wir mal in der Schule, aber der Lehrer meinte, das wäre alles nicht belegt.«

Robert gab einen verächtlichen Laut von sich.

»Nichts könnte unwahrer sein!«

»Aber was ist das denn nun?« Elena war genauso gepackt. »Ich habe noch nie davon gehört.«

»Die Mandelbrot-Menge führt uns in die Welt der Fraktale, der Computertechnologie und in die Unendlichkeit hinein. Sie ist ein Beispiel für den Übergang von Chaos in Ordnung, zeigt uns, dass hinter dem scheinbaren Chaos oft eine verborgene Ordnung steckt. Wenn man ein Bild der Mandelbrot-Menge bis ins Unendliche vergrößert, wird man feststellen, dass es immer wieder das gleiche Muster von komplexen Fraktalen und sich wiederholenden Mustern zeigt. Diese Muster finden wir in der Natur. In Schneeflocken, Blüten und so weiter. Das ist meiner Meinung nach die Botschaft, die in den Kreisen steckt: Alles im Universum ist miteinander verbunden und auf eine bestimmte Weise geordnet, auch wenn es auf den ersten Blick chaotisch erscheinen mag.«

»Und am 13. August gab es dieses Zeichen im Korn?«

»Exakt. Ein wundervolles Mandelbrot-Diagramm. Das zeugt von einer kreativen, spirituellen Intelligenz und etwas sagt mir, dass sie sich bald zeigen wird. Wie immer sie sich auch präsentieren.«

Mia und Elena überlief eine Gänsehaut.

»Warum machen sie das nicht gleich?«, bohrte Elena nach.

»Wir vermuten, dass sie uns behutsam auf den Quantensprung vorbereiten, der der Erde und den Menschen bevorsteht. Sie bereiten uns auf ihre Rückkehr vor. Und damit auf die Erhebung in einen neuen Bewusstseinszustand.«

Stille herrschte im Wagen nach seinen Worten. Elena sah die Kreiswache mit neuer Bedeutung.

Sie näherten sich ihrem Ziel, einem Hügel, den Robert, soweit es der unbefestigte Weg zuließ, hinauffuhr. Den Rest gingen sie zu Fuß. Oben waren weitere Teammitglieder am Werkeln, die ein kleines Zelt aufgebaut hatten, Robert zuwinkten und ihm entgegenliefen, um das Material auszuladen, dass er mitgebracht hatte. Auch Elena und Mia packten mit an.

Sie befanden sich auf einem der Hügel nahe Silbury Hill und des Steinkreises von Avebury. Die Chance, dass ein Kreis in der Nähe prähistorischer Stätten auftauchte, war um ein Vielfaches höher als anderswo, aber genau konnte das natürlich keiner vorhersagen. Mia und Elena staunten nicht schlecht über die Geräte, die die Männer aufgestellt hatten: Hochauflösende Kameras, Nachtsichtgeräte, Infrarotkameras, Teleskope, Ladegeräte, Bewegungsmelder und sogar ein Alarmsystem, um mögliche Fälscher aufzuspüren, hatten sie dabei.

Insgesamt waren es etwa acht Männer, die auf dem Hügel herumwerkelten, Elena und Mia die einzigen Frauen. Robert stellte ihnen seine Mannschaft vor, als ein junger Mann von hinten angerannt kam und mit strahlenden Augen vor ihnen stehenblieb. Elena blieb die Spucke weg. Robert in jung!

»Mein Sohn Harvey«, sagte Robert und stutzte kurz darauf.

Mia und Harvey leuchteten sich dermaßen an, dass es einem Blinden auffiel, was zwischen den beiden los war. Elena und Robert tauschten einen verblüfften Blick.

»Ähm ... sieht ganz danach aus, als ob ihr euch schon kennt?« Robert schmunzelte.

Elena ging ein Kronleuchter auf. Das war der Grund für Mias Weichheit und ihr Strahlen! Ihre Kleine hatte sich Hals über Kopf verliebt! Und wie! Geradezu fassungslos bekam sie mit, wie die beiden sich anhimmelten. Nein, das war nicht das richtige Wort dafür, denn eine tiefe Liebe verband sie, die vom Verstand nicht zu erfassen war. Mia war fast sechzehn, Harvey zwanzig, aber beide hatten sie im anderen die Liebe ihres Lebens gefunden. Auch Robert war überrascht von der Tiefe ihrer Gefühle, die jedem ins Auge sprang, der die beiden miteinander sah. Was das in Elena auslöste, vermochte sie nicht zu sagen. Sie war im etwa gleichen Alter wie Mia gewesen, als sie Florian kennengelernt hatte. Engagiert beteiligte sie sich an den Vorbereitungen, dankbar, dass es so viel zu tun gab, um nicht das hochkommen zu lassen, was sie beim Anblick von Mia und Harvey verspürte.

Ein weiteres Zelt wurde aufgebaut, der Inhalt des Kofferraumes leergeräumt, Decken und Isomatten zum Sitzen auf den Boden gelegt. Schlafsäcke wurden nicht gebraucht. Sie wollten ja alle wach bleiben, nur für Bennie würde Elena einen mitnehmen. Bevor die Sonne unterging, befand sich alles an Ort und Stelle.

Die Nacht senkte sich herab. Die Leute wurden still. Immer wieder spähte jemand durch eines der Teleskope oder checkte die Geräte.

Elena saß vorne am Hügel, spielte mit ihrem Handy. Ray hatte noch immer nicht auf ihre Fragen geantwortet. Was war los? Sie brannte darauf zu erfahren, wie es ihm ergangen war, nicht wissend, was sie ihm wünschen sollte. Es wäre wirklich schade, wenn es zwischen Robert und ihm auseinanderginge. Irgendwie passten die beiden energetisch gut zusammen, fand sie. Ihr Blick streifte Robert, der sich neben sie setzte.

»Okay!«, sagte er mit gedämpfter Stimme, »dann warten wir mal. Wie gesagt, es kann langweilig werden. Wir haben schon mal zwei Wochen umsonst herumgesessen.«

»Egal, allein die Atmosphäre zu erleben, ist fantastisch«, erwiderte Elena. »Ich hatte keine Ahnung, dass ihr so viele Geräte benutzt.«

»Ob sie funktionieren, sei dahingestellt.«

»Wieso, ihr überprüft sie doch ständig.«

»Ja, schon, aber wir haben schon oft genug erlebt, dass beim Entstehen einer Formation oder auch danach, wenn wir das Feld betreten, sich alle Akkus schlagartig entladen, auch die Handys. Außerdem besteht eine erhöhte Radioaktivität in den Kreisen, wenn sie frisch sind. Aber sie scheint nicht gesundheitsschädlich zu sein, wenn auch vielen Leuten, die einen Kreis kurz nach seiner Entstehung betreten, schlecht und schwindelig wird. Das liegt an der erhöhten Schwingung.«

»Das geht gerade vielen Menschen auch ohne Kornkreise so. Zumindest höre ich das oft.«

»Ja, stimmt. Das hängt mit der Erdschwingungserhöhung zusammen. Wusstest du, dass die Kornkreise immer auf Leylines liegen? Laut Isabelle Kingston werden diese Linien an neuralgischen Stellen durch die Kreise aufgeladen und neu aktiviert. Wo ein Kreis entsteht, erhöht sich daher nicht nur die Schwingung in der Umgebung, sondern weltweit.«

»Lässt sich das messen?«

Robert seufzte. »Das ist schwer, weil so vieles unterbunden wird und die Behörden wirklich alles tun, um das Phänomen zu unterdrücken. Sie geben zum Beispiel den Bauern Anweisung, ihre Felder sofort abzuernten, wenn sie einen Kornkreis entdecken. Aber um auf deine Frage zurückzukommen: Ein Forscherteam namens Spelman hat Hochfrequenzstrahlung im Umfeld der Kornkreise festgestellt und in ihrem Labor in Rodborough das Blut von Menschen untersucht, die einen frischen Kornkreis betreten haben. Ihre Blutzellen wiesen ein regelmäßiges, geordnetes Muster auf, das gleiche, das sich im Korn der Kreise befindet.«

»Also ist es eine ordnende Kraft«, stellte Elena fest. »Wie in den Mandelbrot-Diagrammen. Das legt nahe, dass die Kreise von einer gutwilligen Intelligenz erschaffen werden.«

»Davon sind wir restlos überzeugt.«

»Und wer ist Isabelle Kingston?«

»Sie ist ein Medium, das wir interviewt haben. Sie sagt von sich, dass seit geraumer Zeit, seit den 80/90ern, eine neue Energie durch sie spräche, und ich wollte wissen, was dran ist.«

»Etliche von uns haben das als Mumpitz abgetan«, ergänzte Connor, ein Teammitglied, das sich zu ihnen gesellt hatte. Ihm folgten die nächsten, sodass sie in trauter Runde zusammensaßen. »Wir wollten eigentlich mit

Medien und Channeln nichts zu tun haben, wir werden ja ohnehin genügend lächerlich gemacht. Da brauchen wir das nicht auch noch.«

»Aber verblüffend für uns war, dass Isabelle zielgenau voraussagte, wo ein neuer Kreis entstehen würde. Sie wusste außerdem, dass die Zahl der Kreise ab 1989 anwachsen und sich ein Jahr später ein Qualitätsquantensprung ergeben würde. Sie hatte mit allem recht. Das hat uns natürlich nachdenklich gemacht«, knüpfte Robert an.

»Sie weiß vieles«, nickte Connor. »Manchmal wird mir echt unheimlich dabei.«

»Und welche Intelligenz ist das, die durch sie spricht und die all das initiiert?«

»Isabelle sagt, sie nennen sich *die Wächter*. Sie wachen seit Urzeiten über die Geschicke der Menschheit, bisher jedoch im Verborgenen.«

»Interessanterweise finden wir oft Hinweise auf die Wächter in den Formationen selbst«, erklärte Robert. »Selbst an früheren Piktogrammen fand man eine F-förmige Struktur. Sieht aus wie ein Wimpel … schau mal«.

Er hielt Elena sein Smartphone hin, in dem alle Kreise nach Jahren gespeichert waren. »Im Kornkreis 1992 bei Old Sarum in Wiltshire ist das F sehr deutlich … oder hier in Deutschland 1992, in Geislingen auf dem Drudacker…«

Sein Finger zeigte auf ein klar erkennbares Fähnchen, manchmal auch mit drei statt zwei Querstrichen versehen.

»Das ist das ägyptische Zeichen für Neteru«, erklärte Connor. »Und Neteru heißt übersetzt ›Wächter‹. Es sind die Wächter, die Hüter der Erde, die uns Zeichen geben.«

»Aber warum gerade hier? Warum gibt und gab es die meisten Kreise im Südwesten Englands?«, fragte Elena.

»Weil Avebury mit Silbury Hill und den anderen Hügeln einen mächtigen Kraftort bildet. Und nicht nur Avebury. Diese Gegend verfügt über ein noch funktionierendes Netz aus alten Tempeln und heiligen Landschaften, über das man den Kontakt zum Universum herstellen kann. Isabelle prophezeite, dass Zeichen in der Nähe der alten Tempel von Avebury erscheinen würden. Zeichen, die anzeigen, dass sich das Bewusstsein der Erde erhöht. Dass ein Wandel stattfinden wird.«

»Das ist nicht alles!«, warf diesmal Harvey ein, der den Arm um Mia gelegt hatte. Für Elena war das ein ganz seltsames Bild, an das sie sich gewöhnen musste. »Isabelle hat auch gesagt, dass England im Zentrum einer Pyramide aus Licht liegt. Diese Pyramide soll von dieser Intelligenz errichtet worden sein.«

»Eine Pyramide aus Licht«, hauchte Mia. »Das ist spürbar!«

»Ja, unser altes Land hält das Gleichgewicht«, bestätigte Robert. »Diese Pyramide aus Licht ist der Schlüssel. Von hier aus findet laut Isabelle die Apokalypse statt. Sie hat von den Wächtern erfahren, das sei Teil eines göttlichen Planes.«

»Hoffentlich erfüllt er sich bald! Ich habe gelesen, dass Apokalypse ›Offenbarung, Zeitenwandel und Enthüllung des göttlichen Lichts‹ bedeutet«, sagte Elena. »Auch, dass die Gegend hier ein Dreh- und Angelpunkt wäre, der den Himmel wieder mit der Erde vereint.«

»Ja, das ist wunderschön formuliert.«

»Aber wie ist das mit den Kreisen?«, hakte Mia nach. »Sind es Botschaften, die man entschlüsseln kann? Und habt ihr schon mal versucht, Kontakt mit den Wächtern aufzunehmen, ich meine, nicht nur über Isabelle, sondern selbst?«

»Ja, natürlich haben wir das. Und nicht nur wir.«

»Und?«, fragten Elena und Mia gespannt und wie aus einem Mund. Robert lachte, Harvey drückte Mia zärtlich an sich.

»Kommunikation ist tatsächlich möglich. Sie reagieren auf Wünsche und Gedanken der Forscher. Weißt du noch, Connor, wie wir diesen Ton im Ohr hatten … als der so extrem laut war und wir alle genervt davon waren…«

»Wie könnte ich das vergessen? Travor hat gerufen: ›Wenn ihr uns verstehen könnt, hört auf!‹. Daraufhin stoppte das Sirren für ein paar Sekunden.«

»Ehrlich?«, rief Mia mit großen Augen. »Sie verstehen uns?«

»Bestimmt! Einmal haben wir schlicht gebeten: Könnt ihr uns bitte einen Kreis machen?«

»Das hat geklappt?«, fragte Elena ungläubig.

»Ja! Etwa fünfhundert Meter von uns entfernt, war am Morgen ein Kreis zu sehen.«

»Oder der Amerikaner Jon-Erik Beckjord«, erzählte Connor, »der schnitt die Worte ›Talk to us!‹ ins Korn. Wenige Tage später tauchte eine der spektakulärsten Formationen ever auf. Ein Schriftzug, der aussah wie eine Mischung aus Phönizisch, Hebräisch und Iberisch.«

»Ich weiß noch genau, wann das war! August 1991, am Milk Hill!«

Sie zeigten Elena und Mia die damals entstandene Formation. Sie sah fürwahr kryptisch aus.

»Konnte das jemand entziffern?«

»Die erste Übersetzung ging davon aus, dass es sumerische Schriftzeichen sind. Demnach würde die Übersetzung ›Der Schöpfer, weise und gütig, Freund des Menschen‹ lauten«, sagte Connor.

»Danach hat sich Gerald Hawkins aus Washington D.C. der Übersetzung angenommen und ließ sie mit einem Team aus zwölf Linguisten durch einen linguistischen Hochleistungscomputer laufen«, erzählte Harvey. »18 000 Varianten in 42 Sprachen wurden durchgespielt und das Ergebnis lautete: ›Ich bin gegen Werke von Gerissenheit und List. Ich bin gegen Schwindel.‹«

»Wow«, sagte Elena. »Das hört sich nach einer Warnung für die Regierungen an.«

»So sahen wir das auch. Wir wissen von Leuten aus Regierungskreisen, dass die Behörden die Zeichen sehr wohl lesen können.«

»Unfassbar. Eliten und Regierungen müssen wirklich viel mehr wissen als wir«, schlussfolgerte Elena.

»Und arbeiten genau deswegen mit List, Täuschung und Schwindel«, vervollständigte Travor.

»So ist es. Aber wie erwähnt: Die Kreise sind jenseits ihrer Macht. Es entsteht eine neue Erde, ein neues Bewusstsein. Und niemand kann das aufhalten.«

Die Männer erklärten noch mehr. Elenas Kopf füllte sich mit Vermutungen über Sumer, Fakten über Ufo-Sichtungen, die weltweit zugenommen und ebenso unter dem Deckel gehalten wurden, sie erfuhr so viel, dass sie sich nach einer Zeit etwas abseits setzte, froh, ein wenig für sich zu sein.

Sie war müde und es war nicht leicht, sich wachzuhalten. Die Kreise tauchten meist im Schutz der Dunkelheit auf und so endete in der Regel die Wache, wenn die Sonne aufging. In ihre Decke gehüllt, nickte Elena immer wieder ein.

Die Nacht blieb ruhig. Das Korn stand am nächsten Tag unversehrt auf den Feldern vor dem Silbury Hill und ebenso im Umland.

Robert lieferte Elena und Mia zu Hause ab. Er schien es eilig zu haben und der Abschied verlief zügig.

# ♫ Kite in a Hurrican ♫

HAEVN

»Du bist einfach abgehauen! Was soll das?«, rief Brittany und warf wütend ihre Jacke in die Ecke. »Wir haben uns tagelang nicht gesehen, weil du auf dem Land rumgammelst und dann hältst du es noch nicht mal einen Abend mit mir aus?«

»Brittany, ich habe versucht, dich anzurufen.«

Er hielt sein Handy mit der WhatsApp-Nachricht hoch. Brittany dampfte trotzdem. »Wer zur Hölle nimmt sein Handy mit auf die Tanzfläche?«

»So ziemlich alle? Um sich selbst zu fotografieren? Komm schon, Brittany, ich kann das jetzt nicht brauchen.«

Es war zwei Uhr morgens. Normalerweise dauerten solche Partys bis zum Frühstück am nächsten Tag. Brittany war sauer, dass sie diese sagenhafte Fete nicht hatte auskosten können. Sie war angetrunken und ihre Augen vor Zorn leicht gerötet.

»Du hättest ruhig bleiben können, Britt. Ich wollte dir das nicht verderben.«

»Hast du aber! Vielleicht geht es in deinen Kopf, dass ich gern mit dir zusammengeblieben wäre?«, fauchte sie.

»Unter fünfhundert Leuten ist man nicht zusammen. Überhaupt, Britt, diese Alk- und Koksgesellschaft ist nicht mein Ding und wird es auch nie sein.«

»Ist auch nicht meins, aber ab und an geht es darum, Kontakte zu knüpfen, um mal unter die Leute zu kommen, Ray!«, rief sie erbost. »Was meinst du, wie ich sonst auf Johnny Warwick gekommen bin?«

»War das nicht ein Meeting?«

»Ja, auch, aber vorher haben wir uns auf einer Party gesehen.«

»Davon hast du nichts erzählt.«

»Spielt auch keine Rolle! Immerhin habe ich Chancen genutzt! Sonst wäre das mit Johnny nie zustande gekommen!«

Ray holte tief Luft. »Britt, bitte geh jetzt nicht an die Decke, aber aus der Sache wird nichts.«

Er hatte kaum das letzte Wort gesprochen, als auch schon die Zimmertemperatur auf ein Tiefmaß gefror. Britts Augenlider flatterten nervös.

»Was?«, schrie sie dann außer sich. »Oh nein, mein Bester! Diese Chance wirfst du nicht in den Müll! Sag mal, hast du sie noch alle?«

»Hey, hey, Britt, fahr erst mal runter, okay? Willst du nicht wissen, wie ich zu dieser Entscheidung gekommen bin?«

»Nein!«, schrie sie. »Es kann nur blödsinnig sein!«

Ray gab einen resignierten Laut von sich. »Lass uns morgen reden, du hast getrunken. Das ist nicht der richtige Zeitpunkt.«

»Nicht der richtige Zeitpunkt? Es ist nie der richtige Zeitpunkt, dein Lebenswerk den Bach runtersausen zu lassen! Das ist nämlich genau das, was du tust! Wieder mal! Oh, ich könnte ausrasten vor Wut!«

Brittany zog ihre High Heels von den Füßen. Für einen Moment war Ray der Meinung, sie wollte sie ihm an den Kopf werfen und er duckte sich instinktiv. Britt bekam das nicht mit und kickte stocksauer die Schuhe in eine Ecke.

»Komm schon, Britt«, versuchte Ray, sie zu beruhigen. »Ich habe triftige Gründe, das müsstest du dir doch denken können«.

»Na, auf die bin ich ja mal gespannt!«, keifte sie mit einer steilen Falte zwischen den Brauen. »Hast du nicht vor wenigen Stunden noch gesagt, Johnny wäre ein Sechser im Lotto? Dass er im Vertrag alles so regelt, wie du es willst? Dass du sogar das Patent behalten kannst? Was, verdammt noch mal, willst du denn noch? Das kriegst du nie mehr! Nirgendwo!«

Brittany war verzweifelt und den Tränen nah. »Versteh doch! Du wirfst die größte Chance deines Lebens weg!«

»Vielleicht war es gar keine Chance«, erwiderte Ray leise. »Brittany, ich glaube, es ist ein großer Bluff. Ich habe zwar den Vertrag noch nicht, bin aber sicher, dass es ein kniffliger Knebelvertrag mit Haken und Ösen wird. Einer, in dem steht, dass sie letztlich doch das Patent bekommen.«

»Wie willst du das wissen, wenn du noch nichts in Händen hältst?! Hast du etwa schon bei Johnny abgesagt?«

»Nein, noch nicht.«

»Gott sei Dank! Ray, tu das nicht!«, beschwor sie ihn unter Tränen. »Johnny ist sauber! Er ist der Mann, der deine Träume wahr macht!«

»Aber er steht mit sämtlichen Firmen in Zusammenhang, die ich gemieden habe, wie der Teufel das Weihwasser! Er ist lediglich eine hübsche Galionsfigur, ein Köder!«

»Ach, auf einmal! Du hast dich doch vorher erkundigt! Da war alles noch super!«

»Schon, aber auf der Party habe ich ein paar hilfreiche Infos ergattert. Daraufhin habe ich mit anderen Suchanfragen gearbeitet als vorher.« Ray trat einen Schritt auf seine Frau zu. »Brittany, bitte, du weißt doch, dass ich der Erste bin, der sich das anders gewünscht hätte. Ich war so dankbar und glücklich, als ich von der Besprechung nach Hause kam. Ganze sechs Stunden hat dieser Zustand gedauert.«

Brittany bemerkte nicht, wie angeschlagen und hoffnungslos Ray war, sie war auf ihre eigene Enttäuschung fixiert.

»Du wartest den Vertrag ab«, forderte sie verbissen. »Es kann nicht sein, dass du das Ding hinschmeißt, bevor du ihm eine Chance gegeben hast.«

Ray schwieg verdrossen. Er wollte keinen Streit, hatte zu tun, mit der eigenen Bitterkeit fertigzuwerden. Sein Herz stach, er fühlte sich verloren.

»Okay, dann warte ich den Vertrag ab. Ich fürchte aber, ich werde juristischen Beistand brauchen, um ihn zu verstehen.«

»Bitte, wenn dich dein Misstrauen glücklich macht.«

Brittany war mehrfach frustriert. Da hatte sie so eine Riesensache für ihn ausgegraben und er hatte nichts Besseres zu tun, als sie mit seiner ständigen Sorge, über den Tisch gezogen zu werden, schon im Anfangsstadium zu zerschlagen! Verflixt nochmal, selbst wenn sie sein blödes Patent wollten, warum konnte er nicht einfach das Geld nehmen und sich damit ein schönes Leben machen?

Anfangs hatte sie seinen Idealismus toll gefunden, jetzt nervte das nur noch. Seit er auf dem Land lebte und mit diesem seltsamen Earl zusammen war, hatte er sich verändert. Ray konnte noch nicht mal mehr auf einer Party locker sein, nicht mehr einfach drauflos tanzen, mal fünf gerade sein lassen … und dauernd machte er sie an, wenn sie für seinen Geschmack mal ein Glas zu viel hatte! All das warf sie ihm nacheinander an den Kopf. Die Wut tobte in ihr und musste raus.

Als sie endlich im Bett lagen, war es Ray unmöglich, sie in die Arme zu nehmen. Der Zorn war wie eine schwarze Hülle um sie herum und verstärkte sein Elend umso mehr.

Am Montag wollte Ray anfragen, wann er mit dem Vertrag rechnen dürfe, als er am Sonntag schon einen Entwurf im Postfach fand. Johnny schien es eilig zu haben.

»Hey, Ray!«, hatte er dazu geschrieben. »Lass uns die Sache dingfest machen! Die Welt braucht deine Powerbox und wir können es nicht erwarten, in Produktion zu gehen! Schau mal über den Vertrag, ob er für dich passt. Sobald du unterschrieben hast, brauchen wir deine Expertise für die Auswahl der Firmen, die deine Box produzieren sollen. Auch bei den Marketingstrategien würde ich dich gerne einbinden. Es ist ja dein Projekt und es soll alles so sein, dass du zufrieden bist. Alle Konferenzen finden in London statt.«

Ray biss sich auf die Lippen. Das hörte sich so perfekt an! Konnte es sein, dass er überreagiert oder falsche Schlussfolgerungen gezogen hatte? Stirnrunzelnd druckte er den Vertrag aus, ein dickes Ding mit über dreißig Seiten. Johnny bot ihm zehn Millionen Dollar für die Verwertung seines Patents und spätere Gewinnbeteiligungen.

Brittany bekam Schnappatmung und beschwor ihn, das bloß nicht zu versauen. Aber Ray informierte Johnny, dass er den Vertrag prüfen lassen werde. Er nahm mit einem Anwalt für Vertrags- und Patentrecht Kontakt auf, machte es dringend, und bekam einen Termin in drei Tagen. So lange musste er in London bleiben – und hoffte, sich mit seiner Frau aussprechen zu können, unabhängig davon, wie die Sache mit dem Vertrag lief.

Unglücklich starrte er auf den Chatverlauf mit Elena und ihr Bild tauchte in seinem Kopf auf. Wie sie im Fersensitz mit ihrem bezaubernden Lächeln und dem warmen Glanz in ihren Augen unter Adamea gesessen war. Ihr Gesicht über den Blüten, als sie den Blumenstrauß für Suzy vor ihrer Brust gehalten hatte. Er scrollte ein paar Nachrichten zurück und fand den Text, den sie ihm nach diesem wunderbaren Abend geschickt hatte.

»Sage dir, dass es fertig ist … Das Geheimnis der Manifestation ist einfach. Wisse, glaube, dass du es erhalten hast. … Das ist die Kondition für ein Wunder.«

Das Wunder war nicht eingetreten. Stattdessen – wieder mal – eine fette Enttäuschung. Er konnte Elena nicht antworten, weil er nicht wusste, was er hätte schreiben sollen.

Doch plötzlich fand er eine weitere Nachricht von ihr vor.

»Für eure Planung. Feier ist leider abgesagt.«

Er wunderte sich. Auf die hatte sie sich doch so immens gefreut! Was war passiert? Hatte sie ebenso eine Enttäuschung erlitten? Es erschien ihm falsch, sie anzurufen und zu fragen, solange Britt in der Nähe war.

Er konzentrierte sich auf den Termin mit dem Anwalt, vorher hatte er ohnehin keinen Nerv für gar nichts.

# ♫ Stronger ♫

Joe Bel

Eine Nacht nach der anderen verging, ohne dass ein Kreis in der Gegend gesichtet wurde. Mia blieb zuversichtlich. Sie schwebte im siebten Himmel und wäre allein wegen Harvey auf die Wachen mitgegangen. Sie hätte aber für ihn auch auf die Wachen verzichtet, was ein viel größerer Liebesbeweis war. Aber fraglos war der junge Mann in das Geschehen mindestens so involviert wie sein Vater.

Nachdem Elena Florian bewusst frei gegeben hatte, begann für sie eine herrliche Zeit. Bennie wachte glücklich auf und schlief glücklich ein, voller Vorfreude auf den nächsten Tag. Mia kam jeden Morgen in einem aufgeregt-müden Modus von der Kreiswache nach Hause, aber legte sich immer nur kurz hin. Ihre Tage waren viel zu spannend, als dass sie sie mit Schlaf vertun wollte. Nach drei Stunden war sie wieder auf den Füßen, bereit für Harvey und die tausend Aktivitäten, die sie vorhatten.

Harvey war eine herzenswarme und reife Seele, seinem Vater sehr ähnlich, und abgrundtief in Mia verliebt. Elenas Herz gebärdete sich ganz seltsam, wann immer sie die beiden zusammen sah.

»Mam«, schwärmte Mia. »Harvey denkt außerhalb jedes Rahmens, wir haben in fast allem die gleichen Ansichten. Und stell dir vor, Robert hat ihn im Alter von elf aus der Schule genommen und ihn privat unterrichten lassen. Er hat ganz wundervolle Ideen für die Welt!«

Mit sich und allem im Reinen tanzte Mia in der Küche und drehte sich um sich selbst, im Wissen, dass sie mit Harvey ihren Weg gehen wollte. Elena ahnte: Mia brachte sie aus diesem Land nicht mehr weg. Ihre Tochter hatte ihre Wurzeln gefunden.

Auch der Kurs lief weiter, bestand aber vorwiegend aus Gesprächen. Wenn Marvin auftauchte, lag immer ein Hauch Weihnachten in der Luft und Hazel hatte Bennie ohnehin als ihren Ersatzenkel adoptiert. Marvin veranstaltete kleine Übungen und Rollenspiele und immer tiefer setzte sich das Wissen, dass sie nur Rollen hier auf Erden spielten und wie erlösend es war, sich nicht mit ihnen zu identifizieren, sondern mit dem, woraus sie erschaffen worden waren. Doch das war längst nicht alles. Der Beginn der Rollenspiele, als Marvin ihnen in Erinnerung gerufen hatte, wie bewusst ihre Seele genau diese Geburt geplant hatte, veränderte grundlegend die Sichtweisen über sich selbst und die Welt.

»Neugeburten sind jederzeit möglich«, sagte Marvin. »Aber es ist so wie bei jeder Inkarnation auf der Erde: Du kommst mit vollem Potenzial, aber nicht als unbeschriebenes Blatt. Jedes Mal geht es darum, sich von Altem zu lösen, das, was der Osten Karma nennt – und dafür hast du dir die Rolle ausgesucht. Aber wenn du das weißt, kannst du jederzeit neu wählen. Bewusst wählen.«

*Wähle neu!* Die Worte Mayas. Elena dachte viel darüber nach. Eine neue Wahl bedeutete nicht nur, sich vom kleinen, verängstigten Ich zu lösen, das ihr Sein bisher bestimmt hatte, es zog auch eine Menge Konsequenzen nach sich. Was würde passieren, wenn sie ihre Geburt neu überdachte?

Es war ein subtiler, heilsamer und tiefgreifender Prozess, ein Shift, der ihr Schritt für Schritt ihre Macht zurückgab.

Die Tage waren wunderbar, summierten sich zu einem herrlichen, zauberhaften Sommer. Mia machte bei den Spielen nur noch sporadisch mit. Sie brummte vor Lebenslust, ihre Fotos, Reels, Shorts und was sie nicht alles produzierte, gingen durch die Decke, waren mystisch, provokativ, stellten Bestehendes in Frage und wurden inzwischen weltweit zig Tausende Mal geteilt. Es schien, als wäre der Planet reif für die Botschaft der Kornkreise, denn das war das brandaktuelle Thema, das Mia in ihren Reels behandelte.

Sie quetschte das Team während der Kreiswache aus, organisierte kurze und längere Interviews mit allen, die etwas dazu sagen konnten, und veröffentlichte sie. Alles Wissen, das ihr über die Korn- und Steinkreise und die Mystik der Gegend zugetragen wurde, vermittelte sie weiter. Hilfe bekam sie von Harvey, der eine ganze Bücherei darüber zu Hause hatte. Mit ihren originellen Fotos brachte sie in die Öffentlichkeit, was dieser bisher vorenthalten geblieben war.

»Kommen die Götter zurück? Hat Sumer etwas damit zu tun?« Oder »Warum sollen Bauern ihre Felder mähen, sobald ein Kreis erscheint und obwohl das Korn noch grün ist?«, waren Bildunterschriften, die triggerten. Das boomte in einer Welt, in der die Menschen ohnehin mehr und mehr herausfanden, dass viele Dinge nicht so waren, wie man sie ihnen verkauft hatte. Spürbar brach das alte System zusammen und das Team der Kreiswache fieberte darauf, dass sich genau diese Botschaft in den kommenden Kreisen zeigen würde.

Elena nahm sich Zeit für Bennie, auf eine Weise, wie es vorher nie möglich gewesen war. Oft erkundete sie mit ihm Wege im Wald, bevor er zu Jim und Daniel ging, zu Hazel und Marvin oder sich allein beschäftigte. Trotzdem kam sie mit ihrem Buch zügiger voran als erwartet. Sie hatte einen

Rahmen gefunden und verarbeitete alles, was sie bisher erlebt hatte, zu einem Roman, der ihr Freude bereitete und gefüllt war von Tiefe und Gefühl. Alles floss, und sie genoss das, selbst wenn ihr oft die Finger und der Rücken wehtaten, weil sie die Nächte durchschrieb. Sie wollte sich keine Sorgen um die Zukunft machen. Sie war nur noch knapp zwei Wochen hier und wollte mitnehmen, was möglich war. So kopierte sie weiterhin Texte aus dem *Buch der lebendigen Antworten.* Doch nie lagen die Seiten so, wie sie sie zurückgelassen hatte. Komisch, Ray war doch in London?

»Leiht außer mir noch jemand dieses Buch aus?«, fragte sie Haylee.

»Nein, du und Ray, ihr seid die einzigen«, erwiderte die. »Übrigens, meine Mail an Ophelia Cunnings ist nicht zurückgekommen! Oh, ich bin so gespannt, ob sie antwortet! Sie muss sich doch wie dolle freuen, wenn ihr Buch nach dreißig Jahren nun doch veröffentlicht werden soll!«

»Ja, das stimmt. Sie hätte es so verdient. Es ist eines der besten Bücher, die ich je gelesen habe, es muss einfach raus.«

Der kleine Dialog stachelte Elenas Tatendrang erst recht an und sie plante ein weiteres Gespräch mit ihrem Verlagsagenten ein. Inzwischen hatte sie ihm erste Teile ihres Skriptes geschickt und er war hellauf begeistert gewesen. Auch das war Wind unter ihren Flügeln.

Die einzigen Unruhepunkte waren die Männer in ihrem Leben. Ray hatte sich noch immer nicht gemeldet und sie sandte ihm eine Sprachnachricht.

»Hey Ray, eine Frage wegen des Buches. Die Reihenfolge der Blätter verändert sich ständig. Hast du eine Erklärung dafür? Außerdem finde ich manche Seiten nicht mehr. Das ist doch komisch.«

Seine Antwort kam ziemlich schnell und war noch seltsamer als ihre Frage.

»Ist mir auch schon aufgefallen. Es ist eben ein lebendiges Buch. Inzwischen habe ich von den 333 Seiten 356 abgeschrieben.«

»Wie geht das denn?«,

»Das Buch verändert sich. Irgendjemand nimmt Seiten heraus und fügt neue hinzu. Ich habe Haylee, Todd und Carol gefragt, wer außer ihnen noch einen Schlüssel hat. Gibt aber keinen.«

Elena wurde unheimlich zumute. Das ließ nur einen Schluss zu: Maya Subaru alias Ophelia Cunnings musste in der Nähe sein! Und schrieb noch immer an dem Buch! Nach dreißig Jahren!

Längst hatte Elena recherchiert, was es mit dem ungewöhnlichen Pseudonym auf sich hatte. Maya bedeutete: die Schönste der Plejaden, Mutter von Hermes, Großmutter der Magie. Sie war eine der Nymphen, die in den Himmel gehoben wurden. Ein weiterer Fingerzeig?

Der Himmel, die Erde … Elena befand sich in einer Gegend, in der sich der Himmel mit der Erde vereinigen sollte … und hatte Elena nicht erst neulich von Hermes Trismegistos gehört? Ja, Ray hatte davon erzählt. Als es um Silbury Hill und die Pyramide in Sakkara bei Memphis gegangen war, die beide zur annähernd gleichen Zeit erbaut worden waren.

Maya – die Schönste der Plejaden. Der japanische Name für die Plejaden war Subaru. Die Männer auf der Kreiswache hatten klar und deutlich gesagt: Weltweit war es zu Hunderten von Ufo-Sichtungen gekommen, die teilweise sehr gut via Film und Fotos dokumentiert sind. Alle, die jemals eine solche Erfahrung gemacht hatten, schlossen rigoros Verwechslungen mit Sternschnuppen, Satelliten oder Flugzeugen aus.

Sie zeigten sich. Sie waren hier. Ja, aber *wer* waren sie? Wer waren die Wächter? Hatten die Plejadier etwas damit zu tun?

Elena war von dem Thema so gepackt, dass sie erst beim Heimgehen merkte, dass sie bei Ray wegen der Verhandlungen nicht nachgehakt hatte. Sie blieb stehen, holte es nach – und wieder folgte ihr ein Augenpaar.

Ray war spontan die Idee gekommen, das Vertragswerk einem weiteren Juristen außerhalb des Landes zu schicken. Dabei griff er auf eine Adresse zurück, die ihm vor Jahren ein Anwalt, der sich für Menschenrechte einsetzte, empfohlen hatte. Obwohl das ziemliche Kosten verursachte, nutzte er die Gelegenheit, weil er sicher sein konnte, dass dieser Anwalt konzernunabhängig war.

Kurz danach erhielt er die Einschätzung des ersten Anwaltes. Der war voll des Lobes über die Fairness des Vertrages, über die Chancen und grandiosen Möglichkeiten, die darin enthalten waren.

»Selten, sowas«, meinte er. »Ein, ich würde sagen, fast kollegialer Vertrag.«

»Aber was ist mit diesem Passus hier«, wandte Ray ein und deutete mit dem Finger auf einen Absatz. »Der liest sich für mich so, als ob sie doch ein Recht auf das Patent hätten.«

»Nein, so kann man das nicht sehen. An anderer Stelle steht doch eindeutig, dass das bei Ihnen bleibt.«

Warum war Ray nicht beruhigt, obwohl der Anwalt Stein und Bein schwor, es hätte alles seine Richtigkeit? Hatte Brittany recht, wenn sie sagte, dass sein Argwohn ihn überall Gefahr wittern ließ?

Fieberhaft wartete Ray auf die zweite Antwort. Wenn diese die erste Einschätzung bestätigte, gäbe es keinen Grund mehr, nicht mit Johnny zusammenzuarbeiten.

Brittany beobachtete das alles mit einer genervten Miene. Die Stimmung zwischen ihnen war durchwachsen.

»Nur, um das klarzustellen, Ray«, sagte sie, »ich brauch keinen Mann, der für mich sorgt. Ich bin nicht wild auf die Millionen, falls es das ist, was du glaubst.«

»So etwas hatte ich nie im Sinn, Brittany. Aber vielleicht hast du ein Problem, mit einer schlecht bezahlten Laborratte zusammen zu sein.«

Sie wog ihre Worte ab, sandte ihm einen beschwörenden Blick.

»Ray, ich gönne dir von Herzen Erfolg. Es ist doch auch das, was du willst.«

»Das stimmt, Britt. Ist auch lieb von dir, ehrlich. Ich fürchte nur, wir haben nicht die gleiche Definition von Erfolg. Für mich gehört dazu nicht nur Geld, sondern …«

»… das Gefühl, etwas Wertiges zu tun … ja, ich weiß«, vollendete sie den Satz und rollte die Augen nach oben. »Du *hast* etwas Wertiges geschaffen, Ray. Nun verkaufst du es und alles ist gut.«

Ray schwieg. Sollte er erneut erklären, dass etwas Wertiges nichts mehr wert war, wenn es in die falschen Hände geriet? Gereizt, weil er stumm blieb, sagte sie:

»Du hast dich verändert, Ray. Seit du in diesem Labor in der Wildnis hockst, hast du dich verändert. Du bist gar nicht mehr lebensfroh! Du lachst nicht mehr! Du kannst nicht mal mehr mit Freunden in einen Club und einen fröhlichen Abend genießen!«

Damit drehte sie sich, ging ins Bad und ließ Ray mit vielen Gedanken zurück.

Ja, es stimmte. Er hatte sich verändert. Nicht nur durch Robert und die vielen Gespräche mit ihm, auch die Landschaft hatte eine Wandlung in ihm vollzogen, die Natur, die Blumen, die Bäume und Felsen, deren Gesellschaft er mehr schätzte als die mancher Menschen. Und es stimmte: Er lachte nicht mehr.

Als würde ihn das Universum eines Besseren belehren wollen, traf ein vor Lebensfreude übersprudelndes Video bei ihm ein. Mia hatte eine kleine Aufnahme vom Camp gemacht und quatschte ihm mit ihrer Begeisterung die Ohren voll.

»Wann kommst du zurück, Ray? Hast du Zeit, mir was in Mathe zu erklären? Robert hat uns etwas von Mandelbrot-Mengen und

Apfelmännchen erzählt. Ich will wissen, was das ist! Bist du bei einer Wache mal mit dabei??? Bitte!!! Bennie braucht dich auch! Dringend!«

Danach folgte eine Sprachnachricht von Bennie: »When do you come back?«, fragte er im besten Englisch und holperte danach weiter: »Ai häv a problemm mit mai toumaidos. se Blätter ahr gelb. Mama sagt, säi häv a Pilz … Mia was heißt Pilzbefall auf Englisch?«

»Fungal disease. Ray, das sind keine behandelten, sondern normale Samen! Nur, dass du nicht erschrickst!«

»Okay«, machte Bennie danach tapfer weiter. »Säi häv ä fankl disies und Jim sagt, du hast was dagegen.«

Ray brach in Lachen aus und setzte zu einer Antwort an, als ihm schlagartig bewusst wurde, dass Brittany nicht recht hatte. Er konnte noch lachen – nur nicht hier in dieser Stadtwohnung. Nur nicht mehr mit ihr.

Das traf ihn tief.

Elena verbrachte eine weitere Nacht im Camp auf dem Hügel. Die Nacht war kühl, es begann zu regnen, und um zwei Uhr nachts sah sie keinen Sinn darin, noch zu bleiben. Im Zelt bekam sie nichts mit und draußen war es zu ungemütlich. Der Regen wurde stärker und sie beschloss, nach Hause zu fahren. Gegen vier Uhr morgens wurde eine durchfrorene Mia von Harvey nach Hause gebracht. Es war wieder nichts geschehen und von den zehn Tagen waren bereits sieben ereignislos vergangen.

»Mama?«, fragte Mia, als sie am Vormittag Gemüse fürs Mittagessen schnippelten. »Wann kommt eigentlich Papa zurück?«

»Ich weiß es nicht. Ich muss warten, bis er wieder in Empfangsnähe ist.«

Elena konzentrierte sich auf die Paprika unter ihren Händen, auch Mia schwieg eine Weile.

»Und dann redet ihr miteinander?«

Elena lachte leicht. »Das müssen wir wohl.«

»Auch wegen der Schule, oder?«

»Natürlich, Mia. Aber das Ding ist durch, das weißt du selbst.«

Elena konnte förmlich fühlen, wie das Herz ihrer Tochter einen Schlag aussetzte.

»Wie meinst du das?«, fragte sie angespannt und drehte sich zu ihrer Mutter um, die kleine, akkurate Paprikawürfel fabrizierte.

»Ich habe dich bereits von der Schule abgemeldet, Mia. Der Brief ist per Einschreiben raus. Und in England bist du ab sechzehn frei.«

Ein ungläubiges Schluchzen kam aus Mias Mund. In der nächsten Sekunde warf sie ihre Arme um den Hals ihrer Mutter.

»Danke, Mama«, stammelte sie. »Danke, danke, danke!«

Mia befand sich zwischen Lachen und Weinen und umarmte ihre Mutter, als wollte sie sie nie mehr loslassen. Elena strich ihr über den Rücken.

»Wir brauchen aber noch Papas Zustimmung«, gab sie zu bedenken. »Ich habe geschrieben, dass wir die nachreichen, weil er im Moment nicht greifbar ist.«

Ihre Entscheidung fühlte sich immer noch wahnsinnig an, und doch wusste sie: Sie hatte das Richtige getan.

Ray fühlte sich in London wie eingesperrt, je länger er bleiben musste. Johnny hatte ihn auf alle möglichen Events eingeladen. Auf seine Yacht, auf einen Hubschrauberflug, auf Partys und Premieren. Ray sagte alles ab, bat um eine weitere Woche Bedenkzeit und hoffte fiebrig auf die Antwort des zweiten Anwaltes. Brittany schüttelte verständnislos den Kopf.

»Worauf wartest du?«, fragte sie frustriert.

»Auf eine zweite Meinung«, antwortete er, was sie mit einem weiteren hochgedrehten Blick quittierte.

Doch endlich kam die Bewertung. Ray führte ein langes Gespräch mit dem Anwalt, der ihn auf etliche Fallen in den Formulierungen hinwies.

»Die Form betreffend auf den ersten Blick alles super«, sagte er. »Aber wenn es zum Rechtsstreit käme, reine Auslegungssache.«

»Das heißt, sie könnten mir das Patent nehmen?«

»Das ist falsch ausgedrückt. Mit dem im Vertrag befindlichen Wortlaut überlassen Sie das Patent der Gegenseite und dürfen nur in wenigen Ausnahmefällen, die vermutlich nie eintreten, Anspruch darauf erheben. Auch sehe ich die Gewinnbeteiligung kritisch. Wenn nichts verkauft wird, bekommen Sie nichts. Es liest sich eher wie eine Abfindung.«

Ray hasste das sinkende Gefühl in seinem Magen. Er hasste die Konsequenzen, die sich daraus ergaben. Er dachte an Robert, an den großen Deal, an den er geglaubt hatte. Gescheitert. An Johnny, dem er so gern hätte vertrauen wollen. Gescheitert. An den Inhalt des magischen Buches, an die Hoffnung, die es erweckt hatte – und hätte am liebsten geschrien.

In dieser Sekunde erreichte ihn Elenas Nachricht:

»Hallo Ray, wie geht es dir? Ich mache mir ein bisschen Sorgen, weil du dich nicht meldest. Wie laufen deine Verhandlungen?«

Er konnte nicht antworten. Erst später am Tag schrieb er zurück und seine Antwort war ein Ausbund an Bitterkeit.

»Es ist kein Wunder geschehen.«

Es war ein sonniger Nachmittag und Elena war wieder mal mit Bennie unterwegs. Inzwischen kannten sie die Gegend ziemlich gut und wagten sich immer weiter in den Wald und auf kleine Seitenpfade, die vom Hauptweg abgingen. Manchmal öffnete sich einer dieser schmalen Wege zu Einfahrten, die zu abgelegenen Farmen oder Häusern führten.

Elena hatte eine Pflanzenbestimmungs-App auf ihr Handy geladen, die Bennie mit Leidenschaft nutzte und ihn für Stunden beschäftigte. Außerdem entdeckten sie auf diesen Streifzügen allerlei interessante Dinge, diesmal eine verfallene Kapelle, mit einem für England typisch verwahrlosten Friedhof. Hier gab es keine Grabplatten, geschweige denn Beete oder Blumen, nur schiefe, bucklige Grabsteine, die irgendwann umfielen, weil sich niemand darum kümmerte. Da fast jeder Brite einen Hund oder eine Katze oder beides hatte und sie ihre Tiergefährten liebten, bestatteten sie diese genauso wie menschliche Wesen. Die Grabsteine waren kleiner, oft war auch ein Zaun in Kindergröße herum gebaut, und natürlich waren, wie bei den Menschen, die Namen der Tiere auf die Steine gemeißelt.

Einen solchen hatten sie eben entdeckt. Ein etwa fünfzig Zentimeter hoher, halb eingefallener Holzzaun umstand das wilde Stück Wiese, auf der sich fünf Grabsteine befanden. Elena las Bennie die Inschriften vor.

»Duncon – my best friend ever.« Der Umriss eines Hundekopfes war auf dem Stein zu sehen. »Pray for me in heaven.«

Der nächste Stein war der Katze Nelly gewidmet und ebenso mit einem sinnigen Spruch versehen. Auf dem dritten war ein Papagei eingeritzt sowie die Inschrift »You were a pain in the ass, but I still miss you«.

Elena lachte, als sie es sinngemäß für Bennie übersetzte: »Du warst eine Nervensäge, aber ich vermisse dich immer noch«.

Bennie kugelte sich vor Lachen und fotografierte wie wild, während Elena die Kapelle besichtigte. Aber da war nicht viel zu sehen. Ein einzelner leerer Raum, in dessen Dachgebälk sich Vögel eingenistet hatten und durch dessen hohe Bogenfenster der Efeu hereinkletterte. Wie so vieles in diesem alten Land wirkte die Lichtung verwunschen, von Elfen bewohnt, die Stimmung war friedlich und schön.

Elena ging zurück in die Sonne, setzte sich auf einen Stein und sah Bennie beim Fotografieren zu, als ihr Smartphone sich regte.

»Bennie, gibst du es mir mal?«

Der Kleine kam angelaufen und drückte es Elena in die Hand. Rays Nachricht leuchtete ihr entgegen, die Bitterkeit troff aus seinem kleinen Satz.

»Es ist kein Wunder geschehen.«

Sie wollte eine Antwort tippen, als ein Nachsatz kam: »Besser ausgedrückt: Es ist geplatzt.«

Hastig tippte sie zurück: »Dann kommt es noch!«

»Ich habe genug Zeit mit Warten verbracht.«

»Aber Johnny war nie ein Wunder für dich. Dein Bauch wusste das gleich.«

»Und wie weiter?« Das klang total frustriert.

»Du hast immer noch den Vertrag mit Robert.«

»Da hat sich erst recht kein Wunder ergeben.«

»Aber es ist nicht geplatzt. Es könnte immer noch geschehen.«

»Darauf zu hoffen, wäre wohl mehr als naiv.«

Elena fühlte Rays Hoffnungslosigkeit, als säße er neben ihr. Herrgott, was könnte sie ihm schreiben?

»Resonanz braucht Zeit, um sich aufzubauen«, tippte sie und kam sich oberlehrerhaft vor. »Es ist das Alte, nicht das Neue, das sich gerade zeigt.«

Ray antwortete nicht. Sie fühlte, dass ihn die Sätze nicht wirklich abholten. Fieberhaft suchte sie nach weiteren Möglichkeiten, ihm aus seiner Enttäuschung zu helfen, aber alles, was ihr einfiel, war jenes zu kopieren, was sie schon mal geschickt hatte.

»Deine Aufgabe ist, dich von den so real erscheinenden Umständen fest entschlossen abzuwenden. Lass dich nicht von ihnen gefangen nehmen. Wende dich dem zu, was dir erstrebenswert erscheint.«

Und kurz hinterher:

»Johnny war nie ein Wunder. Du hast das von Anfang an gespürt! Das echte ist noch in der Pipeline!«

Sie biss sich auf die Lippen. Bestimmt stieß er beim Lesen einen frustriert-verächtlichen Laut aus.

»Es ist etwas in dir, was dir all deine Wünsche erfüllt«, schickte sie verzweifelt nach.

Aber Ray blieb stumm.

# ♫ I Wish ♫

Declan J. Donovan

Noch zwei Tage Kreiswache. Bennie war sauer, weil er noch kein einziges Mal mitgedurft hatte. Elena checkte den Wetterbericht und stellte fest, dass der nächste Tag sonnig werden würde und die Nacht nicht zu kühl. Vermutlich würde Bennie gegen Mitternacht sowieso einschlafen und warum sollte sie ihm nicht das Abenteuer gönnen, im Zelt zu schlafen? Außerdem wollte sie die Gelegenheit nutzen, mit Robert zu reden. Die Sache mit Ray brannte ihr auf der Seele.

Am Abend ging sie mit Bennie die Fotos durch, die sie am Tag zuvor gemacht hatten. Schon mit vier hatte Bennie die meisten Buchstaben gekannt, aber jetzt wollte er flüssig lesen lernen, um die App nutzen zu können. Sein Lerneifer war immens, weil er von ihm aus kam und er einen Sinn in der Plackerei sah.

Zusammen schauten sie sich die Pflanzen an, die er geknipst hatte, und Elena las ihm vor, was die App dazu sagte. Schließlich kamen sie zu den Bildern mit dem Tierfriedhof. Bennie hatte jeden einzeln fotografiert. Duncon, den Papagei und die Katze Nelly kannte er schon. Nun wollte er wissen, was auf den letzten beiden stand und rief den vierten Grabstein auf. Als Elena es vergrößerte, um den Schriftzug besser lesen zu können, fiel sie fast vom Stuhl.

»Ophelia Cunnings«, stand da. »Geboren 1908, gestorben 1913«.

Ophelia Cunnings! Ihr Kopf drehte sich und sie verstand gar nichts mehr.

»Mama, was steht da?«, wollte Bennie wissen. »Wieso guckst du so?«

»Ich … Bennie, weil … das ist kein Grabstein für ein Haustier, sondern für ein Kind«, krächzte sie. »Ein Mädchen. Es hieß Ophelia Cunnings und ist nur fünf Jahre alt geworden.«

»Warum ist sie gestorben, Mama?«

»Ich weiß es nicht, Bennie.«

Sie hatte Mühe, sich auf Bennie zu konzentrieren. Aufgeregt schickte Elena das Foto an Haylee. Als Stadtangestellte hatte sie Zugriff auf Dokumente und Daten. Meine Güte, das wurde ja immer verworrener!

Ray starrte auf Elenas Nachrichten und wusste nicht, warum er sich so zerrissen fühlte. Die Sätze gaben ihm Trost, andererseits machten sie etwas kaputt und er wusste nicht, was.

Um nichts unversucht zu lassen, hatte er Johnny eine Mail geschrieben und um Änderung des Vertrages gebeten. Aber Johnnys Antwort kam schnell:

»Was ich tun kann, ist auf elf Millionen zu erhöhen. Mehr geht nicht.«

»Ich will nicht mehr Geld. Ich möchte den Vertrag in den aufgeführten Punkten geändert haben.«

»Keine Chance, Kumpel. Entweder so oder gar nicht.«

»Okay, dann gar nicht. Tut mir leid, Johnny.«

»Ist das dein Ernst oder bluffst du?«

»Mein voller Ernst.«

»Hoffe, das war nicht dein letztes Wort! Ich halte das Ganze noch eine Weile aufrecht, okay? Ruf mich an, wenn du es dir anders überlegst.«

Ray wäre es lieber gewesen, wenn Johnny ebenso klar abgesagt hätte. Unruhig stand er in seiner Wohnung. Brittany war im Office. Es gab für ihn nichts zu tun. Es gab aber auch in Chippenham nichts für ihn zu tun.

Fünfzehn Uhr. Es würde noch zwei, drei Stunden dauern, bis Britt von der Arbeit kam und er sie über die zweite Einschätzung des Vertrages ins Bild setzen konnte, in der Hoffnung, dass sie dadurch mehr Verständnis für ihn hatte.

Aber Brittany hatte kein Verständnis. Mit finsterem Gesicht hörte sie seinen Ausführungen zu.

»Hör mal, Ray, das sind alles nur Vermutungen«, entgegnete sie ungehalten. »Ein *könnte* und *vielleicht* und das bringt dich nicht weiter. Das heißt nur, dass es möglich wäre. Aber wer sagt denn, dass Johnny das auch vorhat?«

»Warum gibt er mir nicht einen Vertrag, der eindeutig das ausschließt, was ich nicht möchte?«

»Weil das Konzerne sind, die an alle Eventualitäten denken, das ist alles!«

»Okay, ich denke eben auch an alle Eventualitäten. Das ist alles!«

»Ja, mein Gott, dann bitte eben Johnny, den Vertrag zu ändern!«

»Habe ich doch! Er hat lediglich eine Million draufgesetzt.«

»Eine Million mehr! Ray, das kannst du unmöglich ausschlagen!«

»Ist bereits geschehen.«

Brittany verschlug es die Sprache. Entsetzt starrte sie ihn an.

»Du schlägst elf Millionen in den Wind?«, würgte sie schließlich hervor. »Ohne eine Alternative zu haben? Sag mal, tickst du überhaupt noch richtig?

Was zur Hölle willst du aus deinem Leben machen? Dauernd nur Nein sagen? Dauernd nur Chancen kaputtmachen? Dauernd nur Menschen verletzen?«

Ray zuckte zusammen.

»Du weißt, was ich will, Britt«, entgegnete er mit rauer Stimme. »Ich dachte, du wolltest das Gleiche. Ich will nicht in die Annalen eingehen als einer von jenen, die sich haben kaufen lassen.«

»Oh, ich kann das nicht mehr hören!«, schrie sie wütend. »Ich kann diese Scheiße nicht mehr hören! Bleib realistisch, Ray! Sieh doch die Welt einfach mal, wie sie ist, und nicht, wie sie sein soll! Und nie sein wird! Spiel doch einfach mit und mach dir endlich ein schönes Leben!«

Ein handfester Streit entspann sich, bis Brittany wütend ihre Tasche packte und das Haus verließ. Krachend fiel die Tür ins Schloss, der Ton zerriss Ray das Herz. Was war nur mit seiner Ehe geschehen? Sie waren so glücklich gewesen und stritten jetzt wegen Geld? Was um Gottes willen war mit ihrer Liebe passiert?

Wut erfasste ihn, Wut, dass alles immer so anders lief als erwartet. Die sogenannten Gesetze des Universums waren nichts weiter als Drogen für Weltfremde! Für jene, die sonst nichts zuwege brachten, Leute wie ihn eben! Er ahnte: Genauso sah ihn seine Frau.

Bitterkeit gesellte sich hinzu. Frust, Verzweiflung – das ganze Potpourri negativer Empfindungen, die es auf dieser Welt gab, vermischte sich in diesem Moment zu einem Brei, an dem Ray schier erstickte. Das Buch! Welche Antwort hatte es darauf? Gefühle umarmen? Herrgott noch mal, wie sollte man etwas umarmen, das einen erwürgte? Das war buchstäblich zum Kotzen!

Randvoll mit ungebändigten Gefühlen stand er in der leeren Wohnung, blickte zum Fenster hinaus, auf den Häuser- und Gebäudedschungel, als das Display seines Smartphones aufblinkte. Mias vorwitziges Gesicht tauchte auf.

»Hallo Ray, schau mal, mein neuer Post! Wie findest du ihn?«

Eine Bildabfolge der Kornkreise tauchte auf, die einen Abriss der Entwicklung von den einfachen Strukturen der 70er bis hin zu den Kunstwerken der jetzigen Jahre gab.

Mias Stimme tönte in passenden Abständen dazwischen:

»Sie entstehen in Sekunden. Welche Intelligenz ist in der Lage, so etwas anzufertigen?«

»Es heißt, es öffnen sich dadurch Dimensionstore, die einen Energieaustausch zulassen. Was bedeutet das für uns?«

»Wollen uns die Kreise auf etwas vorbereiten? Wenn ja – worauf?«

Der kleine Clip endete und sie sandte eine Videonachricht aus dem Camp.

»Hey Ray, ich brauche eine physikalische Erklärung, was mit Energieaustausch gemeint ist! Die Männer sagen, dass Tage nach Entstehung eines Kreises in ihm eine hohe elektrostatische und magnetische Energie festgestellt wurde. Ist das die gleiche wie in deiner Powerbox?«

Trotz allen Unglücks musste er schmunzeln. Mias Begeisterung war ansteckend.

»Du musst unbedingt zum Afternoon Tea kommen! Oder noch besser, komm heute Nacht mit auf die Kreiswache! Bennie ist auch dabei.«

»Afternoon Tea? Dachte, der fällt aus«, tippte er zurück.

»Nein! Ist wieder aktiviert! O je, habe ganz vergessen, dir Bescheid zu geben! Aber Mama darf nichts davon erfahren! Du musst unbedingt dichthalten!!!«

Die drei Ausrufezeichen hinter dem letzten Satz vertieften sein Lächeln. Und mit diesem Lächeln wusste er auf einmal, warum ihm Elenas Sätze vorher das Gefühl gegeben hatten, es wäre etwas kaputtgegangen. Sie hatte so reagiert, wie er sich das von seiner Frau gewünscht hatte. Mit einem wehen Ziehen im Herzen blickte er aus dem Fenster.

Bing! Bing! Sein Handy gab keine Ruhe, zog den Fokus weg vom Schmerz, hin zum Display. Eine weitere Nachricht von Mia:

»Kommst du?«, und kurz danach: »Bring das fankl disies Zeug für Bennie mit!«

Eine Sekunde später:

»Bitte!!! Bitte! Bieettteeee!!!«

Ray lachte leicht. Wie sollte er das anders deuten als einen Ruf? Innerhalb der nächsten Minuten packte er ein paar Sachen ein. Es war acht Uhr abends. Er würde zur richtigen Zeit im Camp eintreffen. Als wollte ihn das Schicksal zu diesem Entschluss beglückwünschen, meldete sich Elena bei ihm.

»Lieber Ray, ich war heute kurz in der Bibliothek, weil ich eine Antwort auf deine Nachrichten wollte, und habe folgenden Satz gefunden. Vielleicht hilft er dir ja.«

Elena! Sein Herz machte einen Satz – und öffnete sich weit, als er ihre Zeilen las.

»Wenn Wandel passiert, Dinge sich umkehren, fühlst du dich falsch, aber dein Leben ist dennoch im Fluss, weil das Alte hochkommt und sich ausreinigt. Alles, was du tun musst, ist: es geschehen lassen.«

Mit einem Bombenschlag fuhr ihm Elenas Credo in den Kopf.

»Ab heute und für immer vertraue ich meinem Selbst«.

Und auf einmal verstand er, dass das nicht hieß, dass die Dinge genauso laufen mussten, wie sie sich sein Kopf vorstellte. Taten sie das nicht, glaubte er, seinen Traum begraben zu müssen. Aber dem war nicht so. Es war so, dass viele Wege zum Ergebnis führen konnten. Wege, die für ihn bereitet wurden, *wenn* er vertraute. Aufgewühlt fuhr er sich mit der Hand durchs Haar.

»Okay«, murmelte er. »Okay, dann soll es so sein. Ab heute und für immer vertraue ich meinem Selbst.«

Er wiederholte das noch dreimal. Es war wie ein lang ersehnter Handschlag mit dem Leben. Ray fühlte sich buchstäblich, als fiele er mit diesen Sätzen in Gottes Hand.

Und die Sicherheit ergriff ihn, dass sie ihn auffangen würde.

# ♫ The Closing of The Gates ♫

Luke Howard

Gegen zehn Uhr abends machte sich Elena mit einem aufgeregten Bennie auf den Weg zur Kreiswache. Die Sterne standen blass am sich verdunkelnden Himmel. Ein voller Mond zeichnete sich ab, von dunklen Wolken hie und da verdeckt. Kräftige Böen kamen auf, aber es sollte regenfrei bleiben.

Je näher sie dem Plateau kamen, auf dem sich die kleine Mannschaft versammelt hatte, desto stiller wurde Bennie. Seine kleine Hand klammerte sich an die seiner Mutter, und noch bevor sie die Anhöhe erreicht hatten, umfasste er auch mit seiner zweiten Hand die ihre. Elena blieb stehen.

»Bennie, hast du Angst?«, fragte sie besorgt. »Wir können jederzeit wieder zurück.«

Energisch schüttelte Bennie den Kopf, blieb aber seltsamerweise still. Entgegen seiner sonstigen Art, sie mit Fragen zu bombardieren, schaute er sich, oben angekommen, mit großen Augen um und klammerte seine Hände noch fester um ihre Finger.

»Ist wirklich alles in Ordnung, mein Kleiner?«

Wieder nickte er stumm. Elena ging in die Hocke, sah ihrem Söhnchen in die Augen und stutzte. Der Ausdruck darin ließ sie wissen, dass Bennie etwas wahrnahm, mit dem er nichts anfangen konnte. Plötzlich fühlte sie es auch. Eine besondere Energie herrschte auf dem Hügel, die ihr während der Betriebsamkeit der ersten Tage nicht aufgefallen war. Instinktiv sah auch sie sich um, als schwebte etwas um das Camp herum. Unsichtbar – und doch wahrnehmbar.

Die Nacht war nun hereingebrochen, die Sterne funkelten, der Mond entfaltete seinen vollen Silberschein. Niemand sprach laut, die Stimmung war geradezu meditativ und getragen.

Robert Exely war nicht anwesend, eine Tatsache, die Elena verwunderte. Sie hatte geglaubt, dass ganz besonders er keine dieser Nächte auslassen würde.

Bennie wurde von Mia und Harvey in Obhut genommen. Auch sie sprachen leise und sanft, überhaupt waren die beiden ein Ausbund an Liebe, in der Bennie sich sonnte. Sie ließen ihn durch das Teleskop schauen, zeigten ihm die Nachtsichtgeräte, die Kameras und in welchem Zelt er schlafen konnte. Gewissenhaft rollte Bennie dort seinen Schlafsack aus, steckte seinen Kuschelbär hinein und war furchtbar stolz, dem

Kreiswachenteam anzugehören. Fast ehrfürchtig setzte er sich mit Elena in die Runde der Männer. In diesem Moment traf Ray ein und wurde freudig begrüßt. Elenas Herz tat einen Satz, als sie ihn erblickte.

»Habe ich was verpasst?«, fragte er in die Runde.

»Nein, kein Kreis in Sicht. Ist auch noch ein bisschen früh dafür.«

Er begrüßte die Männer der Reihe nach, endete bei Elena, umarmte sie kurz, aber der Blick, den er ihr zuwarf, war voller Schmerz. Elena drängte es, ihn zu fragen, doch weder war es der richtige Ort noch die richtige Zeit. Sichtlich belastet ließ sich Ray in der Runde nieder.

Nach nunmehr acht ereignislosen Tagen war die Euphorie des Teams gesunken. Klar, es war frustrierend, wenn man die Zeit und den Aufwand aufbrachte und nichts geschah.

»Gerade in diesen Zeiten wäre es doch wichtig«, grummelte Brian missmutig. »Die Welt wird immer verrückter, die Ereignisse spitzen sich zu. Wir brauchen ein Zeichen, dass wir nicht allein sind.«

»Aber das wisst ihr doch«, entgegnete Elena, »dass ihr nicht allein seid. Hat es eigentlich Formationen gegeben, die das explizit ausdrücken? Ich meine, nicht nur durch ihr Erscheinen, sondern durch ihre Symbolik?«

»Das tun eigentlich alle«, antwortete Connor. »In den Kreisen finden sich so oft mächtige Zeichen aus allen Kulturen dieser Welt. Sonnenräder, keltische Kreuze, Spiralen, Swastikas, Davidssterne, astrologische Symbole und Planetensysteme.«

Harvey mischte sich ein. »Viele Kreise deuten Aussagen über neue Ordnungen im Sonnensystem an. Aber letztlich ist alles interpretierbar. Dennoch ist es erstaunlich, wie oft Asteroidengürtel oder Galaxien ins Korn gezeichnet werden, die uns möglicherweise darauf hinweisen, dass das bisher angenommene Modell nicht vollständig sein könnte. Es soll auch einen zehnten Planeten in unserem Sonnensystem geben.«

»Davon habe ich gelesen«, sagte Mia. »Auch die NASA hat 1987 zugegeben, dass es so sein könnte.«

»Und die Nachricht hinterher auf einen Hackerangriff geschoben. Die vertuschen doch mehr, als dass sie die Menschheit aufklären«, grollte Travor. »Wir leben in einer riesigen Blase und erst, wenn sie aufgestochen wird, wissen wir, woher wir kommen und wer wir sind. Robert sagt, dass unser Bewusstsein eine wesentliche Rolle dabei spielt.«

»Also, meinem Gefühl nach kann es nicht mehr lange dauern, bis sich was tut«, war Brian überzeugt. »Da ist was. Da ist einfach was.«

Er sah um sich und eine gewisse Nervosität machte sich breit. Eine Spannung, die auf alle übergriff. Lag das an seinen Worten oder hatte sich die Atmosphäre verändert?

»Aber wenn unser Bewusstsein eine Rolle spielt, könnten wir das doch nutzen«, knüpfte Elena an. »Ihr habt doch gesagt, dass die Kreismacher auf Wünsche und Gedanken reagieren. Wenn wir schon hier zusammensitzen, könnten wir für ein paar Minuten unsere Gedanken bündeln und sie telepathisch bitten, einen besonders aussagekräftigen Kreis zu machen.«

»Ja, das könnten wir«, antwortete einer zögernd. »Aber mir reicht das nicht. Wir brauchen harte Daten und Fakten. Etwas Messbares, Sichtbares. Alles andere wird von den Medien nicht akzeptiert.«

»Wenn Desinformation die große Parole ist, könntet ihr mit Messgeräten beweisen, was ihr wolltet«, widersprach Elena. »Sie würden auch das lächerlich machen. Es gibt doch schon eindeutiges Filmmaterial über Ufo-Sichtungen, das hat auch nichts genützt. Aber darum geht es mir auch gar nicht. Sondern darum, dass *wir* mit den Wächtern kommunizieren. Dass *wir* ihnen klipp und klar signalisieren, dass wir bereit sind für eine neue Welt und für den Bewusstseinswandel. Das ist etwas anderes, als darauf zu hoffen, dass sie einen Kreis machen.«

Die Männer sahen sich verblüfft an. Es war eine Winzigkeit in der Umstellung der Denkweise, die zu einem anderen Ergebnis führen könnte. Die Ahnung, dass es so war, lag in der Luft, und Elena fühlte sich aufgerufen, weiter auszuholen.

»Vielleicht warten sie ja darauf, dass wir unsere Geschicke endlich selbst in die Hand nehmen und unsere Eigenmacht erkennen. Wir sollten ihnen signalisieren, dass wir verstehen, dass sie nicht da sind, um uns zu retten, sondern um unseren Aufbruch zu unterstützen. Wisst ihr, was ich meine?«

Sie brach ab, suchte nach Worten. »Es ist doch so, dass wir in Strukturen aufgewachsen sind, die uns sagen, was wir zu tun und was wir zu lassen haben. Genau das wollen wir nicht mehr. Und doch erwarten wir, festgezurrt in dieser Haltung, eine Kraft, die uns erlösen soll. Dann hätten wir aber nur eine Autorität gegen die andere ausgetauscht und das kann es nicht sein! Solange wir so denken, werden sie sich nicht dauerhaft zeigen. Wozu auch?«

Beredtes Schweigen antwortete ihr. Alle Blicke waren auf sie gerichtet, Elena wusste selbst nicht, woher diese Worte kamen, doch dann fiel ihr das Buch ein. Das *Buch der lebendigen Antworten*, das ihr in allen möglichen Schattierungen klarzumachen versuchte, dass der Mensch ein mächtiges Wesen war.

*Hör auf zu betteln!*, rief es ihr innerlich zu. *Verlange nach der Quelle! Dieses Verlangen markiert den Punkt deiner Umkehr.*

Das leuchtete in flammenden Lettern in ihr, aber es war nicht die Sprache der Männer hier. Sie musste es irgendwie übersetzen! Fieberhaft suchte sie nach passenden Formulierungen.

»Ich glaube, die Umkehr der Energien, die Wandlung der Zeit besteht darin, sich der eigenen Macht bewusst zu sein«, fuhr sie fort. »Nicht hoffen und beten, sondern etwas einfordern. Sich etwas zutrauen. Dinge ins Entstehen bringen, von innen heraus, der eigenen Macht – und nicht von einer fremden außerhalb von uns.«

Wieder brach sie ab, das klang so lahm im Vergleich zu dem, was sie im Inneren fühlte! Diese Macht zu beanspruchen, fiel ja selbst ihr noch schwer, war es doch jedem Menschen von Geburt an tief eingetrichtert worden, dass es größenwahnsinnig wäre, so zu denken. Aber wozu hatte das geführt? Dass die, die Gutes im Sinn hatten, sich klein fühlten und so jenen, die der Menschheit nicht dienten, zum Größenwahn verhalfen.

Die Männer blieben weiterhin stumm, aber es war ein aufgescheuchtes Schweigen, eines, das Elena aufforderte, weiter in die Kerbe zu hauen. Sie fühlte Rays Blick auf ihr und der machte ihr Mut.

»Was ich damit sagen will, ist, dass wir ganz bewusst zu unserer Größe stehen sollten. Bewusst zu dem, was wir wollen. Fordern wir doch heute Nacht, dass sie sich zeigen sollen.«

Ihr war unbehaglich zumute, ihre Ansichten kamen dem Team sicher total schwurbelig vor. Instinktiv suchte sie Hilfe bei Ray. Dessen Lippen zuckten.

»Ja«, sagte er schließlich mehr zu sich selbst als zu den anderen. »Es gibt einen Unterschied zwischen einem *hoffentlich klappt es!* und *das Ding vom Ergebnis heraus zu denken.*«

»Häh? Wie meinst du das denn?«, fragte Travor. Weitere verständnislose Kommentare folgten.

»Versteh ich nicht.«

»Vom Ende heraus denken?«

»Sich so fühlen, als sei es bereits geschehen«, erklärte Elena. »Denn des Menschen größte Macht ist seine Vorstellungskraft. Warum sollten wir sie nicht einsetzen? Hier und Jetzt? Beweisen wir ihnen, dass wir etwas verstanden haben.«

Der Satz hing in der Luft wie Nebel, der sich im Schweigen der Runde langsam niedersenkte. Gott allein wusste, ob er auf fruchtbaren Boden traf.

»Einen Versuch ist es wert«, hakte Ray ein, bevor der letzte Effekt von Elenas Worten entschwunden war. »Kann doch jeder für sich machen. Jeder, der will.«

Es war ein Schlusswort, die Runde blieb stumm, die meisten Blicke waren gen Boden gerichtet. Es war schwer zu sagen, ob überhaupt jemand sich darauf einlassen wollte. Elena jedenfalls tat es. In dieser Nacht hatte sie einfach die Nase voll davon, sich klein zu fühlen. Sie wollte keine fremde Macht anflehen, sich zu zeigen, noch wollte sie sich minderwertiger als diese fühlen. Mochte ja sein, dass es Wesen gab, die weiter entwickelt waren, aber hieß das, dass sie, Elena, weniger wert war? Nein! Sie war gleichwertig.

Sie schloss die Augen, atmete, wurde ruhig. Ihre Botschaft an die Wächter formulierte sich und segelte aus den Tiefen ihres Herzens nach oben.

»Ich sehe euch! Ich bin bereit für euch und die Liebe! Und mit mir die Welt.«

Die drei Sätze flammten auf und verglühten. Elena hatte kein Bedürfnis, sie zu wiederholen oder gar darüber nachzudenken.

Doch spürbar für alle braute sich etwas zusammen. Die Menschen auf dem Hügel spürten es in jeder Faser ihres Körpers.

Robert kannte nahezu alle Kraftplätze in der Gegend, aber einer der mächtigsten befand sich innerhalb des Steinkreises vor Adamea, wo sich sogar die Erde wärmer anfühlte als anderswo.

Er wollte nicht lange bleiben, da er sich später wieder dem Team auf dem Hügel zugesellen wollte. An diesem Abend hatte er ein besonderes Dinner genossen, für das er in seine altertümliche Kleidung geschlüpft war. Er mochte diese Mode, die Liebe zum Detail, die Qualität der Stoffe, auch das Pompöse, aber ihm war klar, dass seine Maskerade ein effektloser Aufschrei gegen die Konformität dieser Zeit war. *Immerhin ein Aufschrei*, dachte er lakonisch.

Tau lag auf den Wiesen, seine Schuhe und Strümpfe wurden feucht, als er sich dem konzentrierten Energiepunkt näherte.

Heute war er in keiner frohen Gemütsverfassung. Er hatte mitbekommen, dass Ray in London ein attraktives Angebot erhalten hatte, und konnte es ihm nicht verdenken, wenn er aus dem Vertrag mit ihm raus wollte. Robert war so sicher gewesen, es täte sich eine Lösung auf und hatte gehofft, dass Ray die nötige Geduld aufbrächte, bis sie sich zeigte. Auch hatte er geglaubt, dass die Energie, die er so deutlich spürte – und nicht nur er – die Menschheit befreien, die Türen für das Gute und Lichtvolle öffnen würde. Er war längst bereit dafür.

Seit Jahren lebte er nun ein Leben, das er so nicht gewollt hatte, ein Leben in Heimlichkeit, das er bis obenhin satthatte. Und nicht nur er.

Nun stand er im Zentrum. Die Energie umfing ihn wie ein Wirbel und er gab sich der Bewegung hin, drehte sich mehrmals um sich selbst, ließ sich von dieser Kraft einwickeln, breitete seine Arme aus, den Blick zu den Sternen erhoben. Dann schloss er die Augen, stand unbeweglich wie eine Antenne, die sendete und empfing. Nichts geschah. Nach einer Zeit ließ er die Arme wieder sinken, sah um sich.

»Ich weiß, dass ihr hier seid!«, rief er fast trotzig in die Nacht. »Ihr seid hier! Genau hier! Zeigt euch!«

Wieder starrte er in den Sternenhimmel hinauf. Die Energie war so hochschwingend! Sie war anders als sonst. Dichter, griffiger, schien sich auf eine bestimmte Stelle zu konzentrieren. Aber wo? Wo war dieser Ort? Robert klopfte das Herz bis zum Hals, er wagte kaum zu atmen. Noch nie war das so stark gewesen wie heute Nacht! Er empfand es wie eine brodelnde Masse an Energie, die sich zu Materie formen wollte. Seine Augen lösten sich vom Himmel, schweiften über die Landschaft, blieben an einem Punkt in der Ferne haften.

»Oh«, murmelte er. »Dort also!«

Plötzlich hatte er es eilig. Sehr eilig. Er musste zum Camp, unbedingt! So schnell ihn seine Füße trugen, hastete er davon.

Und kam dennoch zu spät.

Die Luft war gesättigt von etwas Eigenartigem. Regenwolken hingen in der Luft, schienen die Atmosphäre zusätzlich zu verdichten.

Gegen Mitternacht legte sich Elena mit Bennie für eine Stunde hin, der ihr das Versprechen abgenommen hatte, ihn unbedingt zu wecken, wenn sich etwas tun sollte.

Ray sah, wie Elena im Zelt verschwand. Schade, er hätte so gerne mit ihr geredet. Um die Zeit totzuschlagen, strolchte er übers Gelände, checkte die Geräte, setzte sich schließlich auf einen Felsen. Unschlüssig bewegten sich seine Finger über die Buchstaben auf dem Display. Schließlich schrieb er:

»Hey, Britt, bin in Chippenham. Wäre schön, wenn du kommst. Wir sollten reden.«

Eine Minute später war ihre Antwort da.

»Worüber? Das x-te Mal über x verpasste Chancen?«

»Nein. Über uns.«

»Das ist eine der verpassten Chancen.«

Ray versetzte ihre Antwort einen Schock. Eine Sekunde später hatte sie sie gelöscht und ersetzt.

»Wir haben so oft geredet, Ray. Wieder und wieder. Es hat uns nicht weitergebracht.«

»Wo bist du?«

»Da, wo ich sein will. In London. Wo willst du sein?«

Die Frage starrte ihn an. Ray schluckte. Er nahm seinen ganzen Mut zusammen und schrieb:

»Ich bin auch, wo ich sein will, Brittany. In Avebury. Es ist ein wunderschöner Ort.«

»Ich werde nicht zwischen Felsen und Schafen versauern, wenn es das ist, was du damit ausdrücken willst. Aber ich will nicht darüber reden. Weil es keinen Sinn hat. Lass uns das Thema beenden.«

Ein Stein sauste seinen Magen hinunter. Wie meinte sie das? Aber seine nächste Nachricht ging nicht mehr durch. Brittany hatte ihr Handy abgeschaltet. Rays Herz wurde zentnerschwer und er stieß Luft aus, als könnte er damit all seine Sorgen ins Universum abgeben.

»Hey Ray!« Er wandte den Kopf. Mia winkte und kam auf ihn zu. »Hättest du mal Zeit die nächsten Tage?« Sie strahlte wie eine Lichtflamme.

»Für dich immer, Mia.« Er lächelte sie an. »Du leuchtest ja richtig! Ich habe gesehen, du bist verliebt!«

»Nein, ich bin nicht verliebt«, erwiderte sie verträumt. »Das ist so, so, so viel mehr!«

»Wie habt ihr euch kennengelernt?«

Mia setzte sich neben ihn und erzählte. Keine Sekunde war langweilig. Ihre Story war wie ein perlender, klarer Fluss, von bunten Wildblumen gesäumt – eine wunderschöne Reise durch ihre Romanze, durch einen Traum, der wahr geworden war. Ray hätte sie am liebsten aufgenommen. Gebannt hörte er zu, wie sie sich an jedem Detail erfreute, konnte sich am Glück im Gesicht Mias nicht sattsehen, während sich immer wieder die Frage aufdrängte, warum und was an der Geschichte ihn so schmerzte. Sie erzählte doch von Glück und Liebe! War es, weil er auch mal so gefühlt hatte und wusste, dass all dies ein Ende hatte? Etwas wehrte sich in ihm, so zu denken.

Doch dann kam es ihm. So schlagartig, dass ihm sämtliches Blut aus dem Gesicht stürzte.

Mia erzählte von einer Liebe, einem Reichtum an wunderschönen Gefühlen, die Ray fremd waren – und die er mit Brittany nie erlebt hatte.

Ihm war, als stürzte er in ein Loch. Der Dolch der Erkenntnis bohrte sich tief in sein Herz hinein und der Schmerz war so gewaltig, dass sein Denkapparat aussetzte. Das fühlte sich so endgültig an!

Ray sah sich außerstande, Mias Schilderung als Teenager-Schwärmerei abzutun. Um sie herum schwang eine uralte Liebe, die das Mädchen selbst nicht begriff. Sein Herz begann zu ziehen, als er an Brittany dachte, die jetzt in eine leere Wohnung kam. Wenn sie denn schon um diese Uhrzeit nach Hause ging. Um die Brustgegend herum wurde es noch schwerer.

»Alles in Ordnung, Ray?«, fragte Mia. »Du wirkst so bedrückt. Wie war es in London? Und mit deinen Verhandlungen? Sind sie nicht gut gelaufen?«

»Nein, das kann man wirklich nicht behaupten. Ist aber kein Thema für heute Nacht.«

Bildete er sich das ein oder strahlte Mias Gesicht gerade auf?

»Verstehe ich gut«, erwiderte sie und hatte tatsächlich ein befriedigtes Grinsen im Gesicht. Kein Wunder! Harvey war im Anmarsch. »Kommst du am 14. August zum Afternoon Tea?«

»Deine Mama hat doch die Feier abgesagt … warum eigentlich? Und wieso lässt du sie trotzdem stattfinden – ohne ihr Wissen?«

»Was heißt: ohne ihr Wissen … sie ist ja dabei, also muss ich es ihr sagen.«

Mia zögerte, aber merkte, dass sich Ray mit dieser Erklärung nicht zufriedengab und sah sich gezwungen, ein wenig aus dem Nähkästchen zu plaudern.

»Du weißt, es ist ihr Hochzeitstag und sie hat sich total darauf gefreut. Vor allem, weil Papa fast schon drei Monate lang weg ist. Aber er hat das einfach per WhatsApp gecancelt, weil er lieber einen Erleuchteten trifft.«

Ray sog die Luft ein. Ein solches Event per WhatsApp abzusagen gab der Sache eine unschöne Symbolik.

»Und du willst es trotzdem veranstalten? Ist ohne den Jubilar ein wenig makaber, findest du nicht?«

»Doch nicht so!«, gab Mia zurück. »Ist alles ganz anders, als du denkst! Komm einfach, dann siehst du schon! Ich habe ja auch nur den Tee gebucht, da sind Hazel, Marvin, Robert, Harvey und noch ein paar mehr dabei. Das Dinner macht natürlich keinen Sinn.«

»Von einem Dinner weiß ich auch gar nichts.«

»Das war der private Teil, der mit meinem Dad stattfinden sollte.« Mia schaute bedripst, aber in diesem Moment trat Harvey hinzu und nahm sie in Beschlag.

»Kommst du?«, versicherte sie sich, bevor Harvey sie wegzog.

Ray nickte. Er dachte an Elena, die im Zelt bei ihrem kleinen Jungen lag, als eine Nachricht bei ihm einging. Brittany?

Hastig nahm er sein Smartphone aus der Tasche.

»Avebury bei Nacht?«, leuchtete es ihm entgegen. Sein Herz stach erneut auf eine Weise, die er nicht deuten wollte.

»Unbedingt!«, tippte er zurück. »Sobald wie möglich.«

Ein Uhr morgens. Kaffeeduft hing in der Luft.

Es hatten sich Grüppchen gebildet. Das alte Team saß beieinander. Immer wieder stand einer von ihnen auf, checkte die Geräte, suchte per Teleskop die Gegend ab. Die Geräte waren hochempfindlich, registrierten jede Bewegung und jede Lichtveränderung. Harvey und Mia hockten zusammen, kuschelten, unterhielten sich, manchmal schlief Mia für ein paar Minuten in Harveys Armen ein. Das Bild war so innig, dass es Elena schwerfiel, den Blick abzuwenden. Der junge, schwer verliebte Harvey, der ihrer Tochter zärtlich Küsse aufs Gesicht hauchte ... Elena drehte sich weg – und da war Ray.

Behutsam setzte sie sich neben ihn und legte leicht den Arm um seinen Rücken, ohne etwas zu sagen. Spürte sein Chaos und seinen Kummer und umarmte ihn ein wenig fester. Kurz danach schlang sein Arm sich auch um sie und er lehnte für zwei Sekunden seinen Kopf an den ihren, bevor er sich wieder von ihr löste und nach vorne blickte.

Die Luft schien dichter zu werden. Elena blinzelte in die Nacht. Pixel tanzten vor ihren Augen. War das wegen der Müdigkeit? Es fühlte sich nicht so an. Es war, als ob die Luft sichtbar werden würde, sich als formbare Masse an Energie präsentierte. Ihr wurde kurzzeitig schwindlig und ein Hauch von Übelkeit ergriff sie. Etwas war anders als sonst.

Auch Ray war aufmerksam geworden. Sein Kopf ruckte hoch, als hätte ein Faden an ihm gezogen. Elena warf ihm einen Blick zu. Er hatte die

Augen zusammengekniffen, starrte Richtung Horizont. Da war was! Alle spürten es.

Plötzlich breitete sich Unruhe aus wie ein Lauffeuer, erfasste die Menschen, die sich auf dem Hügel befanden. Ray stand auf, Elena tat es ihm nach. Beide starrten sie zum dunklen Horizont.

Etwas Mächtiges war da draußen, unsichtbar, gewaltig, auf sie zukommend. Niemand konnte etwas sehen, aber alle spürten, wie sich der Abstand verringerte. Es war ein eigenartiges Gefühl.

Ohne dass ein Wort gefallen war, war jeder auf den Beinen. Connor stand an der Kamera, checkte, ob sie auf Aufnahme stand, als plötzlich ein Grollen durch die Nacht rollte und alle zusammenfahren ließ.

»Mama?«, tönte es aus dem Zelt. Bennie war aufgewacht. Elena lief zu ihm, holte ihren kleinen Jungen heraus, drückte ihn instinktiv an sich. Viel lieber hätte sie ihr Versprechen gebrochen und ihn schlafen lassen, aber er brauchte jetzt die Sicherheit ihrer Arme mehr als alles andere. Wieder richtete sich ihr Blick in die Ferne, das Herz klopfte ihr bis zum Hals. Was kam da auf sie zu? Was war das?

Das Grollen wurde stärker. Lichter tauchten am Horizont auf, tanzende Kugeln, irisierend, flackernd, bewegten sich auf sie zu. Wie gebannt stand die Mannschaft auf dem Hügel und beobachtete etwas, was ihr Verstand nicht einordnen konnte, weil er so etwas noch nie erlebt hatte. Ein blauweißer Blitz gleißte über den Himmel. War das Wetterleuchten? Nein, unmöglich! Das waren Lichter, die sich auf sie zubewegten, Lichter, die ihr Gehirn nirgendwo zuordnen konnte.

Das Sirren setzte ein, laut, eindringlich, jeder hörte es. Bennie hielt sich die Ohren zu. Erschreckt starrten sie einander an, Brian lugte durch das Teleskop.

»Was siehst du?«, fragte Connor unter Hochdruck.

»Nur die Lichter …«, murmelte Brian, während er konzentriert den Himmel absuchte. Im nächsten Augenblick entfuhr ihm ein »FUCK!«, und er taumelte vom Stativ zurück, als hätte es ihm einen Stromschlag versetzt. In seiner Blasengegend fühlte er einen unangenehmen Druck und das noch unangenehmere Gefühl, dieses Druckgefühl nicht steuern zu können.

Entsetzt starrten die anderen ihn an. Auch ihnen schoss Adrenalin ins Blut. Was hatte Brian gesehen? Bevor der auch nur den Mund aufmachen konnte, erhellte ein weiterer blauer Lichtstrahl für lange Sekunden die Nacht. Licht, das nicht von dieser Welt war. Licht, das sie in dieser Form und Farbe noch nie gesehen hatten. Licht, das in tanzenden Kugeln auf sie zukam.

Wie auf Kommando griff jeder nach seiner Kamera oder dem Smartphone, um das unglaubliche Spektakel zu filmen. Mit rasendem Herzen hielten sie die Geräte Richtung Firmament auf die Lichtkugeln gerichtet, die nun viel näher waren als vorher. Eine Lichtsäule schien sich zu bilden und allen stockte das Blut in den Adern.

Elena hielt Bennie fest in ihren Armen, der wie erstarrt nach vorne blickte.

»Bennie«, flüsterte sie hektisch, »komm, wir gehen ins Zelt, wir …«

»Nein, Mama!«, rief er. »Nein, schau doch! Schau doch!«

»Scheiße, die Akkus sind leer!«, rief Connor und wetzte nach Ersatzteilen. Auch Mia stöhnte, ihre Kamera ließ sich nicht aktivieren! Eine Sekunde später fiel das gesamte Gerät aus, ihr Display wurde schwarz.

»Oh, nein!«, stöhnte sie. »Gebt mir mein Handy wieder! Ich muss euch filmen! Wie soll sonst die Welt von euch erfahren? Harvey, was ist mit deinem?«

Mit fliegenden Fingern schloss sie ihr Gerät an die Powerbank an.

»Mama! Da vorne! Da!«, gellte Bennies Stimme durch die Nacht, während sein Gesichtchen leuchtete. Elena wusste nicht mehr, was sie denken sollte. Wo war Mia? Sie sah, wie ihre Tochter wie verrückt am Handy herumfingerte, wie Harvey zur Kamera lief und Akkus ersetzte, Ray nach vorne starrte und gleichzeitig versuchte, sein Smartphone zum Laufen zu bringen.

»Mama! Schau mal! Schau mal!«

»Bennie, wir gehen ins Zelt, wir …«

Ein weiteres Donnergrollen, eher ein Rumpeln, unterbrach sie. Wie magnetisiert hielten alle den Blick auf den Nachthimmel gerichtet. Die Lichter tanzten noch immer, die Entfernung schien noch die gleiche. Aus dem Sirren, das die Nacht durchdrungen hatte, wurde ein Trillern, das die Sinne betäubte und einschläfernd wirkte.

»Hört auf!«, schrie Bennie und hielt sich die Ohren zu. »Hört auf! Ihr seid zu laut!«

Stille.

Mit offenen Mündern starrten alle den kleinen Buben an, der gebannt in die Ferne blickte. Hatte sein Ausruf tatsächlich das Trillern unterbrochen oder war das Zufall gewesen?

»Bennie«, stieß Elena hervor. »Was siehst du?«

»Da ist ein Raumschiff, Mama! Und ein Lichtmensch! Mama, guck! Ein riesengroßer Lichtmensch! Er winkt uns!«

Wie wild winkte Bennie zurück. Elena blieb die Spucke weg, den anderen ebenso. Angestrengt starrten sie in die Nacht, aber konnten nichts erkennen. Wieso sah der Kleine etwas, was ihnen verwehrt blieb?

»Kommt her!«, schrie Bennie und zappelte in Elenas Armen wie verrückt. Sie bekam es mit der Angst zu tun. »Bennie!«, zischte sie hilflos. Aber der ließ sich nicht bremsen.

»Kommt doch her! Kommt zu uns!«, rief er und versuchte, sich von ihr loszureißen. Elena hielt ihn verzweifelt fest, aber Bennie strampelte und wehrte sich. Er wollte unbedingt zu dem Lichtwesen, das er als einziger sah, und Elena wusste nicht, was sie tun sollte.

Doch was dann geschah, sprengte jede Vorstellung, die sie sich jemals hätte machen können und ließ selbst Bennie verstummen.

Ein etwa dreißig Meter breites Objekt in der Form eines Tannenbaums flog auf sie zu. Farbige Lichter waren an den Außenseiten angebracht, in rot, blau, weiß und gold. Ganz deutlich schälte sich eine metallische Struktur heraus, auf deren Oberseite bernsteinfarbene Kugeln leuchteten.

Elenas Nackenhaare stellten sich auf, ihr Magen fühlte sich an wie eine Waschmaschine im Schleudergang. Sie hielt ihre Arme fest um Bennie geschlungen, der wieder deutlich vorwärtsdrängte. Er hatte nicht die geringste Angst und begann wieder zu winken.

»Hallo!«, schrie er. »Hallo! Kommt her! Wir sind hier! Seht ihr uns nicht?«

Geistesgegenwärtig riss Brian einen Scheinwerfer aus der Verankerung und gab Lichtzeichen, blinkte zweimal. Ein überraschter Ausruf aus allen Kehlen erschallte, als die Lichterscheinung zurück signalisierte.

»O Gott!«, rief Connor, »o Gott! Brian, mach das noch mal!«

Brian tat, wie ihm geheißen, sandte zwei Lichtimpulse und bekam erneut Antwort. Mit angehaltenem Atem starrten alle auf das Schauspiel.

Das Ufo kam näher. Starr vor Staunen beobachteten sie, wie sich drei bernsteinfarbene Kugeln von seiner Oberfläche lösten. Das Ufo drehte ab, zischte im Bruchteil einer Sekunde davon und ward nicht mehr gesehen, doch die Kugeln waren noch da. Mit einem Summen flogen sie auf die Menschengruppe zu, kamen auf dreihundert Meter an sie heran und senkten sich ins Feld. Die Luft war geschwängert mit etwas, was Elena in einen Taumel fallen ließ und ihr die Augen nach oben drehte, als wollte ihr Bewusstsein aus ihrem Kopf heraus explodieren.

Sie ließ es zu und hatte den Eindruck, als durchstoße sie eine Kuppel, die die Erde umspannte, hinaus in eine Weite, in Welten, die ihr wirkliches Zuhause waren. Ein Zustand, der ewig schien und doch nur Sekunden dauerte. Nur schemenhaft registrierten ihre Augen einen letzten Tanz der Lichter.

Mit einem Paukenschlag verklang das Sirren, die Lichter verschwanden, und die Nacht wurde wieder dunkel und still. Das Ganze hatte lediglich Sekunden gedauert.

Sprachlos verharrten alle in ihrer Stellung, unfähig, sich zu bewegen, unfähig, zu begreifen, was geschehen war.

Zeit dazu hatten sie keine, denn erneut erfüllte ohrenbetäubender Lärm die Nacht, diesmal hart und unschön. Drei schwarze Helikopter brausten heran, flogen so nah über ihre Köpfe hinweg, dass alle aufschrien – auch Bennie, diesmal vor Angst.

Instinktiv warf Elena ihn zu Boden und schützte ihn mit ihrem Körper. Sie spürte Ray an ihrem Rücken, seine Arme um sich und ihren Sohn, hörte das Knattern und Heulen der Militärhubschrauber, wagte einen Blick zu ihnen hinauf. Die Lichtkugeln waren wieder da, schwirrten um die schwarzen Ungetüme herum, als wollten sie sie foppen, flitzten schließlich Richtung Steinkreis davon. Schwerfällig folgten ihnen die Hubschrauber wie wütende Ungeheuer.

Robert befand sich noch im Steinkreis, als er ein Glühen am Horizont entdeckte und ahnte, dass er zu spät kommen würde. Er hätte gleich zum Hügel gehen sollen! Als wollten sie ihn eines Besseren belehren, schossen plötzlich mehrere Lichtkugeln über den Himmel und das laute Knattern von Militärhubschraubern war zu hören. Hubschrauber, die näher kamen! Hierher! In seine Richtung! Entgeistert blieb Robert stehen, sah sich um und traute seinen Augen kaum. Da standen in einigem Abstand drei Buben hinter ihm! Wo kamen die denn auf einmal her? Die drei verharrten in Schockstarre und machten sich vor Angst fast in die Hosen. Robert lief auf sie zu, breitete die Arme aus, wie um sie einzusammeln, drängte und scheuchte sie in Richtung Gebüsch.

»Versteckt euch! Schnell!«

Das ließen die Jungs sich nicht zweimal sagen. Im Laufschritt rannten sie mit Robert zu den Büschen zurück, keine Sekunde zu früh, denn schon sausten die Helikopter heran. Vorwitzig wollte ein Junge über die Büsche lugen, aber Robert drückte ihn mit eisernem Griff nach unten und registrierte dabei, dass der Junge ein Smartphone in der Hand hielt.

»Unten bleiben!«, befahl er, entriss ihm mit einem »Sorry, kriegst du wieder« das Gerät und schaltete auf Aufnahme. Er bog die Zweige auseinander, zischte den Kindern zu: »Haltet mir die Äste aus der Linse!« und filmte, so gut es ging durch den Busch hindurch, während die Jungs atemlos das Schauspiel verfolgten.

Eindeutig jagten die Helikopter drei Lichtkugeln, die vor ihnen herumtanzten und sie zu narren schienen. Die Militärs flogen dabei so dicht am Boden, dass Robert sicher war, dass die Rotorblätter die Köpfe der Kinder abrasiert hätten. Die Lichtkugeln hielten auf den Busch zu, es roch nach Urin, einer der Jungs fing an zu weinen. »Keine Angst«, raunte Robert. »Keine Angst, dir passiert nichts.«

So weit es ihm möglich war, lehnte er sich aus dem Busch heraus, um alles einzufangen, doch so schnell das Theater losgegangen war, so schnell war es auch wieder vorbei.

Die Lichter zischten nach oben – und verschwanden endgültig. Die Hubschrauber drehten ab, das Flattern der Rotoren verklang. Einzig die Aufregung und der Herzschlag der Kinder flirrten in der Luft. Robert atmete tief durch und sah die Jungs an.

»So ein Mist aber auch«, sagte er zu ihnen. »Ihr könnt wohl kaum erzählen, was ihr erlebt habt, ohne zu verraten, dass ihr aus dem Fenster geklettert seid.«

Er wedelte mit dem Handy und sagte an seinen Besitzer gewandt:

»Du bekommst es morgen wieder. Sag mir, wo ich es hinbringen lassen soll.«

»Aber nichts löschen!«, rief der Junge.

»Gott bewahre«, antwortete Robert. »Den Teufel werde ich tun! Ich hoffe, du hast den Mumm, die Aufnahme jedem zu zeigen, der Lust darauf hat, sie zu sehen.«

Der Junge grinste und es tat gut, das zu sehen, es nahm allen die Spannung.

»Worauf Sie einen lassen können«, sagte er und nannte Robert seine Adresse.

Jeder brauchte nach dieser Nacht Zeit, um das zu verdauen. Bennie wurde mehrmals interviewt. Alle wollten wissen, was er gesehen hätte, aber er wiederholte nur das, was er ohnehin schon gesagt hatte. Doch vorerst wollte jeder nach Hause und checken, ob die Aufnahmen etwas geworden waren. Die Runde löste sich schnell auf.

Elenas Herz flatterte noch immer, als sie mit Bennie und Mia nach Hause fuhr. Mia war aufgedreht bis zum Gehtnichtmehr, sie telefonierte schon wieder mit Harvey, als sie zur Haustür reinkam, weil der wissen wollte, ob sie brauchbares Filmmaterial hätte.

Elena steckte Bennie in ihr Bett, sie hätte den Kleinen nach diesem Erlebnis nicht alleine schlafen lassen wollen, aber Bennie war erstaunlich ruhig, während sie Mühe hatte, einzuschlafen.

Am nächsten Morgen überflog Steve Alexander, der berühmte Kornkreis-Fotograf, die Felder und entdeckte in unmittelbarer Nähe des Hangs eines der größten und schönsten Piktogramme des Jahres. Ein Kunstwerk mit einem Durchmesser von über siebzig Metern und einer ungewöhnlichen Symbolik.

Connor hatte jeden darüber informiert und die ersten Luftaufnahmen an das Team sowie landesweit verschickt. Die Drähte liefen heiß, als sie von dieser Nacht erzählten, von Bennie, vom Ruf an die Wächter, den jeder auf seine Weise innerlich geäußert hatte. War der Kornkreis eine Antwort auf diesen Appell gewesen? Für alle, die dabei gewesen waren, gab es ein klares Ja. Was das wunderschöne Bild bedeutete, wussten sie nicht. Sie wussten nur: Sie waren nicht allein. Etwas war hier. Es kommunizierte mit ihnen und es beschützte sie, beschützte die Menschheit. Es waren die Wächter der Erde, mit denen sie gestern bewusst Kontakt aufgenommen hatten.

Auch sickerte etwas ganz Essenzielles in die Köpfe.

Ja, die Kornkreise waren Signale für die Menschen.

Aber das Schicksal der Menschen war es nicht, auf die Wächter zu warten. Es war genau umgekehrt: Die Wächter warteten auf die Menschheit. Darauf, dass sie sie in ihr Bewusstsein ließen.

Robert untersuchte das Piktogramm und kam zu dem Schluss, dass der Winkel in dem Piktogramm kein Zirkel, und somit kein Freimaurersymbol war, sondern eine Art Teiler darstellte, einen Divisor, der zuständig war für das Messen, Prüfen und Festlegen von Proportionen und Verhältnissen.

»So, wie ich das deute«, sagte Robert, »geht es in diesen Zeiten für jeden einzelnen Menschen um einen Entschluss. Für meine Begriffe ist es die Entscheidung hin zu etwas Höherem, dem Öffnen des eigenen Horizonts, dem Öffnen für Liebe.«

Elena dachte an einen Abschnitt aus dem *Buch der lebendigen Antworten*.

»Doch höre und sieh! Die Zeichen der Zeit zeugen von einer Umkehr der Energien. Von niedrigschwingender Angst zur höherschwingenden Liebe – und dem Mut, an etwas zu glauben, was man von der Auswirkung noch nicht sieht. Doch für all diejenigen, die dem nicht folgen wollen, wird es keine dementsprechende Auswirkung geben.«

Das war eine Prophezeiung. Bestand ein Zusammenhang zwischen dem Buch und den Geschehnissen hier? Wer war Maya Subaru alias Ophelia Cunnings?

Sie rechnete damit, dass medienmäßig die Hölle losbrechen würde, denn Connor hatte tatsächlich einen großen Teil der Geschehnisse auf Film bannen können. Auch Mia und andere hatte für die nächtlichen Verhältnisse fantastisches Filmmaterial, das sie untereinander austauschten.

Fasziniert betrachteten sie die Aufnahmen. Das tannenbaumförmige Gebilde schwebte deutlich sichtbar am Horizont, auch die herumflitzenden Kugeln waren klar erkennbar und es war sogar gelungen, einen der blauen Lichtstrahlen schemenhaft einzufangen. Dazu kam Roberts Aufnahme, die die Verfolgung der Lichter durch die Hubschrauber dokumentierte und die mehrfach gesichert, gespeichert und der Öffentlichkeit zur Verfügung gestellt wurde. Viele Zeugen, unterschiedliche Schauplätze, doch bis auf die Tatsache, dass die Kornkreisforscher neu motiviert waren, passierte nicht viel.

Die Buben erzählten aufgeregt, was sie erlebt hatten, aber kaum jemand glaubte ihnen. Die Erwachsenen um sie herum meinten, sie wollten sich nur wichtigmachen. Selbst die Aufnahmen waren für sie kein Beweis, sondern einfach nur das, was am nächsten Tag als Erklärung für die Masse in der Zeitung stand: Es wären kurzfristig Manöverübungen über dem Steinkreis anberaumt worden.

Connor bot der Presse eine Kopie seiner Aufnahmen an, die sie dankend annahmen, aber nur, um sich eine Woche lang über die Kornkreisforscher lustig zu machen, die nicht in der Lage waren, die Signallichter eines Militärflugobjektes zu erkennen und eine schlichte Manöverübung mit einem Ufoauftritt verwechselten.

»Wie glaubhaft sind Menschen, denen jede physikalische Grundlage und jeglicher gesunde Menschenverstand zu fehlen scheinen?«, fragte ein Schreiberling frech in der Ausgabe einer landesweiten Zeitung. Auch im TV wurde der Fall auf diese Art lächerlich gemacht.

Der Bauer erhielt Anweisung, sein Feld innerhalb der nächsten zwei Tage abzumähen. Alles, was von dem wunderschönen Piktogramm und der Botschaft blieben, waren die Luftfotos des Fotografen Steve Alexander.

»Tja«, meinte Robert. »That's the way it goes. Wir sind das gewohnt. Die Umgestaltung der Erde können sie dennoch nicht aufhalten. Die Matrix bricht, egal, was sie tun. Und das wissen sie.«

# ♫ Awake ♫

Megan Wofford

Es ging steil nach oben, der Weg war furchtbar anstrengend. Florian schwitzte, obwohl in den Bergen immer ein frischer Wind blies, aber der geringe Luftdruck stresste ihn, ebenso versuchte sein Körper, mit dem Gift der Drogen fertigzuwerden.

Der Weg war steinig und öde, die Nächte kalt und ungemütlich, der Proviant ging schneller zur Neige als gedacht. Oft konnten sie noch nicht einmal ein Feuer machen, weil es außer Steinen nichts gab. Sie waren froh, wenn sie mal ab und an auf Nomaden trafen oder auf ein entlegenes Dorf, das wie so viele mit bunten Fahnen und Gebetsmühlen geschmückt war.

Drei Tage waren sie nun unterwegs und die Stimmung unter den Weggefährten war gereizt und aggressiv. Die erotischen Nächte waren vorüber und es gab nichts mehr zu rauchen. Florians Körper war das Zeug sowieso nicht gewohnt gewesen und so erlebte er nach dem letzten High in der Nacht mit Svenja den Abstieg in eine trostlose Realität.

Der erste Tag war noch in die Aufregung des Abenteuers getaucht, doch ohne die bewusstseinserweiternden Substanzen verlor Florians Geist Schritt für Schritt jeden Halt. Je erbärmlicher er sich fühlte, desto mehr erkannte er, dass sie nie ein Halt gewesen waren. Eine Panik machte sich in ihm breit, die er nicht verstand. Das war doch nicht er? So hatte er sich nie gefühlt! Woher kam diese Angst? Und wovor? Ständig verspürte er den Drang zu schreien, um ihr Ausdruck zu verleihen. Aber das konnte er nicht, und so staute sich Groll in ihm, der seinem Gesicht eine zusehends finstere Mimik verlieh.

Inez warf nur einen Blick auf ihn und sagte:

»Hab gewusst, dass du das Zeugs nicht verträgst. Jetzt haste die Scheiße.«

»Halt die Klappe und kümmere dich um deinen Mist«, gab er grob zurück und fühlte sich noch übler. Vor ein paar Wochen wären ihm solche Worte in solchem Ton nie über die Lippen gegangen. Er fühlte sich fremd in sich selbst, begann zu ahnen, dass irgendetwas gründlich falsch gelaufen war.

Schweigend stapfte er jeden Tag voran, gereizt registrierend, dass alle anderen fitter waren als er. Er hatte in den letzten Wochen nicht viel gegessen, Gewicht verloren, die dünne Luft tat ihr Übriges dazu. Immer öfter mussten sie seinetwegen Pause machen, was nicht nur ihm stank.

Doch nicht nur sein Gemütszustand machte ihm zu schaffen, er sah auch plötzlich seine Weggefährten aus einem anderen Blickwinkel.

Billie moserte Justin an, dass er falsch eingekauft hätte, Svenja äußerte Bedenken, dass der Guide nicht wüsste, wohin er sie führte, und Justin biss nur noch um sich. Eine dunkle Wolke schwebte über ihren Köpfen, die Stimmung war hochexplosiv.

Dann begann es zu regnen. Dem Guide schien das nichts auszumachen. Unbeirrt führte er sie weiter. Florians Herz begann zu stechen, aber er wollte nichts sagen und klemmte die Zähne zusammen. Aber er ging langsam, und die anderen stöhnten, weil sie ständig warten mussten, bis er wieder aufgeschlossen hatte.

Nach acht Tagen wollten sie ihr Ziel erreicht haben. Es wurden die längsten acht Tage seines Lebens. Der Guide hatte ihnen erklärt, dass sich zwei weitere Tagesmärsche vom Eremiten ein Dorf befände, das über einen Jeep verfügte. Mit dem würden sie nach Pokhara zurückgebracht werden.

Am fünften Tag war Florian körperlich fast am Ende und der Verzweiflung nah. Zum hundertsten Mal fragte er sich, was diese Reise für einen Sinn hatte. Warum waren sie nicht einfach zu dem Dorf mit dem Jeep gefahren und von dort aufgebrochen? Das wären zwei Tage gewesen! Warum tat er sich das überhaupt an? Um einen Meister zu treffen, von dem er noch nicht mal wusste, ob er sie empfangen würde? Am Ende standen sie vor dessen Höhle und der Einsiedler kam nicht raus? Was glaubte er, Florian, eigentlich, was passieren würde? Dass der Kerl die Hand auf ihn legte und ihn erleuchtete? Für diese Art von Gedanken war es viel zu spät und er versuchte, sie wegzudrängen. Doch unaufhaltsam klärte sich der Nebel in seinem Geist und offenbarte ihm eine Realität, die er nicht wahrhaben wollte. Florian war den Tränen nah, fühlte sich innerlich wie äußerlich erbärmlich. War er während der Reise überhaupt in irgendeiner Weise geistig weitergekommen? Das Zugeständnis, dass eher das Gegenteil der Fall war, war ihm schier unmöglich – es hätte ihn des letzten Strohhalms beraubt.

Je länger sie gingen, desto häufiger murrte Svenja, dass der Guide sie anschmierte. Der Eremit sollte weit in den Bergen leben, so hoch waren sie doch gar nicht gestiegen! Viel zu oft ging es auch wieder abwärts, passierten sie Dörfer, die es doch hier nicht mehr geben sollte. Svenja argwöhnte, dass der Guide das tat, damit ihnen die Dorfbewohner Essen und Handwerkssachen verkaufen konnten und er einen Anteil bekam. Florian hingegen war froh, wenn er mal etwas Warmes in den Magen bekam, aber Svenja blieb misstrauisch und nörgelte an Justin herum.

Der fuhr Svenja an, sie solle sich verpissen, wenn ihr etwas nicht passte. Zumindest war er so schlau gewesen, dem Guide den Gesamtbetrag erst auszuhändigen, wenn sie ihr Ziel erreicht hätten, daher glaubte Florian nicht, dass Svenja recht hatte. Die hatte sich ihm immer wieder genähert, aber auch in dieser Hinsicht hatte sich Florians Sichtweise gedreht. Svenjas Lebenslauf war so bunt wie tibetische Fahnen, das Geld für die Reise hatte sie von ihrer Mutter geliehen, und Florian kam es vor, sie hatte sich der Gruppe nur angeschlossen, weil sie sonst keinen Plan hatte. Auch stieß ihn die vulgäre Sprache von Inez und Billie ab, ihr Licht- und Liebegeschwafel ohne jeden Sinn und jede Tiefe. Und in Justin sah er seit der Abreise in die Berge schon längst nicht mehr den Freund, der ihm mit Rat und Tat zur Seite stand, sondern einen großen Egoisten, der sich durchs Leben mogelte.

Florian fühlte sich mies, mies, mies. Nun verstand er den Reiseleiter, der ihn davor gewarnt hatte, eigene Wege zu gehen.

»Bin immer für ein Abenteuer zu haben, Flo«, hatte er gesagt. »Aber die vier scheinen nicht die richtigen Begleiter zu sein.«

Das Ding war nur: Andere hatte es nicht gegeben. Sie waren die Einzigen, die den Erleuchteten hatten aufsuchen wollen, die anderen folgten brav und treu – so hatte es Florian zumindest in diesen Tagen gesehen – der vorgegebenen Route. *Herdentrieb!*, hatten die anderen gespottet. Aber hätte er, Florian, die Route eingehalten, säße er jetzt in Deutschland in seinem Haus, Elena neben sich. Oder in England auf einem Plüschsofa mit bunten Kissen vor einem Kaminfeuer. Aber alles in ihm weigerte sich beharrlich, diese Vorstellung attraktiv zu finden – und wie hätten Billie und Inez darüber gelacht!

Florian schob das weg. Elena, die Kinder, weil er ahnte, das würde ihm das Herz zerreißen. Auch wollte er keine Sehnsucht nach einem Leben fühlen, das er vor drei Monaten noch als sturzlangweilig empfunden hatte. Und schon gar nicht wollte er darüber nachdenken, was in Elena passiert sein musste, als er ihr den Vorschlag mit der freien Liebe gemacht und kurz darauf auch noch die Feier gecancelt hatte.

Doch auch das kroch unaufhaltsam höher. Florian hatte alle Mühe, es jedes Mal wieder in seine Tiefen zu drücken.

*Noch zwei Tage, Florian*, sagte er sich, dann hast du etwas geschafft, was nicht jeder schafft. Du hast es richtig gemacht. Das war sein Halt.

Am neunten Tag organisierte ihnen der Guide in einem weiteren Dorf eine Übernachtung, stahl in der Nacht das Geld aus Justins Tasche und verschwand auf Nimmerwiedersehen.

Als die fünf das mitbekamen und mit Mühe und Not sich mittels einiger Brocken Englisch sowie Händen und Füßen der dortigen Bevölkerung erklärten, worum es ging, stellte sich heraus, dass es gar keinen Erleuchteten gab und der Guide sie im Kreis herumgeführt hatte.

Für Florian brach eine Welt zusammen. Er war nah am Durchdrehen, wusste nicht, ob er lachen oder heulen sollte und fühlte sich so entsetzlich wie noch nie in seinem Leben. Mit den Nerven am Ende saß er auf den Stufen einer Hütte und beobachtete wie ein Zuschauer im Theater die Szene vor sich.

Justin tobte wie ein Verrückter, Inez schrie mit Justin um die Wette, Billie war nur noch genervt, Svenja zeterte in Dauerschleife, sie hätte es ja gewusst.

Florian wollte nur noch weg.

Der Fahrer des Jeeps machte ihnen klar, dass er erst am nächsten Tag nach Pokhara fahren würde. Sie stellten fest: das war gar nicht weit von ihnen entfernt. Der Guide hatte sie nach Strich und Faden veräppelt.

Im Dorf gab es besten Empfang sowie auch Strom und Florian lud sein Smartphone auf. Welches Datum war heute? Er hatte in jeder Hinsicht völlig die Orientierung verloren. Satte zehn Minuten brauchte der Akku seines Handys, bis er ein Lebenszeichen von sich gab und ihn vom Home-Bildschirm Bennie, Mia und Elena anlachten, seine süße Familie. Das Foto war wie eine Faust in den Magen. Unerträgliche Sehnsucht überflutete ihn, er fühlte sich kurz vor einem Schreikrampf. Mühsam biss er die Tränen zurück und strich mit seinem Daumen über die geliebten Gesichter. Die Datumsanzeige leuchtete über ihnen: 13. August. Er presste die Lippen zusammen.

Piep! Eine Nachricht traf ein und gierig stürzte er sich darauf. Sie lag vom Datum eine Woche zurück, war Elenas Reaktion auf das, was er zuletzt geschrieben hatte:

»Hallo Elena, bin die nächsten vierzehn Tage nicht erreichbar. Werde am 14. August nicht da sein.«

Florian schämte sich zutiefst, als er seine kalten Worte las. Wie hatte er das nur schreiben können? Sein Herz gebärdete sich wie verrückt in seinem Brustkorb. Was hatte sie geantwortet?

»Lieber Florian, du kannst bleiben, solange du willst und es für richtig hältst.«

Im Sturzflug sauste sein Herz nach unten. Obwohl die Antwort neutral war, ahnte er, dass sich mehr dahinter verbarg, als ihm lieb war – und das machte ihm höllisch Angst.

# ♫ Power To The People ♫

Joy Oladokun

Mia war wie im Fieber. Im Dauermodus steckte sie mit Harvey zusammen und bastelte mit ihm Reels und Shorts, Posts und Videos. Inzwischen trafen sich die beiden auch in seiner Suite im Hotel und Elena vermutete, dass ihr kleines Mädchen dabei war, sich in eine Frau zu verwandeln.

Das war ein wehmütiges Gefühl, ein Abnabelungsprozess für sie beide und Elena war so dankbar, dass sie inzwischen ein so vertrauens- und liebevolles Verhältnis miteinander hatten. Mia war eine einzige Leuchtquelle und waren sie und Harvey hier, tönte aus ihrem Zimmer stets gute Laune und Gelächter.

Im Moment waren sie und ihr Freund dabei, die Aufnahmen der Kreiswache auszuwerten. Mia hatte schon die Tage vor dem Camp mit informativen, spannenden Videos begleitet und damit nicht nur die Spannung ihrer Follower nach oben getrieben, sondern ihre Zahl nochmals vervielfacht. Ein lautes Quietschen tönte durch das Haus, als sie die ersten 100k erreicht hatte, die kurz danach so rasant auf 150k anstiegen, dass Elena nur noch staunte.

»Ja, so ist das, Mama!«, jubelte Mia. »Wenn es losgeht, geht es los! Und das Schönste ist: Die Leute *wollen* das wissen! Sie sehen, was auf der Welt vor sich geht! Live!«

Das stimmte allerdings. Mias Videos wurden ohne Ende geteilt. Keine Frage, dass der sensationelle Abschluss mit den Aufnahmen des Ufos, der Verfolgung durch die Militärs und dem tatsächlichen Entstehen eines Kreises eine Lawine lostrat.

Nicht nur waren die Aufnahmen ein Beweis ihrer Glaubwürdigkeit, und die ihrer vorigen Infos und Andeutungen, die die Menschen dazu brachte, die gleichen Fragen zu stellen wie Mia. Es war vor allem auch eine Offenbarung in Bezug auf Regierungen und deren gezielte Desinformation. Mia avancierte zu einer Person, die mutig genug war, trotz Gegenwehr Dinge anzusprechen und zu untersuchen. Nach all dem brach ein Kornkreisfieber aus und ihre Kanäle wuchsen Tag für Tag.

Obwohl die Saison fast zu Ende war, wurden spontan Reisen organisiert und angefragt, ob man an Kreiswachen teilnehmen konnte. Die Forscher hofften ohnehin, dass die Kreismacher für diesen Sommer noch nicht das letzte Wort gesprochen hatten.

Ja, Mia hatte ihr Ziel erreicht. Und so viel mehr dazugewonnen! Elena freute sich für ihr Mädchen.

Aber auch bei ihr floss es kontinuierlich. Ihr Roman machte ihr Freude, die Versicherung hatte das Geld früher überwiesen als angekündigt. Das entspannte zusätzlich. Einen Teil überwies sie auf das Sparkonto, sodass Florian Geld zur Verfügung hatte, sollte er welches brauchen. Über ihre Beziehung wollte sie nicht nachdenken, sondern warten, bis sie sich wieder gegenüberstanden. Etwa zeitgleich zur Kreiswache hätte auch seine Reise in die Berge enden müssen – aber er hatte sich nicht gemeldet. Zwischen Sorge und Frust schwankend, wollte sie sich wieder ihrem Skript zuwenden, als Mia an die Tür klopfte.

»Hast du mal eine Minute?«

»Klar, komm rein!«

Vorsichtig setzte sich Mia auf den Stuhl neben Elena.

»Mam, das ist jetzt ein wenig kurzfristig, aber Harvey und ich würden uns morgen gerne mit dir zu einem Afternoon Tea im Schloss treffen.«

Elenas Augen wurden dunkel. Mia wusste doch, dass das der 14. August war!

»Wir wollten dir etwas Wichtiges sagen«, fuhr Mia fort. »Robert kommt natürlich auch. Ray, Marvin, Hazel und alle ...«

»Okay«, sagte Elena langgezogen und warf ihrer Tochter einen grübelnden Blick zu. Hatte Mia etwa vor, sich mit ihrem Freund, den sie erst ein paar Tage kannte, zu verloben? Ausgerechnet an Elenas Hochzeitstag?

»Nicht denken, Mam«, sagte Mia. »Nur kommen, okay?«

Damit stand sie auf, um weiteren Fragen zu entgehen, und ließ Elena verwirrt zurück. Das mit dem Nicht-Denken fiel ihr nach diesem diffusen Wortwechsel ausgesprochen schwer. Vor allem, weil eine aufgelöste Haylee anrief, die Nachforschungen wegen des Grabsteinfotos anstellte, auf dem der Name eines toten Kindes stand, das der Autor für das *Buch der lebendigen Antworten* sein sollte.

»Das ist so mysteriös!«, rief sie aufgeregt ins Telefon. »Das passt doch nicht zusammen! Ich war inzwischen in der Hauptstadt gewesen. Stell dir vor, dort ist das Buch gar nicht gelistet! Nur bei uns!«

»Das bedeutet, dass es jemand reingeschmuggelt hat?«

»Sieht ganz danach aus.«

»Und was ist mit Ophelia Cunnings?«

»Niemand weiß, wer das Mädchen war. Es gibt keine Unterlagen. Auf dem Amt sagte man mir, dass es damals viele Einsiedeleien gegeben hat, in

461

der Kinder geboren, aber nicht gemeldet worden waren. Das könnte ein Grund für die fehlenden Unterlagen sein. Ich bleibe dran! Das ist ja wie ein Krimi!«

Um dem Chaos die Krone aufzusetzen, fand Elena kurz danach eine Nachricht von Ray vor:

»Statt Avebury bei Nacht Dinner for two?«

Ihr Herz setzte einen Schlag aus, klopfte in wildem Rhythmus weiter, als er, ohne einen Widerspruch zu dulden, nachsetzte:

»Morgen 20:00 Uhr im Manor House. Abendgarderobe erwünscht.«

Wieder einmal gaben sich die Ereignisse so dicht hintereinander die Klinke in die Hand, dass Elena der Kopf brummte. Alles, was sie tun konnte, war, sich der Strömung hinzugeben. Täglich sagte sie sich ihr Mantra auf: »Ab heute und für immer vertraue ich meinem Selbst. Es ist mein Unterhalt«.

Die feinstoffliche Wirkung ließ nie lange auf sich warten. Oft hatte sie den Eindruck, sich beruhigt zurücklehnen zu können, das Empfinden, eine neue Energie begleite sie. Oder eine, die schon immer dagewesen war, die sie aber vorher nicht beachtet hatte. Ein bisschen fühlte es sich so an wie ein Fall nach hinten, im tiefen Vertrauen, dass etwas da war, was einen auffing. Und in diesem Fallen, in dieser Hingabe, löste sich eine lebenslange Verkrampfung in ihr, was sie weicher und anziehender machte.

Obwohl die Umstände noch reichlich chaotisch waren, reichte sie dem Leben aus vollem Herzen die Hand.

Der Nachmittagstee war für 15:00 Uhr angesetzt. Mia kam davor nach Hause, duschte, streifte sich ein gold-weißes, bodenlanges Kleid aus dem Dachkammerfundus über, schminkte sich, zog eine glitzernde Tiara in ihr Haar, küsste ihre Mutter und segelte wieder von dannen.

Mit offenem Mund sah ihr Elena hinterher. »Ach, du liebe Zeit«, sagte sie laut in den Raum hinein. »Ein weißes Kleid und eine Tiara! Das lässt ja tief blicken!«

Sie hatte eigentlich vorgehabt, leger zu erscheinen, aber Mia hatte die Latte ziemlich hochgehängt, so wählte auch sie ein duftiges Maxikleid und machte sich sorgfältig zurecht.

Es war ein strahlender Sommertag. Der Himmel war blau, frei von künstlichen Wolken und Rosen und Lavendel aromatisierten die Luft.

Immer wieder neu entzückt vom wunderhübschen Castle Combe, ging Elena mit Bennie an der Hand über den Marktplatz. In einer Woche würde sie wieder in Deutschland sein! Alles in ihr wehrte sich dagegen, diese wunderbare Landschaft zu verlassen.

»Hey, Bennie«, fragte sie spontan, »könntest du hier leben? Ich meine für immer?«

»Mit dir und Mia und Jim und Harvey und Daniel? Und Marvin und Hazel?«

»Ja, wir könnten uns ein Haus in der Nähe kaufen.«

»Jaaaaaa!«, rief Bennie aus vollem Herzen und strahlte. »Kaufst du das Haus, in dem wir wohnen?«

»Nein, vermutlich ein anderes.«

»Macht nix. Bekomme ich dann ein Gemüsehaus?«

»Das lässt sich sicher einrichten. Aber Bennie, das ist alles noch nicht sicher.« Aber Bennie hatte schon ihre Hand losgelassen und flitzte auf die Teegesellschaft zu.

Elena folgte ihm langsam. Bennies Antwort lenkte ihre Gedanken zu Florian. Wo war er? Wie ging es ihm? Elena wusste nicht mehr, was sie ihm gegenüber fühlen sollte – und das erschreckte sie.

Der Tee fand verborgen vor anderen Gästen, hinter dem Haus statt, wie der erste, zu dem Robert sie eingeladen hatte. Der Garten stand in voller Pracht, die Rosen blühten in Fülle, die Kräuter dufteten, und obwohl das Stück Rasen hinter dem Haus für englische Verhältnisse nicht allzu groß war, wirkte es riesig. Denn im Anschluss daran befand sich eine Wildwiese, deren bunte Blumen sich im Wind wiegten, dahinter war der Wald.

Bennie stand schon bei Jim Holey, Daniel und Marvin. Haylee, Hazel, Robert und Harvey unterhielten sich bei einem Glas Champagner. Ein wenig abseits stand Ray, der einen Schritt vortrat, als er Elena entdeckte. Der Glanz der Sonne fiel auf sein silberblondes Haar, aber er lächelte nicht. Sie konnte nicht verhindern, dass der Ausdruck in seinen Augen ihre Knie weich werden ließ. Unwillkürlich blieb sie stehen. Als sei es das Selbstverständlichste auf der Welt, ging er auf sie zu und umarmte sie fest – und lange. Viel zu lang. Seine Wange schmiegte sich an die ihre. Seine Stimme raunte in ihr Ohr: »Du siehst zauberhaft aus!« und sein Mund setzte wieder einen seiner bewussten Küsse auf ihre Wange. Heiß spürte sie seine Lippen auf ihrer Haut, das Kribbeln, das durch ihren Körper rann. Ihr Herz sank irgendwohin, in eine Tiefe, die sie lange nicht gefühlt hatte. Das beunruhigte sie zutiefst. Verlegen löste sie sich von ihm, aber sein Blick hielt sie fest.

»Hey«, sagte er leise. »Freue mich so sehr, dass du zum Dinner kommst.«

»Danke für die Einladung«, erwiderte sie, gebannt vom Blick seiner Augen. »Dann können wir reden. Wie es in London war.«

Ein Hauch Melancholie flog über sein Gesicht.

»Ja, das auch.«

Ein Kellner bot Elena Champagner an, aber sie entschied sich für einen antialkoholischen Cocktail, ahnend, dass es wichtig war, einen klaren Kopf zu bewahren. Robert näherte sich ihr, in seine Brokatröcke gewandt, den Stock schwingend, neigte sich ihr mit geradem Rücken leicht zu und raunte halblaut:

»Haben Euer Hochwohlgeboren eine Vermutung, was unsere beiden Sprösslinge heute zu tun gedenken? Hoffentlich keine übereilte Tat?«

»Du hegst die gleichen Bedenken wie ich«, erwiderte sie mit gedämpfter Stimme und warf einen Blick auf ihre schöne Tochter, neben der ein festlich gekleideter Harvey stand. Die beiden sahen tatsächlich aus wie ein Brautpaar, vor allem in diesem märchenhaften Ambiente.

Im Schatten einer Eiche war eine Tafel gedeckt, Stühle mit verschnörkelten Rückenlehnen standen darum herum. Gerade wurde der Tee gebracht sowie etliche Etageren mit kleinen Kuchen und Sandwich-Häppchen und Körbe warmer Scones, Schälchen mit Clotted Cream und hausgemachter Marmelade.

Mia und Harvey baten alle, Platz zu nehmen, warteten, bis jeder sich Tee eingeschenkt, den Teller gefüllt und die ersten Bissen gegessen hatte.

Nach ein paar Minuten schlug Harvey mit einem Löffel gegen sein Wasserglas, bis jede Unterhaltung verstummt war. Mia, sichtlich mit Lampenfieber kämpfend, stand auf und zog einen Zettel hervor. Alle Augen waren auf sie gerichtet.

»Liebe Freunde«, begann sie. »Vielen Dank, dass ihr der Einladung gefolgt seid. Für meine Familie war der 14. August immer ein besonderer Tag. Auch wenn wir ihn diesmal etwas anders feiern als sonst, soll es auch heute ein besonderer Tag werden. Denn heute könnte etwas beginnen, was die Welt verändert. Und es sind jene Menschen hier versammelt, die das bewerkstelligen können.«

Elena tauschte einen Blick mit Robert. Das hörte sich doch ein wenig anders an als befürchtet.

»Wie ihr wisst«, fuhr Mia fort, »bin ich mit vielem nicht einverstanden, was auf unserem schönen Erdball so zugeht. Aber jammern hat noch nie etwas verändert, daher habe ich schon immer nach Möglichkeiten gesucht, um aktiv etwas beitragen zu können. Lange habe ich darüber nachgedacht, was ich tun könnte, aber erst hier, bei und mit euch, habe ich eine echte Möglichkeit gefunden. Ich bin so dankbar, dass ich hier sein kann. Hier fühle ich mich zu Hause.«

Sie warf ihrer Mutter einen unsicheren Blick zu und machte tapfer weiter.

»Hier haben alle Fäden, die ich in meinem Kopf gesponnen habe, Anschluss gefunden. Wie ihr ebenfalls wisst, betreibe ich seit einiger Zeit etliche Kanäle. Alle sind in der letzten Zeit supertoll gewachsen, nicht zuletzt deswegen, weil ich brisante Themen anschneide. Mit allen zusammen habe ich bereits eine halbe Million Follower. Mein Ziel bis Ende des Jahres ist mindestens eine Million und mehr.«

Inzwischen wunderten sich nicht nur Elena und Robert über ihre Worte, auch der Rest der Gesellschaft fragte sich, worauf Mia hinauswollte. War der Tee als Feier für ihren Social-Media-Erfolg gedacht? Für Elena wäre das ein echter Grund – auf alle Fälle eine entspanntere Variante als eine frühzeitige Verlobung! Gespannt hörte sie weiter zu.

»Man kann ja viel über Social Media denken und meckern«, erklärte Mia weiter und warf Robert einen spitzbübischen Seitenblick zu. »Aber letztlich sind sie nichts anderes als Plattformen, die wir mit dem füllen können, was uns wichtig ist. Sie bieten die Möglichkeit, uns mit der ganzen Welt zu vernetzen, mit Menschen wie du und ich. Mit Menschen, die sich nicht nur von Massenmedien berieseln lassen wollen, sonst wären sie ja nicht auf diesen Kanälen. Es ist damit auch eine Möglichkeit, Interessantes an den öffentlich-rechtlichen Medien vorbei in die Welt zu bringen. Natürlich nutzen auch diese Social Media, aber meine Berichterstattung über die Kornkreiswache hat deutlich gezeigt, wie die Menschheit auf die Wahrheit reagiert. Sie ist fasziniert, in vielen Fällen offen dafür – und das macht immens Hoffnung.«

Mia wurde sicherer und hatte inzwischen die ungeteilte Aufmerksamkeit aller.

»Seit ich inhaltsreiche Posts und Reels produziere, weiß ich, dass der Mensch im Kern gut ist. Dass sich ganz viele nach Wahrheit sehnen. Natürlich gibt es auch die träge Masse, die sich beeinflussen lässt, aber statt einfach hinzunehmen, dass sie von den Lügen-Medien beeinflusst wird, sollten wir doch unsere eigene Macht nutzen und erkennen: Was die staatliche Berichterstattung kann, können wir auch! Nur positiv und zum Wohle der Menschen!«

Leichtes Klatschen und Zustimmungsrufe ertönten. Elena platzte fast vor Liebe für ihr Kind. Mia war nicht mehr im Geringsten mit dem trotzigen, unglücklichen Teenager von vor zehn Wochen zu vergleichen! Sie hatte einen so gewaltigen Schritt gemacht! Weil sie tun durfte, was sie bewegte, weil sie lernen durfte, worin sie einen Sinn sah. Elenas Augen wurden feucht und sanft drückte sie ihr Söhnchen an sich. Das wünschte sie sich auch für Bennie.

»Was will ich damit sagen? Und warum sitzen wir hier?«

Damit stellte Mia genau die zwei Fragen, die jedem im Gesicht geschrieben standen, und wandte sich zur Überraschung aller an Ray.

»Ray, du hast eine wunderbare, segensreiche Erfindung gemacht. Eine Erfindung, die unter die Menschen muss! Und Robert, du hast, wie ich von Harvey erfahren habe, Geld bereitgestellt, um in eine Produktion gehen zu können, die derzeit verhindert wird.«

Ein Ruck ging durch die kleine Gesellschaft. Diesen Move hatte nun keiner erwartet.

»Aber habt ihr beide euch schon mal überlegt, was passiert, wenn wir das Projekt gezielt über meine Kanäle bewerben? Wenn wir den Menschen zeigen, was möglich ist? Wenn wir das professionell aufziehen, im Ausland die Geräte produzieren lassen und an den üblichen Verteilern wie Ladenketten und so weiter vorbei an den Mann bringen? Niemand könnte das verhindern. Keine Regierung der Welt! Und kein Konzern der Welt! Es wäre eine Guerillabewegung, wenn ihr so wollt, eine Graswurzelbewegung. Mag sein, dass es langsamer geht, als wenn Tausende von Geräten irgendwo in einem Baumarkt deponiert liegen. Aber hey, wer braucht Baumärkte, die sich an Regierungsanweisungen halten? Wir ziehen das Ganze online auf und ihr werdet sehen – das geht ab wie eine Rakete! Harvey und ich haben pfiffige Ideen im Portfolio, die will ich hier nicht aufzählen, aber ich weiß jetzt schon, dass die reinzünden! Jeder Mensch möchte, dass die Welt wieder grün wird, jeder möchte in der Fülle leben und Rays Gerät ist ein wichtiger Baustein. Wir brauchen kein hochtrabendes Management und keine Verwaltungsstrukturen. Wir wenden uns direkt an die Menschen! Die werden bestimmen, was sie wollen! Das Motto heißt: Power to the people!«

Sie reckte die Faust in die Luft – und erntete Schweigen. Mit Ausnahme von Harvey konnte keiner erfassen, was das bedeutete. Mia hatte sie schier erschlagen.

Unsicher geworden sank ihr Arm wieder herab. Sie schluckte, warf Harvey einen ratlosen Blick zu. Er stand auf und trat an ihre Seite.

»Das Ding ist durchdacht«, beteuerte er. »Dad, nirgendwo taucht dein Name auf, also kann dich keiner lächerlich machen und keiner dich hindern. Das Patent gehört Ray, alles, was er uns erlauben muss, ist, dass wir sein Produkt vermarkten dürfen. Die Werbung für die Powerbox wird ungewöhnlich sein, darauf könnt ihr euch verlassen! Mia hat brandheiße Ideen! Wir wissen, wie wir die Menschen ansprechen können! Wir zünden rein! Wir machen das Ding groß! Und Mia hat bald die Millionenmarke geknackt!«

»Außerdem verbinden wir uns mit anderen Netzwerken, die das Gleiche wollen wie wir«, setzte Mia ein wenig verzweifelt hinterdrein, weil ihr Vorhaben niemanden vom Hocker gerissen hatte. Eher sahen alle so aus, als wüssten sie nicht, wie sie ihr schonend beibringen sollten, dass das eine Schnapsidee war.

Ray brach als Erster den Bann.

»Moment mal«, fragte er ungläubig. »Heißt das, das Projekt kommt ins Laufen?«

»Nein, nicht ins Laufen«, berichtigte Harvey. »Wir haben einen Senkrechtstart und einen Höhenflug vor! Wir unterwandern das System!«

Damit plumpste die Idee endgültig in das Bewusstsein der Anwesenden.

»Fuck!«, entfuhr es Ray. »Mia! Harvey! Das ist … das ist …« Er war so erregt, dass er aufsprang und sich an den Kopf fasste. »Robert! Das könnte funktionieren!«

Auch Robert löste sich aus seiner Schockstarre.

»Potzblitz und Schwerenot!«, rief er, ähnlich aufgewühlt wie Ray. »Wieso hatten wir diese Idee nie ins Auge gefasst?«

»Vielleicht, weil du Influencer mit Arbeitslosen verwechselt hast?«, bot Mia als Erklärung an und brachte damit alle zum Lachen. Ein Lachen, das alle erlöste, das die Stimmung zur Explosion brachte und alle in einen rosaroten Himmel schoss.

»Das ist schlicht genial!«, rief Marvin. »Ich sehe schon Bennie auf den Videos, wie er seine Riesentomaten präsentiert!«

»Genau! Mit Rays Gerät produzieren Kleingärtner oder Gärtnereien so viel und so gesund, dass keiner mehr giftige Pflanzenschutzmittel braucht!

Und vielleicht bekommt ja der eine oder andere wieder Lust, in der Natur zu arbeiten.«

»Denkt doch nur an all die Leute, die Schrebergärten haben!«

»Jim könnte professionelle Tipps dazu geben, das stellen wir alles auf YouTube hoch …«

Die Ideen begannen, sich zu überschlagen. Haylee war Feuer und Flamme. Sie hatte eine Menge Wissen über Vertriebssysteme, die zusätzlich installiert werden konnten und steuerte eine Anregung nach der anderen bei. Wer brauchte TV-Werbung! Niemand! Power to the people!

Elenas Blick wanderte zu Ray, der sich nach einer Zeit ein wenig aus der Diskussion herausgenommen hatte, um die unerwartete Wendung zu verdauen. Sein Gesicht war ein Ausbund an Staunen und nie war er ihr schöner erschienen als in diesen Sekunden. Er war bewegt, seine Augen waren feucht, seine Lippen bebten leicht. Sein Verstand suchte den Haken, konnte keinen finden und Elena konnte förmlich sehen, wie das Geschehnis seinen Kopf durchdrang und ihm klar wurde, was das bedeutete.

Ja, wieso waren sie vorher nie auf die Idee gekommen? Ganz einfach! Weil sie sie nie ins Auge gefasst und keine Follower auf solchen Kanälen hatten! So, wie Mia das Ganze aufgebaut hatte, war das eine Steilvorlage für Produkte wie die seinen! In ihren Posts hatte sie unübliche Fragen gestellt, auf Missstände aufmerksam gemacht und Fakten geliefert. Sie stellte das Profitsystem in Frage und stand auf der Seite der Menschen. Nicht nur machte sie Hoffnung für eine bessere Zukunft, sie ging auch mit bestem Beispiel voran und zeigte anderen, dass es sich lohnte, sich dafür einzusetzen. Kurz, sie hatte alles, was man für einen guten Start brauchte! Sogar für eine neue Welt, in der die Menschen sich wieder selbst bestimmten!

Eine heiße Diskussion hatte sich entsponnen, in die sich alle einbrachten: Mr Holey, den Mia dringend als Interviewpartner und als Experten brauchte, Daniel, der ihm dabei assistieren sollte und der vor Stolz auf diese berufliche Zukunftsaussicht fast platzte. Bennie, der sich künftig schon in der Position von Daniel und Jim Holey sah, Haylee, die vor Aufregung quietschte und immer wieder einwarf, dass sie vom Marketing Ahnung hatte und mitzumischen gedachte. Marvin und Hazel, die alle ihre Kontakte nutzen wollten, um das Ganze voranzutreiben, genauso wie natürlich Elena – und nicht zuletzt Ray, der wieder einen Sinn darin sah, in sein Labor zurückzukehren und begonnene Projekte weiterzuentwickeln. Lautes Geschnatter, Freude, Glück und Enthusiasmus stoben durch die

Luft, erhitzten die Gemüter und ließen sie immer höher schlagendere Zukunftsvisionen entwerfen.

»Wir fließen wie Wasser um den Felsen herum!«, rief Harvey.

»Und was meint ihr, was passiert, wenn wir uns mit Gleichgesinnten verbünden?!«, rief Mia mit roten Wangen. »Wir machen Interviews mit allen, die an Alternativen interessiert sind! Der spirituelle Markt ist riesig!«

»Mia!«, rief Elena und schnappte sich ein Glas Champagner vom Tablett. »Lass dich feiern! Das ist einfach nur genial! Und du, du bist so wunderbar!«

Elena hob ihr Glas: »Auf dich! Auf Ray! Auf Robert und Harvey! Auf eine schöne, gute, liebenswerte Welt! Auf unsere Power, sie gestalten zu können!«

»Mia, ich nehme alles zurück, was ich jemals über Instagram und Follower gesagt habe!«, Robert strahlte übers ganze Gesicht und umarmte Mia innig. »Was für ein Segen, dass ihr in unser kleines Dorf gekommen seid!«

»Wir müssen über einen Firmennamen nachdenken!«

»Wann fangt ihr an?«, erkundigte sich Mr Holey. »Daniel, wir müssen den Gemüsegarten aufräumen! Bennie! Es steht Arbeit an, mein Kleiner!«

Der Zauber des Neuanfangs durchtränkte die Luft und die Herzen. Freude und Jubel stieg in das Laubwerk des Baumes empor. Elena lächelte selig, als sie Mia und Harvey beobachtete, ihren kleinen Bennie, der fröhlich zwischen den Erwachsenen herumhüpfte, und ihr Blick traf auf Ray.

Sie wusste sicher: Wären sie allein gewesen, hätte er sie geküsst.

# ♫ Table for two ♫

Abel Korzeniowski

Als die Sonne sank, löste sich die kleine Gesellschaft aufs Höchste motiviert auf. Mia und Harvey wollten nach diesem Erfolg den Abend für sich allein genießen. Wer wollte ihnen das verdenken! Robert war auf eine Weise angeheizt gewesen, die Elena verblüffte. Bisher war er stets gelassen aufgetreten, hatte sich oft hinter Ironie und Witz verschanzt, aber heute war er in einer Art und Weise aus sich herausgegangen, die Elena einmal mehr das Herz für ihn geöffnet hatte. Ein Jubel war in ihm, dem er im Garten dennoch nicht vollständig freien Lauf gab.

Sichtlich erregt hatte er mit Ray im Schatten der Bäume gesprochen, Mia und seinen Sohn geherzt und geküsst, Elena umarmt, sich aber recht bald von allen verabschiedet und war förmlich davongerannt – wohin auch immer. Gerührt hatte ihm Elena nachgesehen. Sie hätte gern gewusst, ob es jemanden gab, mit dem er seine Gefühle teilte.

Sie selbst fühlte sich leicht betäubt. Vom Champagner, von den Ereignissen, von Rays Blicken und ihren Gefühlen. Eigentlich hätte sie heute hier mit Florian feiern sollen! Mia und Harvey hatten dafür gesorgt, dass der Tag kein trauriger geworden war.

Nun stand die Sonne tief, Hazel war mit ihr und Bennie nach Hause gegangen, sie würde heute Abend auf ihn aufpassen. Mit halbem Ohr bekam Elena mit, wie Hazel sich mit Bennie darüber unterhielt, was sie am Abend unternehmen wollten. Elena dachte an Ray.

In weniger als einer Stunde würden sie sich wieder treffen.

Abendgarderobe erwünscht.

Sie fühlte sich seltsam. Wie in einem Schwebezustand.

In das Abendkleid zu schlüpfen, die strassbesetzten Sandaletten über die Füße zu streifen, die Handgelenke zu schmücken, das Haar aufzuschütteln, mutete eigenartig an. Alles, was sie für Florian getan hätte, tat sie nun für Ray.

Nachdenklich betrachtete sich Elena im Spiegel. Ihr Gesicht hatte sich verändert. Die Hast, Sorge und Unsicherheit, die ihre Züge gezeichnet hatten, waren verschwunden. Stattdessen lag ein Schimmer auf ihrem Gesicht, ein Abglanz des Zaubers der Gegend und ihrer Seele.

Sie freute sich auf das Dinner, weigerte sich, ein schlechtes Gewissen zu haben. Und doch flatterte ihr Herz, Rays Blicke heute waren zu intensiv gewesen. Was war mit seiner Frau? Was war in London passiert? Und wo war Florian?

Mindestens fünf Mal hatte sie in dieser Stunde ihr Handy nach einer Nachricht von ihm gecheckt, als warte sie auf ein Zeichen, das sie zurückhielt. Aber das Gerät blieb still und stumm. Und so machte sie sich nach einem Kuss auf Bennies Wange und einem Gruß an Hazel auf den Weg – ihrem Schicksal entgegen.

Je näher sie dem Manor House kam, desto schneller pulste das Blut in ihr. Das Handy hatte sie zu Hause gelassen. Hazel wusste, wo sie war. Sollte wirklich in diesen zwei, drei Stunden etwas mit Bennie sein, könnte sie sie im Hotel erreichen.

Eine Brise kühlte ihr erhitztes Gesicht, strich über den leichten Stoff des Kleides. War es der Champagner vom Nachmittag, der sie so glühen ließ? Nein, sie spürte zum ersten Mal seit langer Zeit wieder ihre Weiblichkeit auf eine Weise, die ihr fast fremd vorkam. Das körperliche Empfinden verband sich mit etwas Feinsinnigem, Energetischem, es fühlte sich vollständiger an – und auch das irritierte sie.

Wie beim ersten Abendessen mit ihren Kindern im Hotel wachte auch diesmal Brian in seiner hübschen Livree an der Eingangstür des Hotels und machte betont kugelrunde Augen, als er sie sah.

»Ach, Mylady«, seufzte er beglückt. »Unsere Gegend tut Ihnen gut. Sie sind wie eine Blume in unserem Garten und noch schöner geworden! Was für ein Glückspilz wartet da drinnen nur auf Sie?«

»Danke, Brian! Und Sie sind ein noch größerer Charmeur geworden!«, gab sie mit einem Schmunzeln zurück.

Ein feines Lächeln zeichnete ihre beiden Gesichter, als Brian ihr still die Tür öffnete und sie eintreten ließ.

Ray saß am Fenster der kuscheligen Bar und erhob sich, als sie eintrat. Glanz kam in seine Augen, die bewundernd über Elena in ihrem blaugrünen Abendkleid glitten.

»Danke, dass du gekommen bist«, flüsterte er in ihr Ohr, während er sie umarmte. »Du siehst aus wie eine Fee.«

Seine Hände umfassten sie nicht flüchtig. Fest und bewusst suchten sie Kontakt mit ihr, brannten durch den dünnen Stoff auf ihrer Haut. Sein Atem hauchte durch ihren Gehörgang, prickelte die Wirbelsäule hinunter und wieder setzte er sanft seine Lippen auf ihre Wange für einen hingebungsvollen Kuss. Ein Kuss, der es schaffte, eine Ewigkeit in wenige Sekunden zu legen. Ein Kuss, der die Sehnsucht weckte, seinen Mund auf ihrem zu spüren. Elena sah, wie er für diesen Kuss die Augen schloss, und ihr Herz fiel fünfhundert Meter tief. Sie musste sich schwer beherrschen, sich nicht an ihn zu schmiegen, und erschrak ob dieser intensiven Gefühle.

Rays Augen klebten an ihr, als sie sich von ihm löste. Er war froh über jede Ablenkung: den Barkeeper, der nach ihren Wünschen fragte, den Kellner, der für das Dinner zuständig war und ihnen zur Auswahl der Speisen die Karten reichte, selbst über Elenas Versuch, das Gespräch in eine neutralere Richtung zu lenken. Als ihr antialkoholischer Cocktail vor ihnen prickelte, hob Elena ihr Glas und prostete ihm zu.

»Lieber Ray, ich bin unendlich glücklich, dass deine Powerbox ins Rollen kommt und supersicher, dass etwas Großes daraus wird!«

»Wenn dein Wirbelwind Mia involviert ist, habe ich keinerlei Bedenken«, schmunzelte er. »Und wir beide wissen, wir müssen das Ding vom Ende her denken. Ist dir aufgefallen, dass Mia und Harvey das ganz automatisch tun? Macht mich schwer nachdenklich und spornt mich an, das auch zu praktizieren. Und zwar mit allen Facetten und Nebenschauplätzen.«

Elena lächelte, unsicher, was er mit Facetten und Nebenschauplätzen gemeint hatte.

Ray stieß an ihr Glas und neigte sich ihr zu. »Nicht denken, Elena, nur genießen! Das ist nämlich das, was ich mir für heute vorgenommen habe. Ich bin immer noch total überwältigt. Für mich könnte es keinen schöneren Abschluss für diesen Tag geben, als das Dinner mit dir.«

»Aber hättest du nicht lieber mit deiner Frau gefeiert?«, tastete sie sich vor. »Sie muss doch aus dem Häuschen sein, wenn sie hört, dass dein Traum endlich wahr wird.«

»Sie weiß noch nichts davon.«

Elena stellte ihr Glas ab. »Was ist passiert, Ray?«

Er seufzte, gab ihr einen kurzen Abriss über den Verlauf seiner Tage in London. »Und seitdem herrscht Funkstille«, schloss er bedrückt. »Sie hat sich nicht gemeldet, obwohl ich sie mehrmals angeschrieben habe.«

»Brittany will doch nur, dass es für dich läuft, Ray. Die Information über das neue Geschäftsmodell wäre bestimmt eine versöhnliche Nachricht.«

Ray schwieg. »Ja, sie will, dass es läuft. Aber in den letzten zwei Jahren habe ich gemerkt: Wir verstehen uns gut, *wenn* es läuft, aber nicht, wenn das nicht der Fall ist.«

»Das ist nicht ganz fair, Ray. Immerhin hat sie die ganzen Jahre zu dir gehalten.«

»Solange Aussicht auf Erfolg bestand«, murmelte er bedrückt. »Seit der Sache mit Johnny weiß ich, dass es nur darum geht – und zwar egal zu welchem Preis. Um ehrlich zu sein, hat mir das einen ziemlichen Schock versetzt.«

»Aber ihr hattet doch sicher schöne Zeiten«, wandte sie ein. »Du hast so von ihr geschwärmt, als ich dich …«

»Was ist eigentlich mit deinem Mann?«, unterbrach er sie. »Du hättest heute mit ihm hier sitzen sollen statt mit mir.«

»Stimmt. Seine Reise hat sich nochmal verzögert, weil er eine Extratour gebucht hat. Lass uns von anderen Dingen reden, bitte. Das ist alles sehr ungeklärt.«

Ray sandte ihr einen langen Blick. Es war ihm anzusehen, dass er lieber bei diesem Thema geblieben wäre. Aber der Abend hatte ja erst begonnen und er wollte später darauf zurückkommen.

»Okay«, lenkte er daher ein. »Was macht dein Buch? Kommst du voran?«

Ihre Augen begannen zu glänzen. Sie erzählte ihm, was sie bereits geschrieben hatte und welche Freude ihr das bereitete. Schon bald hatte sich Ray von ihrer fiktiven Liebesstory einfangen lassen, brachte Elena mit seinen Bemerkungen zum Lachen und schippte ihr witzige Dialoge für ihre Helden zu, die sie sich prustend vor Gelächter aufschrieb und ihm versprach, einiges davon in ihrem Roman zu verwenden.

»Du bist eine wahre Inspirationsquelle!«, rief sie ausgelassen. »Ich trage dich als Co-Autor ein und beteilige dich an den Tantiemen!«

»Dann ist ja mein Lebensunterhalt schon mal gesichert«, flachste er zurück.

Inzwischen waren sie vom Kellner abgeholt worden und saßen im privaten Diningroom. Die Gedecke waren über Eck platziert, sodass sie sich nah waren. Ungezwungen scherzte der Kellner mit ihnen, kredenzte einen dunkelroten Wein, servierte den ersten Gang und verschwand diskret.

»Apropos Erfindungen!«, knüpfte Elena an das Gespräch an. »Was ich schon immer wissen wollte: Wenn man bei Pflanzen mit deiner Powerbox den Urcode erwecken kann, funktioniert das auch mit Gen-Saatgut?«

»Nein, das ist tote Saat. Sie ist nicht von Mutter Erde geschaffen. Sie hat, wenn du so willst, keine Gottesschwingung, sondern nur eine künstliche. Und wo nichts ist, kann nichts erweckt werden.«

»Klingt nachvollziehbar. Übrigens bin ich neulich auf einen Artikel gestoßen, in dem behauptet wird, dass das menschliche Genmaterial verändert wurde. Kann man dein Gerät auch bei Menschen einsetzen? Um schlummernde Gene zu aktivieren? Es heißt doch, dass 98,5 Prozent unserer DNS brachliegen.«

»Ja, das ist richtig. Es heißt, dass das Gen Nummer zwei bei uns verkümmert wäre, und auch, dass von unserer zwölf DNS-Strängen nur noch zwei Stränge funktionstüchtig oder aktiviert seien.«

»Aber wie kann das sein?«

Er lachte. »Das wissen buchstäblich nur die Götter. Und was den Rest deiner Fragen angeht: Das geht in das Thema Ethik hinein, wenn man mit Menschen experimentieren wollte. Aber wenn von der Neuen Zeit gesprochen wird, ist möglicherweise genau das damit gemeint: dass sich die Atmosphäre der Erde verändert und sich ein elektrostatisches Feld aufbaut. Vieles deutet darauf hin, dass das passieren könnte. In Teilen der Welt kommt plötzlich Strom aus der Erde. Die Schwingung erhöht sich und die Schumann-Frequenzen spielen seit Jahren verrückt. Ich habe schon lange das Gefühl, dass sich bislang unbekannte Quantenfelder öffnen. Nicht zuletzt durch die Kornkreise.«

»Davon habe ich auch gehört«, erwiderte Elena fasziniert. »Beruhen darauf deine nächsten Projekte?«

Hochinteressiert lauschte sie Ray, was er noch alles vorhatte und unfertig in seinem Labor lag, während ein Gang nach dem anderen serviert wurde und sie schließlich bei einer Tasse Espresso saßen.

»Oh, es ist so herrlich, dass du nun weiterarbeiten kannst!«, sagte Elena zufrieden. »In der Gegend und mit den Menschen, die du magst und liebst! Ich bin so froh, dass du und Robert zusammenbleiben. Das ist total stimmig.«

Sie lächelte ihn an, aber Ray wurde mit einem Mal ernst. Seine Augen, dunkler geworden, glitten über ihr Gesicht und aus seinem Herzen floss, was sein Mund nicht sagte. Unwillkürlich senkte Elena die Lider. Zu tief war sein Blick, zu klar, was darin stand. Hitze wallte durch ihren Körper, färbte ihre Wangen, drang zu ihm.

»Elena«, flüsterte Ray und ergriff ihre Hand. Sanft streichelte er über ihren Handrücken. Seine Berührung elektrisierte sie, stellte alle Härchen auf und Schauer durchliefen sie. Ray erregte das Zittern, das durch ihren Körper ging. Er rückte seinen Stuhl näher, fasste beide Hände, neigte sich ihr zu, bis ihre Gesichter sich berührten.

»Das ist genau das, was ich empfinde«, raunte er. »Das, was ich will. Hier zu sein. Mit Menschen, die ich liebe.«

»Ray«, hauchte Elena. »Ich bin …«

»Ich weiß, ich weiß. Sag nichts. Ich weiß, was du denkst.«

Seine Hand legte sich an ihre Wange und instinktiv drückte Elena kurz ihr Gesicht hinein. Ein kleiner Laut entfuhr ihm. Seine Hand glitt weiter, durch ihr blondes Haar, verweilte an ihrem Hinterkopf, schickte pulsierende, gefährliche Stromstöße ihr Rückgrat hinunter, weckte Sehnsucht nach mehr.

»Ich glaube, ich habe mich in dich verliebt, als du das erste Mal an der Tür der Bibliothek der unveröffentlichten Bücher standest«, flüsterte er. »Als du deine Stirn dagegen gelehnt hast.«

Elenas Mund bebte, aber er hob den Finger, legte ihn auf ihre weichen, vollen Lippen. Sie schloss die Augen, ließ zu, dass seine Hand ihr Gesicht streichelte, sein Arm hinter ihren Rücken glitt, in den Rückenausschnitt des Kleides hinein.

»Ich wollte es nicht wahrhaben«, wisperte er weiter. »Wollte keine Veränderungen. Doch eines kam zum anderen. Als du auf mir lagst … du mich berührt hast … wie du dich zwischen den uralten Steinen von Avebury gedreht hast. Da wusste ich, dass du nach Hause gekommen bist. Du bist hier zu Hause, Elena, wie ich.«

Sein Gesicht war nah an ihrem. Seine Worte perlten durch ihren Körper, belebten jede Zelle, ließen sie prickeln und vibrieren. Eine warme Welle voller Verlangen durchströmte sie, machte sie schwach, machte sie weich. Ray fühlte sich so gut an. Er fühlte sich richtig an. Sie sehnte sich danach, dass er sie fester packte, sie wollte ihn spüren und doch war eine Barriere in ihr. Die zarte Haut am Kehlkopf verriet ihm, dass ihr das Herz wie rasend schlug, erinnerte ihn an ein scheues Pferd. Ray umfasste ihre Taille, zog sie hoch, umrahmte mit beiden Händen ihr Gesicht. Ein Seufzen entfuhr ihr, einer Kapitulation gleich, und Ray konnte sich nicht mehr beherrschen. Das Blut schoss ihm in die Lenden, sein Herz floss über. Hungrig suchte sein Mund den ihren, beglückt darüber, dass ihr Körper sich widerstandslos an ihn schmiegte, sich ihre Lippen öffneten und ihn einließen. Endlich! Es war wie das Einlösen eines urzeitlichen Versprechens, das Zulassen von etwas, was ewig auf Erfüllung gewartet hatte. Ein süßer Taumel erfasste Elena, als Ray sie küsste und sie allein mit diesem Kuss auf wundervolle Weise mit ihm zu verschmelzen begann.

Im selben Moment wurde die Tür aufgerissen und helles Licht strömte herein. Erschrocken stoben sie auseinander. Elena musste zweimal hinsehen, dann erkannte sie ihn, und ihr ihr Herz sackte nach unten.

Florian stand im Türrahmen.

# ♫ The Devil's Tears ♫

Angus and Julia Stone

Florian saß am Flughafen in Pokhara. Sein Handy war voll aufgeladen und er las alle Nachrichten, die er während seiner Reise empfangen und gesendet hatte, nochmals durch.

Der Anfang war noch okay, aber ziemlich bald las sich der Chat wie die Story eines egoistischen Mistkerls, der auch noch stolz auf das war, was er von sich gab. Nicht zu vergessen, wie oft er Elena versetzt hatte und wie die wenigen stattgefundenen Gespräche abgelaufen waren! Florian war es, als erwachte er aus einem Albtraum. Um sein Verhalten wenigstens ein bisschen vor sich zu rechtfertigen, rief er sich in Erinnerung, dass Elena ihm einfach den Geldhahn zugeschraubt hatte, während sie auf teuren Polstern saß und mehrgängige Menüs verspeiste.

Doch dann scrollte er zu einer Nachricht, die ihm auch diese Entschuldigung nahm.

»Lieber Florian, ich darf das Geld vom Verlag nur für Spesen verwenden und muss jede Ausgabe nachweisen. Aber ich habe eine kleine Versicherung gekündigt. Sobald ich das Geld habe, überweise ich einen Teil auf dieses Konto. Bitte vom anderen nichts nehmen, das ist am Limit.«

Das las er zum ersten Mal! Wo kam diese Nachricht her? War er denn völlig benebelt gewesen? Mit schlechtem Gewissen dachte er daran, wie toll er es gefunden hatte, mit den anderen ein paar Joints zu rauchen. Wenn schon frei, dann ganz! »Scheiß auf die Welt und ihre Konventionen!«, hatte Justin gerufen.

Aber nun musste Florian den Geruch davon ertragen. Er schluckte hart. Von Kathmandu war er am späten Nachmittag nach Abu Dhabi geflogen, dem zweiten Stopp seiner Reise. Nun ging es nach Rom, von dort nach London. Er würde knapp vierundzwanzig Stunden unterwegs sein, aber er hatte eine Chance. Die Chance, am 14. August in Castle Combe zu sein. Von Elena hatte er die Adresse ihrer Bleibe und die des Hotels sowieso, davon hatte sie ja genügend Bilder geschickt.

In Rom hatte er ein paar Stunden Aufenthalt, suchte einen Bankautomaten und fand Geld auf dem Konto. Er schämte sich noch mehr. Er hatte so schlecht über seine Frau gedacht! Sie hatte ihn um Hilfe gebeten, weil sie es nicht mehr stemmen konnte, war bedienen gegangen, um die Familie zu ernähren – und er war einfach abgehauen. Nein, eine lang geplante Reise unternommen! Etwas in ihm versuchte verzweifelt, sein Selbstwertgefühl aufrechtzuerhalten, und übertönte alle anderen Stimmen.

Er duschte am Flughafen, rasierte sich, ließ aber einen Dreitagebart stehen, weil die Haut darunter weiß, und der Rest dunkelbraun gebrannt war. Florian vermied es instinktiv, sich im Spiegel anzuschauen. Mit seinem Gesicht war etwas passiert, was ihm selbst nicht ganz geheuer war. Sein Anblick erschreckte ihn. Er sah finster aus, er war schlecht rasiert, sein Haar verfilzt, er fühlte sich schäbig – ganz weit weg von erleuchtet. Lag bestimmt nur daran! Kurzerhand suchte er einen Friseur auf, ließ sich die Kopfhaut durchschrubben und einen Haarschnitt verpassen. Danach fühlte er sich gut genug, eine erste Nachricht an Elena zu senden.

»Liebe Elena, ich bin zurück. Ich sehne mich nach dir, kann es kaum erwarten, dich und die Kinder zu sehen, euch endlich wieder in meine Arme zu schließen. Ich liebe dich.«

Keine Antwort. Auch nach zwei und drei Stunden nicht. Florian wurde nervös. Was bedeutete das? Hatte er den Bogen überspannt? Hatte sie die Nase voll von ihm? Sein Herz gebärdete sich wie verrückt in seinem Brustkorb und er bemühte sich, ruhig zu bleiben. Er sollte es bei Mia versuchen, die hatte ihr Handy ständig parat.

»Hey, Mia, bin wieder zurück! Freu mich so, euch endlich wiederzusehen! Wo seid ihr gerade?«

Aber auch hier kam keine Antwort. Florian wunderte sich. Was war los? Es blieb ihm nichts anderes übrig, als drauflos zu fliegen.

Um acht Uhr abends landete er in London Gatwick und nahm sich einen Mietwagen. Er hielt die Bedächtigkeit der Dame am Schalter kaum aus, suchte mit rasendem Herzen auf dem riesigen Parkplatz den Wagen und hatte das Bedürfnis, das Gaspedal nach unten durchdrücken zu müssen, um möglichst schnell in Castle Combe zu sein.

Die Sonne war noch nicht untergegangen. Als er auf den Landstraßen entlangfuhr, erging es ihm, wie es Elena und ihren Kindern und so vielen Menschen vor und nach ihm ergehen würde: Die Schönheit und Lieblichkeit der Natur raubten ihm den Atem. Er begann, Elena zu verstehen, dass sie sich in dieser Gegend wohler fühlte als in einem Zelt in den Bergen. Die Pubs wirkten so gemütlich und freundlich, machten Lust auf eine Mahlzeit unter Bäumen.

Er biss diese Gedanken weg, nahmen sie ihm doch jede Rechtfertigung. *Ich bin glücklich, Elena!*, hatte er ihr hochtrabend geschrieben. Florian befand sich in einer Zwickmühle, wusste nicht, wie er seiner Frau gegenübertreten sollte – nach einer Reise, die einen fünfstelligen Betrag verschlungen und die ihn im Grunde nirgendwohin gebracht hatte. Aber so durfte er es nicht sehen! Er hatte tolle Erfahrungen gemacht, oder nicht? Er würde den Teufel tun und ihr alles erzählen. Sie würde das nur in die falsche Kehle bekommen und konnte es ohnehin nicht verstehen. Diese letzten Gedanken gaben ihm Halt zurück und doch nagte ihre letzte Nachricht an seiner fahlen Zuversicht. Eine Nachricht, die so gar nicht zu ihr passte. *Du kannst bleiben, solange du willst und es für richtig hältst.* Aber bestimmt interpretierte er das nur falsch. Er nahm das Handy, las den Satz nochmal. Nein, das bildete er sich alles nur ein. Sicher war sie außer sich vor Freude, ihn zu sehen.

Gegen halb elf nachts kam er in Castle Combe an, das Navigationssystem dirigierte ihn zum alten Schulhaus.

Mit klopfendem Herzen stellte er den Wagen auf der Straße ab, lief die Einfahrt hoch. Da stand ihr Wagen! Florian wäre darüber fast in Tränen ausgebrochen. Gleich würde er sie in die Arme schließen! Er klopfte an einer der Türen. Nichts tat sich. Er klopfte an der anderen. Ein Fenster öffnete sich.

»Wer ist da?«, rief eine weibliche Stimme. Irritiert davon antwortete Florian:

»Ich möchte zu Elena Gerner.«

»Was wollen sie denn von ihr?«

»Ich bin ihr Mann und ich …«

»Oh!« Das Fenster klappte zu, er hörte Schritte, kurz danach wurde die Haustür aufgeschlossen. Eine ältere Frau mit kurzem, weißem Haar stand vor ihm.

»Guten Abend«, sagte Florian. »Ich habe die Adresse von meiner Frau Elena. Sie sagte, sie würde hier wohnen.«

»Ja, das stimmt. Sie wohnt hier, aber heute ist sie im Hotel zum Essen.«

»Ist meine Tochter hier? Und mein Sohn?«

»Ja, Bennie schläft. Aber Mia ist auch im Hotel.«

»Ach so!«, erwiderte Florian erleichtert. »Dann gehe ich da mal hin, vielen Dank!«

Er drehte sich um und fuhr davon. Unheil ahnend starrte Hazel ihm nach.

Innerhalb von zwei Minuten stand Florian auf dem Parkplatz des Manor Houses und fiel fast um, als er vor dem eindrucksvollen Gebäude stand. Nach den kargen Tagen in den Bergen kam er sich schrecklich deplatziert mit seiner Treckingkleidung vor, um nicht zu sagen, abgerissen. Er begab sich an die Rezeption und fragte nach Elena. Nachdem er seinen Namen genannt hatte, führte ihn die Dame durch das Foyer zu einem kleinen privaten Diningroom, aber öffnete nicht die Tür und zog sich diskret zurück.

Florian schloss kurz die Augen, sandte all seine Liebe durch das Holz und drückte schwungvoll die Klinke hinunter.

Ein fetter Stein sauste seinen Magen hinunter.

Seine Frau lag in der Umarmung eines anderen Mannes. Aber nicht nur das. Eine Aura umgab die beiden, die Florian schier den Verstand raubte, eine Innigkeit, die sein Herz auseinanderriss.

Die beiden stoben auseinander, als das Licht des Foyers in den von Kerzenschein erleuchteten Raum fiel. Elena starrte Florian an wie einen Geist.

Im selben Moment fiel Florian alles ein, was er zu seiner Frau über das Thema freie Liebe gesagt hatte. Ihm wurde schwindlig, sein Kopf war nur noch leer.

Ray erfasste die Situation sofort. Er drehte sich zu Elena. Nahm ihr Gesicht in seine Hände. Seine graublauen Augen tauchten in die ihren. Unhörbar für Florian formten seine Lippen die Worte:

»Ich liebe dich.«

Dann ließ er sie los und ging.

Elena stand mit Florian allein im Zimmer.

Ihr Magen fuhr Karussell, seiner nicht minder. Keiner von ihnen war in der Lage, auch nur ein Wort zu sagen. Stumm erfühlten sie sich wie zwei Fremde.

Florians Anblick versetzte Elena einen Schock. Sie hatte ihn tatsächlich anfangs gar nicht erkannt. Was war nur mit ihm passiert? Seine gesamte Ausstrahlung war eine andere – oder war das nur, weil sie sich so lange nicht gesehen hatten? Rays Kuss brannte noch auf ihren Lippen, sie hatte Mühe, sich auf Florian einzustellen.

Florian erging es nicht besser. War das die Frau, die er weinend am Flughafen zurückgelassen hatte? Warum trug sie dieses Abendkleid? Hatte sie es tatsächlich fertiggebracht, ihren Hochzeitstag in genau diesem Kleid mit einem anderen Mann zu verbringen? Sie hatte ihn schlicht ausgetauscht! Und was zur Hölle beunruhigte ihn an ihrem Aussehen so sehr?

*Wir entdecken uns beide neu* – wer von ihnen hatte das gesagt? Es war in jedem Fall dichte Realität geworden.

Elena schluckte, als sie Florian betrachtete. Er wirkte drahtiger, das Feine, das sie so sehr an ihm geliebt hatte, war verschwunden. Der Bart verdeckte die hohen Wangenknochen, sein Blick war unstet, nicht fest, wie sie es sonst von ihm gewohnt war. In ihr stürzte etwas ab.

Das war nicht der Florian, den sie am Flughafen verabschiedet hatte, nicht der, mit dem sie lange Jahre verbracht hatte. Etwas Neues schien an ihm zu haften, etwas, was sie nicht einordnen konnte, aber es wirkte dunkel. Es war ihr völlig unmöglich, auf ihn zuzugehen.

Florian hatte die Tür geschlossen, ging zwei Schritte auf sie zu, blieb stehen. Etwas verbot ihm, näher zu kommen oder sie gar zu umarmen. Ihre Haltung? Er hatte trotz allem mit Freude gerechnet, war davon ausgegangen, dass sich mit der ersten Umarmung vieles lösen würde, aber niemals hätte er solch ein Wiedersehen erwartet! Seine Frau in den Armen eines anderen! Herrgott, er konnte ihr noch nicht mal einen Vorwurf machen, hatte er doch selbst vorgeschlagen, sich zu nehmen, wonach ihr war! Es stank ihm gewaltig, dass die Eifersucht wie wild in ihm wühlte, dass ihm seine eigenen Ansichten um die Ohren flogen. In Florian tobte nur noch Aufruhr.

»Hallo Elena«, presste er schließlich hervor.

»Hallo, Florian«, antwortete sie tonlos. Kein Lächeln zeichnete ihr Gesicht.

»Du ... scheinst dich nicht gerade zu freuen, mich zu sehen. Dabei habe ich mich so beeilt, um noch vor Mitternacht hier zu sein. Zu unserem besonderen Tag.«

Elena zog leicht die Brauen zusammen.

»Und du meinst, die letzten Minuten des Tages sind wichtiger als die Monate zuvor?«, fragte sie.

»Nein, ich ... eigentlich wollte ich damit sagen ...«

*... dass es mir leidtut*, wäre die Fortsetzung gewesen, *alles!* Aber Florian brachte das nicht über die Lippen. Das wäre ein Schuldeingeständnis gewesen und er wollte sich nicht schuldig fühlen wegen ein bisschen Spaß! Auch wollte er die Frage, die auf seiner Zunge brannte, nicht stellen und tat es doch.

»Wer war der Mann eben?«

»Ein Freund«, gab sie kurz zur Antwort.

»Das hat nach mehr als nur nach einem Freund ausgesehen. Seid ihr schon länger zusammen?« Florian versuchte, auf locker zu machen.

»Wir sind überhaupt nicht zusammen«, erklärte sie zurückhaltend. »Es ist nur heute Abend zu einem Kuss gekommen. Sonst war da nichts.« Sie wandte sich ihm voll zu. »Kannst du das von dir auch behaupten?«

»Nein«, gab er unumwunden zu. »Aber ich möchte es gerne erklären.«

»Vielleicht will ich es gar nicht erklärt bekommen. Vielleicht reicht mir deine Antwort, Florian.«

Er biss sich auf die Lippen.

»Es ist viel geschehen in diesen drei Monaten, Elena«, tastete er sich vor. »Lass uns das gemeinsam aufarbeiten. Es hat alles einen Sinn und man kann aus allem etwas Gutes machen. Wir sind hier auf Erden, um Erfahrungen zu machen und …«

»Wenn das bedeutet, dass du die Geschehnisse schönreden willst, kannst du das vergessen«, unterbrach sie ihn. Florian war geschockt. So kannte er Elena nicht. Sie war immer weich und nachgiebig gewesen.

»Darum geht es nicht«, widersprach er, »sondern darum, was wir erlebt haben. Nun können wir uns auf einer völlig anderen Ebene treffen.«

»Manchmal laufen Ebenen aneinander vorbei, Florian. Ich kann dir jetzt schon versichern, dass dein neues Lebensmodell nicht das meine ist und nie sein wird.«

»Und deswegen hast du dich gleich mal nach einem Passenderen umgesehen?«, giftete er zurück. »Das habe ich übrigens nicht getan. Niemals hätte ich unsere Verbindung in Frage gestellt!«

»Ach! Warst nicht du es, der in der Ehe etwas Altmodisches sah?«

»Alles, was ich wollte, war eine Bereicherung für uns beide. Was daran ist schlecht? Während du gleich alles über den Haufen wirfst!«

Verwirrt und verärgert sah ihn Elena an. Wie schaffte es Florian nur, ihr so schnell ein schlechtes Gewissen zu machen und ihr die Schuld zuzuschieben? War das schon immer so gewesen? Und doch erregte sein Anblick Mitgefühl in ihr. Er hatte eine vierundzwanzigstündige Reise hinter sich, sah erschöpft und abgekämpft aus. Es war offensichtlich, dass er nicht in der Lage war, zu diskutieren.

»Lass uns morgen reden«, sagte sie. »Du bist müde.«

»Ja, allerdings. Sehr müde.« Er rieb sich die Stirn. »Ja, okay, reden wir morgen.«

Florian war wirklich fix und fertig, und das in jeder Hinsicht. Ihm war zum Heulen zumute, aber er hielt an dem fest, was einmal gewesen war. Wenn sie sich erstmal im Arm hielten … sie sich wieder spürten, würde alles wieder gut werden. Sein Blick ruhte auf seiner Frau, die trotz allem erstaunlich ruhig wirkte. Das beunruhigte ihn mehr als alles andere. Es war ein Zeichen, das er noch nicht zu deuten vermochte. Aber alles, was er wollte, war, sich neben sie zu legen, in der Gewissheit, am Morgen mit ihr aufzuwachen. Es würde alles gut werden und er würde alles erklären können.

Elena nahm ihre Tasche, sie war nicht so ruhig, wie es den Anschein hatte. Auch in ihr tobten alle möglichen Gefühle. Florian öffnete ihr die Tür, legte dabei seine Hand auf ihren Rücken. Sie traten ins Foyer, gingen gemeinsam Richtung Ausgang. In Elena erhob sich ein eigenartiges, unwohles Gefühl. Ihre Finger krampften sich um den Riemen ihrer Tasche, ihr Schritt verlangsamte sich und schließlich blieb sie stehen und sah Florian an.

»Florian, ich halte es für besser, wenn du heute Nacht im Hotel schläfst.«

Entgeistert sah er zurück, schluckte, versuchte ein Lächeln. »In diesem noblen Kasten? Die Kosten könnten wir uns sparen, wenn du …«

»Die Kosten haben dich während deiner Reise auch nicht interessiert«, entgegnete sie kühler als gewollt. Sie trat einen Schritt zurück, zögerte, setzte leise hinzu: »Wir sehen uns morgen, Florian. Gute Nacht.«

Damit drehte sie sich um und eilte davon.

Es war ihr unmöglich, neben einem Mann zu liegen, den sie erst wieder neu kennenlernen musste. Von dem sie nicht wusste, wo er vorher gelegen war, wen und was seine Hände berührt hatten. Von dem sie nicht wusste, ob es noch *ihr* Mann war.

# ♫ Welcome Home ♫

Nico Santos

Elena hatte Mia noch in der Nacht Bescheid gegeben und Bennie beim Frühstück informiert, dass sein Papa zurück war.

»Jaaa!«, hatte Bennie mit strahlenden Augen gerufen. »Papa ist wieder da! Wann kommt er, Mama? Ich zeige ihm meine Paprika!«

Aus seinen ersten Töpfen waren hübsche Stängel gewachsen, außerdem besaß er inzwischen eine Vielzahl an Sämlingen, die er alle eingepflanzt und beschriftet hatte. Er rannte nach draußen, stellte alles gewissenhaft zurecht und war bereit für seinen Papa.

Elena war das nicht. Sie war nervös. Das erste Aufeinandertreffen hatte äußerst ambivalente Gefühle in ihr hinterlassen, über die sie sich selbst nicht klar war. Dann tauchte Mia auf, ebenso wie sie in einer aufgewühlten Stimmung.

»Wo ist er denn?«, fragte sie leise. »Draußen bei Bennie?«

»Nein, er hat im Hotel geschlafen, er kommt in fünfzehn Minuten.«

»Wann kam er hier an?«

»Gestern Nacht.« Elena machte sich an der Kaffeemaschine zu schaffen. »Wie geht es dir damit?«

»Weiß ich noch nicht. Ich warte mal, bis ich ihn sehe.«

Elena sagte nichts darauf. Ob es Mia so gehen würde wie ihr? Beide schreckten sie hoch, als zehn Minuten vor der Zeit der Klopfer an der Haustür betätigt wurde.

Oh, wie war Elena dankbar für Bennies Unkompliziertheit! Er sauste zur Haustür und begrüßte seinen Papa so, wie der sich das schöner nicht hätte wünschen können.

»Paapaa!«, rief er und schlang seine Arme um dessen Hüften.

»Bennie, mein Liebling!« Florian hob ihn hoch und drückte ihn an sich, glücklich über den Empfang, wie er ihn sich eigentlich auch mit Elena vorgestellt hatte. Mit leuchtenden Augen stellte er Bennie wieder ab. Der fasste ihn an der Hand.

»Komm mit raus!«, sagte er eifrig. »Ich zeige dir mein Gemüse! Draußen wächst passly und bäisil und rousmarie und …«

»Warte, warte, warte, Bennie! Lass mich doch erstmal deine hübsche Mama und Mia begrüßen.«

484

Das sah Bennie ein, aber zog trotzdem weiter an seiner Hand. »Aber gleich kommst du?«

»Natürlich! Ich will doch wissen, was du die ganze Zeit getrieben hast!«

Es kam Elena seltsam vor, Florian in diesem Haus zu sehen. Es war seltsam, dass sie es seltsam fand. Seine Kleidung war zerknittert und nicht ganz sauber, wie auch, nach drei Monaten Tour ohne feste Unterkunft. Seine Haut war tiefbraun gebrannt, der Bart verdunkelte zusätzlich sein Gesicht. Viele Fältchen hatten sich um seine Augen eingenistet, als hätte er permanent die Augen zugekniffen, und es umgab ihn etwas, was ihr buchstäblich wehtat. Was um Himmels willen war mit ihm passiert? Das war doch nicht ihr Florian! Das war eine Verzerrung! Florian spürte Elenas Blick auf sich, spürte ihre Gedanken und Abwehr begann sich zu regen.

Etwas unsicher richtete er den Blick auf Mia. Sie war ihm nicht entgegengelaufen wie Bennie. Nun gut, sie war ein trotziger Teenager und sie hatten sich vorher schon öfter in der Wolle gehabt. Aber hatte sie nach drei Monaten nicht mal eine Umarmung für ihn übrig? Sein Unmut stieg.

»Hallo, Mia.« Er versuchte ein Lächeln.

»Hi Paps«, erwiderte sie mit erstickter Stimme, hob die Hand und lächelte schief zurück. Elena ahnte, Mia erging es genauso wie ihr gestern Abend.

Florian machte einen Schritt auf seine Tochter zu und umarmte sie. Mia legte ihre Hände auf seine Unterarme, als wollte sie ihn nicht zu nah an sich herankommen lassen. Florians Blick verdunkelte sich noch mehr.

»Hey, Große«, sagte er gepresst. »Wie geht es dir?«

»Alles fein«, antwortete sie. »Und du? Wie ich sehe, bist du in keine Schlucht gefallen.«

Elena und Florian schwiegen daraufhin. Vielleicht war er ja doch in eine Schlucht gefallen? Die Frage schwang im Raum, leerte Florians Kopf. Wie dachten die denn über ihn? Was hatte Elena den Kindern erzählt? Hatte sie ihn schlechtgemacht? Sich weigernd, das Ausmaß dessen zu erkennen, was er kaputtgeschlagen hatte, fragte er Mia nichts weiter, obwohl es doch genügend Stoff gegeben hätte. Bennie zog wieder an seiner Hand und wollte unbedingt, dass sein Vater seine Pflanzen bewunderte. Aber Florian hatte keinen Nerv für ihn. Er blickte zu Elena, die eineinhalb Meter von ihm entfernt stand und keine Anstalten machte, ihn zu umarmen.

»Geh ruhig mit Bennie«, sagte sie. »Ich bringe Kaffee auf die Terrasse.«

Florian schluckte und ließ sich von Bennie in den Garten ziehen.

Elena tauschte einen Blick mit Mia.

»Wo hat er geschlafen?«, fragte Mia.

»Im Hotel. Wir sind im Manor House aufeinandergetroffen. Ray hatte mich zum Dinner eingeladen.«

»Oh! Das wusste ich gar nicht. Hat das was zu bedeuten?«

Elena drehte sich zu ihrer Tochter um und sah ihr in die Augen.

»Ich weiß es nicht«, antwortete sie leise. »Ich will erst mit Florian sprechen. Ich … ich glaube, wir müssen uns neu kennenlernen.«

Um Mias Mund herum zuckte es. »Ich war gespannt, wie er ohne dich ist«, sagte sie. »Und ich …« Sie verstummte.

»Wie ist er denn ohne mich?«

»Verloren!«, brach es aus Mia hervor. »Er stürzt ab ohne dich! Siehst du doch!«

»Mia!«

Sie starrten sich an. Der Schmerz in Mias Augen ließ Elena wissen, dass Mia ihren Papa so gern anders gesehen hätte. Elena wollte Florian verteidigen, als er auch schon wieder hereinkam.

»Kann ich was helfen?«, fragte er. »Tassen rausbringen oder so?«

»Nein, alles gut, wir kommen gleich.«

»Papa!«, rief Bennie enttäuscht von draußen. »Du hast meine Zucchini gar nicht richtig angeguckt!«

»Ich komme gleich!«

»Gleich ist bei dir immer so lang«, maulte Bennie.

Elena stellte die Tassen auf ein Tablett. Zu dritt traten sie auf die Terrasse.

»Siehst du, hier bin ich!«, sagte Florian zu Bennie. »Hat keine Minute gedauert.«

Bennie nahm seinen Vater wieder in Beschlag, präsentierte ihm seine Beete und Töpfe, aber Florian war nicht bei der Sache. Er war unruhig, wollte zu Elena, wollte wissen, wie es um sie beide stand. Die Ungewissheit fraß ihn auf. Nachts hatte er nicht schlafen können, hatte über seine Vorstellungen von freier Liebe nachgedacht. Aber alles, was dabei herausgekommen war, war, wie er diese Ansichten verteidigen konnte, ohne schlecht dazustehen. Warum nur stellte er sich ständig die Frage, wer dieser Mann gewesen war, der Elena geküsst hatte, und was genau das zu bedeuten hatte. Florian wollte ihr sagen, dass er ihr zuliebe seine Vorstellungen von offenen Partnerschaften zurückschrauben wollte, damit wäre schon mal der größte Hemmschuh aus dem Feld geräumt. Danach würde alles leichter laufen.

Wenn er ehrlich war, hatte er die Nase vom Herumwandern gründlich voll. Er wollte dringend nach Hause, in vertraute Gefilde, in seine

Sicherheit. Das, wovor er ausgerissen war, erschien ihm plötzlich wie der Himmel auf Erden und nichts wünschte er sich sehnlicher zurück als das Leben, wie es einst gewesen war. Aber tief unten lauerte die Ahnung, dass sie in diesen Monaten gewachsen, während er gefallen war. Doch das war ein Gedanke, den er gar nicht erst zulassen durfte, der pure Panik in ihm verursachte und ihm jeden Halt nahm. Er hatte kaum Gehör für seinen Sohn, der ihm von Jim Holey, Daniel, Hazel, dem Garten und seinen geliebten Sämlingen vorschwärmte.

»Toll, Bennie«, war seine Antwort auf Bennies Ausführungen, »aber ich glaube, ich trinke mal mit deiner Mama einen Kaffee.«

Elena bemerkte die Enttäuschung auf Bennies Gesichtchen und er tat ihr leid.

»Lass dir doch Zeit mit Bennie«, sagte sie. »Du hast ihn so lange nicht gesehen und unser Gespräch reißt nicht aus.«

Florian tätschelte nervös Bennies Wange. »Nachher, okay?«, vertröstete er ihn und kam trotzdem zum Tisch. Elena stellte die Kaffeekanne ab. Florian lächelte etwas gezwungen.

»Wir haben uns noch gar nicht begrüßt«, stellte er fest und öffnete seine Arme. »Elena, mein Liebling, ich habe dich jeden Tag vermisst!«

Zögernd legte Elena ihre Wange an die seine, flüchtig, ihr Oberkörper blieb auf Abstand. In Florian sackte etwas nach unten. Niemals hätte er sich seine Rückkunft so vorgestellt! Trotz allem hatte er geglaubt, alle freuten sich, ihn zu sehen. Aber niemand, außer Bennie, hatte ihn wirklich willkommen geheißen. Das tat verdammt weh, verdichtete den Brei aus Abwehr, Angst und Trotz in ihm.

»Mia, magst du dich um Bennie kümmern, solange wir reden?«, fragte Elena und an Florian gewandt: »Nach dem Kaffee gehen wir am besten ein wenig spazieren.«

»Gute Idee. Wir haben uns wohl beide viel zu erzählen, ja, wird Zeit, dass wir reden.«

Seine Hand ergriff die ihre, zog sie zu sich. Die Tischecke bohrte sich in Elenas Brustkorb, Florian bekam es nicht mit. Er war damit beschäftigt, das Gesicht seiner Frau mit Küssen zu bedecken.

»Elena«, flüsterte er. »Ich liebe dich. Ich bin so froh, wieder bei euch zu sein.«

Der ungewohnte Bart kratzte an ihrer Haut. Sie war längst noch nicht so weit, sich von ihm küssen zu lassen, und löste sich von ihm.

»Den Eindruck hatte ich nicht«, gab sie zurück. »Du warst doch so glücklich! So sehr, dass darüber Telefonate und Jubiläen unwichtig wurden.«

»Das stimmt so nicht. Es kam eben was dazwischen. Ich habe jeden Tag an euch gedacht.«

»Warum lügst du, Florian?«, fragte sie ihn geradeheraus. »Wenn wir schon reden, dann doch bitte ehrlich.«

»Erlaube mal, etwas anderes fiele mir gar nicht ein«, antwortete er ärgerlich mit Blick auf Mia, die die Unterhaltung mitbekam. »Wir müssen übrigens auch über Mia sprechen. Die Ferien sind vorbei. Wir sollten wohl so schnell wie möglich zurück.«

Mia horchte auf, aber beschäftigte sich weiter mit Bennie. Elena tauschte einen Blick mit ihr und lächelte ihr aufmunternd zu. Zu Florian sagte sie:

»Wir sind bis Ende August hier. Ich muss noch recherchieren.«

»Ach ja, du schreibst ja an einem neuen Buch. Wie läuft es denn?«

»Ich komme gut voran. Außerdem habe ich das Genre gewechselt. Es wird diesmal etwas ernster.«

»Hört sich ganz danach an, als ob es wieder aufwärtsgeht.« Florian klang hoffnungsfroh. »Das ist fein. Damit ist erstmal ein bisschen Stress aus der finanziellen Situation genommen. Aber wie ist das mit den zwei Wochen? Mia muss doch in die Schule?!«

»Wir reden, wenn wir allein sind.«

Florian fühlte sich ausgegrenzt, konnte mit dieser für ihn überheblichen Art Elenas nicht umgehen und wurde langsam sauer. Er wappnete sich für das Gespräch, sein Kopf legte passende Formulierungen zurecht.

Ein paar Minuten später liefen sie durch das Dorf, Richtung Wiesen und Wald. Florian fasste Elenas Hand. Eine kurze Weile ließ sie es zu.

Sie wies ihn auf dieses oder jenes im Dorf hin. Florian nickte zu allem, brachte jedoch kaum Begeisterung dafür auf. Gerade liefen sie an der Bibliothek vorbei, aber sie verzichtete darauf, sie ihm zu zeigen. Er war spürbar belastet, seine Finger krampften sich um die ihren und Elena löste sich schließlich von ihm.

»Okay, Florian, wie geht es dir?«, fragte sie, als sie aus dem Ort heraus waren. »Hat sich deine Reise gelohnt? Wie war das Treffen mit dem Erleuchteten?«

»Sehr erhellend«, wich er aus. Lieber hätte er sich die Zunge abgebissen, als zuzugeben, dass das der totale Reinfall gewesen war. »Allein die Reise war unglaublich aufschlussreich. Sie hat mir vieles offenbart.«

»Und wie fühlst du dich jetzt?«

Die ehrliche Antwort darauf hätte lauten müssen: »Hundsmiserabel!« Er hatte sich nicht gefunden, er hatte sich verloren! Das wurde immer klarer, aber er brachte es nicht über die Lippen.

»Die gesamte Reise war bereichernd«, erwiderte er. »Ich möchte keine Sekunde missen. Ich habe unfassbar tolle Erfahrungen gemacht.«

»Welche denn?«

»Ich bin in einzigartige Zustände gekommen, so oft habe ich mir gewünscht, du wärst dabei und könntest das auch erleben.«

»Ich bin mir nicht ganz sicher, was genau du damit meinst. Die Tantramassagen?«

Er schwieg kurz. »Für dieses Thema ist es noch zu früh«, bestimmte er.

»Ist es nicht.« Elena blieb stehen und sah ihm verärgert in die Augen. »Es ist ein sehr wesentliches Thema.«

»Wesentlich ist, wie es jetzt weitergeht, Elena. Wir sollten erstmal alles andere klären. Mia, die Finanzen und das alles. Wir brauchen ein Fundament. Dann können wir über den Rest reden.«

In Elena baute sich Abwehr auf und sie zwang sich, ruhig zu bleiben.

»Weil du die Finanzen ansprichst: Zu welchem Ergebnis bist du denn auf deiner Reise gekommen, wie das Leben jetzt weitergeht? Ich meine, was du finanziell beitragen kannst?«

»Ich gehe vermutlich Richtung Coach. Was Spiritualität angeht, bin ich belesen. Das kann ich nutzen.«

»Okay. Und hast du einen Plan?«

»Noch nicht. Ich kümmere mich um Ausbildungsmöglichkeiten, sobald wir zu Hause sind. Apropos: Ich kann nicht feststellen, dass Mia sich verändert hat, so wie du es behauptet hast. Sie ist immer noch total biestig. Weigert sie sich immer noch, in die Schule zu gehen?«

»Ja, aus gutem Grund. Und sie ist ganz und gar nicht biestig. Wir haben inzwischen ein wunderbares Verhältnis miteinander.«

»Kein Wunder, wenn du ihr alles nachgibst!«

Elena blieb kurz stehen. »Okay, Florian, warte. Bevor wir über Mia reden, reden wir über uns. Über deine Pläne. Und meine.«

»Über *unsere*, mein Liebling«, verbesserte er. »Ja, lass uns Pläne machen.« Florian war erleichtert. Endlich ging das Gespräch in die Richtung, die sich erhofft hatte! »Ist schon mal gut, dass es buchmäßig wieder bei dir vorwärtsgeht. Meine Ausbildung wird vermutlich drei Jahre dauern und Geld kosten. Da wäre es sinnvoll, unsere bisherige Regelung beizubehalten, bis Bennie ins Gymnasium geht.«

Elena schwieg zunächst. Früher hätte sie das als logisch empfunden und ihm zugestimmt. Nun ging das aus vielerlei Gründen nicht mehr.

»Das meinte ich nicht mit Plänen, Florian«, sagte sie schließlich. »Ich meinte unsere Beziehung. Wir sind hier, um zu klären, was in den letzten drei Monaten vorgefallen ist.«

»Ich sagte doch, erst klären wir das Finanzielle und die Grundlagen, dann ...«

»Das *ist* unsere Grundlage«, fiel sie ihm ins Wort und blieb erneut stehen. »Unsere Beziehung ist unser Fundament, Florian. Und die ist total ungeklärt. Ich wundere mich, dass du das anders siehst.«

»Was genau ist denn ungeklärt? Ich bin eben lockerer, was das angeht! Und du bist immer so bierernst und schaffst Probleme, wo keine sein müssen.«

In Elena kochte etwas hoch. »Vielleicht ist es eher so, dass ich andere Werte habe als du.«

»Andere Werte, okay. Dann kläre mich doch mal auf, was dir dieser Mann bedeutet, den du gestern so leidenschaftlich geküsst hast!«

»Was bedeuten dir die Frauen, die du auf deiner Tour leidenschaftlich geküsst hast?«, biss sie zurück. »Wenn es denn beim Küssen geblieben ist!«

Florian wurde brandrot und bestätigte damit Elenas Bedenken.

»Es ist also nicht dabei geblieben«, folgerte sie und eine steile Falte erschien zwischen ihren Augenbrauen.

»Das ist etwas völlig anderes«, verteidigte er sich. »Ich habe für keine der Frauen Gefühle entwickelt. Kannst du das von diesem Mann auch behaupten?«

»Nein.«

»Nein?«

Fassungslos starrte Florian sie an. »Du empfindest etwas für ihn?«

»Sonst hätte ich ihn nicht geküsst.«

In Florian fiel alles zusammen. »Das ... das schockiert mich zutiefst.«

»Sagt jemand, der mit anderen Frauen schläft?« Elena schüttelte verständnislos den Kopf. »Wie war das mit dem Besitzenwollen und der Eifersucht, die wir ablegen dürfen, Florian? Dann tu's doch!«

»Daran arbeite ich, Elena. Im Gegensatz zu dir.«

Ein kleiner Wutschrei entfuhr ihr. »Es macht dir also nichts aus, wenn ich mit einem anderen schlafen würde?«

»Doch!«, schrie es in Florian, aber er sprach es nicht aus. Er hatte sich heillos verfahren, war unklar im Kopf. Er hatte den Sex im Camp so sehr genossen und wollte diese Highs wiederhaben! Er wollte nicht in Problemdiskussionen wie diese hier verwickelt sein. Vor allem ärgerte es ihn, dass Elena nicht wie sonst an seinen Lippen hing. Bezüglich des Kusses hatte er an eine Trotzreaktion Elenas geglaubt ... vor allem hatte er an Elenas Liebe zu ihm geglaubt. Dass diese nicht mehr bestehen könnte, schob er ganz weit weg, denn damit wäre er eines wichtigen Haltes beraubt. So rettete er sich in das, was ihn immer gerettet hatte. Tief atmete er durch und schenkte Elena ein Lächeln.

»Elena«, sagte er begütigend. »Es ist schwer zu vermitteln, weil du die Zustände, die ich erlebt habe, nicht kennst und sie nicht leicht in Worte zu fassen sind. Aber Bindung ist immer etwas Ungutes. Es geht im Leben darum, sich weiterzuentwickeln. Dafür sind Krisen da. Dafür sind Erfahrungen da. Was den Horizont erweitert, kann nicht falsch sein.«

Elena verfärbte sich.

»Wenn ich heute Nacht zu Ray ginge und meinen Horizont erweitere, was würdest du dann tun, Florian?«

Florian runzelte die Stirn.

»Elena, so läuft das nicht. Du verdrehst mal wieder alles. So etwas ist ein liebevoll geplantes ...«

Mit einem unwirschen Laut unterbrach sie ihn und lief ein paar Schritte von ihm weg.

Florian schluckte und fühlte sich wie auf einer schmalen, wackligen Hängebrücke ohne Geländer. Elena reagierte überhaupt nicht mehr so, wie er das gewohnt war. Und das Schlimmste war: Im Grunde wusste er selbst nicht, was er wollte. Zu sehr sehnte er sich nach diesen sagenhaften Orgasmen zurück, nach den berauschenden Zuständen ohne jeden Gedanken an die Zukunft. Was war falsch an Genuss dieser Art? Doch auf der Rückreise war ihm klar geworden, dass er und Elena ihre Ehe unter anderen Voraussetzungen eingegangen waren – die er gebrochen hatte. Und was Ray anging: ob er wollte oder nicht, der Typ stank ihm gewaltig. Florian hatte ein mächtiges Problem damit, Elena in den Armen dieses Kerls zu wissen. In seiner freiheitsberauschten Parallelrealität hatte er vollkommen ausgeblendet, dass Elena einen anderen Mann auch nur anschauen würde. Sie hatte ihn, Florian, immer bewundert! Ihn immer um Rat gebeten! Aber jetzt wollte sie nicht nur keinen Rat, sie schien etwas zu durchschauen, wozu er selbst nicht bereit war.

Was hatte sie vor? Wollte sie etwa nicht mehr mit ihm leben? Sein Herz zog sich massiv zusammen. In diesem Moment erkannte er, dass es nicht um zwei verpasste Telefonate ging. Es ging noch nicht mal um den Sex. Es ging darum, dass ihn Elena plötzlich aus einer Perspektive sah, die ein wenig schmeichelhaftes Bild von ihm zeichnete. Ein Bild, das er nicht mochte –

und gegen das er sich wehrte. Florian kämpfte um seine alte Position und wollte nicht wahrhaben, dass er sie längst verloren hatte.

Sie sandte ihm einen abwägenden Blick, der ihm noch weniger gefiel und Aggressionen in ihm weckte.

»Florian«, sagte sie, »ich respektiere, wenn du freie Liebe als dein Lebensmodell ins Auge fasst. Aber wie erwähnt, ist es nicht meines.«

Sie starrten sich in die Augen. Sie wussten beide, was das bedeutete.

»Okay«, erwiderte er heiser und packte seinen letzten Trumpf aus. »Dir zuliebe würde ich darauf verzichten. Ich hoffe, du weißt, welches …«

»Das musst du nicht.«

Heiße Panik stieg in Florian hoch.

»Was … was genau meinst du damit?« Er stand in der Sackgasse, seine Rolle als Ratgeber war obsolet – und das war der Moment, wo er zu stürzen begann. Er sackte zusammen.

»Dass ich nicht mit dem Gefühl neben dir leben will, dich auf irgendeine Weise zu begrenzen«, erwiderte sie. Auch ihre Augen waren voller Trauer. Irgendetwas war zwischen ihnen total verrutscht und passte nicht mehr zusammen.

»Elena«, bat er, den Tränen nah. »Lass uns nach Hause fahren. Bitte. Lass uns in unsere vertraute Umgebung kommen, damit wir uns wiederfinden können.«

»Das können wir überall auf der Welt. Auch hier.«

»Nein, nicht hier, wo dieser Mann ist. Nicht hier, wo du dich so verändert hast. Ich sehne mich so sehr danach, mit dir wieder in unserer Küche zu sitzen, in unserem Bett zu liegen, am Tisch zu sitzen. Bitte, Elena. Ich … ich war lange unterwegs. Ich möchte heim.«

Florian war sichtlich am Ende. Elena hatte ihren Mann noch nie so gesehen, spürte seine Angst, sie zu verlieren. So sanft wie möglich sagte sie:

»Du weißt, dass ich noch zwei Wochen wegen des Buches hierbleiben möchte.«

»Dann gehe ich eben mit den Kindern nach Hause. Mia muss sowieso in die Schule.«

»Florian, das ist alles nicht so einfach.« Elena biss sich auf die Lippen. Sie hätte sich so gern eine bessere Basis für das Thema mit der Schule gewünscht. Immerhin konnte sie sich gut daran erinnern, wie sie anfangs darauf reagiert hatte, also musste sie Florian diese Zeit ebenso zugestehen. Ohne seine Zustimmung konnte sie auch Bennie nicht alternativ unterrichten lassen. Wie ein ausgehungertes Tier erschnupperte Florian die leichte Änderung in ihrer Haltung. Als Elena ihm diesmal in die Augen sah, erkannte er den süßen, bittenden Blick, den er so sehr an ihr liebte. Es war ein Stück Vertrautheit, das sie ihm schenkte, ein Stück Heimat. Sein Herz schlug Kapriolen und die Liebe für sie schoss in ihm hoch wie eine Fontäne.

»Tust du mir einen Gefallen, Florian?«

Er wäre in diesem Moment vom siebten Stock aus dem Fenster gesprungen, hätte sie ihn darum gebeten!

»Alles, was du willst, mein Engel.«

»Bitte gib Mia eine Chance, dir zu erklären, was sie mir erklärt hat. Wenn ich dir eine Linkliste schicke, würdest du sie dir anschauen? Sprich erst danach mit ihr. In Ruhe. Und höre ihr zu. Es hat sich so viel verändert in diesen Monaten.«

»Ja, das ist wahr«, erwiderte er leise. »Es hat sich so viel verändert, aber wir dürfen die Basis nicht vergessen. Unsere Liebe.«

»Ja, wir sollten nie die Liebe vergessen, Florian, egal, was passiert.«

Florians verletzte Sinne registrierten den weiten Interpretationsspielraum ihrer Aussage und es machte ihn krank.

»Du sprichst so oft von Entwicklung«, fuhr sie fort und lächelte ihm versöhnlich zu. »Es hat sich einiges entwickelt. Es gibt da jemanden, den wir dir vorstellen möchten. Mia hat inzwischen eine geniale Geschäftsidee aufgetan und ist dabei, sie umzusetzen. Unser Kind ist inzwischen Unternehmerin und sie wird ganz sicher nicht mehr in Deutschland leben wollen.«

Florian fiel aus allen Wolken. »Was genau heißt das?«

Sie waren an einer Lichtung im Wald angekommen, setzten sich auf die Wiese unter einen Baum und Elena fing an zu erzählen. Florian war ohne Ende dankbar dafür. Endlich wurde es ruhiger – und diesmal konnte er zuhören.

Elena berichtete vom Kurs, von der Powerbox, ohne zu erwähnen, dass sie von Ray stammte, vom Earl, von allem, was sie hier erlebt hatten, bis hin zu Mias Liebe zu Harvey.

»Das zwischen den beiden ist keine Teenagerschwärmerei«, schloss sie. »Am besten ist es, du machst dir dein eigenes Bild.«

Florian nickte, froh, dass Elena wieder so klang wie früher. Es war noch nichts verloren. Mit klopfendem Herzen tastete er nach ihrer Hand und wäre vor Glück fast gestorben, als sie sie zögernd ergriff. Er atmete leicht auf. Die alte Vertrautheit kam zurück – und die Hoffnung. Es brauchte nur ein wenig Zeit und sie mussten erstmal dringend von hier weg. Dann würde wieder alles in Ordnung kommen.

Auf dem Rückweg zum Schulhaus zeigte Elena Florian den Gemüsegarten, wo sie auf Bennie und Mia trafen. Elena beobachtete Florian. Noch nie hatte er so desorientiert auf sie gewirkt, noch nie so verloren und unsicher. Das war auch für sie ein Schock. Er war nicht er selbst und sie vermutete, dass Drogen ihn verändert hatten.

Bennie war in heller Freude, seinen Papa herumführen zu können. Er hatte ein eigenes kleines Beet von Jim zugewiesen bekommen, auf das er mächtig stolz war. Karottengrün zierte sein Beet, Zwiebeln spitzten hervor und seine Zucchini gediehen prachtvoll.

»Schau mal, Papa!«, rief er begeistert. »Das sind Kärrotts und hier ai häv Zwiebeln! Säi grou fahstlie! Sis is gräit, isn't it?«

Florian lächelte zerstreut, den Kopf gefüllt mit den vielen neuen Informationen. Sichtlich versuchte er, das alles auf die Reihe zu bekommen. Aber seine fünfzehnjährige Tochter als aufstrebende Unternehmerin zu sehen, rüttelte an ihm.

Sie gingen zusammen nach Hause, kochten ein Mittagessen, saßen nach langen Wochen wieder gemeinsam an einem Tisch. Mia war wortkarg, auch Bennie sagte nicht viel. Die Stimmung war leicht angespannt und Elena versuchte, sie aufzulockern.

»Du hast bestimmt viele Filme und Videos von deiner Reise«, wandte sie sich an Florian. »Die könntest du uns am Abend mal zeigen.«

»So vieles habe ich gar nicht. Wir haben ja den ganzen Tag meditiert.«

»Und hat es dir etwas gebracht?«, wollte Mia wissen.

»Natürlich, Mia. Es ist immer wundervoll, wenn man mit sich selbst zusammen ist. Eine hohe Erfahrung. Und das, worauf es im Leben wirklich ankommt. Das wirst du früher oder später auch erfahren. Daran kommt keiner vorbei.«

Sein Lächeln nützte nichts. In Mia grummelte es und Elena unternahm einen Entschärfungsversuch.

»Hey, Mia, Papa will sich deine Linkliste anschauen. Und natürlich auch unglaublich gerne Harvey kennenlernen.«

»Ja, klar, kein Ding. Er kommt morgen mal vorbei.« Sie schwieg kurz, dann platzte es aus ihr heraus: »Wie geht das jetzt alles weiter? Was habt ihr besprochen?«

»Mama hat mir gesagt, dass sie wegen ihrer Arbeit noch zwei Wochen hierbleiben muss«, antwortete Florian. »Aber ich fliege mit dir und Bennie schon mal nach Hause, damit Mama das Auto hat. «

Elena klappte der Mund auf. Hatte Florian überhaupt ein Wort von dem verstanden, worüber sie geredet hatten? Dass sich Mia hier verliebt hatte und ein Geschäft aufbauen wollte? Ja, er hatte es gehört – aber es keine Sekunde ernst genommen!

»Na, Bennie, freust du dich?«, fragte er aufmunternd seinen Sohn. »Wir fahren heim! In wenigen Tagen darfst du wieder mit deinen Freunden im Kindergarten spielen!«

Elena hätte fast geweint, als sie in Bennies Gesicht sah. Der Kleine war total verstört. Dann sackte die Nachricht ganz in sein Bewusstsein.

»Mama, ich will nicht von Jim und Daniel weg!« Seine Stimme klang ängstlich. »Und was ist dann mit meinem Gemüse?«

»Das können wir im Flieger natürlich nicht mitnehmen«, erwiderte Florian an Elenas statt. »Aber wir stellen auf unserem Balkon ein paar Töpfchen für dich auf. Na, wie ist das?«

»Ich will mein Beet! Ich muss doch die Zucchini gießen! Die brauchen viel Wasser, hat Jim gesagt und …«

»Bennie, darum kann sich doch dein Jim kümmern. Er kann dir Fotos schicken. Das macht er bestimmt.«

Bennie war den Tränen nah, begann, zu begreifen, dass das Leben, wie er es hier lieben gelernt hatte, für ihn vorbei war. Sein kindliches Unglück schwelte über dem Tisch, breitete sich aus. Mia presste die Lippen zusammen, fixierte ihren Teller, sichtlich dampfend, sichtlich resignierend, dass kein Wort von ihr etwas ändern würde.

Elena blickte von einem zum anderen. Die Kinder saßen stumm am Tisch. Schnurstracks war Mia in den alten Trotz zurückgefallen. Bennie wirkte freudlos und verhielt sich still. Schlagartig registrierte Elena, dass das genau die Stimmung war, die so oft zu Hause geherrscht hatte – für die sie sich die Schuld gegeben hatte. Wie oft hatte Florian zu ihr gesagt, ihre Sorgen würden das ganze Haus durchtränken?

Ihre Augen begannen zu funkeln und sie richtete sich auf wie eine Kobra.

»Einen Moment, Florian«, sagte sie mit einer Stimme, die er noch nie an ihr vernommen hatte. »Das ist mit keinem von uns so abgesprochen. Du hast gesagt, du schaust dir Mias Linkliste an, dass du Harvey kennenlernen willst und …«

»Die Liste schaue ich mir zu Hause an. Und wie lange dauert es, Harvey kennenzulernen? Zwei Minuten? Das schaffen wir schon noch vor dem Flug.«

»Anderer Vorschlag«, Elena war um Frieden bemüht. »Du fliegst nach Hause und ich komme in zwei Wochen mit Bennie und Mia nach.«

Bennie ließ den Löffel fallen. Das Geräusch fiel mit seinem Ausruf zusammen:

»Ich will nicht weg! Ich will hierbleiben!« Er brach endgültig in Tränen aus. »Ich gehe nicht mit!«, rief er seinem Papa zu. »Ich will hier bleiben.«

»Aber Bennie! Was ist mit deinen Freunden im Kindergarten?«

»Ich will nicht in den Kindergarten!«

Florian zog die Brauen zusammen. Bennie klang genauso wie Mia! »Aber hier hast du doch niemanden!«, entgegnete er und warf Elena einen vorwurfsvollen Blick zu, der besagte: »Da hast du ja was Schönes angerichtet!«

»Doch! Ich habe Jim und Daniel und Robert und Hazel und Marvin und Ray und …«

Rays Name zog im Bruchteil einer Sekunde den Vorhang in Florian zu. Er machte dicht.

»Das sind keine Kinder«, gab er streng zurück. »Das sind Erwachsene. Du musst unter deinesgleichen, Bennie.«

Elena tat nur noch das Herz weh. Florian bestimmte, was gut für Bennie war, ohne dessen Gefühle zu berücksichtigen, ohne zu wissen, was die aufgezählten Personen seinem Sohn bedeuteten. War das früher auch so gewesen und sie hatte das nur nicht gesehen? Unwillkürlich fiel ihr der Restaurantbesuch nach Tor Hill ein, als Bennie, brummend vor Energie, um den Tisch gesaust war und sie sich alle über die Videos kugelig gelacht hatten. In ihr erwachte die Löwin und fest richtete sie ihren Blick auf Florian.

»Er *ist* unter seinesgleichen, Florian. Er ist glücklich hier. Wenn du deine Kinder liebst, ist es deine Aufgabe als Vater, ihnen dieses Glück zu ermöglichen. Du solltest ihnen zumindest nicht im Weg stehen, wenn sie etwas gefunden haben, was sie begeistert.«

Florian glaubte, nicht richtig zu hören. Jahrelang war er für die Kinder verantwortlich gewesen und musste sich jetzt solche Sätze anhören? Noch nicht mal seine Vaterrolle war ihm geblieben!

»Ach«, gab er bissig zurück, »ist ein wenig doppelmoralisch, nicht? Was ist denn mit den Dingen, die *mich* begeistern? Ehrlich, Elena, ich habe keine Ahnung, wie du es geschafft hast, in diesen wenigen Wochen die Kinder gegen alles Bestehende aufzuhetzen. Werte wie Disziplin und Bildung … Ist doch klar, dass Kinder ein Lotterleben einem geregelten Tagesablauf vorziehen! Da ist es leicht, sich beliebt zu machen.«

Elena blieb ruhig. Sie sah, dass er verletzt war und um seine alte Rolle kämpfte.

»Florian, lass uns nochmal eine Rolle rückwärts machen. Gehen wir zurück zu dem Punkt, wo du einverstanden warst, die Linkliste anzuschauen. Dann sehen wir weiter.«

Sie stand auf. Eine Geste, die besagte: »Audienz beendet.«

Fassungslos starrte Florian sie an. Auch Mia war aufgestanden, hatte ihr Tablet geholt und legte es Florian hin.

»Bevor du Bennie in Kindergärten schickst, deren Leiter stolz darauf sind, Fünfjährigen Masturbationszimmer anzubieten, schau dir das an. Hier sind alle Links gespeichert. Bitte, Papa, nimm dir die Zeit. Tust du das?«

Ihre Augen waren feucht, das ließ auch Florian nicht kalt. Alles, was er wollte, war, nicht weggestoßen zu werden. Er litt unsäglich darunter, seine alte Rolle verloren zu haben und unter dem Gefühl, dass Mia und Elena sich plötzlich über ihn erhoben. So kam es ihm vor. Er fühlte sich buchstäblich vom Sockel gestoßen.

»Am Abend könnten wir ein Treffen mit Harvey organisieren«, schlug Elena vor. »Wie wäre es, wenn wir zusammen im Pub etwas essen?«

»Nein«, sagte Florian und klang zum ersten Mal ehrlich. »Ich … ich brauche Zeit. Außerdem möchte ich ein paar Sachen waschen, damit ich was Sauberes zum Anziehen habe. Morgen wäre besser.«

»Gut, dann morgen. Bring deine Wäsche, wir werfen sie gleich in die Maschine.« Elena lächelte ihm zu. Ein Lächeln, an das sich Florian klammerte, um die fiese Angst in ihm zu ersticken.

»Okay«, sagte er erleichtert. »Dann hole ich mal meinen Koffer.«

»Es reicht, wenn du das holst, was du gewaschen haben möchtest, Florian«, gab sie zurück. Und auf seinen verletzten Ausdruck hin: »Ich brauche ebenfalls Zeit.«

# ♫ Champagne Problems ♫

Taylor Swift

Britt erwachte mit einem duseligen Kopf.

Sie war Alkohol gewöhnt, bekam kaum Kopfweh davon, aber nach dem letzten Chat mit Ray hatte sie mehr als sonst verkonsumiert. Irgendwo war eine Party gelaufen, der sie spontan zugesagt hatte, inklusive Hubschrauberflug nach Schottland. Auch dort war Alkohol geflossen und sie fühlte sich entsprechend dumpf. Unwillkürlich tastete ihre Hand zur rechten Bettseite. Leer. Ein flaues Gefühl schoss in ihren Magen, machte sie wacher. Welcher Tag war heute? Oh, wenn doch diese elende Dumpfheit in ihrem Kopf nicht wäre! Warum hatte sie nur so viel getrunken? Die Frage brachte die Erinnerung wieder. Ray! Der geplatzte Deal, die Enttäuschung. Die Wut. Er war in sein verwünschtes Avebury geflüchtet. Sie hatten gechattet, er hatte gewollt, dass sie zu seinen Schafen und Felsen kam … Was genau hatte sie geantwortet?

Stöhnend richtete sich Britt auf, fingerte nach dem Smartphone am Nachttisch und blinzelte auf den Chat. Die Worte brüllten sie geradezu an:

»Hey, Britt, bin in Chippenham. Wäre schön, wenn du kommst. Wir sollten reden.«

»Worüber? Über verpasste Chancen?«

»Nein, über uns.«

»Das ist eine der verpassten Chancen.«

Brittany wurde übel und ihr Herz begann zu rasen. Gestern hatte die Antwort genial geklungen, heute erschien sie als das, was sie war: ein Genickschlag für ihre Beziehung.

»O mein Gott«, flüsterte sie. »Ray! Das habe ich nicht so gemeint!«

Ihre Seele sagte ihr, dass diese Antwort und die Tatsache, dass sie auf Rays weitere Anrufe nicht mehr reagiert hatte, etwas in ihm ausgelöst haben musste. Mit einer heftigen Bewegung schlug sie die Bettdecke zurück und stand auf. Ihr Herz klopfte wie im Alarmzustand und sie rannte buchstäblich ins Bad, um unter die Dusche zu springen. Doch als sie in den Spiegel schaute, stöhnte sie auf.

Tränensäcke hingen unter ihren Augen, ihre Haut wirkte fahl und war leicht zerknittert. Und das in ihrem Alter! Brittany schluckte und ihr Angstpegel stieg. Wie sah Ray sie inzwischen? Eines war klar: So konnte und wollte sie sich ihm nicht präsentieren.

Sie meldete sich im Office ab und buchte stattdessen eine Beautybehandlung, die versprach, alle Altersspuren aus ihrem Gesicht zu verbannen. Bing! Eine Message! Gott sei Dank! Ray! Es war Ray! Er hatte sich gemeldet! Mit rasendem Herzen starrte sie aufs Display.

»Hallo Mia!«, stand da. »Überragender Reel!«

Die Nachricht wurde gelöscht. Sie war aus Versehen bei ihr gelandet und Ray hatte es bemerkt.

Britt runzelte die Stirn. Mia? Wer war das? Dann fiel es ihr ein. War das nicht das deutsche Mädchen, von dem er erzählt hatte? Das sich für Kornkreise interessierte und eine Influencerkarriere starten wollte? Aus einem Impuls heraus öffnete sie Instagram und gab die Begriffe »Kornkreis« und »Mia« ein. Kurz darauf fand sie eine Flut an Bildern vor. Mias schönes Gesicht lachte in die Kamera, zusammen mit einem nicht minder attraktiven jungen Mann, der Brittany sehr an den Earl erinnerte.

»Aktiv in die Selbstbestimmung!«, lautete die Überschrift. »Seid dabei, wenn wir die Welt revolutionieren! Revolutioniert sie mit uns!«

Was meinte sie damit? Aber das hatte Mia nicht nur für Brittany im Dunkeln gelassen, sondern versprochen, in den nächsten Tagen mit sensationellen Neuigkeiten aufzuwarten. An Mias Insta-Kanal war nichts Beunruhigendes. Brittany war trotzdem beunruhigt. Aufs höchste sogar. Mit klammem Herzen scrollte sie weiter und stieß auf ein Foto, das Mia mit ihrer Mutter zeigte. Beide standen sie wie zwei Elfen in einer innigen Umarmung, die Gesichter der Kamera zugewandt, in einem magisch anmutenden Teich. Britt stürzte das Blut aus dem Gesicht.

War das die deutsche Frau, mit der Ray seine Zeit verbrachte? Alle Alarmglocken in ihr schrillten laut und grell. Mit fliegenden Fingern wählte sie Rays Nummer. Er nahm ab.

»Hallo Brittany«, sagte er freundlich. »Schön, dass du dich meldest. Wie geht es dir?«

Ihr Magen schlug Purzelbäume. Sein Ton war höflich, zu höflich! So hatte er sich noch nie angehört … Noch nie!

»Ray«, stieß sie hervor. »Ich habe gerade nochmal gelesen, was ich dir zuletzt geschrieben habe. Ich möchte mich aufrichtig dafür entschuldigen. Das ist alles in der Hitze des Gefechtes passiert und es war nicht so gemeint. Ehrlich nicht.«

Ray schwieg kurz. »Bist du sicher?«, fragte er dann.

»Ja!«, rief sie unglücklich. »Ja! Ganz sicher! Es tut mir leid!«

»Das tut es dir immer nach einem Schwips.«

Rays Ruhe befeuerte die Angst in ihr.

»Ray, bitte, lass uns reden. Ich fahre selbstredend zu dir. Es geht nur heute nicht, weil …« Verzweifelt blickte sie in den Spiegel. O Gott, was würde er nur denken, wenn er sie so sähe?

»Bei mir geht es heute auch nicht. Lass uns die Tage was ausmachen.«

Lass uns die Tage was ausmachen? Sie hingen in einer dicken Ehekrise und er hatte es nicht eilig, sie zu lösen? Was war los? Ihr Herz fuhr Achterbahn.

»Ray, Liebling, nochmal, es tut mir wirklich, wirklich leid«, krächzte Brittany am Boden zerstört. »Ich kann morgen Abend …«

»Gib mir eine Woche, Britt«, unterbrach er. »Ich muss ein paar wichtige Dinge klären.«

Eine Woche! Niemals im ganzen Leben würde sie das aushalten! Wenn sie nicht so versoffen ausgesehen hätte, wäre sie sofort ins Auto gesprungen, egal, was er gesagt hätte! Und genau das würde sie morgen tun! Die Tränen brannten in ihren Augen.

»Welche Dinge musst du klären?«, fragte sie erstickt.

»Das erzähle ich dir ausführlich, wenn wir uns treffen.«

»Also gut«, sagte sie mühsam beherrscht. »Aber Ray, sag mir nur eines. Diese deutsche Frau, von der du erzählt hast … bedeutet sie dir was?«

Die Stille nach ihrer Frage ließ Brittany schwindeln und in einen nicht enden wollenden Abgrund blicken. Seine Antwort war der Stoß nach unten.

»Ja«, erwiderte er leise, »das tut sie, Britt. Sie bedeutet mir sogar sehr viel.«

Wenn jemand Elena vor einem Monat erzählt hätte, froh darüber zu sein, dass Florian nach monatelanger Abwesenheit den Nachmittag für sich verbrachte, hätte sie ihn für verrückt erklärt.

Er wirkte wie ein Fremdkörper, als er seine Wäsche brachte, das konnte keiner von ihnen einfach wegstecken, auch Mia nicht. Sie hatte Florian zwar schon lange kritisch gesehen, trotzdem war er ihr Papa. Bennie erging es noch schlimmer. Der Kleine war komplett zerrissen. Er wollte nicht weg, liebte seinen Papa, sah aber plötzlich in ihm eine Gefahr und verstand seine eigenen Gefühle nicht. Elena nahm sich viel Zeit, redete mit ihm, um ihm die Situation so einfühlsam wie möglich zu erklären. Auch bat sie Marvin um Hilfe.

Währenddessen schickte Florian eine Mail, dass er seinen Flug gebucht hatte, und schlug vor, am Abend nochmal über alles zu reden. Elena sagte ab. Sie wollte ihn erst am Nachmittag des nächsten Tages wiedersehen, an dem er Harvey kennenlernen würde. In der Hoffnung, dass er durch die Links mehr Verständnis hatte.

In melancholischer Stimmung betrat sie am Abend die heimeligen Räume der Bibliothek. Sie dachte an Ray. An seinen Kuss, an seine Augen, an sein stummes »Ich liebe dich« – und daran, wie sich ihr Herz dabei gebärdete.

Aber auch sie war zerrissen. Fünfundzwanzig Jahre war sie mit Florian zusammen, zwanzig Jahre verheiratet – und nur drei Monate hatten alles auf den Kopf gestellt.

Mechanisch zog sie das Buch aus dem Regal, setzte sich in den Nebenraum, fächerte durch die Seiten, als sie hörte, dass jemand durch die Haustür kam. Ray! Mit klopfendem Herzen stand Elena auf und ging in den Hauptraum.

Harte Absätze klapperten auf dem Parkett, klangen wie unheilvolles Trommeln. Unwillkürlich wich Elena einen Schritt zurück. Nicht Ray kam zur Tür herein, sondern eine Frau mit rotem Bob. Sie war top gestylt, top geschminkt und doch konnte man sehen, dass sie geweint hatte.

Die beiden Frauen starrten sich an.

»Hi«, sagte die Rothaarige feindselig. »Ich bin Brittany. Rays Frau. Und du bist Elena.«

»Ja, die bin ich. Aber Ray ist nicht hier. Ich weiß nicht, wo …«

»Ich weiß, dass Ray nicht hier ist«, unterbrach Brittany sie scharf. »Ich wollte zu dir.« Drohend machte sie einen Schritt auf Elena zu. »Lass die Finger von meinem Mann, okay? Und lass dir gesagt sein, ich gebe ihn nicht auf! Niemals! Und er mich nicht! Nur für den Fall, dass du dir das einbilden solltest.«

Ihre Augen schleuderten Blitze, sie reckte ihr Kinn, aber es zitterte stark und Elenas Augen füllten sich mit Mitgefühl. Britt sah es. Aggression und Angst quollen massiv in ihr hoch.

»Fahr nach Hause«, zischte sie. »Kümmere dich um deinen eigenen Kram!«

Damit drehte sie sich auf dem Absatz um und verließ die Bibliothek. Durch das Fenster sah Elena, wie sie die Wagentür so heftig zuschlug, dass die gesamte Karosserie wackelte. Mit quietschenden Reifen fuhr sie davon. Richtung Chippenham. Zu Ray.

Elenas Schultern sackten nach unten. Brittany hatte so verzweifelt gewirkt. Oh, wie gut konnte sie sie verstehen! Ihre Gedanken gingen zu Ray, zu ihrer eigenen Situation. Sie nahm das Buch, stellte es zurück. Britts Wut hing in den Räumen und war kaum auszuhalten. Sie musste hier raus! Spontan beschloss Elena, nach Avebury zu fahren.

Sie schloss ab, wollte sich auf den Weg zum Schulhaus machen, wo ihr Auto stand, als eine unbekannte Stimme an ihr Ohr drang.

»Hey! Warte einen Moment!«

Überrascht drehte sich Elena um. Aus dem Saum des Waldes löste sich eine Frau mit hochgestecktem, dunklem Haar und kam auf sie zu. Ihre Gesichtshaut war extrem hell, ihre grünen Augen blitzten Elena neugierig an, als sie voreinander standen.

»Hallo, Elena«, sagte sie mit einem Lächeln. »Ich bin Maya Subaru, alias Ophelia Cunnings ... ich habe gehört, du wolltest mich sprechen?«

# ♫ With the Ink of a Ghost ♫

José Gonzàles

Elena schwindelte, starrte die Frau vor ihr an.

»Ich … ja, das stimmt«, quetschte sie hervor.

»Das ist fein«, antwortete Ophelia heiter. »Kann ich dich zu einer Tasse Tee einladen? Ich wohne nicht allzu weit weg von hier.«

»Äh … ja, okay, natürlich. Das ist sehr nett.«

»Dann komm mit!«

Elena folgte Ophelia, die aber nicht zum Parkplatz und auch nicht Richtung Dorf ging, sondern direkt in den Wald. Ein Jeep parkte in einer kleinen Bucht, in den Ophelia Elena einsteigen ließ und mit ihr auf Pfaden fuhr, die so tief im Gehölz und dermaßen verwinkelt waren, dass Elena bald die Orientierung verlor. Dabei redete Ophelia munter drauflos.

»Ich beobachte dich schon, seit du hier bist. Gibt nicht so viele, die sich für mein Buch interessieren. Ray war der Erste, der es intensiv las. Und dann du. Ach, und übrigens ist das ganz wunderbar, dass du und deine Tochter hier aufgetaucht seid. Dein süßer Kleiner natürlich mit eingeschlossen! Jim liebt den Jungen! Bennie wird garantiert Jims Nachfolger und weit mehr! Sehe ich jetzt schon!«

Sie sandte Elena einen verschmitzten Blick, aber bevor die auch nur eine ihrer tausend Fragen stellen konnte, sprudelte Ophelia weiter: »Die Sache mit Mia und der Powerbox ist so genial! Ich wusste es von der ersten Sekunde an! Ach, ich bin so glücklich und froh! Bin schon so gespannt, wie Harvey und sie die Sache aufziehen werden. Und meine Güte, ist das nicht ein Zauber, wie verliebt die beiden sind? Ein tolles Mädchen hast du!«

»Moment mal, woher weißt du das alles?«, warf Elena irritiert ein. »Woher kennst du Mia und Harvey? Was wusstest du von der ersten Sekunde an? Und was heißt, du hast mich beobachtet?«

»Wie gesagt, es gibt nicht so viele, die mein Buch lesen. Ich mache oft Spaziergänge zur Bibliothek, wenn ich in der Nähe des Dorfes bin.«

»Apropos, wo bringst du mich hin? Das geht ganz schon tief in den Wald rein.«

»Keine Sorge, ich bringe dich heil wieder zurück. Ist das wahr, dass du mein Buch verlegen willst? Das wäre ja super!«

»Ja, das ist mir ein Anliegen. Es ist das Beste, was ich jemals gelesen habe. Ich kann mir gar nicht vorstellen, dass das kein Verlag haben wollte.«

»Ich habe es auch nirgendwo eingereicht, weil es mir nie fertig erschien.«

»Woher hast du diese Weisheiten? Sie sind überirdisch – und das meine ich wörtlich.«

»Das sind sie tatsächlich«, erwiderte Ophelia und wurde ein wenig ernster. »Vor ein paar Jahren hat sich mein Leben dramatisch verändert und ich bin mit vielen, außergewöhnlichen Menschen zusammengekommen.«

Sie warf Elena einen Blick zu und fuhr fort: »Ich hatte viele mystische Erlebnisse und Erfahrungen. Dieses Buch ist nicht allein mein Werk. Immer wieder kommt Neues hinzu. Manchmal nehme ich Seiten raus, die ich überarbeiten will oder nicht mehr für wichtig erachte und ersetze sie. Ich vertraue darauf, dass jeder das liest, was er braucht.«

»Das ist so. Das kann ich vollauf bestätigen. Aber …«

»Deine vielen anderen Fragen beantworte ich dir in Ruhe beim Tee, okay?«

Elena nickte, immer noch total durcheinander. Ophelia schenkte ihr ein kurzes Lächeln, während sie weiter über Waldwege und Wurzeln holperten und sie beide gehörig durchgeschüttelt wurden. Ihre grünen Augen waren frappierend. Wie alt mochte sie sein? Elena schätzte sie auf fünfunddreißig.

»Wie alt bist du?«, fragte sie sie spontan.

»Einundfünfzig«, antwortete Ophelia unbekümmert. »Vier Jahre jünger als Robert.«

»Was hat er damit zu tun?«

Ophelia lachte und blitzte Elena an. »Er ist mein Mann.«

»Er ist dein …«

»Ja, wir sind verheiratet!« Sie strahlte und grinste und freute sich diebisch über Elenas fassungsloses Gesicht.

»Dann hat Robert ein zweites Mal geheiratet?«

»Nein.«

»Nein?«

»Nein. Ich bin seine erste und einzige Frau. Deenah Exely.«

# ♫ Become:Become ♫

Abbott & Malte Burmester

**Drei Jahre zuvor**

»Willkommen zurück, meine Schöne«, murmelte er.

Ihr Kopf schwamm im Nirgendwo, fühlte sich benommen an. Ihre Nase vernahm den Geruch von Holz, verband sich mit dem Gehörsinn: es knisterte, irgendwo brannte ein Feuer. Wo war sie? Sie bewegte sich, registrierte, sie lag auf einem Bett, eine Decke über sich, ein Körper neben ihr. Eine Hand, die über ihre Stirn strich. Ein Gesicht, das sich über sie beugte.

Ihre Lider waren schwer, sie versuchte, die Augen zu öffnen, blinzelte, Licht drang herein, ließ sie mehr und mehr erkennen. Langsam wich die Betäubung, doch waren ihre Sinne noch halb im Traumland.

»Robert«, flüsterte sie. »Was ... wo sind wir?«

»Im tiefsten Wald, mein holder Liebling. Dort, wo sich buchstäblich Fuchs und Hase gute Nacht sagen. Es ist nicht besonders luxuriös, aber sicher.«

Sie stemmte sich ein wenig hoch, griff sich an die Schläfen, schaute sich um. Massive Holzwände umgaben sie. Ein Tisch, ein Bett, eine kleine Küche mit Holzofen. Verwirrt blickte sie zu ihrem Mann, als sturzartig Erinnerungen auf sie einstürmten.

»Die Sitzung! Was für ein Tag ist heute?«

»Ein ganz besonderer, o Dame meines Herzens! Ein Tag, an dem du bei mir bist. Du magst nicht erahnen, was mir das bedeutet.«

Mit einer steilen Falte zwischen den Augenbrauen starrte sie ihn an.

»Robert, lass den Quatsch! Ich wollte doch nach London! Wo ist der Koffer? Was ist passiert? Warum bin ich hier?«

Doch bevor er antworten konnte, begriff sie es:

»Du hast verhindert, dass ich auspacke! Du hast mich hierher verschleppt!«

»Du hast es erfasst. Ich habe dich betäubt, um zu verhindern, dass du nach London fährst.«

Deenah wurde aschfahl. »Robert«, zischte sie. »Du ...«

»Bitte, mein Herzblatt. Bleib ruhig. Ich hatte Gründe, wichtige Gründe. Ja, es stimmt, ich wollte nicht, dass du in diesen Wagen steigst. Aber bevor du einen deiner berühmten Temperamentsausbrüche bekommst, habe ich etwas für dich.«

Er holte ein Tablet, rief einen Film auf, setzte sich neben sie auf das Bett und drückte auf Play.

Ihr dunkler Range Rover war zu sehen, der von hinten, manchmal von der Seite gefilmt worden war, ihr Wagen, der auf der Landstraße Richtung Motorway unterwegs war.

»Wer sitzt am Steuer?«, fragte sie beklommen.

»Ein Stuntman. Es war nicht leicht, eine Perücke zu finden, die an die wunderbare Farbe deines Haars herankommt. Tja, und das Kostüm, das er trägt, ist leider auch nicht mehr verwendbar. Er musste ein paar Nähte auftrennen, damit er hineinkam.«

»Wer hat das aufgenommen?«

»Eine Detektivfirma.«

Dee blieb stumm, verfolgte, wie der Wagen auf den Motorway wechselte und dort unvermittelt Gas gab.

»Okay«, kommentierte sie verständnislos. »Er scheint es eilig zu haben. Was hat er vor?«

»Siehst du gleich.«

Der Wagen rauschte davon, der Detektiv hinterher. Der Abstand war mal größer, mal kleiner. Eine Baustelle tauchte auf, eine Fahrbahnverengung. Viel zu schnell fuhr ihr Wagen hinein und hielt sich links. Dann wurde die Geschwindigkeit abrupt gedrosselt und wie für einen Anlauf wieder erhöht: Der Wagen donnerte gegen eine Absperrung und schob sie zur Seite. Deenah tat einen erschrockenen Ausruf und warf ihrem Mann einen Blick zu.

»Was macht er? Was soll das?«

»Schau hin!«, sagte er leise und nahm sie fest in den Arm.

Sie wandte die Augen wieder auf den Film, beobachtete wie der Wagen wendete, wieder ein kleines Stück zurückkam und stehenblieb. Gerade wollte sie sich erneut verständnislos an ihren Mann wenden, als ihr geliebter Range Rover mit einer gewaltigen Explosion in die Luft flog. Autoteile regneten auf die Baustelle, während der Wagen in einem Feuersturm aus Rauch und Flammen alles verbrannte, was in ihm gewesen war.

Fassungslos saß sie vor diesem grausamen Bild.

»Verstehst du jetzt?«, fragte Robert leise. »Ich wusste, dass das passiert. Niemals hätte ich dich an diesem Tag in den Wagen steigen lassen. Sie hatten eine Autobombe installiert.«

»Aber …« Ihre Kehle war trocken, sie konnte kaum reden. »Wenn du sie entdeckt hast, warum hast du es mir nicht gesagt und sie einfach entfernt?«

»Weil es das Problem nicht gelöst hätte. Sie wussten, was du vorhast und was im Koffer ist. Du standest auf ihrer Abschussliste, Dee. Also haben wir die Bombe gelassen, wo sie war, um sie in Sicherheit zu wiegen. Aber wir konnten den Zeitpunkt manipulieren, wann sie hochgehen sollte. Der Stuntman ist durch den Kofferraum hinten raus und in einen Graben neben der neu gebauten Fahrspur gesprungen, deshalb hat er gewendet. Danach hat er sich so schnell und weit wie möglich von der Unfallstelle entfernt. Er war gut gesichert, Gott sei Dank. Trotzdem haben ihn paar Splitter erwischt.«

Schockiert starrte Deenah ihn an.

»Aber die Papiere …«, hauchte sie. »Was ist …«

»Sind hier, mein Engel. Was glaubst du denn von mir? Dass ich belämmert bin oder was? Außerdem habe ich Nummernschilder, Gesichter, von allen, die alle live miterleben wollten, wie du in Flammen aufgehst. Unser Material ist noch heißer geworden, buchstäblich.«

Deenah brauchte Zeit, um zu erfassen, was das bedeutete. Sie wurde bleich.

»Aber … Robert! Das bedeutet, ich bin tot?«

»So ungefähr. Oder eigentlich: ja. Mausetot. Coleman, der Detektiv, hat den Film an die Presse verkauft. So ist er für alle Welt zu sehen und lässt keinen Zweifel an deinem Tod. Er ahnt nicht, welchen Gefallen er uns damit tat. Die Beerdigung findet übrigens in ein paar Tagen statt. Möchtest du teilnehmen?«

»Robert! Das ist abartig!«

»Nein, ganz und gar nicht! Lady Deenah gibt es offiziell nicht mehr. Aber dafür gibt es *dich*. Es gibt noch meine über alles geliebte Frau. Und dafür bin ich ohne Ende dankbar.«

Dee starrte ihn an.

»Ich habe dir eine neue Identität besorgt«, erklärte er. »Aber es wäre trotzdem gut, wenn du dich vorerst nicht groß blicken lässt. Und dein Haar färbst.«

»Aber Robert, was bedeutet das genau? Was für ein Leben werden wir führen?«

»Ein nicht allzu heimliches, meine Holde. Sehr offensichtlich sind deine Unterlagen mit in die Luft geflogen. Sie glauben, sie haben alles beseitigt, was ihnen schaden könnte und werden nicht nachforschen. Das ist unser Vorteil. Wenn der richtige Zeitpunkt gekommen ist, werden wir auspacken.

Dieser Tag wird kommen – und dann wirst du samt deinem roten Haar wieder an meiner Seite sein.«

In ihrem Kopf arbeitete es. Er nahm sie sanft an den Schultern, zwang sie, ihn anzuschauen.

»Liebling, ich weiß, es ist ein Schock. Aber George hat mir verraten, dass du auf ihrer Liste stehst. Du weißt, was das heißt.«

»Ja, ich weiß, was das heißt.« Sie senkte den Kopf, die Augen voller Trauer. »Wie lange noch, Robert? Wie lange werden diese Schergen die Welt regieren?«

»Ihre Tage sind gezählt, das weißt du.«

Er lächelte sie aufmunternd an.

»Und inzwischen vergnüge ich mich hier mit dir in der Hütte mindestens genauso gern wie im Manor House. Ich hoffe, du besuchst mich dort und wir genießen den Zimmerservice! Glaube mir, ich bin so froh, dass ich dich überhaupt noch vernudeln kann.«

Sein Blick huschte zur ausgebrannten Karosserie. Deenah drückte sich an ihn.

»Dann hast du mir das Leben gerettet, lieber Gemahl, wenn ich das richtig sehe.«

»Keine Ursache, war reiner Eigennutz.« Sein Gesichtsausdruck widersprach dem legeren Ton. Seine Augen glänzten feucht.

»Ich liebe dich, Dee«, flüsterte er. »Ein Leben ohne dich wollte ich nicht leben.«

»Und ich keins ohne dich.«

Er schlang die Arme um sie, presste sie fest an sich.

»Unsere Zeit wird kommen, Deenah. Ich weiß es. Wir stehen das durch. Es kann nicht mehr lange dauern. Die Liebe wird siegen. Das weißt du und das weiß ich.«

Der Jeep hielt vor einer geräumigen, aber einfachen Hütte. Deenah beachtete Elenas herunter geklappten Unterkiefer nicht weiter, stieg aus und bedeutete ihr, zu folgen.

Kurz danach fand sich Elena in einem gemütlichen Ambiente wieder. Ein Generator erzeugte Strom, aber die hauptsächliche Energiequelle war Holz, das für einen altertümlichen Herd und einen Kachelofen genutzt wurde. Es war urgemütlich, wenn auch wegen der Bäume nicht viel Licht hereinkam. Aber das mache ihr nichts aus, erzählte Deenah fröhlich, denn die Hütte sei nur einer ihrer Aufenthaltsorte.

»Robert hat es geschafft, alle Fotos von mir weitgehend aus dem Netz verschwinden zu lassen. Und so bekannt war ich den Leuten nicht, dass sie mich zum Beispiel auf den Straßen irgendeiner Kleinstadt in England erkennen würden. Ich kann mich also frei bewegen. Das einzig Verräterische war mein Haar. Das musste ich färben. Aber ich freue mich auf den Tag, an dem ich das nicht mehr tun muss und hoffe, es ist dann noch rot und nicht grau!«

Sie lachte, während sie beim Teekochen Elena nach und nach ins Bild setzte.

»Robert und ich sind politisch Verfolgte«, schmunzelte sie. »Sie hatten uns auf ihrer Liste. Mich besonders, da ich viel in Konzernen gearbeitet habe. Mir kam einiges spanisch vor und ich fing schon sehr früh an, Informationen zu sammeln, kam von einem zum anderen – und schwupps – auf einmal bist du in einem Netzwerk von Menschen, die sich gegenseitig Informationen zuschieben. Damit wurde ich zu einer Gefahr.«

»Das heißt, du hast gegen das System gearbeitet.«

»Exakt. Ich hatte Informationen, die, so meinte ich, mit einem Schlag das System zusammenbrechen lassen könnten. Aber Robert meinte, es wäre zu früh. Er hatte recht. Er ist hellsichtig, er hat das mit der Bombe geahnt und es mir deswegen nicht gesagt, weil er wusste, dass ich nur nach einem anderen Weg gesucht hätte, um meine Informationen in die Welt zu bringen.«

Ihre grünen Augen funkelten Elena an. »Aber ich habe die Zeit hier gut genutzt. Heute weiß ich: Es wird alles gut. Es *ist* alles gut. Heute kann ich mich voll in die Hand jener Kraft geben, die mich erschaffen hat. Ich vertraue ihr.«

»Du hast auch mich dazu gebracht, dieser Kraft zu vertrauen«, erwiderte Elena warm. »Du hast mit dem, was du für dich herausgefunden hast, mein Leben so sehr bereichert. Und sogar mein nächstes Buch!«

»Wie schön, dass du das weitergibst!! Ja, auch die Wesen, die ich channele, betonen das. Sie sagen: Das Gelernte weniger wird zum Eigentum vieler.«

»Umso mehr, wenn wir dein Buch verlegen! Oh, wie ich mich freue, dass es in die Welt kommt! Unter welchem Namen willst du es veröffentlichen?«

»Unter deinem natürlich. Du hast schon einen Namen als Autorin. Es wäre doch blöd, wenn wir das nicht nutzen!«

»Aber ich starte neu in diesem Genre und …«

»Das wird schon alles«, unterbrach Deenah sie. »Mach dir mal darüber keine Sorgen.«

»Deenah, warum hast du mir das alles erzählt? Du lebst doch noch immer in Geheimhaltung.«

»Aber Elena, überleg doch, wir werden früher oder später miteinander verwandt sein.« Deenah schenkte ihr ein schelmisches Lächeln. »Du gehörst sozusagen zur Familie!«

Elena lachte. »Das hört sich wunderbar an! Hast du Mia eigentlich schon persönlich kennengelernt?«

»Nein, bin sicher, das geschieht bald.«

»Weiß Ray von all dem?«

»Nein, bisher nicht. Für ihn spielt es ja auch keine Rolle.«

Sie stand auf und zauberte aus der knuddeligen Küche eine Flasche Rotwein hervor. In diesem Moment ertönte ein Klopfzeichen an der Tür.

»Ach«, sagte Deenah erfreut. »Das ist Robert!«

Sie ging öffnen, aber mehrere Stimmen ertönten, nicht nur die von Robert. In den nächsten Sekunden sah sich Elena umringt von Mia, Harvey und Robert und einem weiteren jungen Mann, der sich als Robert junior vorstellte.

Ein Tumult entstand in der Hütte, eine Umarmung folgte der nächsten, leuchtende Augen, frohe Gesichter, der Wein wurde unter Geschnatter und Gelächter in altmodische Gläser gefüllt, eine wunderbare Stimmung füllte den Raum. Deenah brachte es auf den Punkt, als sie ihr Glas hob und ausrief:

»Auf unsere wunderbare Familie! Auf den vollzogenen Wandel der Erde! Auf die himmlischen Kräfte, die uns unterstützen und auf den Glauben, der Berge zum Einsturz bringt!«

Laute Zustimmungsrufe antworteten ihr. Sie redeten, lachten, erstellten Zukunftsvisionen, lernten sich kennen. Deenah und Mia saßen nebeneinander und unterhielten sich, Harvey saß daneben. Robert leuchtete seine Frau an, als wäre sie das einzig weibliche Wesen auf dieser Welt.

Elena befand sich in einer anderen Welt. In einer, in der sie sein wollte, eine, die ihr ein tiefes Gefühl der Geborgenheit und Freude gab, mit Menschen, die sie liebte und die ihr nah waren, obwohl sie manche erst ein paar Minuten kannte.

Sie wusste, hier war sie zu Hause.

Kurz nach Mitternacht fuhr Harvey alle bis auf Robert nach Hause. Mia blieb bei Harvey, Bennie war bei Hazel. Als Elena die Einfahrt hochging, klemmte an der Tür ein unbeschriftetes Kuvert. Vermutlich von Florian.

Sie nahm es ab und setzte sich damit auf die Terrasse. An Aufregung hatte es heute nicht gefehlt! Welchen Schlusspunkt würde das Schreiben setzen?

Sie riss den Umschlag auf, fand darin einen zusammengefalteten Briefbogen und einen weiteren Umschlag darin, auf dem stand:

»Meine Wünsche und Träume«

Ray! Ihr Herz schlug einen Salto, begann heftig zu pochen. Andächtig faltete sie das Blatt auseinander und las:

»Liebe Elena,

unser Dinner hat ein unerwartetes Ende genommen, ich kann nicht einschätzen, wie es dir gerade geht. Wie du dich fühlst. Was du denkst. Was in dir los ist. Du hast so lange auf deinen Mann gewartet und dich so sehr und so oft nach ihm gesehnt. Ihr habt euch bestimmt viel zu erzählen. Daher möchte ich dir nicht zu nahe treten und befürchte, ich tue es doch, wenn ich dir nun von mir berichte.

Brittany war heute bei mir. Es war kein schönes Zusammentreffen, Einzelheiten erspare ich dir. Aber ich möchte dich darüber informieren, dass sie und ich ab heute getrennte Wege gehen.

Mein Zuhause ist hier, in Avebury. Wo ist deines?

Du hast mir einmal gesagt, dass wir es nicht mehr wagen, zu träumen. Aber ich kann dir versichern: Genau das tue ich gerade. Ich wage zu träumen. Heftig und hemmungslos. Wovon, das steht in meinem Umschlag. Wie wir einst vereinbart haben, kannst du das Kuvert an Weihnachten öffnen – oder wann immer du es für richtig hältst. Ich liebe dich.

Dein Ray.«

Elena saß lange auf der Terrasse. Nach einer Zeit nahm sie ihr Smartphone und scrollte durch die Fotos der letzten drei Monate. Die Verabschiedung Florians am Flughafen, die ersten Fotos unter Englands Himmel bis sie bei der ersten Tagestour mit Ray landete. Sie hatte das Lachen ihrer Kinder im Ohr, das Erlebnis in der weißen Grotte glühte auf. Ray, der sie aus dem Wasser gezogen hatte, die Hexe mit ihrer wunderlichen Aussage:

*Dann hast du wohl seit Äonen einen Freund an deiner Seite und ihn immer wieder verloren, weil er ein Freund für dich war.*

Elena hatte das Visitenkärtchen der Dame noch in ihrer Tasche, aber sie musste sie nicht anrufen, um zu fragen, wie sie ihre Worte gemeint hatte.

Sie verstand sie.

Niemals hätte Ray gedacht, dass dieser Sommer eine solche Wendung nehmen würde. Die Entscheidung, sich von seiner Frau zu trennen, mutete wahnwitzig an und doch wusste er, dass es richtig war – egal, wie Elena sich entscheiden würde. Sein Verstand sagte ihm: Es war genauso wahnsinnig, Hoffnung aus einem einzigen Kuss zu schöpfen, ihrem sich bereitwillig geöffneten Mund.

Sie hatten Wein getrunken, sie hatten am Nachmittag gefeiert, das Ambiente war betörend gewesen … nur zu leicht verführte das zu Aktionen, die sie hinterher bereut haben mochte.

Noch vor dem Gespräch mit seiner Frau hatte es Ray nach Castle Combe getrieben. Es drängte ihn zu erfahren, wie es Elena ging, er brannte darauf, mit ihr zu sprechen, aber ihm war klar, dass der Zeitpunkt nicht passend war. Aber vielleicht suchte sie die Bibliothek auf? Er wollte die Chance nicht ungenutzt lassen.

Doch als er in dem kleinen Dorf ankam, sah er Elena Händchen haltend mit ihrem Mann durch das Dorf schlendern. Ein Bild der Idylle! Sein Herz tat einen schmerzhaften Satz. Hatte er wirklich geglaubt, zwanzig Jahre Ehe ließen sich so einfach wegwischen?

Sein Herz sank auf Grundeis, als er wenig später mitbekam, dass die Familie schon drei Tage später abreiste, heim nach Deutschland. Ohne, dass Elena auch nur ein Wort an ihn gerichtet hatte. Hatte sie nicht vorgehabt, bis Ende des Monats zu bleiben? Alles, was er erhielt, war eine hektisch geschriebene Nachricht von Mia:

»Ray, unser Geschäft läuft. Alles Weitere will Mama dir persönlich erklären.«

Das war kein Grund zur Freude. Elena hätte auch in eine andere Galaxie reisen können – sie schien unerreichbar für ihn.

Ray war am Boden zerstört.

# ♫ Holding on to letting go ♫

Scott Quinn

Florian hielt an seinem Plan fest, zügig nach Hause zu fliegen. Beim Frühstück fand Elena eine Nachricht von ihm vor.

»Ich komme am Vormittag und sage den Kindern, dass ich sie mitnehmen werde. Du bleibst noch zwei Wochen hier und schreibst dein Buch. Wenn du zuhause bist, reden wir über alles.«

Elena war weit davon entfernt, sauer über seinen imperativen Ton zu sein. Sie spürte seine Angst und das erlaubte ihr, darüber hinweg zu sehen. Sie schrieb zurück:

»Trifft sich gut, wenn du kommst. Mia möchte dringend mit dir reden. Ich hoffe, du konntest dir schon einiges anschauen? Auch ich möchte mit dir sprechen, nicht erst in zwei Wochen, sondern heute, noch vor Mia. Wir könnten wieder spazieren gehen.«

»Natürlich. Ich komme gleich zu euch, dann kann ich mich umziehen.«

Zehn Minuten später war er da, verschwand im Bad und kam sichtlich erleichtert in einer frisch gewaschenen Jeans und einem T-Shirt wieder heraus. Auch Mia war inzwischen eingetroffen, sie wollte auf Bennie aufpassen, solange Elena und Florian redeten.

Florians Augen flackerten unruhig, als er seine Familie in der Küche versammelt sah.

»Hallo Kinder«, begrüßte er sie. Sie grüßten zurück, aber anders als gestern hüpfte Bennie nicht auf ihn zu. Hatte er Angst, dass Florian ihn von seinem geliebten Garten fortbrachte? Jedenfalls war seine Stimmung deutlich gedämpfter als einen Tag zuvor. Florian, wund in Seele und Herz, registrierte das alles. Was war nur in diesen verdammten drei Monaten geschehen?

Elena nahm eine leichte Jacke vom Stuhl, lotste Florian nach draußen, lief mit ihm in den Wald, bis sie eine friedliche Lichtung fanden, wo sie sich in die Sonne setzten. In diesem Ambiente teilte Elena Florian mit, dass sie sich von ihm trennen wollte.

Florians Gesicht zerfiel. Das ging alles so schnell! Er wusste, es war vieles durcheinander, aber das konnte man doch kitten!

»Das kann nicht sein, Elena«, flüsterte er. »Das ist eine unüberlegte Entscheidung. Eine Phase in unserem Leben kann doch nicht zum Abbruch unserer wunderbaren Beziehung führen!«

»Doch«, erwiderte sie. »Weil ich in dieser Phase gemerkt habe, was ich wirklich möchte.«

»Elena, wir haben fünfundzwanzig Jahre miteinander verbracht!« In seinen Augen schwammen Tränen. »Fünfundzwanzig wundervolle Jahre. Mit dir, mein Engel!«

Er wollte sie in die Arme nehmen, wollte sie küssen, aber Elena drehte den Kopf weg und befreite sich aus seinem Griff. Auch in ihren Augen standen Tränen. Es tat ihr so weh, ihn leiden zu sehen, sie verstand ihn so gut!

»Nein, Florian«, sagte sie leise. »Lass das bitte.«

»Willst du das wirklich einfach wegwerfen?«, fuhr er gequält fort. »Ist es nicht einfach nur eine Phase, in der wir beide wachsen, uns verändern, es aber letztlich vorwärtsgeht? Es ist … weißt du, wir sind wie ein Wagen, der ein wenig festgefahren war, und nun ruckelt es eben ein bisschen, weil wir beide weiter wollen.«

»Aber ich habe nicht das Gefühl, dass wir in die gleiche Richtung wollen. Es ist so viel passiert.«

»Es gibt immer einen Weg zurück«, beharrte er.

»Ich will nicht zurück, Florian. Ich will vorwärts. Ich will …«

»Ja, dein alter Ehrgeiz«, fiel er ihr bitter ins Wort. »Wie oft hast du gelitten, nur weil du vorwärtskommen wolltest! Wie oft habe ich dir erklärt, dass Wünsche nur Groll und Ungutes hervorrufen! Aber dass dein Ehrgeiz sogar unsere gesamte Beziehung zerstört, ist hart. Das ist nicht der Weg ins Glück, Elena. Du bist auf dem Holzweg!«

Elena blieb ruhig. Florian verlor so viel. Nicht nur die Rolle des überlegenen Ratgebers, sondern auch die Beziehung, die darauf aufgebaut war. Das war nicht von einer Sekunde auf die andere zu verdauen.

Sie redeten lange. Florian weinte, als er begriff, dass Elena längst nicht mehr bei ihm war. Sein Kopf weigerte sich, zu erkennen, dass sie einen gewaltigen Sprung gemacht hatte, er verstand nicht, wieso und warum. Sein Selbstwertgefühl war am Boden, seine vorige Rolle ausgespielt, sein Leben erfuhr eine Totalwendung. Naturgemäß schwankte er zwischen Wut und Verzweiflung. Wie sehr er in seiner alten Rolle gefangen war, erkannte Elena, als sie ihm vorschlug, mit Marvin zu arbeiten. Inzwischen waren sie wieder zum alten Schulhaus zurückgekehrt, wo Mia auf ihr Gespräch mit Florian wartete.

»Wir könnten alle mitspielen«, schlug sie vor. »Es ist wirklich erstaunlich, was dabei passiert.«

»Paps, Marvin ist super«, versicherte auch Mia ihm. »Er …«

»Wenn ich sehe, was er bei euch angerichtet hat, bin ich nicht sicher, ob das eine gute Empfehlung ist«, entfuhr es ihm gereizt. »Ich habe mich jahrelang mit Spiritualität beschäftigt, intensiver als ihr, falls das an euch vorbeigegangen sein sollte.«

»Das ist fein, Papa«, antwortete Mia. »Du hast so oft betont, dass wir uns der Strömung hingeben sollen. Und dass das Leben aus Freude und Glück besteht. Das wollen wir alle und das sollten wir bei all dem nicht aus den Augen verlieren.«

»Was willst du damit sagen?«, herrschte er sie in einem Ton an, der klang wie: »Was verstehst du denn schon davon?«

Mias Lippen bebten.

»Dass ich nicht möchte, dass wir uns streiten, nur weil wir verschiedene Ansichten vom Leben haben«, erwiderte sie leise. »Dass ich dich weiterhin lieben will. Und einen Papa habe, der es mir leicht macht, ihn zu lieben.«

Florian stürzten die Tränen aus den Augen und doch vertrug er es schlecht, solche Worte von seiner Tochter zu hören. Unwirsch wischte er sich übers Gesicht.

»Und übrigens, Papa«, fuhr Mia fort, »ich habe ein paar tolle Ideen für dich und deine Zukunft, die dich garantiert umhauen!«

Unwillkürlich musste Florian doch ein wenig lächeln.

»Na, da bin ich aber mal gespannt! Ist dein neuer Job Berufsberatung?«

»Nein, da schwebt mir anderes vor. Verrate ich dir nach dem Mittagessen.«

Mia hatte, während Florian und Elena unterwegs gewesen waren, eine Kleinigkeit gekocht und den Gartentisch gedeckt.

Die Idylle schien erst jetzt in Florians Bewusstsein zu dringen. Etwas in Mias Worten hatte ihn dafür geöffnet, die Natur tat ebenso ihre Wirkung – und schuf eine wunderbare Voraussetzung für das Gespräch mit seiner Tochter.

Irgendwie hatte es Mia geschafft, Florian ihre Ansichten und Zukunftsperspektiven auf eine Weise darzustellen, die kaum noch Raum für Zweifel und Bedenken ließen. Sie hatte ihm vorgeschlagen, mit Marvin zu arbeiten, dessen Methode zu erlernen und sich einen Namen als Coach auf YouTube aufzubauen. Auch, wenn Florian sich an den Gedanken gewöhnen musste, von seiner Tochter Vorschläge dieser Art anzunehmen, beflügelte ihn die Aussicht auf eine machbare Zukunft. Am Ende des Gespräches war Harvey dazu gekommen, dessen natürliche Eleganz Florian schwer beeindruckte und geradezu einschüchterte.

Am Abend saß die Familie gemeinsam am Tisch und besprach offen, wie es weitergehen sollte. Das war heilsam und schmerzhaft zugleich, aber sie wussten, sie mussten durch diesen Prozess.

Elena fiel das genauso wenig leicht. Zwanzig Jahre Ehe ließen sich nicht mit einem Schlag zur Seite wischen. Sie wusste, sie tat das Richtige, aber manchmal nützte die Erkenntnis wenig gegen den Abschiedsschmerz.

Nachdenklich saß sie später auf ihrem Bett, Rays Brief in ihren Händen. Sie hatte seinen zweiten Umschlag noch nicht geöffnet – und wollte es auch nicht. Aber sie sandte ihm eine Nachricht.

»Lieber Ray, danke für deinen Brief. Ich melde mich, ganz sicher.«

Zu mehr war sie nicht in der Lage, dazu war alles noch viel zu frisch.

Danach ging alles rasend schnell. Die Verlagsleute waren nach wie vor hellauf von ihrem Skript begeistert und hatten ein Konzept ausgearbeitet.

»Wir brauchen Sie hier in Deutschland für Shootings, Interviews, Besprechung einer Werbestrategie. Dieses Genre bauen wir ganz groß auf! Wirklich super, Frau Gerner, was Sie da zu Papier bringen!«

Das war Wind unter ihren Flügeln, aber die Ereignisse überschlugen sich damit. Florian flog voraus, Bennie, Mia und Elena kamen wenige Tage später mit dem Wagen nach. Die veränderte Situation forderte eine Unzahl an Aktivitäten und war für Elena kaum zu bewältigen. Das Haus musste verkauft, Mias Umzug, dem Florian nun zugestimmt hatte, organisiert werden. Daneben musste Elena ihr Buch schreiben und die Termine mit dem Verlag wahrnehmen. Das hatte auch Vorrang. Danach wollte sie sich um alles Weitere kümmern.

Als sie dem Verlag Deenahs Skript anbot, sprangen die Verantwortlichen buchstäblich an die Decke, begeistert darüber, dass Elena mit ihnen weiterarbeiten wollte, und boten ihr gute Konditionen, die ihr die größten finanziellen Probleme nahmen.

Mia packte voller Vorfreude ihre Habseligkeiten und schickte sie mit einem Service voraus. Sie würde mit Harvey eine Suite im Hotel bewohnen, bis sie etwas Passendes gefunden hatten. Es gab tausendundeine Formalität zu erledigen und Mia nutzte die Zeit, sich von ihren Freundinnen zu verabschieden, war ebenso in einen Aktivitätsstrudel gefangen, denn auch das Business lief mit Vollgas an.

Im Grunde war Mia nun eine voll berufstätige Frau, die sich mit Enthusiasmus in ihre Aufgabe stürzte und mindestens genauso viel zu tun hatte wie Elena, wenn nicht sogar mehr. Ihre ersten, vorsichtigen Ankündigungen für die Powerbox ließen sich gut an und Mia wie Harvey arbeiteten sich in Marktstrategien, Werbemöglichkeiten und was nicht alles ein. Aber sie brummte vor Lebensenergie, brannte für das, was sie tat. Das ging auch an Florian nicht vorbei. Auch nicht, dass Bennie quietschunglücklich war. Er wollte zurück, sehnte sich nach Jim Holey und Daniel. Elena wollte ihm das auf jeden Fall ermöglichen – was wiederum Florian nicht begrüßte. Aber Bennies trauriges Gesichtchen ließ auch ihn nicht unberührt. Ein paar Mal ging Bennie in den Kindergarten, aber es gefiel ihm dort nicht. Er vermisste den Garten, vermisste England, vermisste die Freiheit, verstand nicht, warum er aufstehen sollte, wenn er doch noch müde war, und weigerte sich, an den obskuren Spielen mancher Erzieher teilzunehmen. Elena redete lange mit Florian über diese Themen. Schritt für Schritt begann er sich dafür zu öffnen, allein schon deswegen, weil er keinen Krieg zwischen ihm, Elena und seinen Kindern wollte. Er war auf Wohnungssuche, wollte in Deutschland bleiben, hatte aber immense Schwierigkeiten, die Neuerungen zu verdauen und zu akzeptieren. Doch der Geruch von Abschied lag in der Luft, die Stimmung war von Wehmut gefärbt. Es war ein Abnabelungsprozess, der Geduld brauchte. Florian erkannte, dass die Zeit mit Elena unwiederbringlich vorbei war – und das tat weh. Auf beiden Seiten.

Elena dachte viel an Ray. Wollte ihm oft schreiben und tat es doch nicht. Sie wartete auf den richtigen Moment.

# ♫ This is how you are falling in love ♫

Jeremy Zucker and Chelsea Cutler

Zum x-ten Mal starrte Ray auf Elenas Nachricht, zu der keine weitere dazu gekommen war.

»Lieber Ray, danke für deinen Brief. Ich melde mich, ganz sicher.«

Das hörte sich gar nicht gut an. Er scheute sich, Mia zu fragen, das war ihm zu intim. Mia operierte ihr gemeinsames Business derzeit von Deutschland aus, stand natürlich mit allen Exelys und auch mit Ray in Kontakt, aber ließ kaum ein Wort über ihre Mutter verlauten. Aus den wenigen Worten konnte Ray heraushören, dass Florian sich eine Zukunft aufbaute, um Geld zu verdienen, also das tat, was Elena sich gewünscht hatte. Kleine Bemerkungen, dass Florian Bennie in den Kindergarten gebracht hätte, ließen auf ein normales, intaktes Familienleben schließen.

Sein Herz tat weh. Jede Faser in ihm sehnte sich nach ihr. Nachts lag er im Bett und träumte davon, dass sie neben ihm lag, träumte davon, ihren Körper erkunden, mit ihr verschmelzen zu dürfen. Träumte von den vielen kleinen himmlischen Begebenheiten, die ein gemeinsames Leben so wundervoll machten: eine gemeinsame Tasse Kaffee am Morgen, ein Lagerfeuer in seinem Garten, gemeinsame Gespräche auf einer Blumenwiese … und mit ihr unter Adamea sitzen. Wünsche und Träume, die er in einer langen Liste in seinen Umschlag gesteckt hatte.

Der Hochsommer ging in einen milden Frühherbst über und Ray hatte immer noch nichts von Elena gehört.

Auch die Tage der Bibliothek waren gezählt. Zu allem Unglück war das *Buch der lebendigen Antworten* aus der Bibliothek verschwunden. Haylee verriet ihm, dass es einen Verleger gefunden hätte, so war alles, was ihm blieb, seine eigenen Aufzeichnungen.

Abschied, wohin man blickte.

Die Bibliothek wurde in den Touristenbüros nicht mehr geführt, auf der Homepage stand der Vermerk »permanently closed«. Ein dickes Bündel Umzugskartons stand bereit, die Sessel und Tischchen waren weggeräumt worden. Das Häuschen hatte recht schnell einen Käufer gefunden. Zwei der Regale waren bereits leer geräumt, die Manuskripte in Kartons verstaut und bis auf den Bürostuhl und dem Schreibtisch der Aufsicht waren die meisten Möbel aus den Räumen verschwunden.

Trotzdem kam Ray, allein aus nostalgischen Gründen, nach der Arbeit noch immer hierher und suchte Trost in seinen kopierten Texten.

Wehmütig ließ er an diesem Abend seinen Blick durch die halb geleerten Räume schweifen – und erstarrte. Auf dem Schreibtisch leuchtete ihm das grüngoldene *Buch der lebendigen Antworten* entgegen. Er traute seinen Augen kaum. Wie kam das denn plötzlich hierher? Es sollte doch veröffentlicht werden? Hatte man die Seiten kopiert und wollte das Original einmotten?

Egal, wie es war, Ray kam es vor, als träfe er unerwartet auf einen alten Freund – die Wiedersehensfreude war groß. Er setzte sich an den Schreibtisch, schlug es wie stets mittendrin auf – und fand leere Seiten.

Verblüfft fächerte er sie mit dem Daumen durch, staute die Blätter schließlich wieder zu einem sauberen Bündel zusammen. Dabei bemerkte er, dass eine der Seiten beschrieben war. Auf ihr stand:

»Träume sind Sterne, die uns den Weg weisen.

Der Mut, ihnen zu folgen, ist unser Kompass.

Die Welt liegt in deiner Hand,

wenn du wahrhaft träumen kannst.«

Darunter stand noch ein einzelner Satz:

»Wer immer diese Seite finden mag – nimm sie mit dir.«

Zutiefst verwirrt nahm Ray das Blatt in die Hand, blickte zum Fenster hinaus. Sein Rotkehlchen saß auf dem Sims. Das pralle, rote Bäuchlein leuchtete, es pickte und stieß dabei immer mal an die Scheibe. Die Geräusche hörten sich an wie ein Klopfen. Wie ein: »Komm raus!«

In diesem Moment piepte sein Smartphone. Eine Nachricht erschien auf dem Display, die ihn, so kurz sie auch war, schwindlig werden ließ.

»Avebury bei Nacht?«

Elena! Eine Flut an Gefühlen überschwemmte ihn, heiß, hoffnungsvoll, ließ sein Herz rasen. Er konnte kaum denken. Wollte nicht denken. Das Energielevel seines gesamten Organismus' hob sich auf eine höhere Ebene.

»Wo bist du?«, schrieb er mit fliegenden Fingern zurück.

»Da, wo ich sein will. In Avebury. Bei dir.«

Ein unfassbarer Jubel breitete sich in Ray aus und tanzte an die Decke.

»Und du?«, fragte sie. »Wo bist du?«

»In wenigen Minuten dort, wo ich für immer sein will: In Avebury, bei dir!«

Ray raste zum Wagen, sein Herz sprang ihm fast aus der Brust. Die Gewissheit, dass Elena im Steinkreis auf ihn wartete, machte die Fahrt zu etwas Besonderem, zu einem Weg ins Glück.

Sie wartete am Wiesenrand auf ihn und nie war sie ihm schöner erschienen. Ihr Kleid flatterte leicht um ihre Beine, sie war barfuß und auf ihrem Haar trug sie einen Blütenkranz. Ray atmete tief durch, zog auch seine Schuhe von den Füßen, ging auf sie zu. Als er wenige Meter von ihr entfernt stand, streckte sie den Arm nach ihm aus. Ein glückliches Lächeln überzog sein Gesicht und als er ihre Hand ergriff, funkte es buchstäblich in seinem Gehirn, in seinem Herzen, in jeder Zelle seines Körpers, hatte er das Empfinden, einen Kreislauf mit ihr zu teilen.

Hand in Hand standen sie am Wiesenrand, sahen sich an, machten gemeinsam den ersten Schritt auf die Wiese. Unter ihren Füßen war lebendige Erde, über ihnen der endlose Himmel.

Die Zeiten fielen zusammen, als sie gemeinsam in den magischen Kreis eintraten, in den Zauber der Welt.

Einer Welt, die sie mit ihren Träumen füllen wollten.

Die Touristen, die am nächsten Tag Avebury besuchten, staunten nicht schlecht, als sie eine Buche vorfanden, die über und über mit goldenem Schmuckbändern versehen war. Hunderte von Goldfäden waren an ihre Äste geknüpft, die sich, wie ein Aufruf, in der Sonne drehten und schillerten. An ihren Stamm war ein Schild gelehnt, auf dem stand.

Der Geist der Veränderung weht über die Erde,

eine universale Umkehr der Energie findet statt,

ein Heilungs-und Transformationsprozess in eine Welt,

in der Angst keinen Platz hat und einzig die Liebe siegt.

Es ist Zeit, den Himmel auf die Erde zu holen.

Dafür brauchen wir dich, dich und deine Träume.

Alles ist möglich – solange wir zu träumen wagen.

# Wissenswertes zum Schluss

Liebe Leserinnen, liebe Leser,

zunächst großen Dank, dass Sie das Buch gekauft und gelesen haben!
Mir ist durchaus bewusst, dass der Inhalt nicht dem üblichen Raster entspricht, umso mehr hoffe ich, dass es Ihnen gefallen und Ihnen viele neue Erkenntnisse beschert hat.

Ich würde mich freuen, wenn Sie sich die Mühe machen und eine Rezension bei Amazon verfassen. Es muss nichts Großes sein, aber eine Bewertung hilft nicht nur uns Autoren – sie hilft auch anderen Lesern. Bitte verraten Sie darin nicht die unerwarteten Wendungen … gönnen Sie auch den anderen Lesern die Spannung und eigene Gedankengänge.

Und wer Lust hat, kann gerne meiner Gruppe auf Facebook beitreten. Sie heißt »Let miracles come true«.

Dort finden Sie eine Lesergemeinschaft, die positive Gedanken und Ideen austauscht. Auch werden in der Gruppe in unregelmäßigen Abständen Meditationen und kostenlose, interessante Vorträge angeboten oder was auch immer jemand tun möchte, um die Welt ein bisschen besser zu machen.

Vielleicht ist es auch wissenswert für Sie, dass ich auf YouTube Abschnitte aus meinen Büchern nochmals hervorhebe und erläutere. Join me! Es wäre mir eine Freude, wenn wir in Kontakt bleiben!

Und über meinen Newsletter, der unregelmäßig erscheint, eben dann, wenn es News gibt, halte ich Sie auf dem Laufenden, was Gewinnspiele, Verlosungen und Sonstiges angeht.
https://subina-giuletti.de/newsletter-signup.html

Nochmals lieben Dank, dass Sie das Buch gelesen haben!

Alles Liebe
Ihre Subina

**Fußnote:**

Frei übersetzt nach dem englischen Zitat:
>»Each Moment contains
a hundred messages from God:
To every cry of ›Oh, Lord‹,
he answers a hundred Times ›I am Here‹«.
Jalal Al-Din Rumi

## Zum Wahrheitsgehalt des Buches sowie hilfreiche Links:

Zunächst eine kleine Info: Ich poste auf meinem Facebook-Kanal etliche Fotos. Auch möchte ich mit entsprechenden Personen Interviews führen (siehe unten) und hoffe, sie erklären sich dazu bereit. Diese Interviews finden per Zoom-Meeting statt und ihr könnt live dabei sein und Fragen stellen. Die Infos darüber, sowie die Links für die Meetings bekommt ihr über meine Gruppe »Let miracles come true« in Facebook, oder über meinen Newsletter: www.subina-giuletti.de

Die Bibliothek der unveröffentlichten Manuskripte – gibt es sie?
Ja! Allerdings in den USA. Ich habe sie für meinen Roman in die wunderschöne Landschaft der Cotswolds und nach Castle Combe gebracht. Die »Brautigan-Library« ist aber real.

In seinem 1971 erschienenen Roman „The Abortion: An Historical Romance" 1966 beschrieb der amerikanische Autor Richard Brautigan (1935-1984) eine Bibliothek für Bücher, die nicht im Interesse der kommerziellen Verlagsindustrie liegen. Inspiriert von Brautigans Vision gründete Todd Lockwood aus Burlington, Vermont, 1990 die Brautigan Library, die zur Einsendung unveröffentlichter Manuskripte aufforderte und die Türen für interessierte Besucher öffnete, die darin blättern oder sie lesen wollten. Da der Betrieb durch Spenden und ehrenamtliche Bibliothekare nicht aufrechterhalten werden konnte, wurde die ursprüngliche Brautigan Library 2005 geschlossen und die Manuskriptsammlung eingelagert. Im Jahr 2010 wurden die Brautigan-Bibliothek und ihr Inhalt nach Vancouver, Washington, verlegt, wo sie im Clark County Historical Museum für Besucher zugänglich ist.
http://www.thebrautiganlibrary.org/

## Castle Combe:
Ist – bis auf die Bücherei, die es dort nicht gibt, wie beschrieben! Einschließlich dem Old Stables Coffee Shop. Die Mädels haben superleckeren Kuchen!

## Avebury und Co
Selbstredend existiert der Steinkreis in Avebury und alle weiteren angegebenen Sehenswürdigkeiten wie Chalice Wells Gardens, Glastonbury Tor, Silbury Hill und das Sanctuary. Sie sind eine Reise wert! Wenn ihr es besuchen wollt: Öffnet eure Sinne und bringt Ruhe mit. Wie im Buch beschrieben, sehen die meisten Touristen darin lediglich eine landschaftliche Attraktion. Für Feinsinnige ist es viel mehr.

## Existiert Adamea?
Die Wunschbuche gibt es, ich habe sie Adamea getauft. Als ich sie aufgesucht habe, war es März, das heißt, sie hatte noch keine Blätter an ihren Zweigen. Aber ich habe ein Foto auf Facebook von ihr, mit den bunten Bändern, die ich beschrieben habe.

## Das Manor House
Ja, das gibt es! Mitsamt seiner Einbettung in die wunderbare Natur Wiltshire. Vielleicht habt ihr mal Lust, dort einen Afternoon Tea einzunehmen? Dort könnt ihr auch den beschriebenen italienischen Garten bewundern.
https://www.exclusive.co.uk/the-manor-house/

## Gibt es Lord Exely?
Nein, aber ich habe ihn (das Aussehen und seine Kostüme ausgenommen) einer realen Figur entlehnt: dem 13. Earl of Haddington, der auch der Vorsitzende der Kornkreisvereinigung war und tatsächlich aufgrund seiner Heilfähigkeiten, seiner Naturverbundenheit und Hellsichtigkeit als »Merlin« bezeichnet wurde. Infos findet ihr hier:
https://www.telegraph.co.uk/obituaries/2016/07/15/the-earl-of-haddington-landowner-and-authority-on-the-paranormal/

Gibt es wirklich Kornkreisvereinigungen?
Die Kornkreis-Vereinigung im UK, The Crop Circle Access Group«
(CCAG)
https://www.cropcircleaccess.com/

und Kornkreis-Wachen?
Ebenso! Die könnt ihr sogar buchen. Aber die sucht bitte selbst im
Internet.

Gibt es den Gemüsegarten von Lord Exely?
Jein. Am Manor House in Castle Combe gibt es keinen solchen
Gemüsegarten, ich habe im Laufe meiner vielen Englandbesuche so einige
prachtvolle Gemüsegärten gesehen. So, wie ich ihn beschrieben habe, wurde
ich vom Gemüsegarten von Godinton House in Kent inspiriert, der dem
Garten im Buch am nächsten kommt. Die Parkanlage ist öffentlich – und
damit auch der Gemüsegarten samt Gewächshäuser.
https://godintonhouse.co.uk/

Gibt es einen Schauspielkurs wie im Buch beschrieben?
Es gibt Theater-Therapiekurse. Aber die Idee in der Umsetzung mit Marvin ist ganz
auf meinem Mist gewachsen. Zur Nachahmung erlaubt! Oft werde ich gefragt,
ob ich nicht jemanden kenne, der einem mit miesen Gefühlen und/oder
Altlasten und Schmerz weiterhelfen kann. Daher findet ihr hier eine
Adresse:
Wer die Methode des »Gefühls umarmens« und Loslassen desselben live
erfahren und sich nachhaltig von Altlasten lösen will, kann das unter
anderem über Isabella Eder machen.
office@isabellaeder.at
www.isabellaeder.at

Gibt es die Powerbox?
Ja! Die Geschichte rund um Ray und seiner Powerbox beruht auf
Tatsachen. Es gibt die elektrostatischen Felder mit allen Möglichkeiten, wie
ich sie im Buch beschrieben habe. Heinz Schürch und Guido Ebner haben
in den 70er und 80er Jahren diese Entdeckung gemacht und unter anderem

in Kurt Felix' Sendung vorgestellt. Doch die Firma Ciba-Geigy hat die Erfindung patentieren lassen und zur Nachahmung verboten und fusionierte mit Sandoz zur Novartis AG. Ebenfalls wie im Buch beschrieben gab es jemanden, der die Idee dennoch weiterverfolgt hat: Guido Ebners Sohn, Daniel Ebner. Er ist Erfinder der Greenbox, die man käuflich erwerben kann und mit der man den Urzeit-Code der Samen erwecken kann.
www.fios-greenbox.net

Wer darüber detailreichere Informationen möchte, dem empfehle ich das Buch von Luc Bürgin »Der Urzeit-Code. Die ökologische Alternative zur Gentechnik.«
Ich plane ein Interview mit Daniel Ebner – und hoffe, er stimmt dem zu. :)

Shute House Garden
Gibt es, wir haben die Besitzerin kennengelernt, eine wirklich zauberhafte Lady und ihr Garten ist so, wie beschrieben, samt dem magischen Teich. Fotos auf Facebook
Suzy freut sich über Besucher! Wenn ihr den Begriff googelt, habt ihr einen schönen Einblick in das Anwesen.

Und die Kornkreise?
Keine Frage, die sind echt, viele davon jedenfalls. Die meisten Infos habe ich den hochinformativen Büchern von Michael Hesemann zu verdanken, der live bei den Geschehnissen dabei war. Auch mit ihm erhoffe ich mir ein Interview.
Wer sich die Kornkreise anschauen will, kann das auf folgenden Seiten tun:

https://temporarytemples.co.uk/crop-circles/2021-crop-circles
http://www.cropcircleconnector.com/nonflash.html
https://temporarytemples.co.uk/crop-circles/2021-crop-circles

The Closing of the Gates – die Ufo-Sichtung: real oder nicht?

Im Kapitel »The Closing of The Gates«, beziehe ich mich auf einen Kornkreis, der am 24.07.22 entstanden und von Steven Alexander

fotografiert worden ist.
https://temporarytemples.co.uk/project/etchilhampton-24-07-22
Nachweis Kornkreis, fotografiert von Steven Alexander

Die Szene mit den Lichtern ist ebenso einem **Live-Bericht** entnommen, aus dem Buch von Michael Hesemann, Kornkreise, S. 251ff, ein Erlebnis, das Dr. Steven Greer am 26. 07.1992 widerfahren ist.

Es gibt weltweit Tausende von gut dokumentierten Berichten über Ufo-Sichtungen und Außerirdische.


Und die Schule?
Im Buch findet ihr meine Meinung dazu. Ihr müsst sie nicht teilen. Wer sich aber unvoreingenommen mit dem Thema auseinandersetzt, kann meines Erachtens nicht umhin, entsetzt über diese Frühsexualisierung unserer Kinder zu sein. Berichte gibt es zuhauf – nur nicht in den Massenmedien. Hier nur ein eher lockeres Beispiel:
https://kurzelinks.de/kk28


Der Mann, der ohne Schule aufwuchs:
… ist real und heißt André Stern. Er hat einige Bücher geschrieben, die absolut lesenswert sind, siehe Literaturnachweis. Hier ein paar Links zum Reinschnuppern:
Andre Stern - Kurzvorstellung
https://www.youtube.com/watch?v=Kgn9LWQqkj0
Ein Leben ohne Schule:
https://www.youtube.com/watch?v=IIWMclMWik4

Auch mit ihm erhoffe ich mir ein Interview … falls es klappt, seid dabei und fragt ihn ein Loch in den Bauch!


Ist es möglich, im Alter von 15/16 oder sogar früher noch ein Unternehmen aufzubauen?
Definitiv ja. Jungunternehmer, die mit vierzehn schon Geschäftsmodelle mit Millionenwert aufbauen, werden immer häufiger. Sie realisieren Ideen out of the box und am System vorbei. Das ist alles schon Realität. Auch hier habe ich einen interessanten Interviewpartner, der uns über viele solcher

Fälle berichten und uns ein neues Bild von Kindern, Erziehung und Schule vermitteln kann. Ebenso, wie in diesen Kreisen die momentane Einschätzung von Titeln gesehen wird.

## Freie Energie / Kalte Fusion

Auch das ist längst Realität. Das Beispiel, das ich auf der Johnny Warwicks Party beschrieben habe, ist real und entstammt einem Bericht Dr. Klinghardts

Interview Dr. Klinghardt über die Aussage »Freie Energie«
https://www.youtube.com/watch?v=SdPMgiD4mwc

## Literaturnachweis:

Hesemann, Michael: Die Kornkreis-Chroniken: Die Geschichte eines Phänomens. Neuwied: Silberschnur, 1995.

Hesemann, Michael: Die Kornkreis-Chroniken: Die Geschichte eines Phänomens geht weiter. Silberschnur, 2002.

Bürgin, Luc: Der Urzeit-Code: Die ökologische Alternative zur umstrittenen Gentechnik. Stuttgart: Herbig, 2010.

Neuner, Werner Johannes: Die Magie der Steinkreise: Das Geheimnis der 13. Lebensraum Verlag, 2016.

Neuner, Werner J.: Die Kornkreise: Das Geheimnis entschlüsselt. Lebensraum Verlag, 2014.

Bürgin, Luc: Geheimnisse der Matrix: Der neue Mystery-Report. Rottenburg am Neckar: Kopp Verlag, 2021.

Risi, Armin: Gott und die Götter: Das Mysterienwissen der vedischen Hochkultur. Govinda-Verlag, 2007.

Sheldrake, Rupert: Das schöpferische Universum: Die Theorie des morphogenetischen Feldes. Frankfurt am Main, Berlin: Ullstein, 2009.

Stern, André: Reise in das unbekannte Land des Vertrauens : Ein wahres Märchen über die Sehnsucht so angenommen zu werden, wie wir sind. Frankfurt am Main, Berlin: Suhrkamp Verlag, 2022.

Stern, André: Die Rhythmen und Rituale unserer Kinder : vom Reichtum, der von innen kommt. Langensalza: Beltz, 2021.

# DRUCKTERMINAL

# Wir drucken

## und heften, klammern, binden, falzen, lochen

**Bücher** Abitur-/Abschluss-/Schülerzeitungen
Jahresberichte Hefte Bilderbücher
Kinderbücher Liederbücher Kochbücher
Broschüren Zeitungen Seminarunterlagen
Blattsammlungen Kalender Exposés
Handbücher Gebrauchsanweisungen und
vieles mehr

Jetzt ansehen

Schnell und bequem online **kalkulieren!**
Rund um die Uhr online **bestellen!**
Aufträge online **verfolgen!**

**www.druckterminal.de**